你用什么样的态度对别人,别人就用什么样的态度对你。

——宫梅戒

你好1983

Stories from the 1980s

宝妆成——著

中国友谊出版公司

图书在版编目（CIP）数据

你好1983 / 宝妆成著. -- 北京：中国友谊出版公司, 2024. 12. -- ISBN 978-7-5057-6030-1

Ⅰ. I247.5

中国国家版本馆CIP数据核字第20244D79Z9号

书名	你好1983
作者	宝妆成
出版	中国友谊出版公司
发行	中国友谊出版公司
经销	新华书店
印刷	三河市中晟雅豪印务有限公司
规格	700毫米×980毫米　16开
	20印张　487千字
版次	2024年12月第1版
印次	2024年12月第1次印刷
书号	ISBN 978-7-5057-6030-1
定价	54.80元
地址	北京市朝阳区西坝河南里17号楼
邮编	100028
电话	（010）64678009

如发现图书质量问题，可联系调换。质量投诉电话：010-82069336

目 录

第一卷　这双"破鞋"有点硌脚 _ 001

第 1 章　"破鞋",滚出去! _ 002

第 2 章　那就把我赶出去! _ 003

第 3 章　替你讨公道 _ 005

第 4 章　同姓不同命! _ 007

第 5 章　县城卖鸭蛋 _ 009

第 6 章　大骨头汤面好香 _ 011

第 7 章　长得不正经? _ 013

第 8 章　舅舅来了 _ 015

第 9 章　我洗心革面了! _ 017

第 10 章　夏大军回来撞上了! _ 019

第 11 章　兔子急了咬人 _ 021

第 12 章　打算做生意了 _ 023

第 13 章　发动童子军干活儿! _ 025

第 14 章　鸡蛋西施 _ 028

第 15 章　被流氓盯上了! _ 030

第 16 章　英雄从天而降 _ 032

第 17 章　哥,你一见钟情了? _ 035

第 18 章　酸萝卜猪肉饺子 _ 037

第 19 章　晓兰,你对象怪俊呐! _ 039

第 20 章　她早晚是你嫂子 _ 041

第 21 章　诚意满满 _ 043

第 22 章　干走私的? _ 045

第 23 章　名声烂到家的女人 _ 047

第 24 章　和周诚上省城 _ 050

第 25 章　好脾气不是没脾气 _ 052

第 26 章　事业有点小曲折 _ 054

第 27 章　质问张二赖 _ 056

第 28 章　就是栽赃你 _ 058

第 29 章　将来让您住楼房 _ 060

第 30 章　周诚离开 _ 062

第 31 章　另寻买家 _ 064

第 32 章　招待所 _ 066

第 33 章　女人有两次投胎机会 _ 068

第 34 章　李凤梅的洗脑功力 _ 070

第 35 章　夏家的家庭会议 _ 072

第 36 章　恶客上门 _ 074

第 37 章　不思悔改 _ 076

第 38 章　利索离婚 _ 078

第 39 章　离婚需要庆祝下 _ 080

第 40 章　夏家愁，刘家乐 _ 082

第 41 章　我能参加 1984 年的高考吗？_ 085

第 42 章　夏家金凤凰 _ 087

第 43 章　拓展了新生意 _ 089

第 44 章　油渣它不够卖！_ 091

第 45 章　他真是来送书的 _ 094

第 46 章　都支持去试一试 _ 096

第 47 章　县一中的考试 _ 098

第 48 章　做卷子的态度还行 _ 100

第 49 章　顺利迁了户口 _ 102

第 50 章　没作弊吧？_ 104

第 51 章　走，亲自通知她！_ 106

第 52 章　阿姨，我要考大学的 _ 108

第 53 章　她是重本的苗子 _ 110

第 54 章　学业和生意可以兼顾 _ 112

第 55 章　那就再考一次呗 _ 114

第 56 章　舅舅出门了 _ 116

第 57 章　夏老太闹腾 _ 119

第 58 章　张记小吃店 _ 121

第 59 章　交公粮的门道 _ 123

第 60 章　陈家瞧上的未来儿媳 _ 125

第 61 章　其实她有靠山了 _ 127

第 62 章　准备去羊城 _ 129

第 63 章　电报像信那么厚 _ 131

第 64 章　夏晓兰，我抓住你了！_ 133

第 65 章　张记是谁家的生意？_ 135

第 66 章　又见周诚 _ 137

第 67 章　猝不及防牵了手 _ 139

第 68 章　晓兰，羊城见 _ 141

第 69 章　人贩子？_ 143

第 70 章　只买贵的！_ 145

第 71 章　周诚失约 _ 148

第 72 章　你咋就不信啊！_ 150

第 73 章　衣服被抢购光了 _ 152

第 74 章　舅舅，我不是你想的那种人 _ 154

第 75 章　毛衣送得值！_ 156

第 76 章　就租这房子了 _ 158

第 77 章　娘儿俩搬去商都住 _ 160

第 78 章　张记的靠山 _ 162

第 79 章　舅舅的救命恩人 _ 164

第 80 章　辗转也要见面 _ 166

第 81 章　大家都需要更安全地赚钱 _ 168

第 82 章　不想掩饰好感！_ 170

第 83 章　路人都看得出喜欢 _ 172

第 84 章　有点喜欢你了 _ 174

第 85 章　直接跳过观察期 _ 176

第 86 章　存款都要上交给媳妇儿 _ 178

第 87 章　凭我长得帅？_ 181

第 88 章　喷得敌人落荒而逃！_ 183

第 89 章　响油鳝丝和扒海参 _ 185

第 90 章　宣告主权 _ 187

第 91 章　朱放发飙 _ 189

第 92 章　你得罪了朱家 _ 192

第 93 章　给夏晓兰下套 _ 194

第 94 章　傻眼了，没套住 _ 196

第 95 章　合伙行，你做主 _ 198

第 96 章　刘勇搬家 _ 200

第 97 章　周阎王恋爱了 _ 202

第 98 章　羊城的合伙人 _ 204

第 99 章　想批发棉衣 _ 206

第 100 章　吃早茶 _ 208

第 101 章　防寒服和鸭绒服 _ 210

第 102 章　国棉厂的资产 _ 212

第 103 章 销售遇挫 _ 214

第 104 章 酮症酸中毒 _ 216

第 105 章 夏同学品德高尚 _ 218

第 106 章 开司米大衣？_ 220

第 107 章 齐头并进 _ 222

第 108 章 租房进展 _ 224

第 109 章 媳妇寄的，甜！_ 226

第 110 章 天价房租？_ 229

第 111 章 也是于奶奶的房子 _ 231

第 112 章 装修店面 _ 233

第 113 章 把摊子摆到铁路宿舍去 _ 235

第 114 章 朱放还钱 _ 237

第 115 章 夏同学亲戚都很极品的 _ 240

第 116 章 夏子毓的靠山 _ 241

第 117 章 给敌人培养竞争对手 _ 244

第 118 章 两种恋爱方式 _ 246

第 119 章 把心给他焐热 _ 248

第 120 章 靓女，交个朋友呗 _ 250

第 121 章 给白珍珠同志指路 _ 253

第 122 章 找俩保镖 _ 255

第 123 章 庄周梦蝶？_ 257

第 124 章 周诚，我想你了 _ 259

第 125 章 给媳妇儿派救兵 _ 261

第 126 章 原来人缘这么好！_ 263

第 127 章 她如众星拱月 _ 266

第 128 章 营业执照没办到 _ 268

第 129 章 有人欺负嫂子！_ 270

第 130 章 我为国家作贡献 _ 272

第 131 章 会哭的孩子有糖吃 _ 274

第 132 章 老实人挖你家祖坟了？_ 276

第 133 章 夏晓兰，跟我们走一趟！_ 278

第 134 章 去派出所了 _ 280

第 135 章 我会秉公办案！_ 282

第 136 章 那你认识我不？_ 284

第 137 章 这是帮我们主持公道的 _ 286

第 138 章 你们踢到铁板了！_ 288

第 139 章 派出所有请 _ 290

第 140 章 期末考试成绩 _ 292

第 141 章 成绩好得像作弊 _ 294

第 142 章 夏家金凤凰回老家了 _ 297

第 143 章 你们，不分轻重！_ 299

第 144 章 潘三哥是见过血的人 _ 301

第 145 章 拆伙分钱 _ 303

第 146 章 你这混蛋 _ 305

第 147 章 柯一雄认怂 _ 307

第 148 章 蓝凤凰开业 _ 309

第 149 章 卖疯了！_ 311

第一卷

这双『破鞋』有点硌脚

第1章 "破鞋",滚出去!

"不正经的女人,还想吃鸡蛋?给狗吃都不能给她吃!"

"娘,孩子身子弱,您给她留条活路……"

"我没有当狐狸精的孙女儿,居然连自己堂姐的对象都抢!我们老夏家的脸都被她丢光了!全村人戳我们的脊梁骨,都是因为你生的那个贱坯子!"

夏晓兰觉得太阳穴突突地跳。她做了一个奇怪的梦,耳边有女人低声哭泣,还有个老太太骂骂咧咧,吵得她头疼欲裂。被子也不知道怎么回事儿,潮乎乎的,裹在身上难受。

夏晓兰觉得自己像被汗水泡着,好不容易睁开眼睛,就被一张黑黄的脸吓了一跳!

"晓兰你醒了?你这个丫头,真是要吓死妈了……呜呜呜,晓兰,你的头还疼不疼?"

一张黑黄的脸,一阵风都能吹倒的干瘦身材。

夏晓兰想,自己这梦怎么还没醒?!

干瘦女人身后,为首的是个高颧骨的老太太,后面还跟着两个成年女人和一堆孩子。

夏晓兰脑海里涌现的记忆告诉她,这个身材干瘦的女人是她妈妈刘芬,而旁边则是她的奶奶、婶婶和堂兄妹们。

见夏晓兰醒过来,夏老太的眼睛里几乎要喷出火来,走上去像拎小鸡一样把她拽起来:"你这个狐狸精,骂你两句就假惺惺撞柱,装得还挺像,当老娘吓大的?!想死就去死,撞头没用还能跳河!"

这口气之恶毒,不是亲奶奶所该有的,倒像是夏晓兰的仇人。

刘芬急忙跪下,爬到夏老太脚下,扯着婆婆的裤脚不放。又急忙对夏晓兰说:"晓兰,好好给你奶奶认个错。"

夏晓兰被夏老太掐疼了,瞬间清醒过来,终于接受了事实。

她一觉睡醒,竟然回到了20世纪80年代,变成了和她同名同姓的人。意识确实是2021年的夏总,身体却是20世纪80年代的村花。

她继承了原主的身份和大部分记忆,可她对于原主的遭遇感到憋屈——

"夏晓兰"长了一张妩媚的脸,却是个脑子空空的花瓶,她一颦一笑都有点媚,在30年后绝对是受人追捧的,但在20世纪80年代,她这样的叫轻浮!

农村人不会说这么高端的形容词,他们就一个词形容夏晓兰——浪!

因这长相,夏晓兰平时名声就不太好,她还干出了抢堂姐夏子毓对象、大白天脱光了衣服勾引未来姐夫的丑事,不仅快被村里人的唾沫星子淹死,就连夏家人都容不下她。

如果抢对象的事还能说有待商榷的话,大白天脱光了衣服勾引未来姐夫这事儿,是真的没有!

还有人信誓旦旦说夏晓兰不仅勾引其姐夫,还和隔壁村的二流子光溜溜地在草垛子里打滚。

流言传遍了全村，甚至传遍了四里八乡。夏晓兰百口莫辩，夏家人又推波助澜，夏晓兰终于选择了撞柱自杀。

夏总见多识广，知道世上的冤案多了去了，她哪能件件都去掺和呢？可她现在成了"夏晓兰"，这口锅就不乐意背了。

夏家人个个面目狰狞，想要逼死她。地上跪着的女人，是这具身体的亲妈，也是夏家最疼爱原主的人，但原来的夏晓兰真挺不是东西的！

夏总最羡慕"夏晓兰"两点，一是长得漂亮，还不是一般的漂亮；二来有个十分疼爱她的亲妈，而夏总小时候父母双亡，她没享受过这种亲情！

这事先不提，此刻见她们母女艰难的情形，夏总不打算忍了。

她挣脱开夏老太，忍着头痛下床。

"妈，你先起来！"她使劲把地上的刘芬拽起来，刘芬怕碰着她的伤口，就没挣扎。

谁知刚起身，夏老太立马就不乐意了，一个大耳刮子就朝夏晓兰招呼过去。

第2章 那就把我赶出去！

她的职位越升越高，已经有很多年没有和低段位的泼妇正面交兵了。但夏晓兰手撕漂亮女业务员、拳打欠款老赖供货商的功力还在！

说时迟那时快，她抄起一旁的铜壶挡了上去。

夏老太原本是抡足了劲打的，结果一下子拍在了铜壶上，顿时痛得发出了一阵杀猪般的惨叫。

"哎哟，你这个不正经的女人，居然敢跟你奶奶动手了……"

"奶奶！"

夏晓兰实在听不下去她的满嘴污言秽语，用尽全身力气大喊了一声，总算暂时压倒了夏老太："您不认我这个孙女，我却要叫您一声奶奶，我对咱老夏家充满了感情……您一口一个不正经的女人地骂，不是等着村里人看咱家热闹？我是没啥名声了，但家里的姐妹们总要嫁人吧，和不正经的女人当姐妹，难道就很有面子吗？"

夏晓兰是真不懂，夏老太的偏心也不讲究一下策略，"伤敌一千自损八百"，为何一家人不能一致对外，非得把她踩死？

在农村，夏晓兰名声不好，夏家没嫁人的闺女哪个能抬起头？

夏老太顿时被噎住了，夏晓兰三婶表情也很难看。

家里较大的三个姑娘，夏子毓20岁，人家不仅考上了大学还找到了情投意合的对象；夏晓兰18岁，眼看着是嫁不出去的；三婶的大女儿也已经17岁，转眼就要说婆家。

三婶真是恨得牙痒痒，却不得不压低了声音，咬牙切齿道："你还有脸说，我们家红霞都是被你耽搁的，你怎么不去死！"

堂妹夏红霞脸上也全是怨恨，在她妈背后愤愤不平。

刘芬气得满脸通红，"她婶，晓兰才刚醒……"刘芬瘦瘦的身躯挡在女儿面前，想和人辩驳，但偏偏生性懦弱，被人挤对时一句话都说不顺溜。

夏晓兰把刘芬轻轻拉到身后："您别急，我不和她们吵架，我是讲道理的人。"

夏老太真恨不得掐死眼前这讨债鬼，可偏偏讨债鬼还不自知。

夏晓兰的眼神扫视一圈，反而笑了："我撞了一回柱子，阎王也不收我，现在我打算好好活下去。我要活得好，谁叫我不痛快，我就先让他不痛快。您说我待在家里大家都不高兴，不如我搬出去？"

搬出去？能搬到哪里去？

刘芬急了，哪有没嫁人的姑娘家搬出去的！

夏晓兰没撞死，却比以往更难缠了，一副滚刀肉的样子，差点把夏老太气晕过去。

但夏晓兰从来就不是柔顺的性子，夏老太刁钻，三婶刻薄，夏晓兰本人也不好惹。三婶巴不得夏晓兰滚远一点，免得在家丢人现眼："你能搬到哪里去？别是想去你姥姥家避风头，过几天又回来！"

搬出去正好，家里房间不宽裕，夏晓兰自个儿还独占一间，正好空一间房子出来。三婶打量着这虽破却收拾得干净的屋子，已经打算要让她女儿夏红霞搬进来住——闺女大了要嫁人，是该有自己的屋了。

"家里在河滩上不是有间老屋？一个村头一个村尾，我就到那里住，免得大家看我碍眼！"夏晓兰说出原本的打算。

夏老太不依不饶："你丢人现眼，没打死你算好的了，哪还能分一间屋给你住？"

尽管那河滩上的老房子已经摇摇欲坠，夏天蚊虫多，冬天冷，还紧邻村里的牛棚，味道也大，但夏老太就是不想痛快答应，不想让夏晓兰太舒坦。

她总觉得夏晓兰醒来后哪里发生了变化，还是胡搅蛮缠，但却有了章法……夏老太挺敏感，不想夏晓兰脱离自己的掌控。

夏晓兰笑眯眯，"那我就不搬，家里有吃有喝的也不错，反正我名声也坏了，就安心在家当老姑娘好了！大姐是金贵的大学生，她以后总不会看着自己妹妹饿死吧？"

夏晓兰果然太难缠了，一直没说过话的大娘也眼皮狂跳，夏晓兰想要赖上她家子毓？！

"唉，大娘是不信那些人的话，晓兰你现在是和家里人赌气，一个大闺女离开家要怎么活？大娘劝劝你奶奶，我们大家都退一步，冷静冷静。"大娘把夏老太拉出了门，三婶也赶紧跟了上去。

屋里几个小辈都用仇视的眼光看夏晓兰，刘芬在低泣，夏晓兰叹气："您别哭了，我待在家里是活不下去的。"

忍一下辱骂，夏家也不可能真的弄死她……但夏晓兰不愿意忍，她有机会重来一次，为什么要活得如此憋屈呢？！

没过多久，夏老太她们又进来了。

"老房子给你住，你要死还是要活都和老夏家没关系！"

夏晓兰得寸进尺，又要带走安家的家什，夏老太拿这滚刀肉没办法，最终丢给她一小袋红薯："快点滚！"

"您帮我提一下。"夏晓兰把袋子塞进刘芬怀里，后者满脸都是泪："晓兰，你怎么能出去……你爸回来咋办啊……"

刘芬不知道事情怎么会变成了这样，女儿虽然没有被刁难，但却相当于被分出去单过了。被赶出家门，十几岁的闺女，以后要怎么活？她想叫夏晓兰认个错，又怕刺激到夏晓兰。

"您和我一块出去住,等我爸回来再说,我不会做饭,一个人要饿死的!"

刘芬的脸上全是愁苦。刘芬一向受婆婆的气、受妯娌的气、受丈夫和女儿的气,万事喜欢恭顺忍让。

可惜夏家没人吃她这一套,越是忍,这些人就越欺负她——原主在这点上也不是个好东西。

夏晓兰就没打算把刘芬单独撇下,等她走了,夏家人还不使劲欺负刘芬啊?她也吃定了刘芬会心软,态度强硬,要让刘芬和她一起走。

夏家人也不拦刘芬,估计是要等夏晓兰她爸夏大军回来再收拾母女俩——连下暴雨,县里担心洪水把邻乡的河堤冲垮,在附近征集青壮年,夏家男人们都去修河堤了。

刘芬本来就没主见,糊里糊涂地就抱着那一小袋红薯跟着走了。

夏晓兰一脚踏出门又转身回来端走了装蒸鸡蛋的搪瓷杯,夏家小孙子早就盯着蒸鸡蛋咽口水,没想到被夏晓兰拿走,顿时哭闹不休。

一屋子人,有骂夏晓兰的,有哄孩子的,闹成一团。

一出门,清新的空气顿时扑面而来,夏晓兰顿时精神一振。

第3章 替你讨公道

想到自己之前,也是出身贫寒、一穷二白,但靠着自己的专业水平和辛苦奋斗,终于成了一名成功的女企业家。

可是事业再成功,没有婚姻的点缀,女强人总是容易被人嚼舌根。之前的她相貌平平,工作上却强势,一把年纪了也没把自己嫁出去。

公司有人背后说她人丑年纪大还眼光高,能嫁出去才有鬼呢!

房子、车子、存款和职位,她辛苦攒下的家业都没享受太久,只是睡了一觉,她居然变成了同名同姓的另一个"夏晓兰"——生活在1983年,今年刚满18岁,长了一张顶好看的狐狸精脸,却想不通要撞柱自杀的"夏晓兰"!

想到当年辛辛苦苦拼时,同样是跑业务,脸蛋好看的女业务员没什么专业水平,娇嗔着就能拿到订单,她每天熬夜学习专业知识,却连一个负责人都见不到……

如果她长得稍微好看点,或许不用兢兢业业奋斗小20年才能品尝到成功的味道。

夏总要是长得有这张脸的三分好看,也就不用被人在背地里嚼舌根了。

也许老天同情她,所以才给了她现在的人生?

那么现在,她会用"夏总"的实力和夏晓兰的外貌,把人生活得更精彩!

只是此刻,夏家大白天就闹了一出,不知有多少人家在竖着耳朵听热闹。

看见夏晓兰母女,那些人也不躲,正大光明地对两人指指点点,当然,刘芬是被忽略的,他们主要是说夏晓兰:

"被家里赶出来了?"

"呸,活该,连姐夫都不放过!"

"还和邻村的二流子光溜溜在草垛子里滚成一团,夏家这脸丢大了……"

"都姓夏,她姐就考上大学了,看她浪的。"

"夏大军回来肯定要往死里打的。"

"打也打过，骂也骂过，她就是死性不改……你看她走个路，屁股扭得……"

夏晓兰真想把这些长舌的村妇都打一顿，她那是扭屁股吗？是饿得没力气了！

这些八婆破坏了清新空气带来的好心情，夏晓兰打量四周的环境——田园风光好吗？那也是物质生活富裕了才有心情欣赏。

1983年的农村，打眼望去，泥土房多，红砖房寥寥无几，矮矮的房屋，泥砖墙用白色石灰刷过，还用红漆写着10年前的标语。大河村不北不南，位于祖国腹地省份，改革开放的春风尚未吹到这偏远的村庄。

能挣脱这环境的，唯有读书。夏晓兰堂姐走的路是正确的，夏子毓是恢复高考后大河村唯一的大学生。

可想而知，如果夏晓兰不是换了芯子，从夏子毓考上大学起，夏晓兰的人生和对方已经是天差地别了！

哪怕她被夏子毓坑了，又能咋样？

一个是20世纪80年代的女大学生，前途似锦，全家都把她看成是金凤凰；一个则是毁了名声，没有一技之长，将来只能嫁鳏夫或老光棍，半点都帮不到家里的村妇。这是云泥之别。

也难怪夏家人太势利现实，人之常情罢了。

为了利益，夏家人会统一站到夏子毓那边。夏晓兰真是到死都没明白，明明是你情我愿、就差捅破窗户纸的男女交往，也是她鼓励那个男人去参加高考的，她还低头向堂姐夏子毓借了书给男人苦读，亲自送他去县里考试，考完了也没有发现异样，怎么录取通知书到了后，他却成了堂姐夏子毓正式公开的对象？

是因为她配不上王建华吗？

选择堂姐从长远上来看是正确的，大学生配大学生，天造地设的一对。

可你们临走之前，为什么还要踩"夏晓兰"一脚？

害死人的流言是怎么传遍四里八乡的，"夏晓兰"去找王建华求证，却发现只有夏子毓在王建华的屋里。夏子毓比"夏晓兰"会讲道理，不软不硬的几句话就让"夏晓兰"转身就走。

路上碰到了隔壁村的二流子，这人之前就纠缠过"夏晓兰"，这次更是大胆，直接扯坏了"夏晓兰"的袖子……王建华和夏子毓一起出现了。王建华似乎对"夏晓兰"很失望，不仅没有听"夏晓兰"的辩解，还直接牵起了夏子毓的手。

流言是隔壁村的二流子放出去的吗？今年可是"严打"年，分分钟能送二流子去枪毙！

没关系，她的意识既然出现在这具同名同姓的身体上，"夏晓兰"没弄明白的事她会弄明白，并且要替原主讨个公道。

河滩旁，破烂的老屋出现在视野中。篱笆门歪歪倒倒，门上连锁都没有一个，墙和屋顶都有洞。刘芬抱着怀里的红薯，茫然无措。

这根本不是能遮风避雨的地方。

"晓兰，你听妈的劝——"

夏晓兰捂住脑袋，"妈，我伤口又疼了！"她叫得越来越顺口，刘芬果然转移了注意力，

"伤口裂了？让妈看看。"

门上没锁，屋子里乱糟糟的，床只剩下架子，刘芬让夏晓兰赶紧把蒸鸡蛋吃了。鸡蛋凉了有腥气，夏晓兰也不愿意吃独食，只吃了一半就说自己饱了："剩下的您吃，放明天就坏了。"

刘芬捧着搪瓷缸，心情复杂，这种事从来没有发生过，她女儿撞坏了头，好像懂得心疼人了。

刘芬既欣慰，又愁苦："你爸过两天就回来了。"

提起丈夫，刘芬不禁缩了缩肩，骨子里就害怕。

第4章 同姓不同命！

夏晓兰的亲爹夏大军，是个能动手绝不动嘴的浑人。抢水渠，争田地，夏大军身强力壮，就是老夏家指哪儿打哪儿的一杆好枪。

夏晓兰想，夏大军块头大没脑子，只顾大家庭不管小家，果然是个大大的棒槌。夏家三兄弟，夏大军排第二，是兄弟里唯一没生出个儿子的。夏大军觉得自己没儿子抬不起头，时常对刘芬骂骂咧咧，喝了酒还会动手。就是夏晓兰这个亲女儿，在他眼里也是个赔钱货。

别怪夏大军对夏晓兰没有"奇货可居"的野心，毕竟时代的审美是有局限性的，夏晓兰长得是好看，可那种狐媚的长相只能讨年轻后生喜欢，后生家的长辈却不喜欢夏晓兰的样儿，一看就是不安于室的，娶进门会搅得全家不安生。

相反，夏晓兰的堂姐夏子毓，一张鹅蛋脸，浓眉大眼睛，看上去就大气端庄，谁不说是好姑娘的长相呢？

夏晓兰是个草包，但夏子毓小时候也不是特别聪明，念完初中后却陡然开窍了，成绩越来越好，今年竟真的考上了京城的大学——老夏家养出了一只金凤凰。夏大军虽嫌弃亲生女儿，但对侄女却很疼爱。

夏家青壮年跑去修河堤了，其实也是要给夏子毓赚生活费——夏子毓是带着夏家人凑出的500多元去京城，夏家人怕她在京城花销大，全家人都像老黄牛一样埋头苦干供养夏子毓这个大学生。

夏晓兰就惨了，撞了柱子连医院都没钱去，仅让卫生站的赤脚医生随便包了包伤口。

这可真是同姓不同命啊！想到此，夏总就想叹气。

她那个品学兼优的堂姐很难缠啊，乡下人没见识不懂，夏总却知道这个年代上大学是不要学费的，学校反而还会给每个大学生按月发放生活补助，这钱解决个人生活没问题……1983年带着500多元钱去上学，绝对是白富美的待遇了。

夏子毓享受白富美的待遇，夏晓兰没意见。但刚才瞧见一群夏家人，没哪个像刘芬这么瘦，夏子毓的亲妈，虽穿着补丁衣服，脸色却很红润，手也不像刘芬这样枯瘦如柴满是小裂口。

被压榨得最厉害的，就是夏晓兰家了。

夏大军心甘情愿地当老黄牛，夏晓兰却替刘芬不服气。"我爸回来了，看他怎么选吧，是要侄女还是要女儿。"

夏晓兰撞柱的事儿也不知道夏大军听到消息没有，这人干完活儿总是要回来的，夏晓兰决定给原主父亲一次机会。

刘芬听着不对劲，怕夏晓兰和她爸对着干："你爸当然是疼你的，你堂姐那是……"

夏晓兰笑笑，刘芬自己说着说着就没了底气。

疼侄子比疼女儿多的农村经常有，但疼侄女胜过亲女儿的，刘芬自己都没见过。夏大军是真不喜欢夏晓兰，因为生夏晓兰让刘芬伤了身体而不能继续生，夏大军就全怪在了夏晓兰身上。

母女俩陷入了沉默。

夏晓兰看了看这破屋子，"我去捡点柴回来。"

她想顺便观察一下大河村，看看能从哪里弄点钱，毕竟兜里没钱就没底气，再好的计划也实施不了。

大河村很穷。

贫穷是地理环境和历史所遗留的根深蒂固的问题导致的，也是时代的局限，人们从土里刨食，能填饱肚子就不错了。

夕阳西下，河边有几个妇女在洗衣服。

大河村顾名思义，一条大河从村边流经，要说资源，按理说河里的鱼属于无主之物，捞起来就能去卖钱，村里人不是不敢去城里卖鱼——鱼是天生天养的，但这河段却属于村里，是村民的集体财产，偶尔抓几条鱼上来解解馋可以，拿去卖就不行。

夏晓兰对于偷偷抓鱼去卖没心理压力，她和刘芬唯一的家当就是那20斤红薯，都要饿死了还讲什么道德洁癖？

可惜她没有工具，也不具备徒手抓鱼的技巧。

河两岸长满秆粗株高的白花苇，要是5月份，夏晓兰或许还能捋一点芦苇叶卖给城里人包粽子，现在端午早过了，这东西不是人民群众迫切需要的，赚点辛苦钱都不行。

编席子、编背篓去卖？

大河村的人会这手艺的不少，农闲时家家户户都会编点草席和背篓之类的。在农村肯定卖不上价，在城里这些东西也缺少竞争力，这年头大家对民俗工艺品没兴趣，城里人渴求的是肉、蛋、奶等农产品。

夏晓兰望着河水出神，难道她都做到了大企业高管，还能在1983年饿死？如果要脱离夏家，她必须具备养活自己和刘芬的能力，在20斤红薯吃完前，她要弄到一笔起步资金。

乡下是不行了，她得去城里寻找机会。

货物只有流通才能带来利益，农村人又没有油水，除了火柴、肥皂、化肥等工业品，1983年的农村人完全可以自给自足……河边的几个妇女正对夏晓兰指指点点。

夏晓兰一边考虑着谋生大计，一边捡着河边的干树枝，哪有空搭理那些长舌妇。她不想浪费体力和人争吵，就多走了几步来到了牛棚旁边的芦苇滩，这里臭气熏天，割芦苇秆的村民都不愿意来。

夏晓兰又往前走了几步，两只野鸭子从芦苇丛里飞出来，又是扇翅膀，又是嘎嘎叫，好像在引着夏晓兰去追它们。夏晓兰眼睛一亮，她怎么会被两只野鸭骗了，这分明是声东击西！

果然，她仔细在芦苇丛里搜寻，发现了很隐蔽的鸭子窝。

软草做的窝里，青壳儿鸭蛋挤成了一堆。签过上亿合同的夏总，对着一窝野鸭蛋傻笑，拿起来挨个儿对着光照照，都是新鲜蛋。一共有 12 个！

话说得没错，靠山吃山，靠水吃水，夏晓兰靠着这片河滩上的芦苇，一定能在 1983 年活下去。忍住继续扫荡芦苇地的冲动，她把 12 个野鸭蛋小心翼翼地兜着，抱着一堆干柴回了老破屋。

"妈，我们烤红薯吃吧？"

吃饱了，才有力气干活儿啊。

第 5 章　县城卖鸭蛋

20 斤红薯两个人吃，本来就支持不了几天。

今年的新粮还没下来，等夏大军回来，肯定要找刘芬回去的，但夏家会原谅晓兰吗？刘芬正想着明天回娘家想想办法，刘家也穷，夏晓兰舅舅却是个穷大方，总不会眼睁睁看着外甥女饿死。

刘芬正盘算呢，夏晓兰抱着一堆干树枝回来，眼睛亮亮的，说要吃烤红薯。刘芬看她精神好，真是再苦都愿意："好，妈给你烤红薯吃。"却见夏晓兰把柴火拨开，露出了野鸭蛋。

刘芬也挺高兴，野鸭蛋个头和鸡蛋差不多大，一看就是芦苇荡里捡到的。有了这点鸭蛋，夏晓兰可以补补身体，现在她瘦得风都能吹倒，刘芬可心疼了。

"再给你煮个鸭蛋。"

老破屋没有锅具，乡下人也不讲究，用搪瓷缸子煮个蛋绝对行。夏晓兰却拦住她妈："鸭蛋现在不能吃，我们的好日子就落在这野鸭蛋上了，现在村里人惦记着田里的粮食，还没时间割芦苇，我想多找点野鸭蛋拿到城里去卖……今晚我们就去芦苇荡，能抓两只野鸭子也挺好。"

刘芬没干过这种事。夏家没分家时，平时攒起来的鸡蛋都是她婆婆和大嫂拿进城去卖的。从大河村走到县城要两个小时，没事儿大家也不会去城里。可夏晓兰能言善辩，刘芬说不过女儿，又习惯了顺从，一时竟找不到反驳的话。

母女俩各吃了一个红薯，刘芬想着要去城里卖鸭蛋的话至少得有两个篮子，夏晓兰跑去外面弄了些芦苇秆子回来，刘芬编了两个小筐："没工具，也没泡过水，用不了一个月肯定坏。"

刘芬把芦苇筐用石头压着放在河里泡，还挺嫌弃自己的手艺，夏晓兰却觉得那是工艺品了，反正两个夏晓兰都不会编织这玩意儿！

母女俩晚上要去当"偷蛋贼"，编完筐子就抓紧时间睡觉了。大门没锁，拿木头顶住，屋里也没床，夏晓兰用干净的芦苇秆铺在地上。幸好现在是 8 月，要不然这四处漏风的老破屋非得把人冻出毛病来。

没有闹钟，心里存着事儿，也没睡多久夏晓兰就被窸窸窣窣的声音弄醒，原来刘芬已经把芦苇筐从河水里捞回来了。

"你再睡会儿，妈先去找。"

芦苇叶子割在人身上火辣辣的，要不野鸭蛋放在那里，怎么会没人去捡？这是个辛苦活儿，刘芬不想女儿吃苦，"夏晓兰"原本也娇滴滴的，没干过多少农活儿。

夏晓兰摇头，"两个人一起去。"

两个人找得快还安全，她们连个手电筒都没有，只能就着月光找。幸好今晚的月光很给力，明天肯定又是一个大晴天。

夏晓兰母女拎着小筐，尽量往偏僻地方去找。碰到了芦苇荡就有野鸭被吓飞，好不容易摸到了野鸭窝，里面却是空的。

等找到第一窝蛋时，却把牛棚的狗给惊着了。看牛棚的鳏夫老王头很警觉："谁在那里？"

电筒光晃了两下，刘芬赶紧把夏晓兰挡在身后，面露尴尬："叔，是我，捡几个鸭蛋给孩子补补。"

"大军家的？"老王头看母女俩满头都是草屑。

夏晓兰被赶出家门儿的事大河村都知道了，老王头也不太喜欢夏晓兰，就算没有作风问题，这闺女的眼睛里也没有长辈，平日里连人都不叫一声。不过刘芬也挺可怜，夏晓兰额头上还缠着渗血的纱布，老王头想了想，把手里的电筒递给了刘芬："明天再还我。"

刘芬感激得眼圈都红了。

夏晓兰想，大河村也不全是混蛋，她也十分诚恳："谢谢王爷爷！"

老王头有点儿意外，他瞧了夏晓兰一眼，把狗牵回牛棚，不再管母女俩的事了。

有了手电筒的帮助，这一片的野鸭窝就遭殃了。夏晓兰母女俩走了几个小时，捡了有七八十个野鸭蛋，用两个芦苇筐装着，刘芬还有点蒙。

除了鸭蛋，她们还找到一窝已经孵化的小鸭子。

"可以养活的。"身上的绒毛都长齐了，刘芬挺高兴。

夏晓兰想到那个防君子不防小人的破屋子，摇摇头："养大了也说不好是便宜谁呢，一起卖掉吧。"

刘芬却有点舍不得。不过她和夏晓兰自己吃饭都成问题，养几只野鸭子的确太惹眼了。

两人回家把蛋逐一检查，加上夏晓兰之前捡回来的12个，一共有82个没孵化的。等不及天亮，夏晓兰就和刘芬一起出发进城，从灰里扒出来两个红薯，就是娘俩的口粮。

烤红薯这种东西，夏晓兰第一顿吃是新鲜，是野趣，连吃两顿吧，她心里就不乐意了。幸好她小时候吃过很多苦，落到这种境地仍然能坚持，要是换一个白富美穿越过来，肯定第一天就被逼疯了。

生存，只有在这个时代生存下去，才能奢求更好的生活！

抱着这个信念，夏晓兰闷头赶路，到了县城时天已经微亮。大河村穷，但安庆县却有经济底子，县里有一个大的肉联厂，还有农机厂，养活了许多工人。大河村牛棚里养出来的牛，就是要卖给肉联厂的。

就算是肉联厂的工人，平时虽能捞着点肉，蛋却不好买。安庆县下面的乡镇，养猪养牛的多，养家禽的少。

"去哪儿卖呢？"

安庆县两个大厂工人都有钱，因此黑市也就围着这两个厂转。肉联厂的效益好，工人兜里有钱，刘芬说，不如拿到肉联厂旁边卖。

夏晓兰却反其道而行："我们去农机厂外面转一转。"农机厂的工人多，夏晓兰对这种厂子更熟悉点。

走到农机厂时，天都亮了。厂子里工人们骑着自行车，夏晓兰看见路边有几个人手里也拿着东西，看来是同行……真好，有人拿着鸡，还有人提的是新挖的红薯，今天没有卖蛋的竞争者。

刚找了个位置，就有个提菜兜的大妈围上来："卖的鸡蛋吗？"

夏晓兰也没故弄玄虚，"是野鸭蛋，全是新鲜的，您要是看上了，可以比鸡蛋便宜卖给您。"

野鸭蛋和鸡蛋个头一样，还比鸡蛋便宜的话，肯定很划算了。口感细不细嫩，哪管那么多！

市价的鸡蛋要 1.2 元一斤，还要用粮票。农民自己拿来卖的鸡蛋，不要粮票就 1.5 元。夏晓兰刚才就打听过了，客客气气地和人打招呼，嘴巴甜一点，也没谁把卖价当秘籍藏着。

看大妈站着不走，显然是动心了，夏晓兰心中有数："您要是买 10 个以下呢，给您算 1 角 3 分钱一个，10 个以上就 1 角 2 分钱，20 个以上是 1 角 1！"

她的阶梯促销价把大妈搞得有点蒙。"有便宜不占是傻瓜"，本来想买几个的，大妈掏钱买了 21 个……大妈的生活智慧不容小觑，便宜要占，也没有真的昏了头。

夏晓兰收了 2.3 元，还把 1 分钱的零头给抹了。

她把钱交到刘芬手里，刘芬都没回过神来。周围几个卖货的也在看夏晓兰，这姑娘长得妖妖娆娆的，没想到说话办事却很爽快！

第 6 章　大骨头汤面好香

"晓兰，你咋知道卖东西的法子呢？"刘芬捏着钱，也觉得她女儿聪明得不要不要的。

夏晓兰一脸得意地反问："这还需要学吗？"

围观的几个人哭丧着脸，这还需要学，那我们一大把年纪肯定活到狗身上去了。

没过一会儿，之前买鸭蛋的大妈领着几个人冲过来，"就是她，人还没跑呢！"

刘芬吓得脸发白，还以为鸭蛋出啥问题了。大妈领着同伴把夏晓兰包围了，"鸭蛋还是刚才那价不？"

夏晓兰点点头，"那当然，多买就便宜。"

大妈的同伴们七嘴八舌地说起来，还想让夏晓兰再便宜一点，一会儿又说野鸭蛋不如鸡蛋爽口，一会儿又挑剔大小。夏晓兰只是笑，嫌货才是买货人，她让这几个人过过嘴瘾就行。

果然，见夏晓兰油盐不进，始终笑脸迎人，大妈带来的三个人仍然把剩下的野鸭蛋瓜分一空。84 个鸡蛋，卖给 4 个人，都是买的 21 个……夏晓兰早算好了，就是要抓住顾客想占小便宜的心理。

当然，这三个人那 1 分钱的零头都没收。

之前挑三拣四的，真付了钱又喜滋滋的。

夏晓兰失算的是她带来的几只小野鸭不好卖，城里人住的地方小，也没余粮喂鸭子，她的野鸭崽推销不出去。

84 个野鸭蛋一共卖了 9.2 元，夏晓兰把钱给刘芬，刘芬却让夏晓兰自己收好。夏晓兰想在城里转一转，找找赚钱的机会。这时卖红薯的那个人凑上来："你这鸭崽子用红薯换不换?"这人是看夏晓兰卖野鸭蛋眼热,城里人没地方养但他有地方啊!

夏晓兰是真不想吃红薯,这东西吃多了胃会胀气,但刘芬是愿意换的。红薯这东西产量高,现在又是收获期,一斤红薯可能连个鸡蛋都换不了,鸡蛋在1983年金贵着呢。

夏晓兰想了想,让那人给个20斤的整数,8只小野鸭就全给他了。

那人却不乐意:"一斤换一只,养大飞走亏大了!"

"没驯化的野鸭当然会飞走,"夏晓兰特别认真地嘱咐这个老乡,"把翅膀的毛剪掉,它往哪儿飞?您要是觉得20斤红薯太多,那我就带回去自己养了。"

红薯是真卖不上价,但鸭子可以用菜叶子、青草和蚯蚓等喂养,除了麻烦点又不费粮食。8只鸭子养到大,能有2只下蛋,一天至少也有2毛钱。一个月6元,一年就是72元。

夏晓兰把账算给对方听,老乡没再讲价了,果真用20斤红薯换了小鸭子。母女俩把红薯装在芦苇筐里,顺着县城转起来。

刘芬从来不知道钱有这么好赚。卖野鸭蛋的钱加上20斤红薯,怎么也有10元了。农村人在田地里刨食一年到头也赚不到200元,这钱有一部分还要用在种子和化肥上,真正能攒下的钱少之又少。这些钱家里得供孩子上学,还得祈祷家里人不要生大病。

一天10元,一个月岂不是300元?一年能赚多少钱,刘芬都算不清了。

可惜这野鸭蛋也不是天天都能捡到的。刘芬还有点可惜那小鸭子:"妈也能养,剪了翅膀让它下鸭蛋,是长久的事。"

夏晓兰没有不耐烦,她知道刘芬是真正的农村妇女没啥见识,又生活在消息和观念闭塞的20世纪80年代,人老实本分加上逆来顺受,她以后要带刘芬跳出大河村那破地方,就得慢慢让刘芬改变观念。

"鸭崽子不一定能养活,时间太长我们也等不起,当然是换现在紧缺的粮食,养大了谁知道它几天下一次蛋?一年365天都下蛋是不可能的。"夏晓兰解释得仔细,刘芬就懂了。

两人在县城里转了一圈,在县城供销社买了点盐、蜡烛和火柴之类的生活必需品。一花钱刘芬就心疼,但家里什么也没有,夏家连床被子都没让她们带出来……刘芬心疼钱,胆子也大了点:"回去我就把你衣服拿过来。"

夏天是不冷,但不换衣服不洗澡人也要馊。

夏晓兰本来想在粮店买点精粮,人家问她要粮票,她拿不出来,只能买高价粮,想想那个没锁的破屋子也存不住东西,夏晓兰又买了把铁锁,没买粮。

1983年,一部分地区已经在逐渐取消各种"票",凭票购买不是那么严格了,起码在安庆县,一些日用品是不需要凭票购买的。当然,粮票和肉票还有要买电器的工业券仍然存在。

夏晓兰知道,社会的变革越是快,这当中越是充满了商机。

她知道拿着粮票才能买到食物的时代会彻底过去,那她就避免从这里面赚钱,倒卖粮票简直是自己在作死。

遍地的商机信息是不对等的,社会变化太快,好多人懵懵懂懂的还没反应过来!

她不需要抓住所有的机会,只要抓住那么一两个就能在20世纪80年代一跃而起。

"晓兰,我们回去不?"刘芬不太习惯面对太多人,县城逛久了让她觉得不自在。

城里人穿得也不一定有多好看,但人家衣服都干干净净的,不像她和夏晓兰的衣服打着好几个补丁,一看就是从乡下来的。夏晓兰是最爱面子的一个人,本来也有几件没打补丁的衣服，她撞了头后，老三家的红霞跑进屋里把好衣服都翻走了。

刘芬那时候哪里顾得上这种事，她还指望着夏老太开恩，同意送女儿去医院呢。

刘芬要回去，夏晓兰饥肠辘辘的，想到还要走2个小时就挺绝望。

"吃碗面再走吧！"路边上的小摊不要粮票，一碗大骨头汤面才3毛钱。汤是奶白色的，面条白白的，刘芬都忘记上次吃这样的精粮是什么时候了。

"婶子，我们煮两碗面！"夏晓兰拉着刘芬坐到小凳子上，骨头汤的香味一直往鼻子里钻。刘芬摆手："要一碗，就一碗！"她怎么舍得花3毛钱吃碗面呢？

夏晓兰不管她，直接给了面摊的大婶6毛钱。大婶一边煮面一边夸："你这闺女孝顺，大妹子你将来也是享福的命。"

刘芬黑黄的脸上露出点笑容。

可一想到夏晓兰在四里八乡跌到谷底的名声，就算香喷喷的大骨头汤面端上桌来，刘芬都没食欲。

"突突突突——"一辆大车停在了路旁，副驾驶室的门打开，跳下来一位穿军靴的小伙子，手里拿着两个大饭盒。他被骨头汤的香味吸引过来，一抬头，两只眼睛就黏在了夏晓兰身上。

第7章　长得不正经？

"咕咚。"小伙子喉结抖动，咽了口水。

是面太香了？不是，是夏晓兰太漂亮了！

这种破县城，还有这样的绝色美人！皮子白得晃眼睛，眼睛里汪着水光，尖下巴，明明是很正经的蓝色上衣，被她鼓鼓的前身一撑，顿时变得不正经了。额头上缠着一圈儿白纱布，可见隐隐的血迹，越发惹人怜爱了。

看她小口吃面，真让人恨不得变成碗里的面条……其实今天在县城一路走，到哪儿都有这样惊艳的目光。刘芬以为别人的注目是因为母女俩穿得破，其实都是看夏晓兰的。

面摊大婶重重敲了一下碗，总算把这小伙子给扯回神了，"你要吃面不？"

小伙子有点不好意思，连忙把大饭盒递给面摊大婶："瞧您说的，老远儿就被面香给勾来了，要两碗，装饭盒带走！"

一口京腔，原来小伙子不是本地人。

夏晓兰眉头一皱。今天是有人偷偷打量她，但也没有这个外地人这么直接大胆的。

还是不太适应这张脸，想想她顶着一张不好看的脸活了几十年，一时间很容易忘记她长得有多好看。单是买锁还不保险，一会儿吃完面就去买把剪刀。

大骨头汤在小炉子上咕咕翻滚着，面条擀得又薄又细，外地小伙子要的两碗面很快就煮好了。给了钱还舍不得走呢，一步三回头的。

刘芬也觉得不对劲，加快了吃面的速度。

3毛钱的面是大海碗装的，刘芬把碗里的汤喝得一滴不剩，那时候的人肚子里都没油水，若是敞开肚子吃，女人一顿吃一斤馒头都轻轻松松的。

夏晓兰又拉着刘芬去买刀。她之前就想买把菜刀，不锈钢的菜刀看上去质量很好，还是沪市生产的……一把卖5元，夏总当时扭头就走了。东西是好，兜里的钞票不禁花，现在想想，买把剪刀也行。

外地小伙子端着两饭盒面条，依依不舍地回到车上，还把面汤给洒了。

驾驶室坐着一个男司机，剪着板寸头，脸长得有棱有角的，无论从哪个年代的审美标准来看都很帅气。

"瞧你那出息！"

下车买面的同伴不乐意了："诚子哥，我就没见过这么漂亮的女人，你要见了，保证你也走不动路。"

试问京城满大街有多少大姑娘小媳妇？他就没见过比刚才那位长得更好看的。不是那种硬邦邦英气的长相，而是娇娇媚媚的、看上去不太正经却最勾男人的长相。

"咱先前就说好了，就带你跑这么一趟，这当中的门路你能学多少算多少。学不会，你乐意窝哪儿就窝哪儿去，要不你现在就留在这县城喇蜜？"

喇蜜是京话里泡妞的意思，诚子哥这人有点邪气，脾气也不好，下车买面条的小伙子就不敢多说话了。两人把面条吸溜完，又把大车开走了。

两条腿哪有四个轱辘跑得快，过了两条街又恰好遇见了夏晓兰母女。

"诚子哥，你快看！"副驾驶室的小伙子闹腾得不像话，诚子哥眼皮一瞭，只看见个背影。蓝色打补丁的衣服，宽宽大大的，越发显得女孩子的身段玲珑有致。耳朵后露出的皮肤白得不像话……什么漂不漂亮的，女人不都是两个眼睛一张嘴？没意思。

小伙子惋惜得不得了，"得，你和她没缘呐！"

诚子哥没把这事儿放在心上，车子很快就开出了安庆县，去沪市还要两天时间，长途开车不仅累，还担心遇到抢货劫道的，哪有空看什么漂亮妞。

眼睛不老实的外地人给夏晓兰提了个醒，她跑去买了把大剪刀。

没有锅，也买不起，干脆又买了个搪瓷缸凑成一对，这玩意儿能肩负起煮东西、装东西、喝水等功能，再划算不过了。再加两双筷子，原本的9.2元只剩下6元了。这钱夏晓兰再也不敢花了，野鸭蛋不是那么好找的，反正大河村的鸭子窝已被洗劫一空，如果还想靠捡鸭蛋卖钱，就得跑到其他村子去——单靠母女两个人捡，只能挣点糊口钱。

夏晓兰想做倒卖鸡蛋的生意，手里有20元本钱，就不用再去翻芦苇荡了。

大河村到县城就得走2个小时，哪还有比大河村更远的村子呢？

步行2个小时进城，卖10个鸡蛋，卖了1.5元钱，来回是4个小时。她要是用每个0.12元的价格收，平时大家愿意走4小时的路多赚那3毛钱，过几天就是打谷子的时候了，连半大孩子都会下田帮忙，谁有空来县城卖蛋？农忙半个月家里的鸡蛋不卖掉，大热天的就要臭掉……夏晓兰就想抓住这特殊时期，赚差价。

一个鸡蛋赚两三分钱不多，一天有100个就是两三元。

除去下雨天不好进城，一个月怎么也要赚个70元以上。听起来不算太多？夏晓兰记忆中有个年纪大的客户，给夏晓兰讲自己80年代时在县招待所上班，一个月工资是36元。1983年，有钱的是早几年就开始做生意的个体户，不过这些人藏得很深，别人也看不出来他们有多少家底。能光明正大拿高工资的，不是公务员就是事业编，"脑体倒挂"现象严重，知识分子的工资没有工人高，特别是石油和煤矿等重工业领域一个月拿一二百元的工人都不少。同一时期，重点高中老师一个月也就几十元！

收入最低的当然是农民。夏晓兰要是一个月能赚70元，夏家如果知道了，也愿意把她请回去当菩萨供着！

手里没有本钱，也没有可以利用的关系，夏晓兰知道发家的第一步很不好走，且慢慢来吧。

带着东西，两人又走了2个小时回到大河村。

把东西先放回破屋去，有了把铁锁安全感顿时上升好多。又到牛棚还了老王头的手电筒，夏晓兰觉得额头伤口处痒痒的，刘芬让她去卫生站换药。夏晓兰也很重视这个问题，跑来跑去一身汗，她也怕伤口感染。

换药也不贵，主要是给伤口消毒。

医生还是有点医德的，和长舌妇不一样，仔细看了看夏晓兰的伤口："别担心，恢复得挺好，看样子不会留疤。"

夏晓兰松了口气，"让您费心了。"

母女俩从卫生站出来，刘芬拉住夏晓兰的衣袖："那是不是你舅？"

夏家就在村头，一个小个子男人正在和夏老太吵架："反正你们夏家黑心烂肺的，把我妹子和外甥女弄死了，你们不把人交出来，我把夏家砸个稀巴烂！"

第8章　舅舅来了

那身形，那长相，是刘芬亲大哥刘勇没错了！

在夏晓兰的记忆里，她舅刘勇比她爸夏大军疼她。两个女人被夏家欺负，终于有个人来给夏晓兰母女俩出头，受原主残余的情感影响，夏晓兰顿时眼眶一热。

"舅，我在这儿！"

刘勇抓着夏老太，脖子的青筋暴起，要冲进去打砸夏家。听到一个娇娇软软的声音，扭过头一看，正是他可怜的外甥女。

他把夏老太一丢，快步上前："晓兰，你和你妈去哪里了？"

刘勇是个泥瓦匠，农闲时就帮人盖房子，昨天从临县回来刚听说夏晓兰的事儿。今天急忙赶来大河村，还在供销社买了白糖、挂面，也是想给母女俩撑脸。夏家把礼收下才告诉刘勇，夏晓兰母女已经搬去河滩老屋住了。刘勇又去老屋找人，自然扑了个空。

刘勇就疑心夏家把人给弄没了，在夏家赖了半天，让夏老太把母女俩交出来。

农村一般吃两顿饭，早上九点多一顿饭，下午三四点一顿。夏家还等着吃下午饭呢，夏老太就要赶人，两人从屋子里吵到屋外，才有刚才的那一幕。

夏晓兰听了经过，赶紧安抚她舅："我们现在是在河滩老屋住，因为走得匆忙，我奶奶就给了20斤红薯，锅碗瓢盆没有就算了，衣服和被子也忘了让我们带走。这不，正说回来拿东西，就遇上舅舅了。"

刘勇看见外甥女活生生地站在他面前，提到嗓子眼儿的心总算落下来大半。夏晓兰脑袋上缠着的纱布条已换成了一小块纱布贴住伤口，看上去也没那么吓人，刘勇又生起气来："夏大军就让一家人欺负你们母女俩？"

什么搬到河滩老屋住，那房子破得连狗都嫌弃，哪里能住人？夏晓兰母女俩分明是被赶出去了!

夏老太脸色难看得要命。她瞅见夏晓兰母女出现,还以为她们在老房子住了一晚上,觉得难挨,回家来求饶了。

她幻想着,就算刘芬带着夏晓兰跪在地上苦苦哀求,她也不会松口同意……哪知夏晓兰说回来拿东西,已经都赶出去了,还能有什么东西?

但刘勇在这里呢。刘勇和窝囊的刘芬不一样,说砸夏家,那就真的敢砸。

夏老太表情扭曲:"她舅,你听见了,这是她们自己有好好的屋不住,你摸着良心说说,有哪家儿媳妇把婆婆丢在一边不管的?我这没用的老太婆也管不了谁,等大军回来让他自己看着办!"

看热闹的都七嘴八舌,帮着夏老太。

刘芬胆小怕事,整个人都缩成一团。

刘勇觉得指望他妹,还不如指望外甥女,夏晓兰可能是经了事,说话有条理多了。

"看热闹不嫌事儿大是吧?这是我们两家人的事,各位给腾个地方,你们该回去干吗就干吗去。"刘勇把长舌妇轰走了。夏晓兰喜欢刘勇的做事风格,加上原主残留的情感,心里也觉得和刘勇挺亲近。

"舅,等我爸回来,说不定要打死我,您说咋办呀?"

刘勇一瞪眼,"他敢!"

连老婆孩子都保护不了,刘勇很是看不上夏大军。不过刘芬从前一心维护夏家人,刘勇也是恨铁不成钢。就说这事儿,他刘勇都听到流言了,夏大军在邻乡就真不知道?夏家大兄弟个个胳膊都和女人大腿一样粗,一起站出来替夏晓兰出头,哪个还敢乱嚼舌头根?

任由流言传遍四里八乡,把夏晓兰名声搞坏了,好好一个大闺女,能不气得撞了柱子?

这样一想,住在夏家还真是自寻死路。

刘勇推开门口的夏老太:"去,搬你们衣服去,我今天给你们做主。破房子也别去住了,跟我回家去!"

搬到夏家老屋,和回娘家是两回事。刘芬脚步发软无力,夏晓兰却整个人都欢快起来。她也没想长久住在舅舅家,但她可以去那里做生意,大河村这些人会卖鸡蛋给夏晓兰才有鬼了。

刘芬不敢动弹,刘勇就让夏晓兰收拾东西去。

三婶声音尖得刺耳:"晓兰她舅,你做事不留点余地,非得把他们一家三口给拆散啊?你能养她们母女一辈子吗?"

自来娘家人只有劝和不劝分的。

夏晓兰可以滚出去,反正她也是个娇小姐。刘芬却是家里得用的老黄牛,一天不在,三婶就要做刘芬的活儿,觉得很难挨。

刘芬更是抖得厉害。她也知道,刘勇这次是认真的了。她脑子里乱糟糟的,一会儿觉得照着她哥的意思,她家就要散了;一会儿又想,连当舅舅的都来给晓兰出头,当亲爹的夏大军却还没回来……真的没有怨吗?肯定是有怨的!只是懦弱久了,有怨恨她不敢说出口。

夏晓兰冷笑两声,"三婶,我舅养不了我一辈子,你能养?让你家红霞把我衣服还来,我要带走。"

三婶顿时熄了声儿。

夏家没有男人出头，全家人都蛮横不过刘勇。夏晓兰脚下生风冲进自己屋子，床下那双鞋不是她的……这才一夜，夏红霞就迫不及待搬进来了。床尾放着的木头箱子是夏晓兰的全部家当，大铁锁把关，钥匙就挂在夏晓兰脖子上，没想到还有机会带走它。

夏晓兰费力地抱着箱子出来。

刘芬不敢去收拾自己的东西，夏老太对她常年的欺压已让恐惧深入她的骨髓。

刘勇不姓夏，他要是去屋里搜刮，事情的性质就变了。可夏晓兰她敢啊，任由夏老太脸黑得像锅底，她又跑去把刘芬的衣服装了……刘芬总共也没几件衣服，都是破破烂烂的，刘勇看得直皱眉。

"舅舅，我们还有点口粮放在老屋。"

刘勇大手一挥："一块儿带走，我今天骑自行车来的。"

那可不，崭新的"二八大杠"就放在墙边呢，一辆这样的自行车，怎么也要200多。刘勇是泥瓦匠的大工，一天能拿2元的工钱，夏晓兰想，舅舅这是发财了？

第9章　我洗心革面了！

怪不得夏家人今天态度如此温和，撒泼也控制在一个范围内。

崭新的"二八大杠"把夏家人给镇住了。

夏家人欺负刘芬，不管夏晓兰死活，就是因为没有人替她们出头。刘勇从前管过，不过自己也穷得叮当响，说不出硬气话来。他现在愿意替夏晓兰母女撑腰，也有撑腰的底气，夏家这些难缠的女人，自己就要退几步。

夏老太不吭声儿，这两天夏大军就要回来了。等夏大军回来，刘芬自己就会乖乖求饶，夏晓兰爱滚哪儿就滚哪儿去，反正是个败坏门风的不正经的女人——刘芬一块儿滚蛋也行，生不出儿子的女人，正好给夏大军再找个新老婆。

夏家不富裕，可夏家出了个金凤凰嘛，还愁没人嫁给夏大军？

夏老太念头通达了，也就不管夏晓兰是否搬走那些破衣服了，看三人离开，嘴里叨叨着："出了夏家大门，再想回来就难了！"

等刘勇走了，其他人才敢出来。

"妈，您就真让她们这样走了？"老三家的想着，还是得把刘芬叫回来干活儿。

夏老太得意洋洋地把自己的想法讲了，三儿媳王金桂自然要拍马屁："那可得娶个能干的新二嫂！"

大儿媳张翠不乐意了，她女儿考上大学那是孩子自己的本事，难不成还真的管夏家所有人，连夏大军娶后老婆都要揽着？张翠在夏家存在感很低，但她无疑是夏家三个妯娌中最聪明的一个。刘芬是头老黄牛，做得最多却不讨喜；王金桂是一点就燃的炮仗，拍马屁总也说不到关键处。

张翠三言两语就转移了话题："也不知道子毓他们到没到学校，这孩子也不说拍个电报回来。"

"电报贵，子毓是省钱，还是家里穷，要不然能给孩子多带点钱去上学！"夏老太眉心的皱纹深得能夹死苍蝇。

王金桂暗暗撇嘴，把夏家的家底都揣身上了，还不够拍个电报？

夏老太想着夏子毓在京城念大学要受什么委屈，心里就觉得不得劲儿，转眼又做出个决定："他们仨兄弟去修河堤，赚来的工钱也赶紧给子毓汇过去！"

张翠自然要推辞几句，夏老太偏要给，张翠只能勉为其难替女儿收下奶奶的心意。

这可真是同姓不同命了，夏晓兰撞了柱子连医院都不能去，夏家的钱却随便她堂姐夏子毓花用……夏晓兰要是在现场听见这些话，只怕能和夏老太干一架。

就算夏家人不心疼夏晓兰，她也是有人心疼的，至少刘勇就很心疼："这地方咋能住人，晓兰你昨晚就该带着你妈来找舅舅。"

夏家太狠心了，不是把晓兰逼到没办法，晓兰从来都吃不了苦的，又怎么会搬到河滩老破屋来住！刘勇牙咬得咯吱咯吱响，对夏家人的厌恶真是到了极致。

"赶紧把东西收拾了，跟我回家去！"

刘芬迟疑着，"大军回来了咋办？"

刘勇真是恨铁不成钢。

"你要处处维护夏大军，当哥的没意见，他毕竟是你男人！可他除了是你男人，还是晓兰的亲爹，他尽到当爹的责任了吗？连我都听说了晓兰的事，难道夏大军是聋了听不见？"刘勇气得原地打转。

夏晓兰冲她舅摇头，示意他不要说了。

这已经是刘芬多年的惯性思维，能跟着夏晓兰搬出来住已经是硬气一回。

"舅舅，我想自己做点小生意，您看行吗？"夏晓兰一边收拾东西，一边把自己倒卖鸡蛋的计划给刘勇说了。她真的觉得舅舅是个难得的明白人，说话做事儿特别敞亮，不是那种愚昧迂腐的。

刘勇听完了没有马上发表意见，从兜里掏出一包大前门，给自己点了一根烟。抽完半根烟，刘勇才说道："舅舅说句实话，你想赚钱是好事儿，是懂事了。但这生意吧，不合适。"

夏晓兰没有打断刘勇，她之前能爬到高管的位置，除了有拼劲，还有她从来不自恃聪明。

20世纪80年代是很落后，但这个年代肯定是有聪明人的。

夏晓兰要是把当下的人都当傻子，她早晚会跌个大跟头。

"您说，我听着呢。"

见夏晓兰脾气是真长进了，刘勇咧开嘴笑："舅舅要说得不对呢，你也先别生气，我就是提个建议嘛。这生意利小人也累，说不定还会惹来是非，咱们换一个轻省点的生意中不？"

农民进城卖点鸡蛋，用篮子拎着就行。一次性要往城里送100个以上的鸡蛋，运输很麻烦，收鸡蛋也是个麻烦事儿。

鸡蛋这东西易碎，不好存放，运到城里的蛋要是一时间没卖完呢？何况夏晓兰这脸长得有点招摇，刘勇也不放心让她四里八乡去收鸡蛋……这生意起早贪黑的，赚个辛苦钱，适合男人来干，不适合夏晓兰这样的年轻女孩儿，尤其是特别漂亮的女孩儿。

这些事，夏晓兰都考虑到了。

从最初的喜悦之后，她也意识到这张脸容易惹是非。

蓬门多绝色，但蓬门养不起绝色，搁旧社会蓬门的绝色是要进奉给贵人的。高门大户藏起来，进出有排场，才能确保安全。

夏晓兰眼下没有那条件，只能自己买把剪刀防身。

刘勇说的都是大实话，夏晓兰苦笑："我本钱小，只能先靠这鸡蛋生意养活我和我妈两个人，我把她从夏家带出来，不是让她担惊受怕饿肚子的。别人生的女儿是金凤凰，她生的难道是个讨债鬼？我早晚会让她过上好日子……舅舅，我以前太不懂事了，让你们伤心了！"

刘勇一个大男人都觉得鼻头发酸，刘芬肯定受不住啊，一边哇哇地哭，一边还分辩："谁说你是讨债鬼了？妈过得咋样不重要，重要的是你要过得好！"

三个至亲的人只差抱头痛哭了，夏晓兰借着这样的机会剖析了自己的内心，让亲近的人知道她要"洗心革面"重新做人。

刘勇见外甥女主意挺正，也没继续拦着她："你要做这生意，怎么也要几十元本钱了，你那里还缺多少？舅舅给你添上！"

夏晓兰还缺多少？她兜里只有6元……夏总露出了罕见的窘迫。

第10章　夏大军回来撞上了！

刘勇没有笑话她。要不是被逼到没办法，谁又愿意分文不带离开家？

选择继续留在夏家，忍辱负重也能活下去——可一个家，没有遮风避雨的屋檐，一家人还相互有嫌隙，那又算啥家！刘勇倒是觉得夏晓兰有胆量，都说外甥像舅，他本来就偏疼夏晓兰，现在看她更是哪儿都是优点。

刘勇从兜里摸出几张"大团结"："这50元你先拿去，你这生意要怎么做，我们好好商量一下。钱要是不够，过几天舅舅再给你凑一点。"

10元就是眼下纸币最大的面值了，被人民群众称为"大团结"。

刘芬吓了一跳，"大哥，你哪里来的钱？"

又是新自行车，又是随手给夏晓兰几十元。刘家是什么光景，刘芬难道不清楚吗？那真是穷得叮当响，从前刘勇三五不着调，家里日子实在过不下去了，他才收了心跟着人学做泥瓦匠。一年出师，两年成大工，有了这门手艺，刘家的日子稍微好过点。但泥瓦匠也不是每天都有活儿，刘勇不像旱涝保收的工人，收入是不稳定的。

刘勇知道他妹妹是个糊涂蛋，也就没细说，只让夏晓兰把钱收下。

"谢谢舅舅，这钱算我借您的。"夏晓兰也不矫情。

她现在的确是一穷二白，有了这50元的起步资金，她可以抓住农忙这段时间赚了钱再加倍还给舅舅。矫情着不要刘勇帮助，还不是要让她妈跟着吃苦！

刘勇笑呵呵的。他让夏晓兰搭把手，把东西装在一起捆在了自行车后座上。

母女俩的全部财物就是红薯和各自的衣服，还有今天新买的日用品。还没走到村口呢，就有人端着碗叫住夏晓兰："你爸回来了！"

"夏大军要打死她们的……"

幸灾乐祸，不怀好意，大河村的人真是太不友好了，就好像夏晓兰挖了谁家祖坟一样！

夏家大门敞开着,一个膀大腰圆的男人走了出来,"你们往哪儿去,你和你奶奶在家干架了?"

瓮声瓮气的,胳膊上全是隆起的腱子肉,身高目测逼近一米八,这就是夏晓兰的亲爹夏大军。

看来自己的身高就是遗传他了。20世纪80年代能长到一米六以上,夏晓兰对自己是很满意的。

刘勇根本不给夏晓兰发挥的机会,提起红薯袋子就对夏大军一顿乱砸:"好你个狗东西,我还说哪天去找你算账,你自己撞上来了!"

"谁和谁干架?"

"你媳妇儿和闺女要被人欺负死了,你这当爹的却假装不晓得?"

"狗东西,她们能和谁干架,我妹子嫁给你真是倒了八辈子血霉……"

刘勇个头小小的,还不到一米七,爆发起来却打得夏大军没有还手之力。

当然,夏大军也只是顾着用胳膊抱头,并没有真的要和刘勇对打的意思,"大哥,有话好好说!"

"我和你说个鸟,狗东西,光长肉不长心眼子,几十年都活到狗身上了,自己女儿不知道心疼,老子来替你疼!"

刘芬大急,想要去拉架,却被夏晓兰紧紧拽住。

夏晓兰冷眼瞧着夏大军从头到尾没还手,对这人还有一两分信心。夏大军要是连大舅子都打,夏晓兰就真不知道说什么好了。男人并不是不能有脾气,这世上有窝囊废,有动嘴不动手的男人,但也有一言不合就动手的男人。

穷山恶水出刁民,安庆县这边向来民风彪悍。但在外面和人动手,与回家对老婆动手,根本就是两回事,夏晓兰最瞧不起家暴的男人。

刘勇把自己累得气喘吁吁,这时夏大军的兄弟们跑出来,总算把两个人拉开了。夏晓兰的大伯和三叔将刘勇死命抱住,刘勇还踢脚伸拳地不甘心。

不过刘勇的彪悍也把看热闹的村民们吓着了,刚才说风凉话的现在通通当起了缩头乌龟。

夏大军脸都肿了,吐出一口带血丝的唾沫:"我不和你计较,我要说晓兰的事,她不该和她奶奶干架,把她奶奶都气病了……"

夏老太是寡母,含辛茹苦带大三个儿子,夏大军对老婆不贴心,对他老娘却言听计从。

夏晓兰想,她要是原主,听见这些话气也气死了。

她对刘芬有孺慕之情,对刘勇也亲近,是因为夏晓兰之前亲情缺失,这两人对她也好。对夏大军么,夏晓兰没有半点心软——就算"夏晓兰"欠夏家的,也用命偿还了,还要怎么样呢?

"舅舅,我们走吧。"夏晓兰本来想骂夏大军一顿,想了想,懒得浪费口水。

夏大军看她不发火不争辩,心里的邪火却怎么也压不下去,"你这个臭丫头——"他上前拉住夏晓兰胳膊,将她拽得跟跄了一下。

夏晓兰转过头来,面无表情看着他:"奶奶说我活着是丢夏家的脸,我这样的人就该马上去死。我撞破了脑袋,我妈跪着求奶奶送我去医院,她把头都磕肿了,才请来了医生替我止血……你要是觉得我不够恭敬孝顺,那我再把捡来的命还给夏家好不好?"

夏晓兰把防身的剪刀抵在自己脖子上，尖锐的刀尖已经刺入皮肤。那股狠劲儿蕴藏在平淡的语气里，反而叫人胆战心惊。

她真的会捅下去！

夏大军被吓到了，他下意识辩解："你这也没啥事，家里哪有钱送你去医院，你咋不学学子毓懂事一点……"被夏晓兰那似笑非笑的嘲弄眼神看着，夏大军的声音越来越弱。

家里为什么没钱，因为懂事的夏子毓把家底全带走了。夏大军就算习惯性偏疼侄女，也觉得在这件事上家里老太太做得不太对。心虚和别的情绪交织在一起，夏大军大吼一声："她是你奶，骂你几句，你就该好好听着！你要是不干那些丢人现眼的丑事，你奶奶能骂你吗？"

夏晓兰不是真的要寻死，她现在就想拿剪刀把夏大军这个棒槌了结了！还有人比她更快，个子小小的刘芬将身强体壮的夏大军撞开。

"我和你们拼了……让你们逼晓兰……"她怕得浑身在抖。可她要保护自己的女儿，这是母亲的本能！

第 11 章　兔子急了咬人

"谁再欺负晓兰，我……我和他拼命！"

刘芬个子小小的，说话根本没什么威慑力，可任何人都知道刘芬此时不是在开玩笑！

兔子急了要咬人。刘芬就是被逼到悬崖的母兔子，她要是退一步，先掉下悬崖的就是女儿夏晓兰，她怎么能退呢？

夏大军捂住被撞痛的腰，"你这个女人是不是疯了！"

刘芬挡在夏晓兰前面，的确有点疯癫。夏大军挥起拳头，还是没能揍下去。他一拳就能把刘芬打翻，但打翻之后呢？夏大军忽然有点怕。

女儿夏晓兰看他的目光冷冰冰的，毫无温度。

老婆刘芬则是仇视和害怕。

"妈，我们走吧。"夏晓兰把剪刀放下，上前揽住刘芬的肩头。这个女人有再多的懦弱和胆怯，在这一刻却是勇敢无比的。她这样维护夏晓兰，给予了夏晓兰曾经可望而不可即的亲情。就凭这一点，哪怕刘芬再无知再胆怯，夏晓兰都不能把她抛下。

刘勇狠狠呸了一声："狗东西，你们夏家没有一个好人，老婆女儿都不想要，我外甥女还能指望着你们家讨口饭吃？我今天把话放在这里了，晓兰今后和夏家没有半毛钱关系。"

夏晓兰 18 岁了，是个成年人了。

农村虽然消息闭塞风气保守，但社会的整体大环境却是鼓励女人自立。夏晓兰要一个人搬出去单过，顶多只是被人说一嘴，又不触犯哪条法律，更不像旧社会还要宗族的同意。名声这玩意儿，夏晓兰本来就没有了！

夏晓兰是硬拉着刘芬走的。

不是刘芬舍不得走，刘芬的目光里满是仇恨，刚才的情形真的刺激到了这个逆来顺受的女人。

夏晓兰又走到她大伯夏长征面前："子毓姐对我的照顾，我将来再和她仔细掰扯。"

考上大学也没有什么了不起的。

1983年的大学生很金贵，夏晓兰之前又不是文盲。书本上的东西她忘了一大半，大不了重新捡起来。等她把生活理顺了，她也去考个大学玩玩。

夏长征不由自主地放开了刘勇。

夏晓兰的模样是挺瘆人的，她不像以前那样撒泼，却给人不容侵犯的感觉——那是自然，夏晓兰曾经好歹摸爬滚打做到了跨国公司中华区的高管，就算是比撒泼，夏晓兰见多识广，也比夏家人撒得高级。

她手里握着的剪刀，既然能放在自己脖子上，也就能随时捅别人一刀。

一般情况下，夏晓兰愿意用智力解决问题而非暴力，因为她辛辛苦苦好不容易才获得了成功，凭啥要拿贵重的玉石去碰不值钱的瓦砾呢？

但她现在可不是什么贵重的玉石，起码在别人看来，她是可以随意欺侮的对象。要是不狠一点，岂不是人人都能踩她一脚！

夏晓兰长得娇媚，忽然冰雪罩面，夏大军也不明白为啥怕她。他眼睁睁地看着他们三人推着自行车，消失在大河村村口。

那些刚才被吓到的八婆们又窜出来，七嘴八舌地挑拨："大军，你刚才怎么不揍她一顿？""眼睛里没有长辈，就是没王法！""你大舅哥这是发财了，底气足了要替你老婆出头了，连个儿子都没生，也就大军你人厚道不嫌弃。""你娘真的被气病了？""晓兰也太不像话，动不动就要死要活的……"

这些声音闹得夏大军都不会思考了，偏偏他大哥夏长征也走过来叹气道："我听晓兰的口气，是连子毓都一块儿恨上了，这丫头不分好歹，子毓都没和她生气，她倒是……唉，不说这些烦心事，我们进去看看娘咋样了！"

夏大军被大哥三两句话一说，又羞又愧，简直抬不起头来。

三兄弟把大门一关，让长舌妇好生失望。

夏大军跑去夏老太屋里伺候，王金桂把她男人拉到一边，还是说夏晓兰空出来那间房的事。

刘芬回不回来先不说，闹得这样难看，夏晓兰那狗脾气才不会回来呢。

王金桂要先把空屋子给占住，夏家一大家子人挤在一个院，住的地方都不宽敞。

夏长征先去陪了一会儿"病倒在床"的老娘，也就他二弟对信老太太是真病了，夏长征知道是装的，可他干吗要揭穿？只有这样，二弟才会愧疚，才会听老太太的话，继续替家里赚钱。

除了夏大军这个棒槌，另外两兄弟都有自己的小算盘。

夏长征的老婆张翠也在房间里陪着婆婆，不时轻描淡写说两句，夏大军又被怒火烧昏了脑子，恨不得把忤逆不孝的夏晓兰抓回来打个半死。

张翠看火候差不多了，从房间里出来，趁着没人，她才对夏长征犯愁："那臭丫头跟着她舅跑了，子毓叫我们看好她的……"

张翠和夏长征两口子有儿子，但夏子毓有出息，夫妻俩都把女儿的话奉为圣旨。夏长征压抑住怒火："你还好意思说，不是说晓兰撞破了脑袋，眼看着活不成了？我听到消息还刻意拖了两天，一回来倒好，她活蹦乱跳地跟着刘勇跑了！"

子毓说得没错，夏晓兰心眼最小，肯定要记恨他们一家的。

可王建华要和子毓好，那是因为子毓优秀，夏长征也不觉得自己做错了啥。

他就听女儿的，女儿说王建华以后会有大出息，那这个男人就不能让给夏晓兰。侄女过得再好，难道他当大伯的还能沾光？当然得他亲女儿过得好，他才有好日子过！

大河村的一切已经暂时被夏晓兰抛在了脑后。

刘芬的娘家七井村到大河村要走3个小时，一个在安庆县的东面儿，一个在西南面。夏晓兰的姥爷、姥姥早年逃荒到安庆县七井村安家，去世得也挺早，丢下家里三个孩子没有亲眷照顾，刘勇年轻时不务正业，好歹拉扯大两个妹妹，夏晓兰还有个小姨嫁到了临县，平时走动得并不多。

刘勇自己混到30多岁时才讨上老婆，生了个儿子也就是夏晓兰的小表弟，今年才6岁，算是为刘家传宗接代的独苗苗。刘勇带着夏晓兰母女俩回到七井村，天都黑透了，并没引起村里人的注意。

夏晓兰的舅妈李凤梅睡不着，抱着孩子还在堂屋等着。

听见门口有响动，赶紧来开门："你可回来了，晓兰她们咋样？"

刘勇让了让，夏晓兰就凑上前喊舅妈。

李凤梅听见她声音中气挺足，语调不自觉就轻快了："听说你在家里撞了脑袋，差点没把我吓死，偏偏你小表弟发高烧，我是一点都丢不了手……幸好你这丫头没事！"

为没有及时去看夏晓兰，刘勇回来还和她大吵了一场。

李凤梅有点委屈，更多是害怕。夏晓兰真有个三长两短的，刘勇肯定和她没完。见夏晓兰看上去还行，李凤梅赶紧解释一下。

夏晓兰不是不知道好歹的人，舅妈不比舅舅，本来就没有血缘关系，再说谁不是更惦记亲生的孩子？像夏大军那样更疼别人女儿的棒槌毕竟是少数。

"舅妈，我没事儿，涛涛好点了吗？"

涛涛就是夏晓兰的小表弟，孩子被李凤梅抱着，恹恹的。

刘勇不耐烦，"进屋去说，小妹也来了，她和晓兰以后就住家里了。"

李凤梅这才发现，刘芬不声不响，跟在夏晓兰后面。刘勇的自行车也推了好多行李。李凤梅满脑子都是疑问，带的东西太多了，不太像是回娘家小住。这难道是和夏家彻底闹掰了？

第12章 打算做生意了

刘芬明显是神情恍惚，沉浸在自己的世界里，连嫂子都没招呼。

要不是看夏晓兰额头上还贴着纱布，李凤梅还以为撞柱子的是小姑子刘芬。刘芬看上去傻乎乎的没反应。脑子里的想法放一边，赶紧把儿子放床上去，帮着刘勇搬东西。

刘勇低声骂着夏家人全是大王八，又简单把事情经过讲了，包括三人要走，正赶上夏大军三兄弟回家，算是拳打脚踢才出了大河村。

"你把西屋的床铺好，给晓兰她们住。"

刘勇的意思是，夏晓兰母女俩以后就住在家里，也别回夏家去受气了。但他没说住多久，夏晓兰深谙人情世故，赶紧向李凤梅表忠心："我想做点小生意，攒点钱到县里安家，安庆县的机会多，也免得乡下这些人嚼舌根。"言外之意是她不会真的一直住在舅舅家。

舅舅肯定是真心实意地收留她们母女俩，舅妈李凤梅也不见得那么小心眼。夏晓兰是一个心智成熟的人，知道亲戚间住久了难免会有摩擦，反正她只是暂时落脚，也不怕多解释几句让舅妈宽心。

刘勇也听出夏晓兰的潜台词了。他没反驳，心想的是夏晓兰吃到苦头就不会这么乐观了。年轻人嘛，总是天不怕地不怕的，以为外面的世界很简单。是的，这两年有些人搞买卖赚到钱了，但夏晓兰能吃苦吗？

灯光下，夏晓兰发现舅妈的笑容真切了好多。

"你这丫头，一家人不说两家话，你舅让你们娘儿俩住，那就安安心心的！"

她这样大方，是因为最近几个月，刘勇挺能赚钱的，一时半会儿的，多添两个人吃饭，也不至于支撑不住。

李凤梅很快收拾好了屋子，现在的人不讲究，下面铺稻草上面有席子的床，可比夏家老破屋的条件好太多了。夏晓兰母女从昨天被赶出夏家，晚上和白天都在奔波，其实真的很疲惫。

母女俩洗了脸躺到床上，夏晓兰拍拍刘芬的手："您放心，我肯定让您过上好日子，咱俩都好好的，不蒸馒头争口气，活得有滋有味的，让别人看看！"

过了半响，夏晓兰以为她妈睡熟了，刘芬却慢吞吞回道："妈就想你自己能过好，晓兰，你别怪妈，我让你受委屈了……"

夏晓兰说了几句宽慰她的话，在干出成绩前，任何言语的保证都略显苍白。实在是太疲惫了，说着说着，夏晓兰就睡过去了。

第二天早上，夏晓兰是在食物的香气里醒来的。

刘芬早就起来了，还把厨房的活儿自觉包了。小表弟涛涛今天精神不错，在厨房里围着他姑打转，刘芬从蒸笼里夹了个馒头给他，烫得涛涛龇牙咧嘴却舍不得吐出来，还不忘拍马屁："老姑蒸的馒头比我妈蒸的好吃。"

安庆县在南北交界线上，搁后世就是冬天又冷又不供暖的尴尬地区。饮食习惯南北兼顾，刘家几天吃的就是红薯稀饭配大白面馒头。

夏晓兰打开箱子翻衣服穿，却有意外惊喜。

她在箱子里翻到手帕裹起来的一堆零票，一共有18.3元，是原主的私房钱。

压箱底的还有几封信，用词大胆火辣，是王建华写给她的。忍着恶心看一遍，夏晓兰就笑了，这人是对"夏晓兰"大胆示爱过的，夏子毓的手段可真高超啊！夏晓兰本来想把信烧掉，想了想又塞回箱子里，说不定啥时候能派上用场呢！

刚合上箱子，涛涛就进屋了。

"老姑，晓兰姐醒了！"

涛涛很黏夏晓兰，哪怕以前的夏晓兰脾气挺臭，也架不住夏晓兰长得好看啊！

小孩子才不管主流审美是什么，他们对人和事物的审美是天然的、还没被扭曲的，更直接更明了。他晓兰姐就是长得好看嘛，发脾气也好看。

夏晓兰没咋接触过小孩儿，但她心理年龄可不是18岁，看见萌萌的小孩子，根本没啥抵抗力。

伸手摸了摸涛涛的额头，夏晓兰挺高兴："额头不烫，看来是不发烧了。"

涛涛傻乎乎的，觉得晓兰姐对他好温柔，更像个跟屁虫一样，夏晓兰洗脸他跟着，夏晓兰梳头他也不走。看一眼夏晓兰，咬一口馒头："晓兰姐，你脑袋还疼不疼……你长得真好看！"

是啊，长得真好看。稍微拾掇一番，头发梳成两个辫子，换了件干净没补丁的衣服，夏晓兰也觉得自己好看得过分了。收拾好自己，夏晓兰才领着涛涛去厨房。

刘芬看上去没了异样，不知道她心里是怎么想的。

"过一会儿就能吃饭，你舅舅和舅妈去看稻谷了，这两天就能打谷子。"

正说着，刘勇的声音就响起了："煮的红薯稀饭？"

他把头上的斗笠取下来挂墙上，看见夏晓兰就笑："睡醒了？我让你妈别叫醒你，你受了伤需要好好养养。隔壁村打到野猪了，你舅妈买肉去了。"

不年不节的，农村没哪家舍得吃肉。涛涛的口水都快流出来了。夏晓兰自然是感动。

刘勇本来就是个穷大方，如今又赚了点钱，手更是松散。在谷粒归仓前，刘勇不会出门儿，他的自行车就空出来了："你会骑不？"

夏晓兰点点头，她还真的骑过这种老式自行车。模样是不够小巧，但它能载货啊，最初设计出来就是给军队搞运输的，能走烂路，连人带货能载几百斤。

刘勇的意思是让夏晓兰骑着车去做那鸡蛋生意。

趁着农忙的时候把生意做起来，要是吃不了这苦，刘勇也好给她想想别的办法。

李凤梅真的提了两斤猪肉和一根棒子骨回来。三指厚的膘是油汪汪的脂肪，那时的人不愿意要瘦肉，大家肚子里都缺油水，肥肉才是最受欢迎的。抢到这样好的两斤肉，李凤梅也挺得意。

一家人围在桌子上吃饭，李凤梅听见夏晓兰和刘勇一本正经地讨论做生意的细节，心情更好了。

"你那鸡蛋要怎么运到城里，自行车不得把它们颠坏了？"

1983年还没有什么村村通，别说水泥路面，连柏油路都没有，骑车真是一路颠到城里。人能受得住，但鸡蛋会颠破。100个蛋里若破10个，夏晓兰就根本赚不到钱。

夏晓兰从昨天就在琢磨这个问题。

后世的鸡蛋长途运输有蛋托，加上道路平整，多远都能运到。她现在条件简陋，自然搞不到什么塑料蛋托，但夏晓兰有别的替代办法。

"用芦苇绳子编小筐，就像鸡蛋那么大小的，把鸡蛋一个个套在里面，连成一串串的。"

缝隙里再塞满切短的麦秆、稻草之类，应该能起到防震泡沫的作用。

刘芬很激动，"我能编，你告诉我样子就成。"

第13章　发动童子军干活儿！

刘芬的手是真巧，夏晓兰口述，她随便找点稻草就能编得像模像样。

刘勇见夏晓兰有行动力，也不管她了，吃了饭又出去放水。一些稻田里还蓄着水，打谷子前先把田里的水放了，晒两天就能开始收割。

放水田有时还有别的收获，什么泥鳅、黄鳝，田里还能捉到手掌长的鲫鱼……这些都是在后世受到追捧的野生货，但在此时的待遇却马马虎虎。鲫鱼小而多刺，吃起来太麻烦，泥鳅和黄鳝都要重油才好吃，用金贵的油去吃这两个东西？

随便煮一煮是不好吃的，土腥味儿是个大问题。

夏晓兰都叹气，多好的高蛋白、低脂肪的肉食，却不受80年代食客们的青睐。

夏晓兰一开始觉得这是个生财的路子，眼睛都在放光，刘勇却说泥鳅卖不上价，烘干的泥鳅也就几分钱一斤，反正市价超不过一毛，还不如一个鸡蛋贵！

"这东西脏兮兮臭烘烘的，你还是折腾你的鸡蛋去吧！"刘勇随手捏住一条鲫鱼扔木桶里。

"舅，鲫鱼不要浪费啊，多给涛涛熬点鲫鱼汤喝，对小孩子长个子好，吃了也少生病！"

刘勇一愣："你在哪里听说的？"

夏晓兰想，这不是常识吗？

算了，1983年哪有什么常识不常识，她睁着眼睛说瞎话："书里看到的。"

千万别问我是哪本书上看的，这个真的回答不了。怕刘勇再追问，夏晓兰赶紧带着跟屁虫小表弟跑了。

帮刘勇干活儿的村民重重喘了一口气。

夏晓兰长得太好看，她那样随意蹲在田边，一般异性都不敢多看她——刘勇从前就是个无赖，在七井村谁敢动他外甥女，才是吃饱了撑着的缺心眼。

刘勇把脖子上的汗水抹了，瞪了身边人一眼："我告诉你们啊，哪个不开眼的打我外甥女的主意，老子知道了要弄死他。"

村民挺委屈："勇哥，那也算我侄女辈，我肯定不敢有啥想法。"

刘勇把木桶扔过去："就你废话多，赶紧抓鱼，没听晓兰说吗，小孩子要多喝鲫鱼汤！"

夏晓兰领着小表弟在七井村乱晃。

七井村是个水资源充沛的地方，大河村的芦苇荡一直蔓延到此。安庆县的白花苇古时候就有名气，芦苇资源唾手可得，夏晓兰才没有打芦苇编织品的主意。一来时机不合适，二来安庆县的编织品市场早就饱和了。

但芦苇荡显然不仅能提供编织原料，它还是野鸭和水鸡的栖息地，对夏晓兰来说就是挥舞着的钞票……保护生态这种事儿，还是等她解决温饱再说吧！比起那些劫道发家的，她赚钱的手段已经很干净了。

涛涛雄赳赳气昂昂地走在前面，夏晓兰就是他炫耀的"东西"，没有谁家姐姐有夏晓兰好看。

农忙将至，火辣辣的太阳也挡不住七井村后生们散发的荷尔蒙。

一个个都和涛涛打招呼：

"涛涛，你表姐来了啊？"

"涛涛，跟哥捉鱼去？"

"涛涛……"

嘴里叫涛涛，眼睛余光却瞄着夏晓兰。这种迂回的搭讪，也让这些后生脸爆红，让夏晓兰感慨，80年代大部分年轻人还是很纯情的。

她对这些纯情的年轻人没啥想法。肚子都填不饱，哪还有欣赏的心情！

夏晓兰从前也来过七井村，她的大名在年轻人当中是如雷贯耳，但夏晓兰一直都很高傲，不愿意搭理那些对她献殷勤的人……现在么，她打算继续维持原主的方针。她感兴趣的不是这些后生，而是能和涛涛玩到一块儿的孩子。10岁以上的小孩儿基本上都要帮家里干活儿了，十三四岁的更是大半个劳动力。夏晓兰的目标人群是10岁以下的，这些孩子又皮又耐摔，也很好哄。

逛了两圈，夏晓兰终于逮住了目标人物。有几个比涛涛大点的孩子跑来，一边跑一边笑："涛涛，我妈说你表姐撞成傻子啦？"

夏晓兰满头黑线。比起被她美色所迷惑的年轻后生，这些个臭孩子太不友好了，见面就揭短！

涛涛不肯依，"我晓兰姐才不傻！你瞎说！"

夏晓兰呵呵冷笑，掏出2毛钱塞给维护她的小表弟："拿去小卖部买东西吃，姐姐走累了，在树下等你。"

臭孩子们顿时好羡慕。

能给钱买吃的，谁说涛涛的表姐变傻啦？

天真淳朴的小孩儿，哪里玩得过夏晓兰这个老鬼。等涛涛买了糖回来，个个都在吞口水。

夏晓兰趁机道："你们想不想吃糖？"

齐刷刷点头。

"那就用东西来换，涛涛是我表弟，你们又不是，还骂我傻。"

领头的孩子使劲咽了咽口水，"晓兰姐，拿什么可以换糖？"

这个见风使舵最快，已经跟着涛涛改了称呼。

"芦苇荡里的野鸭蛋知道吧，3个野鸭蛋就能换2毛钱，拿着钱就能去买糖吃。不过必须两个人结伴去找鸭蛋，不能往有水的河边走！"

"真的？"

"骗人是小狗。"

是真的假的，试一试就知道了。

县城的鸭蛋当然不止2毛钱3个，做生意嘛不赚钱夏晓兰瞎忙活什么！

让小孩子帮忙找野鸭蛋，是利用了最廉价的劳动力，人力成本被压缩到了极致。夏晓兰想，她可真有出息，回到1983年，想到的竟是压榨童工。

2毛钱对小孩子的吸引力很大。

这些小孩儿都生于70年代，在农村，过年给孩子的压岁钱也就几毛钱，多的能有1块。就这点钱买糖、买鞭炮，能揣兜里吃、玩好久。

一个多小时后，等到一个9岁的小姑娘带着妹妹真的给夏晓兰捡了十几个野鸭蛋来，夏晓兰检查过蛋是好的，真的兑现了承诺。她也不欺负有的小孩儿数学不灵光，钱该怎么算就怎么算。

"你拿了16个蛋，这是1元7分钱。"

零钱是从村里小卖部兑换的。

小姑娘捏着钱，激动得手不知道往哪儿放。更小的孩子流着口水念着"糖"，小姑娘牵着妹妹回家，超过1元钱了，没有大人允许肯定是不敢乱花的。

夏晓兰叫住她："家里有鸡蛋的话也能卖给我，我就住在涛涛家，不过卖鸡蛋要问过你家大人。"

夏晓兰发动的童子军，在2个小时内就把附近的芦苇荡扫空了。野鸭子嘎嘎叫，扑腾着翅膀在芦苇荡里乱窜，还有找到孵出来的小鸭子问夏晓兰要不要的。

现在有了养鸭子的地方，夏晓兰准备带回去给刘芬打发时间。

她一共收了90多个野鸭蛋。至于有没有人找她卖鸡蛋，到晚上就知道了。

夏晓兰回家后发现舅舅抓了小半桶泥鳅，还有许多黄鳝，稻田里的鲫鱼也有十几斤，全部养在墙根儿的水缸里。

"养几天，等它们把肚子里脏东西吐出来再吃！"

李凤梅用棒骨炖了萝卜，满院子都是香味。吃饭的时候是没人来串门的，大家吃点好东西不容易，就不要揣着明白装糊涂赶这时候来串门了。

刘芬在屋檐下编草筐，已经编了好大一堆。

"晓兰你看看，编得行不？"

怎么不行？野鸭蛋和鸡蛋放进去刚刚好。涛涛有点得意地挺着胸："晓兰姐买了好多鸭蛋，她还给我买糖吃了！"

李凤梅在厨房里听见也笑。

夏晓兰从前对涛涛可没有这么耐心，这孩子可是李凤梅的命根子，夏晓兰善待涛涛，当妈的怎么会不喜欢呢？

一时间，家里的气氛很融洽。

夏晓兰觉得这日子是有奔头的，离开大河村的决定根本没错！

第14章 鸡蛋西施

大棒骨熬汤炖的萝卜。骨头上的肉炖化了，汤是奶白色的，萝卜炖得软软的，也没有老筋。

连汤带菜浇在米饭上，连6岁的涛涛都能吃一大碗，何况是大人。夏晓兰坚持加了个炒鸭蛋，刘勇说这是她做生意的老本，让她下不为例。

夏晓兰想，直接给生活费不太好，她只能自己补贴一下舅舅家的餐桌了，总不能真的白吃白喝。

地里现割的嫩韭菜炒野鸭蛋，韭菜的气味盖住了野鸭蛋的腥气。

"照晓兰说的办法，搅蛋液的时候放了点醋，炒出来果然又嫩又松软，赶上鸡蛋的口感了。"李凤梅夸一句，刘芬就高兴。

都说夏晓兰不顶事儿，眼睛里没活儿，又长得不安于室。刘芬从来没有放弃过女儿，现在果然是变懂事了，她怎能不欣喜？

夏晓兰也觉得舅舅家的伙食挺不错。

她在后世当然吃过很多高大上的东西，想想1983年农村地区的普遍生活水平，刘勇的伙食水平已经很高了。这和刘勇现在能赚钱有关，还有他满心愿意照顾夏晓兰母女的关系。

吃了下午饭，刘勇又跑出去干田里的活儿。李凤梅也一块儿下田去了，刘芬想去，但刘勇让她在家里多编点草篓子。

"晓兰赚钱的时机就这两天,你可别耽误她正事。"

夏晓兰拿那辆"二八大杠"重温了一下车技。她之前没有长辈可以依靠,上学靠的是好心人赞助,出社会靠的是自己奋斗,大冬天骑着自行车跑业务,几十公里路也很轻松。后来职位往上升,外地出差的费用全报销,还给她配了小车……再后来就自己买了车。这种老式自行车,她有小 20 年没摸过了。

开始不熟练,后来就越骑越顺畅。

涛涛眼巴巴地看着,可 6 岁实在太小了,夏晓兰只能把他放后座,让小屁孩儿抱着她的腰,她骑车载着他在村子里玩。路上被一个眼熟的妇人叫住:"晓兰,听我家大丫头说你要收鸡蛋,是啥价钱?"

夏晓兰跳下车来叫人:"婶子,我是在收鸡蛋,这不看农忙了大家的鸡蛋都没空拿去县城卖,天气热坏得快,我就收起来再卖到县城去。当然,我也要赚点辛苦钱,您看一个鸡蛋 1 毛 2 分钱行不行?"

妇人夫家姓陈,排行老四,都叫她陈四婶。

陈四婶闻言皱了皱眉,"我听说县城能卖 1 毛 5 分钱一个……"

夏晓兰笑嘻嘻地解释:"县城的鸡蛋价格随时都在变化,不瞒您说,有时 1 毛 5 分,有时还要便宜点。万一卖不掉,路上磕坏了,我收太多鸡蛋也担着风险。"

伸手不打笑脸人,做生意哪能往亏本的方向奔?路上有耗损,再说七井村离县城也远着呢,平时跑一趟没关系,农忙时一来二去就要耽误半天工夫,哪个有这时间!

"卖你了,我回家拿鸡蛋去。"

这个时代的农村谁家不养两只下蛋的母鸡,油盐酱醋的钱全靠鸡蛋呢。夏天多草籽和小虫,母鸡们吃得肥肥的,两只鸡半个月下的蛋能超 20 个。陈四婶给夏晓兰拿来了 20 多个蛋,钱是现结的,她把鸡蛋卖给夏晓兰的事很快就传遍了村子,夏晓兰的鸡蛋生意由此开张。

刘芬不由得加快了编草篓的动作。

夏晓兰花了一天多的时间,把七井村的鸡蛋都收了,连隔壁村的也往刘家送蛋。

她的本钱只有七十几元,鸡蛋收了快 400 个,野鸭蛋也有 200 个,怎么样也要留点活钱在身上,夏晓兰只能暂时收手。

刘芬从来没有见过这么多鸡蛋、鸭蛋堆在一起,箩筐里放满了,看上去挺震撼。

刘芬十分担心,怕这些鸡蛋卖不出去,到时候全家人也吃不完啊。再说,这年月谁家奢侈到花几十元买鸡蛋吃?抵得上城镇职工一个多月的工资了!

"我明天先带 200 个鸡蛋和 100 个野鸭蛋去城里。"

安庆县要没有两个大厂,夏晓兰是不敢收这么多蛋的。

两个大厂的职工上千人,300 个蛋很容易消化掉,前提是她能找到合适的门路。一直靠零售效率很低,夏晓兰琢磨着怎么找到更好的销售渠道……官方的鸡蛋虽然才 1.2 元一斤,可供货严重不足。一些单位的后勤部门也不是都能买到低价蛋的,这里面的门道值得试一试。

大晚上的,连李凤梅都帮忙编草篓子了,她们把干稻草剪短节,还在空隙里塞满糠皮,总算是增加了运输途中的稳固性。

涛涛激动得不睡觉,等着夏晓兰带他进城。可注定要让小屁孩儿失望了,夏晓兰母女凌晨5点就出发了。

两个人更安全，谁让夏晓兰长得太好看，刘芬不放心，刘勇也不放心。

骑着自行车，大大缩短了进城的时间，到了上次卖鸭蛋的地方，天色才大亮。今天的农机厂外面的小市场极为萧条，老乡们忙着地里的活儿，都没空来县城卖东西了。

夏晓兰刚刚停好车，就被之前的老熟客给认出来了。她长得扎眼，做事爽利，和她打过一次交道的人都忘不了。

"哟，你这是又来卖蛋？"

"婶子，您今天还买蛋吗？有鸡蛋！"

"前两天买的鸭蛋还没吃完呢。"

夏晓兰没放过潜在顾客，"鸭蛋做皮蛋和咸鸭蛋挺好吃，要说蒸煮和炒，还是要鸡蛋。"

她掀开自己的背篓，一个个鸡蛋整整齐齐排着，好像在说来吃我。大婶不由得咽了咽口水。她的确把上次买的野鸭蛋泡了咸蛋，要不再买几个鸡蛋？

夏晓兰看出来她动心了。

"鸡蛋我是卖一毛五一个的，您是熟客，给您算一毛四吧。野鸭蛋还是前两天的卖法。"

国营的店，鸡蛋是1.2元一斤，看鸡蛋个头大小，一斤鸡蛋就8～10个。是比夏晓兰卖得便宜，可也要货源充足才行，平价蛋不好买！

这大婶没扛住夏晓兰的游说，最终买了10个蛋。

等上班的工人们骑着自行车陆续出现了，夏晓兰的生意才好起来。她落落大方地站在那里，靠着那张脸也能惹来别人多看两眼，多看两眼她就问人买鸡蛋吗？一点也不像那些来卖东西的老乡，总是偷偷摸摸的，好像在做贼。

趁着农机厂工人来上班的时间，夏晓兰将带来的蛋卖得差不多了。

"您看，其实也挺安全的，明天我就自己进城。"

家里得留一个人收鸡蛋，总不好一直麻烦夏晓兰舅妈，人家也有自己的活儿。七井村附近的鸡蛋收完了，还得去别的地方，两个人一起来县城耽误了一个劳动力。

刘芬嘴笨，夏晓兰劝人家买东西的话她是说不出口的，跑县城的只能是夏晓兰。

上午9点刚过，夏晓兰就把所有蛋卖完了，她准备明天换到肉联厂外面去。揣了许多毛票没数，不过按照她那卖价，今天肯定是赚钱了的。尽管再小心，还是压碎了几个鸡蛋，这些损耗无法避免。

抢收稻谷的农忙来了，夏晓兰倒卖鸡蛋的生意也开展得如火如荼，有人称她是"鸡蛋西施"，顶着这名声，夏晓兰就被有心人给盯上了。

第15章 被流氓盯上了！

背靠着亲舅舅，夏晓兰母女的日子过得挺滋润。

特别是农忙来临，农村家家抢收粮食，夏家人田里的活儿都干不完，还真没有空来七井村找夏晓兰母女的麻烦。夏晓兰往城里倒腾鸡蛋，没两天生意就顺手了，她说话爽利，长得又挺好看，做生意有原则，但在原则范围里又极大方——农机厂和肉联厂的工人们都知道，这几天厂外面多了个鸡蛋西施，卖的鸡蛋很新鲜。

开始每天跑一趟安庆县，不过几天，她就卖了快2000个蛋。虽然每天骑着车不停地奔走在乡下和县城很辛苦,但她的辛苦是卓有成效的,平均一天能赚10元。本钱少,又没有人脉,夏晓兰有一肚子赚钱的想法也只能慢慢来,每天赚这点钱她是不觉得多,但刘芬却是很满意的。

到了晚上,夏晓兰回到家,母女俩清点一天的收入。布兜里的钱倒在桌上,大部分都是零散的毛票,1元的、5角的……最小的是分票,夏晓兰发誓曾经见过的以"分"为面值的纸币,加起来都没有这几天多!

刘芬将所有钱整理好,只觉得像做梦一样:"钱真的有这么好赚,别人就不知道吗?"

刘芬的问题好啊,证明她开始思考了。夏晓兰就笑:"知道能赚钱,这生意也不是人人都能做的。"

20世纪80年代当然遍地都是机遇,可也没有人人都变成亿万富翁。机遇来了,得有胆识,还得有运气!就像夏晓兰这生意,七井村肯定也有人看得眼热,一来田里的粮食等着人去收,他们腾不出手;二来有人手的,必须有夏晓兰这种破釜沉舟的勇气——做生意本来就有赚有赔,倒卖鸡蛋这种生意不仅辛苦,风险也是很大的。鸡蛋卖不出去怎么办?鸡蛋路上全摔了怎么办?近百元的本钱,不小心就会血本无归。

夏晓兰就算亏了,大不了重新来过,她曾经能混上跨国公司高管的职位,这一点点小失败根本打击不到她。

可对1983年的农村人来说,近百元的亏本,那是大半年才能攒到的钱,说没就没了,家底不厚的又能经得起几次赔本呢?

夏晓兰将钱收起来,"鸡蛋这生意再过几天也不好做了,我不是让舅舅帮忙收鳝鱼吗?我想拿到省城去试试。"

刘家的稻田里,能轻轻松松弄几十斤泥鳅、鲫鱼和黄鳝,乡下还真不缺这些东西。

泥鳅做不好会有股土腥味。稻田里养的鲫鱼在后世被捧得厉害,但现在的人谁吃它?耗油、刺多、肉少……它都排不到"四大家鱼"里,可见这玩意儿有多么不受欢迎了。而且比喻某种时兴的事物常用"过江之鲫",想象一下鲫鱼的数量有多少!

黄鳝就不一样了,它是大补之物,不管啥时候都卖得上价。

就算眼下,也快赶上猪肉价了,不过在安庆县也不好卖,除非拿去省城卖。

鲫鱼、泥鳅卖得便宜,夏晓兰懒得折腾,就让刘勇告诉七井村的人,她除了收鸡蛋,还收黄鳝。不过大家现在忙着收割稻谷,除了小孩子零散拿过来几斤卖,并没有大额的生意。她也不急,黄鳝一直能抓到10月份呢。

就算别人嫌弃的鲫鱼和泥鳅,夏晓兰也有吃法。夏晓兰的厨艺一般般,可她见识多呀,为了招待客户,南北菜系她哪个没吃过?

刘勇之前弄回家的泥鳅、鲫鱼都吐干净了泥沙,锅里滴点菜油,把鲫鱼小火煎到两面金黄,加水一直小火炖。鱼肉都炖烂到汤里,也就费点工夫的事,夏晓兰让家里每个人都喝鱼汤。她重点照顾的就是刘芬和涛涛,刘芬瘦得像非洲难民,涛涛不多补钙,以后身高随着刘家人就悲剧了。

泥鳅用辣椒酱烧,加点豆腐,起锅时放点蒜苗。

刘家这伙食安排得很好,舅妈李凤梅对夏晓兰满意极了。

不过这两天刘芬不能陪夏晓兰进城,母女俩在这里住着,总不能只让刘勇两口子下田收稻谷,刘芬也是要去帮忙的。

"你一个人去县城,可要注意点。"

夏晓兰出门前,刘芬也要下田割稻谷了,趁着太阳没出来将稻谷秆割倒,还得给稻谷脱粒,现在没有机械操作,都得靠人工。

"我知道了,妈!您也别太累。"

夏晓兰骑着自行车往县城去,她这几天把两个厂子的鸡蛋市场份额都快填满了,不可能天天都有人买那么多鸡蛋。一次运400多个鸡蛋,一天跑两趟安庆县,今天第二次来卖蛋时,在农机厂守了很久还剩100来个鸡蛋。

夏晓兰就想换一个地方。

她一般是不抄近路的,今天卖蛋耽搁得久一点,她就从一条小巷子里骑车穿过。

她却不知道,在县城卖了几天蛋,"鸡蛋西施"的名声已经传出去了。长得漂亮,每天还带着卖鸡蛋的现金,就有人琢磨着对夏晓兰下手。

夏晓兰是有点得意忘形,毕竟她那大剪刀揣身上好几天,也没遇到过流氓。

巷子那一边就是大马路口子,她使劲蹬着自行车踏板,车子的箩筐却被人抓住:"小妹,你这么慌干吗,我们买鸡蛋!"

陡然被人急刹车,她好险,差点没摔在地上。自行车后座的箩筐重重着地,夏晓兰一阵心疼,鸡蛋不知道碎了多少个!

一个人迅速蹿到前面,挡住了她的去路。

另外两个男人拽着她的自行车,夏晓兰站直了身体,大剪刀已经用袖子挡着握在了手里。

情况有点不妙,三个流里流气的年轻男人,色眯眯地将她从头打量到脚,明明为了防晒穿着长袖长裤裹得严实,淫秽的目光让她觉得自己就像没穿衣服……今天怕是不能善了,夏晓兰没有像一般姑娘吓得脑袋发蒙,她根本没有废话,张开嘴就大叫:"救命啊!有人耍流氓非礼妇女!救命啊!他们把我堵在巷子里了!"

夏晓兰的声音尖锐,反而把三个流氓吓住了。

一个人连忙去捂夏晓兰的嘴巴,她拿起剪刀狠狠去捅,那个男人痛得龇牙咧嘴:"臭丫头,以为我们没打听过你底细?你们两个快点把她按住,臭丫头,还敢拿剪刀捅我!"

夏晓兰背靠着墙,手里的剪刀使劲挥,嘴里的大叫没有停下来过,反正不让人近身,嘴里喊着"流氓非礼妇女"和"救命",又有自行车挡在身前,一时还真没有人能近身。

一个流氓没了耐心,将自行车扯开。

夏晓兰一边大叫,一边冷笑,有人来抓她手腕,她瞅准了对方的眼珠子戳。

那人退得快,眼皮被剪刀尖划了一下,忍着痛,拽住夏晓兰辫子,把她拖到面前,另一个趁机打掉了夏晓兰的剪刀。

"臭丫头,装啥贞洁烈妇,谁不知道你是个不正经的女人?大河村的夏晓兰嘛!"

第16章 英雄从天而降

夏晓兰被人抱住了上半身。

那句"大河村的夏晓兰"将她震了震,不过她该怎么叫救命,还是怎么叫。这些狗东西还打听过她的底细,夏晓兰有点着急,此时正是一天里最热的时候,马路上的人本来就少，这地方又挺偏僻的。

三个男人，有两个受了伤，他们也不敢继续耽搁。再让她这样叫下去，肯定有人要过来的。没受伤的那个就去捂住夏晓兰的嘴巴，夏晓兰没了剪刀，狠狠一脚踢在了对方下身。这一脚太狠了，痛得对方丢开夏晓兰，像只煮熟的大虾子弓着身体。

夏晓兰连踢两脚，也不管后面踢没踢中，她趁机冲出包围圈往巷口跑去。

人在逼急了会爆发出难以想象的力量，夏晓兰不怕流氓抢劫，就怕他们糟蹋她……清清白白的大姑娘，她还想好好在80年代谈个恋爱呢。

流氓嘴里骂着"臭丫头"，拔腿来追。

夏晓兰心里也挺急的，她这个人身体太弱，虽然个子不矮，也打不赢三个流氓啊！

眼看着就要出巷口，夏晓兰面前出现一个人影，一个人挡住了去路。夏晓兰心里第一次感到绝望，还以为是流氓的同伙，一头就撞在了那人身上。

那个人伸手稳住她，"我可不是坏人一伙的！"一开口就不是安庆县的口音。

这人将夏晓兰往身后一拉："坏小子能耐了啊，大白天欺负女人，安庆县的治安也太坏了，同志你别怕，我……"

夏晓兰跑得汗津津的，一张小脸白里透红，一下子把人给看呆了。

这人忽然大叫："哥，诚子哥你快来，小痞子们非礼女同志了！"

非礼女同志就算了，为啥要非礼这位女同志？自从几天前在安庆县面摊见过夏晓兰，一路他都惦记着对方，总觉得夏晓兰吃面时抬头看她一眼，雾蒙蒙带着水光，欲语还休的，让他总也忘不了。

一股热血往脑袋上涌，他把夏晓兰挡在身后，嗷嗷叫着冲向三个流氓。

夏晓兰松了口气。看来是救她的！

她也认出这人了，不就是面摊上总看她的外地小伙嘛。巷子口又响起了脚步声。

另一个年轻人走来，脚步有力，人也长得极为精神。小平头配着他的五官，痞痞的，长得挺有霸道总裁范儿的……这男人不好惹！

周诚一抬头，正好和夏晓兰视线相撞。

她脸上带着汗，人也气喘吁吁的，却不能遮掩那惊人的美貌——周诚不会那些文绉绉的形容词，他就是觉得夏晓兰哪儿都长得好，让他有点口干舌燥。

康伟说得对，安庆县这小地方，原来藏着个绝色。

怪不得此去沪市的路上，康伟一路都在念叨，现在打起来又不要命一般。周诚眉毛一挑，长了这样一张惹是生非的脸，就该时刻注意着，没事儿往偏僻地方钻，可不就给了流氓以可乘之机？

要不是在路口踩了脚刹车，她肯定被糟蹋了。

周诚心里不知道哪里冒出来的火气，看康伟把三个流氓干翻在地，还觉得不解气，在墙脚捡半截砖头，狠狠砸在了一个流氓脑袋上，对方嗷一声就倒在地上没动静了。

"诚子哥！"康伟连忙丢开另外两个，"哥您别冲动，不值当。"

周诚看了他一眼。

夏晓兰整理好了头发，多少也有点怕。此时又没有别人，万一这两个也是坏人呢？

周诚也不揭穿夏晓兰的小心思，"这三个人怎么办？"

夏晓兰看了看天色，"两位同志，真是太谢谢您二位了！能把他们送到派出所吗？"

周诚点点头。

康伟使劲踹了一脚，"别装死，都滚起来。"康伟都不敢多看夏晓兰。

周诚却看见了她额头正在愈合的伤口，"额头怎么回事儿？"

夏晓兰想，这人怎么一点都不见外呢？

不过对待恩人，她也不好态度恶劣，就含糊过去："不小心摔的。"

周诚越看那伤口越不顺眼。白璧无瑕的脸蛋，多了伤口挺碍眼，也不知道会不会留疤。

康伟把三个人绑上，一个嘴里还不干不净的："她就是一个不正经的女人，别人能睡，我们不能碰？哥几个都是男人，大家一起爽好了！"

康伟一脚踹在他脸上，对方掉了好几颗牙，终于没有满嘴乱喷粪。不过气氛还是很尴尬，夏晓兰的脸色也很不好看，自己把自行车扶起来，真的碎了不少鸡蛋。

每一个蛋她就赚1分钱。

顶着烈日到各个村去收蛋，又一天两趟跑安庆县，早上5点起床，到晚上9点多才歇下，中途是没有休息过的。就是这样，一天顶多也就赚10元，这一摔，她今天一整天都白干了。

明明曾经吃过很多苦，比这个更苦的事儿都遇到过，夏晓兰还是觉得委屈。

谁想回到1983年呢？！曾经用了20年才奋斗成功，睡一觉起来全没了！

夏晓兰红着眼睛，也狠狠踢了流氓几脚："不正经也瞧不上你们，孬包，只会欺负女人！"

夏晓兰真不是好惹的，看起来柔柔弱弱的，被救之前三个流氓就带伤了。到了派出所，周诚两人把责任全担了，就说是两人打的。警察也没说他们打得狠，反而很正式地表彰了两人："我们收到了公安部的通知，安庆县将积极配合严打行动，对犯罪分子要从快从重处理！两位同志是见义勇为，我们会将锦旗送到两位的单位。"

康伟想，他和诚子哥哪有什么单位啊。

夏晓兰从另一个房间里出来，一个女警察态度很好，还安慰她："我们肯定会保密的。"

世道对女人不公平，明明是差点被侵犯的，传出去说不定人们一边骂流氓，一边也要对女人指指点点。

夏晓兰知道，如果不出意外，她是再也见不到这三个流氓了。谁叫他们这样嚣张，敢在严打期间犯事儿。这三个人事先肯定想，就算把她怎么着了，她为了自己名声也不敢报案。

可惜他们搞错了。夏晓兰名声不好，人更是泼辣厉害，敢拿剪刀戳眼珠子，拖延时间等来了救援。

从派出所出来，已是下午6点了，夏晓兰心里急，也不能表现得没礼貌，坚持要请两位救命恩人吃饭……吃啥？就是街口那家小摊的面条。

夏晓兰囊中羞涩，肯定没办法请两人吃馆子的。

国营饭店置办一桌子，怎么也要20元，她只有钱请对方吃汤面，顶多叫卖面的大婶加两个荷包蛋。

康伟叽叽喳喳地比较外向，周诚人长得挺邪气，其实话不多。周诚其实看上去比三个流氓更像坏人，身上有股邪性儿，同行的康伟能一个撂翻三个，却对周诚心服口服。

丢下碗，康伟要抢着付钱，夏晓兰拦住不肯："两位对我的恩情不是一碗面能报答的，今天让我请你们两位！"

康伟嘀咕，说自己从来没被女孩子请过饭。

周诚把筷子一放："改天请回来不就好了。今天太晚了，我送你回去。"

最后一句话，周诚是对着夏晓兰说的。

第 17 章 哥，你一见钟情了？

周诚看着夏晓兰的眼神里带着小钩子。

夏晓兰没吃过猪肉，至少见过猪跑，这个周诚对她有好感，而且毫不掩饰这份好感。

她对这个看脸的世界心中有数，男人见了她这张脸真的很难讨厌，要不今天怎么会惹来这样一场祸事呢？

周诚和康伟是她的救命恩人，夏晓兰自己心中坦荡，也不矫情："会不会太麻烦你们了？"

"不麻烦，我们跑了几天长途，中途本来也要歇歇脚的，送你到家，再返回县城。"

康伟张张嘴。诚子哥和女孩儿说话从来没有这样耐心过，多少姑娘追着诚子哥跑，他愣是都没正眼瞧过她们。刚才在路上也没说要在安庆县歇脚啊，他们载着一车货，早点回到京城，这一趟就安生了。康伟偷偷瞄夏晓兰，她的确太漂亮了，难道把不近女色的诚子哥迷住了？

他不敢吱声，赶紧打边鼓："不麻烦，你说这么晚了，你一个人走在路上多不安全啊？万一那些臭流氓还有同伙呢？你放心，我们肯定不是坏人，派出所不是留了档案嘛！"

再推辞下去，好像真把恩人当成狼来防。

夏晓兰看看那辆大东风，不知道自己该坐哪里。

周诚把夏晓兰的自行车往康伟手里一塞："你到后面去，顺便看着货。"

康伟的一颗心拔凉拔凉的。但他又不敢反抗周诚，只能将夏晓兰的自行车放到了车厢里。车厢里装满了箱子，康伟好不容易才挤了上去。夏晓兰想张嘴说自己去后车厢，不过人家装着货呢，或许是不信任她。

她坐到了副驾驶位置，大东风启动了。

离开省道，通往七井村的路烂得很，好多时候车轮都挨着路边险险而过。

夏晓兰不时给周诚指路，汽车就是比自行车快得多，走路两小时、骑车一小时的路程，大东风只要半小时就到了！

"前面就是我家了，村里的路开不进去，你就在这里放我下来吧。"夏晓兰指了指七井村。

一路走来，田间地里都是忙碌的景象，趁着天色还没有完全暗下去，干活儿的人要把脱粒的稻谷装回家。麻袋装着，全靠人一袋袋地扛。

村里有了炊烟。平时吃两顿饭的，农忙时肯定要一天三顿，顿顿都得吃点实在的，要不谁能干得动那活儿。

夏晓兰本来打算今天早点回来做晚饭，到派出所去说明情况把时间给耽搁了。她心里有点急，周诚也看出来了，等她下车，周诚忽然问道："你明天还去安庆县？"

出了今天这种事，一般小姑娘吓也吓死了，说不定就不会继续做买卖。就算还要卖蛋，也会歇几天缓缓神。

不过周诚觉得夏晓兰不像一般的小姑娘，她看着娇娇弱弱的，其实挺大胆。

果然夏晓兰想也不想："当然去，周大哥你们晚上要住在安庆县招待所？我明天去找你们，给你们带早饭。"

周诚邪里邪气的，听完后却眉眼舒展，觉得小妮子颇有良心。

"回去吧，明天不要太早出门，不安全。"

夏晓兰推着自行车就走了。

康伟期期艾艾凑上前，"诚子哥，你……你真看上了？"

周诚冷哼一声。

康伟哀嚎起来——还有没有天理了，明明是他看中的人啊，惦记着一路，结果让周诚给截和了？！

夏晓兰推着自行车回去。

刘芬早担心得不得了，夏晓兰今天回来得晚了，他们干完田里的活儿没见到人，刘芬正想出门找她，可巧夏晓兰就回来了，她虽然整理过衣服，但鸡蛋的腥臭味儿掩饰不住。

"我路上摔了一跤，只能推着车回来了，蛋也碎了好多。"夏晓兰主动坦白。刘芬哪里会去想蛋，赶紧追问她："有没有摔疼？让妈仔细瞅瞅！"

夏晓兰在原地转圈，又蹦蹦跳跳两下："我真没事儿。不过恰好遇到两个好心的同志开车载了我一段路，明天我顺道给人带个早饭，谢谢他们。"

"要不你明天歇一天？"

"都说好了，要给人带早饭呢。对了，晚饭我在县里吃过了，妈你们今晚吃什么？"

收割稻谷不仅累，汗和各种草屑黏糊糊混在一起痒得难受。刘勇和李凤梅忙着去冲澡，刘芬一边做饭，一边看着涛涛，夏晓兰回来了，就赶她去洗澡了。

涛涛围着夏晓兰打转，"晓兰姐，你到底啥时候带我去县城玩？"

他眼巴巴地望着，像条小京巴，夏晓兰忍不住捏了捏他的小脸："姐姐忙着赚钱呢，哪有空陪你这小鬼玩，不过你如果乖乖的话，我明天给你带个礼物回来。"

涛涛眼珠子一转，他很想去县城，就是想和夏晓兰黏在一起。不过他爸说晓兰姐是去做生意的，让他不准烦人，夏晓兰又说给他带礼物，涛涛就很满足了。

他把手伸出来，"我不信，你之前还说要带我去城里，结果早上偷偷跑了，我们拉钩！"

涛涛伸出小拇指，夏晓兰只能用小拇指和他钩着。

两人钩着小拇指，大拇指肚相对，"拉钩上吊，一百年不许变，谁变谁是小狗！"

刘勇刚好洗澡出来，"你个臭小子，和你姐没大没小的，你说谁是小狗？"

夏晓兰是小狗，他这个当舅舅的岂不就是大狗？

刘勇满地撵孩子，夏晓兰忍住笑去拦："舅舅，我和涛涛玩呢，没关系的，哄孩子嘛。"

刘勇干了一天活儿筋疲力尽，就是做个样子追一追，听见夏晓兰的话，他顿时乐了："你这话说得老气，自己都还是个孩子呢！"

18岁的大姑娘已经能嫁人了。不过在刘勇眼里，夏晓兰这个外甥女也就是个半大孩子。

可怜她投胎到夏家，偏心的家人，棒槌样的亲爹，她还不肯叫当舅舅的养，自己要挑起养家的重担。刘勇叹气："你今天真是摔了一跤？我可不是你妈。"

越是相处，夏晓兰越是觉得她舅舅刘勇很精明。

她也没瞒着，把今天的事说了："那些人事先打听过我的来历，您说我的坏名声都传到县里了？"

夏晓兰卖鸡蛋归卖鸡蛋，她难道见人就说自己是"大河村的夏晓兰"？刘勇一阵后怕，也觉得其中有鬼，"我明天进城打听下，也好好谢谢你说的两个救命恩人，你这丫头，请人家吃两顿饭就打发了？"

"田里的活儿……""没事，我让其他人帮忙干，耽误不了抢收。"

刘勇吃完饭出去了，夏晓兰和她妈说帮人带早饭的事，她就是个嘴炮，炒两个菜还能吃个新鲜，让她蒸个包子连面都发不好——1983 年，人们用的又不是什么自发馒头粉，用碱发面还算好的，更多的是用老酵子，夏晓兰掌握不好那剂量。

李凤梅在旁边插嘴道："前几天泡的萝卜已经酸了，剁点猪肉拌着，做个酸萝卜猪肉饺子带着去。"

纯肉馅儿？这个真没考虑过，能有荤腥味儿就不错了，这年头谁家能吃纯肉馅儿？太奢侈了！

第 18 章　酸萝卜猪肉饺子

安庆县是南北交界的地方，饮食习惯自然也受到了南北两边儿的影响。吃米饭的人偏多，但面大家也吃的，小麦的种植面积只比水稻少一点，每年交公粮时，小麦也是必需品。农村人吃的面粉都是自己磨的，做馒头、包子和饺子，颜色都不如富强粉做出来的好看，更比不上精白面粉了。吃起来口感是不如富强粉细腻，但麦子的原香味更浓厚一些。

夏晓兰舅妈做得一手好泡菜。红皮白心大红萝卜是主料，泡菜水里有盐、有红糖，李凤梅还会加点红辣椒，泡出来的萝卜甜酸中带着微辣，十分开胃。用来和肉搭配，想起来就要流口水的。

和面的事是刘芬的活儿，调馅儿被夏晓兰接手了。为此她还早起了一个小时，在厨房洗洗剁剁，包了两斤馅儿的饺子。家里只有这么多肉，夏晓兰装了满满两搪瓷缸饺子，自己才吃了几个，剩下的都给没起床的涛涛留着了。

她还挺不好意思："我今天回来时再买点肉。"

肉是挺贵的，不过一天吃一斤，也不是吃不起。

夏晓兰知道钱是攒的，但也不能赚了钱一点都不花。她可以不去买那些好衣裳，不去买搽脸的雪花膏，个人用品从简，却不能让家里人吃不饱。

李凤梅赶她走："你舅舅都收拾好了在门口等你呢，赶紧出发吧，哪里要你买肉，我昨天让屠夫留了半斤猪肝，你和你舅早点回来。"

刘勇家的稻谷快收完了，今天又要请别人帮忙，李凤梅晚上肯定要好好做几个菜的。

刘勇已经把鸡蛋都装好了，推着自行车等她。

"你背对着我坐到后座，小心别把两边箩筐里的鸡蛋踩碎，你妈昨晚一边收拾碎鸡蛋，一边心疼呢。"

坏了好几十个鸡蛋呢，哪能不心疼？

这些鸡蛋可不是白捡的野鸭蛋，全是要钱去收的。夏晓兰走乡串户的也辛苦，都说80年代遍地是机遇，可再好赚的钱，也是要付出汗水的。

夏晓兰怀里抱着两个搪瓷缸，在后座上坐稳了。

刘勇就笑："早上几个饺子没吃饱吧？忍一忍，到了安庆县舅舅请你吃好的！"

夏晓兰心想，刘勇跑去县城，除了打听消息，多半还要郑重感谢一下周诚和康伟两人。别管啥时候，表达感谢的方式都免不了请客吃饭。只是刘勇请的这一顿，不可能再是简单的一碗汤面了。

她借的舅舅的本钱还没还，又要让他破费，夏晓兰心里怪不是滋味的。

"舅，您对我真好。"

他个子小小的，对夏晓兰来说却比身材高大的夏大军更像个"父亲"。

刘勇闷头蹬着自行车，心想这丫头又说傻话了。他疼夏晓兰就和疼儿子涛涛的心是一样的，都是老刘家的孩子，能不疼吗？

要是他早醒悟几年，眼下就能让一家人衣食无忧地生活，哪能让夏晓兰赚倒卖鸡蛋的辛苦钱唷！

刘勇骑了半截路，远远瞧着路边有个人在等着，心里顿时警惕。天将亮没亮的，哪家小子这么游手好闲，该不会是昨天流氓的同伙，在必经之路上等着找外甥女麻烦吧？！

"晓兰，你看前面那个人，认识不？"

夏晓兰扭着脖子去看，晨曦中，那标志性的小平头配上让人过目难忘的长相，除了周诚还有谁？

"是周诚大哥，昨天就是他和另一个同志救了我！"

刘勇赶紧刹车，夏晓兰从后座上跳下来："周大哥，你怎么在这里？"

清晨的露水将周诚的肩头都打湿了，也不知道他在这地方等了多久，反正地上有七八根烟头。

周诚看见夏晓兰，把手里抽了一半的烟扔地上踩了两脚："我不是叫你晚点出门儿吗？"

他又看看刘勇，夏晓兰赶紧介绍："这是我舅舅，他说要来谢谢你们两位。舅，这就是周诚大哥。"

周诚有点无措。

夏晓兰白皙高挑，刘勇却生得矮小黝黑，说是舅舅还真不像。这么快就见家长，周诚都没心理准备，不过他本来就是个不讲规矩的随性人，嘴一张，就跟着夏晓兰称呼了："舅舅，我是周诚。"

小伙子长得可体面了。看个子得有一米八五吧，原本还有点吊儿郎当的，一下子站直了腰背，看上去真精神。就是和他说话，刘勇得抬着头，怪累的。

刘勇一脸热情，"周诚同志，真是太谢谢你了，我在家就说怎么也要带晓兰来感谢你们二位，这丫头不知道轻重，救命之恩吃碗面就解决了？对了，还有一个康伟同志呢？"

大早上的不睡觉，半路等晓兰？刘勇脸上笑呵呵的，救命之恩一碗面抵消不了，也不能把他外甥女赔进去的。

刘勇只是舅舅，但能替夏晓兰出头，舅甥关系肯定很好，周诚也没敢怠慢："我们昨晚住在安庆县招待所，还带着一车货，我让康伟守着。听晓兰说今天还要进城，我怕昨天那几个流氓有同伙,就来路上等等她。"

刘勇点头:"走走走,咱们先进城再说。"

周诚本来是特意来接夏晓兰的,刘勇不在他考虑范围内,不过现在有刘勇在,他就要正正经经和"舅舅"说话了。他从刘勇手里接过装鸡蛋的自行车,慢慢推着,尽量让自己不去偷看夏晓兰。

等走到县城,周诚也把夏晓兰的情况了解得差不多了。

知道她和妈妈暂时住在舅家,前几天才开始倒卖鸡蛋,因为农忙,家里也分不出其他人手,夏晓兰都是独来独往的,所以昨天才会遇到流氓——周诚的眉头皱了皱,她又娇又媚的,走乡串户收鸡蛋,这不是自己把自己往险境里送吗?

等到了招待所,康伟早就望眼欲穿。瞧见夏晓兰后他眼神一亮,不过瞅了瞅不说话的周诚,康伟就有点没精打采。

夏晓兰将酸萝卜猪肉饺子递给康伟,又介绍了自己舅舅,康伟想都没想,也跟着叫"舅舅"。

周诚轻咳一声:"瞎叫什么,你得喊刘叔。"

刘勇不吭声。他看明白了,周诚这狼子野心,根本是不想掩饰啊!

第19章 晓兰,你对象怪俊呐!

夏晓兰只能装傻。周诚真是表现得太明显了!

昨天送她回家,早上独自在路口等她,又关心她家里的情况,跟着她叫"舅舅",要说这人没规矩吧,他又让康伟叫"刘叔",可见周诚是能分清里外的。

有男人对自己示好,夏晓兰感觉很新奇。

曾经年轻时一心为生计奔波,满脑子都是事业,哪有心思谈恋爱?外貌和家世一个都不占优势,也没有年轻男人真的对她死追不放,倒是认识一个客户觉得她有头脑,想让她当儿媳妇。她拗不过情面去相亲,见了面,家里开工厂的小富二代掉头就走,嫌她不漂亮,呆板土气。事业成功后也尝试发展过男女关系,有了事业和金钱包装,她倒是不愁嫁人,不过成熟男人更看重利益,八字没一撇呢就和夏晓兰说要买几套学区房,要早点生孩子,要替她理财——都是些什么玩意儿,夏晓兰自己就疏远了。

周诚长得帅气,就拿外在条件来说也够好了。被这样一个年轻男人献殷勤,夏晓兰也不知道该怎么办。不是说现在的风气很保守吗?夏晓兰觉得周诚太大胆了!

"先对付着把早饭吃了,中午我请两位同志好好吃一顿,感谢两位对晓兰的帮助。"

刘勇惦记着要去派出所打听消息,也不好带着夏晓兰去,可他又担心流氓还有同伙。周诚及时解除他的后顾之忧:"我陪晓兰去卖鸡蛋吧,卖完了就在招待所见。"

康伟端着自己那份饺子,十分心酸,知道自己又被丢下了。

"刘叔,要不我陪您去派出所了解情况?昨天我也在场,公安对我还有印象。"

刘勇有点迟疑:"你们的货?"

这年头能跑长途的,拉着的货就没有不赚钱的,刘勇不知道这两人是单干还是替人跑腿的司机,不管哪种情况,人和车都是不能分离的。就算在招待所落脚,也得大家轮流睡车上。

"晚上是防着耗子，白天就好了，车厢后面有带锁的围栏。"

刘勇一看，停在招待所大院里的东风汽车，后车厢全用婴儿手腕粗的钢筋焊死了，后面挂着大锁……刘勇眼皮一跳，这两人是干吗的呀，运什么货要这么严防死守的？他顿时警惕起来。

周诚也没解释，夏晓兰赶紧打圆场："我自己去卖鸡蛋好了，都是人来人往的厂房外，今天不再走偏僻地方，大白天的能出什么事儿？谢谢周大哥的好意。"

周诚不说话，就那样看着夏晓兰，那眼神都快把夏晓兰给看化了。

康伟忽然特别严肃地说："刘叔，我看这事儿还真得仔细查一查，昨天那几个流氓……"

康伟把刘勇半拉半拽地弄走了。招待所院子里只剩下夏晓兰和周诚。

"走吧，再晚一点，要错过买菜的人了。"

他推着夏晓兰的自行车在前面走，夏晓兰只得跟上去。两个人开始谁也没说话，等走到夏晓兰经常吃汤面那摊位，摊主黄婶都认识夏晓兰了，瞧见今天是周诚推着她的车，黄婶想调笑几句，又怕自己误会。

她老远就招呼夏晓兰："今天早上还是老规矩？"

夏晓兰摇摇头："婶子，我早上吃过啦。"

周诚把自行车架好，"走了那么远路，吃过也该饿了，再吃点。麻烦您给煮两碗面，都加蛋！"他怕夏晓兰拒绝，又加了一句："吃过了也陪我再吃一点，我早上5点就去路上等你，饺子可能不够吃——你别介意，我不是说你东西带少了，我是说自己饭量大。"

夏晓兰听得脸红，她要不贪嘴吃那几个饺子，周诚可能就够了。

两人坐下来，黄婶还帮忙把饺子蒸热，和面一起端上来的。

周诚夹了一个饺子放嘴里，酸辣开胃，不禁点点头："你手艺不错，饺子很好吃。"

北方爱吃酸菜饺子，和用泡萝卜做的馅儿风味各有不同，不过泡萝卜猪肉馅儿的饺子是夏晓兰做的，周诚有点后悔让一半给康伟了。

夏晓兰的脸微红，"是我妈擀皮包的，我不太会做面食。"

"哦。"

周诚明明没说啥，夏晓兰鬼使神差地补了一句："馅儿是我调的。"

周诚没说话，夹饺子的速度却加快了。

夏晓兰也确实没吃饱，这个时候大家食量都大，肚子里没油水，干的又都是体力活儿，她在家吃的几个饺子完全不顶事。

一大碗面，连汤带面的，都被夏晓兰吃完了。

不过她吃东西不慢，动作却很斯文秀气，周诚觉得赏心悦目。等夏晓兰放下筷子，周诚才把饺子和面风卷残云地吃完。

夏晓兰要给钱，周诚这次抢先给了。

黄婶看出点眉目，只收周诚的钱："晓兰，你对象长得怪俊的，对你也好。"

"他不是我——"

"谢谢婶子对晓兰的照顾，您的手艺是真好，早晚会开一家大面馆。"

黄婶顿时笑得牙不见眼，大早上的听见这种吉利话谁心里不舒坦？小伙子不仅长得俊，嘴巴也够甜的，夏晓兰眼光不错！

周诚没让夏晓兰说话，两人结账离开，夏晓兰就挺恼的。

周诚这人挺邪气，还自以为是，夏晓兰不喜欢对方这样办事，不尊重她的意愿，大男子主义！

周诚见她一生气，粉面含嗔的，长得就没有威慑力，生气就别有一番韵味，一点都害怕不起来。不过周诚又不想惹夏晓兰生气，他压下心中的激荡，一本正经地解释："现在严打呢，婶子误会也没办法，我和你无亲无故还敢一起上街，下一个被安庆县公安抓走的人就是我了。"

夏晓兰面色稍霁。可能昨天出了她那事儿，今天县城的治安是挺严的。

流氓罪不是开玩笑，年轻男女在公开场合距离过近也不行。

不过等到了农机厂外边，那些买菜的大婶们凑上前来，都啧啧称奇：

"你是晓兰她对象呀？"

"小伙子第一次来，你就该陪着你对象来嘛，你看她长得那么漂亮，坏人要打主意的。"

"小伙子哪儿的人？"

鸡蛋倒是卖得挺快，就是太八卦了，周诚也没承认是她对象，可也没反驳呀。人家问他的话，他也乖乖回答，买鸡蛋的大婶们不一会儿都知道了——夏晓兰谈了个京城的对象，开大车的，还有京城户口！

一个熟客把夏晓兰拉到一边："我的乖乖，这条件不得了啊！我就说你这孩子又伶俐又漂亮的，还想把你说给我侄子呢，现在没戏了。"

夏晓兰怎么解释？她觉得自己被套路了！

第 20 章　她早晚是你嫂子

夏晓兰以为自己够受欢迎的了，然而她错了！同性相斥，她嘴巴再甜，也比不上周诚往那里一站生意好。尽管他不会说俏皮话，大婶们就是爱往周诚身边挤，看周诚脾气还不错，要不是看夏晓兰那张脸，自己家的那些女儿、侄女加起来都比不上，说不定还有人要给周诚介绍对象呢。

抠抠搜搜的主妇们也大方起来，夏晓兰记得有个大姐昨天才买了 20 个鸡蛋，今天又买！

她真是太天真了，还以为安庆县的销售市场饱和了，可她和周诚在农机厂外面不到一小时，今天带来的鸡蛋全卖光了。夏晓兰想，丢下周诚跑回七井村再带一趟鸡蛋来好像有点不太好。

两人离开农机厂后，周诚欲言又止的。最后好像终于憋不住了，"你卖一个鸡蛋赚多少钱？"

"1 分钱，你看不上这生意吧？"

周诚说他是司机，夏晓兰将信将疑的。这人穿着不讲究，手腕上的表却是高档货 Rolex（劳力士）。劳力士在后世被人说是暴发户手表，但在 80 年代，因为黄金管制，好多以黄金为外壳的高档手表是不会进口的，劳力士就是进口手表里的"一类一等"手表。

安庆县可能都没有多少人认得出这手表。

夏子毓去上学带走了夏家全部的家底也才 500 多元，可周诚戴的劳力士，在 1983 年最基本款都要卖 800 元以上。这是一个开大车的司机的消费水平吗？

周诚的一块手表，夏晓兰要倒卖 8 万多个鸡蛋。如果每天都能赚 10 元，不吃不喝要差不多三个月才能买得起劳力士的基本款。她还是干个体户的，普通的城镇职工一个月几十元，800 元得攒两年。这样一想，夏晓兰之前的别扭就消散了大半，她和周诚的条件差距太大了。

周诚也没说看不上，大热天的，现在还不到 10 点钟，两个人都走得一身汗。

"倒卖鸡蛋太辛苦了，你要想做生意，和小伟一起——"两个人认识还不到 24 小时，周诚已经在替夏晓兰打算了。

他没有说做生意是不好的事，那叫"何不食肉糜"，但他想给夏晓兰找点轻松的路子。她一个小姑娘，长得太惹眼，倒卖鸡蛋也太辛苦。

"好啊，等我攒够本钱，一定问问康伟大哥能不能入股。"夏晓兰快速打断了周诚的话。她拥有超越时代的眼光，难道还要靠男人的怜惜养活自己吗？

周诚的心意她领了，机会来了她也想牢牢抓住，但不是厚着脸皮占人家便宜。这和谁请吃一碗面不同，无亲无故的，人家就是要把赚钱的门路分给你，你赚了钱也不会心安。

周诚缓缓点头。

夏晓兰看着娇弱，骨子里其实很骄傲。

周诚没有什么追女孩子的经验，但料想夏晓兰不会喜欢他擅作主张。

"那就等你攒够本钱再说，小伟那边的路子一时半会儿也断不掉。"

他本来说是带康伟跑一趟沪市，以后这生意就放手不管了。现在一想，从京城去沪市要经过安庆县，夏晓兰在这里，他暂时还不能把生意全丢开。

他要是久不出现，什么卖汤面的黄婶，什么买鸡蛋的马大姐，说不定就要热心给夏晓兰介绍对象了。

周诚没勉强，夏晓兰心里也轻快许多，她和周诚回到招待所，刘勇和康伟早到了。

刘勇和夏晓兰使了个眼色，把她拉到一边去说话。

周诚丢了根烟给康伟，"怎么样，打听到什么了？"

康伟支支吾吾地，周诚眼角一扫，康伟就不敢隐瞒了："我和刘叔去派出所，那三个混蛋还关着呢，趁着刘叔和派出所的公安套近乎，我给看门的老头儿塞了两包红双喜，就单独进去把那三个臭虫又揍了一顿，他们说……"

康伟心一横，声音压得几不可闻："他们说晓兰是大河村出名的浪女，和某村的闲汉大白天滚草垛子，还被人看见脱光了勾引未来姐夫，家里人要收拾她，她就假装去寻死——诚子哥，我看他们说得有鼻子有眼的，要不是夏晓兰名声不好，这三个臭虫也不敢顶风作案啊。"

难怪昨天在巷子里救人，三人被打得半死，还要邀请周诚和康伟"一起爽"，这真是将夏晓兰看轻到了极致，他们心里就觉得她人尽可夫，所以才想打她的主意呢。

康伟怎么也不肯信，然而刘勇大概也是打听到了什么消息，脸色极不好，康伟反而信了几分。

看周诚陪着夏晓兰跑前跑后的，康伟心情复杂，终于憋不住讲了这番话。

夏晓兰是顶漂亮的女人，康伟哪怕知道她名声不堪，依然不敢正眼多看。但这样的女孩儿配周诚就不行了，周诚没有处过对象，万一栽在夏晓兰手里，周家怎么处理夏晓兰不好说，肯定得先扒了他这个知情者的皮！

周诚默默抽完一根烟，康伟以为他被这样一个浪女糊弄了必然要恼羞成怒，哪知周诚丢掉烟头，不怒反笑："小伟，哥长得帅不帅？"

康伟使劲点点头。

大院里的小姑娘们都追着诚子哥跑，撵也撵不走，周诚的帅是公认的。

"那哥算不算有钱？"

康伟还是点点头，想想他们跑这一趟沪市，前后也就半个月的事儿，赚的利润海了去了，这路子还是诚子哥不想干了要甩给他的。这都不叫有钱，那其他人就更是穷鬼了。

周诚吐出最后一口烟，"我也觉得自己又帅又有钱，也没掩饰自己瞧上她了，她要是真有痞子说的那么不堪，抓住我这条大鱼还不扑上来？"

可惜，夏晓兰别说勾引他，面对周诚的勾引她都无动于衷。

"啊？！"康伟大张着嘴巴。

周诚冷笑道："一会儿态度给我好一点，她早晚会成为你嫂子。"

那边，夏晓兰和刘勇也谈完了，满脸心事地走了过来，康伟的表情就像川剧变脸一样精彩。他确信了，外国人说的什么光屁股丘比特，用箭射中他诚子哥了！

第21章　诚意满满

夏晓兰的心情算不上好。

刘勇在派出所里认识一个民警，打听到了有用的消息，这三个人顶风作案肯定是要重判的。不过他们家里人今天早上去派出所闹，也不知道是谁给支的损招，说要把夏晓兰给拖下水……女流氓也是要判刑的，一口咬定是夏晓兰作风混乱，勾引三人不成反咬一口。而且，派出所问出来的口供，这三人都说是被人拿话引诱的。

不知道谁在私底下造谣，大河村的浪女夏晓兰被赶出了家，没有人替她做主，她又是个每天都离不开男人的生活不检点的女人，只要是男人就来者不拒。夏晓兰在县城倒卖鸡蛋，这三个流氓本来就是城里乡下乱窜的，听到夏晓兰的名声不好，亲眼见到她本人了，哪里还忍得住？

人家可不仅是要爽一爽，打的是人财两收的主意。

刘勇就纳闷儿，"你又没刨夏家的祖坟，他们这么恨你干啥？"

夏晓兰狐疑，"真是夏家人在背后搞鬼？"

她都觉得自己可能不是夏家的女儿，说不定是夏家仇人之女，被养在家里，所以夏家人拼命折腾她，就是看不惯她过上好日子。想到昨天差点被人糟蹋，还有那些摔坏的鸡蛋，夏晓兰的火气就快压制不住了。

毕竟是招待所，舅甥俩打算回家再细说，还得谢过周诚和康伟的救命之恩呢。

刘勇找了一家国营饭店。服务员态度懒洋洋的，活像谁欠她钱没还。

夏晓兰见惯了后世服务业将顾客当上帝来对待，她很不理解此时的国营店服务员鼻孔朝天的态度，更扯的是，今天饭店里他们是第一批客人，服务员好像很不想做他们生意："有粮票吗？"

刘勇摇头："没有粮票，给我上两道硬菜。"

一般人来国营饭店也就吃碗面条的事儿，有粮票就便宜很多。

服务员看出来了，刘勇就是个泥腿子。

她鼻孔朝天轻哼了一声："没粮票那就贵了，你要吃什么样的硬菜？"

夏晓兰就不耐烦受这鸟气，要不是安庆县除了国营饭店找不到上档次的馆子，她真想掉头就走。

"哟，瞧您说的，有什么菜赶紧上，当我们没钱结账呢？"康伟的一口京腔把眼睛长头顶的服务员给镇住了。

这年头京城人对于很多地方人来说是高高在上的，毕竟是首都嘛，够牛气。再细看，一行四个人里，只有刘勇黑瘦矮小，剩下的三个都一个比一个好看且有气度。

服务员不好再傲了："我去后厨问问。"

过一会儿小跑着出来："朱师傅说有一条白溪水库刚送来的青鱼，有18斤，你们吃得了吗？"

刘勇是个乡巴佬，想着鱼有啥好吃的，在乡下捉到鱼大家都不耐烦吃。既然要请客，肯定要上大肘子之类的硬菜。但国营饭店的服务员惹不起，他就闷闷点头："就吃它，再上点别的菜。"

"舅舅，18斤的青鱼够吃了。"周诚给夏晓兰讲，"青鱼太大太小都不好吃，10斤以下的不够肥，超过20斤的鱼肉发老，18斤重的刚刚好。"

这不是单独给夏晓兰讲的，分明也是在给刘勇上课。但周诚做出来就是不让人讨厌，刘勇都不得不承认周诚讨人喜欢。暗道好险，差点在这两个京城后生面前露怯。在1983年虽然大部分人肚子里都缺油水，但周诚实在不像个缺钱的，真要上肘子之类的硬菜他估计也没啥特别反应。等那个18斤的青鱼端上桌，夏晓兰就知道国营饭店牛在哪里了。

鱼肉一半片成薄片做的水煮鱼，另一半打成鱼蓉做成了鱼丸汤。鱼头是剁椒蒸的，鱼排却油炸了蘸芝麻盐吃。

一条鱼，做成了三菜一汤，加上配菜，每一盘都满满当当，刘勇吃着嫩嫩的水煮鱼没吱声儿。

原来不是鱼不好吃，是乡下人没那个手艺，也舍不得像这样放油。

今天这顿饭，绝对是夏晓兰来到1983年后吃得最舒服的一顿。

不过吃饭时气氛挺怪的，主要是康伟的态度怪，周诚不动声色地警告了一眼，康伟才笑眯眯地敬酒。夏晓兰了然，康伟一起去了派出所，多半是知道了"夏晓兰"是个名声不堪的人。

她无所谓地想，反正都是萍水相逢，要因为流言看不起她，大家就不再来往好了。

救命之恩两顿饭抵偿不了，等她混出头了自然会重报，给了报酬，从此桥归桥路归路，再不相干。

一双筷子，夹了最嫩的鱼肚子肉放在夏晓兰碗里。

夏晓兰抬头，周诚对她笑笑。他笑起来可真好看。

刘勇看着，就觉得这黄鼠狼要当面偷他家的小鸡崽，连忙打断这暗流涌动的暧昧："来来来，喝酒，我敬两位同志一杯，再次感谢你们二位救了晓兰。"

周诚端起杯子，康伟也不敢不举杯。

周诚十分认真道："我和晓兰一见就很投缘，您就别客气了，叫我周诚就行，叫我诚子也可以，我和小伟敬您一杯。"

刘勇不能打马虎眼了，端着酒不敢喝。

"周诚，你说话也注意点，什么叫和晓兰一见投缘，这种话是乱说的吗？"

夏晓兰长得漂亮，年轻后生一眼就瞧中很正常。不过才认识一天就当着长辈说这种话，人太轻浮了，也没把晓兰当正经人。刘勇挺生气，认为自己不该带康伟一起去派出所。

周诚放下酒杯站起来："您放心，我已经20岁了，我知道自己在说什么。晓兰那些流言，刚才康伟和我说了，我家里一个长辈说过，看人看事不要凭别人说的下定义，要自己去感受，去判断……晓兰是什么样的人，我有自己的判断。退一步说，就算我被晓兰表现出来的假象骗了，那也是我自己心甘情愿跳坑的，也怪不着谁。我说这些没有别的意思，也不是要知恩图报让晓兰和我处对象，我就是想告诉您，我很有诚意想要和晓兰做朋友。"

就算夏晓兰真的和别人有过一段儿，周诚也不会介意。别管她从前喜欢过谁，以后肯定只会喜欢他的！

第22章 干走私的？

周诚的话挑不出一点毛病。刘勇哑口无言。

夏晓兰心想，这人才20岁，她这是被追求了？

周诚的年轻，提醒了夏晓兰她现在自己的年纪也才18岁呢，有大好的青春可以享受，夏晓兰也掩饰不住喜悦。大青鱼很好吃，国营饭店的厨师厉害，服务员傲气一点不是应该的吗？想后世那些老字号的店，店主脾气也不见得多好，但食客们依然趋之若鹜。

薄如蝉翼的鱼片嫩而不腥，夏晓兰有点可惜地放下了筷子。鱼虽然好吃，但周诚把话说成这样，她也需要表个态。

"周大哥，你坐下说话。"

站起来太严肃了，就好像在向她舅舅提亲一般。

"我听出来你的诚意了，我也说说自己的心里话……我的名声有多么糟糕，估计你也听到了。一些事吧，还是得靠我自己去解决，只有自己强大了才不怕别人泼脏水，对吗？我还带着我妈住在舅舅家，我说这些不是要博取你的同情，我也知道你想帮助我。但是，我暂时不会考虑个人感情问题，希望自己能以独立自主的姿态去发展一段健康长远的感情。谢谢你，周大哥！"

话说得再委婉，那也是拒绝。

康伟不由得缩了缩脖子。他怕周诚把桌子掀掉，诚子哥从小到大都没有被这样拒绝过吧？更何况，诚子哥都没嫌弃夏晓兰不清不楚的名声！

康伟没有等到周诚掀桌子，周诚看了一会儿夏晓兰，反而真的坐了下来："你的意思我知道了，我们认识的时间短着呢，我也不急，你也不要有心理负担，就像朋友一样该怎么来往就怎么来往。吃鱼吧，这家饭店厨师的手艺不错！"

康伟的眼珠子差点没掉出来。真的接受了？一点也不生气？反正康伟要是被拒了，肯定不会这样心平气和重新坐下来吃鱼！

不过周诚和夏晓兰仿佛把话说开了，两人表现得都挺自然。周诚挺大方的，夏晓兰

· 045

也不扭捏……说来也怪，夏晓兰是康伟见过最娇最媚的女孩子，可她在农村长大，偏偏又带着京城大妞才有的爽朗。不，她和京城大妞还不一样，那些小姑娘在外面说话明明"你啊你啊"的，到了周诚面前又扭捏装淑女，夏晓兰就不这样，她性情爽朗，人却很有礼貌。

不卑不亢，康伟脑子里忽然冒出来这个词。

小村姑不卑不亢？他觉得自己要喝一碗鱼丸汤压压惊！

两个年轻人把话说清楚了，刘勇也不好继续插手。反正周诚又不会一直待在安庆县，早晚要滚蛋的，刘勇美滋滋地吃起鱼来。一条18斤的大青鱼，四个人吃得干干净净，周诚中途说出去抽根烟，回来后已经把账结了。

这下换刘勇不好意思了。

"没多大点事儿，谁请谁都一样，主要是一起吃饭的人高兴！"周诚说得很随意，他的确不缺这点钱。

但这年代，买个鸡蛋都要精打细算的消费水平，像周诚这样大方的实在太少见。饭店的服务员都偷偷看他，心想这个京城人真是阔，如果是自己的对象就好了！

不过看见夏晓兰，女服务员也不好意思昧着良心说她比夏晓兰出挑。那抢人家对象就没戏了嘛。

离开饭店，周诚问夏晓兰和刘勇接下来要干什么，需不需要他开车捎一程。夏晓兰摇头："我要去买点东西，今天已经耽搁你们一天了，不用送了。"

汽车是烧油的，由奢入俭难，夏晓兰好不容易适应了1983年的生活，她还没到享受车接车送的时候。周诚也不勉强："那舅舅和晓兰你们回家注意安全，我和康伟在安庆县还要待两天，你进城可以来招待所找我们。"

除了还管刘勇叫"舅舅"，周诚一点也不纠缠，真带着康伟和夏晓兰两人分两条路走了。

刘勇笑眯眯的，等这两人不见了，忽然沉下脸来："这两个可能是干走私的，舔刀口挣钱的买卖啊，说不好啥时候人财两失，晓兰你千万别瞧那小子长得俊就被他花言巧语骗了。"

夏晓兰没有太吃惊。周诚戴着劳力士，开着被钢筋焊死车厢的大东风，还带着一股说不出来的邪气，说他是干走私的也不奇怪。

"舅舅，你咋看出来的？"

夏晓兰奇怪的是这点，刘勇就是个农民，靠给人修房子砌猪圈赚钱，哪有这样的眼力！

"舅，你真是干泥瓦匠的？又是买新自行车，又是有底气替我们母女出头，就靠泥瓦匠那点工钱够吗？"

刘勇笑呵呵的，顾左右而言他："你舅聪明呗，你要去买啥东西？早点买，咱们早点回家。"

夏晓兰也没继续在街上追问，她和刘勇到了百货商店。安庆县全靠两个大厂子支撑着经济，县城的百货商店本来也不大，这时候也没几个客人。刘勇见夏晓兰向卖布卖衣服的柜台走去，以为她想做新衣服了。

小姑娘家喜欢穿新衣服也没啥，几元钱一米的布刘勇还是买得起的。

哪知夏晓兰走到柜台,却指着那个有小象的彩色书包问:"同志,这个书包多少钱?"

售货员在打毛衣,头都不抬:"10元一个,沪市来的书包,贵着呢。"

"我就要这个,给我包起来吧!"

售货员终于舍得看夏晓兰一眼了,她才不管谁买书包,只要拿得出钱就行。夏晓兰付了钱,才对刘勇说道:"走吧,舅妈让我们早点回家吃饭呢。"

刘勇后知后觉:"你不给自己买东西?书包给涛涛买的?太贵了……我看旁边那帆布的就不错。唉,一个小孩子的书包哪用得着买,你舅妈还说用布给他缝一个!"

刘勇嘴上说着破费,心里到底是舒服的。

不是因为夏晓兰花了钱,而是因为夏晓兰懂事了,知道顾念着小表弟。姐弟血亲,亲人之间相互惦记着,以后日子会越来越好的。

刘勇回头看了看柜台上那些颜色单调的布,忍住了购物冲动,等他自己一个人时再来买也行。

舅甥两人回七井村时,李凤梅和刘芬还没有回来,刘勇在家待不住,跑去田里搭把手。涛涛搂着新书包都快乐疯了,一直追问:"晓兰姐,这是给我的吗?真是给我的?"

夏晓兰决定先做饭。说实话中午那顿鱼叫她吃得有点撑,现在正好干点活儿消化一下。

她拿捏不好农村大灶的火候,曾经虽然也穷过,10来岁就自己做饭,但用的是蜂窝煤炉子,再后来就有了煤气灶,她没有用农村土灶的经验——好在她有涛涛啊,别看小表弟才6岁,他经常给李凤梅烧火看灶。

在涛涛的帮助下,夏晓兰把米饭蒸在了稍小的铁锅里,蒸饭的甑子下煮的是白萝卜,剩下的另一口大锅就做菜。

李凤梅让人送了半斤猪肝,这玩意儿很考验厨艺的。夏晓兰不敢碰,不过家里除了猪肝还有鲫鱼、泥鳅等物。杀泥鳅是个技术活儿,泥鳅表面有黏糊糊的液体,滑不溜手,杀之前要用热盐水洗一洗……夏晓兰手忙脚乱,涛涛看着满地滑的泥鳅哈哈大笑,一点也没给他表姐面子。

好不容易把泥鳅收拾好了,夏晓兰用干辣椒炝锅和豆腐一起烧,盖着锅盖慢慢焖入味,又去收拾鲫鱼。

鲫鱼就好拾掇了,屋后扯点小葱,掐点藿香叶子,她可以做一道藿香鲫鱼。

等田里干活儿的人回来了,只剩下猪肝还没炒。

"晓兰把饭都做好了?"

……

安庆县招待所,周诚和康伟谈话的主角也是夏晓兰。

第23章 名声烂到家的女人

周诚和康伟去了一趟乡下。

车子都不用开到大河村,往路边一停,和在田里干活儿的妇女们一唠嗑,人家就哗啦哗啦讲起了大河村的八卦。大河村的夏家有两件事好说,一个是夏家的大孙女夏子毓考上了大学,成为农门里飞出的金凤凰,这也是四里八乡激励小孩儿的榜样:

"县一中今年没几个考上本科的,夏子毓就是其中一个。那姑娘长得俊呢,鹅蛋脸,浓眉大眼睛,梳两个又黑又亮的大辫子,谁不想娶回家当媳妇儿?不过人家谈对象了,也是个大学生,怪般配的。"

"老夏家真是祖坟冒青烟,不晓得烧了多少高香,家里头才出了一个大学生!"

"把大河村的文气都占光咯。"

"所以夏家剩下的孙女们就不出挑了。"

"也有出挑的,夏晓兰不是一个?"

说到夏晓兰,这些女人就笑得很恶意了。眼睛上下打量周诚和康伟,两个年轻男人打听夏晓兰,那不正经的女人是不是又在外面招摇了?

用不着康伟套话,这些女人七嘴八舌就把夏晓兰的老底给掀了个底朝天。

夏家不分家,三个儿子挤在一个大院子里,夏家三兄弟是夏晓兰大伯夏长征,她爸夏大军,她小叔夏红兵。三兄弟名下加起来有六个孩子:三个姑娘,三个小子。夏长征有一子一女,最争气的夏家大姐夏子毓就是老大家的。夏大军和老婆刘芬多年就养了个独女夏晓兰,在家里排老二。夏红兵则有一个女儿,两个儿子。

把夏家有几口人掰扯清楚了,又说夏晓兰的事儿:

"就是个搅家精,娇滴滴地不干活儿,乡下人养闺女又不是养大小姐。不像她堂姐那样是块读书的料,磕磕绊绊念完初中没再上学,自己不愿意努力,摘别人的果子倒是挺厉害。县里前几年来了最后一批知青,大河村就分到一个,那后生长得很周正,也愿意上进,听说这几年一边干活儿一边也没把书本丢下。读书人和读书人能说到一块儿去呗,男知青就和夏子毓成了一对。今年双双考上大学,就在家长面前过了明路,这下可捅了马蜂窝了——就是那夏晓兰,眼红她堂姐考上大学又挑了个好男人,要跳出来和堂姐抢男人。趁着她堂姐不在,青天白日的就脱光了勾引未来姐夫!"

"未来姐夫实诚人,愣是把脱光的小姨子护送回家。"

"呸,未来姐夫不上钩,她不是还和邻村的张二赖滚上了?"

"勾引姐夫不成功,堂姐还没怪她,流言传遍了,家里长辈骂她几句,又是撞墙又是跳河的!"

"就是装的,没死成,被夏家赶出去了。"

"连她妈都受她牵连,母女俩一块儿回娘家了……老刘家也是倒霉。"

这些人不仅讲八卦,还绘声绘色地讲细节。女人们讲,地里干活儿的男人们也笑,夏晓兰干出来的丢人事成了消解疲劳的好谈资。

康伟都听不下去了,他实在想不到第一次见面,在面摊上把他惊艳了的年轻姑娘有着如此生猛的过去,都赶上京城那些混街面儿的大姐了,厉害厉害!女混子也知道爱惜名声,不会蠢成夏晓兰这样,乱搞男女关系还众人皆知。

低调点不行吗?就说脱光了勾引姐夫那事儿,咱非得要青天白日去做,等天黑都等不及呀?

康伟不敢去看周诚的表情。

周诚默默地在路边蹲着听,两人脚都蹲麻了,有关夏家的热闹事才讲完。周诚默默听完,又默默招呼康伟上车,一直没说话。康伟想,诚子哥好不容易想谈恋爱了,谁知道眼神不太好,一下挑中了夏晓兰,心里肯定难受着呢。

他善解人意,还是从此别提这个名字,也别说这件事。反正诚子哥以后也不干这生意了，路过安庆县的机会很少，慢慢就会把这糗事忘了。

回到招待所，康伟正要收拾东西退房，周诚叫住他："你干啥？"

康伟小心翼翼地解释："咱不赶着回京吗？要不明天早上再走，这破地方也没啥好待的。"

周诚点了根烟，烟雾给他的俊脸蒙上了一层薄纱，康伟看不清他的表情，周诚说："谁说要走了？你把东西给我放下。"

康伟难以置信，就这样还不走？"诚子哥，你该不会是想找她对质吧？我劝你别这样，女人都可会骗人了！"

夏晓兰肯定是不承认的！谁干了这种事儿会承认啊，人对自己的行为是要美化的，周诚就是从前没处过对象，一动心就遇到了狐狸精型的，两人本事差太多，给迷住了。至于夏晓兰先前在饭店说的话，也是欲擒故纵，大义凛然拒绝了，让周诚越发丢不开手了。

康伟动之以情晓之以理，也没把周诚说服。

周诚打小就是个主意特别正的人，有带头大哥的气质，康伟他们一起的小年轻都听周诚的话。周诚行情多俏啊，眼看着要栽在一个小村姑手里，康伟快要急死了。

"哥，你冷静冷静。"

"小伟，你知道为啥你得叫我哥不？"

周诚回答得牛头不对马嘴，康伟望着他。

周诚却惜字如金："因为你傻。"

康伟想，再傻也没您傻呀，都被狐狸精迷了心窍啦。

"你明天去把张二赖这人给我找出来。石坡子村的，有名有姓，我相信你找到他不难。"

这是要和夏晓兰的奸夫对质了？找就找呗，看来诚子哥还是不死心。

"哥，你不和我一起去？"

周诚摇摇头："你嫂子明天不是要来县城卖鸡蛋吗，我怕她一个人太累！"

康伟张大嘴巴。他还以为诚子哥要找夏晓兰对质呢，搞半天竟然是怕人家太累！那之前夏晓兰也是一个人卖蛋啊。康伟不想和魔怔的人争辩，把石坡子村的张二赖找出来也行。再在安庆县多耽搁一天，诚子哥总要死心了吧？

第二天一大早，康伟就开着车到石坡子村去了。

石坡子村和大河村是一个方向，因河岸有石头铺的一处码头而得名，他开车也不怕碰到夏晓兰。周诚还是在之前的路口等，不到7点，夏晓兰就骑着自行车到了。

"周大哥！"

夏晓兰刹了车，没想到这人又等在这里，看来是真没有被她的名声吓跑——两种情况下，男人不会介意女人名声如何：一种是爱惨了女人，除了她这个人，根本不在乎什么条件、名声和家世等外物；另一种就是男人只想玩一玩，又没打算娶回家当老婆，谁管你名声咋样？

夏晓兰不知道周诚是哪一种，不过周诚暂时表现出来的还挺尊重人，她也就正常和对方以朋友关系交往呗。

"你今天还是这么早。"

夏晓兰点头："我今天不在安庆县卖鸡蛋，刻意早点儿出门，想去省城转一转。"

第24章 和周诚上省城

去省城？

安庆县是奉贤市的下辖行政区，奉贤市与省城商都紧邻。

商都是省会城市，安庆县距离商都倒不是特别远，不过县里的居民无事是不会去省城的，农民卖农产品更多的还是在乡镇上，到县里卖东西的人都少，更别说去省城了。

从这点来说，也不知道夏晓兰哪里来的胆子。

"我看卖鸡蛋的生意安庆县还能做几天，你就这么着急去商都？"周诚的胆子也很大，对夏晓兰的行为没意见，就是不了解她的做法。

夏晓兰喜欢和聪明人说话，她第一个交流无障碍的人是舅舅刘勇，第二个就是周诚了。周诚没有觉得倒卖鸡蛋的生意能在安庆县一直做下去，他还给了自己的判断"还能做几天"，夏晓兰也不隐瞒："去商都看看市场情况，我今天还带了别的东西，在安庆县不好卖。"

周诚接过她的自行车，往后边箩筐里一看，一边是盖着稻草的鸡蛋，另一边箩筐里却铺着防水的塑料布，里面有半筐东西拱来拱去的。

"鳝鱼？"周诚咂巴了下嘴，"好东西。"

夏晓兰肯定是精挑细选过的，箩筐里的黄鳝个个都有男人大拇指粗细，正是肉质肥厚的季节，和20斤左右的大青鱼是同一等级的食材。

遇到手艺好的，黄鳝比大青鱼还有吃头。

"这东西在安庆县是不好卖，你怎么……"周诚话说到一半儿没说完。

他想说你咋都选些麻烦生意呢，倒卖鸡蛋已经够辛苦了，现在又要卖水产，都不是轻省的活儿。不过想到昨天打听到的消息，夏晓兰被赶出家估计是身无分文的，除了舅舅帮扶，夏家那边还恨不得她去死，轻省赚钱的生意需要本钱和人脉，夏晓兰一个都不占。

他想到这一点心里不舒服。

不是相信了那些流言，就像第一次看见夏晓兰额头上的伤疤，想着她长得那样娇，怎么能吃这样的苦？

夏晓兰笑笑，也没追究周诚未尽之语："收鸡蛋也是收，顺便收点黄鳝也不麻烦，这都是几天攒来的，昨晚有人送了20斤黄鳝来，我就拿去省城试一试。"

"你知道去省城的路吗？"周诚一下子戳中了夏晓兰的死穴。

"夏晓兰"是个没见过世面的小村姑，到过最远的地方就是安庆县，还真没有去过商都。

"鼻子下面一张嘴，我问着去就行了。"

现在的路牌不像后世那么密集，不过大方向找对了，再找人打听下就行了。

周诚不知道该不该说夏晓兰是傻还是胆子大。

现在人们为啥不愿意出远门？交通不方便，没那经济基础，还有就是路上也不太平。像他们从京城到沪市，跑长途的从来没有一个人上路的，劫道的特别多，一个人打个盹儿，可能连人带车都没了。不过今年夏天开始各地陆续严打，治安好了很多……周诚想到夏晓兰以后每天要往返七井村和商都，真不放心她离开安庆县。

"走吧，我知道路，今天带你去。"

"周大哥，你没有自己的事儿要忙吗？这太麻烦你了。"

周诚睁眼说瞎话："康伟去附近找个亲戚，他把车开走了，今天走不了，就陪你去趟商都吧。安庆县小得很，没意思。"他拉长了声音说安庆县没意思，真有点大少爷的嫌弃意味。

夏晓兰哭笑不得，周诚已经从她手里抢走了自行车龙头。

"上来吧，我载你。"周诚拍了拍自行车前面的大杠。夏晓兰想到那姿势简直像坐在周诚怀里，连连摆手："我坐后面就行了！"

"那有点颠，你可坐好了。"周诚一脸正经，似乎根本没有占夏晓兰便宜的心思，让她感觉自己是不是想多了。

后座两边都放了大箩筐，她的脚只能向上弯曲，自行车稍微颠一下，夏晓兰差点往后摔去，下意识就紧紧抱住了周诚的腰。

夏天的尾巴上，周诚就穿了一件衣服，夏晓兰的手挨上来，他隔着衣服都能体会到那种柔软。

反正夏晓兰也看不清他的表情，周诚嘴角上翘："你可抓稳了！"虽看不见表情，声音里的愉悦却根本掩饰不住。

夏晓兰抿了抿唇，总有种被调戏的错觉。

两人到了商都，已经是两个小时后了。周诚早饭都没吃就在路上等夏晓兰，此时肚子早就饿得咕咕叫，刘家昨晚饭菜丰盛，夏晓兰出门前倒是吃了点剩饭剩菜骗骗胃。

"走，先吃饭去。"

商都的街道比安庆县宽，道路两边的楼房也比县城的高，整体面积更是大很多，一会儿工夫是逛不完的。而且商都比安庆县热闹，在安庆县做小买卖的人还有点遮遮掩掩，商都城里的小商贩们就很坦然了。

有一条街都是卖吃的，羊肉烩面、丸子汤、豆沫、胡辣汤、灌汤包子、白吉馍……各种特色小吃琳琅满目，拉面、稀饭、豆浆、油条这样全国常见的吃食，这里都卖！

夏晓兰吸了一口气，五脏六腑都在叫嚣着饥饿。

她也是倒霉催的，曾经奋斗事业，早餐有一顿没一顿的只为充饥，根本不讲究什么质量味道。等到有钱了，事业上更忙，而她到了新陈代谢变慢的年纪，为了保持体型，每天早上就喝一杯咖啡……再后来，她就变成了想吃却没钱的"夏晓兰"。

这热闹的情形让夏晓兰有点受触动，她在80年代埋头奋斗的同时，是不是该对自己好一点呢？

"周大哥，你想吃什么？我请客。"

周诚看出她心情不错，笑起来真是格外漂亮，那双眼睛光泽动人，看人时含情脉脉，让他心情也不由得大好。

"你能有几个钱呀？瞎大方！我们京城就不兴女孩子请客那一套，你那天请吃面，都吓着康伟了。"周诚一边说着，一边载着夏晓兰到了一家卖驴肉汤的店，"吃驴肉吗？这天儿吃羊肉有点燥，喝碗驴肉汤，再来一笼灌汤包子，还能顺便向老板打听下商都的情况。"

天上的龙肉，地上的驴肉。夏晓兰不是那种矫情的，除了蛇虫鼠蚁等，常规食物她都敢吃。

她曾经到商都出差，驴肉汤也喝过几次，还真没有这滋味好。热气腾腾的一碗驴肉汤，不腥不燥，一筷子下去都是驴肉，汤上面漂着的芹菜和葱花也很有滋味。后世连葱和芹菜都是大棚里种出来的，味道一点也不浓郁。

夏晓兰喝了一大碗驴肉汤，又要了一笼灌汤包子。

周诚食量比她大，一碗汤两笼包子，还从旁边的店叫了一份羊肉烩面。吃了东西再打听消息就好办了，听说夏晓兰卖鸡蛋和黄鳝，卖驴肉汤的老板都笑："你走到街尾，那家是卖鳝丝面的，生意好的时候每天都要用个十几斤黄鳝，出了这条街往右拐没多远就是农贸市场。"

安庆县巴掌大的地方，就算有两个厂子的工人撑着，也没多大消费能力。商都就不一样了。

周诚推着自行车，夏晓兰自己去问卖鳝丝面的老板要不要黄鳝，人家看了看她箩筐里的鳝鱼，眼睛不眨就买了 15 斤，猪肉才 1.4 元一斤，黄鳝是 1.1 元一斤，县城的人有几个舍得拿买肥猪肉的钱买黄鳝吃！

也就是商都是省会，7 毛钱一碗的面条上浇一勺鳝丝，也有人能消费得起。

黄鳝是赚钱的，这玩意儿夏晓兰在村里收购价是 8 毛一斤，一斤黄鳝能赚 3 毛钱，还比鸡蛋耐颠，夏晓兰顿时决定停了鸡蛋生意，专门卖黄鳝，在 11 月以前，这生意还能赚两个月呢。

周诚见她激动得眼睛眉毛都在笑，赶紧让她冷静一下："你还是要找到大买主，一家鳝丝面店不可能全部吃下你的货。"

第 25 章　好脾气不是没脾气

一家鳝丝面店，一天就算能用 20 斤黄鳝，夏晓兰跑省城一趟用的时间是两个多小时，来回就要花 5 个小时，只为带 20 斤黄鳝来商都吗？

是挺不划算的，她在安庆县卖鸡蛋一天也能赚 10 元左右，总不能跑得更远了，赚的钱反而降了一小半。

不过她要是每到一次商都能卖掉上百斤黄鳝，就算两天跑一趟商都，一个月怎么也有四五百元。好吧，四五百元一个月也没啥值得骄傲的，不吃不喝攒两个月钱，还买不起周诚手上的一块劳力士。

夏晓兰望着 1983 年的商都市，十分眼热。到处都是商机啊，可惜她缺少本钱。不仅是商都，现在神州大地已经吹响了改革开放的号角，胆子大的，像周诚这样敢走私的，不知道已经悄然攒下了多少身家。夏晓兰知道自己落后了，但她充满了斗志。

"那就一家家去问，商都难道只有一家卖鳝丝面的吗？面馆不要，还有饭店！"

她额头上的疤又好了些，就像个粉色的花蕾镶在那里。

夏晓兰特别白，每天顶着烈日到处跑，也没见晒黑。她的声音特别娇，说话再斩钉截铁，听在周诚耳朵里都像是撒娇。周诚也心情大好，明明瞧不上这样赚毛票的小生意，却也被夏晓兰感染了："那就试试。"

就夏晓兰这股劲头，就算没有人帮忙，她早晚也会脱离那个流言蜚语满天飞的大河村。和这样明媚有活力的夏晓兰一起走在商都大街上，周诚浑身毛孔都舒坦了，其实连手都没牵过，他心中激荡的情绪几乎要溢出胸膛……活了 20 年首次体会到这种感觉呢！

两个人一块儿走到了农贸市场。商都面积大，城南和城北都有大的农贸市场，夏晓兰他们来的就是城南的。

这时候都上午 10 点了，买早菜的人早回去了，但凡这时候还来农贸市场的都是不缺钱又闲的。夏晓兰就需要这样的主顾！

两个人出摊果然方便，周诚看着摊位，夏晓兰自己飞快地把农贸市场给逛了一圈。

农贸市场不仅卖吃的，还有一家卖衣服的摊位。有几个年轻女人在摊位上挑挑拣拣，嫌弃衣服老气，摊主瞪大眼睛："我这都是羊城货，比百货商店的便宜又好看，你们还挑剔！"

摊主扯过一条碎花裙子，说得几个女人讪讪的，干脆丢下衣服转身就走了，一边走还一边讨论：

"百货商店的衣服太贵了，上次想买一件呢大衣，我的天，你们猜多少钱？要 128 元！"

"商都这么大的地方，除了百货商店就是地摊货，一个贵一个质量差，就没有时髦又便宜的。"

"走了走了，谁买他的破衣服。"

说者无心，听者有意。夏晓兰知道在羊城批发衣服是很便宜的，她的眼光不说多时尚，好歹比在农贸市场摆摊的人强。去羊城挑一点款式新潮的衣服拿回商都卖，销路肯定不错！服装的批发价和零售价，就不是一毛两毛的赚头了。

夏晓兰将这事儿记在心里，又在农贸市场里到处打听，将各类商品的价钱记得差不多了，她才跑回她和周诚的临时摊位上。农贸市场是可以随便摆摊的，别挡着过道，交点市场管理费就行了，摊位大的多交点，摊位少的少交，夏晓兰怎么会和人争辩这种事，占别人地方赚钱，交管理费是天经地义的。

爽爽快快交了钱，周诚都已经开张了。他不知道从哪里借来了纸和笔，写着鸡蛋 0.15 元一个，黄鳝 1.2 元一斤。

周诚的字和他的长相一样，瞧着就很精神。

好几个人将周诚围住，也不知这些大姐是要买鸡蛋呢还是要占周诚便宜："别人家鸡蛋都按斤卖，你怎么论个儿卖？""黄鳝也太贵了！今天猪肉才 1.4 元，添 2 毛钱我买一斤大肥肉了！""小伙子，听你说话不是商都人呐，有对象没？"

周诚真的不耐烦和一帮女人周旋，瞧见夏晓兰回来，抬手一指她："我对象回来了，她是卖东西的，我就是个看摊的。"

夏晓兰瞪了他一眼。

要给周诚介绍对象的大姐十分失望，"你们年轻同志就喜欢长这样的，脸圆圆的才有福气！"

夏晓兰被扣了一顶"没福气"的帽子，语气也有点冷淡："大姐，你还买不买鸡蛋？你看我这个鸡蛋个顶个地大，你要是不愿意论个买，那就按 1.5 元一斤算。"

大的鸡蛋，一斤肯定没有 10 个的。

大姐还要抬杠："那鸡蛋肯定有大有小，有人把大的挑走了，买到小鸡蛋的不公平！"

夏晓兰十分赞同："所以早买的就能挑大的！"

大姐还没说话呢，其他几个人就把她挤开了。她们就是想挑大的，后来的人只能要小的了。夏晓兰反复强调轻拿轻放、不许拼命摇蛋两个原则，然后就任由她们挑选了。

夏晓兰为了拿下订单真是什么气都受过，但这不代表她是个软柿子。嫌货不好可以，对她进行人身攻击就不行了。她没理会那个说她没福气的，挺热情地招呼她的真买主：
"姐，您要不买点黄鳝回去？贵是贵了点，黄鳝是大补的，秋天快来了，做一个鳝鱼煲给全家人补补身体。猪肉好吃，也要换个口味不是？"

鳝鱼夏晓兰是不会杀的。这时候买菜的人都是挎篮子提着布袋，塑料袋还没普及，鳝鱼杀死了不好保存，懂吃的人都知道，鳝鱼是要带血下锅才补人。

周诚就在旁边帮忙。

别看夏晓兰长得娇，她骨子里有刚性，敢自己做生意，敢拿剪刀戳流氓的眼睛，也不是一味对买东西的顾客热情讨好，谁触犯她的原则，她就寸步不让。

虽然没赶上早市，但商都的人口多啊，农贸市场一整天都有人来。夏晓兰这次带了500个鸡蛋，还有38斤黄鳝来商都，除去被鳝丝面店买走的15斤黄鳝，剩下的货不到3个小时就卖完了。38斤黄鳝赚的钱比500个鸡蛋还多，她觉得这门生意真的能好好琢磨琢磨。

"周大哥，你要是不忙，我想在商都转一转。"

第26章　事业有点小曲折

"你想去打听哪里需要大量的黄鳝？"

一番忙碌，夏晓兰热得脸蛋白里透红，好像粉色的水蜜桃，十分诱人。周诚看她是哪儿哪儿都顺眼，不过夏晓兰不喜欢他太直白，他只好委屈屈地将视线稍微偏一下。

夏晓兰点点头："也不仅是黄鳝，其实乡下的好东西不少，顺嘴问一下也不麻烦，或许能发现新的门路！"

农民攒不下什么钱，因为农产品的收购价本来就很低。统一卖给国家后，又优先配给大城市，买东西的人没有多少钱，配给不够的地方人们拿着钱又不好买东西。城镇职工也不是都富裕，但每个月打打牙祭还是行的。夏晓兰就是在寻找买卖双方消息不对等而产生的商机。

周诚看她高兴，自己就挺高兴。哪怕顶着厉害的秋老虎太阳，周诚也不觉得疲惫。

不过夏晓兰的生意也不是一帆风顺的，找了几家面摊，人家对稳定购买黄鳝都不太感兴趣。除了夏晓兰，本来也有人主动给他们提供黄鳝，这东西商都市里抓不到，周边的农民也有进城售卖的，夏晓兰想要独占这个供货市场，就得先把别人排挤出去……双拳难敌四手，她一个大姑娘又不像周诚和康伟那么厉害，哪能真的靠武力解决问题。

靠低价就更不行了，乱压价扰乱市场秩序，简直是跟自己过不去。别人是零散地卖，那多半是自己抓的，不过是花些时间和精力，并没有金钱成本。夏晓兰的黄鳝却是收购来的，她赚的是差价，价钱压得越低，她的利润越薄。

真的只能卖零售吗？卖给国营饭店？

但凡挂了"国营"的名头，店里的人都只会拿鼻孔看人，也不会因为夏晓兰长得好看就给她大开绿灯。周诚见她犯愁，真想说你别干了，就让康伟每半个月从南方捎带点货到安庆县，也比她卖黄鳝强。

"你这生意还能做两个月吧？到了11月鳝鱼就不好抓了。你又不是真的要一直干这行，想那么多干吗，等攒够了本钱，让康伟给你捎点衣服回来卖。"

夏晓兰狐疑道："你怎么知道我要卖衣服？"

周诚顿时就乐了："你刚才在农贸市场，眼睛盯着那摆摊的人都不带眨的，恨不得把人家拽开自己来卖吧？卖衣服挺好的，羊城那边衣服便宜。"

周诚还有句话没说，夏晓兰眼睛不眨盯着人家摊主看，那人说不定还误会夏晓兰对他有意思呢。所以他才故意对人说夏晓兰是他对象，她长得太漂亮也不行，害得他走到哪儿就得防到哪儿！

让康伟捎衣服回来？夏晓兰摇摇头。

不是她一点便宜都不想占，而是她不相信直男的审美。衣服肯定要她亲自去羊城挑，商都市到羊城的火车还是有的，无非是条件差一点、时间长一点。周诚知道她主意很正，也没有继续游说，又说要去饭店吃饭——这次夏晓兰坚决不肯了，她是在有限的条件里要尽量舒坦一点，但每顿都下馆子，已经超出了她现在的条件。

尽管多半是周诚花钱，可她干吗要心安理得花人家周诚的钱呢？

周诚没办法，只能随便买了几个包子。

两人回去时夏晓兰又绕到农贸市场里，肉摊上还有一些排骨没卖掉，这时候人们喜欢肥肉，瘦肉都要被挑剔，连肉带骨头的排骨就更不划算了。不过夏晓兰喜欢，把肉摊上剩的两斤排骨都买了。

周诚知道夏晓兰现在是寄居在舅舅家，否则他一定会厚着脸皮尝尝夏晓兰亲手做的饭菜。

想想算了，她白白嫩嫩的不适合烟熏火燎，以后就该请个保姆做饭。

南边儿那些大老板都请保姆，京城的首长们家里也配着家政人员，他周诚为啥不能请？这个人连夏晓兰的手都没牵到呢，认识第三天就想到了结婚后的事儿。

有道是，不以结婚为目的的恋爱都是耍流氓，周诚看上了夏晓兰，想和她在一起，顺其自然就想到了结婚上。

回去时周诚将后座的两个箩筐叠放在一边，夏晓兰坐后面终于不用曲着腿了。人坐稳，手贴着周诚腰的时候就少了，这让他很失落。还是心太软，不忍心夏晓兰蜷缩着腿不舒服，害得他自己也没有便宜占。

两人到安庆县时也不晚，周诚要送夏晓兰回七井村，夏晓兰不同意："你也没车，送我回去还得走路回县城，这样太不方便了。"

周诚心想，他不嫌麻烦啊，他还巴不得天色太晚，直接住在七井村呢。不过这样空着手上门也不是他的作风，心里还惦记着康伟那边的结果，周诚再三叮嘱夏晓兰注意安全，才放她走。

夏晓兰都骑了十几米远了，周诚又想起来问："你明天还去商都吗？"

"不了，明天最多跑一趟安庆县，要去其他村子收收货。"

周诚心里有了数。

回到招待所时，康伟蹲在大车旁边抽烟，他旁边还蜷缩着一个男人，鼻青脸肿的，已经被康伟收拾服帖。

这人就是石坡子村的张二赖。他平时也是村里的一霸，按理说没这么容易服软。可康伟不仅拳头狠，而且还拿黑乎乎的枪对着他，张二赖差点没尿裤子。最近严打，这两天县

· 055 ·

里风声更紧，张二赖还以为自己干过的什么事败露了，被穿便衣的公安抓了。结果康伟把他带回县城，没奔着派出所去，反而到了招待所。

张二赖越发恐惧不安了。

"诚子哥，你可回来了，没出息的吓得尿裤子，可把我熏死了。"

怪不得康伟离张二赖好几米远。

"把他带回房间去，你站在招待所院子里影响不好。"

他们毕竟不是安庆县的人，强龙不压地头蛇，周诚不愿意太高调。康伟既然把人带回来，一定有自己的原因，夏晓兰为啥名声糟糕到底，这个谜团或许能在张二赖身上解开。

周诚的眼神有点阴郁。

张二赖只以为康伟厉害，却不知道自己惹到了一个真正的煞星。

第 27 章　质问张二赖

20 世纪 80 年代的招待所，和后世的宾馆套路是一样的。有好几种规格的住宿条件，以安庆县招待所的标准来说，有睡十几个人的大通铺，要不在潮湿的一楼，要不就是地下室，住一晚上只要 1 元。稍微好一点的是四人间，一张床位 2 元。更好的就是 6 元一间的单间，最好的当然是 15 元的套房。

套房一般都是单位领导出差才有的标准。效益不好的单位，领导出差也舍不得住 15 元一晚的套间。

安庆县招待所这套房一年里大多数时候都空着，周诚和康伟就是住的这种。乳黄色的地砖，深红色的实木家具，灯亮堂堂的，屋里还摆着一台 14 寸的电视机。张二赖从来没见过这样高档的房间，更猜不透康伟和周诚的来历。

警察把他抓到招待所来干吗？

要不是警察，他们手里还有枪，张二赖心里就更没底。

周诚今天在外面跑了一天，和夏晓兰待在一起还不觉得累，回来后却浑身汗乎乎的不舒服。他看着张二赖那猥琐样，想到那些难听的流言，心情更加不好了。

这种人坐什么椅子，别把招待所的椅子给弄脏了。

"你就蹲那儿，好好把自己的问题交代一下。"

康伟把屋里的吊扇打开，呼啦啦风扇转起来，驱散了不少闷热。

张二赖觍着脸说："同志，我真不晓得你们要我交代啥问题，您提点我一下？"

周诚斜着眼看康伟。

康伟也看出来诚子哥心情不舒畅，十分谄媚："那不是未来嫂子的事儿嘛，我留着给诚子哥做主，找到这瘪三我就给抓来了。"

怪不得张二赖一头雾水。

周诚听到康伟嘴里的"未来嫂子"，心情好了一点了，给自己点了一根烟，冲着张二赖点头："说说吧，夏晓兰的事儿是怎么回事？"

打听夏晓兰的？张二赖心里活泛了："您二位也想沾一嘴？那娘们儿可风流了，好上手得很，胳膊白，身子……"

一提到夏晓兰，就说到了张二赖最得意的地方。他说起来眉飞色舞的，只差手舞足蹈了,可话还没说完,就被周诚一脚给踹倒了。周诚这一脚可是下了死力气,张二赖撞到墙角,半天没动静。

周诚一脸戾气,拽住他头发,将他脸抬起来。

张二赖满嘴都是血,却连挣扎的力气都没有,周诚那一脚多半是踹伤了他的内脏。

"现在会好好说话了吗?我只听实话,在我面前说假话的,我不会给他第二次机会。"

吹吹牛会死吗?张二赖以前不相信,人都说他和夏晓兰有一腿后,他不知道多风光。当然最近严打,他不能在大庭广众下主动吹嘘,但别人问他,他淫笑两声,大家都心知肚明地羡慕他了。现在张二赖才知道,原来吹牛会死人的。

他眼泪和鼻涕齐飞:"我……我说实话,我根本就没碰过夏晓兰!"

周诚抓着他的头发不放手:"无风不起浪,你和夏晓兰的流言传得到处都是,总是有原因的。说吧,你是不是对她干过坏事儿?"

张二赖眼神躲躲闪闪,不肯说。

周诚将他脑袋狠狠往地上一撞,咔嚓咔嚓就给手枪上膛,瞧着他那凶狠如狼的劲儿,真的会一枪崩了他。

张二赖将头磕得砰砰响:"我说,我都说!夏晓兰长得漂亮,两年前我去七井村走亲戚,一眼就看上她了,我当时就拉着她调戏几句,七井村那个姓王的知青多管闲事给夏晓兰出头。后来我也没啥机会接近夏晓兰,就是在七井村转转,但夏晓兰泼着呢,我也一直没占到啥便宜……后来……"

张二赖吞吞吐吐的,康伟举着凳子要砸他,张二赖就破罐子破摔:"后来有人在我窗台上丢纸条,说夏晓兰约我去见面,还说夏晓兰心里是喜欢我的,就是我不务正业,怕她家里人不同意婚事,就……就让我先和夏晓兰生米煮成熟饭!"

张二赖也是被打怕了,干脆一股脑儿都说了。

说到这里张二赖似乎还有自己的怨气:"结果我去找夏晓兰,她不承认有纸条的事儿,还骂我癞蛤蟆想吃天鹅肉,我扯住她不放,那个姓王的臭小子又跑来坏我好事!听他们唧唧歪歪的,我才知道原来姓王的是夏晓兰堂姐的对象,他和夏晓兰说些有的没的,啥好失望之类的,他们两个人多半有一腿!"

自己没占到的便宜,被别人给抢先了,张二赖肯定生气。

再说夏晓兰和自己未来姐夫不清不楚的,偏要在他面前装贞洁烈女,张二赖越想越觉得不服气。四里八乡不知道咋传出了他和夏晓兰滚草垛子的流言,别人问张二赖,他淫笑着不否认,大家就把这事儿当了真。流言传得越来越厉害,张二赖听说严打也挺怕,万一夏晓兰去派出所告他呢?

幸好夏家没人出头,夏晓兰居然自个儿想不开撞了墙。

张二赖尽量把自己摘干净,又不忘给夏晓兰泼脏水,说她和未来堂姐夫有一腿,把夏晓兰说得越烂,情况就对他自己越有利。

张二赖眼睛被打得肿成一条缝儿,偷偷去看周诚的表情。

他就算再会说话,别说瞒不过周诚,连康伟都糊弄不了。夏晓兰放着他诚子哥这样的不扑上来,去勾引张二赖?说瞎话也要点脸好不?!

纸条肯定不是夏晓兰放在张二赖窗台上的。康伟听明白了,这中间有人捣鬼呢,目标就是毁了夏晓兰。

"诚子哥……"康伟挺不好意思。

周诚也不和他计较,冷笑两声问张二赖:"你哪只手碰过她?"

张二赖哆哆嗦嗦否认:"真没碰过,我就是扯坏了她一只袖子。"

夏晓兰就是被这样的瘪犊子给逼得撞墙的,周诚气到极点,反而笑出声:"好得很!"

康伟真怕周诚会一枪毙了张二赖:"哥,别冲动,这地界可不能杀人……瞧我这臭嘴,哪个地界咱也不杀人,收拾他哪用脏了自己的手?"

"交给派出所吧,严打够他吃枪子儿的了!"

张二赖吓坏了,他也猜出来点门道,夏晓兰多半是傍上厉害的男人了,眼前这两个就是来替夏晓兰出气。交给派出所?那他就死定了。

张二赖吓得生出一股邪胆:"送我去派出所夏晓兰破鞋的名声就坐实了,我一定逢人就好好讲讲我和她的床上事!"

周诚从床下拖出来一个箱子,打开一看里面居然满满一箱子都是钱。

他拿出几叠大团结塞在张二赖怀里,张二赖还以为是封口费。这下发财了,几叠大团结估计有几千元,但周诚这钱拿得轻松,可见他箱子里不知道还有多少!

张二赖是得寸进尺,还没开口多要钱,周诚的下一句话就把张二赖打入地狱:"小伟,让招待所给派出所打个电话,我们抓到一个偷公款的。"

第 28 章　就是栽赃你

周诚他们住的是招待所最贵的套间,给他们开介绍信的也是京城的大单位。

康伟和招待所的人一说,招待所的人也吓蒙了,那时候又没有监控,谁知道张二赖是怎么走进去的。涉案金额都超过 5000 元了,派出所的人把张二赖按在地上,当成了一出特大盗窃案。

周诚他们是第二次到安庆县派出所了。公安民警还认识他们,他们不是前两天见义勇为的同志吗?

张二赖一直在说冤枉,康伟挠挠头:"对不起啊同志,我们回来一看这小子偷公款,下手狠了点。"

从张二赖身上的伤来看,岂止是打狠了点,分明是要将他往死里打。不过见义勇为的同志,派出所还是比较相信的。再一核实张二赖的个人信息,派出所的民警也觉得巧合。

这人本来就是他们要抓的人,严打也是有指标的,不抓劣迹斑斑的二流子,难道冤枉那些老实人吗?

"偷鸡摸狗,作风不正,有人检举他和多名已婚女同志有不正当男女关系,还敢偷公款!"

"流氓罪加上盗窃罪,他这次是脱不了身了!"

周诚和康伟很满意这结果。张二赖瞎嚷嚷他们是公报私仇冤枉他,等周诚和康伟都离开派出所了,那天接待过夏晓兰的女民警才凑上前问所长:"梁所,您看这案子是不是真有古怪?"

梁所长表情严肃地说:"小萍同志,我们不能放过一个罪犯。维护女同志的名声多不容易啊,张二赖的确是个惯犯,按照严打的标准他是必须抓的,其他细节我们就不用追究了。"

张二赖说话颠三倒四的，一会儿说周诚两人带了一箱子钱陷害他，一会儿又说这两个人身上还有枪。可周诚和康伟的介绍信是京城再根正苗红不过的大单位开的，两人是去沪市替单位采购物资的，身上带着大量现金不是挺正常吗？

中间是有猫腻，好巧不巧的，张二赖说是因为"夏晓兰"而起，梁所长静静地看着张二赖："他自己都承认了，那就更不能手软。"

张二赖不敢再说了。他如果真的要说自己和夏晓兰有一腿，他身上的案子就要加一个！

夏晓兰还不知道周诚替她解决掉了一个大仇人。

张二赖也是促使"夏晓兰"自杀的元凶之一，也是周诚能查到的。至于夏晓兰的堂姐和未来姐夫掺和了多少，周诚现在还不知道。不过对于众人交口称赞的女大学生夏子毓，周诚是没有半点好感的。

夏晓兰骑着自行车回家，整个人都神采飞扬。

刘家的几亩水稻已经全部从田里收割回家，这几天日头好，再晒两天就能谷粒归仓了。别人家帮刘家干活儿，刘勇和李凤梅忙完了自家的稻田，就要把工人还给村里人，晒稻谷的事就由刘芬承担了。

每个村都有自己的晒谷场，到了早上每户把自家的晒垫铺开，用箩筐把新收的稻谷倒在晒垫上，慢慢把稻谷推开，铺得又薄又均匀，才能把多余的水分晒干。

隔一两个小时就要顶着日头翻动，这时候的晒谷场总是挤满了人。

七井村的人也不是不八卦，谁家嫁出去的姑奶奶回娘家住一晚都罕见，就没有农忙时放着婆家的农活儿不管，整天待在娘家的。刘芬带着夏晓兰在娘家待了好几天，夏大军一次都没来看过，村里人琢磨着两口子这是吵架过不下去了？

刘芬是挨了揍也不会反抗的人，居然敢这样干，还真是有靠山了啊！

七井村的人没有大河村的八婆们说话难听，一来刘勇不是好欺负的，刘芬也算七井村的人，村里人护短，二来夏晓兰的倒卖生意做得红火，又是鸡蛋又是黄鳝的，谁家不卖点东西给她？

夏晓兰做生意明码实价，也没说自己不赚钱，可人家赚的是辛苦钱。

再加上夏晓兰会做人，谁家要从县城里带点什么，和她说一声准帮忙办得妥妥当当的。那些小孩儿为什么到处抓黄鳝卖给夏晓兰？除了8毛钱的收购价，夏晓兰身上总能带着吃的，一块糖一小把瓜子，村里的小孩儿们都快喜欢死夏晓兰了！谁要说夏姐姐不好，这些熊孩子非得又哭又闹的。

"你家晓兰能干啊！"

"她一天到晚到处收鸡蛋，村里县城的得跑两三趟，赚不少钱呢！"

"你羡慕？我看别说你家闺女，就算你家小子也吃不了这苦。"

"孩子懂事，当妈的就苦尽甘来了呗……"

说得刘芬笑呵呵的。

这些人最多酸两句，恶意不大。刘芬现在日子过得是有盼头了，她在刘家依然干活儿，但一点都不觉得疲惫。一家人的心往一处使，日子会越来越好，和待在夏家根本不一

· 059 ·

样。夏家两妯娌看不起她,婆婆厌恶她,男人也怪她,刘芬只能逆来顺受,试图讨好所有人——可这世上并不是你退一步人家就会放过你,退一步人家会欺负两步,直到逼得你无路可退把你踩到泥土里!

村里人也不是一味奉承刘芬,她才回娘家几天,整个人的气色都好了很多。皮肤仍然是常年劳作晒出来的黝黑,脸上的愁苦散了大半,从黑黄变成了黑里透红。仔细看,刘芬的五官也很好看。夏晓兰虽然遗传了夏家人的身高,但长相上更偏向刘家人。心情不郁闷,伙食在1983年的农村绝对是笑傲四里八乡的,短短几天,刘芬的脸颊都好像长了点肉。

叮铃铃,自行车的铃铛声,夏晓兰回来了。

她嘴像是抹了蜜糖一般,和晒谷场上的人都招呼了一遍,然后才对刘芬说道:"妈,我先回去把饭蒸上,再来帮你。"

夏晓兰细皮嫩肉的,刘芬舍不得她吃苦,让她不要来:"你舅他们也要收工了,你就在家做饭,顺便看着涛涛。"

涛涛今天第一天去村小上学,农村可没有幼儿园,都是直接从一年级开始念。涛涛6岁就被送去上学,绝对是家里十分疼爱的了,有的孩子10来岁了还在家里流着鼻涕瞎玩,帮着家里做家务,也要下田干活儿。上学?上学年龄不统一,也不是所有人都能把小学念完,小学淘汰一批,初中又淘汰一批,1983年的农村高中生都算是文化人。

夏晓兰这样念过初中的,在学历上已经不算丢人了。

可想而知,1983年考上大学的夏子毓有多么金贵——跃出农门,有了吃商品粮的城镇户口,毕业后就是国家干部!

涛涛背着新书包炫耀了一整天,他的同学们下课都要来摸摸他的书包。

10元买个书包?对七井村的人来说太贵了,这钱都够交两学期学费了。

"晓兰姐,我可想你了!"涛涛像个小炮仗冲过去,抱着夏晓兰大腿就不放。夏晓兰给他买糖、给他买书包,涛涛感到前所未有的幸福,夏晓兰就是涛涛心目中最亲的人,连他的爸妈都排到了后面!

第29章 将来让您住楼房

夏晓兰把这小鬼拎一边去:"别给我灌迷魂汤,我还得做饭呢。"

涛涛不由舔了舔嘴唇。

夏晓兰手艺不算多好,可每次夏晓兰做饭,不是肉就是鱼,就没吃过啥咸菜疙瘩之类的。涛涛口水都快流出来了,当看到夏晓兰从箩筐里拿出剁好的排骨,涛涛都想让夏晓兰一辈子住在这里。

谁比他晓兰姐好?

夏晓兰依旧让涛涛负责烧火,蒸了几个鸡蛋,现在刘家最不缺的就是鸡蛋。排骨她想了想没有红烧,而是做成了糖醋味儿的。

这几天刘家的油盐调料都消耗得特别快,不过夏晓兰一直在补充,刘勇也说一家人应该吃好点,李凤梅也没说什么。包括糖也是夏晓兰买回来的,她想做个糖醋排骨并不难。

甜酸味儿的排骨肉汁又浓又稠，浇到热气腾腾的白米饭上，夏晓兰想想那味道都忍不住流口水。

刘勇三人把晒得半干的稻谷抬回家，闻到香味刘勇就笑："你们还担心晓兰的黄鳝卖不掉，我看这丫头真是天生就不适合干体力活儿，她脑袋瓜聪明着呢。"

生意好才有钱买肉。看来夏晓兰今天的生意很不错。

刘芬傻笑，李凤梅也想，夏家人不待见夏晓兰，可真是看走了眼。考上大学是很了不起，可女孩儿早晚要嫁人的，夏子毓以后嫁到别人家，金贵的女大学生也不能真的管夏家每个人啊！人家要提携，也有夏长征两口子和亲弟弟等着，夏家其他人算个啥呢。

听小姑子刘芬说，夏子毓去京城上学，把家里的存款500多元全带走了，结果夏晓兰撞了头，夏家愣是掏不出钱来送医院……由小看大，可见夏子毓是个自私的人，自己拿着家里的所有钱跑京城吃香的喝辣的，现在就不管夏家人怎么过日子，以后发达了还会讲啥良心？

呸！丢了西瓜捡芝麻。

她外甥女是大方的，昨天还给涛涛买了个新书包，涛涛他爸指天发誓是外甥女掏的钱。李凤梅心里别提多熨帖了！

"晓兰烧啥菜呢？"

夏晓兰放了铲子出来："烧了糖醋排骨。"

李凤梅心疼："买排骨做啥，中吃不中用的。"

谁不知道排骨好吃，可它不划算啊。

她这个外甥女哪儿都好，就是有时候手里的钱太散了，李凤梅忍不住提点她："你用钱要节约，知道当姐姐的心疼涛涛，书包也太贵了。你手里攒点钱，以后到婆家去也说得起话。"

这就是真心替夏晓兰考虑了，没说把夏晓兰手里的钱都榨干净花在刘家。

夏晓兰心里暖烘烘的："我知道呢，保证不乱花！"

刘芬眼睛发痒，刘勇和她一边收拾稻谷，一边压低了声音说："等农忙过了，夏大军肯定要上门来找你们的，你心里要想好，现在的日子过得多有奔头！可别太软弱，又乖乖跟着夏大军回去！"

刘芬一声不吭，被她哥说得抬不起头。

刘勇诧异道："咋的，你还真要跟着他回去吗？"

他那股恨铁不成钢的味儿不加掩饰，刘芬过了老半天才别别扭扭地说："晓兰早晚要嫁人，哪有带着妈嫁到男方家里的，我又不能一直留在娘家……哥，那时候我要去哪里？"

不跟着女儿走，也不愿意一直留在娘家，怕时间长了哥嫂生出嫌隙，也怕村里人说闲话。刘芬对自己的未来很迷茫，她不能拖累女儿和娘家啊。

"妈，您是不是舍不得我爸，想回夏家？"夏晓兰不知道啥时候站到了刘芬身后。

刘芬摇摇头，却又沉默不语，显然不想回答这个问题。她不是舍不得夏大军，是逆来顺受惯了，又有为女儿奉献牺牲的精神，如果夏晓兰能过上好日子，她就算在夏家低三下四求一口饭吃，她也是能忍的。

夏晓兰大概猜到了几分刘芬的心思。也亏得她心理年龄不是真的18岁，见过不少人情世故，能体会到刘芬的顾虑。

嫁人？嫁人当然是要嫁的，之前没感受过夫妻和睦，现在肯定要体会一下。但嫁人的前提是把刘芬甩掉吗？要当刘芬是拖油瓶，这种男人夏晓兰嫁他干吗？她眼皮子还没有那么浅！

"妈，我今天赚了 20 多元，您都不知道商都市那边的生意有多么红火。等我攒下一笔钱，就在商都买楼房，带着您住进去。您未来女婿敢嫌弃您？只看您心情好，才同意让他在房子里一起住呢！"

买房是夏晓兰的长远打算。

现在商都市可能都还没有真正的商品房，不过也 1983 年了，过不了两年就会有的。最早的商品房就是在 80 年代中后期出现的，夏晓兰记得她那个商都客户说 80 年代入手的第一套房子每平方米才 200 多元。房子是修好了卖给职工的，一般人没有买房的资格，但你钱出得多，好好操作一番，自然能从别人手里拿到购房指标。

200 多元一平方米的房价，后世真是做梦都要笑醒。

买一套 100 平方米的商品房，总价才 2 万多。2 万多夏晓兰现在是没有，难道她会一直赚不到？

夏晓兰第一次在长辈面前透露将来要去城里定居的打算，刘芬都惊呆了："可我们是农村户口啊……"

农村户口和城镇户口的差别太大了。

工厂招工，各种单位要人，面向的都是城镇户口的居民。农村户口只能在土里刨食，脱离农村户口的办法只有两个，一个是结婚，一个是会念书——靠婚姻也不稳定，一般城镇职工家庭也不一定能办成"农转非"的大事！只有像夏子毓一样，靠考上大学最稳当，一下子就跳出农门成了注定的城里人。

做城里人有多么难，刘芬就算再相信夏晓兰，也不敢做这个梦。

倒是刘勇听了挺感兴趣："搬去城里也行，不一定是商都，也不拘是不是楼房，在县城里买两间平房要不了多少钱。"

商都市那么多人，夏晓兰母女搬去那里谁也不认识，夏晓兰的名声差就不耽误她找对象了。听见刘勇都认可了，刘芬半信半疑："真的能行？"

夏晓兰重重地点头："说了要带您过好日子呢，当然能行！"

在商都买房算啥，她手里要是有余钱，在房价大涨时学习温州人，杀到京城和沪市一买就是一栋楼，这投资回报率可比干什么事业都厉害！

第 30 章 周诚离开

可能是夏晓兰描绘的未来太动人了，刘芬心里不敢信，又忍不住想相信。

农村的日子实在是不好过，包产到户后农民的日子虽然比二十世纪六七十年代强，但也离"楼上楼下、电灯电话"的小康生活远着呢。特别是安庆县这边的乡下，也不是沿海地区的农村，既没有经济作物，也没有大量的乡镇企业。刘芬不懂得分析整个地区的经济形势，她只需要看看大河村，看看七井村周围的人过的是啥日子，夏晓兰留在乡下，未来会是啥样子，真是一眼就望到了头。

因为夏晓兰名声不好，刘芬都不敢想象她能找到啥样的好对象。

但夏晓兰的话让刘芬有了期待，要不怎么说她和刘勇是亲兄妹呢，两个人的思路都想到一块儿去了。搬得远远的，那不就没有人知道夏晓兰名声不好了？

她女儿这样能干，要是没有坏名声的拖累，凭啥不能找个好对象？

刘芬把心里的石头去掉了大半，她都没空去想夏家的事了，夏大军来了咋办？她是不会回去的。夏家没有分家，她就算做得再多，赚到的钱也是要上交的，都会给夏子毓送去。刘芬知道自己没本事，但夏晓兰一个人做生意多辛苦，她能帮一点，夏晓兰就少做一点。

乡下的闺女十八九岁就出嫁了，听说城里的姑娘都要等到20岁以后嫁人。要是有个正经工作的，20多岁再嫁人也不晚。

刘芬真是满身干劲，吃了饭她还主动去村里转悠，看看哪家有没有要卖的鸡蛋，有没有抓到黄鳝。想早点攒够钱在城里买房，别把夏晓兰的人生大事儿给耽误了！

"你妈可算是活过来了。"

刘勇自己都懂事晚，年轻时候浑不吝，也没教好刘芬。现在刘芬振作起来想把日子过好，积极主动参与到夏晓兰的生意里，刘勇别提有多高兴了。

夏晓兰把今天去商都市的经过讲了。当然没提是和周诚一起去的。

她只说商都市人口多，经济基础比安庆县好，肯吃苦或者有门手艺，在那里发展很容易。说得刘勇很心动："刘家本来就是逃荒来七井村的，这里不是咱家的根，其实住哪里都一样，我要能把你表弟变成城镇户口，那再辛苦也值。"

刘勇想了想，说自己最近要出门一趟。

夏晓兰猜他是找钱去了，现在说刘勇是干泥瓦匠的，打死夏晓兰都不肯信。

那她舅舅到底是干啥的呢？夏晓兰好奇极了。

不过刘勇出门前不放心夏晓兰母女，怕夏家又来人闹。

"还有那三个二流子，他们盯着你下手，总觉得不简单。不行，我得等这三个二流子都判了再出门。"

夏晓兰自己也好奇，她觉得那根线若隐若现的，就快串起来了。

第二天夏晓兰没有进城，她四里八乡地跑了一整天，又收到了不少黄鳝和鸡蛋。

第三天她走到路口老地方，又碰见周诚了。不过周诚今天不是一个人，他和康伟开着大东风等在那里。

"你们这是要走啦？"

康伟好像挺不好意思，他之前误会夏晓兰是作风不堪的女同志，对她的态度可谓是大起大落。年轻小伙子抹不开面子，见了夏晓兰可不就怪尴尬的。

唉，他真是对不起夏晓兰给带的酸萝卜猪肉饺子！

周诚从车上跳下来："嗯，京城给拍电报了，我们在安庆县逗留的时间不短了，现在必须赶回去。不过你别担心，我还会再来的。"

夏晓兰被调戏，自己也觉得挺"囧"。和周诚待在一起并不难受，他这人待人接物方面都挺符合夏晓兰的品味。

人家一本正经地说还要再来，安庆县有什么能吸引周诚的？夏晓兰想，那就顺其自然呗，反正她现在还没空考虑个人感情问题，同时也不讨厌周诚。

"那你们路上小心点，开车注意安全，来安庆县时我再接待你们。"

夏晓兰话说得也挺大方，周诚有了点笑容："你等着，我下次来安庆的时候，给你带点好东西。"

他也不容夏晓兰拒绝，自己跳上车，冲夏晓兰挥挥手。大东风突突发动起来，康伟从窗户里探出大半个上身，嘿嘿笑："嫂子再见！"

要不是夏总见多识广，非得闹个大红脸。

大东风往另一个方向开去，将离开安庆县返回京城。

从倒车镜里看见夏晓兰在原地站了会儿，又骑车往县城去，康伟不理解："诚子哥，你咋不告诉嫂子，你替她把胡说八道的张二赖解决了？"

做了好事不留名，又相隔两地，万一夏晓兰被别人给追走了呢？按康伟的想法，这种事必须赶紧告诉夏晓兰，借此博得美人的好感。而且康伟和周诚本来昨天就要走，不过周诚在县城路口等了大半天，夏晓兰都没进城，周诚又把离开的时间拖到了今早。

"你有对象吗？"周诚反问他。男人不都是默默解决问题的吗？爱嘚瑟的都是不懂事的，周诚也不想夏晓兰再想起不开心的事，根本没想过要表功。

康伟摇头："嘿嘿，那些妞多麻烦，我今天要敢找个对象，我奶奶明天就敢把我送去民政局——幸亏国家把婚姻法改了，还能多混两年！"

康伟只比周诚小半岁，按公历来说他也满 20 岁了。康伟是遗腹子，他父亲在战争中牺牲，康伟奶奶差点没把眼睛哭瞎，等到康伟出生，老太太才有了寄托，将康伟视为眼珠子，整天催着康伟赶紧结婚，好替康家延续香火。

"不是男 20 岁、女 18 岁就可以结婚了吗？"

周诚还想，他和夏晓兰多合适啊，刚巧在他 20 岁时遇到，一点也不浪费，只要夏晓兰点头，两人随时都能结婚。

康伟被奶奶逼婚，在其他方面是法盲，在《婚姻法》上绝对是专家："3 年前改的，男同志不早于 22 岁，女同志不早于 20 岁，简直是救命！"

康伟喜滋滋的，笑着笑着陡然察觉到气氛有点不对劲。咦，诚子哥咋不高兴了呢？

康伟陡然有了一个大胆的猜测——不会吧，这才认识几天呀，相亲也没有这样快的！

他虽然改口叫夏晓兰为嫂子，只不过是为了让周诚高兴。他和诚子哥弄明白了夏晓兰的名声不堪是有人诬陷，但别人不知道啊。夏晓兰怎么可能顺利嫁入周家，周诚只不过是剃头挑子一头热。

不过康伟可不会说，他才不要上赶着当恶人呢！

第 31 章　另寻买家

上次如果不是周诚骑车带她，夏晓兰都不知道骑到商都市原来这么累！

自从她来到 1983 年，疲惫已经成了常态，昨天没有进城，她骑着自行车跑了 20 多个村子，收了 50 多斤黄鳝。夏晓兰今天的工作就是把黄鳝和顺路带进城的几百个鸡蛋卖出去。收割稻谷最忙的几天过去，愿意卖鸡蛋给夏晓兰的人越来越少，再说以七井村为中心，方圆几十里的村子都被她拉网一般跑了一趟又一趟，村民们攒鸡蛋也要花时间。

把这几百个鸡蛋卖完，夏晓兰正好专心倒卖黄鳝，这玩意儿是已经长大了的，在水田和沟渠里等着被找出来就行。夏晓兰想，卖黄鳝是一回事，两个箩筐装满东西进城，空着回去是不是太不划算？她能从商都市拿一些货回乡下卖吗？

就是现在的农村购买力实在太糟糕，除了油盐酱醋这些必需品，农村人恨不得攥紧手里的每一分钱，能不花钱就不花钱……不对，连油也是不买的，有些人家一年到头花出去的钱只有买盐的，不吃酱醋和油没啥，不吃盐身体就没力气！

她需要装什么东西回去，才能让农民把钱掏出来？

后世营销都说女人和小孩儿的钱最好赚，现在女人基本上不打扮，小孩儿更是满地跑放养型，计划生育才刚开始实行吧，哪家不是几个孩子？独苗才金贵，孩子多了能吃饱就算不错了，哪有那么多闲钱花在小孩儿身上？所以涛涛背着新书包去上学才引来其他同学的艳羡——他们家里是舍不得给买那么贵的新书包的。

小孩子衣服也不用想，大孩子穿过的留给小孩子穿，一件衣服就像传家宝一样能流传好几年，直到破得再也穿不了才算完成它的使命。

夏晓兰想了半天没头绪，骑着车又回到那家鳝丝面店。

"同志，今天还需要黄鳝吗？"

她尽量让自己说话正经了，但声音的确太娇，招呼一声，鳝丝面店的老板还没出来，所有吃面的客人都看着她。

年轻人底子好恢复快，夏晓兰额头的伤口早就结痂掉疤，现在只剩下淡粉色的痕迹。她虽然没有描红画眉地打扮，但人收拾得清爽干净，已经是罕见的漂亮。

夏晓兰在原地等了会儿，走出来的却不是那天买黄鳝的老板，是个中年妇女，口气不太好："不买黄鳝，我们家店都是有人长期送货的，你以后不要来了！"

"可是……"

"我说你这个女同志咋听不懂人话呢？不要黄鳝，我们家的店不要你拿来的黄鳝！"

中年妇女口气恶劣，店里吃面的客人忍不住帮腔："不买就不买，好好说话嘛。""你那嗓门儿粗的，吓坏了这位女同志！""家里的陈醋泼出来了？"

中年妇女没和客人们吵，厨房里却传来一阵摔摔打打的声音。夏晓兰心里有数，这位应该就是老板娘了，那天来卖黄鳝只觉得老板很实诚，却没想到老板娘不知怎么打翻了醋坛子——夏晓兰冤得要死，可如果和那老板娘吵架，她以后在这一带还做不做生意了？

真是倒霉得没办法说。夏晓兰涵养再好，脸色也是变了又变的。

夏晓兰推着自行车要走，鳝丝面店的老板冲出来："真是对不住，你看我家那口子不讲道理啊……店里呢是不敢再买你的黄鳝了，不过我有个亲戚在市委招待所管采购，他叫胡永才，你要是愿意去试试，就说是胡柱良介绍的。"

胡老板很惭愧，他老婆相当于是当众让夏晓兰没脸了，若遇到脾气不好的人非得在店里撒泼，难得人家夏晓兰不计较，但也不能太欺负人了啊。

市委招待所？官方的衙门不太好打交道，不过如果真的能成功，也将是个长远的合作方。

"谢谢您了，胡老板！"夏晓兰道了谢，胡柱良不敢久留，他家老婆又在店里发火了。

夏晓兰没有马上去市委招待所，不是她不信胡老板介绍，而是一打听，那招待所名字高大上，其实根本不在市区，而是在市郊西隅。鬼知道商都市领导怎么想的，把市委招待所建得那么远。

夏晓兰还去之前的农贸市场卖货，她今天来得早一点，农贸市场的人还挺多。

交了管理费分到一个小位置，夏晓兰把招牌竖起来，就有人上前挑选了。她长得叫人过目难忘，还有买菜的记得她，有人问她对象怎么没来，夏晓兰对这类问题全部以微笑回应。

"鳝鱼便宜点嘞？"

"一斤，只要一斤，你秤要给够！"

生意来了，买菜的人把夏晓兰围着，七嘴八舌地说，又要称重，又要收钱找零，有的买鸡蛋，有的买黄鳝，反应稍微慢点的肯定要被搞糊涂了。夏晓兰足足忙了两个小时，衣服都被汗水湿透了。

都是买回家自己吃的，大宗采购的顾客少，零零散散的，还剩100多个鸡蛋和二十几斤黄鳝。

农贸市场卖的货千奇百怪，但卖得好的要不就是人们的生活必需品，要么就是稀奇少见的东西，比如夏晓兰从农村带来的黄鳝。夏晓兰要是带什么小青菜来，几分钱一斤，吃力不讨好，也没啥竞争力。

又在农贸市场坚持了一会儿，夏晓兰的鸡蛋和黄鳝都还剩了点。

每天这样零售的确风险很大，夏晓兰还是想找个能大量收购的，她惦记着胡老板的话，准备到市委招待所看看。一个在市委招待所管采购的人，可能买不了多少货，但对方肯定认识别的同行——80年代是个人情味很浓的时期，她要是能和胡老板的亲戚胡永才扯上关系，那打开的可能不仅仅是一个市场。

夏晓兰准备用后世跑销售练出来的糖衣炮弹手段"腐蚀"胡永才。

送礼是有讲究的，送礼给男同志，烟和酒是永远不会出错的。

商都卷烟厂生产的是黄金叶、散花和彩蝶。"黄金叶"是大多数烟民的选择，"散花"在高端市场比较受欢迎，"彩蝶"就处于这两种烟之间，零售价0.35元/盒，但夏晓兰觉得用来送给胡老板的亲戚还行——可她马上被现实打脸，人家听说她要买一条"彩蝶"，用看傻子的眼光看着她："一条？没有的！你要买两包以上，都得给我开条子来！"

第32章 招待所

"彩蝶不是商都卷烟厂生产的吗，怎么会没货？"

一条烟才3.5元，夏晓兰又不是买不起。

她虽然有远超时代30年的见识，但对于1983年的香烟市场她根本不了解。烟草是国家专卖的，就拿"彩蝶"香烟来举例，商都卷烟厂每年生产多少"彩蝶"烟都有定数，生产出来的"彩蝶"也不都在商都市乃至全省范围内销售，而是配给到全国各地——商都卷烟厂生产的"彩蝶"，商都人都很难买到。

想买也行，得找关系，得加价！商都人零买一两包都很难，夏晓兰张口就要一条，现在买烟哪有论"条"的，除非有领导的特批，才能以条为单位买到紧俏的香烟。

沪市生产的"大前门"也是0.35元/盒，夏晓兰舅舅就抽这烟，在七井村那地方已经很有面子了。"大前门"在全国范围内名气也大，毕竟是沪市的畅销烟嘛。然而夏晓兰能在商都买到"大前门"，却买不到"彩蝶"……烟草倒卖肯定要赚大钱。夏晓兰脑子里冒出这个想法，怎么也压不住。

一年几十万箱的烟，分散到全国各地，香烟是个极有地域特点的行业，除了几大牌号特别硬的"名烟"，各地的人抽什么烟都有自己的偏好。商都人认准了商都卷烟厂的三个牌号，商都周边的城市可能又喜欢他们当地产的。商都人买不到"彩蝶"，"彩蝶"在别的地方可能又处于滞销状态。

那把配给其他地方的"彩蝶"又拿回商都卖呢？夏晓兰脑子晕乎乎的。

"你还买不买烟了？"

被售货员叫回神，夏晓兰点头："那给我拿一条大前门吧。"

一条大前门是有的。不过夏晓兰没有烟票，定价为 0.35 元 / 盒的烟，管她要 5 毛一盒，这还是因为"大前门"产量大，不然她根本别想买到。

提着自己磨破嘴皮子才买到的烟，夏晓兰过了好一会儿心情才平静下来。

是的，烟草太赚了，但她得找到门路才行，这不是私人买卖，得有官面上的人。夏晓兰短时期内无法办到，不代表她一直不能认识这些人物，发展人脉就从这个胡永才开始吧。

原本的目的是给黄鳝找买家，但又不代表她只能一直卖黄鳝。

夏晓兰骑着自行车，往西边走。

早前西郊是一片荒地，不过 50 年代以后，大型的国棉、砂轮、煤机、印染等工厂陆续落户在商都的西郊，商都市委就决定在西郊修建新的办公楼。既然办公地点变迁了，顺便也得修一个市委招待所呗。1963 年的时候市委招待所大楼就修好了，如今 20 年过去，招待所的外观保持得还不错，5 层楼高的建筑周边加了一圈柱廊，顶檐外挑，使大楼整体错落有致，配上顶部的琉璃瓦和雕花，大气中带着精致。

这地方都发展二三十年了，并没有夏晓兰想的那般荒凉，不过老商都人习惯称其为"西郊"，用以和老城中心区别。当然，这里也没有小吃一条街和农贸市场的热闹，来市委招待所的要不就是开会的，要不就是出公差的，都是正儿八经的单位职工和政府工作人员。

夏晓兰骑着个自行车跑来，连介绍信也没有，长得再漂亮也是农民打扮。

招待所没说不让农民进去，不过没有介绍信，吃饭和住宿是不用想的，根本不可能。夏晓兰说自己来找亲戚，招待所的人让她在后门等着。

过一会儿，后门出来一个 30 多岁的矮个子男人，这人除了长得挺胖，他和夏晓兰在这个时代见过的人没啥差别。大家肚子里都没油水，1983 年是瘦子多胖子少，这还是夏晓兰近期看见的第一个胖子。

脸一胖，眼睛就小了。胡永才瞪大绿豆眼，愣是不知道自己啥时候多了夏晓兰这一门亲戚。

夏晓兰长得这样出挑，就算是远亲，只要见过一面，胡永才肯定不会忘。夏晓兰哪会让他细想："我叫夏晓兰，是柱良叔叫我来找您的。"

胡永才想了想："卖鳝鱼面的胡柱良？"

他和胡柱良是亲戚，不过两家人走动得并不频繁，胡永才算手里有点小权的，就怕别人无故来找他帮忙。夏晓兰赶紧把手里的袋子递上："有点事要麻烦胡哥一下。"

胡永才一见袋子里的东西眼皮就跳。多大点事啊，居然送一条大前门？

他第一反应是推辞，夏晓兰也不让人瞎想，直接把请胡永才牵桥搭线收购黄鳝的事说了。

"您要是觉得行呢，我带着点样品。"哪里有什么样品，分明是在农贸市场卖剩下的。

胡永才心里就有数了，收购点东西不是什么大事儿，夏晓兰送一条烟真是太多了。

然后夏晓兰带来的黄鳝个头还不小，说实话都达到了收购标准。但夏晓兰刻意跑一趟，又是送了重礼，总不可能就为了二十几斤黄鳝吧。这能赚多少钱？不值当一条大前门拉关系。

胡永才要给介绍夏晓兰前来的胡柱良面子，也是看在大前门的分儿上，就跟夏晓兰说了实话："你别看招待所规模不小，像黄鳝这种食材用不了多少，来开会的别管是领导还是普通干部，一天都是1元钱的伙食标准。你这次带来的黄鳝我可以做主都收购了……但每天这么多，招待所肯定吃不了。"

招待所有自己的伙食标准，除了接待各级领导干部来商都住宿，招待所还是商都市牵头组织的各大会议召开地点。不管哪个级别的干部来了，都是一样的伙食标准，每人每天1元由财政支出，吃饭的人只需交纳1斤粮票。

1元钱吃主食肯定是管饱了，肉菜也有，却不可能整天吃黄鳝嘛！

夏晓兰也不失落，胡永才话里有话，每天二十几斤吃不下，那隔几天呢？做生意都要讲投资的，她要的不是一时的大赚，只要和胡永才建立了良好的关系，就不用担心她的黄鳝卖不出去。

"我听您的。"

胡永才看她不歪缠，出手大方，兼之长得漂亮，他对夏晓兰的第一印象很不错。

"柱良叔比我辈分大，你也别您不您的，叫我名字就行。"

夏晓兰立刻顺着杆子爬："胡大哥！"

胡永才笑得眼睛眯成一条缝："你在这里等一等，我叫人出来给黄鳝过秤。"

第33章 女人有两次投胎机会

胡永才没说要买夏晓兰的鸡蛋。不是这人小气，招待所每天用的黄鳝不能保证斤数，鸡蛋是常备的，不过人家招待所好歹是事业单位，不像平头百姓那样要买高价蛋。胡永才要是买夏晓兰的鸡蛋，不是让她赚钱，是让她亏本呢！

二十几斤黄鳝，胡永才单手就能拎起，但他不想把身上弄得湿漉漉的带腥味，便从厨房叫了一个年轻人帮忙，也算是给黄鳝过了明路。

那年轻同志都不敢多看夏晓兰，给鳝鱼过秤，夏晓兰带了24斤黄鳝来，胡永才给算的1.2元/斤，和夏晓兰的零售价相同，这就是一条大前门的威力……就这24斤黄鳝，夏晓兰起码能赚9元钱，买一条烟根本用不了。这年头活泛的人少，所以才有夏晓兰钻营的机会，否则哪轮得到她来和胡永才搭上线。

"行了，你回家注意安全，后天再送20斤黄鳝来，要得多还是要得少，我都及时告诉你。"

看来，胡永才定下的采购频率是两天20斤，平均下来每天10斤，一个月就是300斤。如果能保证这个数，单卖黄鳝给市委招待所，夏晓兰一个月稳定能赚100多元。

她的笑更热情了几分："我知道了，胡大哥再见。"

她骑着自行车走了，胡永才叫来帮忙的年轻同志提着黄鳝问道："胡哥，这是您亲戚？"

胡永才白他一眼："你看我老胡家祖坟冒青烟了，能有这么水灵的亲戚？我这是正规采购，你可别瞎说。"

年轻同志尴尬地笑笑："胡哥，我不是那意思，我只是觉得这位女同志太漂亮了，咱们招待所的女服务员也比不上她。"

胡永才想，你知道个啥。

市委招待所里的女服务员都是百里挑一的漂亮姑娘，但那是端庄大方的漂亮，被主流审美所认可的。以男人的眼光来说，夏晓兰这样的才叫顶顶吸引人，但长她这样的，有谁敢招到招待所当服务员？太吸引人了不行，简直是让领导犯错误！

女人么，漂亮不漂亮的没用，还得看能不能把握住两次投胎机会。一次是真投胎，另一次就是嫁人了。比如这个夏晓兰，看样子就不太会投胎，心疼闺女的人家，怎么也要给找个体面轻松的工作，夏晓兰这样的漂亮大姑娘做个体户，说明家里人没本事安排工作。这闺女长成这样，文凭不要太高，认识字也能塞到百货商店当售货员啊！可见多半是农村户口。

胡永才，一个搞后勤采购的，正是单位里的老油条，将夏晓兰的出身猜得七七八八。

他也没说瞧不起夏晓兰，人实在长得太漂亮了，说不定人家啥时候就靠着第二次投胎机会翻身了——胡永才想，这姑娘是个有盘算的，商都市那么大，她偏偏跑来市委招待所卖货。经常出现在市委招待所这一片儿的，当然是各种领导干部。啧啧，哪天飞上枝头变凤凰，也说不准呢。

夏晓兰不知道胡永才是如何看待她的，只要有生意做，胡永才怎么评价她并不重要。

她沿路悄声叫卖，看见路边有潜在的顾客就主动上前问人家要不要鸡蛋，围着商都市转了一圈，总算把剩下的100多个鸡蛋全部销售完了。再怎么小心都要碎十几个鸡蛋，没有泡沫和塑胶蛋托，夏晓兰保护得再好也会有纰漏。不过她已经不打算继续倒卖鸡蛋了，或者说鸡蛋成了次要商品，这样想想就轻松很多了！

家里还养了好多泥鳅和鲫鱼，萝卜青菜之类的李凤梅在自留地里种了不少，夏晓兰转了一圈，除了猪肉也不知道该买啥菜。那就继续买肉呗，下午的肉摊上没有大肥肉了，剩下的都是瘦肉。其实瘦肉也挺好吃的，夏晓兰就是一开始吃过两顿红薯，后来到刘家住，正巧赶上农忙，刘家的伙食老好了，她肚子里也不那么缺油水了。

夏晓兰割了两斤肉，又买了几样调料。

舅妈李凤梅做菜手艺还行，不过家里做菜就是盐和酱醋，最多加点自家种的葱姜蒜，什么大料、花椒、桂叶之类的东西都没有，夏晓兰顺便就带了些。人填饱了肚子就对味道有了追求，在条件允许之内让自己过得好一点，才有继续赚钱的动力。

隔一天跑一次商都市是对的。

今天日头很大，刘家的稻谷已经晒得差不多可以归仓了。

夏晓兰这一天赚了20多元，回七井村时心情本来就美滋滋的，刚到家把自行车停好，刘勇就给她带来了一个好消息："石坡子村的张二赖被刑拘了，估计会重判！"

夏晓兰去商都卖东西，刘勇白天又跑了一趟安庆县，三个流氓不判刑，他都不可能放心。结果今天安庆县搞严打游街，这段时间抓起来的各种罪犯被挂着牌子押在车上，高音喇叭喊着，围着安庆县街道跑了一圈又一圈。

刘勇恰好碰上这次严打，他不认识张二赖，但见这人身前的牌子挂着身份姓名，石坡子村的，只有张二赖符合。刘勇早想收拾张二赖，最近严打挺厉害，他也不想把相熟的朋友牵连进去。哪知道还没等他出手，张二赖就被严打了！

夏晓兰不高兴才怪。

那个狗东西两次想对"夏晓兰"欲行不轨，第一次原主被王建华所救，第二次就是原主撞柱之前流言产生的导火索了……"夏晓兰"寻死，中间除了有别人的推波助澜，张二赖也占了很大原因。

她明明和张二赖没有发生过不轨行为，但说出去有谁信她呢？

反正那些人言之凿凿的，好像真的亲眼看见她和张二赖滚过草垛子。夏晓兰还想着要怎么报这个仇，没想到张二赖已经被抓了！

"他因为什么被抓的？"

夏晓兰也挺忐忑，如果是作风问题，张二赖非要拖她下水怎么办？1983年的严打，乱搞男女关系可不仅仅是针对男人的，也有因此而被枪毙的女青年！

总不可能要跑去医院验身自证清白吧。

刘勇黑瘦的眉眼都舒展开了："他入室盗窃，派出所的人说数额巨大，这次肯定是重判！"

第34章　李凤梅的洗脑功力

入室盗窃！数额巨大！两个关键点让夏晓兰松了一口气。张二赖怎么这种时候还敢顶风作案，真是自寻死路啊。夏晓兰也不担心对方会说瞎话拉她下水了，难道张二赖会嫌弃自己的罪名不够重吗？

这个消息让全家都喜气洋洋。特别是刘芬，平常逆来顺受惯了的老实人，都希望张二赖最好被判死刑。就算不死，关这个人一二十年出来，渐渐就没有人再拿夏晓兰的名声说事儿了。

"警察抓得好！这些坏人通通该抓了！"刘芬一边说一边抹泪，夏晓兰怎么会看上张二赖，快30岁都没说上媳妇儿的二流子。从前的夏晓兰是娇气，还争强好胜，但她眼光也高啊！可惜夏家只有刘芬相信女儿，其他人没有替夏晓兰出头的，还觉得她浪里浪气败坏了夏家的名声。

李凤梅私底下也安慰小姑子："将来有夏家后悔的时候，我看晓兰是个有出息的，难道不上大学就一定比不过她堂姐？夏家人就是捧夏子毓臭脚，才往死里折腾晓兰。"

刘芬老实，李凤梅却有点心机，要不怎么刘勇不务正业，娶了她过几年日子后也渐渐懂事了？

都说夏晓兰勾引未来姐夫，要让李凤梅说，把夏晓兰和夏子毓放在一起，男人肯定会更喜欢夏晓兰的。一个巴掌拍不响，夏晓兰要不是觉得被堂姐截和，也不会理直气壮把事情闹得那么大。

家里两姐妹争夫，这事儿乡下又不是没发生过，好的对象谁不想嫁呢？

不同的是，夏家不是各打五十大板，而是全偏向夏子毓……这就是金凤凰女大学生身份带来的威力。李凤梅也觉得夏家多半会来人，她整天给刘芬洗脑，等夏大军来的时候不许她害怕。

"你要不给晓兰撑腰，夏家人更会欺负她！"

李凤梅从前不怎么喜欢刘芬这个小姑子，说是小姑子，其实刘芬和她差不多大。刘勇30多岁才讨上老婆，李凤梅嫁给刘勇本来也是二婚，那时候刘芬早就嫁人了，姑嫂两个没咋相处过，没啥感情。刘勇之前还偷偷接济刘芬，大家日子都不好过，李凤梅嘴上没说什么，心里却不高兴。

谁让刘芬为人木讷，根本不会讨好嫂子，生了个女儿眼睛也长在头顶上，李凤梅喜欢刘芬母女俩才怪呢。不过是看在刘勇的面子上，每年见两次面，把亲戚情面给应付过去。

刘勇忽然把妹子和外甥女从夏家带回来，李凤梅不是没意见，她只是不愿意夫妻间起了嫌隙才忍着没反对。

当然，和刘勇最近赚钱挺厉害也有关系，刘勇近半年总是外出，交给李凤梅不少钱，家里经济稍微宽裕了，多两个人吃饭还撑得住。真要是一穷二白的，就算影响夫妻感情，李凤梅不说闹得天翻地覆，肯定也会阴阳怪气逼走夏晓兰母女。

再说夏晓兰母女也不是白吃饭。刘芬承担了很多家务活儿，夏晓兰更是出手大方，自己有本事做生意赚钱，也舍得给家里花钱。

夏晓兰母女俩搬到刘家不超过半个月，李凤梅终于拿她们当自己人看待了。自己人就要说点贴心话，李凤梅也知道夏晓兰有志气，不会一辈子都住在舅舅家，就这赚钱的速度，且不说在商都市安家，在县里买个平房可能性也是很大的。

唯一拖后腿的就是刘芬。

大家都怕刘芬心软，要是夏大军一来，刘芬又跑回夏家去过忍辱负重的受气日子，那夏晓兰就算再厉害，也会被夏家捏住软肋……夏晓兰对刘芬孝不孝顺，李凤梅是看在眼里的。对亲妈都不孝顺的闺女，将来还能指望她对娘舅好？

李凤梅把刘芬说得一边洗碗一边点头。

母女俩在夏家过的啥日子，夏家人口多田地也多，按说不至于吃不饱饭，但夏老太以孝道压着不让3个儿子分家，田地所有的收成都是夏老太在管，交了公粮后剩下的粮食怎么分配也是夏老太一个人说了算。

夏家男女老少有12人，真正的劳动力才4个！

夏老太守寡拉扯大3个儿子，她是不用下地干活儿的。老大夏长征有一儿一女，女儿就是夏子毓，一年有大部分时间在县城读书，上了高中后都说是念书的好苗子，夏老太不让宝贝大孙女干活儿，干活儿耽误学习嘛。大儿媳张翠也在夏老太的同意下跑去县城照顾夏子毓，夏长征家的小儿子才10岁，根本不是劳动力。

老三夏红兵家则是三个孩子，大女儿夏红霞17岁，念完初二就不上学了，在家里和她妈王金桂一起煮饭、喂鸡，也是不干重活儿的。夏红霞两个弟弟也不大，大弟弟小学还没毕业，小弟弟则和涛涛同岁，算什么劳动力？

所以，刘芬和夏大军是家里的重要劳动力。刘芬是女人顶男人用，重活儿苦活儿都跑不掉。他们一家出两个劳动力，但每次夏老太分啥东西给他们的都是最少的。这次夏子毓考上大学，夏老太把三家人召集起来讨要生活费，明着说他们家人口少，拖累小，将来又没儿子要成家立业，让夏大军多出钱——夏大军也真够实诚，把家底都掏光了，一个人就出了300元。

田里的收成都交公了,这钱是夏大军到处打零工攒的。

刘芬想着想着,眼睛就红了。

夏子毓要上大学,她女儿就不用出嫁了?家底都掏干净了,连几床新被子和脸盆、水壶都置办不起,又能说到啥样的好人家?这些问题刘芬从前不敢细想,和她多年逆来顺受的习惯有关系。被李凤梅整天耳提面命地教导,刘芬就觉得不值。

夏子毓又不是没爹没妈,去京城上学,夏长征也才出了100多元,夏红兵更是意思意思出了100元整。她要跟着夏大军回去,继续替夏家做牛做马,把赚到的辛苦钱去养别人的女儿,让她自己的女儿躺在床上快死了却没钱看病?

刘芬用手背擦了一下眼泪:"嫂子,我不回夏家。"

第35章　夏家的家庭会议

刘芬说不回夏家,恰好夏家也在讨论她们母女俩。

夏家10多口人,人多地多,劳动力却少。夏家三兄弟日夜不休地修完河堤回家,等待他们的就是农忙,中间没有休息时间,铁打的身体也扛不住。又少了刘芬这头干得多吃得少的老黄牛,连几年没咋干活儿的张翠都下地了,老三家的王金桂就不好偷懒了,夏老太和夏红霞在家里做饭看孩子,全家累得像死狗一样将所有稻谷归仓,人人都觉得今年的农忙特别难挨——夏子毓带走了家里的存款,夏家三兄弟修河堤赚回来的钱又给夏子毓寄了去,夏家公账上穷得叮当响,今年的秋收伙食基本上没有荤腥,肚子里没点油水,干活儿也没力气。

好不容易谷粒归仓,夏家总算能聚在一起开家庭会议,讨论夏晓兰母女的事。

"大军,你是咋想的,她们母女俩跑回刘家这么久,农忙时候都不回来,没把自己当夏家一分子,这日子还能过得下去?"夏老太满脸忧愁。

夏老太有自己的人生智慧,在不同人面前,她有不同的面孔。

在疼爱的宝贝孙女夏子毓面前,她是慈祥大方的奶奶。当然,夏老太并不是一直都那么疼夏子毓的,她有重男轻女的农村观念,最疼的肯定是3个孙子。夏子毓是念完初中后忽然开窍了,说的每句话办的每件事都落到夏老太心坎里,又会念书有个大好前程,慢慢地夏老太的一颗心越来越偏,等到夏子毓考上大学,在夏老太心目中,连孙子也排在大孙女后面了。

在生不出儿子的二儿媳和丢人的夏晓兰面前,她是刻薄的老太婆。不压榨刘芬这样的夏家末等人,如何建立起夏老太说一不二的权威?

在儿子面前,特别是在力气大脑子不精明的二儿子面前,夏老太是贴心的老母亲。她不是老白莲,但凡她干了什么刻薄事儿,总能理直气壮地说成是为夏大军好,为整个夏家好。她那一腔慈母心哟,担心夏大军没儿子送终,担心娇气轻浮的夏晓兰嫁不出去,所以才让夏大军对有大好前途的夏子毓好一点,让生不出儿子的刘芬多干点活儿,两口子多为夏家奉献一点,侄子们以后才会孝敬夏大军两口子——起码夏老太在夏大军心里就是这么一个形象。

他不是不知道刘芬在家里受的委屈,但夏大军自己都习惯了,也觉得刘芬忍忍就好了。

他也觉得家里这次不送晓兰去医院有点过分,但家里是真的没钱……那死丫头也太犟了，看见好东西就想抢，自暴自弃毁了自己名声，家里人连说两句都不行吗？

子毓越是大度，晓兰就该拿出个道歉的态度来。

这些都是夏大军心里的想法，可那天夏晓兰用剪刀抵着脖子也要离开夏家，刘芬也第一次恶狠狠撞开他，夏大军不由得怀疑，他是不是做错了？

抢收稻谷让夏大军筋疲力尽，谷粒归仓后的家庭会议让他无言以对。夏老太问他日子还能过得下去吗？夏大军觉得自己的面皮真是被踩到了脚下。

他生不出儿子，在农村被人嘲笑绝后，难道在家里连老婆孩子的主都做不了了？！

"我让她们母女回来给娘道歉。"

这个家庭会议，夏家小一辈们都不在，夏红霞猫着身子躲在窗外偷听，她二叔还想让夏晓兰她们回来，夏红霞气得胸口疼。夏晓兰凭啥那么跩，长得就不正经，给大姐提鞋都不配，回到夏家妨碍的是自己的婚嫁问题……夏红霞不肯承认，她嘴里说夏晓兰长得不正经，其实对那长相她是嫉妒的。

夏大军的话让夏家人都沉默了，都听得出来夏大军是想继续过日子的，暂时没有换老婆的打算。王金桂有点急，刘芬回来她没意见，夏晓兰可不能回来带坏她闺女的名声。她想要说话，丈夫夏红兵就拿眼睛瞪她。

张翠轻轻扯了扯夏长征的衣袖，夏长征端着大哥的口吻点头："一家人总会有磕绊，让晓兰回来给她奶奶道个歉，咱们还是一家人。这丫头太不知道轻重，外面的名声先不说，看把她奶奶气的！"

夏大军眼巴巴看着他亲娘，夏老太重重地从鼻孔里出气："她不用向我道歉，出了这种丑事，她最该向子毓道歉。子毓不和她计较，那是子毓大气！"

这话说得在理。既然子毓和王建华关系都公开了，两个人大学毕业后肯定要结婚的。一家人打断骨头连着筋，晓兰难道真的不和姐姐、姐夫来往吗？年纪小不懂事，总想和子毓争个输赢，做错了事还梗着脖子不认错……家里人怎么喜欢她？

夏大军知道老太太是松口了，他的一颗心顿时安定下来，答应得很爽快："我明天去刘家接她们娘俩回来，让晓兰给子毓写信道歉，一封不行就两封，直到子毓原谅她！"

张翠知道，这时候该她上场了。她不像王金桂那么咋咋呼呼，夏大军也一直挺敬重她这个大嫂。

"子毓也没有怪她，不过晓兰那性格……让她待在刘家，也怕给刘家惹事，还是接回来我们看着吧，孩子年纪还小，好好调教总能扭过来。"

好人都被张翠给做了，王金桂十分不满："有她杵在家里，谁敢上门替我家红霞说亲？要不大嫂你让子毓给红霞介绍个大学生？！"

说到后半句，王金桂眼神闪烁，真的很期待！

张翠眼皮一跳，给夏红霞介绍个大学生？这年头大学生有那么不值钱吗？夏红霞长得是夏家姐妹中最不出挑的，连初中都没念完，又是个不能招工的农村户口，大学生眼睛瞎了才会同意和夏红霞处对象。

"好了，别说废话，大军想把日子过下去，明天就去刘家接人！"

刘勇不好对付，夏老太是存心让夏大军去碰钉子，夏长征却很不识趣："明天我陪大军去。"

张翠见婆婆把不赞同的表情都写在脸上了，赶紧补充了一句："还是我陪大军去吧，你们男人说话硬邦邦的,容易把事情说僵了。"

夏大军望着嫂子,眼里带着感激。

王金桂眼珠子一转:"那我也一起去,我和大嫂合力,抬也得把二嫂抬回夏家!"

第36章 恶客上门

夏家的家庭会议结束,初步得出了将夏晓兰母女接回来的会议结果。

没办法,这次刘芬和夏晓兰确实硬气,都跑回七井村十来天了,愣是没说要回家。夏老太极不喜欢这母女俩,却也不得不承认,刘芬除了生不出儿子外,在干活儿方面倒是一把好手。任劳任怨比张翠和王金桂加起来都强,王金桂是惯会偷懒的,张翠在县城陪读几年,对田地里的活儿有点生疏。

不过那臭丫头最好还是别回来丢人现眼,留在刘家最好。希望两个儿媳能体会到她的意思,把这件事办好。

夏老太睡觉前都还在担心。

夏家人住一个院子,晚上要说点悄悄话必须压低声音。王金桂和夏老太的想法一样,刘芬能回来,夏晓兰绝对是不能回来的:"你别看大嫂今天那样,不情不愿的,子毓能找到王建华,咱家红霞哪里差了?不就是没继续上学嘛,女孩子会认会写就行了,大学毕业都是老姑娘了……"

王金桂嘀嘀咕咕,夏红兵困得要命,不耐烦道:"红霞就不是念书的那块料,你明天去刘家,别只顾着当恶人,一个臭丫头还能翻天吗?回来就把她关起来,再给找个婆家远远嫁出去,闲话慢慢就淡了!"

王金桂嘴里答应着,其实压根儿没改变主意。

说来搞笑,张翠和夏长征两口子也在聊同一件事,不过他们是想把夏晓兰弄回家的。

就像夏红兵说的,把夏晓兰关起来,再给她找个差不多的婆家——反正她名声都坏到底了,老光棍和鳏夫都行,其实坏夏晓兰名声的张二赖也可以,和张二赖没关系才是乱搞男女关系,两个人结婚不就名正言顺了?

张翠越想越合适:"我们又不是关她一辈子,女人嘛,嫁了人生下孩子,就在农村扎根了。"

夏子毓不想看见夏晓兰离开大河村,张翠觉得把夏晓兰嫁给那些老光棍和鳏夫甚至是张二赖,同样是解决了这个问题。

只要把夏晓兰弄回家,张翠就有信心把这事儿办成。

夏家能收到一笔彩礼钱,夏晓兰也没有兴风作浪的本事,谁让她不知道轻重,要抢子毓的对象!

夏长征也觉得挺有道理,两口子在这事儿上没分歧。夜深人静,他们又说了别的事,因为夏子毓考上大学去了京城,张翠再也不能打着照顾她生活起居的名义待在县城了……夏长征挺担心自己家的那个生意:"店里你弟媳妇看着不会出问题吧?"

"能出啥问题?子毓舅舅、舅妈是好心帮忙,要没有这店,你女儿以后的嫁妆、你儿子娶老婆的彩礼从哪里来?"

夏长征想,子毓舅舅那是个雁过拔毛的主,每天都有钱从手里过,小舅子随便藏一点都是他家的损失。店是在女儿子毓的指点下开起来的，从小摊到租下铺面，经营得越来越好。生意红火，夏长征真是一刻都不放心。

"还是你自己看着，把那丫头的事解决了，咱们就在家里人面前过个明路，就说是你娘家开的店，你去店里帮忙，给子毓赚点生活费。"

能不在农村刨土干活儿，张翠巴不得长居县城。

"你也去，店里缺人手，等你去了就叫子毓她舅舅回去，我和你，两个人在店里，也能把摊子支起来了。"

"我再想想，早点睡，明早还要去七井村。"

天还没亮，夏大军就起来了。

王金桂打着哈欠，张翠看着还挺精神。夏大军是去岳母家，一年难得去一趟，又是去接刘芬母女的，总不能空手上门。可夏大军穷得兜比脸还干净，夏老太只能给他置办点礼物。啥礼物呢？恰好是刘勇上次买来的白糖和挂面等东西，挂面吃了，白糖还没动，夏大军又给他提回去了。

这时候送礼都是同一批东西，你送我，我送他，其实就那么几包东西在轮流送，大家也都习惯了。不过原样又给人家送回去的，就太不讲究了。

送来的东西还得扣点起来，岂止是不讲究，简直就是抠搜！夏老太就是这么一个抠搜的人，夏大军也没觉得异常。

三个人提着那袋白糖，吃了两个蒸红薯，天还没亮就往七井村走。夏大军带着两个女人闷头赶路，到七井村时还不到8点。可巧夏晓兰正要出门，她都已经收了一点黄鳝回来，这是要赶去下一个地方，结果打开门发现夏大军带着张翠和王金桂站在外面，夏晓兰当下脸色就冷了。

"晓兰，你再吃点东西，一会儿路上饿……"

赚钱要紧，也不能仗着年轻不管身体啊，刘芬捧着搪瓷缸追出来，里面装着饺子，是预防夏晓兰半路上饿着。她一看到夏大军三人，话也卡壳了，手脚也不听使唤了，竟是愣在当场。

夏晓兰叹气，理论培训再丰富，实践又是另一回事儿了。

"哟，二嫂，你这是欢喜傻了？我们一路走过来，腰酸腿疼，你也不说让我们进屋去！"

王金桂望着刘芬手里的搪瓷缸，嘴里不由得分泌出了津液。闻着味道是猪肉小葱馅儿的，不年不节的刘家吃得这么好，怪不得夏晓兰母女待在刘家不愿意回去。

刘勇真是发财了，买了自行车，家里还能吃上肉馅饺子。

王金桂舔了舔嘴唇，出门前吃的红薯顶啥事儿呢，她闻着饺子香气肚子就饿了："二嫂，你做了饺子啊，正好我们还没吃饭！"

夏晓兰一点便宜都不想给夏家人占，李凤梅在屋里听到不对劲，出来看夏家三口人把门儿堵了。

"哟，我当是谁呢，大早上就来堵门，咋的是想干架？告诉你们，刘家人口不多，但这里不是你们大河村，老刘家的人不会让你们白欺负！"李凤梅叉着腰很有气势，愣是不让夏家三个人进门。

夏晓兰也把自行车放好，想快点把夏家三个人打发走，她还要出门儿收黄鳝呢，别的不说，市委招待所胡永才预订的20斤黄鳝，夏晓兰就不能放人鸽子。

"舅妈，让他们进来说吧，您帮忙喊下我舅，今天不把话说清楚，以后还有的麻烦。"

农村少见睡懒觉的，别看才早上8点，不少人都看见夏大军三个人堵在门口，夏晓兰倒觉得没啥，她一点都不觉得丢人。不过她妈可能觉得不自在，夏晓兰多少要顾及刘芬的心情。

张翠跟在最后面，偷偷打量夏晓兰，这个侄女长得还是那么不正经，但气定神闲的样子，让她整个人都变得大方了。

撞墙没死后，夏晓兰好像就变了。不能再让夏晓兰在外面野了，否则夏家没人能掌控她，张翠心里有点慌。

第37章　不思悔改

刘勇大早上就去沟里捉黄鳝了，李凤梅在沟渠那边找到他，两口子急急忙忙赶回家，就怕夏晓兰母女吃亏。

走到家门口一看，他家外面有人在张望，他们不敢拉住刘勇，就把李凤梅扯住了。

"咋的，你小姑子婆家终于来人了？"

"是夏大军吧，两口子这次闹得挺大啊，阿芬都在娘家住不少天了……"

"凤梅，你小姑子也怪可怜的，你也别急着赶人，给她撑下腰。"

刘芬老实肯干，又不爱打扮，外表生得黑瘦不起眼，对村里女人们都没威胁。和她说几句闲话也不怕传得满村都是，也就是倒霉没给夏家生出儿子来，像刘芬这样的媳妇夏家都容不下的话，同为女人，都觉得她的命真是太苦了。

要不怎么说远香近臭呢，刘芬在大河村也是这样一个人，偏偏嫁过去20年了，夏晓兰的事闹出来，大河村竟没有替刘芬说句公道话的，都等着看热闹呢。

七井村是刘芬的娘家，刘家在这里扎根也三代人了，摆脱了外来户身份，村里人都向着刘芬母女。

李凤梅谢过大家的好意，好不容易脱身，回家一看，几个人坐在堂屋里，刘勇占了主位，夏晓兰母女俩就坐在他左手边儿，右边坐的是夏家人，没有要打起来的迹象。

李凤梅松了口气，要打架的话她男人肯定吃亏，她得叫村里人来帮忙！

"说吧，你们今天来是啥意思，是之前没把话说利索吗？"刘勇的眼神中带着厌恶。

夏家两个女人还敢来，别以为他不知道，刘芬在夏家时经常被两个妯娌挤对，张翠是咬人的狗不叫，王金桂更是夏老太婆座下第一恶犬，两个都不是好东西。

夏大军看了一眼刘芬，刘芬低头数蚂蚁，两口子十几天没见面，刘芬不像以前那样关心他，甚至连句话都没和他说过。夏晓兰也是，看见他都没有叫人。

夏大军压下心里的火气："我来接她娘俩回去，田里的活儿也忙完了，她奶的病也大好。"

夏大军的意思是，家里人已经不生夏晓兰的气了，他带着两个嫂子来接，彼此都有个台阶下，依旧回去安稳过日子。晓兰名声坏了是挺糟心，不过来的路上大嫂张翠和他保证一定会给晓兰说个婆家，让她安安稳稳嫁人。

刘勇有点头疼，和棒槌交流特别不容易，夏大军显然是没把之前的话放在心上。

"阿芬不想和你一起过了，你俩也没办过手续，写个字据大家把手印按了，从此就桥归桥路归路。"

20世纪80年代的农村，生活了几十年却没去民政局领结婚证的夫妻比比皆是，大家也不讲究这个。结婚就是一辈子的事，就算打得天翻地覆，也少有人会想到离婚，结婚证对大家来说也没啥用。

刘芬要是不想和夏大军过了，东西一收直接走人就行，起码法律是约束不了她的。不过刘勇也怕夏家以后缠上了掰扯不清楚，双方写个字据最好。

夏大军觉得他大舅子不依不饶的很麻烦，露出不快的神情。张翠见形势不对，赶紧截住话头："晓兰她舅，老话说宁拆十座庙不毁一桩婚，弟妹都和大军过了20年了，两口子哪能不闹矛盾呢？你要是非得把他们拆散，也要想想晓兰……她总要嫁人的，未来婆家一打听，晓兰父母都不一起过了，说出去也不好听，你说是不？"

低头看蚂蚁的刘芬肩膀颤动。

李凤梅呵呵笑："原来夏家是张嫂子当家，咋的，晓兰嫁不嫁人，一个大娘还能替她做主？"

呸，拿晓兰嫁人的事儿来威胁，不喷她一脸唾沫，张翠以为刘家人都好欺负是吧？

夏晓兰还着急出门收黄鳝，和赚钱大计比起来，夏家人的分量太轻了。

"我说两句吧，夏家我是不会回去了，我也不会同意我妈回去。她就算是卖身给夏家的，这些年做牛做马也偿还干净了。你们也别瞪我，流言传得到处都是，毁我名声逼我自杀，真相究竟是啥，大娘说不定心里早就有数。第一，我和石坡子村的张二赖没有一点不正当关系，以前没有，将来更不会有；第二，全天下男人都死光了，我也不会去勾引夏子毓的男人。这两个大屎盆子扣在我脑袋上，我是不会认的！"

夏晓兰就烦有啥事不说清楚，非得遮遮掩掩的。

七井村也有人听到流言了，人家只是没拿到刘家人面前来说，夏晓兰不愿意别人肆意揣测，干脆把话说清楚。她行得正坐得端，"原主"虽然长得轻浮，却也没真的勾勾搭搭。和王建华的来往是相互都有意，两人也没突破最后的防线啊！

这中间的弯弯绕绕，夏晓兰早晚会找夏子毓和王建华算账。

她看着夏大军，冷笑根本忍不住："你了解过事情的经过没有？我被流言逼得没有活路时，你有没有一丝对女儿的疼爱之心？过了这么多天，你想过去找坏我名声的张二赖算账吗？一点都没有对不对？那你觉得我为啥要回夏家去，好好的人不做，要回去做摇尾乞怜的狗？！"

夏大军大张着嘴。

王金桂嘀咕道："你做了那么丢人的事，谁好意思去问？"

"那三婶的意思是，红霞背着这些名声，你也不会管了？"

王金桂气急，红霞要是被人说得这样不堪，她早提着锄头和人拼命去了。就连那个张二赖，也要带人打个半死，看看有没有谁敢瞎说！

王金桂发现自己被夏晓兰带偏了想法，张嘴就骂："我家红霞可没有不正经，苍蝇不叮无缝的蛋，你要和张二赖没不清不楚，大家咋都拿你说嘴？三婶我不和你这丫头计较，你跟我们回去，好好给你奶奶认错道歉，再让子毓原谅你，大家还是一家人！"

· 077 ·

"弟妹!"张翠大急,王金桂这个没脑子的,估计要激怒夏晓兰呢。当务之急是要把夏晓兰哄住,回夏家才能搓圆捏扁。

"你三婶说的是气话,你奶奶怎么会和孙女计较,就是你子毓姐,也没说过怪你……"

夏晓兰不听这两个女人瞎说,她只问夏大军:"是真的吗?我要回去给奶奶认错,给夏子毓道歉?"

张翠拼命地给夏大军使眼色,夏大军迟疑了一下,还是承认了自己的想法:"你奶都病倒了,你姐不计较,你也不能真的当作啥都没发生过。"

他的意思是,母女俩要回去,当然要道歉。家和万事兴,别人原谅夏晓兰了,家里就不会有争吵了。

刘勇气得眼珠子都快脱眶了,李凤梅也没见过这样给人当爸的,敢情夏晓兰刚才说了那么多,夏大军连个屁都没听进去!

夏晓兰觉得不能再和他讲道理了。

低头数蚂蚁的刘芬却仿佛被刺中要害,猛然抬头:"晓兰不会道歉的,你是不是耳朵聋了,没听见晓兰说话?她啥都没做过,外面的人侮辱她,夏家自己人要逼死她,你们没人替晓兰出头,还想叫晓兰回去道歉。她要求谁的原谅?她对不起哪个了?夏大军,晓兰不回去,我也不回去,我要和你离婚!"

第38章 利索离婚

离婚!刘芬主动说要和夏大军离婚!

这年头,离婚多罕见啊,而且还是向来逆来顺受的刘芬主动提出来的,翻了天啦?

在刘家院子外面竖着耳朵听的人都吓了一跳。夏晓兰本人都没想到她妈居然如此硬气,更何况是面对夏家三个人。

夏大军想,他是不是最近没有揍这个婆娘,让她眼里没了自家男人?!

从大河村走到七井村,他带着大嫂和弟妹,三个人来接母女俩,也算给足了刘芬面子。她生不出儿子,夏大军不高兴归不高兴,但从来没想过要换个老婆。现在好了,刘芬居然说不过日子了,要离婚。

"你再说一遍!"夏大军忽然站起来,铁疙瘩肉,身强体壮,像一座山样的看着就害怕。

"你干啥,想在刘家撒野?"刘勇顺手就在旁边摸了根扁担,挡在妹妹面前。李凤梅冲出去叫人了:"打人了,有人欺负咱刘家人,欺负七井村没人了!"

夏晓兰吃惊过后,走过去拉住刘芬的手。

刘芬从女儿身上获得了支持和勇气,这里是刘家,不是夏家,她不能怕了夏大军。就算在夏家,刘芬拼了命也要说实话:"我说离婚,大军,我和你过不下去了,咱俩离婚。"

夏大军握着拳头,想揍刘芬。刘勇用扁担劈头盖脸地打他,终究是个子体力不如人,被夏大军把扁担抢走了。两人打成一团,夏晓兰把她妈护在身后,张翠一脸着急:"晓兰,你叫你妈消消气,有啥事咱不能坐下来好好谈吗?提离婚多伤感情啊!"

夏晓兰一脸冷漠:"那他打我妈时就不伤感情了?大娘,那时候我可没见你劝架。"

张翠想说，女人挨揍不是自古以来的规矩吗？

李凤梅已经带着村里人回来，几个村民将夏大军和刘勇分开，有和刘勇要好的，还偷偷踹了夏大军几脚。

"咋的，还来咱们村要横了？"

"弄死他个狗东西，打老婆的男人还敢和勇哥动手！"

"打上门来了，以为七井村没人啊！"

也不知道李凤梅叫人时咋说的，几个村民越说越气，合伙将夏大军揍了一顿。双拳难敌四手，夏大军被人揍趴在地，刘芬紧紧握着女儿的手，发现让她吓得发抖的男人也不是没办法战胜。夏大军在家里对她挥拳头，在外面却很窝囊。

"都住手！"一个60来岁的男人背着手走进刘家。

几个村民把夏大军压着不让他动弹。

"达叔来了。"

"达叔，这姓夏的太不是东西。"

"别说话，达叔肯定有主意。"

达叔叫陈旺达，是七井村的村长，陈也是七井村的大姓，陈旺达当了多年村长，在七井村很有威信。陈旺达年轻时是参过军的，虽然没有立下啥大功绩，却是实打实的老革命。他虽然甘心窝在七井村当个小村长，但谁知道人家的老战友现在混到了哪个位置。别说在七井村，就算在乡上、在县里，陈旺达也是个挂了名号的。

陈旺达还当选过县人大代表，刘勇以前混日子时都不敢在陈旺达面前太放肆。

"达叔，您来了，您坐。"

刘勇让陈旺达上座，陈旺达也不客气，一屁股坐下去，然后才看着刘芬说："你们家虽然是逃荒搬来的外姓人，不归我陈家宗祠管，但在七井村过了几十年，你们就是七井村的人。你父母不在了，我厚着脸皮也算长辈，今天就替你做这个主。刘芬，你告诉达叔，是不是要和你男人离婚？"

刘勇搓着手，眼眶都红了。村里没把他们一家子当成是外人，该分田分地的都有他家的，有好处不落下，现在陈旺达要替刘芬出头，刘勇是感激的。

刘芬自然也是。按理说她嫁出去20年了，又不姓陈，陈旺达完全可以不理会的。

"达叔，我是要离婚，请您老给当个见证。"

陈旺达点点头："我只管这一次，你要是哪天后悔了，达叔也只当你们夫妻是破镜重圆了，再求我出头是不可能的。刘勇，去拿纸笔和印泥来，今天就把字据立好。"

夏大军让人踩在地上，憋着气大吼："我不同意，她嫁到我们夏家，生是夏家的人，死是夏家的鬼，她就是我老婆！"

张翠和王金桂也没想到今天会闹成这样。她们俩对七井村的情况不了解，但看陈旺达的样子就不好惹。明明是来劝刘芬母女回去的，怎么就说到离婚上去了？

"晓兰，快劝劝你妈，她现在是在气头上，一个女人离婚了要咋生活？她户口还在大河村呢，你们母女俩在七井村连一块地都没有。"

农民没有土地咋生活？张翠不是关心刘芬和夏晓兰，她是不想让这两人脱离掌控。

陈旺达眼皮子都不抬："把她们娘俩的户口迁回来也不难，你这个前嫂子还挺操心的，不用你操心，她们户口迁回来，七井村自然会分地给她们娘俩。"

· 079

就算夏晓兰不稀罕那一点田地，也没打算长久留在农村，但陈旺达的话她还是很感激。陈旺达是给她们撑腰呢。

再看那些把夏大军踩住的村民，还有在院子外面张望的同村人，陈旺达说要分田地给刘芬母女，肯定不可能人人愿意，但也没有人马上反对。陈旺达的威信高，七井村的人也知道这时候要给刘芬母女撑面子，需要一致对外，不能掉链子！

夏晓兰根本不用吱声儿，陈旺达一出面，就把这件事办好了。

"出来个人写字据。"

围观的人里走出来一个年轻后生，夏晓兰认识他，叫陈庆，是村长的孙子，也是村里的高中生。陈庆看见夏晓兰就会脸红，这时候站出来目不斜视的，挺有文化人的感觉。

这不是说笑，在1983年的农村，一个高中毕业生就算文化人。陈庆今年高考落榜了，帮家里忙完农活儿还会回学校复读。高中生是不分配工作的，摆在陈庆面前的只有两条路：继续复读考大学和回乡下当一个农民。

陈旺达念一句，陈庆写一句。

一式三份的字据，挺像后世的离婚协议，不过刘芬和夏大军只有破屋两间，实在没啥财产好分割。夏晓兰也不用选择跟着谁，她满18岁了，谁也管不到她。

张翠满口劝，刘芬不为所动。

夏大军不肯签字按手印，陈旺达才不管他乐不乐意，让人抓起夏大军的手在纸上按了下去。

刘芬拿到协议，看看夏晓兰，又看了看哥嫂，也没人反对。她都不看夏大军一眼，蘸了红泥，狠狠戳了两个拇指印。

陈旺达把一张纸塞给张翠："这是你家的那份，一份留给刘芬，还有一份我亲自交到县民政局去存档。你们要无事，可以滚了。"

第39章　离婚需要庆祝下

老爷子干得太漂亮了！

强势独裁本来不是夏晓兰推崇的特质，她也是当过领导的，知道有时候就需要强势。

"谢谢陈爷爷。"

她遇到过不少烂人，但也遇到过不少好人。大河村看牛棚的老王头、救了她的周诚和康伟、商都市里卖鳝丝面的个体户胡柱良，还有眼前替她们母女俩出头的陈村长，这些人都和她无亲无故，本不必像舅舅刘勇那样帮她，可人家都伸出了援助之手，夏晓兰默默把情分都记住。

陈旺达看了她一眼，"你是个好孩子，以后和你妈好好过日子。"

自夏晓兰开始做生意，陈旺达就在观察她。夏晓兰并不像传言中那么轻浮娇气，她能吃苦，做生意只赚自己该赚的钱。陈旺达对夏晓兰公开表示了肯定，母女俩在七井村就能站稳脚跟。

"达叔……"刘芬的眼泪要掉不掉的，她手里捏着字据，自己和夏家从此就没了瓜葛？刘芬说不出是啥感觉。

她16岁嫁给夏大军，在夏家待的年份比在刘家还长，一开始夫妻俩感情也还不错，后来不知咋的把日子过成了眼下这样。她辛苦不要紧，却不能看着女儿夏晓兰继续受欺负。嫂子李凤梅说得对，夏家人就只有通过她才能拿捏得住夏晓兰。

那就离婚好了，她和夏家没了关系，他们再也不能欺负晓兰了。

张翠再会说话，也不能挽回今天的颓势。王金桂也目瞪口呆，就这样干脆利索地离了婚？刘芬哪里来的胆子，都快40岁的女人了吧，长得黑瘦不起眼，离开夏大军，刘芬还能嫁给谁？

不过想想，刘芬不回夏家了，也趁机甩脱了夏晓兰，王金桂是三人里唯一暗爽的。

七井村的人像防贼一样，盯着他们离开了七井村地界。

夏大军一把将字据撕得稀烂，扔在路边水沟里。

就连张翠也知道，字据写的是三份，撕了这一份并不顶事："大军，你别急，等弟妹气消了，你们日子还能过……"

张翠这话说得干巴巴的，连她自己都不信。

夏大军不说话，王金桂想，看刘芬那样是铁了心了。还说要把离婚的字据交到县民政局去，谁家两口子闹矛盾能这么大的阵仗。

刘勇肯定是发财了。刘芬有这个大哥撑腰，才有了离婚的底气。

王金桂十分妒忌："回去咋向娘交代？"

七井村的人把夏大军三人赶跑了。刘勇要请今天揍夏大军的几个村民喝酒，还得好好谢谢村长陈旺达。夏晓兰也觉得今天是她妈对过去的告别，是未来新生活的开始，连做生意这种事也要往后挪。

"舅舅，我去买菜！"

刘勇拉住她："你该干啥就干啥去，晚上才请客，请客用得着你一个大闺女上蹿下跳地显摆？今天舅舅高兴，你等着晚上吃饭就行。"

刘勇请客，能让外甥女出钱吗？别说夏晓兰现在自己都困难，就算她有钱了，这顿饭也只能是刘勇请。李凤梅也没意见。

两口子把夏晓兰轰出门，刘芬在家里也不知道能干啥，她还没从离婚事件中回过神来，夏晓兰干脆把她带上一块儿出门收黄鳝。等夏晓兰带着刘芬走了，李凤梅打开自己床头的箱子，刘勇跟进来："你那儿还有多少钱？"

刘勇赚的钱大头都交给李凤梅了，他半年出去三趟，一共往家里拿过两次钱，大概有七八百。再加上刘勇买了一辆新自行车，这半年来他拿回家的也上千了。

李凤梅不用数就给刘勇报了个数："还剩690。"

半年来，李凤梅才用了100多，包括给涛涛看病、家里杂七杂八的开支、买化肥什么的钱都在里面。刘勇皱眉，他不是嫌弃李凤梅用钱太厉害，而是觉得自己赚的不够多。

"张二赖被抓了，今天又把夏家人给打发了，我过几天就出门。钱你别吝惜，该花的地方别太省。穿的不用太讲究，伙食上不能抠，晓兰说得没错，多给涛涛炖骨头汤喝，将来长高点。"

"听你的。今晚怎么也要有三桌人吧？你说说按照啥标准请客。"

"一桌怎么也得弄四五个荤菜，其他你看着办，我去县里买点酒，你要买多少肉？"

李凤梅在心里迅速盘算，只要舍得放油，鲫鱼和泥鳅也是能吃的，家里水缸里还养了不少,谁说这不是荤菜?现在去城里面也买不到啥好肉了,那天夏晓兰做的糖醋排骨味道不错,不行不行,排骨里得加点土豆红烧:"买三斤肉,两斤排骨,有猪肝也要点,没有就算了。"

刘勇进城肯定要买酒买烟的,请客吃饭就得这样,还要买点糖和瓜子等零嘴。李凤梅给刘勇装了50元,三桌人吃饭这些钱肯定是够的。

刘勇在村里借了辆自行车,一点没耽搁骑着就去安庆县。

另一边,饥肠辘辘的夏家三人走回了大河村。去的时候信心满满,回来时却垂头丧气。回去要经过石坡子村,路过这地方夏大军都恨不得缩着脑袋走,流言中和夏晓兰滚草垛子的张二赖,就是石坡子村的人。

夏大军觉得丢人。谁不觉得尴尬呢?

要低着头走过石坡子村,夏大军蓦然又想起夏晓兰沉着脸说她和张二赖绝无关系,又问他这个当爸的有没有找过张二赖算账。夏大军迟疑着停下脚步:"大嫂,是谁先传晓兰和张二赖有不正当关系的?"

张翠眼神一闪:"这种事咋找源头,村里有人看见了,就说了出来。有人去问张二赖,他也是承认了的,要真没有啥,张二赖能承认?"

王金桂这次站在大嫂那边:"他二叔,我看晓兰就是嘴太倔,做错事又不敢承认。"

王金桂和张翠你一言我一语,两个人真是把夏晓兰踩到了泥浆子里,没影儿的事都说得跟真的似的。张翠最后不得不搬出夏子毓:"晓兰和张二赖在路上拉拉扯扯的,子毓也看见了,不过子毓可是一点没说出去。"

流言的确是在夏子毓和王建华离家上学后传开来的。夏大军一点也没怀疑侄女。

夏晓兰不想认亲爹,夏大军对这个女儿也很失望。乱搞男女关系丢光了老夏家的脸,还振振有词满嘴谎话。

三个人都想快点离开石坡子村,偏偏被人叫住了。都是邻村的,谁不认识谁啊?

这个人一脸好奇:"大军,你知道张二赖被抓了不?严打游街了,我看这次他是跑不了了!"

张二赖被抓了?张翠脑子里忽然冒出来一个大胆的念头,乱搞男女关系只抓男的不管女的?要是夏晓兰也被关几年,那才是再也翻不了身了。张翠也顾不上装模作样了,一把抓住这人的手:"张二赖有没有把我侄女交代出来,警察会不会来抓她?"

第40章 夏家愁,刘家乐

"大嫂!"夏大军大惊,他对夏晓兰失望归失望,但也没想到要夏晓兰吃牢饭。张翠向来是最稳妥的一个人,说这话不是主动要把晓兰扯进去吗?

张翠是得意忘形了,她有几分讪讪:"我是太着急了,怕张二赖说瞎话,晓兰和那二流子半毛钱关系都没有。"

石坡子村的人却不信,谁不知道夏家人最厌,闺女受欺负了,得找张二赖算账啊,夏家可好,三兄弟都身强力壮的,就任由张二赖嚣张,反而在家里逼得家里闺女撞墙,什么玩意儿!

这人想看夏大军三人的笑话，故意笑嘻嘻的："张二赖是入室盗窃被抓的，昨天县城严打游街，他身上挂着大牌子写着他的罪名。这烂人肯定要被重判的，村里人都讨厌他，这下子算是把这个祸害解决了。"

张二赖只要不在村里晃荡，时间一久谁还记得那些流言，这才真是救了老夏家姑娘一条命呢。等风头过了，挑个远一点的婆家嫁过去，这件事不就过去了吗？

冷眼看着，当爹的夏大军想不通关窍，不过张二赖被抓他肯定是高兴的。

当大娘的张翠笑得太勉强，三婶王金桂脸色变来变去的，也不知道在想啥。

这就是出了女大学生的夏家？石坡子村的人暗暗摇头。

夏大军也不管："晓兰她们还不知道，我得去告诉她们这个消息。"

走了两步才想起来，他和刘芬刚刚离婚。母女俩看着他被七井村的人打一顿，冷漠得要命。夏大军的高兴荡然无存，他拖着沉重的脚步走回了夏家。

张翠想了一肚子话，王金桂也似有所思。

夏老太看见只有三个人回来，她心中就有数了，肯定是没把人接回来呗，夏晓兰脾气大着呢。

"咋的，她们娘儿俩还拿架子，等老婆子亲自去接？"

夏大军摇头。

王金桂快人快语："娘，二嫂和二哥离婚了，刘勇找了一群七井村的人把二哥打了一顿，还逼着他按手印写啥字据。"

夏家人都不肯信。但夏大军身上还带着伤，三个人也不至于说这种假话。

夏老太顿时就哎哟哎哟地呻吟，对夏晓兰母女破口大骂起来。

"弟妹咋会提离婚？肯定是被刘家逼的。"夏长征试图找回点面子，王金桂傻兮兮地反驳："哟，还真是刘芬自己提的，从头到尾冷着脸，活像夏家欠了她钱没还！"

王金桂想不通刘芬的行为，她还指望着有人给她解惑。

夏老太只觉得头要炸掉了，自从夏子毓考上大学，夏老太自觉夏家门楣都高人一等。她嫌刘芬生不出儿子，要把刘芬一块儿扫地出门，但那是夏家掌握主动权啊！刘芬那贱人，咋敢提离婚？

夏老太的嗓门儿大，骂得半个村子都听得见。真是稀罕事，夏大军的老婆跑回娘家十几天，早上天没亮夏大军就去接人，人没接回来，刘芬却和他离婚了？！

夏家今年的笑话，真是一年都讲不完。

夏大军浑浑噩噩的，大男人的自尊心严重受挫，心里也打定主意，刘芬要是哪天后悔了还想回这个家，别管那女人哭得再可怜，他都不会心软！

刘芬提离婚的消息，炸得夏家天翻地覆，大河村都议论纷纷。

夏长征干巴巴地安慰夏大军几句，私下里又让张翠把当时的情况讲了一遍。

"真离婚了？"

"那还有假，写了三张同样的字据，大军和刘芬都按了手印，七井村那个村长还说要把字据交到县民政局去。"

张翠忧心忡忡："回来的路上我还听说张二赖被抓了，说他入室盗窃要重判。你说，我们是不是要给子毓发个电报？"

张二赖被抓，还不是乱搞男女关系被抓。夏晓兰是牵连不进去了，这张牌也就作废。

夏子毓去京城前，交代他们要把夏晓兰看牢点，一家人都没想到刘芬会和夏大军离婚，还看牢夏晓兰？人家压根儿不会回夏家来！

夏晓兰已经脱离了掌控。以张翠的能力是解决不了了，夏长征也没主意。

"明天我找个借口去县里，给子毓拍电报，再打听下张二赖的事。"

夏家一屋子鸡飞狗跳。

七井村刘家，李凤梅在邻居的帮助下，整出三桌席面，请今天仗义帮忙的人喝酒吃菜。请客当然没有只请男人的，家里女人也要带来，大家很有默契不带小孩儿。计划生育政策才刚执行没两年，独生子女少，真要把家里孩子喊来，三桌是绝对坐不下的。

堂屋里摆了一桌，陈旺达坐上座。陈旺达也没带几个人来，除了他老妻，就只有孙子陈庆。

来吃饭的都没想到菜色这么丰盛，土豆烧排骨、韭菜炒鸡蛋、干煸泥鳅、鲫鱼豆腐汤、大葱炒猪肝，还有用蒜炝炒的青菜心，桌子最中间摆了一大盆羊肉烩面当主食……刘勇没买到好肉，干脆弄了点羊肉回来。

羊肉烩面里的羊肉一片片的毫不含糊，就是过年也没有这么丰盛的吃法。

刘勇还在每张桌子上放了烟和酒，被请的村民都咂舌。

"勇哥，你今天太破费了。"

"这桌菜，没得说！"

陈旺达也没扫兴，笑着说刘勇赚了几个钱就瞎糟蹋。

刘勇端起酒杯："达叔，我今儿个是真高兴！阿芬和我小妹不同，她是逆来顺受惯了的，也怪我年轻时混账不懂事，自己没本事，不能替她撑腰……您知道，我爹妈走得早，两个妹妹都嫁得不算好，我混账！"

酒还没喝上，刘勇就开启了自我批判。

他说的也不是假话，陈旺达点头赞同："你小子年轻时是挺混账，好在成家后懂事了，你媳妇儿没少操心。"

李凤梅身上的围裙都没脱，听到陈村长的肯定，她挺不好意思。她嫁给刘勇之前结过一次婚，婆家嫌弃她过门10年没生育，把她赶出了家门。后来又经人说媒嫁到刘家，刘勇都30多岁了还不懂事，李凤梅躲在被窝里哭的时候也不少。

好在儿子的出生让刘勇有了责任心，这两年家里日子才变好了，刘勇也对她体贴起来。

刘勇马上说感谢媳妇儿操持这个家。李凤梅对他妹妹和外甥女好，刘勇心里有数，感激着呢。

陈旺达又说到夏晓兰母女俩户口的事儿："我这两天陪你跑一趟，去把她们娘俩的户口迁回来，这件事越早办越好。"

刘芬有点局促，不过夏晓兰给她倒了一杯酒，她也小口抿了。

来吃饭的人当然不会那么没眼色，心里咋想不说，嘴上都说刘芬是苦尽甘来，好日子就在前头呢。

夏晓兰和她妈坐在一起，另一边恰好是陈庆。夏晓兰心中一动："陈庆哥，我一会儿有件事想请教一下你。"

陈庆拿着筷子都不敢夹菜，他不是没有和同龄女孩儿相处过，学校的女同学也和夏晓兰差不多大，可……可她们谁都不长夏晓兰这样啊……陈庆和夏晓兰坐在一起，脸就红红的，幸好干农活儿晒黑了看不出。

想着夏晓兰要问他事儿，他急急忙忙答了一声"好"，声音比蚊子大不了多少。

"晓兰，过来和各位叔伯长辈们说说话！"刘勇叫夏晓兰，她高高兴兴地跑过去，陈庆望着她的背影，觉得自己心跳得厉害。

第 41 章　我能参加 1984 年的高考吗？

陈庆不喝酒，所以安排他和一桌婶娘、嫂子坐。

夏晓兰都跑开了，陈庆还痴痴望着，和夏晓兰打交道比较多的陈四婶就笑话他："咋的，想娶媳妇儿啦？"

"四婶，没有的事！"幸好刘芬和夏晓兰都不在，陈庆急急忙忙辩解。

陈四婶嘿嘿笑："你四叔在你这年纪，我们孩子都生了！想娶媳妇又不丢人！"

陈庆闹了个大红脸，知道村里的婶子们就喜欢打趣年轻后生，其实也没有啥恶意。陈庆慢慢镇定下来："我还要念书呢，不考上大学，不会找对象的。"

大学不好考。1983 年，高考也没恢复几年，暂停高考的那些年里，学生无心学习，老师无心教学，全国整体的教育水平都在倒退。高考恢复的前几年，师资力量薄弱的底子没能立刻填补完成，像安庆县这种地方，每年能考上本科的寥寥无几。

陈庆自己就是复读生。他还要和应届生、和那些已经复读两年以上的老复读生竞争。

今年全国一共有 167 万人参加高考，专、本科共录取 39 万人，听起来录取比例也挺高了，23% 的录取比例，意味着 100 个考生里有 23 个能考上大学，就这样陈庆还能落榜，成绩实在不好。

其实这个录取比例是有门道的，在 1980 年实行高考预选制后，在高考前没有通过"预考"的考生，别管你是应届还是复读生，你连报名参加正式高考的资格都没有！而预考已经提前刷掉了超过 60% 的考生，这才有了 23% 的录取率。

安庆县是豫南省的小县城，豫南是高考大省，考生多，录取率低，竞争十分激烈。在这种情况下，能考上大学的农村学生，可不就是凤毛麟角吗？所以夏子毓才金贵，所以陈庆在落榜后二话不说就要复读……要么继续考上大学，要么回家当农民，眼下留给陈庆的只有这两个选择。这年头连中专生都给分配工作，大学专科和本科就更不用说了，唯有高中生夹在中间不上不下的。

有城镇户口的，没考上大学还能招工进厂，陈庆别无选择。

听他说到考试，陈四婶也不敢开玩笑了。陈庆是达叔家的读书苗子，她要是说浑话坏了他的读书心思，别说陈旺达有啥反应，陈四婶的男人都不会放过她。

想到高考，陈庆少年慕艾的心思淡了些。他吃完饭丢下碗想回家看书，又有夏晓兰之前的请求，就耐着性子等夏晓兰。

夏晓兰心里也惦记着，于是就找了个空子和陈庆说话。原来她要问的就是高考的事。

"你想参加明年的高考？"陈庆很吃惊，他以为夏晓兰要一直干个体户呢。

"是啊，不过我只念过初中，不知道能不能插班读高三，陈庆哥你帮我向学校打听下。"

夏晓兰的年纪不是问题，很多应届生都比她年纪大，别说是复读生了。但恢复高考已经几年了，现在更多的人是按部就班地念完高三，再参加高考。夏晓兰初中毕业两三年没摸过书本儿，当初成绩也不好，她一下子想参加高考……陈庆不好打击她的积极性，能上进当然是好事。

"我回学校帮你问问，就算能插班，肯定也要让你考试。"

陈庆不好打击夏晓兰，就把这话提前说了，好让夏晓兰心里有底。看夏晓兰有点为难，那双雾蒙泛着水光的眼睛说不出的动人，陈庆怜惜之情大起，不由脱口而出："我先帮你借一套高中的教材吧，你提前看看，万一学校要考试，你心里也有底。"

"嗯，真是太谢谢你了，陈庆哥！"

"不……不客气。"陈庆像是有狗在后面追，说完就跑了。

夏晓兰是参加过高考的。她那时候学习成绩并不差，考上的虽然不是后世说的什么top10的名校，也是一本大学。她本来应该可以考得更好些，但父母去世得早，她一边念书一边还要操心学费和生活费，心思并没有全部用在学习上，就考了个普普通通的一本。更惨的是报考专业时无人指导，选了个学费最便宜的冷门专业，毕业后就业困难，逼得她从不挑专业的业务员干起，走了许多弯路才奋斗成跨国公司高管——也没办法，她是1995年考上大学的，1996年国家取消了大学毕业生包分配工作的政策，毕业后她只能自寻出路。

夏晓兰打算参加1984年的高考，可她连自己1995年的高考试题都不记得了，更何况是提前11年的试题？早知道有重新来过这种事，她肯定牢牢记住当年刷过的每一套试题！

夏晓兰尽量避免去回忆之前的事。

这个时空，的确就是之前的同一时空。起码各种背景都没变。那在这个时空里，是不是也生活着原本的她？

"夏晓兰"今年18岁，出生于1965年。她则出生于1977年，今年才6岁，和涛涛一样大的年纪，按照之前的轨迹，父母已经去世，她跟着亲戚生活。夏晓兰心里忽然有一种冲动，她应该尽早去看看，能找到"自己"的话，她肯定要多照应的！

晚上刘芬将自己的离婚字据收好，夏晓兰开解了她一整天，刘芬看起来挺释然了："以后你去城里的时候，就让妈去别的地方收黄鳝，我们早点攒够钱，也盖一个自己的房子。"

农民都要靠土地吃饭，夏晓兰说去商都市定居的事儿还没影，陈旺达却答应要把母女俩的户口从大河村迁回来，给落户、给分田，想必给她们批一小块地盖房子也不难。有了房有了田，才算有了自己的根基，刘芬都顾不上去想离婚丢不丢人，她满心都是母女俩一块儿赚钱，早点拥有自己的家。

那是她的家，不用看婆家人的脸色，说话也不用压低声音怕人听见。刘芬想想就充满期待。

夏晓兰也不和她争辩，给她妈找点事做挺好的，秋老虎没那么厉害，这个天气到处去收黄鳝就是走路辛苦。

"那我给您拿点钱吧。"夏晓兰把自己的全部家当翻出来。

一开始她的本钱只有70多元。做了十几天生意，花出去最大的一笔开销是给表弟买书包，其次是被三个流氓骚扰了一些蛋。卖蛋的时候一天平均赚10元，才去城里卖过两次黄鳝，每次利润都是20元以上。往家里添置油盐酱醋等调料也不值多少钱，偶尔买点肉回来不过两三元的事。

夏晓兰绝对不抠门，可她以小钱翻大钱，连本带利，身上现在还有156元。这还不算押在手里的黄鳝和鸡蛋，就说她明天要带去商都市的黄鳝就有近60斤，鸡蛋300个，总资产超过200元了。

抗风险能力还是太差，夏晓兰只给自己留了50元，剩下都交给她妈。

"收购价不超过9毛一斤，我们就能赚钱。我看等月底，就能把舅舅的钱还了。"

现在还钱也行，夏晓兰是想着手里本钱丰厚，她还想在城里倒腾些别的东西回来卖。刘芬听她盘算利润，已经惊讶得不行了，十几天赚了这么多钱，钱太好赚了……晓兰也太辛苦了，她这个当妈的可不能拖后腿。

第42章　夏家金凤凰

9月中旬，一年中最热的时候已经过去了。

不用参加秋收的大学生，更像是生活在象牙塔里。

位于西三环的京城师范学院，听名字总容易被一些人和"京城师范大学"混淆，师范学院是比不上师范大学的，但它也是首都市属的一类本科院校，以安庆县的教育水平和师资力量，也得挤破脑袋才能考上。

大河村的夏子毓和知青王建华，考上的就是师范学院。

一对恋人双双被同一所大学录取，这是十分动人的爱情故事了，至少在夏子毓的寝室里，每天熄灯后躺在床铺上，室友们调侃最多的就是和王建华公然出双入对的夏子毓。

夏子毓的室友们调侃说是"夏子毓家的老王"，王建华25岁才考上大学，年纪的确偏大。

不过王建华长得高大帅气，和鹅蛋脸的夏子毓看上去很般配，夏子毓的室友是羡慕和眼红的。

虽然从家里拿了不少钱，但夏子毓的吃穿用度依旧十分简朴。她坚信王建华是一只潜力股，女人要投资潜力股，可不就是要付出吗？

王建华是下乡的知青，他家里的情况很复杂，夏子毓要花钱的地方多着呢。

她朴朴素素的，学习也努力认真，长得端庄大方，才入学半个月，就在班里混了个好人缘，哪怕在老师那里也留下了好印象。初上大学，夏子毓对周遭一切都感觉很新鲜，她为了考上大学，流过的汗水都有了回报，和王建华的感情也处于良性进展中……如果没有老家的糟心事，夏子毓会更舒服。

她刚到学校的时候，就接到家里的电报，说堂妹夏晓兰迫于流言压力撞墙自杀，不过人没死成。

时隔半个月，夏子毓又收到一封电报，这封电报简短的十几个字，信息量却很大："刘芬离婚，母女搬走，张二赖盗窃被抓。"

电报是按字数算钱的，夏子毓知道她爸妈哪怕现在赚到点钱了，也舍不得花。夏子毓拿到电报心情顿时就不好了。

她二婶是啥样的人？八棍子打不出一个屁，活脱脱的受气包，因为不能给二叔生儿子，二叔说往东，二婶不敢往西，居然敢提离婚？肯定不是她二叔提的，要不电报里不会只写"刘芬"的名字，这是强调提离婚的主动方。

看来夏晓兰撞墙那件事，引发了家里积蓄已久的矛盾。

夏子毓虽然不喜欢夏晓兰，还真没想过要让她死。反正她和夏晓兰的人生已经完全不一样了，她自然能以成功者的姿态去大度。但她还是很不满，不满什么呢？不满意她那执行力很低的父母！

说得那么简单，交代得那么清楚，他们都能让事情脱离掌控！

张二赖盗窃被抓，刘芬离婚，母女俩搬出了夏家，那她还怎么把夏晓兰的命运牢牢掌控在手中？夏晓兰母女俩肯定搬去七井村了，刘芬的娘家人丁单薄，有个妹妹嫁了人来往不多，倒是唯一的哥哥对夏晓兰母女看顾颇多。

想到她们和刘勇一起混，夏子毓就放心很多。刘勇是个不成器的人，刘芬更没有再嫁的资本，窝在乡下，坏了名声的夏晓兰也成不了气候。

女人有美貌可能会占一时的便宜，但更重要的还是得有脑子。

夏子毓将电报丢掉，想到王建华上午的课是满的，政法系的老师爱拖堂，她就带着两个饭盒跑去食堂。

在教室走廊处的小花坛里没等多久，她就遇到了王建华下课，和王建华熟悉的几个同学别提有多羡慕了："建华，你女朋友又帮你把饭打好了！""建华，你俩感情也太好了吧？""你这小子，不知道哪里来的好命。"

夏子毓大大方方地和他们打招呼，众人调笑几句就都走了。

"我们下课晚，你一个人先吃就行，等我做什么？"

王建华是典型的北方人，个头高，长得浓眉大眼的，是个五官端正的年轻男人，就是眉宇间总带着一股拒人于千里之外的距离感。

夏子毓看着这个男人，眼神既温柔又欢喜："也没等多久，再说我们是男女朋友，我不惦记你又惦记谁呢。"

王建华无话可说。两人找了个花坛边坐下，夏子毓把手里的饭盒递给他。

王建华打开一看，大饭盒泾渭分明，一半是白花花的大米饭，另一半是油汪汪的红烧肉。夏子毓打开她自己的饭盒，却是馒头配着炒的包菜。一份是学校食堂的高标准，老师都不舍得这么吃；另一份却是最差的伙食，馒头配炒包菜……王建华就算再铁石心肠，也不由得心中一软。

他和夏子毓开始于一场意外。他并不是想当负心汉，只是他不得不对夏子毓负责。

一开始王建华十分不愿意，毕竟他喜欢的人是夏晓兰，可真和夏子毓在一起后，王建华石头做的心慢慢被她焐热。夏晓兰娇气，两人时常闹别扭还要王建华去哄。夏子毓却温柔懂事，不仅将他的生活打理得井井有条，对他的家人也关心备至。

"你把肉都给我，自己又不吃。"王建华把饭盒里的红烧肉拨给夏子毓。夏子毓不肯，端起自己的饭盒一边躲一边笑："我就喜欢吃素。"

20世纪80年代就没有几个人是真的喜欢吃素，大家都想着怎么多弄到肉食。

夏子毓对他果然是一片真心。

王建华很感动："你要是不吃，我也不吃。"

两个人僵持不下，夏子毓到底还是夹了两块红烧肉吃。

这是两个大学生情侣的恩爱日常。夏子毓根本不会提起收到的那封电报，大河村的事就让它留在大河村，这里是京城，她好不容易才离开了贫穷的农村，怎么会回去？

她也不会在王建华面前提夏晓兰。蠢的女人总是揪着一些东西不放，你越在意男人越是忘不了，现在是她日日陪在王建华身边，随着时间的推移，她自然会占据他的全部心神。

夏晓兰？已经不配为敌了。

吃完饭，王建华仿佛想起什么一般："我们寄去农场的钱，我爸他们收到了，子毓，你对我们王家有大恩。"

夏子毓有几分羞涩："那点钱也办不成大事，但可以让叔叔他们的生活改善一下。"

夏子毓明明从夏家拿了500元到京城，吃穿用度却很朴素，就是因为她把钱全部都寄给了王建华的家人。王建华下放到大河村当知青，而他父母去了条件更恶劣的农场，王建华考上了京城师范学院，脱离了大河村，但王家其他人返城却还没有动静。

但王家早晚会返城的。夏子毓十分坚信这一点，她现在的付出，定然会有回报！

第43章　拓展了新生意

夏家金凤凰在象牙塔里，为了王建华掏心掏肺。

夏晓兰则骑着车穿行于商都的大街小巷，她在进城途中换个方向，就可以先将胡永才定的鳝鱼送到市委招待所，剩下的再拿去农贸市场卖。

这是第二次卖货给市委招待所，夏晓兰熟门熟路绕到后门："同志，我找一下胡永才同志。"

没过5分钟胡永才就跑出来了，看起来急急忙忙的："你今天来得够早，我还担心你赶不上。"

胡永才往自行车箩筐里一看，夏晓兰的黄鳝还没卖过，掀开竹盖子，它们相互缠绕在一起，看上去很精神。胡永才大喜："夏家妹子，这是你的运气，今天来得够早。黄鳝也别卸了，先跟我去黄河饭店那边，他们今天晚上有一个几十桌的餐会，你带来的这点货，保管一次性卖掉。"

"啊？那可太感谢胡大哥了！"

胡永才这是给她介绍人脉了。夏晓兰也没想到会这么快，还以为要多打几次交道，他才会松口。

夏晓兰之前大学毕业接触到社会时，已经是10多年后的事了，社会风气已经有所不同。像胡永才这样的招待所采购，见惯了腐蚀他的"糖衣炮弹"，一条烟算什么？但是在1983年，敢像夏晓兰这样大方送礼的很少见。两条烟一瓶酒，都够给人落实一个工作了。

出手就是一条烟，夏晓兰这事儿办得太大方，胡永才回家后想来想去，收了东西就得帮忙把事办好。夏晓兰求的又不是啥大事儿，就想找到稳定的黄鳝买家。市委招待所的伙食标准是有规定的，和老资格的市委招待所不同，1975年开业的黄河饭店却是一家涉外饭店。饭店主营粤菜和川菜，需要的黄鳝可不少。

这么说吧，来市委招待所的都是有权的，去黄河饭店的都是有钱的。一份鳝鱼煲能卖到10元，一份爆炒鳝鱼丝都是6元，可比市委招待所有钱多了。

胡永才简单给夏晓兰介绍了下黄河饭店的情况，黄河饭店就在中原路，离市委招待所不远。胡永才领着夏晓兰过去，可能事先沟通过，采购的二话不说将夏晓兰的黄鳝全部买下了。

57斤黄鳝，给的价钱还是1.2元/斤，夏晓兰带来的200个鸡蛋，人家也买了。

这人和胡永才挺熟悉，虽然没有拍着胸脯说要像胡永才那样预订黄鳝，却也挺实在："你以后有货了，先来这边问问，就说找朱放。"
　　朱放人很傲气，能把他安排在黄河饭店上班，他家里关系应该挺不错的。都是干采购的，他和市委招待所的胡永才是朋友，两人算是互通有无。胡永才昨天下班后来找他，问他黄河饭店要不要收黄鳝，他有亲戚最近在卖这个。
　　黄河饭店当然需要黄鳝，主营的就有粤菜，鳝鱼煲都不卖，那咋能算正宗？
　　这点小事，他要是不办下来，在胡永才面前岂不是丢了面子？
　　朱放没想到的是，胡永才的亲戚……这么漂亮。和那些录像带上的港台女明星一样漂亮，朱放没想到现实中也有这样的人物，刚才差点没在夏晓兰面前丢脸。
　　"胡哥，她是你啥亲戚啊，以前咋没听你提起过？"
　　得，又是一个被夏晓兰迷住的。
　　朱放这人平时眼高于顶的，也有给他胡永才点烟赔笑的时候，胡永才啧啧称奇。
　　"咋的，你小子对人家有意思？"
　　朱放干咳两声："可以交交朋友嘛。"
　　胡永才想，现在到处都在严打，人家大闺女脑子发昏和你交啥朋友。不以结婚为目的恋爱都是耍流氓，胡永才对夏晓兰了解得也不多，随口敷衍道："你们打交道的时候多着呢，她这个生意怎么也要做到11月吧，你小子别欺负人家女同志，把握好尺度！"
　　朱放家里有点小权，小伙子也是行情紧俏的未婚男青年，长得也不丑，万一真是夏晓兰的缘分呢，胡永才没把话说得太死。
　　朱放一听这话，是有戏啊！夏晓兰肯定没结婚，结婚了胡永才会提醒他。
　　他顿时懊恼不已，刚才不该端着架子，直接向她订下每天送多少斤黄鳝来黄河饭店，那不就能天天见面了吗？多好的相处机会！

　　夏晓兰不知道，自己又刷了一把颜值的便利，黄鳝是不愁大买主了。
　　她没想到今天会如此顺利将带来的货销售一空，来之前她身上有50多元，卖了黄鳝和鸡蛋，一共就有150元左右了。时间还早，夏晓兰骑着车直奔农贸市场。
　　从农贸市场再往城外走有一家榨油厂，夏晓兰不想空车返回七井村，想做一个顺道的生意，她想来想去，又反复琢磨乡下的市场，能让农民掏出钱的只有能让他们赚钱的东西。
　　安庆县有啥？最大的两个厂子是农机厂和肉联厂。农机厂夏晓兰掺和不进去，可因为有肉联厂的存在，安庆县周边的农民养猪的不少。没有哪家会奢侈到过年时留一整头猪，就算是自家请人宰杀，大部分肉都要卖掉，剩下点下水和边角料自家过年用。更多的是直接将整头猪卖给安庆县肉联厂，养猪可能是农民在田地里刨食之外最大的经济来源。
　　猪太瘦了卖不上价钱，农民会给猪催肥。刘家也养了两头猪，夏晓兰听见舅妈李凤梅说要买点油饼给猪吃，去了乡镇集市两趟都没买到。夏晓兰听得心中一动，就问她是什么样的油饼。
　　"油饼就是榨油后剩的渣滓。"
　　用菜籽压榨完油后，会剩下一些油渣，这东西经过发酵就是给猪育肥的饲料，在猪食里掺一点，猪长得很快。李凤梅去了两次都没有碰到卖油饼的，证明这东西有人在卖，只是不能保证稳定供货……有销路，就能赚钱。

安庆县周围的油饼不够，商都市有啊。

夏晓兰又不是特意来买油饼，卖完黄鳝顺便载回去，她还不用特意去集市卖，每天到处跑各村收黄鳝，顺便就能把油饼卖给养猪的村民。

善于观察周边环境是对的，要不夏晓兰怎么知道农贸市场那边有一家榨油厂呢？

她骑着自行车找到榨油厂。一条"大前门"的威力显露无遗，夏晓兰已经能熟练运用香烟交际了。送一条太刺眼了，她又跑去买了一条烟，这次却将烟拆成散包。

走进榨油厂，那味道真是香得要命。

"干啥的？"榨油厂的门卫警惕着呢，远远就把夏晓兰给叫住了。榨油厂是个热门单位，这年头油多紧缺啊。类似的还有什么糖厂、酒精厂，包括肉联厂在内等和人民日常生活息息相关的厂，福利待遇都很好。

"您好，我想问一下厂里的油渣卖吗？"夏晓兰说这话时很自然地就把烟给递上了，门卫是个40多岁的男人，被她的行为打了个措手不及。

夏晓兰是个很漂亮的姑娘，又热情大方，伸手不打笑脸人，那男人拒绝不了夏晓兰的香烟攻略，之后自然拒绝不了夏晓兰的请求。

榨油厂的油渣当然要卖，他们堆着这玩意儿干吗呢？

肉联厂只负责收购生猪等家畜屠宰，他们又不养猪，大规模的养猪场并不多，榨油厂的油渣也是要零散往外卖的。不过这个零散是指100斤以上、1000斤以下，普通农民跑来榨油厂零散买几斤油渣，那肯定连厂门都进不去。

"3分钱一斤，你要多少？"

榨油厂的油渣堆得像小山一样高，才3分钱一斤，李凤梅以前买的油渣是8分钱一斤。

一斤油渣是5分钱的利润。一个鸡蛋夏晓兰才赚2分钱呢！

而且油渣随便装在自行车后座的箩筐里根本没啥耗损，只要夏晓兰能载得动，她想买多少就买多少了！

夏晓兰掂量了一下自己的体力，忍住了贪心："先装300斤吧。"

第44章 油渣它不够卖！

300斤油渣，才9元钱。本钱这么少的生意，夏晓兰要是早发现，也不至于从倒卖鸡蛋做起了。

可她要不倒卖鸡蛋，怎么能一步步把生意从安庆县做到商都市，又怎么能发现这门有利可图的生意？10元钱左右的本钱，利润可以做到15元。就是载着300斤的油渣骑车回去挺累，亏得80年代的"二八大杠"质量好，否则刘勇这车非得被夏晓兰用坏。

要是没有刘勇提供的自行车，夏晓兰少了交通工具，靠她人工把鸡蛋和黄鳝背到商都市来卖，那才是地狱级难度。夏晓兰觉得吧，就拿油渣这玩意儿来说，难道就没有人想到要靠它赚钱吗？只是他们不一定有车。

夏晓兰买到油渣后很高兴，终于不用空车回去，把一来一回两趟都利用起来了。

有了油渣这个顺路生意，每趟载300斤，一次赚15元，隔天来一趟商都市，一个月她就能多赚200多元。黄鳝生意又拓展了个新的大主顾，她以后进城就不用带鸡蛋了，只专心这两样，她一个月能赚将近600元。生意做到11月，她到羊城批发服装的本钱就够了。

只要有了本钱，1983年能做的生意那可就太多了。

闲暇时间再温习下功课，明年7月正好参加1984年的高考，这是夏晓兰给自己定的短期目标。

"赚钱的速度还是太慢，要专心考大学，过年前手里必须有一笔钱。"

夏晓兰载着300斤的货，路上休息了几次，全靠脱贫致富的渴望在支撑着她机械性地蹬着自行车前行。她虽然之前也是大学生，却不知道1984年的高考题目究竟有多难，那些学过的知识她还记得多少。为了再次考上大学，肯定要埋头苦读几个月的，那时候手上的生意都要暂时丢一边，没有了进项，她得有一笔能支撑半年的积蓄。

现在还有啥能赚钱？

香烟生意她只能干巴巴地看着，掺和不进去。

她要是个男的，肯定投身于如火如荼的走私事业了，风险高，但回报却大得惊人，干几票绝对能赚到第一桶金。可她不仅是个18岁的大姑娘，还长了一张很仙的脸，去干走私，别说货物的风险，肯定连人都要一起赔给别人！

想到走私，夏晓兰莫名又想到周诚。那人离开也好几天了，说是还要来安庆县，也不知道是真是假。就算是假的夏晓兰也不生气，本来就是萍水相逢，周诚又不欠她啥，反而是她还得谢谢周诚和康伟的救命之恩。

没有精力和本钱去拓展新的生意渠道，夏晓兰只能在现有的资源里做文章。

油渣不用说了，300斤就把她累得半死，除非她短期内变成身材敦实的女汉子，否则不可能载动更多的油渣。那就只剩下黄鳝。

市委招待所和黄河饭店只是撕开了一个口子，她应该拿出之前跑销售时练出来的脸皮，继续开辟新的大买主客户。

现在是两天才销50斤，那两天的量增加到100斤呢？那每个月会多出来300元的收入。

整体收入提升了三分之一，夏晓兰觉得这个小目标虽然有点难度，也不是不能实现。

今天因为没在商都市耽搁，回到家时才下午两点，刘芬出门收黄鳝了，家里面只有李凤梅在。

昨晚请客时做的菜不少，可客人们个个能吃，又哪里能剩？

李凤梅在灶台的瓦罐里炖着鲫鱼汤，要等儿子下午放学回家喝，听见有动静，发现夏晓兰回来了。

"今天咋这么早？"

"运气好，东西被饭店的采购全收了。"

李凤梅闻到熟悉的味道，发现夏晓兰不是空车回来的，还载了满满两筐油渣。她又惊又喜："你从哪里搞到的？"

这怕是有三四百斤呢，家里的两头猪也吃不完啊！

李凤梅刚想说这东西放太久就没有足够的营养了，猛然想到夏晓兰再傻也不至于买这么多油渣回来放着，这多半是夏晓兰用来赚钱的。

李凤梅赶忙把话头咽下去，差点没把舌头咬到："你这是要卖油饼？"

油渣都被压榨成饼状，个个都有两斤左右，在榨油厂已经发酵好了。

"不跑空车，顺便进点油饼回来试试。舅妈你不是说买不到油饼吗，拿个袋子装点，以后这东西咱家肯定是不会缺的。"

李凤梅连连摇头:"这是你赚钱的,又不是没本钱捡来的,我不要。"

夏晓兰不太当回事儿:"您可千万别说给钱,这玩意儿比红薯还便宜,只要3分钱一斤,等我在榨油厂那边混熟了,2分钱一斤估计也能买到。"

李凤梅想,那不是转手就要赚5分钱?

她还不知道夏晓兰已经决定要提高黄鳝的销量,就她已知的生意规模来说,一个月也能赚几百元。不用一年的时间,夏晓兰就可以在村里盖几间体面的砖瓦房。

这哪里是夏家人口中不事生产的赔钱货,分明是个会赚钱的金娃娃。要不是刘勇给李凤梅透露过口风,说他还有一笔钱押在别人的生意里,李凤梅这当舅妈的说不定都要眼红。

不过转念一想,黄鳝生意到11月就不能做了,李凤梅也没了啥嫉妒心。

她听说夏晓兰要把油饼运到外村去卖,拍了下大腿:"那不如先卖给咱们村里的人,这东西就和盐一样,养猪的人家都缺。"

李凤梅跑出去喊了一圈,还真有不少人跑来买油饼。夏晓兰都给他们算7分钱一斤,比这些人之前买的便宜,哪能不满意呢?

300斤油饼,在七井村都差点不够卖,还有两户说夏晓兰要再拉货回来,一定要给他们留着。

卖给村里的人,300斤油饼是少赚了3元钱,但世上得失并不是仅靠金钱来计算的。七井村的人很满意,夏晓兰自己也挺满意,一点本钱都没压,既赚了钱又赚了人情。

"哎呀,忘了给家里留一点。"

夏晓兰是给忙昏了,李凤梅也不说拒绝了,她刚才帮忙称油饼,双手油腻腻的,洗完手水也舍不得倒,端去泼在了猪的食槽里。

"过两天你还要带油饼回来,不急这一时半会儿的。"

忙完了生意,夏晓兰打了一盆水,将自行车擦洗得干干净净。装过油渣的箩筐也洗干净晾晒着,然后才是收拾她自己。洗澡时两个小腿都在打战,可见是用力太猛,赚钱哪有那么容易啊,300斤油渣,还从商都市一路骑回七井村。

之前当上高管,人上了年纪,新陈代谢变慢,饭不敢多吃,还要抽空健身来保持身材。以她现在的活动量和年纪,真是怎么吃都不会胖,重返青春的好处就是人又充满斗志和活力了!

刘芬一直到晚上7点才回来。看见夏晓兰,她还挺忐忑的。不知咋的,今天卖黄鳝给她的人特别多,她收了80多斤的黄鳝。

"你这生意,在四里八乡也算有名了,会不会有人也想跟着倒卖黄鳝?"

刘芬的担心不是多余的。夏晓兰很高兴她妈懂得独立思考了。

"他们在安庆县卖不掉,只能往商都市送,商都的市场那么大,一两个跟风的还损害不了我的利益。"

夏晓兰已经不打算走零售路线了,在攻下了市委招待所和黄河饭店的采购后,商都市的其他类似单位的大门也在遥遥冲她招手呢。

"收再多的黄鳝也不怕,只要每天不超过100斤,我都有信心卖出去。"

夏晓兰正和她妈吹牛呢,陈庆在外面叫她。夏晓兰走出去:"陈庆哥,你今天怎么又回来了?"

第45章　他真是来送书的

陈庆是复读生，安庆县离七井村路程不短，夏晓兰以为他怎么也要到下个周末才能回来，没想到他今天晚上就回来了。

"你今天没去学校？"

天色黑了，陈庆的脸红不红也看不出来。他提着一大包东西，交给夏晓兰："我不是说给你借书吗？这是我同学的，他今年考上大学了，高中的书也用不上了，我就给借来了。"

陈庆说得轻松，其实他忙了一整天才把书借到。要借一套普通的旧教材对陈庆来说不难，但是教材的原主人考上了大学的话，就意味着其用过的旧教材有很多人抢，因为上面有大学生的笔记啊，看了教材上的笔记，说不定一些弄不懂的知识点就理解了，考试成绩能提高点分数，那就是改变命运呢。

这套教材其实是陈庆为自己借的。同学已经去外地上学了，陈庆今天才从同学家里拿到教材。但他想了想，还是选择将这套有大学生笔记的教材借给夏晓兰。夏晓兰想考大学，陈庆不知道她底子究竟有多差，没念过高中，肯定比他更需要这套有大学生笔记的教材。

陈庆一点都没觉得夏晓兰在异想天开，最初的惊讶过后，他倒是很佩服夏晓兰的上进。

夏晓兰不知道一套教材里还有如此多的弯弯绕绕，但陈庆能这么快把教材送来，就是把她的事儿放在了心上。陈庆和她也没啥多深的交情，以前夏晓兰来七井村也不见得能碰到，还是这半个月才算真正认识了。

人家心里惦记着她，夏晓兰挺感动："陈庆哥，你让我都不知道该说啥好了……"

陈庆是背着光的，刘家的灯光翻越院墙，却正好照亮了夏晓兰莹白的脸庞。

陈庆觉得自己整个脸都快被点燃了，赶紧稳了稳心神继续说正事："我今天替你问过了，县一中不是不能接收插班生，但你只有初中学历，要通过学校的考试。不管你是要读文科还是理科，成绩都要超过去年的大中专分数线，县一中才同意你插班。"

陈庆低着头，语气忐忑而挫败。他是着急呢，觉得自己没有办好这件事。

现在的高中生参加高考，能考的就是四个档次：重点大学、普通大学、专科、大中专。

县一中为了保证升学率，对非本校的复读生都有分数限制。可超过去年的大中专分数线又谈何容易，陈庆的成绩在班里能排前15名，他去年也算稳定发挥，却在估分时失误，和心仪的学校失之交臂。以他班级排名前15的成绩，总分也到不了本科线……夏晓兰初中毕业，入学测试成绩能超过去年的大中专分数线吗？

陈庆自己还是个学生，他有啥人脉办这件事？只能按照学校的规矩来。

夏晓兰久久未语，陈庆着急了："你别担心，我回家和我爷说下，他可以在县城找到人。就算读不了县一中，县二中肯定能进去。"

县二中的教学质量比县一中差点。但没有选择的话，县二中也可以去念啊。

夏晓兰回过神来，赶紧解释道："你误会了陈庆哥，这件事我不想麻烦陈爷爷，我不是见外，我是觉得如果连大中专线都达不到，我插班参加明年的高考也没啥意思了……对了，今年咱们省的理科大中专录取线是多少？"

是自己的错觉，还是无知者无畏啊？

总觉得夏晓兰说要考过大中专分数线和去县城卖鸡蛋一样简单。这可不是卖鸡蛋啊，做生意行，并不代表念书行。

"今年的理科大中专分数线是 350 分，总分是 690 分。晓兰，我建议你还是学文科，需要背诵的科目多，不像理科还要学物理、化学……"

一般的女生学理科，遇到物理、化学这样的科目，脑袋就像被糊了一层猪油。其实连陈庆自己面对那些题都是脑袋发蒙。他是好心劝夏晓兰，夏晓兰却没听进去。

"入学考试的时间有规定吗？"

"下周一。"

"那我先把这些书看看，下周一就去考试。"

只有 7 天，你一个初中生，要去参加县一中的插班入学考试吗？陈庆无话可说，他几乎是落荒而逃的。夏晓兰太有自信了，陈庆害怕周一的入学考试会让夏晓兰受挫。

夏晓兰提着书进屋，家里三个人都眼巴巴地看着她。

天都黑了，陈庆来找夏晓兰，两个人在墙根外嘀嘀咕咕说了好半天话。夏晓兰回屋里还提着一大包东西，家里人想不误会都难。

刘芬欲言又止。她觉得夏晓兰不太适合和陈庆处对象。倒不是她觉得夏晓兰配不上陈庆，就是母女俩在七井村还没站稳脚跟，夏晓兰和陈庆在一起，村里人肯定要说夏晓兰高攀。刘芬不想那些流言又缠上夏晓兰，她们好不容易才离开大河村，在这里有了落脚处。

陈村长他家是啥人家啊？陈庆又是一定要考大学的，要是和晓兰处对象耽误学习了，就是达叔也不会喜欢晓兰的，更别提陈家其他人会咋想。

刘芬急得团团转，却不知咋开口才能把话说得恰到好处。

刘勇示意妹妹别急，自己开口问道："是达叔家的陈庆吧？我今天看见那小子去上学了，咋又回村子了，还给你带了啥东西？"

夏晓兰把一大包书放在桌上，"陈庆哥可是个大好人，他给我带了复习的教材，既然你们都看见了，我也不瞒着了，我想参加明年的高考，就问问陈庆哥我能不能去县一中插班。"

"啥？！"

"高考？"

"咳咳咳！"

李凤梅正喝水呢，一下子把自己给呛了。

她憋得脸都红了，刘勇狠狠瞪了老婆一下，尽量对外甥女和颜悦色地询问："咋想起来参加高考了？"

夏晓兰肚子里有几两墨水，外人不知道，他这个亲舅舅还不知道吗？别的地方不说，单说念书这一项，夏晓兰是真的不擅长。夏家出了一个夏子毓，好像把方圆几十里的文气都占光了，那是刘勇见过的最会念书的女孩子。

夏晓兰不知道发了哪门子热，或许觉得自己做生意挺顺手，又要挑战一下高考吗？

夏晓兰理所当然道："还是得有个城镇户口，以后买房啥的方便，不是考上大学才有户口吗？"

我的闺女呀，大学有那么好考吗？听你口气就像去买包盐那么简单。真要是简单，陈村长家的大孙子咋落榜了呢？数数周围哪有什么大学生，要不夏子毓那个大学生咋就那么金贵呢？

别人上了三年高中，还考不中复读呢。

复读也是个持久战，二战也不一定有好结果，你只是个初中毕业生……刘勇觉得自己牙疼。

第46章 都支持去试一试

刘勇牙疼。

刘芬就算觉得她女儿千好万好，也不敢信这个啊。

啥升学率他们也不懂，但农村人有自己的判断方法，只看周围有多少人考上大学。恢复高考后，夏子毓是大河村唯一考上的，王建华可不是大河村的，他只是暂时下放到大河村的知青。就说七井村吧，陈庆从小就家教严格，村里人看他也挺聪明伶俐的，家里条件在农村也是拔尖的，就这样一门心思念书的人，今年高考也落榜了……夏晓兰说要参加明年的高考，三个长辈都被震住了。

大舅妈有点疑心夏晓兰是对陈庆有点意思，没见陈庆看见夏晓兰就脸红吗？

夏晓兰被夏子毓撬了墙角，许是觉得脸上挂不住，还想找个大学生当对象。现成的没有，就找了陈庆这个有潜力的？但也不至于要跟着陈庆去考大学吧！

陈庆当然是个好对象，村里人看着这后生长大知根知底，陈村长家教特别严，陈庆人也懂礼貌，没有读书人瞧不起泥腿子的表现。晓兰要真找了陈庆，也算是嫁得好了，李凤梅心中一动，马上给夏晓兰打圆场："晓兰想考大学不是好事儿吗？也让老夏家看看，他们眼睛有多瞎！"

考得上考不上先不说，青年男女之间要拉近距离，就得有共同话题，得多接触。

陈庆将来是要当城里人的，哪能在乡下相看媳妇？现在城里年轻人都兴啥自由恋爱，相亲也得男女条件匹配呢。接触时间长了，不就是自由恋爱嘛，陈庆可不是那娶不到老婆的二流子，李凤梅有自己的精明。

刘勇不知道老婆的心思，但他也觉得自己应该鼓励下，立刻转了口风："那就去试试，考上了真是大好事！"

刘芬支支吾吾的。

夏晓兰又多解释两句："县一中也不是想念就念的，过几天要去参加他们的一个考试。考得过才能插班，考不过明年肯定不能参加高考。"

她考得过也是要继续做生意的，夏晓兰不可能自己把一摊子事甩开，让舅舅负担母女俩的生活，还要负责供她念书。那要咋和县一中的人谈？看来不仅要考过350分的专科线，分数高一点，县一中才会同意她的条件吧？

夏晓兰说不一定能考上，刘芬反而急了："肯定能的，这几天让妈去卖黄鳝，你在家看书！"

要是真能上大学，不求和夏子毓一样考上京城的一本大学，就算是个大专，毕业后国家分配工作，夏晓兰也能吃皇粮，刘芬才真是不担心了！个体户赚的钱是不少，但哪有吃皇粮体面稳定。

夏晓兰摇摇头："城里那边还没跑好，不急这几天，我先翻翻这些书吧。"

要是过几天没有通过县一中的插班考试，她就专心复习几个月，等到明年预考前再参加一次。夏晓兰主意很正，刘芬说不过她，连刘勇都赶她快点去看书。

陈庆办事仔细，给她借到的是高一到高三的全套教材，夏晓兰翻着那些教材，慢慢回忆起一些和1984年高考有关的记忆。她以为自己全忘了，或许是"夏晓兰"的身体正处在很好的状态，竟真的让她想起了一些东西。

夏晓兰虽然是1995年参加的高考，但她还真的听说过1984年高考——那一年高考的数学，是有史以来最难的地狱级试卷，多年后网络上都充斥着它的传说，据说1984年的全国考生数学平均分只有20多分，不少人走出考场时头重脚轻，心中绝望，号啕大哭，更有心理素质差的考生因此直接放弃了后面的科目。数学一科后，考场多了不少空位！

1984年的数学卷子，直接成了后世的奥数范本，但在20世纪80年代，考生们连"奥数"这个概念都不知道。

夏晓兰的心怦怦跳。

她们那时候分析历年真题卷，1984年的数学卷是直接跳过的，因为老师认为价值不大，哪会再出那么难的题。但夏晓兰却是做过那张卷子的，第一次得分特别低，她性格执拗不服输，不把试卷上的考点搞懂不肯罢休，那张卷子她反复做了几次，反倒是她1995年高考那年的试题才是一点印象都没有了。1984年的数学卷的第一道选择题是数集，她甚至想起了具体的数字和答案。

夏晓兰不知道对不对，但还是赶紧拿笔记在了本子上：

"数集 $X=\{(2n+1)\pi, n$ 是整数$\}$ 与数集 $Y=\{(4k\pm1)\pi, k$ 是整数$\}$ 之间的关系是……"

还真能想起来？夏晓兰也觉得见了鬼。

她也不要求想起多少，数学满分是120，她要能考90分以上，估计会吊打全国绝大部分考生。

夏晓兰一直看到夜里12点，把高一到高三的数学和语文两科根据章节梳理了一遍，语文要背诵的地方她已忘得差不多了，数学这种靠理解的科目，她只要重新掌握公式，要捡起来反倒是比语文快。

夏晓兰还有个其他人不能比的优势，她英语好啊。作为跨国公司的高管，有很多业务是涉外的，夏晓兰要做精英，别的不说，英语是下过苦功夫的。现在的理科生要比文科生多考一科，语、数都是120分，英语、物理、化学、政治都是100分，生物是50分，总计690的分数，夏晓兰只需要考到350分，县一中就能允许她插班。

英语和数学是她最容易拿分的两科，夏晓兰睡觉前准备明天将英语复习一遍。物理和化学、生物也不知道她还记得多少……政治不用想了，为什么现在政治还算理科的考试项目？夏晓兰实在不懂。反正她当年考大学时，那是文科生才要背的科目！

夏晓兰睡觉前，脑子里还想着那些数学公式，她这一觉竟然睡得格外踏实。早上醒了后，李凤梅告诉她，今天刘芬和刘勇跑去收黄鳝了。

"自行车你舅骑走了，你就好好在家看书。"

李凤梅传达的是家里的共同意见，三比一的阵营，夏晓兰输得无话可说，只能在家里看书了。晚上刘芬和刘勇载着收来的黄鳝回家，连涛涛都被强权镇压，不许他吵闹打搅夏晓兰，家里人干什么事儿自然更是轻手轻脚。

夏晓兰想，这要是不通过县一中的插班考试，那可真说不过去了。

第 47 章 县一中的考试

接下来的几天，夏晓兰只管隔一天送一次黄鳝到商都市，顺道再载油渣回来。剩下的事儿全不用她操心，连载回来的油渣都由刘芬拿去附近村子卖。离婚和夏晓兰想要继续上学的两件事让刘芬快速成长起来，她卖东西远不如夏晓兰嘴皮子利索，好在油渣是定价的，她又不需要费心找买主，养猪的农民都需要它。

夏晓兰送黄鳝就更简单了。黄河饭店的采购朱放同志真是个大好人，夏晓兰不过提一句还要另外找黄鳝的销路，朱放就说可以帮忙。他还真的帮夏晓兰联系了其他两家饭店，档次不说和黄河饭店一样吧，也是商都有名号的。

市委招待所那边订的是 20 斤，黄河饭店 50 斤，另外两家饭店都是各自 20 斤。每隔一天，夏晓兰要往城里送的就是 110 斤黄鳝。每斤至少能赚 4 毛钱，110 斤是 45 元左右。油渣她返程时载上 300 斤，一趟能赚 18 元左右……她又送了榨油厂那个门卫和卖油渣的两包烟后，油渣果然降到 2 分钱一斤，人家其实也没卡得那么严，只给 300 斤的钱，她一次能装走多少就装多少。

夏晓兰是体力不够，不然 400 斤也能装。多装 50 斤不要本钱的，她就能多赚 4 元，事实上每一趟油渣运回去她至少能赚 20 元。两天赚 65 元，月利润是 900 多元，有那么几十元她准备用来维护关系，那就按 900 元的利润来算。

榨油厂那边，她随时可以换她舅舅或者别人来跑，门卫是只认她这辆自行车的，只需说一声就行。

收黄鳝的地方就需要好好解释一番，关系还没有热乎到能随便换人。比如黄河饭店的采购朱放同志，每次夏晓兰送货来对方都十分热情……夏晓兰在感情上有点迟钝，但在理解别人的情绪上她不傻啊，她要是个人际白痴，也坐不稳从前的高管职位。朱放言语还算规矩，就是和夏晓兰见了短短几次面，每次都穿不一样的衣服，发型也换了，第三次还有意无意地展示自己手腕上的新表和脚上锃亮崭新的皮鞋。

男人要求偶，当然得展示自己的优点。

朱放同志显然认为他的优势在于比别人有良好的家庭条件，不得不说这小子也不傻，夏晓兰辛辛苦苦倒卖鳝鱼，肯定是经济条件不咋样，朱放算是有针对性地展现优势。

可惜他媚眼不说抛给瞎子看吧，夏晓兰满脑子都是各种公式符号的，根本没有空去体会朱放同志的心意……她是做销售出身的，又岂会嫌弃一个做采购的男人？但凡她要在 80 年代找个做采购的男同志，绝对不会因为他买得起新表，穿得起新皮鞋。只能是因为那个人，她喜欢那个男人才行。

为了赚钱，夏晓兰还不能戳破朱放同志的心思。

她之前说那些漂亮女销售是花瓶，现在倒是能理解了，都是为了生活啊，都不容易！

"晓兰，后天你早点来呗，我朋友送了两张电影票，我想……"

"对不起，后天我会叫我舅舅来送货，我自己有点事。"

朱放还想约夏晓兰看电影，被截住话头了，朱同志来不及失落，就关注到夏晓兰话里的重点。

"你舅舅来送货呀？"

那也行啊，舅舅是很亲近的长辈了。能在晓兰舅舅面前挂上号，他不是离晓兰的关系更近一点了吗？虽然才见过夏晓兰四次，朱放别提有多中意她了。

朱放没有见过长得这样好看的女孩儿，夏晓兰长得很漂亮，不管见几次，那种精致到艳光四射的漂亮，都会让朱放口舌发干，给他带来的视觉冲击力一点都没削弱。她的眼神看人是波光粼粼的，腰肢细软，身材丰满……这样一个极品尤物，偏偏说话做事又极正经。

她不是在冲人撒娇，的确是先天嗓音如此。她要是刻意撒娇，朱放说不定会脑子发热，一冲动每天订100斤黄鳝，只为和夏晓兰见一面。

就是这种大方和正经，让朱放虽然像个开屏的花孔雀般想要吸引夏晓兰的关注，却对她始终没有轻浮的言语。

你用什么样的态度对别人，别人就用什么样的态度对你。这条定律适用于与正常人交往，朱放是个挺自傲的年轻同志，但也属于正常人的范畴。夏晓兰也不可能一边忍着别人调戏一边赚钱，她好歹还有这份风骨。

"对，我舅舅来送，不麻烦吧？"

朱放哪敢说麻烦。

夏晓兰冲他笑着说再见，朱放的魂儿也跟着夏晓兰走啦。

等他回过神来，夏晓兰骑着自行车已经消失在中原路上。朱放有点懊恼："忘记问问她是啥事儿了。"能帮忙的时候，不殷勤一点，又咋显示出他朱放的本事来？！

夏晓兰花了一周的时间，将高中的教材都翻了翻。

语文和政治她暂时放弃复习，英语不用复习，主要还在数学、物理、化学和生物上，但生物占的分值小，其实一个星期里她要梳理的就是数学、物理、化学三科。

再看高中的教材，她以为自己已经忘掉的知识，居然还能记得一部分，连夏晓兰自己都很意外。

比如1984年那张数学考卷，她都毕业多少年了，还有印象，等着一个开启的契机，就能慢慢回忆起大半。各科的知识也是这样，她慢慢花时间去复习，总能温故而知新，把曾经学过的东西捡起来。

夏晓兰自己是胸有成竹，陈庆却很担心。夏晓兰觉得自己是"复习"，对陈庆来说夏晓兰是初次"学习"。

高中的知识，和初中的知识难度不一样。夏晓兰上初中时成绩也没听说有多好，没有老师讲解，陈庆担心她看高中教材时根本就看不懂，然后就会直接放弃来县一中考试。等到约定好的日子，夏晓兰骑着自行车出现在学校门口时，陈庆总算是放心了！

夏晓兰额头上的疤痕已经只有浅浅的印子了，她自己给剪了个刘海遮挡下，后世那些小姑娘整天在微信自拍的空气刘海，配上夏晓兰这张天生的网红脸，让她多了几分清纯。

长得不正经她有啥办法？咱不是努力要做个正经人嘛。

"晓兰，你来啦？"

陈庆给夏晓兰做证，学校的看门大爷才肯放夏晓兰进校。夏晓兰没让家里人陪着来考试，刘芬坚持让她换上新衣服——刘勇到县城买的布，李凤梅借了别人家缝纫机做的，衣服的样式自然不会很新潮，但家里人不肯让她穿旧衣服来县一中，担心她被人看轻，夏晓兰是能理解的。

之前才不会有人这样替她操心。

夏晓兰今天是信心满满的，哪怕陈庆把她领到县一中的老师面前，她也不怯场。

年轻女老师挺不重视这次考试的，就在办公室给夏晓兰支了张办公桌："卷子在那儿，你自己做题。"

第 48 章　做卷子的态度还行

"孙老师……"

办公室人来人往的，怎么能算考试呢？陈庆想找孙老师争取下，夏晓兰阻止他："你回去上课吧，我在这里慢慢做卷子，快一点的话没准儿能赶上食堂开饭。"

孙老师看了夏晓兰一眼。现在是上午 9 点，县一中的食堂最早是 12 点开门，到了中午 1 点就关了。顶多 4 个小时，夏晓兰能做完几科？

"中途不能出去，卷子都一起放桌上了。"

孙老师是怕夏晓兰把题目记住了出去问答案呢。夏晓兰无所谓，看来午饭是吃不了了，她再怎么厉害，也不可能在 4 个小时里做完 7 科的试卷。

"那我中午给你带饭吧，从窗口给你递进来。"

陈庆生怕夏晓兰拒绝，说完就跑了。

"孙老师，麻烦您了。"

孙老师肯定要从头监考到尾，希望陈庆能想起来给孙老师也带一份饭。想想夏晓兰的初中学历，陈庆为了这次单独的考试，肯定也付出了很大的努力，才能让一中给夏晓兰这个机会。而年轻的孙老师被派来监考夏晓兰，她以为是浪费时间，心情不高兴也很正常。

听见夏晓兰的话，孙老师心里算舒服一点："中途要上厕所就告诉我，那里有干净的杯子，可以自己倒水喝。"

夏晓兰点点头，自己坐到了椅子上。

办公桌上收拾得干干净净，除了 7 张卷子什么都没有。夏晓兰拿出自己带的钢笔和墨水，先翻出了英语卷子。

真是太简单了。

第一道题是"单词辨音"，给 4 个单词，让找出元音读音不同的那个。

"form、word、born、torn"

夏晓兰快被感动到哭。

老天把她送回 1983 年，可能真是要让她当人生赢家的。早半年来，她就能直接参加 1983 年的高考了，哪会有夏子毓飞上枝头变凤凰，而"夏晓兰"低到泥地不如草鸡的破事儿发生？

夏晓兰在"word"下面画了一条线。

一张英语试卷，夏晓兰用了 20 分钟就做完了。然后她抽出了数学卷子。

办公室里人来人往的，夏晓兰就闷头做题，她一直在奋笔疾书，倒让孙老师有点吃惊。不是说初中毕业生吗，还能做高三考生的卷子？恰好夏晓兰想上厕所，孙老师就站起来陪她一起去，临走前她将夏晓兰的试卷全部锁到抽屉里。

夏晓兰正做到语文卷子，好多简单的背诵题她都空着，孙老师暗暗摇头，就这水平，还想来县一中插班参加明年的高考？现在报名读高一，3 年后能考上都是光宗耀祖。

孙老师陪着夏晓兰上完厕所，对这个女生的考试结果基本上不抱任何期望了。到中午12点时，夏晓兰做完了英语、数学和语文三科。数学题并不是特别简单，她不可能看一眼就知道答案，好多公式和知识点她都忘了，需要大量的草稿去演算结果。语文背诵的部分虽然不会，但阅读理解夏晓兰还是能发挥一下。写作也花了点时间。

"小孙，不去吃饭吗？要不我帮你看着？"一个男老师笑呵呵地走进来，挺关心年轻的孙老师。

"赵老师，你去吃饭吧，我过会儿再去。"

夏晓兰能不能做对题是一回事儿，就孙老师所见，这女生是一直埋头在写的，态度值得认可。孙老师准备等夏晓兰再写一会儿，然后带她去食堂吃饭。这年头老师当然也没啥钱，不过请夏晓兰在食堂吃两个包子还是行的。

试卷也好办，直接锁起来，孙老师打算把钥匙带走，也算一直"看守"着夏晓兰不让她和人接触，想作弊也不行。

赵老师坚持劝说，但孙老师却是个负责的。

两个人僵持不下，夏晓兰都准备说点啥了，陈庆在窗户那里喊："孙老师……啊，赵老师好！"

他给夏晓兰从食堂买了饭，要不咋说陈庆的家教好呢，他比同龄男生的情商要高些，还记得给孙老师也带一份饭。夏晓兰还要答题，怕弄脏了试卷，陈庆带的是没有汤水的包子。

"孙老师辛苦了，我给您也带了点。"

孙老师坚决要拿饭票给陈庆，赵老师抢着道："小孙你就吃吧，陈庆推荐初中毕业生来学校插班的事儿我都听说了，学校把这件事交给你，给你今天的教学任务带来多大的不便？吃陈庆俩包子不算啥！"

孙老师不听，把饭票塞给陈庆，才肯收下包子。

"夏同学，过来吃了包子再继续做题吧。"

听见孙老师的话，夏晓兰才停下笔。她刚才一直背对着办公室的门，一转头才露出真容，赵老师一看就惊呆了。他没见过这样漂亮的女孩儿。

赵老师高不成低不就的，工作几年就瞧上新来的小孙老师。小孙老师皮肤白，小圆脸，月牙眼，笑起来很有亲和力，就算板着脸也没有多吓人。赵老师就是吃定年轻女老师面子薄，从小孙老师分配到县一中起他就缠着她，但小孙老师和夏晓兰放在一块儿，真的是不能比。

赵老师呼吸都急促了。

夏晓兰放下卷子，跑去洗手，赵老师的眼神就紧紧黏着。

小孙老师轻咳两声，赵老师才回过神来，也不让小孙老师去吃饭了，有点慌乱地走出办公室。

夏晓兰吃了包子又继续回来做卷子，陈庆怕影响她考试，没敢在办公室久待。他瞧着夏晓兰的样子很淡定，这次考试似乎没带给她多大压力……难道是题很简单吗？

陈庆带着疑惑走了。

夏晓兰在下午两点半将所有的卷子做完，交给了孙老师。

"孙老师，我什么时候知道考试成绩呢？"

孙老师想，就你语文卷子那么多的空白，能通过这考试才有鬼了，语文是现在学生最容易拿分的科目。不过夏晓兰答题时态度很端正，中途没出啥幺蛾子，孙老师也不讨厌她。

"你把家里地址留下，陈庆不是认识你吗？通过了会让陈庆给你带话的。"

不然咋办？1983年的七井村，就连村长家也找不出一部座机电话。

夏晓兰点点头："麻烦老师了，孙老师再见！"

她想要和陈庆说一声，陈庆班上在组织测试，夏晓兰远远地冲陈庆挥挥手，就回家了。反正她要是通过了县一中的考试，感谢陈庆的机会多着呢。

第49章 顺利迁了户口

夏晓兰自个儿考完试，又自个儿低调回家。

她身上穿了件新衣服，家里人却都穿旧的，夏晓兰又跑去供销社买了一些布，准备拿回家做衣服。现在农村人都穿裁缝做的衣服，大姑娘小媳妇的也都有这技能，买布裁衣，尽可能节省钱，很少有人会去买成衣。以前连布都是凭票购买的，没有布票，你有钱也买不到布……双职工家庭也没有奢侈到动不动就给全家做衣服的，经济不允许，也攒不下那么多布票。

现在好了，豫南省这边已经陆续取消各种票据。没有取消的，也不是那么严格了。不要布票也能买到布，不过价钱要贵点。夏晓兰也没买那些花里胡哨的绸缎布，不是嫌贵，而是在农村里不实用。工农蓝布一米才1.9元，混杂着羊毛织的"哔叽"布一米要比工农蓝布贵2毛。夏晓兰带着一堆布回家，果然没人问她考试的事，都说她乱花钱。

不敢问啊，就怕打击夏晓兰的积极性。

刘勇私底下也和妹妹刘芬商量过："晓兰要想念书，要不让她从高一开始读？学杂费你不用担心，都有我这个当舅的撑着！"

刘芬不太想用大哥的钱让女儿念书："晓兰做的生意，我也跟着学了，她就算去念书，我也能供她。"

她做生意是不如晓兰。送黄鳝的生意，就算打死刘芬，她也找不到啥市委招待所的门路。面临同样的机遇，性格决定命运，就算鳝丝面的胡老板把门路告诉刘芬，刘芬也不敢买条烟去找招待所的采购胡永才。但刘芬觉得，倒卖油渣这个活儿她可以干，这几天她都学会骑自行车了，虽然摔得手青脚紫，但她力气比夏晓兰大，一次多载100斤没问题。就这个油渣生意，不但能保证母女俩的生活，还能给夏晓兰攒下学费和生活费。

刘芬整个人都在发光。

别管是旧社会还是现在，别管社会咋变化，连最没有眼界的农民都知道读书才是正途。越是穷，越是要读书，读书能脱贫致富，能让人从泥腿子变成城里人，从古至今都是不变的大道理。

夏晓兰不讲究吃穿和打扮了，她每天收拾得干干净净，却再也没精心捯饬过她的外表。

一夜之间就长大了，懂得要上进，这次考不上，从高一读起也行……夏晓兰才18岁呢，三年高中不过才21岁，那些考了几年依旧落榜的，那些工作几年又参加高考的，那些原本被耽误了学习，这几年拖家带口还在试图考大学的人，哪一个不比21岁更大？

夏子毓20岁才考上大学，和她好上的知青王建华25岁才上大学。夏晓兰按部就班地上完高中再考大学，一点也不晚呢。

这些话，兄妹俩是不会对夏晓兰说的，害怕给她增加压力。刘勇私下里找了陈旺达好几次，事情都赶巧都在同一天，刘勇凌晨4点就跑去替夏晓兰送黄鳝到商都市，上午时赶回来，又和陈旺达一起去了大河村。

陈旺达找了县里的人帮忙，将夏晓兰和刘芬的户口迁出了大河村，重新落户在七井村——夏老太是要作妖的，夏大军一反常态支持迁出母女俩的户口，离婚这件事让夏大军自觉颜面全失，他是彻彻底底要和母女俩脱离关系。

夏晓兰在县一中考试到两点半，她去买了布，再从安庆县走路回来，就比刘勇晚一步到家。

刘勇已经和李凤梅讲了迁户口成功的事，包括一些细节。迁户口的时候，他也不敢透露夏晓兰想上学的事儿，就怕夏家人使坏。

1983年，户籍制度包含了太多东西，夏晓兰的户口在哪里，她出门就需要户籍所在村委开的介绍证明，没有"介绍信"，夏晓兰不能上学，不能结婚，也不能离开老家去外地。

这东西简直能掐住夏晓兰的命脉，虽然不是不能解决，但到底是件麻烦事儿。不过现在落户在七井村了，她就不必再受夏家人挟制了，等夏晓兰考试回来，等着她的就是这个好消息。

作为回报，夏晓兰马上给家人分享了自己的好消息："我觉得题不太难，自己考得还行。"

舅妈把她手里的布接过去，念叨她败家，对她考试的乐观预期是半点不信的。

"你考完试了，也能告诉家里人你的打算了，你舅和你妈都赞成你去上学，咱从高一念起，争取三年后能考上大学……不求你考本科了，就是上个专科，那也是大喜事！你舅在磨达叔呢，老爷子的关系没的说，去大河村给你转户口时，县里那啥领导一起去的，大河村的村长连屁都不敢多放个。"

只有夏老太仗着血缘关系，老不要脸躺在地上撒泼。一口一个夏晓兰是她孙女，刘芬离婚也别想带走夏家人，又说刘勇是个卖妹妹的烂人，刘芬回娘家住几天就给她找到了下家……骂得实在太难听，李凤梅听到转述，都能想象那画面。

幸好夏晓兰考试去了，刘芬则忙着去其他村收货。

母女俩都不用去大河村，要不肯定气出个好歹。夏老太根本不是舍不得夏晓兰，她当初恨死这个孙女了，她就是对刘芬提离婚十分不忿，觉得夏家特没面子，她就要折腾得其他人不好过。咋对付刘芬？夏晓兰就是刘芬的命根子，夏老太满地打滚，就算有县里的领导在，她也不同意刘芬母女迁户口，她非得让刘勇同意一点：哪怕以后刘芬改嫁，夏晓兰也不许改姓！

她就是要膈应这母女俩，刘勇被她恶心得够呛。不过当时大家都劝刘勇退一步，他就自作主张答应了这个条件。

他觉得对不起外甥女，李凤梅提起来也忐忑不安，夏晓兰自己却不太在意："姓啥并不重要，我也叫惯了这个名字。"

她是姓夏，却不是跟着夏大军的姓，"夏"这个姓氏，甚至是"夏晓兰"这个名字，都是她曾经的印记啊，和夏家一毛钱关系都没有。

夏晓兰根本没把夏老太的龌龊心思放在眼里，她也不和李凤梅争辩，家里人想让她从高一念起，夏晓兰认为太浪费时间。她觉得自己肯定考了不止350分，等县一中的通知到了，家里人自然会知道。

"舅妈，布都在这里，要做什么衣服您自己做主，我有新衣服了，这都是给你们四个的。"

提起这桩，李凤梅又捂着胸口说她败家，夏晓兰嘿嘿笑。

第50章　没作弊吧？

夏晓兰挺有自信。不过在县一中的消息还没传来时，她照旧做生意，逮着点空闲时间就看书。

再去商都市送黄鳝，朱放还奇怪："晓兰，那天你舅舅说你要重新上学了，以后这生意可能不做啦？"

夏晓兰赶紧解释："是有那打算，但我肯定过了11月份再说，那时候本来也没黄鳝了。"

朱放十分纠结。对任何人来说，读书都是正事。夏晓兰一个妙龄大姑娘养家本来就不正常，而她不过才十几岁，要不就进厂，要不就继续上学，要不就嫁人，也只有这三条路走。夏晓兰显然不想选嫁人，朱放喜欢她上进，纠结的是11月之后就见不到夏晓兰了……哪怕是想想，朱放夜里都睡不着觉，好不容易等到夏晓兰来送货，他赶紧问问夏晓兰的打算。

夏晓兰承认了要继续求学的事儿，朱放有点失落。可他也知道夏晓兰说得没错，本来两个人就是因为夏晓兰给黄河饭店送黄鳝才有来往，11月份农村田里的黄鳝都抓不到了，夏晓兰的供货就告一段落。到时候，谁知道夏晓兰还会给黄河饭店供货吗，要供货她又该倒卖什么？

朱放闷闷不乐，回到家就被他妈给看出来了。

他妈一追问，朱放这大妈宝男就没藏住事儿，把心事一股脑儿往外倒出来："要不咱家给晓兰安排个工作？她想上大学，不就是为了在城里落脚吗？"

朱放他妈差点被气出个好歹。

听听这条件，我的天啊，乡下户口，初中学历，是一个卖黄鳝的！黄鳝啊，腥气大，湿漉漉滑腻腻，一般女的都不敢上手的东西，那乡下姑娘整天和臭烘烘的黄鳝打交道，能是个好打发的？

唯一的优点就是长得漂亮。

十几岁的漂亮村姑跑出来讨生活，偏偏跑到朱放眼前，把朱放迷得神魂颠倒，都说要给村姑安排工作了——朱放他妈就怀疑是特意针对儿子设的迷魂套。连送货到黄河饭店也是有目的的，一环套一环的，就把她家傻儿子给套进去了。

朱放他妈气得半死，还不能把这些话说给朱放听。朱放他不信啊！

朱放没有结婚的打算，条件又不差，可不就是眼光太高了吗？朱放就瞧上夏晓兰了，他是个毫不掩饰的颜控。朱放他妈有心会一会农村来的小妖精，也没把话说得太死，反而拿话诓了朱放："长得好看？你们黄河饭店不正在招女服务员吗？"

黄河饭店的女服务员比市委招待所的好看，却也没一个能和夏晓兰比。要看了夏晓兰的样子，绝对能入领导的眼，但朱放却又怕她太入领导的眼。再说了，服务员是伺候人的工作，朱放还舍不得呢。

朱放继续缠着他妈，但他妈也不是吃素的，只说自己要和夏晓兰见一见才能决定。

但夏晓兰会来见朱放妈妈吗？夏晓兰正等着她的成绩呢！也就7张试卷，县一中怎么改了两天都没出成绩？

夏晓兰当时一交卷，孙老师就被人叫走了。

孙老师本来想仔细看一看夏晓兰的试卷，只能急匆匆将试卷交给高三年级组的齐老师。

"齐姐，卷子给您放桌上了。"

齐老师才是高三组的，有啥中途转学插班的都由齐老师负责，夏晓兰呢基础太差，齐老师根本没对一个初中生抱希望——县一中是安庆县最好的高中，阿猫阿狗都能来念？不过上面同意了，齐老师只能安排一次考试，她自己不耐烦，把事情交给了新来的小孙老师。

小孙老师把卷子交给齐老师，后者也没当一回事儿。高三年级的教学任务重，学校哪年不想多几个考上大学的，县一中在安庆县是厉害，可放在全市、全省、全国范围，它的教学质量真的是差远了。今年高考县一中考上本科的，一共就8个，这并不是应届生的统计数据，是应届生和复读生加起来算的。

高考就这么残酷，竞争就是这么激烈，齐老师实在不信一个初中生能符合县一中的要求。

夏晓兰的卷子她没重视，学校事情多，齐老师就把卷子带回家批改了。

家里的杂事儿也不少，她把卷子往书桌上一扔，又干别的事去了。过了两天齐老师都没想起这事儿，陈庆整天在附近打转，总不能冲上去问卷子咋还没批改出来吧？

齐老师的丈夫也是县一中的老师，教师宿舍小，只能放下一张书桌，两人在家里是轮流办公。夏晓兰考完试第三天，齐老师下班回家，发现丈夫在书桌上批改试卷。

"你们班今天没考试呀？"

"不是我们班的，我帮你把桌子上这卷子改了，这卷子挺有意思的，倒是没听你提起过这个学生。"

齐老师这才想起来，她把夏晓兰的卷子给忘了！

"一个想插班的，高中都没念过，想参加明年的高考，你说学校也真是，为了多一个有希望的苗子，真是什么人都能同意插班——卷子考得很差吧？"

齐老师丈夫摇头："是挺有意思，她偏科太严重了。"

可不是偏科严重吗？改到语文试卷，明摆着要让学生拿分的背诵题答不对，阅读理解马马虎虎，作文倒是写得让人眼前一亮，不偏题，还挺有深度，不太像普通高中生写的。政治这科太惨了，几乎全部答错。但是英语卷子答得太漂亮了！

"英语"算进高考里没两年，好多学生连26个字母都学不明白。这份英语试卷的准确率先不说，一个个单词写得可真漂亮，考生下笔时几乎毫无迟疑，流畅不停顿。

齐老师的丈夫就是英语老师。

齐老师则是高三的语文老师。

语文试卷和英语试卷，考成了两个极端，所以说做卷子的学生挺有意思。

齐老师看见语文卷子就心中不悦，很简单的背诵知识都不会，这是啥学习态度？可又一看别的题，答得倒是挺认真。

齐老师和丈夫把语文、英语卷子批改完，两人都觉得奇怪。夏晓兰参加完县一中考试的第4天，齐老师总算找别的老师一起把她的试卷批改完成了。

看着分数，齐老师有点蒙，把孙老师叫来："小孙，你那天真的看紧了那个女生，没作弊吧？！"

第51章 走，亲自通知她！

作弊？怎么作弊？

孙老师圆脸通红，那是急的："齐姐，我可是一步都没离开，连她上厕所都跟着去了，午饭也在办公室吃的，绝对不可能作弊！"

齐老师赶紧安抚一下激动的后辈："别急，我相信你是个认真负责的好同志，她的成绩有点让人出乎意料。"

确信孙老师没有开小差，齐老师就把卷子和考试成绩都交给年级组了。高三年级组的老汪也犯疑心："真没人给透露答案？那这个学生就能插班。"

"透露啥答案，这周五高三不是有个摸底考试吗？我直接把那套卷子拿出来用的，题都是各科老师们出的，谁能先拿到答案啊？"

齐老师是把卷子带回家了的。她丈夫是英语老师，偏偏夏晓兰的英语考得最好。但这卷子并不是她丈夫出的题，她家和夏晓兰也没有任何关系，齐老师身正不怕影子斜，认为夏晓兰不可能提前拿到答案。

老汪的表情很疑惑："初中毕业在家自学的？"

夏晓兰丢分的全是语文和政治这样需要背诵的科目。生物也考得不好，可生物总分才多少？而语文和政治在短时间内突击背诵，完全可以提高成绩。别的不说，把那惨不忍睹的政治成绩提高一下，再把语文那些不该丢分的地方加上，夏晓兰的总分再高40分没一点问题！

40分啊！老汪咧开嘴笑，多这样一个苗子，自学的也认了。

那反正最后考上了，谁管她的基础是不是在家自学的，别人只知道是从县一中考上的，升学率可是县一中的！

老汪把夏晓兰的试卷仔细收好："赶紧的，通知这个学生！"

"3班的陈庆介绍的……"

"那就找陈庆带路！"

现在的老师挺负责的。恢复高考后的这几年，县一中的老师们教学水平可能比不上大城市，但绝大部分老师的师德没的说。考上大学绝对能改变人一生的命运，一些考生复读一年又一年，始终不肯放弃高考，现在凭空掉下来个有希望的，不知道还没啥，知道了县一中肯定不会放人的。

陈庆被叫了出来，老汪和齐老师都等不及陈庆放假回去，马上要一起去七井村找夏晓兰。

一路上老汪都在问夏晓兰的事儿，比如这女学生之前咋不上学，平时在家又是咋复习的。陈庆能知道啥，他对夏晓兰从前在大河村的情况一无所知，或许是夏晓兰初中辍学后真的下了苦功夫在家自学?

不过看两个老师的神情,晓兰肯定通过学校的考试了。

汪老师还卖关子,不肯说夏晓兰到底考了多少分。

"等到她家,你就知道了。"

两个老师带着陈庆,三人骑着自行车往七井村走,陈庆别提有多好奇了。

三个人把自行车骑得飞快,到了七井村都热出了汗,陈庆拍了老半天门,刘家一个人都没出来。

原来刘勇过几天准备出远门,就想趁着走之前多帮帮夏晓兰,现在秋收过了,白天把涛涛往学校一送,三个大人都出门替夏晓兰收黄鳝。

虽说是隔一天就往商都市送 100 来斤黄鳝,但家里的水缸里也已经囤了几百斤。

夏晓兰现在手里是真没几个钱,她都不敢大手大脚整天买肉买排骨了。家里人现在吃得最多的还是泥鳅,这东西收黄鳝时顺便弄点回来,便宜得要命。

两个老师等得嗓子冒烟。陈庆只好带他们去他家喝水休息。

老师来家访了!陈庆家里人差点没把两个老师供起来,陈旺达发话了,陈庆他妈又是杀鸡又要买肉,老汪连忙拦着:"我们不吃饭,就是想快点找到夏晓兰同学,多耽误一天,她将来可能就少考两分,这哪能行?"

老汪一心为公,陈旺达再热情都不行。

"晓兰这丫头懂事,她家里条件不好,幸好还知道上进。"

陈旺达叫人把刘勇找回来了。

刘勇激动得连装黄鳝的筐子都打翻了:"晓兰通过考试了?她明年真的能考大学?"

黄鳝满地爬,刘勇也顾不上了。钱当然重要,可从长远来看,一点钱又不算啥。夏晓兰明年要是能考上大学,改变的可是一生的命运!

老汪笑呵呵地给刘勇打着强心针:"还剩几个月,夏同学好好学,一个本科是跑不掉的。"

按理说把夏晓兰考试的结果通知家属,让她尽快到县一中报到,两个老师的任务就算完成了。但去年县一中考上本科的只有 8 个人,老汪没说瞎话,他对夏晓兰这个好苗子是真的挺看重的。

他就想见一见夏晓兰。这种念头迫不及待,都等不了明天。

刘勇一拍大腿:"晓兰往商都市送货去了……"

"那就去商都市。"

齐老师也好奇得要命,你说英语都能学好,语文咋就考得那么差?她也想见见夏晓兰,好好给夏晓兰讲讲道理!

夏晓兰今天在商都市待的时间稍长。

家里囤积着几百斤黄鳝呢,夏晓兰心里不是不急。暂时养几天没问题,时间养得久了要是黄鳝瘦了,那亏钱的人是她,再说几百斤货也太占成本,夏晓兰要不多卖点,都没收货的本钱了!卖油渣的钱,全贴在收购黄鳝上,所以夏晓兰今天多载了 100 斤,赶早市在城南、城北两个农贸市场卖,又一路问着那些饭店、面馆的收不收黄鳝,忙活到中午,她才把多带来的黄鳝变成现钱装在兜里。

耽误了大半天，再去送货就迟了。

黄河饭店那边儿，朱放知道夏晓兰今天肯定会来的，送货的具体时间没约定过，隔一天就送一次货夏晓兰从不失约。上次就算有事，夏晓兰也叫了她舅舅来，做生意的诚信夏晓兰是展现出来了。

朱放他妈挺上火的，大小也是手里有点权的，今天就准备会一会把朱放迷得神魂颠倒的小妖精。

朱放妈妈打扮得格外用心，身上穿的、脚下蹬着的，精心收拾的发型，那气定神闲的态度，一看就和普通工人不一样。

朱放这个妈宝男只觉得他妈是重视夏晓兰，其实人家是要给夏晓兰一个下马威。

可等的时间一久吧，朱放妈妈那股气势就有点泄了，夏晓兰还没露面呢，反像给了她一个下马威。等夏晓兰骑着自行车出现在视线里，朱放妈的眼皮就疯狂地跳：不行，不行，比她想象的还要妖精，这样的妖精朱家要不起的！

第52章 阿姨，我要考大学的

朴素的衣服盖不住好身材，一掐就要断的小腰，小脸白白的，一双眼睛会勾人。

夏晓兰给朱放妈妈的冲击力太大，朱放妈妈都拉响最高警报了！用女人的眼光来看长得最讨厌最招摇的，往往就是男人最喜欢的。长辈不喜欢的长相，朱放喜欢啊，看见夏晓兰他眼神都亮了，朱放他妈只觉得天昏地暗。

"晓兰，你今天有点晚，路上没碰到啥事儿吧？"

"对不起，让你久等了，我今天带的货有点多，就耽搁了点时间。"夏晓兰歉意笑笑。

她和朱放打过好几次交道，除了第一次由胡永才领着，都没有别人在，冷不丁看见个挺气派的中年妇女，夏晓兰还以为是黄河饭店的人，朱放却说是他妈。

"阿姨您好，我送完货马上走。"

夏晓兰哪能想到朱放妈的心思，也不知人家专门等了她几个小时，她还觉得自己打搅朱放和他妈了。

"晓兰是吧，你等等，阿姨有几句话要和你说说。"朱放妈放缓了语气，脸上也挤出笑脸。不能生气啊，朱放是吃软不吃硬的脾气，这个夏晓兰比自己预期的还要漂亮，已经把朱放完全迷住了。

夏晓兰不知道和朱放妈有啥好说的，不过人家叫住她，夏晓兰只能洗耳恭听。

"你看你，怎么不叫人来把晓兰带来的黄鳝拿进去？"

朱放妈是要把儿子支走，朱放自己也觉得有点害羞。他虽然对自己的条件很自信，也认为夏晓兰不讨厌自己，但家里要给晓兰安排工作，那就是把话说开了……朱放轻咳一声："妈，你和晓兰好好说，别吓着晓兰。"

朱放跑了，夏晓兰心里毛毛的。

朱放妈等儿子一走，说话就有点意味深长："晓兰是吧，朱放在家里提过你好几次，说你一个小姑娘倒卖黄鳝多么不容易，我呢也能理解你，还十分敬佩你，谁不指望着有更好的生活呢？但这个好生活呢得靠自己奋斗、靠自己争取，女人能顶半边天，不能把希望全部寄托在嫁人身上……阿姨是很喜欢你的，不过从古至今，婚姻嘛多讲究个门当户对，你和朱放的事儿阿姨不同意，朱放这孩子厚道，说不忍心看你辛辛苦苦当个体户没保障，阿姨可以给你找找关系，安排个工作。大学不是那么好考的，朱放说你家条件不好，做人不要那么眼高手低，脚踏实地工作不也挺好吗？"

这种不安于室的小妖精，朱放妈疯了才会给儿子娶回家。

朱家有点小权，安排工作是能办到，不过夏晓兰是个农村人，除了长得漂亮外一无是处，靠着那张脸勉强能塞进饭店当个服务员，当然不能在黄河饭店。

朱放妈把一切都盘算好了，她的行为和后世偶像剧里那种瞧不上女方的"恶婆婆"一样，不过偶像剧里的恶婆婆财大气粗，通常都是说"你要多少钱才会离开我儿子"，然后甩下一张100万元的支票，羞辱女主角一番，趾高气扬地离开。

朱放妈今天扮演的是低配版恶婆婆。

没办法，就算是真正的权贵之家，眼下也没有谁能扔出100万元让某个女孩儿主动离开自家宝贝儿子的。

人均工资几十元，万元户就是有钱人，谁见过100万元长啥样？！

朱放妈以为夏晓兰被自己戳穿了心里的打算会惊慌失措或者羞愤难当，甚至是愤恨。但夏晓兰的表情出乎朱放妈的意料。

夏晓兰就像没听见一样。

亏得夏总见多识广，最初那阵诧异过了，她就很冷静了。

她知道朱放应该是看上她了，可她没看上朱放……你说周诚够冒失了吧，可周诚至少能明明白白把自己的心思说出来。朱放都没正式对夏晓兰坦露过心迹，一下子把他妈请出来和夏晓兰谈，连削带打的，换了原本心高气傲的"夏晓兰"，说不定又得撞墙一次。

夏晓兰就觉得这事儿挺搞笑。不过她见过的极品多了，朱放的问题不大，朱放他妈也就是自视甚高。

这些都不是大问题。夏晓兰觉得自己应该好好解释下，她就看在每隔一天送到黄河饭店的50斤黄鳝面子上，也不能背这黑锅。

"阿姨，我想您误会了，我还没想过找对象呢。这送黄鳝的生意，到了11月我就不做了。"

朱放妈不信，她觉得夏晓兰这小妖精是欲擒故纵。

"那就当阿姨弄错了，但是工作的事，晓兰你不打算听我说一说？"

送黄鳝到11月，再让你俩接触下去，那可不是要把朱放迷得非你不要？朱放妈就想把夏晓兰给安排得远远的，当女服务员好像不太合适，得找个辛苦的工作，把小妖精累得死不活，让她没心思再来勾引自己儿子！

朱放妈姿态摆得挺高，等着夏晓兰求她。

夏晓兰想，我大度，不和人计较。一边给自己做心理建设，一边语气也不太好，夏总本来也不是受气包小可怜。

"阿姨，谢谢您的好意，不过我没有想过找工作，一个月几十元不顶事……瞧我这话说的，我不是嫌弃您给安排的工作不好，我是真打算要考大学。"

倒卖黄鳝，夏晓兰只干到11月。

她是挺在乎黄河饭店的采购量，可有人要用这点掐着她命脉，夏晓兰也不怕。商都市没有别的饭店？了不起将家里的存货清空，她手里也有几百元钱，做别的生意去呗。

一穷二白想发财特别不容易，现在夏晓兰有了点启动资金，倒不怕从头开始了。

朱放妈被夏晓兰不软不硬地用话顶了，真是半天没缓过劲来，胸慌气闷，憋得难受。

夏晓兰不是那种忍气吞声的，她说话不带脏字，但她打脸从不隔夜啊，有仇当场就报了——朱放妈真想骂她不要脸，可拿什么骂？总不能为了证明自己厉害，真的给夏晓兰找个好工作吧？

先不说朱放妈能不能找到，就算能找到，她凭啥要给夏晓兰找啊！

还拿"考大学"当借口，给自己脸上贴金呢？大学有那么好考吗，每年多少学生挤破脑袋啊。别的不说，朱放要是能念个大学，至于在黄河饭店当个小采购吗？！

朱放带着人把黄鳝抬到后厨，磨磨蹭蹭出来，看见夏晓兰脸上有笑，还以为两人谈好了工作的事儿。

"晓兰，我没别的意思，也不是觉得你干个体户丢人，就是想帮帮你。"

朱放妈妈肺都快气炸了，自己儿子也太没眼色了吧？

她正要发飙，那边有人远远地和夏晓兰打招呼："晓兰，你果然在这里！"

刘勇喘着粗气，他也不容易啊，一路带着人找来商都市，人累得够呛，总算在黄河饭店把夏晓兰找到了。

"舅舅！你咋来了？……"

老汪把自行车丢一边，自己走上来介绍："你就是夏晓兰同学？县一中的插班考试你通过了！"

第53章 她是重本的苗子

夏晓兰早有心理准备，也没有多少吃惊，不过自然也高兴。

老汪把自己身份介绍了，又给她介绍齐老师。陈庆都是复读生了，老师们也不好耽误他太久，就没让他一起来商都市。

朱放母子面面相觑，朱放妈没搞明白，她可不觉得夏晓兰真能考大学，这丫头片子看着就不像专心念书的。长了这样一张脸，献殷勤的男孩子太多了，心思分散，还能考大学？

"哪里的县一中？"

老汪高兴着呢，随口就答道："安庆县一中！"

朱放妈撇撇嘴，看这些人嘚瑟，安庆县她知道，都不算商都市这边的县，是奉贤市的。

省城人嘛难免有高人一等的心态，朱放妈又瞧夏晓兰不顺眼，说话就有点得罪人了："安庆县一中？你们学校有人能考上大学？小地方的学校，也就……"

老汪还以为这女人是夏晓兰的谁，长辈嘛为孩子的前程考虑，态度差点也没啥。

"今年考上了8个本科，晓兰同学是个好苗子，同志你知道她之前参加学校的测试考了多少分吗？考了448分！"

语文67分，英语100分，数学89分，政治32分，物理56分，化学76分，生物28分。老汪把夏晓兰的各科分数都记得很清楚。

能不清楚吗？学校是能考过350分的复读、插班生都收，350分是今年豫南省大中专的录取分数线。80年代中专分为两种：初中毕业去考的中专要念四年，称为小中专；高中生

· 110 ·

通过全国高考考取的中专要念两年,称为大中专。

大中专念两年毕业后,国家也给分配工作的。

高考录取的四个等级"重点、普通、专科、大中专",第四个虽然是最差的结果,好歹也有学上。

但夏晓兰考的不是350分,是448分啊!

老汪认为可以给夏晓兰家的人科普一下:"今年豫南省的理科本科录取线是441分,夏晓兰这次的测试题不说和高考比吧,难度也不差啥……她很多科目都可以提高,现在专心复习,明年说不定能考个重本!"

重本和普通本科的录取分数线也就差20分左右。

当然重本之上也有名校,录取分只是最基本的,就像今年的高考,豫南省的重点本科分数线是465分,华清和京大这样的学校,在豫南省的录取线得在重本线上加100分才行。老汪也没奢望夏晓兰能考上名校,可她的语文和政治成绩提起来,考个重点大学的希望很大!

老汪把这些弯弯道道掰扯清楚,不仅是说给朱放妈听,也是说给刘勇听。

来商都的路上,老汪和齐老师也把夏晓兰的情况打听得差不多了,知道夏晓兰如今依附舅舅刘勇生活,就怕刘勇不愿意供夏晓兰上学——你可别昏头啊,能考重点大学的苗子。

朱放妈嘴巴微张。她的眼神在几个人身上扫来扫去,疑心是夏晓兰请人来演戏。

夏晓兰哪里会顾及外人的心情,县一中的情况,她也想具体问问。

三个人簇拥着夏晓兰离开,朱放张了张嘴,到底也没说出啥话。

真的要考大学啊?听起来成绩还不错?

朱放看中了夏晓兰漂亮,心里喜欢,也没嫌弃夏晓兰是农村户口、初中文凭。可夏晓兰要考上大学了呢?

朱放不是自卑,他就是觉得自己和夏晓兰之间的可能性无限降低了。

学校的老师说夏晓兰能考上重本——重点本科,毕业后国家得分配个啥样的工作?夏晓兰也不会瞧上一个饭店采购啊!说不定人家直接分配到了外地,根本不回商都市呢。

朱放被这消息打击得够呛,小骄傲的脖子顿时就低下去了。

他妈还嘴硬:"大学那么好考?走着瞧吧!"

不过如果真考上了大学,从农村里跳出来,当朱家的儿媳妇也勉强够格了。可夏晓兰考得上吗?安庆那个鬼地方县城高中,每年考上大学的一只手就能数完。

夏晓兰送完黄鳝,是要拉油渣回去的。

老汪和齐老师带来喜讯,也不能叫夏晓兰空车回去啊。听说她一趟就要载三四百斤油渣回乡下卖,齐老师用不赞同的眼神看着刘勇:"大学不要学费,每月还能领生活补助,只需要供她一年,夏同学明年肯定能考上大学的!"

农村条件当然不好。刘勇是舅舅又不是亲爹,齐老师就怕刘勇不让夏晓兰继续念书。

一个重本苗子,学校能免去学杂费,生活费总要自己出的,这点钱对农村人来说也不少……可咬牙供一年,改变的是夏晓兰的一生啊!

"齐老师,我把晓兰当亲生女儿疼,她有这样的成绩,肯定是要继续念的。"

刘勇想,老师也太小瞧人了。别说只供一年,只要夏晓兰愿意上学,他能一直供!刘

· 111 ·

勇还处于狂喜中呢，夏晓兰说要参加明年的高考，家里人想的是让她从高一念起，要不刘勇也不会急着把夏晓兰和刘芬的户口从大河村转出来。

可夏晓兰给了刘勇大惊喜，不用从高一念！县一中的老师说晓兰的学习进度能参加明年高考！可能还会考上重点大学！

重点大学当然最好，就算是个普通本科，那也是真真正正的大学生啊！刘勇激动得不知道说啥好，两个老师跑到七井村，又一路赶来商都市，肯定不是闲得慌，而是出于对晓兰的重视。

夏晓兰跑去榨油厂里装货，刘勇三个人在厂子外等着。

老汪也觉得这女生挺不容易："她就自己每天跑商都？"

个体户啊。在现在的观念里，工人最光荣，干部有前途，个体户是最不受待见的，小商小贩的多丢人。

夏晓兰要有的选，咋会当个体户呢？看看她做的小生意是和腥气的黄鳝、脏脏的油渣打交道，这孩子可怜啊。更不容易的是在这种境遇下，夏晓兰初中毕业后还坚持自学……老汪和齐老师都被自己脑补出来的形象感动了。

等夏晓兰载着油渣出来，老汪就鼓励她："你明天呢就到学校报到，高三年级不放假，早点入学早点能更有效率地复习。"

多好的苗子啊，可不能再被耽搁。

老汪想了想又补充一句："学费你不要担心，我负责替你解决。"

夏晓兰感受到汪老师的重视，通过县一中的插班考试在她意料之中，但跑到县一中当个乖学生？这个并不在她计划中。

"汪老师、齐老师，我本来想到学校再说，您二位这样关心我，我就把自己的想法提前说一下。我的家庭情况您二位也看见了，高考我是要参加的，但近期可能不会去学校上课。"

老汪大急，刘勇眉头都能夹死苍蝇："你胡说啥，乖乖到学校念书去，其他的事有我这个当舅舅的，你操心个啥？"

第54章 学业和生意可以兼顾

上个高中能要多少钱？去年刘勇肯定会感到压力，但今年他找到了赚钱的门路，只是赚到的钱还没有抽出来，干别的不行，多养夏晓兰和刘芬却算不了啥。有钱就有底气，刘勇也的确希望夏晓兰将来生活得更好，从前是没条件，现在夏晓兰有机会考大学，别说他有钱，就算没钱也要卖血供啊！

夏晓兰低头："舅，我说了要给我妈在省城买房子，这是我的生活，我也18岁了，您赚的钱应该留给表弟。"

真要让刘勇养，夏晓兰羞也羞死。

刘勇知道夏晓兰心高气傲，没撞柱子寻死前就有这毛病，没想到人变懂事了，这一点还没改。

老汪想，这孩子太不容易了，带着离婚的母亲寄居在舅舅家，迫切想要改变生活困境啊。齐老师也心中一软，干个体户是不太体面，但夏晓兰说要给母亲买房，真是孝顺："夏同学，上学和安家并不冲突，等你大学毕业，国家会安排工作，单位也会给你分房。"

不过是过几年的事儿。

干个体户也不一定能买上房啊，做生意不是稳赚不赔，哪有大学生的前途好。齐老师就是不想让夏晓兰一时犯傻，真是掏心窝子劝："等你工作后，月月有工资，把你舅舅供你上学的钱还给他不就行了？"

夏晓兰态度很诚恳，"我习惯了在家自学，学校的环境会让我感到压力大，初中时咋学都不开窍，在家慢慢看书才找到了学习方法。老师您看能不能这样，学校有考试我就去，就算没考试我也一周去一趟学校，把自己自学时不懂的地方弄懂。"

夏晓兰要说自己做生意不去学校，别说两个老师，就是她舅舅刘勇也不会同意。但她说自己适合自学，两个老师不敢确定，刘勇也将信将疑。

夏晓兰初中时成绩的确很一般，要成绩好，当初就考中专去了，不可能初中毕业就不念书了。

夏晓兰初中毕业三年，还能把县一中的卷子考出446分，总不可能在家翻了两天书就能办到吧？还是自学的功劳。刘勇当着两个老师的面不好仔细问，心里猜测应该和大河村那个知青王建华有关系。

王建华不也考上大学了吗，晓兰之前和他好，说不定两人是一起学习的。但这事儿刘勇能说吗？说出来就要扯到夏子毓、王建华和夏晓兰的三角关系上，夏晓兰在感情纠葛中输给了夏子毓，大输家顶着勾引未来姐夫的名声，咋能在县一中老师面前说！

"老师还是建议你来学校正常上课。"

"谢谢齐老师，不过我已经决定了。"

夏晓兰这要求，让老汪很为难。但夏晓兰态度坚决，县一中不同意的话，她不介意去二中报名。老汪哪能把重本苗子让给二中，只能说要和学校领导商量下。

能商量就好啊，夏晓兰知道这事儿多半是能成的，和两个老师在安庆县分开，齐老师对刘勇不太满意。

自学是借口，齐老师觉得夏晓兰就是担心家里的经济条件。

有骨气是好事，可这丫头也太有骨气了……当舅舅的就该态度强硬点，不能放任夏晓兰毁了自己前途。

她考大学是争一口气，也是为了拓展一下自己的人脉。

再过二三十年，80年代这一批大学生会占据各行各业以及政府部门的要职，夏晓兰知道现在去读大学建立的人脉，未来会很有用。人活在世上，不可能一直孤军作战的。

考个大学当然重要，夏晓兰把自己的眼光放得再长远，也得顾及当下。尽快脱贫致富奔小康，解决生存问题，是夏晓兰的首要目标。

"真的能考大学……"刘勇一路上都在傻笑。

他都忘了夏晓兰其实姓"夏"，因为打心眼里把夏晓兰当成了自家人，满心的喜悦都是老刘家要出个大学生，光宗耀祖啊！

他赞同老师的说法，晓兰应该去学校正常上课。复读两三年考不上的都有，夏晓兰测试成绩不错，但也不能因此而骄傲自大，去学校正常上课能把全部心思花在念书上，好好拼一把，明年就能考个好大学！

刘勇也没多说，他要等刘芬和李凤梅回来，一起给夏晓兰施压。

"真的？！"

刘芬和李凤梅走乡串户地收黄鳝，自行车被夏晓兰骑走，刘芬和李凤梅都是靠双脚走。一天下来别提有多辛苦了，可回家后听到好消息，刘芬都欢喜到发呆。

事情是千真万确的，县一中的老师亲自来通知的，说夏晓兰不仅通过了学校的插班考试，明年考上大学的可能性也很大。

"去上学，认真上学，妈供你……"刘芬嘴里反复念叨的就这几句。不讲逻辑，没有语序，她显然是欢喜过头了。

刘芬觉得日子过得像做梦。之前女儿寻死，她们母女俩一无所有地被赶出了夏家。夏晓兰仿佛一夜间就变得懂事了，母女俩的日子没有越过越差，反而是越过越好！顺利离婚了，迁出了户口，夏晓兰做生意赚钱了，这些好的改变一点点累积……直到今天，县一中老师带来的好消息，夏晓兰不仅有机会考大学，她考上的可能性还很大！

重点大学？太奢侈了。哪怕是个专科，是中专，夏晓兰的命运也会被改变！

夏晓兰还没去县一中报到，刘芬仿佛望见了她前途似锦的未来。

读书改变命运，国家分配工作，农村户口转城镇户口，端上铁饭碗，和那些不堪入耳的流言彻底告别——这样的未来，虽然还雾里看花般不真切，但更符合刘芬的期许。

她情绪激动，竟捂着嘴号啕大哭。

"听你妈的话，好好念书，生意那边别操心，再不行还有老舅呢，你怕啥！"

"是啊，你这孩子，一家人不准见外。"

刘勇和李凤梅轮番上阵。

夏晓兰都迟疑了，她是不是太着急，考上大学再做生意不行吗？

不，风起云涌的时代，她又不是那些注定会发光的牛人，不过是比别人多点后世的见识，不抓紧时间，她如何取得更大的成就！

自己不是来当失败者的。

夏晓兰摇摆的心又变得坚定，赚钱和上学并不冲突，两者要想兼顾，她得花费更多的精力。

那又如何？她能办到的。

她把号啕大哭的刘芬抱住："妈，你相信我。"

第55章　那就再考一次呗

县一中也愁啊。

这种事也不常见，老汪和齐老师接触过夏晓兰，不想放弃这苗子，学校那边觉得夏晓兰有点太固执。学费给减免了都不行吗？比夏晓兰还穷的，在县一中也是这待遇，人家顿顿啃冷馒头喝免费汤也要坚持学习，你夏晓兰就不能吃苦吗？

夏晓兰心想，这样的苦她尝过了，凭什么又要品尝一遍？

她并不是不能吃苦，只是没必要的事，干吗要强迫自己去忍受？县一中如果不同意，她就去二中报名，二中今年的高考更差，全校只有两个考上本科的。夏晓兰觉得无所谓。

之前还担心，因为她不知道自己还记得多少知识，梳理了一遍教材后，夏晓兰对自己的水平心中有数。都说80年代大学难考,恢复高考前几年,学生不知道如何学习,老师也不知道该教什么。老师对高考的命题在适应摸索,经验都是一点点累积的。

夏晓兰曾经参加的高考是1995年,距离1977年恢复高考已经18年,且大学还未扩招,不管是老师还是学生对于高考的经验都是1983年的人无法比拟的。夏晓兰曾经的文凭含金量并不低,她就是选错了专业,她有学习的脑子。

在学校听讲,和自己复习,夏晓兰更喜欢后者。

把曾经学过的知识再捡起来就行,她的理科向来不错,丢分严重的语文和政治全靠背诵。不说名校吧,夏晓兰自认考个重本问题不大。

她心里有底气,态度就很坚决。

学校那边没办法,让她又考了一次试。这一次,不再是不受重视的新老师监考了,也没有把试卷一股脑儿发给夏晓兰,而是一科一科地分开考,考完一科马上就有该科的老师给阅卷。

先考语文,她还是老状态。

等考数学时,她的语文卷子齐老师批改出来。"考了66分。"把齐老师气得够呛。

你说夏晓兰发挥得可真够稳定,比上一次只少1分!可齐老师眼睛疼啊,那些简单的背诵默写题,就是宝贵的拿分点,夏晓兰就把它们白白扔掉了——不行,夏晓兰必须来县一中上学,这个好苗子不能被语文成绩拖累,自己非得给她把基础补上!齐老师暗暗发狠。

等夏晓兰做完英语卷子,她数学试卷也批改出来了。数学92分,已经吊打很多考生了,比第一次高3分。

"这里不该丢分啊……怎么难题会做,简单的反而错了?"数学老师都快把脸埋到卷子里了。

这个学生还有进步的空间!还有10个月的时间,她的数学或许能考100分以上。在县一中,这样的数学单科成绩是高手寂寞的。

英语不用说,很快就改完了,100分。

英语老师涨红了脸,心里很激动。高考刚恢复时,英语并不计入高考成绩,就是去年,英语也只按照分值的30%计入总成绩,可教育部有关高考的新规已经通告了全国,1984年的高考,英语会以百分制算进高考成绩。别管文理科,它都是必考的科目,全国考生一片哀号……大城市的考生还好点,小地方的考生,他们认识那26个字母,但26个字母组成成千上万的英文单词,与考生们没有交情啊!

语、数、英,夏晓兰考了258分。

还有剩下的政治、物理、化学和生物,还有350分的卷子没做,夏晓兰四科加起来难道都考不了100分吗?不论怎么算,她都能考过去年的大中专350分的录取线。

夏晓兰上午连考三科,监考老师让她歇一歇,她就跑去请陈庆吃饭了。

她站在教室门口等陈庆下课,真是引起了骚动。

真的太漂亮了。长这么大,哪里见过这样漂亮的女孩儿?

等下课铃响,夏晓兰的身边甚至形成了真空地带。学生们都在偷偷看她,却又不敢真的靠近她,在学校里和太漂亮的夏晓兰说话,就像犯了啥错误似的。

"陈庆哥!"

陈庆顺着人群慢吞吞地往前走。夏晓兰让他变成了人群的焦点。

陈庆人缘不错，也有女同学对他有好感，男生看陈庆的眼神很羡慕，女生看夏晓兰的眼神里就带上了不善。

陈庆不由得加快了脚步。他已经知道夏晓兰考过学校的插班测试了，想到今后就要和夏晓兰当同学，陈庆是高兴的。

"晓兰，你今天考得还行吧？"

"和上次差不多吧，陈庆哥，我请你吃饭去！"

两人一起往食堂走，留下一路的窃窃私语：

"那是谁？"

"陈庆他对象？"

"这小子，不会吧……"

"陈庆是要考大学的，咋会有对象？你们别瞎说！"

女生不服气，夏晓兰嘴里叫的是"哥"，万一是家里的妹妹呢！

男生们则想，如果有那么漂亮的对象，还考啥大学啊。陈庆家又是乡下的，这年纪早早订婚也不奇怪。夏晓兰的出现，如同石子投入了平静的水面，带来阵阵涟漪。

这些学生还不知道，夏晓兰并不是惊鸿一现，她在安庆县一中注定要大放异彩，要虐得同一届的考生产生心理阴影！

安庆一中的食堂是要粮票的。

出钱买粮票行，每个月背粮食来换粮票也行，中午开饭时食堂正忙着，肯定没空给你换粮票。有钱都买不到饭，夏晓兰是要请陈庆吃饭的，反过头来又被陈庆请了第二顿。

陈庆家条件不错，他也不在乎这一点粮票。陈庆是替夏晓兰高兴。

"下午好好考。"

夏晓兰点点头，陈庆这人挺好的，虽然常常脸红，但她能感受到对方的善意。

陈家帮自己挺多的，她妈顺利离婚，母女俩迁户口，都是陈庆爷爷给解决的，夏晓兰记着这份情呢。

"陈庆哥，你明年肯定能考上的。"

陈庆去年的分数并不低，超过了400分，志愿没填好才落榜的。不过复读一年也不是坏事，陈庆要是去年如愿被录取了，也就上个专科，今年他再努力一把，考个本科更好。

本科和专科当然不一样，不仅是毕业后拿几级工资，相差那么几元钱的区别，时间越往后，本科和专科的差别就越大。

说到明年的高考，陈庆有点忐忑："我英语不好，明年也不知道能考成啥样。"

"你担心这个？没事儿，我英语还行，你要是有需要帮忙的尽管开口！"

"晓兰……"陈庆一脸感动。

夏晓兰想，大哥你动不动就脸红，咱们咋做同学啊！

第56章 舅舅出门了

县一中同意了夏晓兰的要求。不同意有啥办法，她第二次考了457分。

学生就得用成绩说话，县一中很快就办好了夏晓兰的学籍手续。她就在第一天露过面，被分到了陈庆那班，把 3 班的所有人都炸得头皮发麻，人家日子该咋过？拍拍屁股照常做生意。

夏晓兰有自己的复习计划。

她只要定期出现，接受各种考试检验，让学校的老师知道她成绩没下降就行。

老汪等几个老师还是很遗憾，认为她在学校封闭学习，明年将会取得更好的成绩。不过夏晓兰态度坚决，又把家里的长辈说服了，谁也拿她没办法。

再见朱放，不免有点尴尬。朱放同志没啥大毛病，不过他妈眼高于顶，夏晓兰不想让人家指着鼻子说自己高攀谁。

她对朱放确实没那个心思，简直是无妄之灾。

朱放当时没听到自己亲妈的话，他对夏晓兰的态度倒是没冷淡，夏晓兰想了想，还是打了个伏笔："我可能很快就不送货了。"

黄鳝生意能做到 11 月，夏晓兰提前结束，朱放肯定舍不得。可朱放能说啥啊，夏晓兰没说讨厌他，也没说不想赚钱，人家是要回学校念书了。和当个体户比起来，考大学才是正途，朱放想表白吧，话就堵在喉咙里却说不出口。

他就是初中学历，虽然家庭条件好，工资收入不错，但也要看和谁比。

真正有底蕴的家庭，家里也不可能同意只念到初中。如果学历高，朱放也不可能在黄河饭店当采购。朱放的家庭在普通城镇职工里算不错，足够俯视农村人，其实也就是有点小权力。

"晓兰，祝你考上心仪的大学！你要是忙不过来，可以让其他人来送货，只要我还是饭店的采购，这生意就不可能黄。"朱放还是有点不放弃。留个念想呗，万一夏晓兰没考上呢？

夏晓兰安排来送货的人也不可能是外人，多半还是她舅舅。和夏晓兰舅舅打好关系，他不也就和夏晓兰有了联系吗？朱放只是挺自傲，绝对不傻。

他把话说成这样了，夏晓兰能咋办？离开黄河饭店时，她忍不住拍了拍自己的脸，这样的颜值优待，之前做梦都不敢想。

朱放想错了，刘勇并不会一直替夏晓兰送货的，他还有自己的家要养。

李凤梅和刘芬到处收购黄鳝，甚至连夏晓兰载回来的油渣她们也能顺便背去卖掉，夏晓兰不一定要隔一天才往商都市跑一趟，她集中精力把家里囤积的几百斤黄鳝全部卖掉了，加上油渣在乡下是供不应求，很快就回笼了几百元的资金。

刘芬学会了骑自行车。供货渠道还维持着，谁去商都市送货并不重要。朱放那边发现送货的人是夏晓兰的亲妈，他敢怠慢吗？揣着其他目的，朱放只能对刘芬更热情……你说啥她都听着，但心里认为现在女儿最重要的是考大学，再好的对象，能有考上大学重要吗？

对象会分手，大学毕业却包分配工作。刘芬有自己朴素的价值观，虽然简单，但却很有效。

刘勇要出一趟远门。

在此之前，张二赖那几个流氓被判了刑。之前拦路的流氓判了 20 年，张二赖判的是无期。打死张二赖都不敢再诬赖夏晓兰和他有关系，再给他加上流氓罪，无期得改成死刑！

这颗钉子莫名其妙地被拔除了。

时间一久，自然会有新的八卦取代有关夏晓兰的流言蜚语。

刘勇大大松了口气："我这趟快的话一个月，慢的话就是两个月以上，你们三个女的带着涛涛在家，有事不要自己扛，多向村里人开口。"

刘勇急呀，朋友一直在催他，他已经拖得够久了。现在刘芬离婚了，母女俩迁来了户口，夏晓兰又有学上，几个流氓也判了刑，刘勇不能再拖了。

为啥农村人想生儿子？不仅是封建老观念作祟，也不仅是农村需要劳动力，更重要的原因是没有男人在家，是容易被人欺负的。别说争啥利益，现在刘勇要不在家，留下三个女人，包括一朵娇花样的夏晓兰，狂蜂浪蝶们会不会打歪主意呢？

当然，夏家倒是不缺男人，夏家三兄弟个个身强力壮的，夏晓兰的名声被人踩得稀烂，夏家男人没有出头的，这种倒不如没有。

刘勇临出门前，不仅抱了两条狗回来看家，还左邻右舍地打招呼，让村里人照看一下。

"涛涛他爸，你出门在外要保重身体，家里有我呢！"

李凤梅眼睛有点红。她当然舍不得刘勇出远门，可刘勇是一家之主，肩膀上的担子重，他不出门赚钱是不行的。

要想夫妻整天腻歪地待在一起，那就要受穷。大人受穷没啥，刘勇夫妻还有个儿子呢，父母总要多考虑孩子的未来。

刘勇对外还是说出门干泥瓦匠。

夏晓兰觉得吧，她舅搞得神神秘秘的，实在不像是卖苦力的泥瓦匠。谁没有点秘密，夏晓兰就希望刘勇出门在外一切顺利！

刘勇走了，日子还是照旧过。

在村长陈旺达家，也有关于夏晓兰的讨论。

"刘勇之前多混账的一个人？现在眼看着上进了。"陈旺达的儿媳妇和自己男人嘀咕。

陈旺达当然不止一个儿子，不过最看重的还是长子。陈老大夫妻生了个好儿子，陈庆是长子嫡孙，也是陈家将来的大学生。

陈老大用儿子写过作业的废纸卷烟丝抽，农村人抽的烟大部分都是这样，一包香烟不便宜，农村又不发香烟票，都习惯了抽旱烟或者自己用纸卷烟丝。没有过滤嘴的卷烟劲儿大，陈老大吞云吐雾："他混账归混账，又没祸害过村里，他不在家，咱们也多看顾下他家里。"

刘勇走之前曾提着东西上门，有烟有酒的，也是很体面的礼。

陈大嫂轻轻嗯了一声："风水轮流转，我看刘勇家以后差不了。"

刘勇上进，他把嫁人的妹子刘芬接回来住，原本带个名声不好的大拖油瓶，哪知道拖油瓶不像传言中那样糟糕，赚钱能干，脑子也聪明。

县一中的老师都找到村里来，让夏晓兰去学校念书，说她明年考上大学的希望很大。

陈大嫂就在琢磨这件事儿，她儿子陈庆看夏晓兰是啥眼神，当妈的分不出来？

从前嘛是绝对不同意的，不过夏晓兰要是考上大学，这事儿倒也不是没可能。

就为这一点，她当然要多照顾下刘勇家。陈大嫂推了男人一把："刘芬和晓兰分的地，村里咋还没个说法？"

第 57 章　夏老太闹腾

陈旺达当着夏家人的面，说要给刘芬和夏晓兰在七井村落户，又说要给两人分土地，一口唾沫一口钉，这事儿肯定不是假的。这事儿首先要村里同意，再上报到乡里，陈旺达有自己的办事步骤。

刘芬和夏晓兰不可能去催促，夏晓兰对土地没啥执念，但村里要给娘俩分田，还要划给她们一块儿宅基地，夏晓兰也不会傻了吧唧说不需要。她打算去城里买房，而刘芬对土地却有执念，她觉得有了田地，只要勤劳肯干，最差也能填饱肚子。刘勇走得有多急呢？他走后第三天就是交公粮的日子。

为这事儿，夏家人也有架吵。

每年夏末收割稻谷后，乡上会把每家每户应缴的公粮通知单送到户主手里。

1983 年，豫南省一带基本上完成了"分田到户"，夏家虽然没有分家，田地有多少是划分到个人名下的。夏晓兰和刘芬的户口被迁走，大河村这边就没有两个人的田地了，其实这并不影响之前的粮食产出，刘芬两人丢了大河村的田地时，已经是水稻收获后。那乡里的公粮通知单上，自然是依照之前的田地亩数来征收的。

这下子就捅了马蜂窝，夏老太本来就怄气，打死也不同意："她们两个贱人的公粮，夏家不缴！户口都迁走了，田也丢了，凭啥要大军缴公粮？"

田地多，交的公粮就多。夏家每年收成多少粮食，全部被夏老太看着，粮食交到她手里，再想要回来就不容易了。夏老太不敢和乡上闹，她撒泼打滚，就是不想让夏晓兰母女清闲。

夏大军埋着脑袋说不出话来。刘芬母女户口迁走后，她们名下的田虽然划出去了，那是明年不能种，和今年的收成没关系。稻谷都堆在夏家的谷仓里，夏老太却要问刘芬母女要粮。夏老太又哭又闹不讲理，夏大军被她搞得没办法。

他能向刘芬母女要粮？刘芬不和他过日子，真是后世说的"净身出户"，母女俩踏出夏家，带走的不过是 20 斤红薯。那是 20 斤不值钱的粗粮，又不是 20 斤金砖！

要不是刘勇大方，夏晓兰自己能干争气，靠着 20 斤红薯过日子母女俩早饿死了。离婚时刘芬只求快点脱离夏家，又没要啥财物，按理说今年的粮食也算丰收，夏大军好歹给刘芬两人送点去……刘芬成了前妻，夏晓兰还是他亲女儿吧？

粮不送，夏老太反而还要折腾，这是欺负刘芬顺手了，不想人家母女俩过安生日子！

可万一她们要真给了呢？夏家就能剩下一些粮食。

夏老太蛮不讲理，就逼夏大军去闹。一会儿撒泼，一会儿又装可怜，拉着夏大军说夏子毓在京城上学多不容易，家里人节省点，夏子毓在学校就宽裕点。

王金桂眼神闪烁，别人都说考上大学根本不咋花钱，学费不出，每个月都有补贴。夏子毓念个大学，活活把老夏家扒了一层皮下来……不过要不是夏老太逼她，王金桂才不打算说呢。

"妈，晓兰她们都住在刘家，她们哪有粮？"

夏大军快没有招架的能力了。

夏老太可怜兮兮地抹泪："那子毓就在学校挨饿？我看晓兰舅舅是发财了，一点粮食算啥，那天就不该同意她们迁户口！"

夏老太根本不知道，迁走户口，连带着刘芬和夏晓兰名下的田也会被划出去。

她一个农村老太太，对国家政策不了解，就觉得被刘芬母女俩坑了，这才有今天的吵闹。大河村这边，人均两亩田，刘芬和夏晓兰户口一迁走，夏家少了三亩多地！能产多少斤粮？

损失的是夏老太的利益，她看见交公粮的单子，就像有人要从她身上剜肉割心般痛！

"妈，子毓在学校省一省就行了，您别逼着二弟去要粮，那边的人不好惹。"站出来说好话的是善解人意的大嫂张翠。

夏大军感激地看了她一眼。离婚了，他不能像过去那样揍刘芬，包括女儿夏晓兰翅膀也硬了，这么多天愣是没有回过一次大河村。夏大军不恼吗？七井村的人不好惹，上次就把夏大军狠狠揍了一顿。七井村那个陈老头很难缠，还认识县里当官的，要不刘芬和夏晓兰的户口没那么容易迁走。

夏大军在外面本来就是个厌货，他暂时不敢去找刘芬母女俩的麻烦。而且，找母女俩要粮这件事本来就没啥理……

夏老太又换了张脸："那子毓的花销咋整？你们都是好人，就我喜欢当坏人，我都是为了子毓。"

老大夏长征开口了："子毓她舅在县一中门口搞了个小吃摊，生意还不错，赚多少钱不敢保证，起码比在乡下种田强。妈，子毓她舅想拉我和张翠一起干，我想试试。"

小吃摊就是张翠开起来的。张翠弟弟两口子才是帮忙的人，不过张翠和夏长征有私心，夏家没分家，他们才不想替别人赚钱。换个名目将自家的生意过了明路，还不用让其他人分钱，10个夏大军捆起来，也不如这两口子精明。

王金桂眼睛发亮，夏老太暂时把夏大军丢一边："这就是人家说的个体户？"

贫下中农最光荣，成分最好，夏家就是贫下中农。资本主义是要被批斗的，夏老太当然向往当城里人，但向往的是城镇的职工。干个体户，是不是有点丢人了？

张翠哪能不知道夏老太想啥。一开始张翠也觉得个体户丢人，可当初在夏子毓的劝说下，在县一中门口开了小吃店，每个月赚到手里的钱打消了张翠的顾虑。

瞧不起个体户？兜里揣着大团结，谁瞧不起谁还不一定呢。

按照夏子毓的猜测，个体户只会越来越多，现在最穷的是农民，再过20年最穷的还是农民！

"妈，现在干个体户是没啥面子，但一切都是为了子毓，我和长征吃苦受累不算啥，等子毓大学毕业了，咱家就算熬出来了。"

夏老太就喜欢听这种话。夏家人都认定夏子毓会有大出息。

80年代的大学生当然值钱，可要想小有成就，怎么也得奋斗一二十年。国家包分配的工作，一个月工资也就那样，夏子毓自己可以吃喝不愁，但要拉扯一大家子人是很难的，夏老太想得太天真！

"妈，我不怕干个体户丢人啊，要不我去帮忙，大嫂在家……"

王金桂凑上前，夏老太狠狠瞪她："那是你娘家兄弟？那是子毓她舅！"

第58章 张记小吃店

张翠和夏长征的小吃生意在家里过了明路。

夏大军还是没能逃过责怪，他不敢去七井村找前妻和女儿要粮，夏老太就让他去打零工赚钱，帮夏子毓攒生活费。夏大军一点也没反对，反正他别的本事没有，力气是不缺的。孙子辈里夏老太最疼夏子毓，三个儿子里，她最疼的肯定是老三夏红兵。

夏大军出门前，听见他老娘发话："红兵就不用出去了，你大哥、二哥都走了，田里的活儿离不开人。"

夏红兵答应得很爽快。现在不是农忙时节，田里没啥重活儿，天气又不冷不热的，是一年中最舒服的时候，夏老太偏心着呢，就是想让夏红兵过几天轻松日子。

张翠为啥好心替夏大军解围呢？夏子毓的电报发来了，让张翠和夏长征暂时别管夏晓兰那边，所以张翠就不想家里人太关注夏晓兰和刘芬。好不容易这母女俩被挤对走，夏大军和两人接触机会一多，刘芬又带着夏晓兰回夏家咋办？

离婚的中年女人，带着大拖油瓶住在娘家，夏晓兰还好吃懒做、好胜要强，母女俩日子不知道有多难过！

夏家不需要别的孙女，婆婆眼里最好只能看见子毓。全家都供夏子毓上学，才是张翠的目的。

有这种想法，连夏红霞都觉得碍眼。十几岁的大闺女，可以说亲了。张翠去县城前，就和夏老太提了提这事儿。

夏红霞是家里最不出挑的孙女，夏子毓会念书，夏晓兰长得是真好看，夏红霞两头不占，偏偏王金桂和夏红霞一直想找个条件好的。夏老太不提这事儿还好，一说起夏红霞的亲事，就被王金桂找到了借口："子毓都是大学生了，红霞也不能在乡下随便找个泥腿子嫁了啊！大嫂，让红霞去店里打杂，工钱随便开点，主要是离学校近，说不好咱家红霞也有别的造化……"

张翠脸上的笑都快绷不住了。小吃店哪里需要那么多人？请她弟弟两口子帮忙，那是张翠要接济娘家。

夏红霞长相和夏晓兰差得远，论好吃懒做这两姐妹是旗鼓相当。店里就算要请人，也不会请夏红霞！

夏老太却有点心动。孙女嫁得越好，对家里越有好处。她偏心夏子毓，夏红霞也沾了亲爹夏红兵的光，在夏老太心里挂着号。

"老大两口子也是给人帮忙，红霞还要啥工钱？老大家的，你领红霞去看看，你兄弟要是愿意用她，就让她留在店里帮忙，管她吃饭就成！"

夏红霞撇撇嘴，不给钱让她干活儿？她拉着夏老太的胳膊想撒娇，夏老太心想你个二傻子，真留在店里，大家都是亲戚，子毓她舅能不给开工资吗？

"你要是不想去，那就留在家里，慢慢相看人家。"

夏红霞张张嘴，王金桂推她："听你奶奶的！大嫂，我家红霞就交给你了，不听话你和大哥不要客气，狠狠揍她！"

张翠胸口发闷。夏家眼下还是夏老太说了算，婆婆发话，张翠只能捏着鼻子带着夏红霞一起去县城。

张翠这个小吃店位置特别好。

安庆县有两大消费人群，农机厂和肉联厂的工人、念书的学生。

县一中是安庆县最好的高中。

夏子毓初中时成绩并不好，初中毕业还复读了一年才考上县一中，考入时的年纪本来就不小了，今年上大学都20岁了……连夏子毓这样的学霸都要复读才能考上县一中，这高中被省城人鄙视，但在安庆县包括周边几个县，已经是很好的学校了。

县一中的学生一部分条件比较差，另一部分却不错，大钱没有，消费点小吃还是可以的。

张翠开的小吃店，听从夏子毓的建议，选址在县一中门口，虽然距离学校大门还有30多米，却方便上下班的工人。往左是肉联厂，往右是农机厂，这就是个人流交会的路口、做买卖的黄金地段，生意能不好吗？

夏红霞穿着自己最好的衣服，跟着张翠走到县城。

"张记小吃"的招牌老远都能瞧见，和那些小吃摊比，两间门面的张记小吃很气派。

它也不是一开始就这么气派的，最早的时候张翠和夏长征的本钱少，夏子毓在学校念书压根儿不需要张翠照顾，她就在外面摆摊。经过三年的发展，张记才有现在的规模。从最初的小摊变成了门面，从张翠一个人忙里忙外到请了夏子毓舅舅和舅妈帮忙……张翠看着"张记小吃"店，真是满心舒畅。

"嫂子，你来啦，这半个月——"张翠弟媳跑出来，要在张翠面前表表功，也要汇报一下近来的生意情况。看见夏红霞，她就闭嘴了。

"老三家的红霞，你也几年没见过了吧？"

"小舅妈，我是红霞呀！"

张翠弟媳把没说的话吞下肚，之前早就说好的，当着外人的面，不能说张翠是老板。夏红霞肯定是外人。

"红霞都长这么大了？还没吃吧？进来坐，我给你拿两个包子。"一边把夏红霞拉入店里，一边看张翠。

张翠叹气："子毓她奶奶说红霞年纪不小了，想让她在店里帮忙，我也不知道你们还招人不，就带她来看看。"

夏红霞低头看看自己脚尖，眼神偷偷瞄着店里的情况。

两间店面摆着七八张长桌子，墙上贴着五花八门的价目表，早上的用餐高峰期过了，桌子上堆着来不及收拾的碗筷。

"舅妈，您留下我吧，我保证认真干活儿。"夏红霞有点小聪明，张翠弟媳叫她吃包子，夏红霞没听，反而挽着袖子干活儿去了。

张翠弟媳总不能将她撵出去吧。张翠弟媳心里也有猜忌，该不会是嫂子不放心她和她男人看店，故意从夏家弄来个眼线吧？

张翠弟媳姓江，江莲香。

小吃店生意好，每天都有现钱从江莲香两口子手里过，特别是张翠回大河村的半个月，江莲香和她男人张满福手里可捞了一些钱。江莲香巴不得大姑子永远待在乡下别回来，张记小吃店握在手里，可是会下蛋的金母鸡！

抱着这种猜忌，江莲香就不好开口赶夏红霞走了。

张翠想，这个弟媳妇实在不聪明，自己不能当恶人拒绝夏红霞，江莲香随便搪塞两句不就行了吗？要不是看在她弟弟张满福的面子上，她咋会叫江莲香来帮忙！

夏长征要比张翠先来一天，他大早上就采购小吃店要用的原料去了，回店里瞧见夏红霞，夏长征想了想，决定留下夏红霞。

夏红霞又懒又馋，却是姓夏。小吃店的招牌是张记，夏长征心里知道原因，但还是感到不太舒服。小舅子张满福雁过拔毛，夏长征把夏红霞留下，也让张满福和江莲香两口子有个顾忌——阴差阳错的，夏红霞就留在了小吃店帮忙。夏长征虽然留下了侄女，却也是小气鬼，都没提过要给夏红霞工资。

夏红霞只坚持了一天就原形毕露，干活儿懒散，嘴巴倒是挺甜，特别是对来吃东西的一个男中学生，她热情得要命！

第 59 章　交公粮的门道

夏晓兰还不知道自己又躲过了一次夏家人的闹腾。

夏大军如果真的来问母女俩要粮食，肯定讨不到好处。当然，麻烦能少一次总是好的，夏晓兰的时间多宝贵啊，哪能浪费在这种糟心事上？

多亏了夏家人心里各有算盘，有劲不能一处使，才没经常来骚扰夏晓兰的生活。

交公粮的通知单送到了各家各户，夏晓兰要和舅妈李凤梅一起去乡上的粮站交公粮。这对夏晓兰是很新奇的体验，是她没有过的经历。

稻谷要晒干，不能有沙石，也不能有其他杂质，一粒粒饱满金黄，没有干瘪的谷粒才算是合格公粮。

一年要交几次公粮？水稻收获了交稻谷，还有之前的小麦和油菜籽，田里的收成拿出一部分无偿上缴给国家，用来顶替农业税。公粮不一定能完全顶替税收，不够的部分就要掏钱交，之前是生产队统一交公粮和上缴农业税，包产到户后，就由每家每户自己交粮和税。

"现在不交税了，改收提留款。"

刘芬收黄鳝去了，夏晓兰就和舅妈一起装稻谷。这些稻谷都又晒又筛的，别说瘪谷子，连一个小渣子都不会有。

李凤梅说今年要交"提留款"，夏晓兰对此一无所知。

20 世纪 80 年代的农村，很多领域她都不懂。她不懂种地，也不知道 80 年代的农村日子有多难过。不仅是农活辛苦，看似不多的公粮对农民来说也是很大的压力……杂交水稻的技术在 70 年代就有突破，豫南省这边从 1976 年开始示范种植，但至今都没有得到大面积的推广。反正安庆县这一片，农民种的都是常规稻。

杂交水稻能亩产上千斤，常规稻种得最好的亩产也就七八百斤。

稻谷脱壳去皮，100 斤出的大米不到 70 斤。一家 3 口大概有 5 亩田，也不全是能种水稻的，贫田是不出粮食的。公粮是无偿上缴的，有多余的粮食还会低价卖给国家。不卖粮，农民手里哪有钱？卖粮的钱也留不住，农药、种子、化肥，还有李凤梅说的"提留款"。

提留款全称"统筹提留款"，三提留五统筹，这是两部分钱。

村提留三项：公积金、公益金、管理费。公积金不是后世的住房公积金，是用于农田水利建设、植树造林、购置生产固定性资料的；公益金用于供养五保户、补助特困户、合作医疗和其他福利事业；管理费用于村干部的报酬和管理开支。五统筹是乡镇统筹五项：教育附加费、计划生育费、民兵训练费、民政优抚费、民办交通费。

李凤梅肯定不知道这些，乡上让交什么钱，大家就照着要求来。

夏晓兰就更不清楚了，她就是头两天担心饿肚子，后来生意干得有模有样，夏晓兰没有感受过真实的农村贫困生活。

精挑细选的黄灿灿的稻谷装了好几袋，夏晓兰拒绝在家复习，这几天李凤梅和刘芬都不愿意让她出去，夏晓兰是个闲不住的，就要和舅妈去乡上交公粮。

李凤梅也怕她憋坏了，就同意夏晓兰一起去。

要不说有自行车方便呢，28大杠的自行车能驮几百斤的粮食，没有自行车就要用板车拉到粮站去。半路碰见了陈旺达家的送粮队，陈庆他妈开口叫住夏晓兰和李凤梅："一起走吧，路上有个伴儿。"李凤梅挺高兴，叫着嫂子。

夏晓兰乖乖叫伯娘，七井村的人她都挺喜欢，这些人当然会背地里讲讲八卦，但不是那种带着恶意要把人置于死地的那种，同样是安庆县下面的村子，七井村和大河村的风气大不相同……夏晓兰觉得和陈旺达是七井村村长有关系。

陈大嫂好像挺关心夏晓兰，一路上问了她不少有关学习的事儿。

夏晓兰两次测试英语都是满分，这一科是陈庆的弱势学科，陈旺达对她们母女的帮助夏晓兰记在心里，就主动说要帮陈庆补课："伯娘要是放心，陈庆哥放假时我就给他补英语。"

现在的高考英语并不难，就算后世高考，掌握3000以上的词汇量也差不多了。可后世的考生是从小学、初中和高中一路积累上去的，到了夏晓兰出事前，还有各种利用碎片时间背单词的App，3000个单词量算啥？但对1983年的考生，尤其是偏远地区的考生来说就太难了。

语文成绩再怎么差，面对熟悉的母语，总能拿到一部分分数。英语是大家都没有底子，恢复高考的前几年也不计入高考成绩，从1984年开始，英语要以百分制计入高考成绩，这对考生们来说很突然，老师也不知道要怎么系统教学。

死记硬背，完全没有高效的记忆法。

元音和辅音？看见单词都不会读，哪能区分元音、辅音。

英语不仅是陈庆高考路上的拦路虎，也是其他考生高考路上的拦路虎……就是想找老师给开小灶吧，也要能找到老师啊！陈旺达就算认识县里的人，也找不到这样的门路，他只是一个村长，又不是县长。

夏晓兰英语咋学的没人知道，可她两次都考了满分，那就是学得好。

陈庆妈满心欢喜，拉着夏晓兰都不想放手。陈庆成绩不差啊，英语要是能提高点分数，明年高考会更稳当。

"晓兰，一会儿交粮时你就排伯娘后面。"

夏晓兰看不懂舅妈的表情，李凤梅喜笑颜开的，只是排个队，有这么重要吗？等到交公粮时，夏晓兰才后知后觉地意识到排在陈旺达家的好处。

粮站外面排着长长的队伍，陈家交粮的也不插队，就等在粮站外面的路上有一搭没一搭地闲聊。粮站里面人声鼎沸，乡里的领导带着各村的村长在一一验粮。

按夏晓兰想的，照着单子过秤，验收之后把粮食留下，不就完成了一户吗？

她真是太天真了！交公粮根本没有这么简单。

排队轮到哪家了，粮站的人要拿个中空的铁管子扎进麻袋里，抽出来就能看出粮食是否合格。豫南省的小麦是6月成熟，6月底就给粮站交过一次小麦，这次是交稻谷的。

铁管子带出点稻谷，粮站的人倒在手心里一看："不合格。"

交粮的人赔笑说好话，不知道咋说的，后面又变成了三等粮。三等粮算合格了，不过粮食等级低，要交的斤数就多点——评判标准掌握在粮站检查员的手里，都是往低了评判，一等粮很少。

排到快中午时，终于轮到陈家的。粮站的人看见陈大嫂，表情依然很严肃，但却把她家的稻谷评定为"一等"。

夏晓兰是看不出稻谷的差别，周围那些人可能有不服气的，但没人去和粮站的人理论，窃窃私语是有的："七井村陈家的。""陈旺——""嘘，别说话。"

陈旺达根本不用走过来，老爷子陪着乡里的领导呢。陈旺达坐镇，陈家的粮年年都筛得很干净，自然能被评定成"一等"。夏晓兰明白了，人立名树立影，老爷子威信摆在那里，陈家不糊弄国家，粮站也不找陈家麻烦。

陈家的公粮验收得特别快，很快就到了李凤梅家。李凤梅和夏晓兰在家里称好了稻谷，每袋100斤，到了粮站就缩了点水，李凤梅脸色不好看，也没说啥，因为运粮过程的确有耗损。

夏晓兰也没追着问那几两的损耗，做大事的人眼界要宽点，一直盯着这些鸡毛蒜皮的小事没意思。

"这也是我家的。"陈大嫂随口加了一句。

粮站的人看看收粮单，户主姓刘，和"陈"八竿子打不着的关系，咋能是一家？

第60章　陈家瞧上的未来儿媳

姓刘和姓陈的咋成了一家人？不同姓，可以结姻亲嘛。陈大嫂睁着眼睛说瞎话，粮站的人也睁只眼闭只眼，把李凤梅家的公粮验收完毕，没有缺斤短两，不过给评了个"二等"。

就这样李凤梅都很高兴了："嫂子，您这一开口，少了多少麻烦！"

陈大嫂仗着的当然是公公陈旺达的面子，交公粮要让粮站的人沾点利益，谁不心知肚明？陈旺达再厉害，也不可能让七井村的人都不受粮站折腾。但因为陈旺达说话硬气，七井村的人是受折腾最少的，100斤稻谷咋说也能称出90斤，换了其他村子来交公粮，先不说给你评定成几等粮，家里称好的100斤稻谷，到粮站能有80斤就算好的了。

夏晓兰能说啥？再过30年，农村这些弯弯绕绕的事儿都不可能杜绝，也不只是农村，水至清则无鱼，全世界很多地方都有类似的"潜规则"。

夏晓兰也是"潜规则"的受益者。但她是有道德观的，60分以上没问题，要让她以圣人标准要求自己显然不现实。

陈大嫂交了粮暂时不回去，她家几个男人这几天都要在粮站帮忙，夏晓兰和舅妈就先走了。半路上李凤梅就憋不住了，言语毫不隐讳地提醒夏晓兰："舅妈说句话你别见外，陈庆是个好孩子，但你有机会考大学，处对象的事先放到一边，等高考完了再说行不？"

夏晓兰哭笑不得："舅妈，我真的没和陈庆哥处对象，您咋会这样想？"

"陈庆他妈对你这态度，都把你当未来儿媳妇看了……旺达叔有那个面子，但陈家的人情也不是随手就卖的。"

反正这种"亲近"，七井村姓陈的都轮不过来，哪能轮到姓刘的。李凤梅心里有杆秤，陈庆对晓兰啥态度，陈家人啥态度，李凤梅都看在眼里呢。

得，被舅妈一分析，夏晓兰不信也得信。

夏老太骂她，说没有谁家长辈会同意夏晓兰进门，一脱离夏家，夏晓兰的桃花处处开。周诚那儿不说吧，夏晓兰发现自己都两次被"见家长"了——现在这年代，明明是妇女能顶半边天的时候啊，她凭啥不能有自己的事业？

要想有事业，就要和人接触，别管男人女人，夏晓兰都一视同仁。

她这张脸的确是个敲门砖，有时会给她带来很大的便利，但不可避免地也会带来类似的误会。多说几句话就是要处对象了？

幸好陈伯娘和朱放妈还不一样，看样子是喜欢她的……喜欢她啥呢？长辈肯定不是喜欢她长得好看，陈伯娘的心理夏晓兰也能猜到，喜欢她能吃苦，喜欢她有机会考上大学！

夏晓兰不会因此而不舒服。长得好看不一定能保持一辈子，"本事"却永远是她的。

不过夏晓兰对陈庆没啥感觉，为了避免陈家和陈庆本人误会，她以后还得注意保持点距离。

"舅妈，我现在没心思处对象，我把陈庆当邻居大哥看待，不过陈爷爷帮了我和我妈的大忙，还陈家人情是应该的，补习英语的事我答应陈伯娘了就会去做。我心里没别的想法，也不想让陈家人误会，你说我该咋办？"

当邻居大哥？李凤梅听懂了。这就是和后世的好人卡一样，陈庆样样都好，但夏晓兰对他没有男女间的感觉。

"那就别让陈家把话说明白……"

陈家要是提了陈庆和夏晓兰的事，夏晓兰一口拒绝了，陈家再大度都会有想法吧？就像晓兰说的，她们母女俩，包括自己家，都欠着陈旺达的人情。陈庆又是个好孩子，家里条件好，个人也挺优秀，陈家要是被拒绝，肯定会想陈庆哪里配不上你夏晓兰？

得罪人啊，肯定会起嫌隙。和谁家起嫌隙，也不能和陈家有嫌隙，今天交公粮的事就看出来了，和陈家关系亲疏远近，直接关系到日常过日子！

李凤梅想了半天，呵呵笑："那除非你自己找个对象，赶在陈家开口前。"

夏晓兰一头黑线，她去哪里变个对象出来？周诚？夏晓兰忽然想到了这人的名字。

除了知道周诚是京城人，今年20岁，其他底细夏晓兰全然不知。周诚走了半个多月，并没有啥消息，夏晓兰想，也不怪别人会看脸喜欢她，她不也是看周诚长得俊，心里才留有印象吗？

"反正我没考上大学前，不打算处对象。"

李凤梅点点头："行行行，舅妈心里有数，这事儿我想想办法。"

平时在村里闲聊时把这意思给带出来呗，还能咋办。晓兰要真能考上大学，李凤梅还担心她找不到好的对象吗？

现在不喜欢陈庆，日久生情了呢？女孩的心思变化快，李凤梅自己是过来人。

京城。

跑了一趟沪市，赚了一大笔钱，康伟在一群小伙伴里也有点抖起来了。

康伟家条件不是不好。不过他的爷爷早就从原来的位置上退下来了，他爸早年牺牲了，现在康家比较厉害的是康伟的二叔。叔叔疼侄子毕竟是隔了一层，二叔还有自己的儿女要拉扯，哪能事事都照顾着康伟。给康伟安排了个工作，不好不坏，先干着呗。

幸好康伟自己争气，用别人的话来说这孩子晓得烧热灶，大院里那么多人，康伟从小就服周诚，就喜欢跟在周诚屁股后面跑。周家就是热灶，周诚从小就是孩子王，别说比他年纪小的全得叫哥，小时候连比他大几岁的都要低头认哥。

现在大家都大了，有些人要脸皮，也得客客气气叫声"周诚"。

周家正是显赫的时候，周诚和小可怜康伟不同，他的前途早就被规划好了。前段时间周诚身上背了个违纪处罚，不声不响地就从单位回来了……别人还以为周诚是被赶出单位了，却不知道是周诚自己没想明白。

事情他没错，违纪处罚他背得心不甘情不愿，干脆打了休假报告，就赖在家里了。

康伟亲爹死在了前线，康伟的奶奶死活不同意康伟再走儿子的老路。

念书吧，康伟也没那脑子。高不成低不就，工作挺一般，现在还看不出不好，再过几年大家的差距就都出来了。

康伟自己也挺消极，求到周诚头上，周诚才带他跑了一趟沪市。这一趟，两个人赚到的钱让康伟的腰包鼓了起来。别人笑话他拍马屁也好，炒热灶也罢，康伟自己心里有数，诚子哥是真的照顾他——得了周诚的好，康伟就得替周诚考虑。

周诚之前说只跑一趟的，现在要筹划第二趟。

康伟心惊胆战，就怕周家人找他算账。诚子哥是有大前途的啊，这种活儿赚钱没的说，可哪有诚子哥的前途重要？

第61章 其实她有靠山了

康伟在家待着，屁股下像撒了一大把钉子。挨不住了，他就跑去找周诚。

周家他是经常去的，周家人对康伟也不陌生，不过康伟有点怕周诚父亲。刻意挑了中午过去，这个时间点，周叔是不可能在家的。

康伟到的时候，周诚在房间里摆弄一堆小玩意儿。

"诚子哥，干吗呢？"

周诚把东西收到袋子里："你嫂子独来独往的，我给她弄点防身的。"

这些东西可不好弄，根本没有开发民用版。周诚也是花了很多功夫才弄到手的，要不是为了等着拿货，他早就跑安庆县去了，不可能在家待两周。

康伟贼眉鼠眼地关上门："诚子哥，你还要去安庆？"

"嫌我烦？觉得自己这条路跑顺了要单干？行，我自己找辆车，我们各载各的货，我之前说的话还算数，从前那条路归你，我去找新的门道。"

周诚这样一说，都快把康伟欺负哭了。周诚的路子多赚钱，康伟比任何人都清楚。就算亲兄弟，也不见得会把赚钱的门路分给他，这里面的利润海了去了。周诚不是没同姓兄弟，亲兄弟没有，还没有堂兄弟和表兄弟吗？周诚帮他，是因为同情他。

"当兄弟的说错话了,我给哥赔礼道歉,千万别不带我玩……诚子哥你要和我一起跑,我千恩万谢!"

"得,我知道你的意思了。"

周诚不否认自己对夏晓兰一见钟情。男人追求女人,总要多创造见面的机会。拖着时间不回去会影响自己的前途,周诚自己也明白,之前他那个违纪处罚单位已经有了新的说法。并不是全靠周家,上面有大领导很喜欢周诚的表现,愿意过问他的事。但周诚第一次喜欢人,根本控制不住自己的想法,也不愿意控制。

"我最多再跑两次,不会耽误正事儿。"周诚也算给了康伟说法。

他不是要向谁解释的性格,但康伟是知情者,周诚看他心理压力大才说的。按周诚的想法,一个男人有没有前途,不单指某一条路。不过家里面对他寄予厚望,周诚十几岁被送去秘密单位,那身制服可不是他自己想脱就能脱的。

趁着有时间,多陪陪他未来媳妇儿呗。周诚收拾东西,让康伟也做好准备,明天就出发。

康伟一边欢喜一边提心吊胆。欢喜的是他又能跟着周诚吃肉,提心吊胆的是周家知道后拿周诚没办法,只能剥了他康伟的皮。

周家门槛多高啊,会接受夏晓兰吗?康伟一琢磨这事儿,可能性真的太小。不说联姻吧,周家人对周诚的另一半肯定有要求,夏晓兰的条件不管咋看,都不符合周家选媳妇的标准。自己家这情况还差不多,反正他爸死了,爷爷奶奶都扛不住他闹腾,他妈可能会反对,但康伟有信心能摆平。

打住打住,想啥呢?长得再漂亮也不能想,那是未来嫂子。

康伟也挺搞笑,自己一边觉得周家不会接受夏晓兰,一边其实也被周诚给洗脑了——反正周诚想干的事儿,哪件都成了,康伟对他就是盲目地信任。

周诚把带给夏晓兰的东西塞在床底下,"我让你查的事,有眉目了吗?"

周诚让康伟查夏子毓。

"豫南省安庆县的大学生,夏子毓嘛,是在京城上大学,京城师范学院。"康伟撇撇嘴,还以为考上京大了呢!

都快把夏子毓吹上天了,康伟特别不屑。

"夏子毓那个对象也在京城师范学院……咱俩还都认识,是王建华。"

建华、建国之类的名字太普遍,王更是大姓。王建华这名字一开始根本没有引起康伟的重视,不过他要去查夏子毓嘛,自然要顺便查一查传说中夏晓兰大白天脱光了勾引的未来姐夫。一查就有意思了,居然是他认识的王建华,世界真是小。

周家、康家和王家,早年都是差不多的。现在周家最好,康家要差点,王家早多少年就被踢出了圈子。王建华要比他们大一点,大家小时候也玩不到一块去,王家不行后,康伟听说王建华下乡当了知青。没有过多关注,没想到会在这种情况下重新得到王建华的消息。

"王建华?"

自从王家出事后就没见过,周诚都快忘记王建华长啥样了。反正没他长得帅。

周诚瞬间就不太在乎了。

记忆中王建华挺傲气的,看人时眼睛跟长在头顶似的,在乡下折腾了几年,有没有改变一点？

周诚很自信，把自己和王建华摆在一起，夏晓兰肯定选他。

"能查到这两人就行，先不用管他们。"

谁欺负过他媳妇儿，周诚不会忘，但这两人要咋收拾，周诚要留着问夏晓兰的意见。夏子毓和张二赖还不一样，张二赖那是臭流氓，夏子毓是晓兰的堂姐，周诚就是觉得中间不太对劲，夏子毓具体干了啥并不清楚。那就留着慢慢查，一个都别想跑。

夏晓兰不知道她是有靠山的人了。就算知道，她也不会真的依赖周诚。靠山山会倒，靠人人会跑，谁能靠谁一辈子？还是自己最靠得住。

交完公粮，农民们也不是真的能歇了。再过几天就要播种小麦和油菜，土地要平整，李凤梅要忙的活儿还有很多，她又不同意夏晓兰帮忙，说夏晓兰的手是拿笔的，不是拿锄头翻地的。

"就是你的生意，全靠你和你妈两个人，能忙得过来不？"

李凤梅不仅不让夏晓兰帮忙，她还担心夏晓兰的生意呢。现在是刘芬去商都送货，夏晓兰白天到处收货，晚上才复习。刘芬不送货的时候，就让刘芬去收货，夏晓兰一整天都可以在家看书，最辛苦的人其实是刘芬才对。

夏晓兰知道此时农用机械的应用率是极低的，小麦和油菜播种前都要翻一遍田，有人靠锄头，有人靠牛拉犁耕田。刘家没有牛，李凤梅还要请别人帮忙犁田。人家的牛养来不是白用的，平时要搭多少工夫去喂？犁一亩田多少钱都是有价的，这钱再舍不得也要出。

家里缺了一个壮劳力，农活儿都要落到李凤梅身上。本来刘芬也是干农活儿的好手，加上刘芬和夏晓兰的田暂时没分下来，刘芬可以帮忙，但刘芬现在每天比干农活儿还忙，李凤梅咋会叫小姑子下田？

刘芬和夏晓兰不是在家里吃白饭的，夏晓兰明里暗里都在日常生活里搭钱，母女俩其实就是在刘家有个栖身之所，并不是要靠李凤梅夫妻养活。

夏晓兰担心舅妈手里没钱，先前舅舅刘勇给了她50元做本钱，家里的黄鳝没积压那么多货，夏晓兰就把钱拿出来还掉。借的时候是50元，还的时候她准备了10张"大团结"。

"你干啥？！快收回去！这钱你舅说过，是给你的零花钱，你要这样，我要生气了！"李凤梅死活不要。

50元是不少，可也不多啊。别说是50元，就算是5000元，刘勇这个当舅舅的能拿出来，李凤梅就不可能再收回去。夫妻是一体的，刘勇做的决定，李凤梅肯定没意见。

真要有5000元给夏晓兰，李凤梅会心疼，但不会当着夏晓兰的面心疼。

舅妈不收钱，夏晓兰想了想就笑了："您不要也行，过段时间我要做别的生意，这钱就相当于舅舅入股了。"

第62章 准备去羊城

夏晓兰要做别的生意？

李凤梅想，这丫头也太能折腾了。"等黄鳝不能卖了，还有油渣，你还做啥生意？安安心心在家复习,明年考大学才是头等大事。"

油渣生意没有黄鳝赚钱,可胜在稳当。每天几百斤油渣拉到乡下的集市可以轻松卖掉,赚的是辛苦钱,可在土里刨食的农民,特别是如刘芬般任劳任怨的老黄牛,最不怕的就是辛苦。

再辛苦,每个月能赚几百元,比工人拿的都要多,李凤梅都觉得这门生意太好了!月入几百元在1983年是啥概念?以李凤梅的见识来说,她也没见过比这更多的收入。哪怕是她男人刘勇说自己在外赚到了钱,拿回家的钱一个月也没有几百元。

这份收入供夏晓兰读书没问题,刘芬要是坚持不下去,不还有刘勇和她李凤梅嘛。

夏晓兰想了想,也没瞒着:"舅妈,我肯定会合理安排自己的时间,其实我自己复习真的挺好,真要在教室里和别人一块儿读书,我这心反而静不下来……卖油渣的生意,我想交给我妈,也不想她能赚多少钱,就是有个事儿干。我现在想搞的新生意是卖衣服。"

夏晓兰把自己在商都农贸市场的见闻说了一遍。

她最近在商都跑来跑去,自然也打听到了更多有用的信息。该进啥样的衣服,卖哪种价位,在哪里摆摊,夏晓兰也有了计划。她迫切想要在80年代出人头地,也想要证明自己。考大学并不是首要目的,这种证明她之前就做到了。之前虽然也奋斗到了很高的职位,但终究是给别人打工,夏晓兰想自己当话事人!

夏晓兰说得头头是道,李凤梅听得发愣。这些东西,又有几个农村丫头知道?那一撞,真是有后福,夏晓兰真的是开窍了。

夏晓兰特别有主见,李凤梅担心管太多起到反效果,只能和她约法三章:"如果在学校里的考试成绩退步,就啥生意都不能再做!"

夏晓兰自然是欣然同意。

入股的事儿李凤梅不想占便宜:"50元能进几件衣服?别提入股的话,你舅还能赚几个钱,当长辈的能让你吃亏?"

倒卖鸡蛋,几十元肯定能顶大用。倒卖服装么,县里的成衣多贵?李凤梅觉得肯定连两件衣服都买不到,谈啥入股啊。

服装这行是有暴利的,别说80年代,再往后推30年,服装的出厂价、批发价到终端零售价,都差了好几倍。夏晓兰也没想把李凤梅说服,只想着等赚到钱,咋说也要把这部分利润分给舅舅家。

她要的是李凤梅的支持,家里就四个人,涛涛太小没有投票权,她和李凤梅对上刘芬是2:1,刘芬一张嘴连李凤梅都说不过,几句话就被绕晕了。

夏晓兰就琢磨着要去羊城一趟。刘芬和李凤梅担心得不得了:"商都也有批发市场,在商都拿货,来安庆卖不行?"

夏晓兰摇头:"商都的款式一点都不新颖,别的摊贩也在商都批发市场拿货,同样的东西不会有竞争力。既然要卖,就要卖独一无二的东西,不是让顾客挑我的货,而是我挑顾客。"

就像她在农贸市场看见的那个服装摊,卖的也不算便宜,可样式吸引不了女顾客,货积压在手里算啥?她的本钱还不算丰厚,去羊城拿货一次性也带不了多少件,如果款式新颖好看,每卖出去一件就是钱!货足够好,她才有资格挑剔顾客。有人嫌太贵?你不买,自然有其他人买。

现在人们手里都缺钱，同样也缺物资。好看的衣服，才能把钱从顾客兜里掏出来！

李凤梅和刘芬不懂，她们就知道一个大闺女自己出门不妥当。眼下就看出了人丁不兴旺的弊端，刘家是外来户，没啥亲戚能帮忙，刘芬要给省城送黄鳝、拉油渣回来卖，李凤梅要兼顾田地和家里的活计，还得照顾涛涛。家里真是分不出人手来和夏晓兰一起去羊城。

请谁和夏晓兰去羊城？李凤梅十分为难。刘家三兄妹，刘勇一共有两个妹妹。李凤梅从前固然是觉得小姑子刘芬老实嘴笨不讨喜，刘勇另一个嫁到临县的妹妹却和娘家没啥走动，几乎是断了往来。

李凤梅嫁进来七八年，都没见过涛涛的二姑刘芬长啥样。这样的亲戚，能指望吗？

至于她娘家就更不用提了。再说也没有让她的亲戚去帮夏晓兰的道理，李凤梅自己都信不过娘家那边的人，别看着夏晓兰赚钱眼热，直接把夏晓兰赚钱的门路抢了！

夏晓兰不觉得自己一个人上路有啥问题。是，她是长得很漂亮，火车站和火车上向来鱼龙混杂，但夏晓兰不是没出过远门的"村姑"，保持足够的警惕心，不要理会陌生人的搭讪、不要独自走夜路、不要喝陌生人递来的饮料和食物，坏人总不会在众目睽睽下把她抢走！

眼瞧着天就要冷了，不抓紧时间卖这一批冬衣，可是要错过商机的。

夏晓兰仔细盘点身上的钱，除去押在黄鳝生意上的一小部分，她还有600元现金。这可不是后世薄薄的6张纸币，最大10元的面值，600元也挺有厚度。出门在外，身上的财物得保管好，刘芬直接在夏晓兰贴身的内裤外面缝了一个口袋……夏晓兰被这藏钱的方式惊呆了，她之前跑业务是经常坐火车出差的，身上却没带过大笔现金出门，都是谈妥了业务双方单位直接汇款。

把600元钱藏在内裤兜里？夏晓兰完全不能接受，她让刘芬在上衣里面缝了两个内衬口袋："钱还是分开放。"

总不会倒霉到两个地方的钱都被摸走吧？

李凤梅没要夏晓兰还的钱，反而又拿出300元塞给她："借你的，不算啥入股。"

刘勇也没留多少钱在家，李凤梅总要留点钱在手里，想了想能动用的就是这300元。出门在外，夏晓兰又是个漂亮闺女，男孩子没钱住宿了可以在桥墩下窝一晚，换了夏晓兰可不行。

夏晓兰也没推辞，多300元，就当舅妈多入股呗。

要出远门，离不开"介绍信"，夏晓兰去找村长开介绍信，邮差正好在送信："有夏晓兰的电报。"

送电报的人把一个信封交给夏晓兰，奇怪的目光紧紧追随着夏晓兰。

民用电报是一个字7分钱，需要发电报的肯定是重要事，精练再精练不过的一句话……第一次送需要信封装的电报！

那得多少字？那得多少钱？没见过这样浪费钱的，邮差觉得可以写信啊！

第63章　电报像信那么厚

真漂亮！邮差没敢多看，本着职业道德，他给出了良心的建议："不是天大的急事，可以写信，信件邮局也会送到乡下。"

夏晓兰接过"电报信",邮差觉得发电报的是冤大头,这么铺张浪费。谁会给她发电报,如此土豪的作风,想也知道只有周诚。夏晓兰来不及看信,就说开介绍信的事儿。

陈旺达听说她要去羊城,脸色有点严肃:"大姑娘出远门,路上会有各种情况,你要警觉点。"

"陈爷爷您放心,我会照顾好自己的。"夏晓兰态度乖巧,陈旺达虽然不赞同,可夏晓兰又不是他家里的后辈,他只能提醒对方,却不能替夏晓兰做主。和陈家关系亲近,开介绍信也没啥困难,夏晓兰要出门儿的事,还不如她收到电报信的影响大。

反正陈家人是知道了。陈大嫂忧心忡忡地对自家男人说:"社会关系还挺复杂啊,咱家儿子老实本分,能降住这丫头不?"

天下当婆婆的心思都差不多,儿子找个普通的媳妇儿吧觉得配不上,找个太厉害的又觉得不安分。陈老大没有那么多弯弯绕绕的心思:"刘勇家的不是在村里说了,要等外甥女考上大学再考虑处对象的事。"

陈大嫂瞪了男人一眼。她原本也想,夏晓兰考上大学,那就能配得上陈庆。眼下不是瞅着夏晓兰好像还有别的社会关系嘛,只要有人争抢,夏晓兰的身价就显得高了。

"你说会是谁给她拍了电报?谁家有钱也不能这样造啊!"陈大嫂人待在家里,心思却飞到了刘家,恨不得把夏晓兰收到的电报抢过来看看。

"晓兰你好,是我。上次一别后,虽然早想再来安庆探望你,却被京城的琐事所累。我十分地想念你,不知你是否有同样的心情。当你见到这封信时,我已经从京城出发前往安庆县的途中,预计会在三天后到达,我依然会住在招待所,希望能见你一面……想念你的周诚。"

周诚这封电报信,洋洋洒洒地写了1000多字。除了约夏晓兰见面,其他都是一些如何思念夏晓兰,如何展望两人未来的"情话"。夏晓兰觉得自己牙根发酸,却也不算讨厌。她以为和周诚只是萍水相逢,这人离开安庆后并无动静,没想到卷土重来时这么高调——周诚那么聪明,如果三天后就要见面,发电报一句话就能说清楚的事儿,大张旗鼓地搞了一封"电报信",七井村的人能不八卦?!

宣告主权,夏晓兰脑子里冒出这四个字。

说啥先当朋友?周诚那人真是心口不一。夏晓兰觉得搞笑,也感到新奇。

她不反感这封高调电报信的原因还有一个,七井村的人如果八卦就最好了,反正他们也不认识周诚。各种猜测总要传到陈家人耳中,夏晓兰对陈庆没有一点男女之情,陈家帮助她们母女很多,她不希望双方关系有裂痕。

舅妈说得对,她需要这么一个"半虚构"的对象来挡挡桃花。

夏晓兰把信装好,带着介绍信回家。电报还不是最重要的,要是没有这封介绍信,她买个火车票都困难,更别说在外地吃喝住行。这时候人们没有身份证,介绍信是唯一能证明身份的东西,上面写着持信人的基本信息、出行目的地。

夏晓兰是豫南省奉贤市安庆县七井村的户籍,出行是"探亲"……七井村连个乡镇企业都没有,总不能说她是去批发衣服,也不是替村里采购物资。

"舅妈,介绍信开到了。"

李凤梅也能认字,仔细看了介绍信,又塞夏晓兰怀里:"你这丫头就是倔!"

李凤梅问夏晓兰啥时候去买火车票,夏晓兰也挺为难:"再过两天吧。"

周诚和康伟救她的事，只有夏晓兰和舅舅刘勇知道得清楚，李凤梅和刘芬都不晓得具体情况。崴了脚载她回来的人情可以用酸萝卜猪肉饺子偿还，从流氓手里救她的人情，又岂是一顿饺子能搞定的。

夏晓兰没有让周诚登堂入室的打算，暂时没和李凤梅细说。

估摸着周诚该到的那天，夏晓兰就带着家里人准备好的干粮往县城出发，准备见了周诚再去商都火车站买票。出门在外，大家都习惯自己带东西，军绿色的水壶和煮鸡蛋，夹着咸菜的烤馍，还有酱卤的排骨。

火车餐不好吃又贵，站台叫卖的食物倒是便宜，但卫生和安全情况堪忧，夏晓兰也觉得自己带干粮心里踏实。因为不知道要耽搁几天，到了县城夏晓兰先去了一趟学校。

李凤梅和刘芬都说要送她上火车，夏晓兰没同意。

她在通过县一中插班考试又获准在家复习后，这是第二次去学校。之前夏长征两口子和夏红霞都还在大河村，"张记小吃店"由张满福和江莲香经营，两口子忙得脚不沾地，有限的精力都用在了如何从小吃店捞钱上，哪有空去留意夏晓兰的行踪。

夏晓兰出入了几次县一中，夏家是一点都不知情。这次她再去县一中，却被夏红霞给瞧见了！

夏红霞在小吃店帮忙，眼睛都快黏在县一中大门上了，那些有希望考上大学的男生，全是夏红霞的潜在目标对象。夏晓兰出现在县一中门口时，夏红霞是第一个看到的。

"她来这儿干啥？"夏红霞瞅着从小吃店门口走过的人，眼里有疑惑也有妒忌。

夏家人以为刘芬和夏大军离婚，母女俩必然是过得十分拮据的，在夏红霞的猜想中，讨厌的夏晓兰如今不说是吃糠咽菜吧，也是寄人篱下辛苦生活。田里有干不完的农活儿，名声又糟糕透顶，应过得比夏家时还惨才对……为啥此时出现在她眼前的夏晓兰，却穿着干净整洁的衣服，气色好，人也很精神，大大方方地来到县一中？！这样的地方，也是一个声名狼藉的人能来的吗？

夏红霞以己度人，觉得夏晓兰应是勾搭上了县一中的准大学生。臭不要脸，没勾引到子毓姐的对象，又找到了新目标！

县一中的门禁是很严的。夏红霞几次想混进去都被门卫识破，人家知道她是小吃店打工的，没让她乱进校园。

夏晓兰呢，学校的门卫根本没拦她！

凭啥她就能自由出入县一中？！夏红霞心里有一股火在烧，嫉妒让她浑身难受，"伯娘，我出去一下！"

第64章 夏晓兰，我抓住你了！

"夏晓兰！"夏红霞冲到一中校门前，冲着夏晓兰招手。

夏晓兰走得快了些，没有听见夏红霞的声音，几步就转弯进了教学楼里。夏红霞跺脚，很不服气地冲着学校门卫嚷嚷："你凭啥放她进去？"

门卫瞅了夏红霞一眼，眼神特别有深意。

大姑娘总往一中的男生身边凑像啥话？马上要高考的男学生，别管谁被夏红霞拿下，都是分了心啊。这样的人，门卫咋会放她进学校搅事儿。

夏红霞被这别有深意的眼神看得又羞又恼。不过她家传的厚脸皮，不会轻易善罢甘休，反像受了大委屈："你就是瞧不起我是农村人，区别对待！你是不是看她长得好看才偏心，我告诉你……"

夏红霞的声音不小，路人都以惊疑的目光看着门卫。

门卫都几十岁的人了，咋能被扣上这样的帽子，看着夏红霞真是讨厌得不行："她是一中的学生，和你不一样。"

一中的学生？打死夏红霞都不信！夏晓兰就不是读书那块料，心静不下来，和子毓姐没法比。

夏红霞坚信夏晓兰是在一中找到了新对象，她可真够浪的，连学校门卫都要替她说谎。

夏红霞最看不惯的人就是夏晓兰，她觉得自己有必要揭穿夏晓兰的真面目："你们都被她骗了，她名声有多烂，四里八乡的人都晓得！这种人都能进学校，我也能进去……"

夏红霞嚷嚷着，恰好有个学校领导路过："咋回事，大门口吵闹嚷嚷，影响学校的秩序。"

校领导是不会骂夏红霞的，人家知道她是哪根葱，这话是对门卫说的。

门卫也很为难，还辩解了几句："于主任，这位小同志整天来学校打转，她就是想进学校，又没有正当的理由，我也不敢放她进去骚扰学生啊。"

于主任厌恶地看了夏红霞一眼："老赵，你要对工作负责。要进一中的，只能是学生和老师。"

安庆县一中不是啥机密单位，一道铁门把学校和外界隔了起来，学校里面待着的是专心学习的未来大学生，哪能像菜市场一般随便啥人都能进出？想要坦然走进去，行啊，考上县一中。

于主任明明没有骂夏红霞，她却像被人扒掉了脸皮扔地上踩。

夏红霞恨恨地想，读高中又能咋样，又不是个个都和她子毓姐一样！

忍住气，夏红霞脸涨得通红，不揭穿夏晓兰真面目不肯罢休。不管夏晓兰是一中的学生还是在学校找了对象，她都要让对方在县一中待不下去："刚才进去的女生，叫夏晓兰的，她生活作风不正派，在乡下……"

于主任眉头皱着打断她："你用啥证明自己说的是真的？"

夏红霞眼睛里都是得意："她是我堂姐，她的事我还能不知道？"

于主任的厌恶不加掩饰，门卫老赵也生气。哪有这样的人啊，就算夏晓兰真有啥不堪，用得着家里的堂妹来揭短？这是家人吗？分明是仇人才对！

仇人说的话不可信，于主任不想和一个脑残浪费时间，丢给老赵一个眼神就走了。

老赵不用再给夏红霞面子，直接赶人："你在前面的张记打杂？再闹事，我就找你们老板反映情况去！"

夏红霞难以置信。她哪句话说错了？明明都是真的，县一中的人却反过来对她不客气，真是见了鬼，是被夏晓兰给喂了迷魂药吧！

夏红霞不忿，她使劲跺脚，跑回了张记小吃店。原本气冲冲地想向张翠告状，眼珠子乱转，又有了别的主意，暂时没提看到夏晓兰的事儿。

张翠脸色也不太好看。江莲香刚才挑拨了几句，说夏红霞眼睛里没活儿，刚才店里的顾客虽然不多，正好她们可以抓紧时间打扫桌子、地面和洗碗，夏红霞倒好，手里的抹布一扔就跑到县一中门口去了。

"干活儿不利索，心眼儿可不少，就是笨得很，心思都写在脸上。"

大姑娘想找个好的对象没错，但吃天鹅肉前，总得看看自己是不是癞蛤蟆吧？你夏红霞长得很普通，没有一技之长，还是农村户口，学历不高，用啥迷住那些准大学生？就算要找个目标下手，也得先打听好哪些是真有希望考上大学的，瞅见每个来小吃店的一中男生都两眼放光……有些性格腼腆的，都被夏红霞吓得不敢进门了。

张翠真想把夏红霞赶走了事。白吃饭，还碍手碍脚，在店里时间长了真的和哪个男生有了不光彩的事，男方家长打上门来，张记还做不做生意了？

"红霞啊，你别有事没事就去校门口乱转，姑娘家本分点好，别和晓兰学。"张翠苦口婆心。

夏红霞胡乱点头，心想夏晓兰好像也没受到啥名声的影响，人家不也混进了县一中吗？

夏红霞等啊等的，一心二用，留意着县一中门口的动静。快三个小时后，才瞧见夏晓兰的身影……一个高瘦的、皮肤微黑的男生把夏晓兰送到门口，夏晓兰冲对方挥挥手，男生依依不舍地返回学校。

夏红霞心里那股火越烧越旺，果然和她想的那样，夏晓兰是在县一中找了新对象。这男生是谁，难道家里很有权力？为啥刚才那于主任和门卫都替夏晓兰说话？

夏红霞决定搞清楚这件事。得，她把抹布一丢，又跑了出去跟踪夏晓兰。

张翠气得胸闷，江莲香忍住笑。姐夫夏长征心眼小，想弄个夏家人在店里杵着，防着她和张满福，但这侄女夏红霞也太不争气了，总打夏长征的脸。

夏红霞像泥鳅一样跑得没了人影，张翠想，不能再忍了，一定要把她送回大河村。

夏晓兰故意慢慢地走。她喜欢用后世的交际套路，礼多人不怪，县一中的门卫老赵也收过她的烟。

老赵刚才对她说，有个自称是她堂妹的在校门口闹事，让她小心一点，又说这堂妹在学校门口不远处的张记小吃店打杂。

张记小吃店？夏晓兰第一次来县一中时就留意过。

店铺位置选得好，生意当然也很不错。夏晓兰当时见了还挺遗憾，原本她曾考虑过开一家类似的店，专卖小吃，就交给刘芬打理。做小吃当然辛苦，但不用承受风吹雨淋，却又比倒卖油渣轻松。如果刘芬开小吃店，倒卖油渣的生意夏晓兰就要收手，她打算把这生意用来还陈家的人情……可惜县一中门口的好位置已经被人占了。

夏晓兰暂时把这想法丢开，安庆县不行，她以后就去商都市或者奉贤市给刘芬开间店。不一定要卖小吃，赚多少钱在其次，主要让刘芬有个寄托精神的地方。

有人从后面拽住她："夏晓兰，我可抓住你了！"

第65章 张记是谁家的生意？

果然是夏红霞。不管是口气还是样子，都依旧那么讨厌。

夏晓兰啪一下打在她手背上，夏红霞吃痛，顿时就松开手："你敢打我？！"

夏晓兰冷笑："你是天王老子不成，我和夏家可没有关系了，你对我态度要是不客气，我管你是谁？"

夏红霞被她堵得哑口无言。

原来在家的时候，夏晓兰就好胜要强，向来与夏红霞针锋相对，两个人经常斗得你死我活。夏晓兰不是软柿子，假模假样撞墙后，好像更无所顾忌。

夏红霞一缩脖子，转念又想到夏晓兰可是有把柄的，她上下打量夏晓兰："你就牙尖嘴利吧，夏晓兰，你现在的对象晓得你的过去不？"

对象？看来夏红霞瞧见陈庆了，把陈庆误以为是自己找的对象。夏晓兰没有解释，她觉得夏家任何人都没有资格让她解释。夏晓兰也不害怕夏红霞乱说话……名声？她的名声已经够烂了。县一中又不是靠名声就能插班的，夏晓兰甚至不用天天在学校里上课，她才不担心别人如何看待她。县一中要的是成绩，要的是明年她能替学校增加一个本科毕业生。

名声？名声又不影响高考分数。

在一群以嫁人来评判女人是否会过得好的村妇眼里，名声是很重要的。但跳出那个圈子睁眼看世界，名声既不会影响夏晓兰赚钱，也不会让她考不成大学。

她看待夏红霞的眼神里有轻蔑，和这样的村姑多说几句话都是浪费时间。

"我的事你还是不要操心了，听说你在张记小吃店打杂？张记……有点意思，我和夏家任何人都不想有牵连，你们但凡还要点脸皮，就不要来招惹我。不管夏子毓将来是不是要带着夏家飞黄腾达，夏家的光我不会沾，如果要来骚扰我，那别怪我翻脸不认人！"

有些人就是二皮脸。夏晓兰对夏家所有人都无好感，她不替原主狠狠报复回去，是现在没有腾出手。夏家人非要自己往她身上撞的话，夏晓兰又不是圣母，总要狠狠收拾这些人。

夏红霞的确是打杂的，但她怎么肯承认？

张记小吃店是个体户经营，打杂工更没有一点体面。但夏红霞不愿意在老对头面前丢份儿，梗着脖子反驳："就是张家的店！你嫉妒子毓姐考上大学，有了好对象，连子毓姐的舅家都能赚大钱……哈哈，你却被赶出去，现在想重新找个对象，把子毓姐比下去？"

果然是张家的店。要没有亲戚关系，谁家能找夏红霞这样懒散的人帮忙。

夏红霞说店是夏子毓舅家的，夏晓兰却想起大娘张翠那朴素的装扮下，一双没啥茧子的手。

张翠在县城照顾夏子毓上学？这店或许就是张翠和夏长征的。

夏晓兰得到了自己想要的信息，懒得再应付夏红霞这个脑残："记住我说的话，你别来惹我，暂时还能相安无事！"

夏晓兰那双我见犹怜的眼睛，竟也有凶光一闪而过。夏晓兰是当过管理者的，不怒而威，她一严肃起来，夏红霞一个17岁的乡下姑娘，也吓得够呛。

"你……你……"夏红霞站在原地"你"了半天，眼睁睁看着夏晓兰离开。

过了好半晌她才回过神来，她明明是要借机威胁夏晓兰，让夏晓兰帮助她打入一中内部的。既然夏晓兰能在一中找到对象，她夏红霞为啥不行？

夏红霞知道自己不如夏晓兰长得勾人，可她清清白白一个大闺女，也不比夏晓兰差。夏红霞站在原地死死咬住嘴唇。夏晓兰眼光可挑剔了，之前看上未来姐夫王建华，现在看上的人也不会比王建华差多少。长得是有点黑，男人皮肤好不好有啥关系，五官是端正的就行，夏红霞努力回想陈庆的样子。

她一定要在那男生面前揭穿夏晓兰的真面目！对方是被夏晓兰蒙蔽了，得知真相肯定会感激自己。一来二去，她和那男生不就有了来往吗？男生让夏晓兰给骗了，自己趁机安慰他……想到两人感情飞快增进，夏红霞忍不住傻笑起来。

夏晓兰现在对张记小吃店倒是挺好奇的。在大河村这种地方考上大学虽然罕见，但却是能想象的事。如果张记小吃店是夏子毓她家开的店，事情就很值得人玩味。看那客流量，这样一家小吃店，刨去各种成本，一个月咋说也要赚四五百元甚至更多。

夏子毓父母一个月就能赚到农村家庭一年才有的收入，一年几千元，夏子毓读大学哪里用得完？

不过这家人都太有心机，明明手里有钱，却要搜刮夏家其他人的家底。

最傻的就是原主的父亲，真的把家底都掏出来贡献给别人。

不分家，谁不藏私？夏长征和夏红兵，真的就只能出100多元钱？

张记小吃店就算不全是张翠和夏长征的，两个人也肯定是老板。

小吃店这行的准入门槛低，但真正要上手，短时间内也无法办到。农村人出来搞小买卖，别管夏家还是张翠娘家，都没有那么厚的本钱把店开成这样……必然是经过一段时间发展壮大的。那最初是谁的主意呢？就算是夏晓兰，最初也没想要搞小吃店，直到她倒卖鸡蛋，最主要的买主就是安庆县农机厂和肉联厂的工人，夏晓兰想经营小吃，也是打算从肉联厂弄点便宜的下水出来。

肉联厂的平价肉不好搞，可每天要屠宰那么多猪牛羊，猪下水、羊杂、牛杂应该能买到。下水也是荤腥，好好收拾一番滋味不比肉差。

这年头家畜的下水还没有后世那么受欢迎，价钱并不贵——别人比她先想到这个点子，夏晓兰最多有点遗憾，并不会太在意，反正她知道的赚钱门路那么多，再挑一个就行。可要是被夏子毓家抢先了，夏晓兰就不太舒服了。她又不是圣母，难道要恭喜夏子毓全家生活富足？！

生意可能是从夏子毓考上县一中，张翠到县城陪读就开始了。夏晓兰走到了经常去吃面的黄婶子摊位，要了一碗面，假装不经意地打听起张记的事。都是同行，她觉得黄婶或许知道点情况。

果然一提起"张记"，黄婶就打开了话匣子，语气里全是羡慕："现在生意做大了，最早也是在街上摆摊的，一个农村的女人独自经营个小摊，两三年时间，人家从街上摆摊的开起了大店面，还把娘家兄弟都带出来赚钱……"

张记就是黄婶奋斗的目标，对于张记的情况，她如数家珍。

夏晓兰笑眯眯地吃着面，印证了自己的猜测："张记"是张翠开的，不是夏子毓舅舅家的生意。

第66章 又见周诚

不知道夏老太是否知情？看样子应该不清楚。也有可能是知道的，那就更可恶了。张翠赚的钱不少，夏老太还要压榨其他人的利益，夏子毓是亲孙女，难道别人是路边捡来的野草？

夏晓兰吃完面去结账："婶子您的手艺也好呢，没想过要把生意做大点吗，从面摊变成面店？"

黄婶咋不想！黄婶的面摊一天也能赚点钱，不过和"张记"比起来还差得远。

黄婶想和夏晓兰掰扯几句吧，又咽下一些话，只含糊道："开店要本钱，店面也不好租，这事儿难办呢……"

夏晓兰了然，继续说下去不过是交浅言深。她心里有个想法，此时自己都还没赚够本钱，给"张记"捣乱的事不能急。夏晓兰有个预感，夏家那些极品是不会让她轻轻松松奔向新生活的，那就各自斗法，大家走着瞧吧！

在学校耽误了半天，又在黄婶面摊吃了午饭，然后夏晓兰才往安庆招待所走去。如果今天碰不到周诚，她不会一直等，只有先去羊城。

夏晓兰远远瞧见那辆熟悉的东风汽车，不由得露出了笑容。

周诚等了小半天了，好几次都想直接跑到七井村去找人，不过夏晓兰可能也不在村里，他只能按照电报里约定的在安庆招待所等。耐心将要消磨殆尽时，夏晓兰终于出现了。

周诚贪婪地望着她，从头到脚，夏晓兰的任何地方他都喜爱极了！

"晓兰！"周诚大步走上来，大庭广众下他不能狠狠将她拥入怀中，"你总算来了。"

夏晓兰冲周诚笑，她不知道自己喜不喜欢周诚，但周诚长得赏心悦目，纵观夏晓兰周围的同龄异性，谁也不如周诚讨人喜欢。周诚是个坦荡的人，毫不掩饰自己的热情，他是有点邪气，但却不猥琐……这样的人如此热诚地示好，夏晓兰难以讨厌。

"周大哥，你们到了很久了吗？"

周诚摇头："刚到一会儿。"

康伟提着午饭回来恰好听见，很是服气诚子哥睁眼说瞎话的本事。

刚到一会儿？明明已经等了四五个小时了，连夜开车往安庆县赶，到了招待所却舍不得去房间补觉，非要守在车上，生怕错过夏晓兰的来访！

"晓兰嫂子，我带了午饭，一起吃点？"康伟直接叫上了嫂子，夏晓兰瞪他一眼，软绵绵的眼神没啥威力。

"原来你们还没吃饭？先吃东西吧，我是吃了才来的。"

周诚想，康伟这个没眼色的，这时候他哪有吃饭的心思。不过等饭盒真的打开，食物的香气往鼻子里钻，周诚也觉得饥肠辘辘的。他们以招待所一楼的茶几当饭桌，周诚一边吃，一边抬头看夏晓兰，看着喜欢的人，康伟随便买回来的食物连味道都提升了！

夏晓兰等他们吃完，才说了自己的打算："我过会儿就要去火车站买票到羊城，要没有收到你的电报可能前两天就走了，你们这次还是路过安庆的吧？"

刻意等了两天，没让周诚扑空，对夏晓兰来说已经是很重视对方的表现。让她继续待在安庆县尽地主之谊，并不太合适。

周诚一顿，转而又露出笑脸："你去羊城进货？"

他是想在安庆县待两天再南下的，没想到夏晓兰抽不出时间来。只短短见一面实在难解周诚的相思，他当然是很霸道的一个人，但并不笨……占有欲还不适合现在表露，周诚能感受到夏晓兰性格里的认真，她长得娇娇弱弱让人不由自主地想保护，其实很有主见。特别是要干正事儿的话，周诚并不觉得自己在夏晓兰心目中的分量会更重要。起码目前是如此。

周诚的判断是对的！

康伟张了张嘴想说啥，夏晓兰只当没瞧见，周诚的态度让她比较满意，也感觉相处起来很轻松："嗯，想去羊城进点女装回来卖。"

她说这话时，没有得意和炫耀，可整个人却是有光彩的。

康伟想，诚子哥瞧上的人真会折腾。不久前还在卖鸡蛋，后来又倒卖黄鳝，如今胆子更大，已经想独自一人南下到羊城进货——做那些小生意有几个赚头？康伟想不明白，夏晓兰难道瞧不出诚子哥有多喜欢她吗，只要她一开口，诚子哥连他们这车货都舍得整个送出去！

这车货的价值，夏晓兰靠自己折腾，不知要赚多长时间呢。真财神在面前，夏晓兰硬是不拜，康伟也是服气得要命。

康伟想到的，周诚咋会不懂？

周诚早就开过口，他一点也不舍得夏晓兰辛苦。但夏晓兰显然自个儿乐意，他喜欢的人有骨气，周诚是既心疼又佩服。一时的心动，不过是对皮囊的喜欢迷恋；长久的喜爱，不管男女，必然是身上有着让对方心悦的闪光点。

"女装……你这么快就攒够本钱了？"

"不算多，不过第一次进货也是尝试，看看市场反应吧。"

第一次去商都市农贸市场，夏晓兰就瞧上了这门生意。周诚对夏晓兰的情况很了解，母女俩从夏家被赶走，不可能分到啥钱财，所以夏晓兰才会挑本钱少又辛苦的生意……和倒卖鸡蛋、黄鳝比起来，跑去羊城批发女装，显然需要更多的本钱。

夏晓兰应该是攒下了一笔货款。

鸡蛋和黄鳝的利润如何，周诚都看在眼里。两人才分别多久，夏晓兰肯定是连轴转在辛苦赚钱，怪不得这次瞧着人又瘦了点。

"我们其实也要去羊城，不过你不太适合和我们一起走。你火车票买了没，准备几时出发？"

就算原本不去羊城，周诚也非得跑这么一趟。他当然愿意让夏晓兰坐在副驾驶座位上，两人结伴而行。但他和康伟运货的途中充满了未知的危机，让夏晓兰坐火车南下更安全。

"我想今天出发，如果还能买到票的话。"

哪有人有计划出远门，却过了中午还没去买车票的？周诚心里高兴，这是想见他一面才等到现在的。夏晓兰的话很正经，周诚的心思不正经，朴朴实实的话被他听出了蜜糖味。

他的声音里也像裹了半斤蜜："走，我陪你买票去，今天没有票也不急，可以在招待所休息一晚再出发。"

第 67 章　猝不及防牵了手

在 1983 年要出远门并不方便。

商都和羊城相距 1000 多公里，要说两地直达的车，一天都不见得有一趟。但羊城是南方大城市，商都是中原铁路枢纽，除了直达车，还有始发站不是商都的过路车可以选择。

商都的铁路运输很发达，安庆县却没有火车停靠的站台。安庆县和商都距离近，两者之间要有火车的话，夏晓兰倒卖东西可方便了，哪会依靠自行车，短途火车票又不贵，贵的是长途火车票！

周诚开车带夏晓兰去商都是很快的，作为中原铁路枢纽商都火车站，和后世的大火车站比起来当然显得寒酸，不过人挤人的拥挤，只会比后世更厉害。再过 30 年，人们选择出行的方式更加多样化，公路发达，私家车的保有量很高，更有廉价的飞机票为长途出行提供了便利。

周诚让康伟留在车上，自己和夏晓兰进站。

扛着大包小包挤火车，拖家带口，拴着翅膀和脚的家禽嘎嘎乱叫，不时将粪便喷向地面或者是哪个倒霉鬼的鞋上。吵架的、傻乎乎往前挤的、正在被骗的、想要偷东西的，火车站能发生任何事，这里也聚集了各种奇怪的味道——家禽的粪便味儿、人身上的汗味儿、老烟枪的臭、随身携带咸菜的酸闷……夏晓兰屏住了呼吸。

周诚护着她，怕她被火车站那些混混占便宜，又担心她被地面的果皮滑倒。明明都快 11 月了，挤到售票厅时，还热出了一身汗。

有人抱着孩子从夏晓兰身边挤过，敦实的身材差点把她撞倒。夏晓兰一个趔趄，周诚扶住了她的胳膊。

"跟紧我，别丢了！"本来是拉着胳膊的，很自然就变成了拉着手。

夏晓兰的手算不上养尊处优的那种细腻无骨，但周诚又没牵过其他女孩儿的手，他根本无从对比。他只知道自己的手能将夏晓兰的手包裹住，手的触感很好，他的整个人都飘在半空中……四周的环境吵闹纷杂，周诚能在一片喧嚣中听到自己的心跳声。

咚，咚，咚咚咚……这声音像军鼓，鼓点越来越密集，震得周诚目眩神迷。

身体别的部位的感受已模糊弱化，唯一剩下的就只有他和夏晓兰牵着的手。炮弹在身前爆炸都能冷静的周诚，此时此刻却被身体分泌出的肾上腺素掌控了意志——爱情是啥？周诚不知道，周诚就觉得自己被无上的愉悦攻陷了。

只是牵个手而已。又不仅是牵个手。

夏晓兰有点不自然，周诚的动作却那样大方。他的手心有了薄汗，原来周诚在紧张，意识到这一点，夏晓兰也由坦然变得紧张了。

她空有心理年龄，在男女关系上也并不是啥老司机啊，前几段感情无疾而终，纯粹的喜欢，夏晓兰自己同样很陌生。周诚胆子不小，当机立断地抓住了牵手的机会，可他又紧张到手心冒汗。大胆而纯情。到底哪个才是周诚，夏晓兰心中同样泛起了异样的情绪。

周诚拉着她挤进了售票处："同志，今天还能买到去羊城的火车票吗？"

"商都去羊城？下午 6 点的票有，介绍信拿来。"

夏晓兰要拿介绍信，被周诚握着的那只手动了动，周诚十分不舍地放开，体会到了怅然若失的感觉。

售票员又把夏晓兰的介绍信递出来："硬座一张票 25.6 元。"

"没有卧铺？"从商都到羊城要 30 多个小时，硬座太受罪，周诚想让夏晓兰在路上舒服点。

售票窗口挤得要命，售票员脾气也不好："只有硬座，要不要？不要就下一位！"

卧铺？这年头铁路资源很紧张，每趟火车上的卧铺位置不会太多，没点关系想买到卧铺票无异于痴人说梦。

"同志，麻烦一张硬座。"夏晓兰直接把钱递进了窗口。

硬座已经比她预期的要好，30 多个小时，急着办事儿的人连站票都肯买！站票要比硬座便宜很多，夏晓兰买硬座去羊城已经是很奢侈的行为了……一张车票 25.6 元，抵普通职工大半月的工资!

售票员收了钱,递给夏晓兰一张车票。

周诚也没说啥,刚才的暧昧气氛是可遇不可求的,他又护着夏晓兰挤出车站。

火车站很乱,康伟一步都没离开货车。

"买到票没?"

"到羊城的硬座,下午6点的车,还有两个多小时开车。"

"咋买了硬座?"康伟和周诚多有默契啊,他把手放在肚子上,"幸好你们回来了,看着车,我要进站上厕所。"

康伟一溜烟不见了,又剩下夏晓兰和周诚两个人。

周诚打开车门:"晓兰,你也上车来,我有点东西要给你。"

周诚给夏晓兰展示的是个小电筒。这电筒和那些装电池的铁皮大电筒不一样,它更小巧精致,高级的黑塑胶外壳和方形外观让它显得科技感十足。

"这是?"

不会吧,现在就有这东西了?夏晓兰有个猜测。周诚没有把电筒马上交给她,而是给她示范怎么操作:"这儿有两个按钮,绿色的按下去是正常光,红色的是高压电流,直接接触人的皮肤,三秒钟以内能电晕一个成年人……用过之后要记得把电充满。"

这是啥手电啊,分明是电击器!已经和夏晓兰印象中后世的防身电击器很像了!

现在的技术有这么先进了吗?夏晓兰的吃惊没有掩饰。

周诚还以为吓着她了:"不要怕,握着手柄使用,不会电到你的。"

这东西当然不是民用技术,周诚要搞到它,也需要很大的关系。就算是退役淘汰的设备,堆在库房里发霉可以,流落到外面绝对不行。

1983年,安庆县的民兵可能都还装备着枪械武器,像这样的电击器,省厅的公安干警也不会给配,人们更熟悉的还是原理相似的电击棍。电击棍带在身上就太明显了,夏晓兰要是一直拿在手上,防身不防身另说,她必然是第一个要接受公安盘查的可疑人员。

夏晓兰拿在手里,小巧的电击器,是周诚沉甸甸的心意。

"沪市那边今年夏天开通了第一个传呼台,有种能即时联系的工具,小小的像香烟盒子那么大,如果豫南这边也开通服务台,我俩就能随时联系了……"

沪市已经有传呼机了?!

第68章 晓兰,羊城见

夏晓兰知道1983年处处在变革,后世智能手机成了大众装备,可眼下,老旧的传呼机才刚刚出现在市场……夏晓兰回过神来,也有点憧憬:"好用的联系工具,豫南省这边肯定也会推广,我想明年能搬到市里去的话,可以申请安装座机。"

通信不及时是件很麻烦的事,夏晓兰现在的生意小,受到的影响还不大,她不会一直住在七井村,因为农村的交通和通信更加落后。

夏晓兰自然很清楚通信工具将来会如何进步。周诚和她交流没啥障碍,尽管周诚说的是刚刚兴起的"传呼机",夏晓兰也能接住话题!他不知道夏晓兰为啥会懂,两个人交流起来很顺畅,这让周诚心情更好。而且夏晓兰还和他提了想要搬到市里的打算,这是不是在和自己商量未来？

周诚自己最近的生活在电报里交代清楚了，他也想了解夏晓兰这边有没有发生啥事。张二赖和那三个流氓被判刑的事周诚已通过别的途径知道了，听到夏晓兰打算参加明年的高考，周诚的心情有点异样。

晓兰想上大学？难道和王建华有关？

周诚努力回忆王建华的样子，北方人个子普遍较高，五官也很端正，但要说帅气、英俊，任谁来看都比不过周诚。

"你想考哪里的大学？"

"京城或者沪市吧，还要看明年高考后的成绩来确定。周大哥，你不会觉得我不知天高地厚吧？"

京城有王建华，但周诚家也在京城。

周诚鼓励夏晓兰考取京城的大学："你很聪明的，愿意考大学就考，别给自己太大的压力，也要注意身体，别让自己太累……考京城吧，首都的学校还是不一样的。"

周诚说的是实话，顶级的高等学府在京城。分配工作时也有更好的机会，他觉得夏晓兰挺适合做生意，南方的经商风气更开放，但在京城也不是寸步难行。何况两人会有更多的相处时间，周诚很看重这点。

他家晓兰太漂亮了，周诚担心会有其他人争抢，自己的媳妇儿放在眼皮底下才放心！

他媳妇儿就是厉害，现在都能考400多分，明年考大学有啥问题？周诚十几岁就参军，他没有像康伟那样瞧不起京城师范学院，在师资条件不好的小县城能考上大学挺厉害的，可若说一个"京城师范学院"就让周诚这样的人心动，那显然不可能。

周诚自己没考过大学，对这方面的事漠不关心，现在夏晓兰要考，他觉得自己能帮忙打听一下，这事儿被他记挂在心上了。知道夏晓兰是第一次出远门儿，周诚给她讲了一些火车上的注意事项，夏晓兰虽然早已知道，但这份情不能不领。

"肚子痛"的康伟终于回来："办好了，诚子哥。"

看着夏晓兰疑惑，周诚轻描淡写地解释了两句："我让康子托人把你的车票转成了卧铺，看来这趟车还有卧铺票。"

康伟想，费了多大力啊！他把电话打到京城，找了不少人才拿到了一张卧铺票，诚子哥不说表表功吧，还无视他的付出……就像张二赖那事，明明是他和周诚把事暗中做好的，夏晓兰至今都不明白其中的缘由吧？

找对象，当然要对自己的对象好。

康伟要有女朋友，也不会对人家女同志不好，但好和好是不同的，不把自己的付出摆在台面上，女朋友咋会喜欢他？

康伟想不明白。可夏晓兰并不真的是18岁村姑。人情世故方面，夏总是懂的。把她的票由硬座换成卧铺，需要多大的权势不好说，这种事托人情必须找到关键的人，认识别的人没用，得是铁路线上的人。但康伟和周诚不是商都人，别管找的是谁，都要辗转花费很多精力的……周诚说得轻描淡写，夏晓兰却再次感觉到自己在被人讨好。

周诚哪里学来的招数，这人真的太容易讨女孩儿喜欢了。

反正夏晓兰一点都不讨厌周诚，有人对她这么好，长得帅且不猥琐，她真的很难去讨厌。

夏晓兰的眼睛本来就格外水灵，心绪稍微有点变化，越发含情脉脉。

康伟觉得哪里不太对劲，作为一条触感灵敏的单身狗，他察觉到了眼前这两人之间气氛的变化。

搞一张卧铺票这么重要？那他也算帮上诚子哥的忙了吧？

连康伟都喜滋滋的，周诚作为当事人，更能感觉到夏晓兰态度的微妙变化，这种时候，他要是不乘胜追击，岂不是太傻！

"晓兰，我知道你很聪明，不过出门在外带着一万分小心都不过分，商都到羊城的火车大概有30多个小时，你比我们开车要先到羊城。我看能不能在当地给你找个向导，让他先带你熟悉下情况，我到了羊城再和你会合。"

周诚还没找到合适的向导，但他笃定自己在火车到达羊城前能解决这个问题。

夏晓兰点点头。去羊城进货实在太远了，她是没瞧上商都批发市场的衣服，羊城那边的款式应该是全国最新颖的，夏晓兰宁愿多花点钱，也要实地考察下。南方的经济环境更开放，她现在是倒卖点服装，却也不仅限于倒卖服装……夏晓兰本来还有别的打算，眼下周诚掺和进来，她倒不好半路去干那件事了。

她心中急切，同样也近乡情怯。下一次，那就下一次再去查证。

周诚和她说了向导要如何联系，五点半时，他先带着夏晓兰去把硬座换成了卧铺票，又把夏晓兰送到站台。夏晓兰带了在火车上吃的东西，周诚还给她买了一兜梨和大枣，豫南省的枣子挺好吃的，梨也是生津止渴的水果，带上火车再合适不过。

"晓兰，羊城见。"一路上把夏晓兰送到卧铺位置，火车要开动了，周诚飞快地给了夏晓兰一个拥抱，呼出的热气就落在她耳边，明明是再正经不过的分别，周诚的声音却挺激荡。

他似乎怕夏晓兰生气，自己跳下车，隔着车窗对着夏晓兰挥手。

夏晓兰发誓，周诚的眼睛里有狡黠和得意——这人，这人是在撩她吧？

第69章 人贩子？

周诚同志今天有点过分呀。牵手杀和拥抱偷袭，做起来一点都不生疏。

火车汽笛长鸣，周诚跟着人群走了几步，身影慢慢被启动的火车甩远消失。看见周诚的脸吧，痞里痞气的，突然不见了，夏晓兰又有点怅然若失。康伟给夏晓兰换的是一个下铺，不用爬上爬下，休息时最舒服。

从硬座换到卧铺，让夏晓兰少了很多麻烦。能买上卧铺票的，别管啥来历，至少都有点关系，这里也是乘务员会重点关注的地方……对夏晓兰这样年轻漂亮的女孩儿来说，安全是首先要考虑的。更何况，卧铺已经是火车上顶级的享受，她哪里还会嫌弃！

等夏晓兰的火车开得老远，周诚才离开站台，他在梳理自己的人际关系，看在羊城有啥值得信任的人。想来想去，有个战友是羊城人，他也许能想想办法吧。等周诚终于把一切都联系安排好，出车站时已经晚上9点了。

康伟蹲在货车旁打着哈欠，一下子蹦起来："诚子哥，嫂子的事都办好啦？"

周诚点头："辛苦你了，今天托了谁帮忙？"

"我姑有个同学在豫南铁路局工作，就一句话的事，辛苦啥呀！"

康伟自己不甚在意，周诚却要领这个情。康伟是遗腹子，在康家的地位很特殊，康家老两口偏爱康伟，其他人对他的态度却有点复杂，家里叔叔和姑姑们工作都很不错，但康伟很少向他们开口求个啥。

"回京城了好好谢谢你姑，事情虽小，她还是关心你的。"

康伟不太愿意，不过周诚从来不乱说话，也不会害他，康伟决定听周诚的。康伟不情不愿地点点头，周诚拍了拍他肩头："走，吃点东西就上路，这一趟要跑羊城那边，时间紧，路上我们哥俩就要辛苦了。"

原计划是从京城到沪市，路线是跑熟的，哪里装货哪里卸货，中间停在哪几个大城市都有计划，他们这一车货是随卸随补，原本也没有要去羊城的打算。这门生意特别赚钱，利润高风险大，京城到沪市的路线是被周诚给安排好了，羊城那边却并没有。

康伟挺迟疑："去羊城，咱不算捞过界吧？"

"天塌掉有高个子顶着，羊城那边有羊城的生意，你嫂子就是受限于本钱和关系，但她做生意的眼光比你强多了。"

康伟不相信，周诚也不多解释。有的事要长远看才能看到效果，周诚觉得夏晓兰很聪明，但聪明和精明是两回事，前者让人佩服而后者令人讨厌。

给聪明人一个舞台，她能蜕变成啥样？周诚期待着那么一天，又感到无形的压力……他对夏晓兰的占有欲，从第一眼看见就认定这是他的女人，男人就该要比自己的女人强，才能替她遮风挡雨！

夏晓兰会蜕变，周诚要求自己也要更优秀。

夏晓兰从硬座换成了清静的卧铺，到底还是被人给瞄上了。

卧铺车厢特别安静，乘客们相互不打搅，夏晓兰床铺对面坐着个知识分子模样的中年男人，戴着眼镜看报纸，就算夏晓兰长得漂亮，人家也仅仅是多看了两眼，没有骚扰她。

相安无事的夜晚过去，她自己带的水喝完了，车厢里有能接热水的地方，在那里夏晓兰就被一个胖胖的中年女人搭讪了。

胖女人长得慈眉善目，穿着猪肝红的呢大衣，一张脸搽得白白红红，还描了细细的眉毛，她睡眼惺忪地来接水，嘴里还骂骂咧咧的，等夏晓兰一转身，胖女人陡然就精神百倍了。

漂亮！世界上漂亮的女孩子不少，可十分的漂亮里总有几分是靠衣服和化妆包装的，夏晓兰不是，她这张脸完全是天然的动人。娇滴滴的，五官还妩媚，胖女人再看夏晓兰包裹在衣服里的惹火身材……这趟车上居然还能遇见一个如此的美女，之前咋就没发现呢？

"大妹子，热水没接上？要不我们换一个车厢去接，我一见你就觉得投缘，坐火车无聊，陪大姐说说话？"胖女人热情极了，夏晓兰长得漂亮，穿着却普通，胖女人估计这是一个第一次出远门的年轻闺女。

有没有别的人和夏晓兰一路同行？这是胖女人首先考虑的问题。不要紧，只要夏晓兰和她一搭话，慢慢就可以套出来。

无事献殷勤非奸即盗，男的对她热情还能说是好色，中年妇女对她热情呢？

夏晓兰果断拒绝："不用了，我过会儿再来接水。"

"哎，大妹子，我说这位小同志……"胖女人不依不饶，追了几步，发现夏晓兰钻进了卧铺。胖女人在原地跺脚，穿得像个穷鬼，没想到却买得起卧铺票。她也不吝惜多出点钱坐卧铺，可惜没那关系买到卧铺车票。

胖女人拿着空水壶挤回自己的座位，有个瘦瘦的男人特别不耐烦："大早上跑哪里去了，快饿死老子了，拿钱来买点早饭吃！"

"吃吃吃，你就晓得吃……"

这车厢没有卧铺车厢安静，胖女人和瘦男人不过是一对最寻常的、吵吵嚷嚷的夫妻。

没有人会特意注意到他们的谈话，胖女人把水壶扔在桌上："死鬼，我刚才遇到个特别漂亮的年轻女娃！"

男人眼睛一亮，不由得坐直了身体："在哪儿？方不方便……"

是不是一个人出来的，如果不是，同伴中有没有身强力壮的男性，能哄骗上钩让她乖乖跟着他们走最好，实在哄骗不成功，他们也能制服一个年轻的女娃，只要对方是一个人出行！

胖女人有点不高兴："她警惕心太强了，看老娘的眼神像看一坨狗屎！"

等落到她手里，别想有好果子吃！胖女人愤愤不平。

胖女人哪能一次就放弃呢，夏晓兰不搭理她，她就把自己收拾得妥妥当当，描眉搽脸，头发梳得仔细，还戴上金链子。乍一看，是个有身份有钱的女人。然后就去两个车厢连接处等着，夏晓兰总要喝水和上厕所的，不可能一直躲在卧铺车厢不出来。

等到快中午，胖女人腿都站麻了，终于看见夏晓兰来上厕所。

胖女人挤上前，抓住夏晓兰的胳膊："欸，你这丫头，就算我两句话没说对，你也不用发这么大脾气吧？走走走，跟姐去那边坐，咱俩把误会说清楚。"

这种以退为进、强行道歉的手法，胖女人运用得十分熟练。如果旁边人都误认为夏晓兰和她是认识的，事情就好办了！

这话本就说得含糊，一般人都不太好解释，特别是年轻女孩儿陡然面对这种态度时，很容易被胖女人的思路带歪。

夏晓兰发现对方握着她手臂用了很大力气，她顿时特别大声地反问道："我不认识你，你三番两次地和我套近乎，你该不会是人贩子吧？！"

第 70 章 只买贵的！

接一杯热水都能碰见人贩子，夏晓兰觉得自己挺倒霉。

这女人想干吗？夏晓兰才不会忍下一切和对方周旋，她没那工夫，直接问她是不是人贩子，胖女人羞恼不已，要把夏晓兰拉到一边："走走走，我们找人理论去！"

"你就是人贩子！"

夏晓兰力量上不敌胖女人，她另一只手已经摸到了周诚给的电击器。正准备给胖女人来个狠的，这时周围的人开始议论起来，还有人上来劝架。

"大姐，人家小姑娘好像不认识你呀？"

"你抓着人家胳膊不放干啥……"

"不会真的是人贩子吧，听说火车上有专门偷小孩、骗女人的人贩子，遇见年轻女同志就说要介绍到南方去赚大钱，结果是把人卖掉！"

"乘警呢，快去叫乘警来。"

反正不能被拖走，夏晓兰对这些劝架的人也挺警惕，她不能确定其中有没有胖女人的帮凶。

胖女人也不说她和夏晓兰是否认识，就是撒泼要求夏晓兰道歉："你说谁人贩子？小小年纪随便诬赖人，不是个好东西！"

夏晓兰被她烦得要死，没有当众拿出电击器，却狠狠踢了胖女人小腿一脚。小腿骨的疼痛感很强，胖女人一下就松手了，她又要去抓夏晓兰，夏晓兰已经大喊着"抓人贩子"，趁机逃出了众人的包围圈。

"你站住！"

乘警来了，被那个没和夏晓兰说过话的戴眼镜的中年男人带来的。中年男人背着手，说话特别有气度："同志，我们买了卧铺票求的就是安静，这女人吵吵闹闹的，可能真是人贩子。"

这是在火车上，想跑都没地方，胖女人顿时就没有了嚣张气焰。

不过她仍有些色厉内荏："你们说谁是人贩子？你们都是一伙的，污蔑好人！"

是不是人贩子，查证一下就知道了。夏晓兰先把自己的情况讲了，介绍信也交给乘警验看。

"我早上接热水时遇到她，她就缠着我问东问西，刚才硬是抓住我不放，警察同志，我真不认识她，也不想和她有啥交往。"

胖女人自然要替自己辩解。

没啥证据，乘警也只能把胖女人批评教育一番，警告她不许再接近夏晓兰。

"有啥了不起……"胖女人嘀咕着，狠狠瞪了夏晓兰一眼，垂头丧气地溜回自己的车厢。

乘警盯得太紧，胖女人和她男人在下一站就提前下了车。

这并不是夏晓兰的胜利，她只是侥幸逃过了一劫，可谁知道会不会有其他人被胖女人骗呢？

"谢谢您。"夏晓兰回卧铺车厢后，主动打破沉默，向戴眼镜的中年男人致谢。

对方拿着报纸，点点头，但没说话。

本来也是萍水相逢的旅人，火车旅途中短短的相处，帮忙叫来乘警就是有正义感，这人气质不同于一般人，可能是个有身份有地位的。

人家不想多交谈，夏晓兰也不惹人嫌。不过她再吃东西时，就把带着的食物都放到了靠窗的小桌上："您尝尝？"

中年男人根本不理会散发着香味的卤肉，怡然自得地吃着火车餐。

夏晓兰确定了，人家是真不愿意搭理她……好吧，算了吧。

经过胖女人一事，几个车厢三教九流的人都知道了夏晓兰的厉害，再没有类似的事儿发生了，第二天早上，夏晓兰平安到达羊城火车站。

有个黑黑的女人，高举着木牌，上面写着"夏晓兰"。

夏晓兰挤过去："同志你好，我就是夏晓兰。"

女人咧开嘴笑，一口白牙很醒目："我哥让我接人的，他说周诚请他帮忙。"

夏晓兰又问了几句话，和周诚约定的答案都对得上号，这女人的确是周诚请来的无疑。

"我姓白，叫白珍珠，我是 1962 年生的人。"

这就是比夏晓兰大 3 岁，今年 21 岁的那个人？名字和肤色一对比，都让夏晓兰不得不印象深刻，羊城这边的日照足，女孩子的皮肤不如豫南省那边白皙，白珍珠也看上去比实际年龄更大。但周诚找来的人也有她的长处，话不多，却也不冷落夏晓兰。

白珍珠性格有点像男孩子，力气也很大，夏晓兰说自己是来羊城批发女装的，白珍珠直接就带她去了火车站旁边。

批发市场总不会离火车站太远，这是符合市场规律的，大宗的货物需要靠火车运输。

在今后很多年里，羊城服装批发市场的货品量都占据全国市场的 50% 以上，各省的服装批发市场大多从羊城拿货，很多都是一手货源……然而后人尽皆知的几个大服装批发市场还没有被统一管理，没有高楼大厦、没有路牌指引，白珍珠给夏晓兰找了个招待所，下午带她去了有名的西湖夜市和黄花夜市。

大棚式的摊位随便挂了盏电灯照明，更多的是路边摊，地上铺着花油布，衣服就那么一堆堆冒着尖。进货的人根本连看都懒得看，抓起衣服就往蛇皮袋里装。

"全部 5 元一件，快来选，快来看！"

"西装裤 8 元！"

"秋装外套……"

此起彼伏的声音，扰乱着心神。夏晓兰并不急着下手，一家家看过去，她提着的袋子里一件衣服都没装。白珍珠紧紧跟着她，怕她被当地人欺负。白珍珠是典型的羊城人长相，一开口就是浓浓的地方口音，谁也别想轻易糊弄她。

夏晓兰瞧不上那些特别廉价的衣服，要进那些货，她实在不必跑这么远。

把所有的摊位都看过一遍，夏晓兰才选中了两个摊子。同样是搞批发，这摊子没把衣服胡乱堆着，一件件挂起来，大概是熨烫过，衣服看起来特别有质感。

夏晓兰轻轻摸了摸衣料："老板，这件多少钱？"

"你要零买还是批发？"

"批发！我不只要一件的。"

"批发 13 元，零售就 16 元。"

别的摊位这样的一件圆领毛衣只要几元，这家却要 13 元，批发价就贵了一倍。白珍珠拎着衣服："别把我们当外地人宰！"

老板呵呵笑，夏晓兰摸着毛衣的面料，这衣服用的毛线更软和，领口那里有一圈蕾丝花边，用透明的线缝着彩色的珠子……这样的毛衣，商都市的女人们会喜欢的，贵点也无妨。

"有哪几个颜色，我每个颜色带两件。"

红色、白色和黑色是主打色，夏晓兰很喜欢这款式，连姜黄色都拿了两件。掏出真金白银来进货，老板也笑脸迎人："你这妹子爽快，我这里还有新货！"老板从摊子下面拽出一个大口袋，从里面拿出所谓的新款。

夏晓兰把衣服抖开铺平，果然很漂亮，白色和绿色的线织成了枫叶图案，领子也是翻领而不是圆领，这样的衣服现在还能当秋衣穿，天气再冷就穿在里面。

的确是不愁卖的款式。

夏晓兰觉得绿色的最好看，其次就是天蓝色，这水汪汪的蓝更娇嫩活泼，与沉闷的

"国防绿"和"蓝蚂蚁"是不同的感觉。

80年代的女人们不是喜欢穿工农色，而是市场没给她们提供更多的选择，夏晓兰专门挑颜色大胆新奇的款，她相信这样的衣服能卖出去。

喇叭裤也是奇装异服，1978年，《望乡》和《追捕》两部日本电影十分风靡，也让"喇叭裤"进入年轻人的视线。大胆和不正经？年轻人从心底渴望不平庸，他们需要不一样的装扮来彰显自己。商都市有人会接受这种新潮。

夏晓兰果断出手，拿了几条喇叭裤。感谢这时候的人身材普遍苗条，一个款她最多带两个码，大部分顾客都能把自己塞进小码和中码的衣服里。穿XL码以上的，要不就是胡吃海喝不缺钱的主，要不就是喝凉水都会胖的体质。

第71章 周诚失约

夏晓兰扫了两大口袋货。

白珍珠力气特别大，帮她扛到了招待所。夏晓兰第一天选的全是毛衣和裤子，外套她不敢进太多，好的外套价格贵，豫南省的冬天也比羊城冷。薄外套不顶事，夏晓兰准备下一趟再进厚外套。

她带出来900元，一次性就花掉了500多元。除掉来回车费和食宿，她还能动用的钱不超过300元。剩下的钱，夏晓兰准备进几件好点的呢料大衣，成本虽然贵，但每件衣服卖出去赚的也多。

夏晓兰要请白珍珠吃饭，这姑娘原先不同意，不过夏晓兰执意要请客，白珍珠就吃了便宜的肠粉。她晚上是要和夏晓兰住一个房间的，还解释了两句："羊城晚上挺乱的，你要是不喜欢和人同住，我就去隔壁房间睡。"

在周诚来之前，白珍珠必须陪着夏晓兰。

夏晓兰怎么会赶人走："白姐，你留下正好能陪我说说话。"

逛了批发摊位，夏晓兰也累得很。招待所的条件马马虎虎，可以洗个热水澡，夏晓兰觉得放松极了。她也挺好奇白珍珠是怎么认识周诚的，结果人家白珍珠此前压根儿没听说过"周诚"。

"我哥叫我来接你，还要照顾好你，所以我就来了。"

白珍珠家在旧社会是开武馆的，她哥哥在北方参军，家里只有她一个人支撑门户，现在国人不练武改为追捧气功，白珍珠没有谋生的技能，就改行卖水果。

她一点也没说瞧不起个体户，因为她也是干这行的。

"白姐，你真厉害！"

白珍珠觉得无所谓："谁和我捣乱，我就揍他们，谁的拳头硬，谁就有道理。"

夏晓兰要卖服装，白珍珠自觉帮不上大忙。夏晓兰要是肯卖水果，白珍珠敢说能拿到最便宜的货。白珍珠可没有穿越，她就是土生土长的羊城女孩儿，羊城这边风气比豫南开放，像白珍珠这样干个体户的人太多了。

80年代的钱太好赚了，只要不被骗，踏实肯干稍微有点脑子，很少有亏本的。

不过白珍珠的水果生意再好，让她骄傲的还是她参军的大哥："提干了，再给我找个嫂子，我哥这辈子还缺啥？我就努力赚钱，等我哥结婚的时候，不让未来嫂子家里看轻！"

得，也是个奉献型的姑娘。时代的局限，让夏晓兰无力去解释。夏晓兰的想法是人首先得为自己而活，白珍珠觉得为兄长奉献更快乐，夏晓兰无意去纠正她……两人聊着天，夏晓兰慢慢进入了梦乡。

第二天还是由白珍珠陪着，夏晓兰把羊城的好几个批发市场都逛了。

琳琅满目的商品，比服装更赚钱的是电子产品，小到手表、计算器，大到收音机、电视机，你能想到的东西在羊城都能找到。凭票购买的限制，在羊城几乎不存在了，这里的市场充斥着各种"水货"，每天都有船只从香港走私货物过来，海关查获了大部分，但仍然有漏网之鱼。

夏晓兰胆子大，别人敢卖的东西她也敢卖。可她缺本钱啊！

看着遍地商机的羊城，比商都市更繁华和开放的羊城，夏晓兰心潮澎湃。她都不想在羊城待了，货已经选好了，招待所每晚都得花钱，只为了和周诚在羊城见面？她完全可以回安庆县等周诚呢。

可惜这时候没有手机，"大哥大"都还没有，传呼机在沪市刚兴起，固定电话都是最快的通信工具，其次就是电报……不管是哪一样，有一方必须不能移动。

谁知道周诚开车跑到哪儿了？

周诚遇到点麻烦。他和康伟的车被人拦了。周诚毫不犹豫地扣下扳机，为两人赢得了生机，然后他在路边见到一个熟悉的人。康伟的眼珠子都快瞪出来了："这不是嫂子她舅？"

刘勇身上的衣服被血给浸透了。大部分是别人的血，小部分是他的血，看上去十分可怕，背上被人砍了个大口子，那血真是哗哗流。周诚找人给刘勇治伤，刘勇高热不退，他和康伟总不能把人丢在半道的医院吧？

刘勇应该是被想抢劫他和康伟的同一伙人打成这样的，夏晓兰说她舅出门干泥瓦工去了……从安庆县跑到快到沪市的地界干泥瓦工？周诚没办法，只能联系人，把电话打到了羊城那边的招待所："晓兰，我这次不能去羊城了，你自己一个人先回安庆，等我回程时来看你。"

"好嘞！"他那没良心的未来媳妇儿挂电话可爽快了！

周诚哭笑不得。不过他这运气啊，还说夏晓兰不是注定要当他媳妇儿吗？刘勇虽然只是舅舅，在夏晓兰心目中的地位显然比夏大军更重要，周诚把刘勇救了，不就相当于救了"老丈人"一命？！康伟觉得诚子哥笑得太瘆人，偷鸡成功的黄鼠狼也不过如此。

"舅舅啊，您可真是……"

病床上，刘勇在昏睡中不安地挪动着身体。

夏晓兰对周诚那边的情况一无所知，还不知道人家在替她尽孝呢。

白珍珠尽心尽力，将夏晓兰送上车，夏晓兰扛着三大包衣服又坐火车回商都。

这三包女装，已经押上了她的全部本钱，还有李凤梅借给她的300元钱。货要是有个闪失，夏晓兰将再次被打回原形。

夏晓兰跑一趟羊城，四五天里大部分时间都在火车上。

另一边，夏红霞每天都盯着一中校门，终于让她等到了陈庆。

陈庆已经有两个周末没回家，夏晓兰前几天来学校，给了他一些自己总结的英语资料，陈庆照着夏晓兰的方法学习，不说进步一日千里，也算找到了点感觉。陈庆惊喜无比，终于决定这周回家，找个机会再向夏晓兰请教。

可一出校门，他就被夏红霞给逮住了："你是夏晓兰对象？"

陈庆双耳滚烫，夏红霞看他的样子就知道自己没猜错。夏红霞就像一个狩猎成功的猎人，拼命压住自己的得意："我有点夏晓兰的事要告诉你。"

第72章　你咋就不信啊！

晓兰的事儿？陈庆对夏晓兰的事很感兴趣，但他也不是啥蠢货，相反陈庆还很聪明。

"你是谁？"他离夏红霞远远的，这个女孩眼里有算计的光，陈庆不太喜欢，本能提防。

"你别管我是谁，反正我说的都是真话，夏晓兰不是啥好东西，她在乡下坏了名声才被家里面赶出去的，她妈也受她连累，被夏家给赶走了。夏晓兰不仅和二流子有一腿，还勾引未来的姐夫，她就是喜欢骗男人。我是怕你上当受骗，才来提醒你的！"

夏红霞没说自己是夏晓兰的堂妹。上次在门卫和学校领导面前说夏晓兰的坏话，她说明了自己的身份，那两人就态度大变。夏红霞猜不透其中的缘故，就干脆不提自己是夏晓兰的堂妹。有这样的堂姐，她也脸上无光，还是不要说得太清楚了。

夏红霞就只差赌咒发誓了，她把细节描述得很清晰，陈庆黝黑的脸红得似要爆炸。他当然心里不高兴，隐隐约约也曾听到过这些流言，但他和夏晓兰相处过，陈庆相信自己的判断。

他是太气愤了才会脸色通红！晓兰不是这样的，长得漂亮又不是她的错。长得漂亮，男人自己喜欢她，到头来全怪到她身上吗？

她没有仗着长得漂亮混日子，勤劳踏实，一边赚钱养家，一边还想着继续求学上进……夏晓兰在陈庆心中是再完美不过的形象，有人跳出来黑夏晓兰，陈庆哪里能忍！

"你住嘴！"陈庆厌恶地看着夏红霞，"青天白日的，你跑出来污蔑人，却不肯说出自己的身份，肯定不是啥好人。你是嫉妒夏晓兰，见不得她拥有更好的生活……你该不会就是夏家人吧？"

陈庆对夏晓兰以外的夏家人印象糟糕极了！会打女人的夏大军、只有自己的话最有道理的张翠、胡搅蛮缠的王金桂，夏家人是啥样的，七井村还有人不知道吗？刘芬离婚，七井村的人都觉得痛快，可算是硬气一回了。李凤梅不懂啥舆论影响，可她有空就拼命替夏晓兰和刘芬洗白，核心观点就是刘芬嫁的夏家特别糟糕。陈庆那天还帮忙写离婚字据呢，夏大军被村民们按住，都想跳起来打人——晓兰以前的日子可真苦啊！

这些人，为啥就不能放过晓兰呢？

陈庆对夏晓兰不仅是喜欢，夏晓兰的优秀也让陈庆仰慕，有人跑来污蔑夏晓兰，陈庆生气极了！这个人有没有对其他一中学生说过瞎话，会不会影响到晓兰明年参加高考的事？陈庆又急又气，夏红霞要是男的，他非得将她揍趴下！

夏红霞倒退两步。她就是夏家人啊！

夏家人除开夏晓兰，哪个又丢人了？她子毓姐是大学生，未来姐夫王建华是大学生。

身为夏家人，夏红霞骄傲自得呢。

"你这人，我怕你受骗，好心提醒你还有错？夏晓兰是啥样的人，你去大河村打听一下不就晓得了！"

"你别仗着自己是女的，再敢乱说话，我就找人揍你！"陈庆反过来警告了夏红霞一番，一切都和夏红霞预想的不同。县一中的领导、门卫还有夏晓兰新处的这个对象，大家为啥都不肯相信夏晓兰不正经呢？

夏红霞根本不懂，夏晓兰博得别人的尊重靠的是实力而非长相。夏晓兰的脸长得惹是生非，可她不靠刷脸生存，别人看重她是因为她厉害……只要这点不变，名声算啥？一毛钱都不值！

夏红霞受限于眼界，可能永远都不明白这一点。

她没有达到目的，缠了陈庆好一会儿，对方对她不假颜色，对夏晓兰百般维护，让夏红霞觉得无趣。

等她失魂落魄地回到张记小吃，张翠憋着气，将她拉到一边："你这孩子最近是不是不舒服？要是不适应店里的活儿太多，就回村里休息几天，伯娘心疼你，怕把你累着……"

张翠话说得好听，其实就是想让夏红霞回大河村。

夏红霞一下子惊醒了，小吃店的活儿是很烦，可叫她回乡下去，不，县城人过的日子和大河村不一样，夏红霞才不要回村里！

"伯娘，我……我前几天看见夏晓兰了，她好像在县一中找了个对象。"夏红霞吞吞吐吐。

她完全将学校门卫的话抛在了脑后，夏晓兰咋可能是县一中的学生，哪有学生几天不来上课的？

张翠捏着夏红霞的手，力气太大，夏红霞觉得刺痛。

"伯娘！我痛！"

"你啥时候瞧见晓兰的，一开始咋不说？"

张翠意识到自己脸色不好看，松开手找补几句："晓兰过得咋样？她这么快又找对象了？张二赖那事儿风头还没过去呢……唉，你二婶将她带离夏家，我们想关心晓兰都难。"

夏红霞是个分不出好赖的人。或者说张翠伪装的形象挺完美，夏红霞还以为张翠是真的关心夏晓兰，夏红霞因为嫉妒而愤怒："夏晓兰都和子毓姐抢人了，不要脸做出这种事，还觉得是夏家对不起她……她和她妈把家里搅得一团乱，把奶奶也气病了，现在她倒是要过好日子了？"

夏红霞越说越激动："子毓姐原谅她，我也不放过她！"

张翠一脸感动："你子毓姐没有白心疼你，她是你们的大姐，原本对你们的爱护都是相同的，不管晓兰干了啥事儿，当大姐的总不能记恨她。你把遇见晓兰的事和我讲讲，她要是找到了对象，那可是大好事。不过你也晓得，晓兰脾气急，我担心她憋着一口气要找个对象给我们看看，一着急反而挑到了错的人……"

张翠也顾不上赶夏红霞回家了，她还得从夏红霞嘴里套消息。

夏红霞之前瞒着是要威胁夏晓兰，可无论夏晓兰还是陈庆都不理会这一茬，夏红霞就把事情的经过原原本本告诉了张翠。

"门卫说她是县一中的学生？"张翠抓重点的功力比夏红霞厉害，毕竟是在县城打拼了几年的人。

夏红霞撇嘴："肯定是骗人的，夏晓兰能考进一中？"

张翠也觉得不太可信。夏子毓念书有多认真，张翠全看在眼里。夏晓兰？张翠不信。可万一真是呢！

夏红霞闹了一出，陈庆心情很不好，回到七井村，发现夏晓兰还没回来。夏晓兰那天来学校，也没提要出门的事，陈庆茫然无知。

"你找她干啥？之前有人给她拍了一封特别厚的电报，她就找你爷开介绍信出门儿了。听妈的话，现在你的心思必须得放在学习上，明年要是考上了，再说别的……"

陌生人说夏晓兰的坏话，自己亲妈又暗示夏晓兰社会关系复杂。陈庆觉得大家的心思太复杂了，"妈，我是想问她学习方面的事，她给我的英语资料特别有用！"

第73章　衣服被抢购光了

见儿子生气，陈大嫂打了个激灵。是她想岔了，夏晓兰要找谁当对象有啥关系，她英语好啊，连续两次考了满分。只要能帮助陈庆提高分数，当不当儿媳妇是次要的，陈大嫂愿意把夏晓兰当成"婆婆"供起来！

"妈说错话了，她的学习方法真有用？"

陈庆点头："我觉得她很厉害，如果继续进步，明年的成绩肯定比我好。"

陈大嫂又有点不舒服。全天下当妈的都觉得自己孩子最优秀，陈庆说夏晓兰比他还厉害，陈大嫂不服气。可事实就是摆在这里嘛，陈庆看见那些外国的字就脑袋疼，夏晓兰却能拿满分。

"我看她也快回来了，你别急，晓兰还能连家都不要？"

夏晓兰一走就是四五天，李凤梅和刘芬在家都担心着呢，特别是刘芬，第一次和夏晓兰分开这么长的时间，晚上翻来覆去睡不着觉。

担心也没办法，手里的生意还不敢停。夏晓兰第一次出远门儿做生意，人的安全最重要，是赚是赔都还是其次。赚了还好说，要是赔了，一家人的生活就指望着刘芬现在赚钱的生意了。

天开始凉了，黄鳝越来越不好收，再过几天这生意就得停。刘芬恨不得一天多跑几趟榨油厂，那里的油渣堆积如山，只要肯卖力气，就不怕赚不到钱。刘芬好不容易养起来的一点肉，短短几天又没了！

李凤梅就劝她："晓兰聪明着呢，你有啥不放心的。"

要是个儿子刘芬就不担心了，可晓兰是个闺女呀。

姑嫂两个在家里相互安慰鼓励。夏晓兰好不容易把三口袋货弄下车。把东西运回七井村，再慢慢拿到商都来卖？夏晓兰又没毛病。

她带着900元出去，下火车时兜里剩的钱不超过20元。拖着衣服回去干吗，在商都尽快卖掉最好，还有一整天时间呢。

夏晓兰在羊城那边搞了个小拖车，下面有滑轮，简单的几根铁管焊接而成，拖货很方便，要不她一个人也不能把衣服带回来。

拖着货慢慢走着，夏晓兰终于在街边发现了一个裁缝店。

"我能借你们的熨斗用用吗？我愿意给报酬……"夏晓兰成功租借到一个熨斗。

剩下的钱，被她买了衣架，两个落地挂衣杆是旧的，夏晓兰废物利用买了点碎布包上，顿时就没有那么廉价了。特别是那几件呢大衣，她精心给熨烫平整了，一点褶皱都没有，衣服就算挂在路边也显得高档。

这时候的个体户全是游击队，哪里适合摆摊就摆哪里，只要没人举报，也不是上纲上线的大事。现在的人也习惯在街头巷尾买各种东西，夏晓兰找个拐角的空地把衣服都挂了出来，马上就有人来问价："你这线衫咋卖？"

"姐，你可真有眼光，这是羊城最新款，您是第一个买主，我收您这个价。"

颜色鲜艳的毛衣招人喜欢，这女人瞧上的就是夏晓兰很喜欢的绿枫叶毛衣。老板当时说进价是15元，夏晓兰也不能完全不讲价，最后的拿货价是14元一件。领口有蕾丝花边和彩珠的拿货价是12元。

进价14元的毛衣，夏晓兰给她比画的是36元！

贵吗？一件毛衣顶一个月工资了！贵得要死。

毛线摸起来是挺舒服的，可自己买毛线来织，也要不了多少钱，36元买一件毛衣？她的钱多得烫手了吗？

夏晓兰仿佛看穿了她的心思："这是机器精织的，整个商都市都找不到的款式，羊城那边的工厂也是要出口到国外去的！"

每一针都细密紧实，手织有的地方松紧不一，总能看出点人工痕迹。虽然织毛衣的高手能织出和机器一样水平的毛衣，可也不是人人都是高手……要织成这样，再厉害的人都要花半个月。

女人有点心动了："36元太贵……"

36元买件毛衣当然不便宜，可这年代的消费本来就很疯狂。人们把自己平时的物质消费压缩到最低，攒下的钱在有些时候却又很舍得花在其他方面。

夏晓兰拿过一件白色的呢大衣，把绿枫叶毛衣套在里面，"可以外穿，也可以搭配别的衣服，质量和款式都是独一无二的，您这钱花了绝对值！"

白色的呢大衣！夏晓兰进这货太大胆了。

动辄上百元的呢大衣，穿的人必定十分爱惜，白色是粘一点脏都特别明显的颜色，穿上后还能干活儿吗？笑话，穿上这么贵的衣服，必然是需要显摆的场合，根本就不需要干活儿啊。

女人原本连买毛衣都在迟疑，却发现连白呢大衣也很好看。

不行，不能问价，那衣服看着就贵得要命！

但夏晓兰的摊位前不知啥时候已经围上了好几个年轻女人，她们盯着呢大衣，眼睛在放光。

"多少钱！"

"真是好呢料。"

夏晓兰笑眯眯的："大家不要急，一个个来，货是充足的，一定都能挑到自己满意的衣服。"

骗子，白色的呢大衣只挂了那么一件，货源哪里充足了？

夏晓兰的毛衣卖30多元，喇叭裤30元。呢大衣她倒是卖得不太贵，百货商店128元一件的货也比不上她的款式好看，夏晓兰只要108元，少了20元，能掏得起这钱的人都觉得捡了大便宜。

更何况，夏晓兰会搭配，态度也比百货商店的售货员热情百倍。

花钱买了她的衣服，她将人夸了又夸，个个女顾客在她嘴里都是女神级人物。女人就算知道是假的，也爱听甜言蜜语的奉承话，特别是从漂亮的夏晓兰嘴里说出来，真让人心情舒畅！

把女人哄高兴了，离她掏钱就不远啦。

夏晓兰没想到，最先卖完的反而是定价超过百元的呢大衣。这东西她受限于本钱，只拿了6件啊！

谁身上也不会揣着上百元逛街，都是扔给夏晓兰定钱，又急匆匆回家取钱的。她站在原地几小时，为商都女人疯狂的购买力吃惊，因为凡是能穿的尺码，都被人给抢光了。

这批毛衣的款式和质量，都是夏晓兰精挑细选的，是商都服装批发市场都没有的，算是独一无二的羊城货。但卖成这样，仍然超过了夏晓兰的预期。

她手里剩的两件毛衣还是她特意留下来的。

钱如此好赚，夏晓兰根本没感到疲惫，她恨不得马上再订去羊城的车票，手里赚的钱再滚几遍，她明年就能在商都买房——如果有人肯卖房的话！

她要做好在商都待一段时间的打算了，和商都相比，安庆县的市场太小。

夏晓兰拖着自己的货架，原本想找个招待所休息，忽然想到租个房也行呀。她不会一家家挨着去问，商都市夏晓兰也有个熟人——招待所的胡永才！

瞧见夏晓兰拖着东西出现在自己面前，胡永才晃了晃神："是晓兰啊，好久没见，我听朱放说你回去念高中了？"

第74章 舅舅，我不是你想的那种人

夏晓兰求人从不空手上门。她也不是临时再找关系的人，和胡永才这边其实也没断，只是最近送货都是刘芬而已。

"念书呢，不过学校同意我直接参加考试，我家里的条件胡哥也知道，不敢松懈，想继续在市里做点小买卖。"

没人会讨厌上进的年轻人，哪怕夏晓兰和他没关系，两人打过交道，夏晓兰有出息的话，胡永才也会替她高兴。

"有机会要好好把握，你多好的先天条件，再考个大学，那可了不得！"

朱放是瞧得上夏晓兰，可朱放家里面不同意啊。不就是嫌夏晓兰是农村户口，家里面不能帮上忙吗？夏晓兰要真考上大学了，她的户口性质就变了，国家给安排好工作，到时候还不见得能瞧得上朱放呢！

夏晓兰也不让他帮大忙，只问胡永才认不认识能租房的人。

"租房？你有啥要求不？"

"安全性好一点，单间就行，房主最好是女的。"

胡永才允诺会尽快帮忙打听，夏晓兰又格外嘱咐他："朱放同志的母亲对我有点误会，

她不太喜欢我和朱放多接触，我要在商都租房的事，您……"

胡永才了然："肯定只有我一个人知道。"

夏晓兰特别高兴，毛衣原本是要带回去给李凤梅和刘芬的，她直接塞了一件给胡永才："我现在就在做这生意，这件是给嫂子带的！我这些衣架能暂时放您这里吗？"

胡永才一顿，做出要掏钱的样子，夏晓兰却摆摆手跑远了。

胡永才失笑。他还是心眼小，以为夏晓兰是要把衣服强卖给他，夏晓兰一向是大方的，就冲这一点，胡永才觉得这姑娘将来前途绝不会太差。

夏晓兰把衣架和推车等东西寄存在胡永才那里。市委招待所那么大，随便找个角落都能存放，胡永才也有这能力。一身轻松，夏晓兰就揣着她今天卖货的钱坐班车回安庆县了。安庆到七井村那一段不通车，运气好有辆拖拉机顺路捎带了她一程。

她忽然出现在家门口，李凤梅和刘芬很惊喜，涛涛也抱着她的腿不放，小表弟好几天没见她，想得厉害。

"你这丫头，一走好几天都没个消息！"

"还顺利不？"

"快歇歇脚，还没吃饭吧？"

李凤梅快言快语，刘芬是只干活儿不说话的，她只顾着给夏晓兰拧毛巾递水。

到了家夏晓兰才感觉到累，李凤梅给她煮了一大碗面，夏晓兰连汤带面吃得干干净净。整个人也算是活过来了，没人问她赚没赚钱，说是去拿货，怎么空手就回来了？

不，夏晓兰还拿着一件毛衣呢。

"货都不够卖，本来还给你俩带了毛衣，现在只剩下这一件了。"

夏晓兰将毛衣递给李凤梅，刘芬一点意见都没有，人有亲疏远近，这种情况下肯定要紧着李凤梅。李凤梅看着那款式挺喜欢，却不肯要："你先说生意咋样了？去羊城拿的货都卖了出去？"

夏晓兰点头。

"涛涛，去把门关上。"

屋子只有一家至亲，夏晓兰把兜里的钱一股脑儿掏了出来。面值不等的纸币看着就不少。一件毛衣她至少赚20元，裤子要少点赚15元，6件呢大衣更是为夏晓兰带来了超过300元的利润。反正她揣着900元去羊城，除去各种开销拿了800元的货，现在桌上的钱点清楚，有1875元。

"都是这一趟赚的？！"

"嗯，连本带利都在这里了。"

其实还有两件毛衣没算在里面，当时要想卖，绝对也能卖掉的。不过夏晓兰见好就收，也没计较两件毛衣的利润。

跑一趟羊城就是这么赚……她的眼光、她的魄力，是快速积累资本的先决条件，换一个人去羊城拿货，不要说赚这么多，没有人财两失都是运气。

跑一趟加上要把货卖出去，咋说也要一周，一个月夏晓兰能跑四趟。900元的本钱能翻一倍，下次再进1800元的货呢？

长久当游击队不是办法，夏晓兰还是愿意在商都市开个门店，她只要掌握住进货渠道，店里可以雇人看着。

"舅妈，要不我们合伙？"夏晓兰把钱分成了两部分，李凤梅借给她的 300 元，她不仅把本金还了回去，还分给了她 325 元。几天工夫，300 元就翻倍了，这对李凤梅的冲击实在太大！

面对唾手可得的财富，几个人能不动心？李凤梅有点动心了，可这个家不是她一个人做主，所谓合伙入股，明明是占夏晓兰的便宜，她男人刘勇能同意吗？

以前有过一段失败的婚姻，李凤梅很珍惜现在的生活。为了家庭的稳定，李凤梅还是坚定地摇头："钱你先拿着用，入不入股我听你舅的。"

舅舅？刘勇还不知道啥时候能有消息呢。

李凤梅让夏晓兰把钱收起来，又百般嘱咐儿子涛涛不能出去瞎说："你要敢在外面和人吹牛，看我把你屁股打开花！"

涛涛捂着小屁股躲着他妈。他又不傻，晓兰姐赚到钱他干吗要告诉别人，本来所有零食都是他自己吃，告诉别人不就被分走了？！

沪市一家医院里，刘家的顶梁柱睁开眼睛。

他和周诚大眼瞪小眼对视了好久，刘勇嗓子干咳得冒烟，周诚殷勤地喂他喝水。看这人的动作，就不像个会伺候人的，可周诚的态度能给打一百分。

"舅舅，医生说您要是退了烧，再有两天就能出院，也幸好现在不是夏天，伤口感染得不厉害……"

"周诚，你听我说。"刘勇费力打断周诚，"你对晓兰的心意我晓得，可干咱这一行的赚钱是不少，脑袋也是绑在裤腰带上的！就说这一次，我要不是被你救了，死在半路上也没人知道，对不？我就晓兰一个外甥女，不舍得她跟着你提心吊胆过日子，你帮过晓兰，也救过我，我们欠你的是命不是人……"

周诚静静等刘勇说完。

刘勇的言辞恳切，仿佛一点都不会影响到他的情绪，刘勇一激动，就要从病床上坐起来，一动就牵扯到了后背的伤口，痛得刘勇龇牙咧嘴。

周诚赶紧把他按回床上："舅舅，您别激动，您的意思我了解，可您也得听我解释下吧？我不是干走私的，就是在家里闲一段时间，正好给康伟帮帮忙……瞧您这眼神，我和康伟干的也不是走私。"

刘勇的不信都表现在了脸上。他认定了周诚是自己的同行，还是那种走私头子，杀过人见过血的！

"舅舅，我不是走私犯，我在保密单位工作。"

你骗鬼的吧？！

第75章 毛衣送得值！

"晓兰，你回来了？"难得在家休息，夏晓兰就送涛涛去学校，经过陈家门口，被一脸喜意的陈庆叫住。

"嗯，我给你的复习资料看得咋样？"

夏晓兰也好几天没见陈庆了，离开安庆县之前，塞给他一些自己总结的资料，他没人指导，到底有没有效果不好说。

"资料很有用，你说的记忆方法背单词特别厉害，虽然我学习的时间还短，但只要坚持下去肯定会有大进步……晓兰，昨天有人在学校门口拦住我，说了些不好听的话。"

陈庆觉得自己的行为太像长舌妇，可别人恶意诋毁夏晓兰，他不把事情说出来，夏晓兰又咋能有警惕心？

"是个年轻女孩儿？"

夏晓兰觉得是夏红霞。夏大军没啥脑子，王金桂和夏红霞也不见得多聪明，都是别人手里的枪。真正聪明的人永远躲在幕后，把便宜占光了还有好名声，比如夏子毓一家子，夏子毓亲弟弟才10岁看不出好歹，可不管是夏子毓还是夏长征和张翠，都是夏家的聪明人！

陈庆诧异："你还真认识？"

"有啥不认识，应该是我堂妹！夏家人才不会喜欢我过上好日子，我偏要争口气，让她们把不服都憋回去！"夏晓兰言语轻快，陈庆觉得是天大的事，在她心中仿佛不值一提。

"可她要是对别人也乱讲……"

陈庆不愿意让夏晓兰的名声受损，年轻人的是非观黑白分明，夏家人胡说八道，不就是欺负刘家人丁单薄？如果夏家这样认为那就错了，七井村的人都是团结的，整个村子都是夏晓兰的后盾——对于这一点，陈庆有这个底气！

夏晓兰有自己的打算，也不好对陈庆细说，含糊道："我知道你是关心我，但现在首要任务是专心学习应对明年高考，你也不要在无关紧要的人身上浪费精力。至于我？身正不怕影子斜，一中的老师不会因此取消我考试资格就行，我想夏家还没有断我学业的本事！"

陈庆愣了。夏晓兰话里展现出来的开阔胸襟让陈庆自愧不如。

为一点流言所扰？夏家人哪有那资格！

"学校对你很看重，只要你成绩能一直稳定，在县一中谁也扳不倒你！"

陈庆的思维已经豁然开朗。夏家人刻意抹黑夏晓兰的行为根本无用，夏晓兰能考上本科，甚至可能是重本，学校自然会维护好学生的利益。连县一中都站在夏晓兰那边，夏家人上蹿下跳有啥用？

大河村的农民家庭，既不能影响县一中的决定，也无法阻止夏晓兰明年参加高考。如果夏晓兰考上大学，将来的工作也是由国家分配……夏家人，真的只能在旁边跳脚，不服气？不服气也要憋着！

哪怕夏家还有个女大学生，在农村里是金凤凰般重要的人物，可离开夏家，离开大河村，夏子毓无官无职的，能靠啥为难夏晓兰？

陈庆并不傻，他有个生活阅历丰富的爷爷陈旺达，在安庆县这种教学水平下陈庆有希望考上大学，他的智商也在平均线以上。可他再聪明，也是个没离开过安庆县的农村后生，眼界限制了他的思维，他想帮助夏晓兰，想到的办法只有逞凶斗狠把夏家压服。

夏晓兰的话打开了他的思维视野，只要足够优秀，夏家人说啥做啥，其实完全影响不了夏晓兰的生活。反而是等夏晓兰考上大学后，天高海阔任鸟飞，夏家才该担心晓兰将来会咋收拾他们！

夏晓兰灌的鸡汤差点把陈庆给忽悠瘸，小伙子看着她的眼神透露着喜悦和佩服，夏晓兰赶紧哎哟一声："差点忘了，我还要送涛涛去学校，咱回头再聊！"

· 157 ·

陈庆张张嘴，想问夏晓兰哪天会去学校，她却已经拉着涛涛走远了。

夏晓兰把涛涛送到小学门口，刘子涛人小鬼大，忽然问夏晓兰："姐，陈庆哥是不是想要和你处对象？"

夏晓兰捏他的脸："小孩子管得真多，我不想和陈庆处对象，你不要对别人瞎说。"

刘子涛贼眉鼠眼看周围没人，趴在夏晓兰耳边说道："陈婶娘昨天偷偷问我你去哪里了，告诉她就有糖吃，我说不知道！"

涛涛嘴里的陈婶娘就是陈庆妈。

夏晓兰揉了揉涛涛的脑袋："进去上课吧，姐知道涛涛最聪明！"

涛涛得了一句表扬，屁颠屁颠地跑进学校。

夏晓兰脸上的笑容淡了些。陈庆妈热情大方，却有八卦的天性，对夏晓兰暂时也没有恶意，但陈庆妈不明白啥是人与人交往的界线，不明白何谓隐私……离得太近了，陈庆妈认为她可以掌控夏晓兰的行踪？

夏晓兰对搬去商都住的渴望越发强烈。七井村太小了，根本不会有更好的发展。

她是"夏晓兰"，是独立的个体，就算是喜欢陈庆，她也不愿意早早背上"陈家儿媳妇"的标签。何况她对陈庆并无男女之情，那又何必整天在村里晃荡，徒惹陈家误会？

也不知胡永才有没有帮她找到合适的房子，希望送出去的那件毛衣能有帮助吧。

胡永才的老婆挺喜欢夏晓兰。莫名其妙来认亲戚的农村囡女，胡永才老婆一般是不愿意搭理的，她怕穷亲戚上门占便宜。夏晓兰不是呀，她找上门来不是占便宜，而是送好处！

亲戚不亲戚并不重要，多走动几次就会比亲戚还亲近。

胡永才老婆收了毛衣喜滋滋的，晚上就在镜子前转圈子，越来越喜欢这毛衣。恰好最近天气也合适，她第二天就穿着上班，到单位可好了，瞧见办公室的死对头也穿了件款式一样的，就是颜色不同。

胡永才老婆不高兴，死对头也不高兴。

"你说我俩这眼光，你这动作也太快了吧？"

胡永才老婆哼一声："早知道你有一件，我就不穿它了！反正也是别人送的。"

死对头却挺惊诧，半信半疑："35元一件的毛衣，谁送你呀？"

这毛衣值35元？！穿在身上的哪里是毛衣，明明是"大团结"，胡永才老婆后悔刚才把话说得太满。等到从死对头嘴里套出来，这毛衣是羊城来的新款，是真正的出口货，昨天有人揣着钱也没买到的紧俏商品，胡永才老婆心里就高兴得要命。

回到家她就对着胡永才把夏晓兰夸了又夸，不仅催着胡永才赶紧替夏晓兰找房子，自己也发动身边的关系打听。同样是帮忙，上不上心的进展可不同，夏晓兰还没等到周诚从沪市返回，她就去看了自己要租的新房子。

第76章 就租这房子了

胡永才给找的房离他家不远。不过胡永才家的房子是单位的楼房，这房子是个平房。

"于奶奶家就剩下她一个了，家里的小辈早些年逃到了国外，她老伴儿没熬过艰难的几年，她家房子不小，不过老人家脾气挺大，你要是觉得不合适呢，我就再找别的。"

于奶奶岂止是脾气大，她老伴儿没熬过批斗，她熬过来了。原本挺多祖产的，后来只给发还这一套房，对于奶奶来说这是她的命根子，她还指望着漂泊在外的小辈们能回来，当然要紧紧守住这间小院……现在谁家住房都紧张，胡永才的工作挺有油水的，但他家也不过就是个小两居，一家几口人挤在不到60平方米的房子里，在时下已经是很好的居住环境了。

于奶奶这套房子多大呢？房间就有足足5间，再加个小院子，这房子的面积能有300平方米以上。

一个孤老太太，住着300平方米的"豪宅"，对那些房子不够住的街坊邻居来说是多大的冲击啊！打这个房子主意的人真不少，不过似乎有哪个领导在暗中照拂着于奶奶，没有于奶奶点头，谁也不能抢走这套房子。

于奶奶身体还不错，有个打扫街道的工作，也能维持日常生活。

不过一个独居的老婆子，一个人住着空屋子挺寂寞的，因为谋算她的房产失败，左邻右舍都挺排挤她。胡永才家勉强够住，胡永才又是要脸的，胡家和于奶奶没有矛盾，胡永才老婆收了夏晓兰送的毛衣，夆着胆子跑去问于奶奶能不能租房。

于奶奶用她那双吊梢眼打量胡永才老婆很久，看得后者心里直发毛，都想说不租了，于奶奶却松了口气："乡下丫头？把人领来看看再说！"

胡永才今天领夏晓兰来看房，看夏晓兰是否满意，其实房主于奶奶也有自己的考量。

夏晓兰对房子很满意。她是要做生意的，租个筒子楼其实还不方便，这房子的房间都很方正，还带着平平整整的院子。就那大门，别说是自行车，就算夏晓兰找个三轮车来装货都能骑进去。墙特别高，门也结实，左右都是平房，没有于家的房子气派，高墙能保护一部分隐私，住着也有安全感……她一眼就瞧中了房子，对着胡永才轻轻点了点头。

于奶奶从夏晓兰进屋起就打量她。对别的年长女性来说，夏晓兰长得不安于室，第一印象恐怕不会太好。可于奶奶一个孤老婆子，家里别说是男人，连一只公狗都没有，于奶奶不用担心夏晓兰勾搭谁。既然不存在这种顾虑，夏晓兰长得漂亮，于奶奶还赏心悦目呢。

以前，于家是商都的大户人家，于奶奶也是享过大福的，家里有姨娘有丫鬟，真没见过比夏晓兰长得更好看的……长得好看有啥用啊，要是自己没本事，长相反而是拖累。

"大娘，您看这事儿巧的，我这妹子看上您家房子了，愿意租下来，价钱嘛，您说个数咱们商量一下？"胡永才是中间人，这话就得让他开口。

于奶奶眉毛一挑："胡永才，这丫头怕不是你家的亲戚呐，你在老婆子面前扯谎，她是啥来历，让她自己说！"

狗屁亲戚，肯定是拿了人家好处，两口子才屁颠屁颠地忙前忙后。

胡永才尴尬地笑了，夏晓兰却不尴尬，于奶奶不是个好糊弄的，她也明明白白把自己的来历说了，介绍信她还没扔呢，安庆县七井村的人，夏晓兰并不是逃犯："我就想在商都市里面找个落脚的地方，您这房子能方便我存点货，要是合适呢我想租两间，有时会占用一下您家院子。"

于家5间房，正中间是堂屋，两边才是住人的房间。除去这五间房，还有半间矮矮的、用红砖搭建的厨房，绕过房子还有个厕所，铺着白瓷砖，是老式的冲水蹲厕……就为这个，夏晓兰也想租下这房子啊，她变成生活在80年代的农村姑娘，其他都能忍受，就是不能忍受农村那苍蝇满天飞的旱厕。随便竖几根木桩，扯花油布或者草席一围起来就是厕所，旱厕上搭脚的也是木头，她既不能忍受那糟糕的环境，也担心自己摔下去！

然而她还不能说。她是忽然换了"芯子"的,一说出口吧,从前的"夏晓兰"都能忍受,你为啥受不了?

于奶奶家的房子她是真满意,于奶奶盯着她看了老半天:"你要两间房也行,不过先说好,你一个月要给我 20 元租金,院子和厨房都随便你用,你自己的吃喝自己负责,租金一次性要给足半年的,最重要的一点,你不能带男人来一起住!"

太贵了!两间房一个月就要 20 元,还要给足半年的租金?

胡永才想带着夏晓兰掉头就走,反正夏晓兰也是一人独居,一个月花 10 元,能挑到合适的楼房单间。

夏晓兰算账比胡永才快,20 元的月租金多吗?对刚做生意的夏晓兰来说多得要命,可对现在的她来说,不过是卖一件衣服的利润。就算不卖衣服,刘芬倒卖油渣一天也有这收入。

她是真看中了这房子,也能负担得起这笔开支。

"男人我不带来,不过我可能要带我妈来一起住,您看行不行?"

胡永才觉得不值当,架不住人家户主和租客双方满意,由胡永才当见证人,夏晓兰和于奶奶写了字据,一次性给了 120 元,她在商都算是找到了落脚的地方。

于奶奶收了钱,马上就给了夏晓兰房子的钥匙。

夏晓兰租的是右边的两间,打开房间的门锁,只有一间屋有个床架子,另一间屋则空荡荡的。好在屋子里特别干净,没有灰尘和蛛网,墙上糊着报纸,要求不高的话,夏晓兰只需要买一床被褥就能搬进来。

"于奶奶,以后咱们就相互多多关照了!"夏晓兰心情大好,于奶奶用鼻孔重重哼了一声。

夏晓兰也不急着回去,她没有在安庆县找地方落脚,就是因为发现夏长征、张翠和夏红霞等人在县里,夏晓兰不愿意和这些人有啥往来,干脆直接租到了商都市。远离糟心的人和事,对她和刘芬的生活绝对有好处。

她是先斩后奏,直接租好了房,才回去说这件事。

刘芬被夏晓兰的做法给搞蒙了,母女俩好不容易在七井村待安稳,陈旺达之前也承诺要给她们划宅基地、分田地,咋忽然又要搬到省城里住?

"晓兰,你是咋想的啊?"

第 77 章 娘儿俩搬去商都住

夏晓兰对土地并没有执念,在乡下建房子也没啥意义。她也不打算把刘芬丢在乡下,原本的计划就是走哪儿带到哪儿,母女俩相依为命。给刘芬在乡下盖个大房子,夏晓兰自己却在外面自由潇洒?这并不是她带着刘芬脱离夏家的初衷啊。

"你觉得在乡下住着好?"夏晓兰的反问倒把刘芬搞迷糊了。

乡下住着好不好,这个问题刘芬压根儿就没想过,因为她从小就一直住在农村。嫁人不过是从七井村换到了大河村,面朝黄土背朝天,刘芬最擅长的肯定不是做生意,也不是和人吵架,而是干农活儿。土地是让刘芬心安的存在,如果哪天国家政策变化,不允许她干个体户了,只要还有土地,日子辛苦是辛苦,总不会活生生饿死吧?

说到底,哪怕最近赚了点钱,刘芬还是没有面对未来的底气。可她又不是会拒绝夏晓兰的人，刘芬只能拿李凤梅做借口："咱们要是搬到省城去，你舅妈和表弟咋办？"

夏晓兰也考虑过这个问题，但她认为这不是两人不能搬家的理由。刘勇觉得村里的人会照顾她和刘芬，夏晓兰也承认这一点，但她早晚是要独立的，不可能一辈子都依附舅舅生活吧？

"我们是去省城做生意，又不是要转户口，现在村里还没把田地分给我们，等盖房子的宅基地有了，我们可能也在省城攒到钱了，正好回村子来盖房子。"

不背井离乡哪能赚到钱？眼下这时代，就算夏晓兰懂得农业技术，被压到极低的农产品收购价也让她没有窝在农村搞种植脱贫致富的念头，何况她对如何种田一窍不通！

而且只是去商都市，离七井村才多远？一天能跑个来回，乡音不改的地方，夏晓兰觉得刘芬是能适应的。

刘芬这些日子不也跑到商都市送黄鳝、拉油渣卖吗？

"那你读书咋办啊？"

"商都有到安庆县的班车，要去学校我就坐车回来，比村里到县城的泥路还好走。"

刘芬无话可说。

"你去和你舅妈说，我没脸开口。"刘芬找不到理由阻止，有点闷闷不乐。夏晓兰马上换了个口气："您要实在不想搬走我也不勉强，不过我在商都那边房子都租好了，人家也不会退钱，那我自己一个人住商都，也没人给我做饭收拾屋子……"

刘芬就急了："我跟你去！"她多疼夏晓兰啊，想到夏晓兰可能饿着冻着，一个人租房别人说不定要欺负她，就啥也不管不顾要跟着去。

可怜天下父母心！

李凤梅听说夏晓兰在商都租了房，没太吃惊。夏晓兰主意正，现在又遇到了好机会，找到了能赚钱的门路，窝在村子里干啥？

"你舅让我照顾你，我也觉得你丫头招人疼，有你妈一起住商都，生活上我不用担心，不过你得保证不能忘了念书的正事！"

夏晓兰跑一趟羊城赚上千的钱，大学生毕业参加工作，半年拿的钱也就那样，不同的是生活和工作体面稳定。李凤梅怕夏晓兰一时被倒卖服装赚的钱给迷惑住了，要是觉得考大学没意思，那她咋对刘勇交代呀。

"舅妈，我知道轻重呢。"

李凤梅戳她脑袋："你把自行车也骑走，我又不会骑车，丢在家里也白白生锈，村里人来借还不好意思拒绝。"

刘勇买的新车，每天被用来载货，从商都到乡下来回奔波，自行车质量倒是很好，可外表的涂漆哪能没有一点剐蹭，它为夏晓兰的初期资本积累立下了汗马功劳。

夏晓兰不会丢下用旧的自行车的，她打算再跑一趟羊城就买一辆新自行车，旧的这辆她和刘芬自用。李凤梅挺上心的，等涛涛不上学的那天，四个人全部去了商都。

刘子涛第一次到省城，看见几栋比较气派的楼房惊讶得嘴都合不上。

她们今天顺便把衣服都带了过来，李凤梅和刘芬去置办被褥，夏晓兰也带着涛涛忙活别的。两间屋子，她和刘芬都有各自的房间，床也不用买多好的，手里的钱还要用来进货，用红砖当床脚，上面放一张旧门板，铺上厚厚的被褥就是一张床。

桌子、衣柜也是市委招待所淘汰下来的旧货，象征性地交了点钱，胡永才就做主让夏晓兰随便挑。

来来回回跑了好几趟，两个房间都慢慢规整了。

李凤梅和刘芬铺床擦桌子，两人把屋子打扫整理了一下，都觉得这用旧货拼凑出来的住所条件真不错，重要的是还没花多少钱！

"晓兰没带你住上楼房，这屋子也没差多远了！"

城里人干啥都要花钱，可也干啥都方便啊。看看于家那厕所，李凤梅寻思自己家是不是也攒钱往城里搬。

她想的是县城，夏晓兰给她定的目标特别远大："省城的学校比县城好，涛涛要是能在省城上学，和乡下的孩子差距可就拉大了。"

李凤梅有点心动："可涛涛是农村户口，能在省城上学？"

夏晓兰对这块儿也不太了解，办法都是人想出来的，没户口就不能上学了？再过几年等国家对"农转非"的问题松了口子，到时候要想搞城镇户口也不会太难。在此之前，涛涛可以在省城的学校借读，基础打好了，这孩子将来在哪儿念书都不怕。

"嘎吱——"于奶奶拖着扫帚回来了。

"您回来啦，今天我舅妈来帮忙搬家，您也没吃饭吧，我们包了点饺子。"

一点饺子不值啥钱，于奶奶态度冷淡："租房的时候你可说是两个人住的。"

于奶奶不怕把房子租给两个农村女人，可要再多住进来一个女人和小孩儿，后面是不是还有男人要来住？她一个孤老婆子，人家是一家人，于奶奶就怕自己引狼入室。

李凤梅也看出来于奶奶不好相处，赶紧解释："大娘，我家里还喂着猪呢，可不敢在市里过夜。"

于奶奶也没要夏晓兰她们留的饺子，自己烧火做饭去了。李凤梅的确没打算在商都过夜，家里一个人都没有，被小偷光顾咋办？两头猪精心伺候了大半年，眼看着要出栏，要是被人给偷了李凤梅得心疼死。

这时候才下午3点，夏晓兰和刘芬今晚是要在于家住下了，她们一起送李凤梅和涛涛去车站。

涛涛对省城念念不忘，这里的一切都好新奇，和穷困的农村截然不同。

"姐早晚接你来商都上学，你先乖乖回家，上课时不许开小差，商都的学生们可厉害了，你不能和他们差得太远呀。"

第78章　张记的靠山

夏晓兰有魄力，直接搬到了省城住。

她走之前找陈旺达开了几封介绍信，也是为了去羊城方便。夏晓兰雷厉风行地搬了家，陈大嫂还没回过神来："咋就搬走了，没听说刘家还有啥亲戚，刘勇那嫁到临县的妹妹和刘家八百年不来往的，你说夏晓兰和刘芬会去哪里住？"

陈老大不是很关心，夏晓兰办事有条理，她搬走的事和陈旺达通过气。

陈老大亲爹都没意见，陈老大更没意见："你管得真多，能跑到哪里去，户口不还在村里吗？"

现在像刘勇那样出门打工挣钱的人不多，却也不是没有。陈旺达都没有限制村民行动的权力，陈老大觉得自己婆娘管得太多。

陈大嫂嘀咕道："是不是她们娘俩的田没分下来，不满意啊？"

陈大嫂还疑心夏晓兰是找到对象了，直接带着刘芬住到男方家里去了。仔细想想好像又不可能，谁家大方到连丈母娘都管？

陈大嫂嘀咕着夏晓兰搬家的事儿。夏家那边，张翠和夏长征两个也没办法接受打听来的情况。夏晓兰竟真的插班到县一中念书，还准备参加明年的高考，不是靠哪个野男人的关系，她是真的通过了县一中的插班考试……咋可能？！

能考上大学的，都是天上的文曲星投胎。文曲星投胎到夏家，落到她张翠的肚皮里，也只有她配生养大学生女儿。刘芬是个啥东西，连儿子都生不出来的女人，张翠从来都瞧不上，现在夏晓兰也想考大学，张翠就觉得可笑！不仅是可笑，她还有点恐惧。

"他爸，你说那臭丫头真考上大学咋办？"

夏晓兰是啥货色啊，要是能念书，也不会初中毕业就不读了。反正从前的夏晓兰是个脑子发空的蠢货，张翠疑心是夏晓兰和王建华来往时，王建华给夏晓兰补习过。

王建华是她未来的女婿，子毓说王建华将来大有出息，张翠也得意女儿能把这样的对象拿捏住。可王建华毕竟和夏晓兰不清不楚的，张翠得提防着两人死灰复燃。

夏晓兰为啥忽然想考大学？该不会是在京城的王建华联系过她吧？王建华这是有了子毓，还惦记着夏晓兰那破鞋呢……

夏长征心里也烦。

"这事儿先不要告诉子毓，那臭丫头可不能翻身，她恨着夏家人！"

他们对夏晓兰使用的手段不光彩，那又咋样？夏家本来就穷，集全家之力才供出一个大学生。他们的女儿夏子毓争气，那夏家人就该全力培养子毓。夏晓兰要不是行为不端，他们也没有空子可钻！

当初撞墙死掉，也算一了百了了，偏偏人没死，醒过来后一步步打乱了他们的计划。

待在一个屋檐下，臭丫头只能任由他们揉圆搓扁，不想刘芬有骨气离婚，带着夏晓兰跑得远远的。不管是夏长征还是张翠，要想再对夏晓兰做点啥，就会名不正言不顺。

夏晓兰想考大学，那咋行呢？虽然她不一定能考上，但夏长征和张翠都不能冒这种风险。张翠也没再催赶夏红霞回大河村的事了，她要留着夏红霞，必要时给夏晓兰找点麻烦。另一边张翠也催促着夏长征，让他想办法把夏晓兰在一中的插班资格搞掉。

县一中要怎样才会开除一个学生呢？

张翠埋怨夏长征没本事："子毓去京城上学后，孙校长那里，你咋都不走动？"

夏子毓和县一中的孙校长认识，孙校长也挺喜欢念书勤奋踏实的夏子毓，知道她是农村人，家里面重男轻女，全靠母亲张翠摆小吃摊供夏子毓上学，孙校长还曾帮忙打招呼，要不张翠也租不到县一中门口黄金地段的铺面开店。

夏子毓考上了京城的大学，安庆县这边的关系就交给夏长征和张翠了。

夏长征没念过几天书，在家里能仗着大哥身份压着下面的两个兄弟，在外面却拿不上台面。让他主动和文化人孙校长来往，夏长征找不到话题，自觉在孙校长面前直不起腰杆。他就喜欢和县城里那些摆小摊的来往，能听到奉承话；也喜欢和肉联厂的人吃肉喝酒，能搞到点平价肉和不值钱的牲畜下水，夏长征觉得特别有面子。

不过现在不能再把孙校长那边搁下了，校长一句话，开除掉一个坏学生还不容易？夏长征决定要和孙校长拉拢下交情。

夏晓兰高高兴兴搬去了商都，夏长征提着一条猪后腿，趁着天黑摸到了孙校长家。

"校长，子毓来信说特别惦记您，让我代她来看望您。"

夏子毓毕业也没几个月，考上的是本科，孙校长印象还深着呢。教书育人的校长，有考上大学的昔日学生惦记，也说明他受学生爱戴，孙校长还挺高兴的。

"你是子毓爸爸吧？进来坐，和我说说子毓现在的情况吧。"

夏长征带来的猪后腿孙校长不要，夏长征搓着手："农村也没啥好东西，这是家里杀了猪，特意给您留的，不是花钱买的，您要是不收下，我心里不好受啊！"

夏长征的外表很有欺骗性，老实巴交的农民样。

孙校长叹口气，只得收下他送来的猪后腿。两人谈了一会儿夏子毓的近况，夏长征也没傻到第一次上门就提起夏晓兰的事，孙校长要留他吃饭也不肯，只说店里生意忙。

孙校长个人还是喜欢风雅的礼物，比如有档次的笔记本、钢笔和比较罕见的书籍之类，认为这些才是正常会收到的礼物。烟酒、猪后腿这种礼，也真的只有农村学生家才能送了……农村孩子上学不易，孙校长也没有贪图别人钱财的打算。

"他们家是不是生意上遇到麻烦，你改天去打听下？"孙校长的话是对老婆说的。

相比不能吃的书，校长夫人倒是觉得猪后腿更实惠。

"能遇到啥麻烦，张记小吃店生意好到不行，人家一天的收入都能抵上你一个月的工资。"

安庆县重点高中的校长又咋样？赚的还不如路边小吃店的老板多。

当然，要让校长夫人去当小吃店老板娘她也是不肯的，在动荡的年月孙校长这样的人是臭老九，现在恢复高考的几年间，孙校长是县重点高中的一把手，工资虽然不多，但孙家却是很受人尊敬的。

个体户？朝不保夕的，像今天这样求人帮忙的时候多着呢。

不过夏家忽然求上门，为的是啥事儿，校长夫人决定听她家老孙的话，找个时间打听下。

第79章 舅舅的救命恩人

周诚在沪市耽搁了几天，并不知道夏晓兰搬家的事。不过周诚也不急，他把舅舅刘勇给救了，夏晓兰就算搬到天边去还能不要舅舅啊？

刘勇看周诚和康伟像是干走私的，这两个还真不是，他们干的事儿顶多算投机倒把。刘勇才真的是干走私的，泥瓦匠能赚多少钱，刘勇不甘于平凡，想的是赚大钱赚快钱。他花了大半年的时间才摸到了门道，也的确是赚到了钱，他不仅是单纯地压货跟车，他还入了股，赚到的钱都押在了货上。这一次半路被截，刘勇大半年攒下的家业起码损失了大半！

心疼归心疼，好歹捡回来一条命。要知道和他在一起的另外两个人，可是当场就被人打死了。

走私这行赚钱快，风险高，刘勇亲身经历了，就不肯让夏晓兰和周诚处对象。周诚却说他在保密单位工作，打死刘勇都不肯信。周诚也不解释，安心等刘勇出院，他和康伟在卸货时也把刘勇带上了。

周诚和康伟开的那辆东风汽车，后车厢装满了箱子。他们在沪市把货卸掉，离开时又在当地装了货。装的啥呢？周诚两人验货时，刘勇的心脏怦怦跳。香烟，一箱箱的全部是香烟！

周诚和康伟把沪市有配额、在当地却不好卖的香烟扫荡一空，拉回香烟品牌的原籍销售。其中的差价一包香烟可能不起眼，可他们带的烟不是一包，不是一条，也不仅仅是一箱，整整一车厢的烟，各品牌的都有！

一包烟肯定不止赚1毛，周诚到底打通了多少关系，一路上都在上货和下货，不时调换着车厢后的箱子。一箱箱香烟被搬下车，新的箱子又重新装满后车厢。这种生意肯定要把利润分出去，周诚他们相当于是中间商，从货源到分销，都需要有人来完成。

可一包烟就算只有1毛利润能到周诚他们手里，一条烟就是1元，一个大箱子轻轻松松装上百条烟。东风汽车的后车厢装的烟不说上万条，几千条总有吧？不是跑一趟挣几千块，沿途每个大城都要停一下，从京城到沪市，再从沪市返回京城，刘勇都算不清两人到底能倒卖多少条烟，到底能赚多少钱！

干走私的也没有这么赚。如果这门生意全是周诚和康伟的，两人得多有钱啊！

刘勇看得眼花缭乱，心里也猜不透周诚和康伟的来历。亡命徒？关系户？没有关系，当然做不成这种生意，康伟以周诚为尊，周诚又是个啥来路呢？

刘勇一点也不放心，这样一个人看中了晓兰，不把人得到手，真的会善罢甘休吗？刘家小门小户的，完全没有和周诚对抗的能力。

刘勇不看好外甥女和周诚的未来，就算周诚没有玩弄晓兰的心思，门不当户不对，两个人也很难走到最后的。回程的路上，刘勇越来越沉默。

周诚说话也挺直接："这生意挺赚钱的，但我也不会长久干这个，倒是舅舅您有何打算，还要干老本行吗？"

刘勇咬咬牙："我把自己剩下的本钱抽出来，这行不敢碰了。"

刘勇的胆子不小，入行前也知道风险。不过这次差点送了命，还是给刘勇敲了警钟。没有人不怕死，他要死在半道上，留下一家子女人加个6岁的小孩儿，还不是要被人欺负死？

"舅舅估计自己还能抽出多少本钱来？"

周诚不是个缺钱的主，刘勇也不担心他惦记自己的一点小钱，干脆实话实说："绝大部分都折损在这次了，我要是临时退股，好的话能拿到5000元，少的话可能就3000元左右。"

刘勇挺遗憾。康伟却有点佩服他。

刘勇别说和诚子哥比，就是和他康伟比，先天条件就不行。看体格，打打杀杀的事儿也轮不到刘勇上，半年工夫能挣下一笔钱，靠的全是胆量。就连康伟，要没有周诚提携他，他不也在京城的单位上班混日子？每个月拿着饿不死的工资，平时全靠疼爱他的奶奶贴补才没有那么拮据。

周诚问得这样细，是想让刘勇把剩下的本钱投到香烟生意中来："舅舅可以仔细考虑下，我觉得您和康伟搭档着干这个应该没问题。"

康伟没啥意见，周诚不能一直不务正业，等周诚走了，康伟也不会把周诚占的份子吞掉。夏晓兰要成了嫂子,刘勇就是周诚的"真舅舅",让刘勇掺和进生意,康伟反而更放心。

刘勇心动吗?他心跳得快,短短的一两分钟里,身上的衣服都打湿了!汗水刺激得他背上的伤口又痛又痒,不知道靠着多大的毅力,刘勇才拒绝了这个诱人的提议。

他不能接过从天上掉下来的钱啊,周诚可能不介意,刘勇却不想因为钱把外甥女给卖了。本来成了万元户,阎王殿走了一遭,亏得只剩下几千元,还不一定能拿到手,刘勇难道不心疼?但有几千元,他可以拿着干别的生意,没有走私来钱快,更比不上周诚倒卖香烟,可赚到的钱他花着踏实。

周诚一听就笑了,没头没脑地说了句:"舅舅您和晓兰果然是一家人。"

农村人又咋样?不管是夏晓兰还是刘勇,都有自己的骨气。夏晓兰那么聪明,难道看不出随便敷衍周诚几句,就能靠着他发财吗?可周诚让夏晓兰入股,夏晓兰直接给拒绝了。周诚再邀事业受到重大打击的刘勇入股,白给钱,刘勇也果断拒绝了。

周诚就觉得真是一家人啊!

刘勇觉得莫名其妙,周诚却不再解释。周诚忽然很想念夏晓兰,他对她的思念一直没有中断过,此时此刻又格外厉害。路上都不愿意停了,周诚开着车直奔安庆县,还说刘勇受伤了,殷勤地送刘勇回家。

车子突突突开到七井村,刘勇带着周诚回家,上次救了夏晓兰周诚不居功,这次显然是要光明正大地出现在夏晓兰的生活里。

刘勇能咋办?他不能拒绝,还要恭恭敬敬地把两个救命恩人请回家。

刘勇离开时说自己最短都要两个月才能回来,没想到过了两周他就回来了,他虽然皮肤黑,看起来壮实,但失血后毕竟是亏了身体,唇色白白的,走路也发虚。

李凤梅担心得要死:"你这是咋了?"

刘勇往屋里张望:"晓兰呢?"

"晓兰前天搬去商都住了,她说市里比较方便。"

搬走了?刘勇第一个感觉是高兴,后面跟着的周诚就是来看晓兰的,结果扑了个空。

见周诚失落,刘勇就开心啦,这种心理李凤梅没法理解,她就是奇怪周诚和康伟是谁,说是刘勇朋友吧,她又从未见过。

刘勇干咳两声:"我这次出门遇到点麻烦,幸亏这两个同志救我一命,救命之恩,都不晓得要咋感谢。"

第80章 辗转也要见面

刘勇也不想说,他背后的伤口是瞒不住的,晚上和李凤梅一个被窝,脱了衣服就啥都暴露了。主动坦白,他还能含糊掉一些关键地方。

李凤梅当下就哭了,这是差点丢了命啊,她差点成了寡妇,涛涛差点成了孤儿,能不大哭一场吗?李凤梅是哭了个痛快,逼得刘勇答应再不去赚这个钱,她才想起来还有两个救命恩人要谢。

"两位同志,我都不晓得要如何谢你们,你们不仅是救了老刘,也是救了一个家庭!"

李凤梅擦着眼泪,要留周诚和康伟吃饭。

周诚却忽然想起了什么一般:"医生说了刘叔的伤口要随时复查,我们急着赶路,也忘了在路上替刘叔检查了。婶子，饭就不用安排了，我和康伟反正也要到商都市去卸货，不如顺便带刘叔去医院看看，商都人民医院的条件比县城好。"

刘勇干瞪眼，什么复查伤口，这是一定要看到晓兰呀。

李凤梅被周诚说得猛点头，嘴里念叨着周诚考虑得仔细，决定要和刘勇一起去商都市。

不亲耳听到医生的话，李凤梅是不可能放心的。她央求平时要好的邻居帮忙照看一下儿子："今晚我和刘勇没回家的话，涛涛就在你家睡啊。"

邻居瞧不懂咋回事，不过看周诚和康伟两人开着车，琢磨着刘勇家日子真是大变样了，自然满口答应。李凤梅把家里剩的几百元钱全带在身上，强迫着不情不愿的刘勇挤上了汽车。

康伟偷偷竖起大拇指，诚子哥真是厉害啊，三言两语就掌握了主动权。他还以为周诚见到李凤梅就不要脸叫"舅妈"呢，哪知道周诚连对刘勇的称呼都改口了！

周诚心想，刘勇是知道他底细的，男人和男人之间本不必装模作样，越真诚越好。但女性长辈大抵都喜欢成熟稳重的，他肯定不能对着李凤梅继续无礼了。

四个人又一路赶到商都市。

周诚多聪明的一个人，路上随便说几句，就能把话题带歪。李凤梅自己跳进坑里，说要找夏晓兰一起去医院，大抵是要让夏晓兰和刘芬跟她站在同一阵营，阻止刘勇再去赚这些有生命危险的钱。

刘勇就看着自己婆娘顺着周诚的思路走，把夏晓兰的新住址给他说得清清楚楚。

蠢婆娘啊！刘勇暗暗捶胸顿足，却无济于事。

大东风停在了于奶奶家门口，李凤梅上去拍门，来开门的是刘芬。

"大哥，你回来了？"

刘勇嗯了一声，自然又要把周诚和康伟介绍一番。一说起自己受伤的事儿，刘芬肯定也要掉眼泪。于奶奶规矩多，刘芬也不能把大家随便往屋里领。

不过刘芬也没有招待几人的心思，现在肯定要先送刘勇去医院。

从头到尾夏晓兰都没露面，李凤梅一问，刘芬才说夏晓兰今天到安庆县去了："今天学校有考试，她到学校去一趟，又打算去羊城，连明天的火车票都买好了……"

康伟有点心疼他诚子哥，难道今天注定了和未来嫂子没有见面的缘分？

周诚知道了夏晓兰在省城的住址，心中的急躁已经不见，他将于奶奶家的门牌号记在心里，自己也没再提见夏晓兰的事，真的将刘勇送去商都人民医院检查，跟着跑前跑后帮了许多忙，别说李凤梅感激得要命，刘芬对他的印象也好到不行。

赶路嘛，车里环境也不行，周诚虽然是用来当借口的，但刘勇的伤口情况还真有些不好。医生给打了消炎针，嘱咐刘勇要静养。

等从医院折腾一番出来，天也晚了，周诚和刘勇商量，今晚大家一起住招待所。

刘芬不同意："晓兰肯定从安庆回家了，我也要回去看看。"

周诚特别真诚："那我送您回去，阿姨。"

刘芬不好意思："这么晚了，怪麻烦你的，我自个儿走回去吧，我认得路。"

"一脚油门的小事，阿姨别和我客气。不瞒您说，我一见到您就觉得特别亲切，您和我妈真有几分像，我出门在外，好久没和我妈说话，很想念她。"

周诚这样说，刘芬还怎么拒绝呢？心软的刘芬已经将周诚脑补成在外为了生活奔波，不能经常回家的年轻人。

刘勇在心中大骂周诚无耻，康伟整个人都是晕乎乎的，诚子哥真的太能睁眼说瞎话了，刘芬黑瘦不起眼，分明是个老实本分的农村妇女，而周诚他妈，那是多有气度的一个贵夫人啊，周诚生得如此好看，就是随了周妈妈的基因。

周诚又载着他们回于家，到门口时，昏黄的路灯下传来丁零零的响声。夏晓兰骑着自行车，从路灯的光晕里走出来，白白的小脸，连随意扎的两个辫子都是那么俏皮可爱。

她瞧见一辆大东风停在门口，那车牌号很熟悉。

"周诚？"

"晓兰同志！"

周诚大踏步走过去，忍住将夏晓兰抱在怀里的冲动，后半辈子的演技都被他提前预支了。

"你怎么在这里？"夏晓兰心说，你抢我台词干吗啊？

不仅抢她台词，还一本正经地叫她晓兰同志，周诚是不是摔坏了脑袋？

刘芬从后车厢下来，刘勇和李凤梅都出现了，夏晓兰还没明白这是唱哪出，刘勇却心知肚明，刘芬和李凤梅都奇怪："晓兰你认识周诚呀？"啊？所以呢，她现在应该表现得不认识周诚吗？

夏晓兰冲着周诚眨眼睛，希望能得到点提示。

周诚觉得她闪动的睫毛都快把自己的心也眨化了，他一时甚至忍不住要对刘芬和李凤梅坦白，说他就是看中了夏晓兰，恨不得马上将晓兰娶回家。

刘勇捏着鼻子替周诚和夏晓兰找补："晓兰，你认识周诚……你之前说崴了脚送你回家的两个热心同志，该不会就是周诚和康伟吧？"

刘勇是最清楚内情的，因为夏晓兰差点被流氓侵犯的事李凤梅和刘芬不知道，现在事情都过去了，说出来也是让两人担心。

有了刘勇这话，夏晓兰就知道该如何接话了。看来她妈和舅妈都还不知道流氓的事，不过舅舅说要两个月后才回来，怎么又和周诚凑到一起了？

第81章 大家都需要更安全地赚钱

就算没有于奶奶的规矩，这么多人在夏晓兰租的房子里也住不下。

刘芬待在家里，夏晓兰和其他人一起去招待所。

夏晓兰总算弄清楚刘勇和周诚一块儿出现的原因，尽管周诚说得轻描淡写，夏晓兰却在 11 月微寒的天气里吓出了冷汗。

如果周诚和康伟不是刚好路过，没有两人相救，她舅舅会不会因为失血过多人就没了？

周诚和康伟替她打跑流氓时，夏晓兰虽然感激，却也没有这样感激。

女性的贞操很重要，但真被流氓侵犯了，夏晓兰也不可能去死。她舅舅却是一条命，人连命都没了，再多的盼头也没有了。怪不得周诚说要去羊城，临时又取消，那时候只怕在沪市的医院里守着她舅舅呢。

夏晓兰是真的很感激。她连说了三声"谢谢"，声音不大，任谁都能听出她情绪很激动。

"晓兰，这是应该的。"

就算是不认识的陌生人，在那样的情况下周诚肯定也要帮一把。不过救的人要不是刘勇，周诚肯定把人往医院一送，顶多垫付了医药费就完事了。但受伤的是刘勇，周诚就必须亲自留下来照顾，确认刘勇没有大碍才行。

他不是有义务这样做，他是自己愿意这样做。因为夏晓兰，他和原本八竿子打不着的刘勇有了羁绊，周诚做这一切都甘之如饴。

说他卑鄙也好，自私也罢，刘勇伤得挺重，周诚救他的那一刻，脑子里还想着这真是天意。半路上都能碰到夏晓兰受伤的舅舅，谁敢说晓兰不是他命中注定的媳妇儿呢？

周诚望着他媳妇儿，浑身毛孔都透露着喜悦。他表现得太明显，李凤梅原本心不在焉的，慢慢有点儿发觉了。

瞧上晓兰了？也不奇怪，她就没见过哪个年轻后生会讨厌晓兰的。

小伙子长得很精神，又有对刘勇的救命之恩在，李凤梅对周诚的第一印象好极了。陈庆单看着也是很优秀的，但要和周诚比，似乎又不够看。人都是外貌协会的，谁家挑媳妇挑女婿不喜欢长得好看的人，就算在20世纪80年代，小伙子一表人才，家里面就是穷点，也不愁找不着老婆。

好歹刘勇跟着人家好几天，总该知道点底细吧，李凤梅打算晚上再仔细盘问。

送来送去的也麻烦，夏晓兰干脆也在招待所开了个房间。

她明天要去羊城，车票都订好了，刘勇忽然受伤回来打乱了计划。夏晓兰在纠结自己要不要退掉车票，她需要和刘勇好好谈一谈——夏晓兰现在仍然不知道刘勇是干走私的，出了一趟门差点丢掉性命，她舅舅的赚钱门路实在很危险。

尽管后世有人曾笑称，在二十世纪八九十年代发家很容易，所有赚钱的方法都写在《刑法》里了，笑称归笑称，也从侧面说明发家早的一批人不少有过灰色手段……灰不灰的也分程度啊，她舅舅选的行当，显然是要命的。

赔钱不怕，就怕要命。命丢了，一切才是真没了。

让舅舅跟着入股开服装店，她卖女装，舅舅卖男装？她舅舅就不是能在一个地方长久待住的人，夏晓兰自己也不会一直倒卖服装。她想了很多，翻来覆去好半天才睡觉。

一墙之隔是周诚和康伟的房间，周诚也睡不着。

"康子，我这趟跑完就要收手了，这条路你要咋办，我们两个商量下。"

康伟一下子从床上翻起来："哥，我都听您的，您说咋办就咋办。"

"你别激动，我不是要拆伙，也不是真要塞个人到我们的生意里，就是刘叔这事儿给我触动挺大。亲自跑生意在利润方面能拿得多，路上有多危险你也瞧见了，不是每次都那么运气好的。"

劫道的要抢走私的，走私的相互黑吃黑，刘勇是拿命在博钱。劫道的同样会抢他们的车，值得长途运输的货不可能不值钱，整整一车的香烟值多少钱？这种东西就算是抢了，也很容易出手！

周诚自己挺自大，可他不会一直和康伟一起跑车。康伟没有他细心，身体素质更差得远。康伟还是康家二老的心肝宝贝，看看今天晓兰的家人们有多伤心着急，换了康伟有个闪失，康伟奶奶肯定是活不了的。

周诚是要拉康伟一把，不是要带着他往悬崖下面跳。

康伟被周诚说得沉默了。这条路真的太赚钱了，每一箱香烟都是正规产品，他们不是走私，而是把每个地区固定配给的香烟换个地方，把沪市不好卖的香烟牌子拉到豫南省，豫南的拿去京城，来回倒腾……好吧，不是走私，绝对是钻政策的空子。

像他康伟，钻点政策的空子无所谓，就算哪天要追究，看在他牺牲的父亲的分儿上，事情可能也会大事化小。周诚却不一样，诚子哥是有大前途的，档案里会不会留下污点？

康伟打了个冷战，被巨大利益冲昏的脑子总算开始降温："诚子哥，我们收手吧。"

康伟的胆子小，有时候是缺点，有时候又成了优点，让康伟知道"敬畏"，没有仗着家里长辈的溺爱变得无法无天。周诚见他把话听进去了，也就不再吓唬他："收手倒不至于，我们换个方式还能继续做，你让我想想。"

康伟猛点头，千万要好好想想，他这脑子比不过周诚，他习惯了听周诚的。他奶奶说过，自己不聪明不怕，跟着聪明人走就行。

招待所的条件不错，住进来的五个人各有各的心事，大家都失眠了。第二天早上，最高兴的人当数李凤梅无疑，晚上刘勇已经答应她，把剩下的本钱抽回来，再也不碰那要命的生意了。李凤梅虽然心疼他背后的伤口，却也高兴刘勇的决定。

11月的商都市早晚气温都挺低了，李凤梅拿着热水壶接水回来洗脸，招待所她是第一次住，虽没有七井村乡下叫她习惯，却又有着说不出来的方便。随时提供的热水，干净的厕所，听说每年的11月中旬，商都市还集中供暖……怪不得涛涛来了省城就舍不得回去，这里和乡下的确不一样。

人往高处走水往低处流，从前那是没念想，一旦想法在心底扎根，想去掉也没那么容易。

"你能抽回来多少本钱？你说咱俩像晓兰一样，也在商都市做个啥生意，把涛涛接到省城上学咋样？"

第82章 不想掩饰好感！

想留在省城？刘勇也没吃惊，见过了好日子是啥样，谁也不愿意苦哈哈守在农村不挪窝，要不他咋总想着折腾呢。

"家里的田丢下不管了？你之前总担心不种田要饿死。"

是啊，家里的田咋办？不管你种不种田，每年的公粮和各种提留款都要交，这是农民身份带来的限制。土地里刨食虽然辛苦，但勤勤恳恳总能填饱肚子，就是手里用钱时会觉得受限制，填饱肚子可以，更好的生活那是没有的。农村人都是那样过的，就算是城镇职工，也没有天天吃肉的，大家花钱都是省了又省！

和从前比，李凤梅该对现在的日子满足了，分田到户后，农民的日子会越过越好。但见过了一些东西后，李凤梅也不甘心守在农村。她也不是为了自己，当父母的总得替孩子考虑吧？

"谁说我要丢下家里的田，我请人种行吧，反正做买卖亏了，回去还有几亩田，咋说也不会把我们一家人饿死！"李凤梅提高了声音。

她也不求像外甥女那么厉害，交公粮和提留款的钱还是能赚到的吧？

"行行行，你别激动，你说咋整就咋整。"刘勇就是逗逗老婆，却把李凤梅不服输的那股劲给逼出来了。他原本打算在县城安家，不过仔细一想，安庆县那种小地方其实也没啥好待的，人口就那么多，做点糊口的小生意行，想要大发展还得往大城市走。

刘勇是不懂啥城市经济，他只知道买东西的人多，人们兜里有钱，个体户才能赚到钱。

商都是豫南省的省会，和沪市、羊城不能比，在豫南省已经算是最好的大城市。这里离七井村并不是太远，既可以照顾到乡下老家，也可以做生意……刘勇都觉得自己从前是脑子有坑，一门心思想搬到安庆县，还不如直接到商都市呢。

"等我把本钱退出来，再仔细打算。"

李凤梅就把夏晓兰之前的提议说了，刘勇下意识地摇头："你好意思去占晓兰这个便宜？这孩子分明是要分钱给你花，你是有眼光挑衣服呢，还是敢自己跑到羊城进货？你对晓兰的生意能帮上啥忙？"

合伙，必须能提供帮助。

夏晓兰从羊城倒腾回来的衣服在短时间内被人抢光，那是因为她眼光独特，让李凤梅去进货，李凤梅能挑到受欢迎的款吗？她也不是啥嘴皮子特别利索的人，夏晓兰在城里请个小姑娘，都比李凤梅会卖货。刘勇就不同意入股，那是占外甥女便宜！

李凤梅被说得心虚起来。是啊，她不能帮上忙，可不就是占便宜吗？

"还有涛涛咋办？赚钱的事有我，你要把儿子带好。"

刘家没有长辈能帮忙，刘勇父母都早逝，李凤梅她妈要给她娘家的兄弟们看孩子做家务，真是找不到人带孩子，刘子涛不是16岁，他才6岁！

两口子其实和现在大部分人的想法不太一样，他们没啥文化吧，却又奉行着后世提倡的"父母陪伴孩子"，现在双职工家庭那么多，也不是家家都有长辈帮忙看孩子，都是上班前往学校一丢，放学了，小孩儿都能自己回家，大家养孩子都挺粗糙的。啥陪伴和课后辅导啊，家长忙着上班赚钱养家呢，没那么多讲究！

就算不搞啥计划生育，涛涛也是两人唯一的儿子……刘勇结婚晚，李凤梅还是二婚，两人都不年轻了。

刘芬一大早就来到招待所。她也不知道周诚和康伟爱吃啥，没给带早饭。商都市最不缺各种早点店，美食街夏晓兰和周诚都挺熟，轻车熟路带着众人去吃早饭，夏晓兰觉得心里有点异样。

大家都不知道，她和周诚早来过美食街。也不晓得周诚和她一起卖过鳝鱼和鸡蛋。周诚给她发的电报、送给她防身的电击器，以及两人在火车站的牵手，在火车开动前周诚的那个拥抱……两个人之间有了别人不知道的秘密，仿佛就建立了一种关系。

周诚这臭不要脸的，偏偏还装作不了解："晓兰你想吃啥？"

夏晓兰忍住瞪他的冲动："一碗驴肉汤。"

周诚嘴角高高翘起："太少了，你人太瘦应该多吃点，再加一笼灌汤包吧！"

一碗驴肉汤，一笼灌汤包，她和周诚第一次来商都，吃的是同样的东西。

11月明明开始降温，驴肉汤还没下肚，夏晓兰就觉得耳根有点红。

周诚殷勤地帮大家点东西，妥帖又热情。刘勇还是不信周诚说的职业，他哪里有吃苦耐劳的秉性？不像苦哈哈的人，反倒是个精于吃喝享乐的大少爷！

刘勇正郁闷呢，他们一行人点东西不抠门，老板还搭了两句话凑趣："兄弟，这你家女婿吧？孝顺大方，小伙子长得还精神，老哥羡慕啊！"

刘勇简直要吐血，谁家女婿呢，你要羡慕你拿回家好不？

谁看不出来周诚喜欢夏晓兰呢？李凤梅知道，刘芬也看得出来，这两个女人对周诚的印象都挺好，周诚毫不掩饰自己的心意，大大方方地献殷勤。

吃完早饭，他更是直接问道："晓兰，我听阿姨说你今天要一个人去羊城？你一个人出门我挺担心的，我能不能陪你去？"

嗯？让你陪着去才更危险好不好！

刘勇觉得自己的背更疼了。

康伟已经对周诚见色忘友的秉性习以为常，从第一次被抛弃时的震惊到现在的淡定，天知道康伟经历了什么样的心路历程。

李凤梅看看外甥女，周诚这小伙子长得好看，晓兰是不是中意呢？

刘芬好纠结，她对周诚的印象挺好，小伙子对她女儿太热情了，跑前跑后地张罗，还要陪晓兰去羊城……刘芬不是担心周诚的人品，她心里惦记的还是夏晓兰考大学的事。做生意就够分心的，还能谈对象吗？

夏晓兰也没想到周诚这么大胆。他当着大家的面就说出来了，就算她拒绝，周诚也有办法自己去……然而夏晓兰发现自己并不是特别想拒绝，她告诉自己，周诚好歹能帮忙扛货包。

"好呀，如果不耽误你时间的话。"

第83章　路人都看得出喜欢

周诚要陪夏晓兰去羊城。火车票挺难买的，但周诚想要就总能想办法搞到一张票。夏晓兰拒绝再换卧铺的好意："周诚，这是我的生活。"就像她之前拒绝周诚车接车送，用夏晓兰的话来说，还不到享受的那一步呢。

有多大脚穿多大鞋，她想要的东西早晚都会有，在这方面夏晓兰是真的不想依靠任何人。现在有周诚可以依靠，慢慢她就有了惰性，要是周诚靠不上了咋办？毕竟她和周诚还没有确定关系，谁知道将来会怎样。

周诚总是拗不过夏晓兰，这种事他也不愿意惹夏晓兰不高兴。那就坐硬座吧，他又不是吃不了苦。

康伟要留在商都，周诚嘱咐他帮着刘勇去处理退股的事……能干走私的不是善茬，刘勇说要退，人家会那么轻易地把属于他的那部分还给他吗？

"不要自己去，我记得小光他们家在商都有亲戚，请小光帮帮忙，等回京后我去谢谢小光。"

小光也是同一个大院的。家里不如周家显赫，但小光叔叔伯伯不少，周诚记得小光大伯去年好像调到商都工作了。

拿回刘勇的本钱是小事，用一下小光大伯的关系，周诚主要是给刘勇入伙的那些人一点警告，告诉他们刘勇背后是有人的，免得他们因为担心刘勇泄密而事后产生报复的行为。

康伟也知道其中的利害："诚子哥你放心，我肯定把这件事办好！"

刘勇是诚子哥未来媳妇的舅舅，那就是诚子哥舅舅，也算他康伟半个舅舅，康伟肯定要把刘勇完完整整捞出来。

夏晓兰这次有周诚陪着，再去羊城心理上就放松多了。

火车上很无聊，要待30多个小时，总不能一直和周诚干瞪眼吧？夏晓兰干脆带上了两本书，她一边忙着赚钱，一边也有条不紊地按照自己的计划复习。

要重新掌握知识点，除了理解记忆，还必须配合题海战术。夏晓兰在一中交了学费，每一次学校印刷的卷子她也不错过，都是带回家自己刷题的。现在的教辅书太少了，想买啥黄冈密卷简直是做梦，每个学校都是老师自己出题，印出来的卷子带着重重的油墨味，做完一张卷子，手心和袖口都是黑乎乎的。

下个月学校有个统一测试，夏晓兰要想拿高分也没有别的办法，只能在有限的时间里多做题。

好消息是有关1984年的那张数学高考试卷，夏晓兰的记忆越来越清晰，她现在能回忆起来的就有半张卷子，题目清晰，答案也印象深刻。还没高考，夏晓兰就已经有60分拿到手了，她会觉得不好意思，这不是她真的作弊，是之前刷过的卷子啊！

学好数理化，走遍天下都不怕，曾经的老师没骗她呀。

不过夏晓兰也没过分仰仗印象深刻的"1984年数学高考卷"，不到明年真正拿到试卷，高考试卷究竟是不是和记忆里一样，还充满变数呢。还是那句话，只有她自己真正复习好，不管明年的高考题目是难是易，她才更有把握。

火车上复习刷题这一出，是周诚没想到的。原本预想的暧昧旅程，如今变成了静静地陪着夏晓兰认真学习。火车上环境吵，夏晓兰就往耳朵里塞了棉花球，他只有等夏晓兰看累了休息时才能交谈。

有了周诚多方面的保护，只要他往旁边一坐，就再也没有人贩子敢打夏晓兰的主意了。

周诚看上去不好惹，更不像缺钱的主儿。要用去赚大钱的方式骗夏晓兰，先要过周诚这一关……他看夏晓兰的眼神充满爱意，夏晓兰还用去别的地方赚大钱吗？只要冲周诚开开口，他就把自己赚的钱双手奉上了。

可惜夏晓兰瞧不上他的钱。周诚从小就长得俊，大姑娘小媳妇儿的都爱他的容颜，但夏晓兰的脸比他还要好看，这招对她而言，大概也是没用的。

周诚看看外面的天色，又看看手表，终于动手把夏晓兰面前的书抽走："不能再看了，休息一下。"

夏晓兰揉揉眼睛，他们今天是中午12点出发的火车，一学习就是五六个小时，夏晓兰的确感到很疲倦。

"周诚，很抱歉，好像冷落你了？"

周诚让她先喝点水。

"你不叫我周大哥，我就很高兴，同样你也不用对我说啥抱歉。"

夏晓兰都还没意识到，原来再见面，她已经改口叫周诚名字。比她年纪大的，她都叫"哥"，这本来是后世的销售手段，礼多人不怪，叫"哥"是种尊重。像胡永才、朱放还有陈庆，这些人夏晓兰都叫哥……叫哥比叫某某同志更亲近，能拉近人与人的关系，有利于夏晓兰办事。但同样的称呼放到周诚身上，那就是疏远。

周诚才不想当夏晓兰的哥，他想当她男人！

"你太狡猾了！"夏晓兰以为自己见多识广，没想到被周诚给套路了。

周诚,一个80年代的土著,只有20岁,咋就这么多的心眼儿呢?

夏晓兰狠狠瞪了周诚,可惜眼神软绵绵没有杀伤力,周诚反而心花怒放:"是,我狡猾,你说的我都认!"

追老婆就像行军打仗,战略上藐视敌人,战术上重视敌人……抱着夏晓兰肯定会成为他媳妇儿的信念坚决不动摇,具体追老婆的过程却要使尽浑身解数,不到和老婆白头偕老熬死所有情敌的那一天,永远称不上高枕无忧!

周诚骂不还口,夏晓兰能咋办?她现在已经成了不讲理的那一方,坐在她和周诚对面的大姐,看着夏晓兰的眼光十分不认同,等周诚买饭去了,大姐语重心长地感叹:"你对象多好啊,男人对女人好是求不来的运气,咱也要珍惜。"

大姐的潜台词就是,别仗着长得好看就拼命作妖啊,不然让她们这些长得不好看的旁观者多嫉妒啊!

夏晓兰笑着点点头。

夜幕降临,车厢里的光线不适合再看书,夏晓兰和周诚说着话,周诚这人很会带动气氛,夏晓兰越来越放松,随着时间的推移,车厢里的人也渐渐安静下来。夏晓兰有了困意,不知不觉就歪着头睡着了,她的脸歪在周诚肩头,周诚动也不敢动。确定她睡熟了,周诚才敢把她的上半身往下放,头搁在了自己腿上,尽量让夏晓兰睡得舒服一些。

她呼出的热气就在他腿上散开,周诚从小啥好东西没见过呀,但他从未像如此快活过,从遇见夏晓兰的那一天起,在安庆县小巷的那一眼,夏晓兰撞进了周诚的视线,以非常霸道的方式烙下印记!以至于和夏晓兰静静待在一起即使什么也不做,都能感受到巨大的幸福。

这世上有三样东西是无法遮掩的,咳嗽、贫穷和爱,他对夏晓兰的喜欢,谁都能看出来!

第84章 有点喜欢你了

夏晓兰醒了就不太敢看周诚,她发现自己是趴他腿上睡的,他膝盖上面还有一块可疑的痕迹,应该是自己睡觉流的口水。

夏晓兰简直要崩溃了,她睡觉咋能流口水呢,睡相不是一直挺好的吗?

周诚毫无异样,没拿夏晓兰睡到自己腿上的事打趣,夏晓兰才不至于落荒而逃。

这行为给两人的相处增添了暧昧的气氛,夏晓兰此前不拿周诚当回事儿是因为她心中坦荡,现在呢,好像多了点不好说的。

这次再到羊城,已不是凌晨,而是傍晚。对羊城,夏晓兰已经轻车熟路,她也不用担心火车站附近有危险,因为有周诚在。

这次不用白珍珠再当向导,周诚一个人就可以轻轻松松地扛起几包货。

李凤梅没要夏晓兰还回去的钱,刘芬那边知道她进货需要的本钱大,也没有停止过赚钱的脚步,别说夏晓兰之前出门,就算搬到商都后也是恨不得一天跑几趟榨油厂。原本堆得像小山一样高的油渣,都被刘芬搬出了一个缺口,她载着油渣四处卖,夏晓兰这次出门,刘芬又塞给她300元。

上次本来拿了1800多元回来,夏晓兰租房用掉120元,搬家又买被褥床单和锅碗瓢盆，她干脆剩个整数，算 1600 元的本钱。再加上刘芬给的 300 元，这一次夏晓兰带出来 1900 元。

当然，其中有 600 多元是李凤梅的。李凤梅不要分的钱，夏晓兰却连本带利地又将钱投入到第二次拿货中。

拥有将近 2000 元的本钱，夏晓兰能进的货就比第一次多。尽管领口镶了蕾丝花边和胸前缝着彩珠的毛衣好卖，绿枫叶毛衣也好卖，夏晓兰第二次却根本不打算再进相同款式的货。她的货走得快，靠的就是新颖的款式，一个颜色卖两件，偌大的商都市不容易撞衫。

一个款式动不动就拿货几十件，她又不是搞批发！物以稀为贵，啥东西多了就不值钱。要不是求那独一无二，夏晓兰的毛衣能卖到 30 多元一件吗？

再说了，那两个款式再怎么新颖，有了原版当参照物，只怕也有人能织出高仿版本……大闺女小媳妇都穿上了出街服，夏晓兰还能高价卖给谁呢？

"我这次要多进几件呢大衣。"

豫南省冬天冷，夏晓兰更想卖棉衣。不过她在批发摊位上转了两圈，发现这里还真没多少批发棉衣的，羊城是啥天气，冬天从来不会下雪，当地人对冬装的御寒功能要求没那么高。

周诚见她费力挑选衣服，鼻子上都冒汗了。

"你也给自己选两件。"

年轻的女孩儿都喜欢打扮，周诚觉得夏晓兰特别朴素。她长得这样好看，难道不该打扮得漂漂亮亮吗？之前是条件不允许，现在经济情况在好转，夏晓兰更是干脆倒卖起衣服来，竟然也没给自己留一身。

夏晓兰当然知道怎么样穿才好看。可她这张脸已经够招摇的了，再刻意打扮说不定又要招惹是非。

夏晓兰摇头："新衣服不耐折腾。"

周诚不同意，衣服不就是给人穿的吗，穿旧了再换新的。

"我看你穿上这些衣服，它们会卖得更快。"

国内这时还不流行请明星代言拍广告，但在国外，长得好看的明星能诱导消费。夏晓兰这长相去拍电影都没问题，把穿衣风格换换，就是摩登女郎……她穿在身上的款式，只怕会点燃女顾客强烈的购买欲望。

给自己的生意当模特儿？在节操和赚钱之间，夏晓兰果断选择了后者。

她在批发摊位上搜索，跳过那些高领的紧身毛衣，最终选到了一款米黄色的粗针圆领衫，外套则放弃了纯色的中长款呢大衣，选了短的红格子牛角扣毛呢外套，下面则是微喇牛仔裤。

夏晓兰都能想象自己穿出来的大概效果，商都的女顾客们也不会太陌生，国内不常见的搭配在日剧里有相似的风格。夏晓兰知道自己长得娇媚，她如今才 18 岁呢，不必打扮得过分成熟。

当然，她还需要一双简单的白鞋。

牛仔裤是夏晓兰这次进货的重点，全世界都在穿牛仔裤，国内也开始流行。围巾和手套都不贵，夏晓兰也顺便批发了一些。

把身上的钱花得只剩下 100 多元，夏晓兰也顾不上在羊城多转转，就要返回商都。

"上次来接我的白珍珠，是信得过的吧？"

"是的，不过我没有见过她。"周诚挺有警惕心，就怕夏晓兰误会。

夏晓兰当然不会把白珍珠和周诚扯到一块儿，她若有所思："这么说你还真没骗人呀！"

周诚挺直了腰杆："我不骗人，下次可以给你看我的证件。"

来羊城前，刘勇就和夏晓兰聊过，包括周诚和康伟如何救了他，两人又是做什么生意的，以及周诚说自己不是干走私的……周诚做的香烟生意，就是夏晓兰之前发现了却无关系和本钱去操作的商机。

她和周诚居然想到一块儿去了，不，周诚比她想到得更早，在她到来前，周诚已经开始了香烟的生意。烟草是专营的，周诚的胆子太大了，现在肯定已经挣下了不菲的身家。

照周诚的生意规模，上千元的劳力士也不算啥高消费。

周诚浑身都是谜，他怎么还做上生意了？周诚见夏晓兰的表情又开始生疏，搞不懂咋回事，明明他们的关系在这两天里有所拉近，在向着好的方向发展呀。就因为他的职业，夏晓兰又缩回了蜗牛壳中吗？

周诚百思不得其解："你不喜欢这职业？"

这可是眼下最热门的对象人选，未婚女同志的英雄情结，能嫁给保家卫国的男人是光荣，周诚不由得抿着唇——别人喜不喜欢关他啥事儿啊，他媳妇儿要是不喜欢，难道让他现在换个职业？！

"不，我喜欢你的职业，我也敬佩你，没有你们保家卫国，就没有我们的安居乐业！"

夏晓兰这点思想觉悟还是有的。

周诚还没来得及高兴，就听见夏晓兰继续说："敬佩不代表着要嫁给你们，长期两地分居是很辛苦的……周诚，我好像有点喜欢你了。"

第85章 直接跳过观察期

夏晓兰发现自己对周诚有些好感了。

从前管周诚是走私的还是贩毒的，家在哪里，家里是啥背景，这些和她没半毛钱关系。哪怕周诚和康伟救过她，夏晓兰无非就是欠人情，但人情又不是爱情，欠了就欠了，她夏晓兰还能还不上？

不过周诚说是做朋友，却步步紧逼，处处撩拨她的心弦。夏晓兰又不是泥捏的，面对大献殷勤的帅哥，她一点感觉都没有才怪呢！

正是因为有了好感，夏晓兰才开始在意周诚的身份。周诚是京城人，周诚的职业……夏晓兰觉得自己在自扇嘴巴，说好事业成功前不考虑个人感情问题的。

夏晓兰也委屈，好感又不是水龙头，拧开就有，关上就断流。她认为自己是被周诚的美色给迷惑了！

周诚哪里听得进去别的，他抓住的重点是夏晓兰承认对他有好感了——周诚一把将夏晓兰抱起来，原地转了两圈，惹来夏晓兰的惊呼："快放我下来，周诚，周诚！"

"不放，你都说了喜欢我，让我多抱一会儿。"

夏晓兰的发梢扫过周诚的脸，鼻端都是清新的香气，纵然有着夜色掩饰，他的行为也还是太大胆了。

幸好这是风气开放的羊城。

周诚狠狠吸了一口香味,才将夏晓兰放下:"你说了喜欢我,就不能耍赖,我没处过对象,你要对我负责。"

夏晓兰差点给气晕过去。好感和喜欢暂且先画等号可以,现在还真是男女平等了,难道她还要对周诚负责不成?!她又没占周诚的便宜!

夏晓兰忍不住反驳:"我又没说要和你处对象。"

周诚只当她在耍小脾气,根本不理会她的嘴硬:"是我想和你处对象,行不?你放心,我不会让你辛苦的!"

谁说嫁给他们这样的人就都是辛苦的?他偏要给夏晓兰挣回来满满的荣耀,她这样好的一个人,就该享受世间一切的好东西。跟着他,不是吃苦,而是享福!

周诚意气风发,夏晓兰阻止不了这人自说自话。她坦诚地表达了对周诚的好感,是想让周诚也说说自己的情况,周诚眼下在做的事儿一定要搞明白。

周诚也不隐瞒,此时此刻叫他把心掏出来给夏晓兰,他也不会迟疑:"我15岁就进了保密单位,今年夏天参加一场特训,在指挥时做出了错误的决策,上头决定给我一个处分,当时我又受了伤,于是干脆就把前几年积累的年假一块儿休了……本来假期还有一个月,这趟出来前,我身上的那个处分经过查证又被撤销了,所以我回京后就要返回岗位,不能像现在这样自由了。"

周诚说起来还郁闷呢,早知道是这么一个转折,他当时就不会回京城。在命令下达之前周诚本可以好好地和夏晓兰培养感情,说不定夏晓兰早就松口应允,至于康伟要如何把车开回京城,周诚此时则选择性地遗忘这个问题。

"那你有没有已经订婚的未婚妻?"

"没有。"

"有没有求而不得的白月光?"

"白月光是啥?"

"就是对她念念不忘,除了她,其他人都不值一提。"

"那我有,晓兰就是我的白月光。"

羊城今晚的月色极好,周诚觉得"白月光"的比喻太应景,晓兰说话爽利,却没有半点村姑的粗俗。白月光这种比喻,就像羽毛拂在周诚的心上……周诚15岁工作,自然没有机会上大学,想到明年夏晓兰就是大学生了,周诚认为自己也可以去学院进修一下。

没有未婚妻,没有白月光,夏晓兰觉得周诚的个人生活挺干净,选老公才会刨根问底,看一个男人顺眼想谈场恋爱,只需要他是单身即可:"那我宣布,你现在进入考察期了,要想当我对象也不是那么容易的。"

考察期?周诚连谈恋爱的阶段都想跳过,只因夏晓兰不够结婚年龄,不然他恨不得马上和夏晓兰领结婚证。考察期就考察期吧,如果这也是处对象的必经过程,周诚觉得还不赖。

他胳膊有力,一只手就能拖动装满货包的小推车,另一只手很自然地牵起了夏晓兰的手:"考察期能牵手吧?"

夏晓兰如果同意,周诚会认为自己可以果断地结束考察期,进而将两人关系推进到下一个阶段。

"能。"牵吧,反正早就牵过了,当时没挣脱,现在还扭捏啥啊。夏晓兰颇为光棍儿地想,她心跳也不正常。夏晓兰被周诚牵着手走在羊城的街头,夜市热闹又朦胧,亲密的恋人何其多,她并不讨厌这样的感觉。

果然恋爱就是要和好看的男孩子谈,那些相亲认识的、第一次见面就和她说房子加不加名的男人,她能喜欢才怪!

夏晓兰喜滋滋地想,你情我愿谈个恋爱,不合适就分手,当不当军嫂还远着呢。享受当下,想那么多干吗。

一个认为自己在谈一场风花雪月的恋爱,恋爱不代表着婚姻,只管享受当下。

一个认为自己和未来媳妇儿达成了共识,他必将敬她,爱她,娶她,对她好一辈子。

周诚和夏晓兰在这种美妙误会中,奇迹般达成了共识,两个人都觉得今晚的夜色美得不像话,谈恋爱这种事果然弥漫着粉色的泡泡,舒服得人心尖儿都在打战。

从商都到羊城,夏晓兰和周诚还规规矩矩的,从羊城返回的途中,两人的关系有了变化,自然就多了些年轻男女的腻歪。谁都看得出来他们是一对,夏晓兰复习,周诚眼巴巴地望着,怕她渴怕她饿,又怕车厢里的气味熏坏她,夏晓兰瞬间变成了瓷娃娃。

不过夏晓兰也是爽快人,既然和周诚挑明了关系,她就不会像公主那样高高在上地等着周诚来讨好。她对周诚说话的态度也不同了,更随意自然,她这身体嗓子和模样就那样长着,稍微软和一点,就像在撒娇。

车厢里那些男人,看着周诚的眼神不知道有多嫉妒。

夏晓兰一点也不胆怯,周诚喜欢她又不是罪,既然两个人要在一起,她自然要让别的人羡慕周诚,难道非得在大庭广众之下对男朋友呼来喝去才算有面子不成?面子是相互给的,恋爱带来的是相互的愉悦,而不是要把谁收拾得服帖。夏晓兰希望得到周诚的尊重,她自然也会给周诚尊重。

"那你回京城了,我可以给你写信吗?"

周诚眼睛亮晶晶的:"每天给我写一封?"

写信又不是刷卷子,还每天有任务?

夏晓兰慢慢点头:"我会去京城看你的。"

商都到羊城的火车超过30个小时,到京城的距离却只有到羊城的三分之一多点,想来坐火车也就10来个小时,夏晓兰觉得自己再多赚点钱的话,坐飞机去京城也行。机票贵没关系,她就是有点担心1983年坐飞机要开身份证明。

"高考后,我也会报考京城的大学。"

第86章　存款都要上交给媳妇儿

明年高考完去哪里念大学,夏晓兰原本在沪市和京城间摇摆不定。

不过她要试着和周诚谈恋爱,总不能天各一方搞啥异地恋,夏晓兰心中的天平已经偏向了京城。甚至坚定了念想,夏子毓和王建华不也在京城吗,她还得去会会这两人呢!

周诚好像只会傻笑了。他疼媳妇儿不应该吗?媳妇儿也对他很好呀。

这趟羊城跑得太有价值了,直接促成周诚和夏晓兰的关系确立。周诚回到商都就干了一件出乎夏晓兰意料的事,他从货车驾驶室底座翻出来一个公文包,直接塞给了夏晓兰。

夏晓兰提着那重量不对,打开一看都是钱!一叠一叠的"大团结",怕不是有几万元?

周诚似乎还嫌少:"等我回京就把自己的存折全寄给你。"

男人赚钱养家,上交存款,在周诚那里是天经地义的道理。他从小耳濡目染的环境就是这样,就算周家,他爸也是不管钱的,家里的事全由周诚他妈做主。用他爸的话来说,男人只盯着小事,还能有啥出息?

把家交给女人来管,又不会缺衣少食,还能集中精神在事业上奋斗。

他都找到媳妇儿了,赚的钱就可以交给媳妇打理,晓兰给他多少他就花多少,她总不会让他受冻挨饿。

夏晓兰有点感动,倒不是被这几万元迷花了眼,和那些见面就问她财产情况的相亲对象比,周诚简直太可爱了——钱她自己会挣,不稀罕周诚这几万,尽管现在的几万元要以房产的增值速度来算,能抵后世的几百万。

"钱我不要,心意我收下了。如果你手里的闲钱太多,又没时间打理,我建议你把钱尽量换成房产,特别是京城的房子,永远不要嫌多!"

要不说女人容易被感动呢,周诚拿几万出来,夏晓兰就送出去价值多大的"金玉良言"呀。

当下的人对囤房产是没概念的,城市职工都等着国家福利分房,周诚他家应该挺有背景,肯定是不会缺房子住的。但未来的事儿谁说得准,万一周诚家遇到个磕磕碰碰,权势带来的福利一下子有了差距,经济上还得有厚厚的底子呢。

不贪不污,正经投资来的固定资产,谁也不能质疑。

周诚再聪明也看不到30年后的事,他以为夏晓兰是担心两人结婚后没房子住。那怎么可能?分房肯定有他的,晓兰不想跟他去单位,难道他还能缺房子当婚房?算了,这种事和晓兰争论啥,她喜欢房子,自己就给买房子呗。

"你这边的生意,不是挺需要钱的吗?买房子钱我有另外的,你一直摆路边摊也不行,得有个固定的店面。"

夏晓兰还是不肯要:"店面不需要多少钱,开店也不急在一时,等我先把市场摸清楚再说。"

服装是赚钱,夏晓兰之前虽不精于打扮,见得多了也让她有了一定的审美。但这不意味着夏晓兰做这门生意就会一帆风顺,她同样需要摸索,需要试探市场反应。能摸清顾客的心理,才是夏晓兰站稳脚跟的根本呀,开不开店,店又该开在哪里,反而并不重要。

夏晓兰也没刻意说明她和周诚的关系进展,不过刘芬和康伟都有猜测。特别是周诚,喜形于色,那股夏晓兰说啥是啥的样儿,简直太没原则了。

周诚和康伟决定明天就启程回京城,周诚要和夏晓兰上街去卖衣服,夏晓兰挑的那身总算有机会穿出去。

扑面而来的青春气息,周诚被惊得手脚发麻。就该这样,这是适合晓兰的装扮,她不该被灰蒙蒙的旧衣服掩去了娇艳。

"真好看。"

牛仔裤包裹着翘臀和笔直的腿,短外套更显身材比例,这一身打扮弱化了夏晓兰的媚色，凸显了她的青春活力。

好看的女孩子和好看的狐狸精是两种评价，现在的夏晓兰属于前者。

刘芬也说好看。

刘勇和李凤梅早回七井村了，有康伟帮忙，刘勇押在别人那里的本钱很容易就拿了回来，和刘勇估计的5000元半点不差，别人还给刘勇封了个红包，说他此行受惊了。他们是误会刘勇找到了有背景的靠山，客客气气地让刘勇顺利退出团伙。

刘勇欠的人情可多了，偏偏还不赞成周诚和夏晓兰好，欠的人情还不起，不好面对周诚，干脆就先回乡下了。

周诚要和夏晓兰一起去卖女装，那画面太美，康伟都不敢想："哥，我还是留下看车吧。"

周诚也不需要康伟去当电灯泡，帮夏晓兰卖货，是心疼夏晓兰，也是多点相处的时间。

夏晓兰猜得没错，她第一次卖出去的两款毛衣已经有人模仿，最快的仿版都有人穿在了身上。做仿版的不是别人，就是她之前租借熨斗的那家裁缝店。

对方看见夏晓兰时还挺热情，夏晓兰看着店里挂着的呢大衣，想要再次租借熨斗的念头马上打消了。

裁缝的眼光多毒呀，夏晓兰在店里熨烫过衣服，人家就把她批发回来的款式扒版了。店里挂出来的那件呢大衣，就是仿款，只是商都应该很难买白色的毛呢料子，裁缝才没搞出真正的高仿版来。

夏晓兰知道这是难免的，但人家要打算继续扒她挑中的版，夏晓兰也不是那么好性儿。熨斗也不借了，她扭头就走。现在买个熨斗的钱她还是有的，于家的院子大，熨烫理货的地方夏晓兰也不缺。

"哎，你啥意思呀，你等等……"女裁缝还挺不乐意，夏晓兰根本不回头。

女裁缝没瞧见夏晓兰这次拿来的衣服，十分惋惜。夏晓兰穿的那一身也好看，可惜惊鸿一瞥，完全不可能照着打版。

夏晓兰脸色不太好，半天后自己又云销雨霁，在气啥呢？那也不是她的设计。

周诚倒是能看透原因，说到底还是夏晓兰受本钱限制，规模太小。她要是能组织起人，选好了款自己拆版，在其他人回过神以前就把商都的市场给占领了，她们搞仿版也没啥活路。

"你这是眼光好。"周诚安慰她。

可不就是眼光好吗？夏晓兰的街边服装摊消失了几天，再出现时依旧很快吸引了路人。她站在那里，就是活广告，纯色的毛呢受欢迎，印花的毛呢容易显土气，格纹的毛呢倒是挺好看。

刚过腰的短外套，冬天肯定不保暖的，可穿在夏晓兰的身上却那么好看，十分有魅力。

女人购物本来就不理智。被吸引来的第一个人就问夏晓兰身上的同款："多少钱一件？"

"98元，姐你比我高挑，要穿中码，给您拿一件？"

"百货商店的呢大衣也才100多元，这件才用多少料啊！"

真不便宜。女顾客心疼得脸色都变了，可又确实喜欢，就磨着夏晓兰要砍价。砍得也狠，一下子给还价到70元，这价钱卖出去也能赚，不过赚得不多。

夏晓兰心如磐石，做生意的没有心不黑的，让利太厉害，那真是白忙活了。最终也只让了3元，女顾客差点就不买了，夏晓兰赠送了一双手套才把这生意拿下。

后来围了好多人，一会儿让周诚给她们拿这件，一会儿又问周诚牛仔裤的尺码，简直就是来调戏周诚的。夏晓兰对这些女人无语了，毛绒手套照送，价钱却不肯少。

她不知道，自己和周诚当街卖货的情景，还被一个人看在了眼里。

"那是夏晓兰吧？"

第87章 凭我长得帅？

朱放妈习惯了在裁缝店做衣服，款式可能没那么新颖，但她是个小领导，在单位要求的就是稳重大方，也就不追求新款不新款，选好的料子，做出来的衣服很有质感，适合她的身份。

现在都流行穿毛呢大衣，朱放妈自然也要定做两身。

裁缝店老板一口一个"丁主任"，把丁爱珍拍得浑身舒坦，她一口气定了三件外套："你这款式倒新。"

"羊城的最新款，这衣服也就您穿出去有那个派头。"

丁爱珍是挑剔又高傲，可家庭条件也是真的好，两口子都是领导，近百元的呢大衣一口气能做三套，裁缝店老板拍马屁也是心甘情愿。

她也没说假话，确实是羊城的新样式。裁缝店老板还不乐意呢，她一个店能做几套？摆地摊那丫头真是吝啬。

丁爱珍留了定金，裁缝店老板保证先给她做，一周后就能取货。她离开裁缝店走在街上，听见几个女人说那家衣服特别好看的摊位又来新货了，这次的大衣都特别漂亮……呵，地摊货，有啥好买的。丁爱珍不屑一顾。

哪知再往前走，她就瞧见了那人挤人的摊位。周诚和夏晓兰都不是矮个子，那么惹眼的两个人，丁爱珍咋会视而不见？

情意绵绵的夫妻档，刺痛了丁爱珍的眼睛。

那人是夏晓兰吧？仔细看看，确实是夏晓兰！

不过和丁主任印象中的夏晓兰不太一样了。丁爱珍所看见的夏晓兰，穿着工农蓝布衣裳，脚下是土气的千层布鞋，人看着瘦瘦的，蹬着装满货的大自行车。长得是极为妖娆，穿得却很朴素，两极分化的反差，让她儿子朱放痴迷不已。

再看看现在的夏晓兰，格子短呢外套，微喇牛仔裤，脚下穿着一双方头粗跟的白皮鞋，完全是改头换面——日子过得挺滋润啊！原本像这样在商都市街头重逢，丁爱珍也不会这么生气，可夏晓兰身边还跟着一个惹眼的周诚呢！

一个拿衣服，一个收钱，男的俊女的漂亮，看上去是很般配养眼的夫妻档。可夏晓兰不是说不做生意了，要回去念书吗？

丁爱珍警告她不要高攀朱放，安庆县一中的老师找来，说夏晓兰是好苗子能考上大学，把丁爱珍的脸打得啪啪响。成了女大学生，当然算不上高攀朱放，也可以看不起丁爱珍原本打算用来打发夏晓兰的服务员之类的工作……从那天起，夏晓兰就真的不给黄河饭店送货了。

丁爱珍还远远地看过，换了一个老实本分的农村妇女来送货，朱放说是夏晓兰的妈。

朱放见不到夏晓兰，又不敢打搅她上进，在家单相思得厉害。之前好歹能向夏晓兰她妈打听两句情况，前两天那边是彻底断了黄鳝供应，只说没货了。朱放回家长吁短叹，丁爱珍也心疼儿子。

狐狸精就狐狸精吧，真要能考上大学，她也就把不喜按捺住，接受夏晓兰。丁爱珍自觉牺牲很大，为了儿子慈母心肠才会退步。转眼就瞧见据说在学校很努力的夏晓兰，和别的男人在街上摆地摊……瞧瞧这出息！

夏晓兰从来没说和朱放好上了，丁主任却有种自家儿子被戴绿帽子的愤怒。丁爱珍的逻辑简单粗暴，她可以挑剔嫌弃夏晓兰是农村户口，而夏晓兰就得恭恭敬敬听她的话。

夏晓兰偏偏不按照她的剧本来，不装可怜不扮无辜，牙尖嘴利地将丁主任的脸打得啪啪响。

丁爱珍被农村丫头打脸，打落牙齿和血吞，朱放在家里跟丢了魂一样，当妈的能咋办？

丁爱珍好不容易才给自己做好了心理建设，发现夏晓兰说一套做一套，愤怒让她失去了理智，冲上前扯开两个要付钱的女顾客："夏晓兰，你个不要脸的，和野男人勾勾搭搭，你对得起我儿子吗？"

夏晓兰都没顾上抬头，顺嘴就反驳："你儿子又算啥，我要对得起他？"

抬头一看，哟，这不是朱放他妈吗？

明明是瞧不上她，夏晓兰也以为两人不会再有任何交集，毕竟她都不再往黄河饭店送黄鳝了……丁爱珍的表情太凶了，好像要把夏晓兰吃掉。

丁爱珍都要气疯了！堂堂丁主任，哪里还有理智啊，她现在就是被激怒的母豹子，恨不得用最激烈的言辞来羞辱夏晓兰。

"你们买这个狐狸精的衣服，也不怕沾上晦气，她前头为了卖黄鳝给饭店，勾得我当采购的儿子茶饭不思，现在瞧不上卖黄鳝的小生意了，转眼又钓上了新男人……这男人是干啥的，能给你出钱，还是帮你吸引这些女人来买衣服？！你喜欢人家，人家真的会娶你？没正经工作，一穷二白的农村户口！"丁爱珍开始无差别攻击了。

夏晓兰可不是什么好脾气，人侮她，她必偿之。卧薪尝胆等着三十年河西？有仇她当场就报了！

她挥着手上的牛仔裤劈头盖脸就冲着丁爱珍抽："不会说话就不要说！一大把年纪都活到狗身上了，为了卖点东西给饭店，我至于要把自己赔上吗？你们朱家的门槛高，我还真瞧不上！"

丁爱珍被她抽蒙了，周诚怕夏晓兰气坏身体，赶紧抱住她："别和她一般见识，你消消气。"

夏晓兰扭来扭去挣扎，冲着周诚吼："她凭啥说你是野男人？"

周诚一下子变得好高兴，晓兰是因为他而生气吗？

丁爱珍要冲过来打晓兰，周诚的手像铁钳一样把她制住："晓兰可没花过我的钱，你也太侮辱这些来买衣服的女同志了，她们清清白白地花钱买走商品，有钱消费，银货两讫，还能是因为我的缘故？"

丁爱珍刚才都把这些女人搞蒙了。好好挑选着衣服，莫名其妙冲出来一个疯女人，说她们买的衣服沾着狐狸精的臊味，钱都付了，衣服还要不要？

进退两难中，女疯子一边喷夏晓兰，一边又把她们连带着损一顿。说她们因为男同志长得好看，才围上来买衣服的。

好吧，的确有这个因素，把这话直直白白地说出来，大家还要不要做人了！

听了周诚的话，女人们也回过神来，七嘴八舌反驳：

"你的思想太肮脏了！"

"说话太难听，个体户不是人呀，又不是卖给你家的奴隶，人家不能换门生意？"

"我看就是有你这嘴刁的，逼得人家原本的生意做不下去，才改行卖女装的！"

"你这口气比市长还厉害，管天管地，还管到街上的服装摊？"

夏晓兰是长得很狐媚，摸着良心说，哪个女人不想自己长得这样漂亮？

夏晓兰长着一张让人羡慕嫉妒的狐媚脸，做生意还斤斤计较，口水都说干才能抹一两元的零头，衣服好看是好看，掏钱时可心疼，按理说她们该讨厌夏晓兰，有人骂夏晓兰的时候该鼓掌叫好，可为啥还帮夏晓兰出头了？一定是这个疯女人太讨厌了。

七嘴八舌的，丁爱珍被喷得面红耳赤。

"你身上要没有狐狸精可图的，她凭啥看上你？"

周诚一脸认真地想了足足有半分钟："凭我比你儿子长得帅？"

第88章 喷得敌人落荒而逃！

"你……你……你无耻！"丁爱珍气得无话可说。

周诚就是长得帅，这点她没办法反驳，只能骂周诚无耻。周诚却把脸一沉："你把刚才的话说清楚，谁为了卖点东西给饭店勾引你儿子了？"

卖点黄鳝给饭店，还得勾引采购？周诚都快气笑了。

他从第一次见面就没掩饰过对夏晓兰的好感，也没掩饰过自己的经济条件，更直言要带夏晓兰一起做生意。要勾引，不该他来勾引吗？

周诚知道虽然职业不分贵贱，但儿子是饭店的小采购，当妈的也厉害不到哪里去。他被这样的小人物指着鼻子骂，没有火气才怪。

夏晓兰都怕周诚揍人，女人互撕和男人打女人的性质不同，夏晓兰觉得朱放他妈欠揍，所以刚才自己直接上手了。现在嘛，她可不能让朱放他妈喷一通就跑，她还得在商都做生意呢。

"我老老实实给饭店供货，黄鳝的质量摆在那里，你非要说是因为勾引你儿子。你这话是侮辱了你儿子的职业操守，他因私废公，对得起组织的信任吗？更何况我对你儿子没有男女之情，你上次警告我离你儿子远点，还暗示可以给我安排工作……我这都改行了，也没要你安排的工作，离你儿子足够远了吧，你咋还闹？！"

夏晓兰语气里是浓浓的嫌弃。有这种搬弄是非的亲妈，朱放就算长得和周诚一样，她也是瞧不上的。谈恋爱都嫌麻烦，更别说要嫁进朱家当儿媳妇！

也不知道周诚他妈妈好相处不？幸好她在商都，周家在京城，短时间内不用面对周诚的家人。

夏晓兰白了周诚一眼，周诚莫名其妙地委屈。

丁爱珍被夏晓兰几句话堵得下不来台。

· 183

夏晓兰明明白白地说，就是看不上她儿子，所以黄鳝生意也不做了，离朱家所有人远远的……丁爱珍没法接受，她儿子条件多优秀，居然还被夏晓兰嫌弃。她也不能顺着夏晓兰的话说，再坚持说夏晓兰勾引当采购的朱放，那就是朱放对不起组织的信任，在采购时徇私了——这种事虽然有些人也在干，但不能公然承认啊！

夏晓兰这样的狐狸精定然是权衡过利弊才选择交往对象的，丁爱珍冷静下来再看周诚，这人的确不像是一般人。

丁爱珍沉默了，其他人看明白了，夏晓兰说的都是真的。换了她们遇到这种事，何止是拿东西抽这疯女人，肯定是不给她留活路啊！

丁爱珍忍着众人的指指点点，费力挣脱周诚的钳制。她不敢还嘴，灰溜溜地挤出了人群，飞快消失了。

好好地做着生意，却被朱放妈一通搅和，夏晓兰一点也不高兴，只有赚钱才能稍微安抚下她的郁闷心情。

有女顾客开玩笑，让夏老板看在刚才帮忙说话的分儿上再少几元。

夏晓兰露出难以置信的表情："我讨生活这么难，真是人在家中祸从天降，你们还好意思让我降价？"

是挺惨的，要是有稳定的工作，谁愿意来做个体户啊。个体户虽然能赚到钱，却被人瞧不起。有一点倒是挺现实，顾客帮夏晓兰说话，那是因为夏晓兰不妨碍她们的利益，家里的儿子/兄弟真找了个除了脸外一无所有的农村女孩儿，她们肯定要跳起来反对。

她们不好再追着夏晓兰让降价，夏晓兰反而狡黠一笑："降价不行，不过可以多送一双手套。"

嘴里说着讨生活艰难，脸上却根本看不出难受。

夏晓兰大方爽朗，比她装可怜博同情更让人高看。高看她一眼的女顾客们身体力行表现，冲上去就开始抢手套：

"我要那双蓝色的！"

"明明是我先看上的，妹子你来评评理……"

丁爱珍闹了一出，并没有影响到夏晓兰的生意，她的衣服卖得差不多了就收摊。

有客人问她明天出不出摊，夏晓兰无奈："您还没买够？不过我进货是要时间的，最快也要三四天后，还是这个老地方，劳烦各位多帮忙宣传，熟客带来的我肯定给优惠！"

有周诚帮忙，她出摊和收摊都很快。

兜里各种面值的钱来不及整理，夏晓兰在羊城买了个小腰包，可以紧紧系在腰上，今天卖的钱都装在里面呢。

"今天累了吧，想吃啥我请客，千万别和我客气！"夏晓兰笑眯眯的，周诚也笑。夏晓兰的性格和长相是有反差的，长得娇弱妩媚，却是个大方爽朗的，说要请客就真的请，他不会和她客气。

夏晓兰能给身边人花钱，好像挺骄傲的。周诚喜欢死她这种自信的骄傲。

"房东奶奶不喜欢你带其他人回去，我们把阿姨也接出来，在饭店好好吃一顿。我不会给你省钱，你可别心疼。"

于奶奶脾气古怪，周诚也不上门讨人嫌。规矩严也有规矩严的好处，周诚上不了门，像今天这疯女子也不能随便打搅到夏晓兰。

周诚想起疯女人还是不舒服："我看今天这女人心里并不服气，你总在一个地方摆摊，早晚还会落到她手里。"

明面上的交锋并不怕，夏晓兰可不是那种懦弱好欺负的。那暗地里的算计呢？

对方是商都本地人，看样子还有点小权，阎王好过小鬼难缠，周诚并不放心——理智告诉他，夏晓兰是个很聪明的姑娘，她能处理好生活中的各种不愉快，但情感却左右着周诚的判断力。

夏晓兰眯着眼想，朱放他妈说话太难听，她本来不想为难朱放，朱放除了喜欢她又没犯啥错误。可谁叫他有个自以为是、出口成脏的亲妈呢，少不得要被亲妈牵连。

周诚信不信朱放妈的污蔑之词，夏晓兰根本不问。这种事都要解释的话，她这个对象谈得也太没意思了。

"和女人计较的事，你先不用管，我要是不能处理好，再请你帮忙。"夏晓兰说得坦坦荡荡，周诚也觉得自己对一个中年妇女喊打喊杀太丢份儿。当然，他媳妇儿要是有吩咐，丢份儿又是另一回事，面子哪有里子重要！

周诚没有执着于这件事，是因为刚才那疯女人完全没有讨到好处。先是被夏晓兰劈头盖脸抽了一顿，又被说得抬不起头，最后落荒而逃。今天若是夏晓兰吃了亏，周诚恐怕就要发疯了。

他上次发疯的对象是张二赖，被判了无期徒刑。一个能和康伟投机倒把折腾香烟生意的人，总不能是个道德无私的圣父，骂他周诚两句可以，他当是疯狗乱叫，说夏晓兰就是不行。天下的老婆奴不讲道理时都是一个德行！

第89章 响油鳝丝和扒海参

夏晓兰卖衣服就像在捡钱。

腰包充实，她又不是小家子气的人。直接叫上康伟，回家去接刘芬，刘芬却说自己吃过了。刘芬很能吃苦，但性格老实木讷并不是短时间内能改变的，让她去饭店那种地方她会坐立不安。夏晓兰知道，还得多带她妈去这种地方，时间久了情况才会改善。但在周诚和康伟面前，她不愿意让刘芬忐忑，也就没勉强。

给饭店送了那么多黄鳝，夏晓兰还是第一次在饭店里点响油鳝丝。

80年代的食物不好吃？好吃得要命！油好，添加剂少，猪老老实实吃着猪草和糠皮养到一年才能出栏，食材天然高档，做出来的食物咋会不好吃呢？

人们只是没有更多的余钱享受美食，美食就在国营饭店里，就在各种老字号里。

夏晓兰一脸餍足。她不是个重视口腹之欲的人，现在人变年轻了，居然也能被几道菜给勾得心里痒痒。

筷子又快又稳，每一次落下都能精准夹起几根鳝丝。粗细均匀的鳝丝，夹起来时颤巍巍地晃动，浓油赤酱，恰到好处的火候让它吃在嘴里兼具了嫩、滑、糯和韧劲儿……现在的黄鳝也是好东西，沟里生田里捉，不是后世传言是喂过避孕药催熟的。

夏晓兰吃得是舒心又放心，看她吃饭明明挺有规矩，康伟还是不由自主地咽了咽口水。康家又不缺吃的，就算闹饥荒的时候大家得勒紧裤腰带过日子，康奶奶也不会让康伟饿肚子啊。他吃过的好东西多了去了，这家店的响油鳝丝做得是不错，但夏晓兰吃的时候表情也太投入了。

有那么好吃吗？从小没见过啥好东西吧？康伟想起夏晓兰的出身，乡下丫头，家里穷，还不被疼爱。

康伟夹着鳝丝的筷子一顿，算了，让她多吃点好了。

周诚轻飘飘地看他一眼，胆子真肥啊，居然敢对他媳妇儿露出同情的表情？周诚不是同情夏晓兰，他是心疼。看着她吃东西那么享受，周诚自己不吃都高兴。

"炒虾仁和糖醋熘鱼你也会喜欢，快尝尝……"

夏晓兰冲他笑笑，咽下去嘴里的鳝丝后才低语："卖了那么久黄鳝，我还没在饭店里吃过这道菜，吃到了也就安心了。"

她难道不觉得黄鳝黏糊糊的又腥又腻？她也是女的，倒卖黄鳝这种事她没干过，滑腻腻的像蛇一样的东西，夏晓兰能喜欢才有鬼呢！

不过是为了生计，她得忍着恶心去做这门生意。夏晓兰觉得响油鳝丝好吃，不仅是东西本身好吃，坐在饭店里点一道响油鳝丝，这件事本身就意味着夏晓兰过上了更好的生活。

有钱有闲，才敢走进国营饭店，点上一大桌子菜请客。结账时，夏晓兰给的钱。

她好歹是当过跨国企业高管的人，寻常的美食哪能让她这么失态。但刘芬确实没吃过啥好东西，夏晓兰不至于见到海鲜就激动，她给刘芬点了一道饭店里最贵的"扒海参"打包带回去。

"我说了要让我妈过上好日子，一份扒海参而已。"夏晓兰提着打包的菜晃晃悠悠地说道。

抱着20斤红薯被赶出夏家，她今天能让刘芬吃上20元一份的"扒海参"，以后就能让刘芬享更大的福！夏家是个啥玩意儿？呸！

周诚知道她是高兴呢。他把夏晓兰送回家，眼看着那门关上，掉转头就沉了脸，颇有皮笑肉不笑的狠戾："康子，你嫂子长得太漂亮，总有人打她的主意……我又不能天天守在商都，你说咋办？"

康伟只差举双手投降。他对未来嫂子是真没有歹心啊，一开始是很惊艳，后来人都被诚子哥圈定了，康伟就把自己的心思断了。

他小心翼翼地说："嫂子明年不是要去京城念大学吗？"

哥，您再忍大半年就好了。

不对，京城也不行，有个疑似夏晓兰"初恋"的王建华。喀喀喀，康伟差点被自己的口水给呛死。

那用小光大伯的关系把刘勇捞出来，难道还要用小光大伯的关系帮诚子哥斩断情敌的觊觎？小题大做，传回京城肯定要被人笑死。

为了避免被人笑死，康伟用尽所有诚意说道："嫂子又不会看上其他人。"

当然，晓兰说了喜欢他，这让周诚的心稍微踏实一些。

夏晓兰带着打包的菜回家，扒海参还带着热气。

刘芬从来都没吃过海参，也想不到卖20元一份。夏晓兰说特意给她带的，她也就老老实实吃掉，滋味是极好的，夏晓兰说是"海参"，是海里的一种东西，刘芬点着头："好吃，晓兰你也吃。"

"我在饭店吃过了,妈您多吃点,这东西补人呢。"

刘芬还是太瘦。每天都跑来跑去,也让她没机会变白。不过眼睛有神了,和夏晓兰刚"醒来"时那个提线木偶般的乡下女人有了很大差别。一具行尸走肉里被装上了灵魂,刘芬对未来有了盼头。

她试探着问夏晓兰和周诚的事,夏晓兰很爽快承认了:"我觉得他人不错,先处着呗,反正也不用天天见面,不耽误啥事儿。"

"周诚是开大车的?"

"在保密单位上班,现在休假中。"

保密单位上班?那晓兰岂不是要当家属,刘芬一瞬间就想远了。在刘芬的观念里,处对象都是奔着结婚去的。老实本分的她没想过还有像她女儿这样渣的,恋爱和婚姻又不能画等号,夏晓兰就是想和周诚谈个恋爱!

"当家属挺好,挺好的……"

周诚年纪小,刘芬也不敢想他是啥单位干部,心里认定是普通的人。

普通人,就算是京城的,长得还好看,她家晓兰又有啥配不上的?晓兰也好看,晓兰特别能干,晓兰还能考大学呢。刘芬脑子里没有嫌贫爱富的观念,两口子过日子都是一块儿使劲的,两个人和和美美,谁赚钱都一样。

只要周诚不嫌弃晓兰之前的名声就行,刘芬有点害怕,转而又庆幸,都搬到商都市来了,从前的事也没几个人知道。

幸好和夏大军离婚了!幸好搬家了!这两件事简直做得太对了,刘芬脸上有止不住的欢喜。

"你舅好像不太赞同你和周诚的事,他要说你几句,你就乖乖听着,你舅对你多好……"刘芬絮絮叨叨的,但夏晓兰一点也没有不耐烦。她给刘芬找了个活儿,就是让刘芬数腰包里的钱。

第90章 宣告主权

钱咋就那么好赚?跑一趟羊城就能翻一倍。从900元翻成1800元,又从1800元变成3000多元?

刘芬数着钱眼睛都花了。那再跑一趟羊城,岂不是能变成7000多元?

夏晓兰摇头:"我一个人只能带那么多货,一次性进太多也不可能。"

商都市人虽然多,但她一个人能支起的摊位只能有那么大规模。像今天也不是每件衣服都卖光了,1983年人们的购买力有限,进的货越多,她销售的时间越久。

在没有固定店铺前,夏晓兰不准备进太多货,就算本钱充足,她给自己画的线是一次进货不超过2000元。

"妈,卖油渣也太辛苦了,要不您别做了?"

一件呢大衣她赚的不止20元,刘芬载300斤油渣出去卖,也才赚20元左右。一天得跑两次榨油厂,刘芬挣的钱才能和一件呢大衣的利润比。

刘芬现在赚的已经不少,一天卖几百斤油渣,除去下雨等恶劣天气,她一个月咋说也有六七百元收入。是夏晓兰的新生意利润太恐怖，才显得刘芬倒卖油渣的利润不起眼。

换了从前在夏家时，如果一个月能赚600元以上，夏老太还会嫌弃刘芬不能生儿子，夏大军还会对她拳脚相向吗？可能会，性格决定命运，刘芬不自己变强，手里捏着会赚钱的本事也没用，会被夏家其他人抢走。尽快脱离夏家是夏晓兰最正确的决定。

刘芬也有了自己的主意，夏晓兰心疼她，她却觉得卖油渣的生意太好了："妈还想继续卖。"

每天装走几百斤油渣，榨油厂堆废料的地方都有了缺口。在没把榨油厂的油渣搬空前，刘芬舍不得放手。

卖油渣就是载货下乡辛苦，该称多少斤、该收多少钱刘芬不糊涂。她没有夏晓兰伶俐的口舌，不能让那些城里女人掏钱买衣服，但卖油渣不需要巧舌如簧，养猪的农民需要它，他们就会掏钱买！刘芬觉得这生意适合她，辛苦算啥，她有一把子力气，不赚钱难道要闲在家里靠女儿养？

夏晓兰勉强不了她妈，还是家底太薄，她妈才想着攒钱。对刘芬来说，一年几千元收入的生意就这样放弃，那也太可惜了。

母女俩说了半宿话，夏晓兰一大早又爬起来去送周诚。这次是刘芬包的饺子，照例是夏晓兰调馅儿，包了整整两斤肉馅，给周诚和康伟路上带着吃。

周诚舍不得离开。夏晓兰把饺子塞给他："别婆婆妈妈的，有时间我就去京城看你。"

小没良心的。周诚开着车走后，夏晓兰才回家。

在她看不见的地方，周诚的车一转弯，就转到了黄河饭店。老远瞧见饭店的楼房，康伟就怪叫一声："哟，那个打嫂子主意的就在这里面上班？"

"你别阴阳怪气的，我看你嫂子虽然没瞧上他，但话里话外也不讨厌他。就是他妈太讨厌了，我怕那女人还要找事儿。"

黄河饭店可是涉外的。门口铺着红地毯，也有商都当地人来消费，敢迈进饭店大门的都非富即贵。

开大车的货车司机在普通人心里是能赚钱，但在黄河饭店还真不够看。周诚和康伟不是怯场的人，饭店也不能真把人拦在外面。

周诚和康伟往饭店里一坐，大清早的这两人点了个鱼翅！

服务员一脸为难地看着两个土包子："鱼翅需要时间泡发，都是要提前预订的。"

你们以为是粉条呢？拿热水一泡，过20分钟就能端上来一碗酸辣粉！那是鱼翅啊，泡发的时间长，程序也挺复杂。

"那上一份八宝熊掌，一份荷花猴头，一份油泼飞龙……"康伟咂巴下嘴，意犹未尽，掏出一叠"大团结"摆在桌上，表示他有钱结账。

黄河饭店是供应过熊掌的，最贵的是大盘的扒熊掌，一份就要330元！八宝熊掌也不便宜，230元。

荷花猴头不是猴子的头，是猴头菇。

油泼飞龙当然也不是真的龙，"飞龙"是产于兴安岭那一带的榛鸡，像鸽子那么大，一只重量不超过一斤，肉质洁白细嫩，是老饕客眼中的上等食材。天上的龙肉，地下的驴肉，龙肉说的就是榛鸡肉。

服务员冷汗都流下来了，相比顶顶贵的八宝熊掌，荷花猴头只要35元，油泼飞龙一份也才40元。可熊掌、猴头菇和飞龙，这些食材就算黄河饭店也不是时时备着……谁闲得没事儿，会忽然来饭店点这些菜？！

"对不起，这些都没……要不我去后厨问问，今天能给您二位上点啥菜？"服务员的态度很客气。

要没有康伟放在桌上的钱，这两人肯定是来找碴儿的。

现在也是找碴儿的，有钱人找碴儿总不能随便打出去。服务员被康伟折腾得不知所措，康伟拉长声音："哟，这都没有，你们饭店这采购也太不称职了吧？"

康伟从一叠"大团结"里抽出一些，可能有十几张，都递给服务员："为了吃顿饭真不容易，小费你收下，我能见贵店的采购不？"

啊？没有熊掌、猴头菇和飞龙，关采购员朱放啥事儿？

服务员看着康伟认真的脸，看了那不菲的小费，恍然大悟：原来不是来找饭店麻烦的，而是来找朱采购麻烦的！

黄河饭店是能收小费的，并不违反政策，只要是客人心甘情愿给的就行。那这钱她也是可以收的吧？

叫朱放出来，她可没有压力，她又不喜欢朱放。

朱放一头雾水，来黄河饭店吃饭的客人有见厨师的，还真没有要见他一个采购的。但朱放没做啥亏心事，就连吃回扣这种事因为心高气傲都做得少，他没啥好心虚的，也就来见了。

周诚和康伟他都不认识，但这两个年轻男人都是极出色的。

"你就是朱放吧，坐下吧，我有几句话想和你说一下。"周诚身上有股说一不二的派头，朱放平时有点小骄傲，周诚的骄傲并不愿显露，但这种骄傲是刻入骨髓的。说得俗一点，习惯装×的朱放遇到了不用装也很牛的周诚，气场就败落了，忍不住要顺着周诚的意思行事。

朱放坐下来，告诉自己对方是饭店的客人，他听听对方要说啥。

周诚一句话，又把屁股刚沾上椅子的朱放刺激得差点跳起来："我是夏晓兰的对象。"

夏晓兰的对象？朱放难以置信。

他不愿意承认这个事实，但周诚看上去实在不像开玩笑。是的，周诚人长得好看，能跑来黄河饭店消费，也不是啥普通人，朱放心都快碎了，咬着牙否认："我不信，晓兰根本没提过你……"

周诚用看傻子的眼神瞧着他："晓兰和你提我做什么？你信不信没关系，我来饭店有两个目的，一是感谢你曾经照顾晓兰，二是希望你能约束一下自己的母亲……她在大街上辱骂晓兰，我对她的印象很不好，对付女人不是我的习惯，特别是对上了年纪的女同志。"

朱放的心像被人塞了一颗酸柠檬。周诚是来宣告主权的！

第91章　朱放发飙

朱放还没消化夏晓兰有对象的事实，整颗心都揪到了一起。

他妈在大街上骂晓兰？她咋能干出这种事？

朱放没有亲耳听到，但能猜到肯定骂得很难听，否则周诚不会找上门来。

亲妈有多强势朱放很了解，可丁爱珍在家表现出来的是很支持他和晓兰的啊，之前也同意了给晓兰安排工作，后来晓兰说要去考大学，连黄鳝生意都不做了，安排工作的事自然没了下文。

朱放涨红了脸，他妈是不是对晓兰说了难听的话，才让晓兰都不肯再来黄河饭店了？那时候，他知道晓兰是没对象的。

这对象是新谈的，朱放脑子里乱七八糟的，嘴上无意识地辩解："不可能，我妈不是那种人……这其中肯定有误会！"

周诚挺不耐烦："我亲耳听见的还能有误会？朱放同志，我就是通知你一声，如果你不能约束自己的母亲，我就只能按自己的方法来处理这件事了。"

他就是来通知一下，宣告主权，顺便给朱家一次机会。

眼前这小子觊觎着他媳妇儿，周诚在这种事上心眼比针尖大不了多少，偏偏为了自己在夏晓兰心目中的形象，还要装出大度稳重。

一叠"大团结"是1000元，桌上剩着的咋说也有八九百元。

康伟啧啧两声，指着剩下的钱说道："你妈说我晓兰嫂子为了卖黄鳝给饭店，勾引你，这点钱不知道够不够黄河饭店付给晓兰嫂子的货款？货款两讫的事，被你妈一说显得太恶心，这钱你收着，是我哥给的感谢费。"

康伟这小子，只差说是给朱放的小费了。

情敌来自己工作的地方摆阔气，还给自己小费？朱放受不了这个侮辱！

周诚却已经用尽了耐心，他和康伟站了起来。两个人都很高，北方人魁梧，朱放连个子都不占优势。

"康子，走了。"周诚和康伟没有继续再和朱放周旋，两人跑来黄河饭店撒了1000元，连口水都没喝。

"客人咋走了？"

"一个菜还没点呢……"

"嘘，我看是来找碴儿的。"

"朱放认识那两个人？"

朱放的人缘并不太好，他在夏晓兰面前姿态放得低，平时和同事相处他是很骄傲的。饭店里也有向他示好的女服务员，但朱放一个都没瞧上。

朱放的眼高于顶伤害了女同志的自尊心，丁爱珍的态度更叫人难堪。看见朱放吃瘪，大家都有点幸灾乐祸。

有人觉得周诚和康伟太损，走上前安慰朱放："小朱同志，你没事儿吧？"

朱放难堪得要命，推开关心他的人："我没事，我要请假，家里有点事。"

朱放跑了。

众人望着桌上扔的钱，这钱是给朱放的，可朱放不会要啊。

"啥人啊，跑来我们饭店摆阔。"

"人家能摆这个阔，这钱比朱放一年工资还多吧？"

那个拿了小费的早数过手里的钱，15张"大团结"，就是150元。一叠是1000元的话，桌上剩下的钱就是850元。朱放一个月工资是70元，一年也才840元啊，可不是比朱放一年工资还高！

钱朱放没要，搁桌上谁也不敢去拿，还是经理看着不像话，让人把钱先收着："等小朱回来再交给他。"

大家都不知道咋回事，一大早上就来了两个豪客给朱放"送钱"，送钱能把朱放气成这样，饭店的人都好奇得要命。

朱放就是生气。他瞧上夏晓兰其实也没干啥坏事，不过他是个妈宝男，习惯了有事回家找妈解决——哪知丁爱珍当面一套背后一套，嘴里说着要帮夏晓兰安排工作，转过头就羞辱晓兰。朱放心里难受夏晓兰找了对象，又疑心是他妈从中作梗，才把晓兰吓得不敢来黄河饭店，还飞快找了对象。

他妈到底对晓兰说啥了？把他的姻缘坏了也罢，晓兰都不和他见面了，咋还能冲上去辱骂她！

周诚和康伟大清早跑来黄河饭店，肯定是给晓兰出气的，朱放多骄傲的人啊，愣是被周诚的阔气和高高在上给打击到了，以后饭店的人如何看待他，他还好意思在这里上班？

生气的朱放一口气冲到他妈的单位，丁爱珍今天却有好几个会要开。

朱放稍微冷静了一下，没在丁爱珍上班的地方闹，他又闷头回家。丁爱珍开完会听说儿子朱放来过也奇怪，这时间点不是在上班吗，采购的工作时间比较自由，但朱放很少来她单位的。来了就是有事，有事咋没留个只言片语就走了呢？

丁爱珍下午提早下班，回家就发现朱放躺在沙发上，枕头盖着脑袋。

听见脚步声，朱放把枕头一掀跳起来，面红耳赤，看着他妈的眼神好像在看仇人："妈，你去找晓兰麻烦了？"

丁爱珍心咯噔一下。她昨天丢了大脸，当然不会这么轻易就算了，她在单位当着小领导，自然也认识别的朋友，肯定要把昨天受的委屈还回去——夏晓兰不是要做个体户吗，随便托几个朋友查一下她，夏晓兰的生意不黄也要脱层皮！

改革开放的春风吹遍了神州大地，整个国家的经济是在往好的方向转变，分田到户让各种农产品的产量提高了，农民兜里有了余钱，能供应给城市的物资更丰富……破坏改革开放就是在开历史倒车，但改革开放的模式仍处在摸索中。

个体户和投机倒把的差别并不明显。一个月工资几十元，商都到羊城的车票就要花掉一半，交通成本的高昂，直接将"投机倒把"给扼杀在摇篮中。夏晓兰往饭店送黄鳝，可以说是农民自产自销，尚属卖农副产品的范畴。她在街上公然摆摊，在丁爱珍看来就是"投机倒把"！

丁爱珍还没有采取啥行动呢，就被朱放看破了，难道夏晓兰跑去找朱放告状了？

丁爱珍坐到了沙发上，已经想好说辞："妈不是找她麻烦，是想让她认清下自己的身份。她一个农村丫头，你瞧上她就是夏家祖坟冒青烟，不感激涕零，还敢朝三暮四？她心太野……你被她骗了，夏晓兰身边有野男人，这样的儿媳妇我不会承认！"

朱放听得整个人都要爆炸了。他妈话说得好听，事情是承认了，就是去骂过夏晓兰，还打算要找夏晓兰的麻烦！

朱放的生气，有喜欢夏晓兰的缘故，也有被周诚刺激的缘故，更重要的是丁爱珍的态度，总把他当小孩子糊弄。20多岁的朱放不能忍，他知道拿什么能威胁他妈："晓兰又没对我承诺过啥，你把她逼得不敢再送黄鳝到饭店，现在还想砸她生意……呵呵，她对象今天来饭店找我了，我看晓兰生意没黄掉，你儿子工作倒是要丢掉了！你再去找她麻烦，你

· 191 ·

去，我现在就搬出去，不待在这家里了！"

朱放觉得自己是个英雄，在保护夏晓兰，也是替自己反抗独裁霸道的丁主任。

丁爱珍看他像个点燃的炮仗丢下狠话就要往屋外冲，气得肝疼，赶紧把他拉住："妈不找她麻烦了，你给我说说，她对象去饭店找你是咋回事儿？"

第92章 你得罪了朱家

朱放哪有那么好对付，在家里闹了大半天，丁爱珍根本制止不住。还是等朱放父亲下班回来，两口子才把朱放压住。朱放梗着脖子，蹲在沙发上喘着粗气，丁爱珍被亲儿子折腾得精疲力尽，对着自家男人哭诉："我还要咋对他，咱家是啥条件啊，他被那个农村丫头迷得连亲妈都不管了！"

朱放父亲没被老婆的思维带偏，让朱放把事情从头到尾好好讲讲。就从认识夏晓兰开始讲，一直讲到周诚和康伟在饭店炫富，听完之后朱放父亲很快下了结论："有这种事，还怎么处对象？你儿子和那姑娘成不了，你也别找人家麻烦，你挑剔女方出身，女方也要挑剔男方情况。"

丁爱珍嫌弃夏晓兰的出身，朱放父亲却有点欣赏对方。

一个农村丫头，靠着年轻漂亮找个人嫁了就行了，这是改变命运的捷径，夏晓兰偏偏要自己折腾。出身差算啥，他们家又不是解决不了工作，能从乡下倒卖黄鳝进城卖，一穷二白的，先认识了市委招待所的采购，转眼又打通了其他几个饭店的关系，这不仅是长得漂亮，而是有本事啊。

朱放的能力普普通通，不然咋会只安排个采购的工作，找个厉害的儿媳妇也不错。

朱放父亲最欣赏的还是夏晓兰的当机立断，丁爱珍表示出嫌弃，夏晓兰直接不来送黄鳝，掉转头就卖服装去了……更重要的是夏晓兰找的那个对象。

朱父知道这世上厉害的人多着呢，他当个小领导算啥，上头不也有大领导吗？对方态度高高在上，朱父搞不清底细，就不会为难夏晓兰。

欣赏归欣赏，夏晓兰搞得朱放和丁爱珍母子失和也是真，人有亲疏远近，朱父对夏晓兰也有意见。他比丁爱珍厉害的是能忍，不弄清楚夏晓兰找的那个对象的情况，朱父不会贸然出手。

见朱放还梗着脖子，儿子再没用也是亲生的，朱父沉着脸："这点气都忍不了，你以后还想干更好的工作？不去上班，你说得轻松，让你搬出家过两个月，你手里那点积蓄肯定撑不住！不靠家里你自己能找到啥好工作？采购的活儿轻松，时间自由，月工资虽然才70元，但你们饭店吃的啥，普通单位食堂又吃的啥？"

朱放在家是不用交生活费的，工资都是他的零花钱。丁爱珍还经常贴补他，朱放就没有过真正缺钱的时候。商场里上百元的皮夹克，几十元一双的皮鞋，他说买就买了。

虽然他心底不服气，但到底知道他爸说的是真话。

"妈，你要是再敢去找她麻烦，我也是有工作单位的，别人来饭店闹我，工作我不要了，家我也不回，出去要饭去！"

丁爱珍能骂夏晓兰，但敢和她儿子赌气吗？心里恨死了夏晓兰，却又暂时被朱放的威胁给限制住了手脚，晚上睡觉时紧咬的后槽牙都还没放松："老朱，这口气我咽不下啊！"

朱父在黑暗中翻身："再忍忍，看看情况。"

蠢不蠢啊，要干点啥也得等风头过去，等朱放对那丫头没那么迷了，才好动手吧。

如果去饭店找朱放的男人没啥本事，收拾一个乡下丫头，用得着如此着急吗？啥时候下手都一样，无依无靠的还能蹦跶得比朱家高？

夏晓兰对朱家的闹腾一无所知，不过丁爱珍看样子心眼儿挺小，她也要警惕对方报复。

夏晓兰割了两斤肉，又买了两包糖提着上胡永才家，感谢胡永才两口子帮忙找房子。她对现在租住的房子满意得不得了，在商都市位置居中，往哪个方向走都特别方便，房间宽敞，院子很大，夏晓兰寄放自行车也很方便。

于奶奶虽脾气古怪，却也不会主动找麻烦，收了20元一个月的房租，只要不带别人回家过夜，于奶奶从不管夏晓兰母女的事。

夏晓兰时不时送点吃的过去，于奶奶也不要，恪守着房东和租客的界线，没有和夏晓兰母女亲近的想法。夏晓兰缺失的亲情都被刘芬和刘勇、李凤梅弥补了，于奶奶喜不喜欢她，她根本不放在心上。

这房子租得好，她要感谢一下胡永才两口子，也抱着打探消息的想法。

胡永才和朱放认识，肯定了解朱家的情况。

胡家和于家距离不远，一个是筒子楼，另一个是平房院子。瞧见夏晓兰提着东西上门，胡永才老婆脸上的笑就没停过，东西稀不稀罕，当然稀罕，可她也挺稀罕夏晓兰这姑娘，做人大方做事敞亮，谁不乐意和夏晓兰多来往？

农村出身咋了，一个月能出20元钱租着于家的房子，手里没钱的人哪敢这么造。

"你来家里嫂子很欢迎，下次可不能再见外！"

夏晓兰之前是从底层销售爬上去的，有些习惯是刻入骨髓了，上门做客别管东西多少，有个"伴手礼"才显得礼貌。太礼貌了显得见怪？礼多人不怪啊，她和胡家本也是八竿子打不着的，有来有往，大家才能有交情。

有人请胡永才吃饭，胡家只有胡永才老婆和孩子在，说是孩子，大的那个都有15岁了，没比夏晓兰小几岁，却还是一团孩子气。夏晓兰慢慢把话题扯到了朱家，胡永才老婆一愣，以为夏晓兰瞧上朱放了。

可她早上出门买菜，还听人说新来的小夏人长得漂亮，找了个同样俊、开大车的对象。八卦传得太快了，周诚都没能登门入室，就被人给瞧见了。

夏晓兰不觉得有啥好遮掩的，老实说自己好像得罪朱放他妈了，害怕朱家报复。

"嫂子，您看这事儿闹的……"

胡永才老婆也是觉得稀罕："你真没和朱放处过对象？"

胡永才在家里也八卦过朱放家的条件，听说夏晓兰把人得罪了，胡永才老婆也有点替她担心："朱放家条件挺好的，他妈在单位是办公室主任，他爸在政府上班。"

胡永才老婆压低了声音。

不仅朱放爸爸在政府上班，朱家其他人也都是各种单位的，绝对的地头蛇。要不朱放眼光那么高呢，人家有底气！

胡永才老婆的眼神里都是担忧，不禁劝夏晓兰："大姐给你说句掏心窝子的话，长得俊的对象谁不喜欢？可有时候长得俊也不能当饭吃，听说你那对象是外地人，朱家要为难你，隔得那么远他能帮上啥忙？"

找朱放就不同了，体体面面的小伙子，工作也不差，重要的是家里条件好。

胡永才在家里说过，朱放稀罕夏晓兰呢。门户上差点不怕，别管朱放他妈有多反对，天下哪有当父母的能拗得过儿子的？

夏晓兰眉头皱了皱，小鬼难缠，没想到朱家还是小地头蛇。

"谢谢嫂子，对象我不想换，这事儿我自己回去想想该咋办。"

第93章 给夏晓兰下套

朱家人多势众，家族成员分布在各单位，在胡永才老婆看来已经是顶了不起的家庭。

夏晓兰从前也不是没和领导打过交道，朱放父亲那样的真的算是小得不能再小的领导了。

"小"是相对夏晓兰之前的身份位置，对现在的夏晓兰来说就真的很难对付了。朱家的亲戚们分布在各单位，要为难一个个体户还不容易？

事情是很麻烦，但她并不后悔抽朱放妈那一顿。都欺负到头上了还不还回去？

朱家要真的因此记恨她，夏晓兰少不得兵来将挡水来土掩，做生意不可能一帆风顺，夏晓兰只当朱家是成功路上的磨炼……摆摊的地方要换换是真，老在同一个地方摆摊，容易被人找麻烦。

夏晓兰原本不想这么快开个固定的门店，不过有朱家这个潜在威胁，她还真要早点结束游击战。

开店就要办手续，有了营业执照，别人再想找麻烦也要费点力气。当然，也有可能别人能更好地找她麻烦，因为固定的店铺也不能说收就收，跑得了和尚跑不了庙。

相比起开店的麻烦，摆摊的危险更大。现在还没有后世让小摊贩们害怕的"城管"，那城市管理的工作谁来干？市容、工商、卫生、交通……乃至公安和市政府，各个部门都能管，各自执法，能把小摊贩们管理得服服帖帖。

夏晓兰又庆幸自己没有开小吃店。卖吃的看着最没技术含量，其实方方面面要顾忌的更多。有手艺就能赚钱吗？有客人吃坏肚子咋办？有流氓来讹人捣乱咋办？卖服装不需要太好的卫生情况，开个小吃店任谁都能捏一脚，别说工商部门来查，卫生部门就不容易过关！

照这样看，夏子毓家能在安庆县一中门口开起两间门面的旺铺，也挺有本事，夏晓兰猜定"张记小吃"肯定是有人罩着的。真要是没有根基的乡下人进城做生意，看你大把赚钱能不眼红？流氓混子敲诈勒索是常事，直接把生意抢了也没办法。

夏晓兰又不是百事知晓，"张记小吃"背后的确有人，这人就是安庆县一中的孙校长。孙校长不是为钱为利才看顾起小吃店，他就是喜欢夏子毓那样的好学生。

能考上大学的都是好学生，家贫还不忘学习，夏子毓这个人设，孙校长咋会不喜欢？他帮张翠打招呼拿下一中门口的旺铺，是有次见两个混子掀翻了张翠的摊位，汤汤水水洒了一地，张翠在地上哭，说着妈没用之类的话，而之前刚刚从孙校长手里领过奖学金的夏子毓，蹲在地上帮她妈捡碗，嘴里说着不念书了，母女俩抱头痛哭。

咋能不读书呢，就夏子毓那成绩，考大学的希望那么大！

孙校长呵斥走两个混子，问夏子毓有啥能帮忙的。

夏子毓特别懂事，并没有提要求，不过到底没再说不念书。孙校长后头又碰见过张翠几次，一个女人独自靠小吃摊供女儿读书，特别不容易。

那时候夏子毓还念高一，1980年的时候县城摆摊的没几个，兜里的钱不多，小吃摊的生意也算不上好。孙校长当时还挺生气，夏家没有其他人啦？

后来侧面了解情况，夏家一大家子人除了她妈都不赞成夏子毓一个女孩儿继续念书，家里没给母女俩半点支持。

"女孩儿就不能考大学了？"孙校长当时回家这样讲，到底把夏子毓这个勤奋朴实的学生的难处记在了心上。等到去年，夏子毓升了高三，模拟考试中成绩忽高忽低，为了让夏子毓把心思都放在学习上，孙校长终于出手帮忙——县一中斜对面有两间铺子，孙校长认为张翠可以把小吃摊转变成店面经营。

要不是为了夏子毓能专心学业，孙校长才不会管这事儿。

不过张翠开店的时机显然也成熟了，孙校长的帮忙才有效，经过两年的摸爬滚打，张翠不仅把做小吃的手艺练了出来，还攒下了一笔开店资金。

"张记小吃店"生意很好，夏子毓不用担心生计，学习成绩也稳定。今年更是一举考上了京城师范学院，货真价实的本科大学生，让孙校长感慨自己没有白帮忙。县城重点中学的校长，这职位在官场上不算啥，可县教育局的领导也未必有孙校长受欢迎，不说孙校长以前的学生，现在谁家没有孩子要考大学的？儿子女儿不考，也有侄子侄女。"张记小吃店"是孙校长亲自出面打的招呼，开业后才没有人来找麻烦，孙校长干这些也不图回报，坦荡荡的就是为了帮助家境贫寒的好学生嘛。

当然，和夏子毓家人知情识趣也有关系，没有顶着他的招牌惹事。

现在夏长征又提着东西上门，孙校长就认为他们是有不好说的麻烦了。第一次送的猪腿，第二次是羊排，第三次是一只鹅……如此有乡土气息的礼物，孙校长是扛不住了。而且上门这么频繁，困扰夏子毓家的事只怕还不小。

孙校长不得不催促自己老婆赶紧出面，校长夫人跑去张记吃了一回东西，张翠要求的啥事儿仍然没说，反而听了一肚子八卦回家："老孙，原来夏家又有人考上一中了，是夏子毓的堂妹。"

孙校长不解，那夏长征频繁送东西，是为了让他照顾这个侄女？孙校长一阵欢喜，倒没见夏家当初对夏子毓这样上心。

他老婆欲言又止："夏家是忐忑不安，夏子毓堂妹考上了县一中，这孩子吧有点问题……"

有点啥问题呢？专门喜欢和夏子毓作对。

张翠姿态放得很低，求孙校长多照顾，说这侄女从前走了很多弯路，好不容易学好，可不能再往邪路上走。校长夫人听着不舒服，合着是招了个作风不正派的进校？

"不会把应考班的风气都带坏了吧？"

都是血气方刚的小伙子，哪能扛得住女同学的引诱。张翠愁得脸皱成一团，说看见她侄女和一个男学生出双入对，张翠原话是"可不能把别人家的孩子害了"，听得校长夫人胆战心惊。听这口气，害过的难道还不止一个？

又有在张记小吃店帮忙的夏家闺女快言快语，说出了夏晓兰的种种劣迹。

· 195 ·

校长夫人先入为主就很信任张翠等人，听说夏晓兰作风不正派，在家里不尊重老人，又鼓动父母离婚，转头不知咋的考进了县一中……校长夫人能喜欢夏晓兰才奇怪呢。

孙校长听完后也挺不高兴，不过他还挺有理智："等我再了解一下这个学生的情况。"

第94章 傻眼了，没套住

张翠想借孙校长的关系把夏晓兰开除，但她没办法直接说啊。就像夏红霞去说夏晓兰坏话，那个主任和门卫为啥鄙视她？夏红霞这丫头蠢。一家人不管咋样都该一致对外，人人都是这观念，夏红霞对别人说夏晓兰坏话，人家就觉得她当堂妹的是嫉妒。嫉妒的嘴脸可憎，没人会喜欢夏红霞……张翠反其道而行之，走了孙校长的门路，却不是求孙校长开除夏晓兰，而是以一个忧心忡忡的大娘身份，让孙校长多照顾夏晓兰。

夏晓兰为啥需要照顾呢？借着夏红霞的嘴说出口，那丫头从前劣迹斑斑，根本不是专心念书的料，放在县一中，她只会带坏风气。

张翠从前没有这么多弯弯绕绕，不过夏子毓念书多了，会教她做事的方法。

这种方法有没有用？有用极了！

夏子毓成了家里最受宠的孩子，"张记小吃店"能顺利开张，靠的就是这样的办法啊。有时候不要急着得到，要先学会给予。给身边的人留一个好印象，不知道啥时候就能派上用场。

"伯娘，您咋不求吴阿姨把夏晓兰直接开除啊？"夏红霞不清楚张翠和校长夫人的关系亲近程度，张翠需要她在旁协作，才告诉夏红霞那是县一中孙校长的老婆。

校长老婆都来吃东西，夏红霞激动得要命。她要是能讨好孙校长的老婆，岂不是能让对方帮忙介绍个准大学生？

张翠压下对夏红霞的不喜欢："我可没说要把晓兰开除，晓兰不听话，当长辈的还能和她计较？只能是盼着她好的。不过你说她考啥大学，都好几天没来学校了吧？"

就这样还想考上大学？张翠不是没见过夏子毓备考，每天都是看书做题，除了替自己出主意经营小吃摊，夏子毓万事不管。就连放假在乡下，夏子毓也一点活儿都没干过。

张翠得知夏晓兰平时没有在县一中住校，就觉得她在作死。考大学？肯定是别有目的。反正夏晓兰的计划张翠都想破坏掉，夏晓兰要往县一中凑，张翠就让她待不下去。

她准备把这件事办好了再向女儿邀功。

看着蠢笨的夏红霞，张翠勾了勾嘴角："你上次说看晓兰过得不错，看来她舅舅对她是真好，你二叔也算可以放心了……晓兰在县一中上学的事先别往家里说，给了希望又会叫你二叔失望，不如等她真的考上大学再让你二叔高兴高兴！"

夏红霞一脸不屑，就凭夏晓兰也能考上大学？二叔注定是听不到那个好消息了。

不过夏红霞也有自己的算盘，夏家人现在是很讨厌夏晓兰，但要听说她在县一中念书准备考大学，会不会转变对她的态度呢？

想当初子毓姐也是成绩好，奶奶就特别喜欢，家里人也都捧着。子毓姐能享受的待遇，夏晓兰才没有资格享受！

张翠和夏红霞两人各怀心思，有一点是一样的，她们都不希望夏晓兰能考上大学。张翠是因为做了亏心事，夏红霞则是因为厌恶嫉妒。

· 196 ·

孙校长被老婆吹了枕边风，对夏晓兰印象也不好。听说是夏子毓堂妹，只以为是刚刚考进县一中的，哪知道一打听，才发现夏晓兰居然是毕业班的插班生。

"插班考试就考了446分，那是我们模拟考的一套卷子。"

"挺不容易的小姑娘，父母离婚了，跟着舅舅一起生活，要读书要养家，平时也不能每天来学校。"

"孙校长，我建议学校可以给点补助，让夏晓兰同学专心学习，明年考一个重本没问题！"

孙校长以为自己会听到对坏学生的投诉，哪知高三组的老汪和齐老师对夏晓兰都是赞誉有加。

"胡闹，上学还能三天打鱼两天晒网……"孙校长发火，是气夏晓兰不知道珍惜自己的学习天赋。不来学校上课能考400多分，专心上课的话可以考多少分？

孙校长都忘记自己本来的目的了，他把夏晓兰做的卷子都翻了一遍，觉得老汪他们在瞎搞，居然答应夏晓兰平时不来学校。

老汪很无奈："平时测试的卷子她成绩挺稳定，前几天模拟考她分数还提高了30分，要是不同意她的条件，人家就转学到二中去了。"

夏晓兰第二次去羊城前，来学校参加了统一的模拟考试。她做卷子还是那么快，不会的题就空着，会的题就拿分。7科的试卷几小时就做完了，成绩考出来，比第一次插班考试的成绩多了30分。夏晓兰一共参加过两次插班考试，第一次446分，第二次457分，这次模拟考她厉害了，考了476分……干掉了好多老复读生和应届生，进入年级前10名了。

年级前10算啥啊，老汪如此重视，是因为夏晓兰进步的速度惊人。一次比一次好，等到高考的时候，夏晓兰会考出多高的分？

"没有作弊？"孙校长半信半疑。

老汪呵呵笑："插班时是小孙监考的，小同志办事挺稳当。"

孙校长的疑虑一扫而空。县一中新来的年轻女老师小孙，是孙校长的亲侄女。

这事儿知道的人不多，孙校长平时也没暴露过两人关系，老汪算作一个知情者。

小孙监考的不可能作弊，孙校长一拍桌子："咋也要把人留下，转学到二中？二中能教出个逊球！"

孙校长一激动，连豫南省的方言都骂出来了，"逊球"是笨蛋的意思，孙校长很瞧不上县二中。孙校长自诩是个文化人，情绪一上头也顾不上形象，老汪惊奇道："您咋想起来问夏晓兰的事？"

孙校长颇为尴尬，不好说自己是被夏家富有乡土气息的礼物搞怕了。

不过夏家送礼又不是要让孙校长开除夏晓兰，真的是想让孙校长照顾夏晓兰？

孙校长又问了两句夏晓兰在学校时和同学相处如何，齐老师抢着回答："她来学校就是考试和解决问题的，哪有空和同学相处，晓兰同学家条件艰苦，读书很不容易……"

孙校长觉得夏晓兰的作风有问题，齐老师很不满，夏晓兰考试时候才来，考完就走，班上男同学最熟的只有陈庆，要说两人处对象吧，陈庆成绩也没落后啊，英语还比从前进步了十几分。

得，又是一个替夏晓兰说好话的。

校长夫人再去张记小吃店，就把夏晓兰在学校的情况透露给张翠："你侄女在学校成绩很好，心思都放在学习上，老师们都喜欢，这下可以放心了！"

校长夫人还恭喜张翠，按夏晓兰的成绩，明年夏家又要出一个大学生。张翠脸上的笑容快挂不住了，赶紧掩饰自己的惊愕，夏红霞却脱口而出："咋可能？她……"

校长夫人颇为冷淡地看了夏红霞一眼，张翠还能说是关心，夏红霞就是想捣乱。

"咋不能，我看夏家的女孩儿念书都挺有天赋。"

前有夏子毓，后有现在的夏晓兰，就面前这个最不成器，窝在小吃店打杂，还嫉妒着努力上进的堂姐。

夏红霞惊慌失措，她想寻求大娘的支持，张翠却躲开了她的视线。

第 95 章 合伙行，你做主

夏晓兰回七井村了。

就像她说的，只要自身够强大，好些祸事都能被扼杀在摇篮中。张翠和夏红霞搞小动作，是因为她们不知道夏晓兰如今是县一中能考上重点大学的苗子。就算再给孙校长家送100 条猪腿，他也不会开除这样一个成绩优秀的学生。

夏晓兰又没在学校惹事，总不能人长得漂亮，就连考大学都被禁止吧！

夏晓兰能替县一中带来升学率即可，反正孙校长不会将她拱手让给县二中。

夏家人就像跳梁小丑，夏晓兰懒得搭理他们，她回七井村是要说服舅妈一起开服装店。

夏晓兰不是缺本钱，她缺人手！暂时来看，进货只能由她负责，真要开了店，她进货的时候总不能直接关门吧，谁家店铺也没有三天两头歇业的。卖衣服她可以请个人，店还要家里人看着才放心，说句不好听的，店里又没监控，衣服搞定价销售模式不一定行得通，请来的人有没有瞎卖，夏晓兰也不知道。

她回了村先提着东西到陈家。夏晓兰不想被陈家人误会她和陈庆的关系，并不代表她不领情。陈旺达问她在商都的情况，夏晓兰没说自己赚多少钱，只报喜不报忧。

"陈庆说你成绩好，念书才是正途，你不要半途而废。"陈旺达到底还是多说了两句，这是为夏晓兰好，她又不是不知好歹。

她给陈旺达拿的是两条烟："您换个口味。"

陈旺达是抽旱烟的，有过滤嘴的香烟他肯定抽得起，不过老爷子平时不讲究这些。夏晓兰的烟是哪儿来的呢……这次不是加价买的了，周诚给钱她不要，走的时候就扔了一小箱烟在于奶奶院子里，说是送给刘勇的。

"舅舅不喜欢我。"周诚说这话时有点委屈。

是啊，刘勇不喜欢周诚，从第一次见面就提防着他。夏晓兰觉得周诚挺撩人适合谈恋爱，刘勇却认为这小子不值得托付终身，长得好看不可靠，嘴巴像抹了蜜一样，说是从前没处过对象，刘勇不太信。

周诚最不缺的就是香烟，他给夏晓兰留了一箱，也不是啥中华，周诚办事儿能拿捏尺度，能拿钱打朱家的脸，还能用同样的方法让刘勇改观吗？只怕刘勇会更讨厌他。

周诚留下的香烟的品牌夏晓兰还挺熟悉，就是商都人很喜欢，在当地却不好买的"彩蝶"。

一箱啊，周诚说有 60 条。夏晓兰觉得，她要拿着这箱烟当作糖衣炮弹开路去进贡多大的领导还真不好说，但顺利办下营业执照应该没问题。说是给舅舅的，刘勇哪能抽得完60条烟？

一天一包的老烟枪也要抽两年，周诚分明是留下让夏晓兰送礼方便的。

商都市买不到"彩蝶"，商都人偏偏又认准了"彩蝶"，收礼的人搞到如此紧俏的礼物，办事的时候也会心情好。

夏晓兰不要钱，却不能真的和周诚一点经济瓜葛都没有。一箱烟，收了就收了呗。

夏晓兰往乡下带了12条烟，两条给村长陈旺达送去，10条就摆在了刘家的桌子上。

刘勇唉声叹气的："那小子不靠谱啊，舅舅怕你被骗。"

多新鲜呢，夏晓兰自己都不怕被骗。她被骗的次数又不少，一次次上当受骗，摸爬滚打重新站起来，才有了曾经的"夏总"。

男女感情没有谁骗谁，她反正又不靠着周诚享福，俩人相处高兴就在一起，不高兴就分开。可她这超前的感情观不能对刘勇说，否则她舅非得教她重新做人不可。

"先处着呗，反正见面的时间也不多，我现在挺喜欢周诚的。"夏晓兰眼巴巴地看着她舅，刘勇就是不松口。

李凤梅打圆场："终身大事，可不是要先处一处，不合适再说！"

夏晓兰就挽着舅妈的手臂摇，刘勇暂时将周诚的事丢在一边："你跑回来干啥，生意不忙吗？我还说等涛涛放假带他去商都，没想到你先回来了。"

"我想让舅妈一起合伙开店。"

合伙开服装店，李凤梅倒是很心动，刘勇不愿意占外甥女便宜，之前提起来就拒绝了的。

"你本钱不够？我这里可以先挪点给你。"

刘勇拿回了5000元，一时也没想到可以做啥生意，加上受的伤没好，他可以把手里的钱借给夏晓兰。

夏晓兰不是来要钱的，她手里已经有3000多元，再跑一趟羊城，就够她开店了。

"舅妈要是不帮忙，我实在找不到合适的人。"

李凤梅摇摇头："我得在家带你表弟……"

刘勇有点心软，他妹子刘芬是啥性格谁不清楚？让刘芬干辛苦活儿没问题，服装店这种要和人打交道靠嘴皮子赚钱的生意她是真帮不上忙。

夏晓兰要说带家里赚钱，刘勇觉得自己还不至于要靠外甥女帮忙。但夏晓兰可怜兮兮地说自己没人帮忙，刘勇就心软了。

可不是没人帮忙吗，刘芬顶不上，夏家那边全是烂心肝的，晓兰要扛起母女俩的生计，担子重呢。

刘勇其实也不想待在七井村，他是赚过大钱的人，让他再拿起锄头从土里刨食，刘勇也没那个耐性了。夏晓兰和刘芬搬去了商都，刘勇也想去，他还是大男子主义，要照看着妹妹和外甥女。

"你舅妈和你合伙做生意行，你表弟上学的事儿咋整？"

夏晓兰想了想："我们还要找合适的店铺，装修也要花点时间，这段时间内我争取在商都市找到个能借读的小学。其实涛涛现在去商都念书正好，他今年才一年级，商都的小学完全可以替他打个好基础！"

合伙的事就这样说定了。

夏晓兰先把李凤梅之前借给她的300元还了，李凤梅也不要她分的利润，说之前两人不算合伙。

夏晓兰也退了一步，反正今天说好的是合伙，以后赚的钱就要一起分。夏晓兰能拿出3000元，刘勇想了想只出2000元："这店还是你占大头，你做主，钱不够再问舅舅要。"

第96章 刘勇搬家

李凤梅也是风风火火的性格，说好要和夏晓兰合伙，她一颗心就飞去了商都。

于奶奶家不要新的租客，夏晓兰肯定要替舅舅一家三口找落脚的房子。这事儿找胡永才老婆帮忙，对她来说简直轻车熟路。

"不要离太远的，平房和楼房都无所谓。"

胡永才老婆很感慨："你们这是都要搬到城里来住？"

夏晓兰谦虚点头："乡下日子不好过，到商都谋生要轻松点。"

也是有点家底了才敢折腾，刘勇和夏晓兰手里各自都有钱，不然谁敢把家里的地丢下不管，拖家带口地进城？城里人过日子不像农村能自产自销，柴米油盐样样都要花钱买，坐吃山空过不长久，只能逼着进城的人拼命去赚钱。

"农民工"这词儿还不流行，极少数出门务工的都是往南方走，商都的个体户还是以城里人居多，夏晓兰和刘勇算是80年代第一批进城谋生的农民。

胡永才老婆挺羡慕夏晓兰一家的魄力，这年头把家里的田地丢下进城讨生活的农民并不多。

个体户赚钱不少，也没见哪个工人丢掉工作去摆摊。个体户多丢人呀，再说风吹雨淋还有亏本的风险，拿工资的人是旱涝保收，生活安稳又滋润，有的单位工资不见得多高，但福利好啊！吃的用的啥都发，从住房到家里孩子上学，子弟学校能从幼儿园念到高中……单位这帮工人生活滋润，人也被养废了，后来出现下岗潮，昔日端铁饭碗的也要从头开始。人到中年再从小摊小贩做起，比像刘勇这样主动出来闯荡的更心酸。

当然，胡永才老婆现在还不到那么远，她嘴上称赞两句，要说让她放弃稳定的工作去干个体户？吃饱了撑的！

最后给刘勇找的房子离于奶奶家不远不近，是楼房里的套间，属于商都铁路局的宿舍。

大家都缺房子住，还能拿出房子来出租的肯定是有自己门路的人家。房子是夏晓兰去看的，卫生间是同一层楼公用，厨房是独立的，房间加小客厅，说是一室一厅算不上，标准的"一间半"……80年代的房子格局和后世商业楼盘完全不同，80年代的房型是客厅小房间大，客厅就是个吃饭的地方，不像商品房那样每个房间小小的，搞个大客厅才气派。

房子一个月只要15元租金，房主懒得月月上门催交，希望能收到一年的房租。

夏晓兰还想再找找，只有一个房间，舅舅一家三口住着不方便啊。

李凤梅却很满意："客厅随便放一张小床就是了。"

胡永才老婆也奇怪："不都是住一起的嘛，大房间里拉个帘子就睡了，你家还是男孩儿。"

谁家不挤在一起住,也就商都住房还宽裕点,在京城和沪市那种地方,一家人挤一个房间的都有,男女老少不也全睡大通铺?

再说眼下房子多不好找,也只有在铁路局这种单位,年轻人进去就能分到宿舍,才能有空房子出租……15元一个月的租金,不算便宜,要不是下手快,总有住房紧张的家庭抢着租。

涛涛借读的事也赶着搞定了,多亏了周诚留下的"彩蝶"烟,这玩意儿送礼太有面子了,胡永才牵线搭桥,刘勇送了几条烟,在国营饭店请客吃饭,就在附近小学办好了借读手续。

农村户口咋啦,不允许农村人有钱?

李凤梅还养着两头猪,请村里的屠夫来宰杀,七井村的人都觉得稀罕:

"还没过年,勇子家就杀猪了?"

"他家两头猪没少喂油渣,提前出栏也很肥,都是180斤以上吧?"

"怪可惜的,要再喂两个月,会有200斤!"

200斤的大肥猪不常见,不吃饲料的猪长得慢,只有200斤以上的猪能出三指厚的肥膘,那样一块肉,谁家管灶台的主妇能买到,可是要得意挺久的。

几个村民帮忙,把猪的四只脚捆住,抬到长板凳上死死按住,屠夫一刀捅在脖颈处,白刀子进红刀子出。盆里放了清水和盐,热乎乎的猪血流到盆里。新鲜的猪血是好东西,北方习惯灌血肠和酸菜一起炖,蜀中有名的吃法是肥肠血旺,安庆这边是用小葱炒着吃。

等猪的血放干净,才用热水烫皮刮毛。

屠夫带着帮手,很快就把一头猪收拾出来,刘家的猪没有200斤,也差不了多少。

红红的肉,白花花的肥膘,看热闹的人不由得流口水。

"勇子家的肉卖不卖?"

都是一个村儿的,刘勇也不可能高价卖给大家,饭桌上难得见油荤,大家都想割两斤肉回家解解馋。

"卖,咋不卖?"

刘勇是想把两头猪囫囵卖掉,李凤梅说不划算,再者自家也要留点肉吃。那就把两头猪都宰了,边边角角的该送人就送人,多余的肉卖掉,尽量把辛苦喂大的两头大肥猪价值发挥到最大。

杀了猪,七井村的人才知道,原来刘勇要带着老婆孩子搬到城里住。

"都是为了家里那浑小子上学!"刘勇是这样解释的,村里人将信将疑。

是发大财了?家里的田地都不管了,直接托给了别家去种。

刘勇是真没发财,但刘勇期待着发财,不离开落后的地方,他又能靠啥发财?

家里的猪和家禽处理完毕,刘勇一家三口带着点猪肉和行李往商都搬,刘勇走的那天,陈旺达的大儿媳真是操碎了心:"刘家也飘得太厉害了!"

"赚到点钱,谁也不问你借,至于搬去省城住?"

"租个房子容易,城里哪样不要钱买?等到明年交公粮和提留款的时候,也不晓得刘家能不能拿出来。"

"陈庆他爷说要给刘芬母女分田,人家都搬去省城了,还稀罕这田不?"

陈老大不耐烦:"你管那么多干啥,你把咱爸弄下来自己去当村长吧!"

陈大嫂翻了个白眼。当她爱操心啊，不也是替这家里划拉东西吗？都说刘勇家赚大钱了，陈大嫂想到那封像信一样厚的电报，想到夏晓兰开去羊城的介绍信，就怀疑夏晓兰攀上了啥好对象。有钱的不是刘勇，可能是夏晓兰，一人得道鸡犬升天，连舅舅家都被提携。

可恨刘家的小崽子不好哄，水果糖吃了不少，问他表姐去羊城干啥，一问三不知。

呸！装傻的本事倒是家传的。

从前陈大嫂对刘家、对夏晓兰母女都是善意居多，不知啥时候慢慢改了态度——可能因为最初她是村长儿媳妇，陈庆的条件在附近很出挑，她是高高在上给陈庆挑对象的。人处在优势位置时才能有点同情心和怜悯心，转眼间夏晓兰从小可怜到不需要人帮忙，甚至比陈庆更优秀，陈大嫂那点怜悯就失去平衡了。

刘勇携妻带子进城时，远在京城的周诚去单位报到了。他到了京城，连货都让康伟自己去处理，自己给夏晓兰拍了一封电报，之后人就被召回单位了。

"哟，咱们的周诚舍得回来了。"

第 97 章　周阎王恋爱了

周诚的履历叫人嫉妒。现在进入了大环境和平时期，提拔标准开始变得严格。周诚运气特别好，15 岁体能合格提前工作，以前因功晋升火线提拔，去年周诚刚满 20 岁就晋升，调到了京城，又往上提了提，对于他的本事大部分人都心服口服，但也有极少部分的人心里嫉妒，说话阴阳怪气的。

归队的周诚换上了制服，懒散不羁的气质全都消失，一旦穿上这身衣服，他就成了敢打敢拼的"周阎王"。

他冷淡的眼神扫了对方一眼，明明一句话都没说，却把那阴阳怪气的人给吓住了。对方心里咯噔一下，都怪周诚这次休假时间太长，他都快忘了周阎王有多可怕。

"老方，你跑啥，我又不吃人。"

周诚嘴角越带着笑，老方越觉得他可怕。周诚和老方其实是同级的，老方不晓得自己为啥怕周诚，明明他还比周诚大 10 岁，资格也比周诚老——是的，他讨厌周诚就是因为这点，他比周诚还大 10 岁，但周诚的表现就是比他好，后来者居上，周诚已经和他平级了。

20 岁的周诚和他平级啊，老方怄得要死。

如今好多地方都在提拔年轻干部，周诚就算和他一起熬资历，等到退休时肯定也是周诚职务高。比老方领先了 10 年啊，简直不能更讨厌！

老方给自己打气，怕个啥："你哪只眼睛看我要跑？周诚，你厉害啊！"

板上钉钉的处分都能取消，老方就是不服气周诚的特殊待遇。周诚才不理他，对周诚来说，那处分本来就挺莫名其妙，而且上面的领导很爱护周诚，怕处分给周诚的履历留下污点，后来一再开会讨论，周诚的处分就被取消了。改成批评教育，并不记入履历。

老方就是个尿货，周诚才懒得和他计较，迈着腿嗒嗒嗒走了。

老方还奇怪，和别人私下里议论，周诚那阎王"休假"回来脾气好像有变化。

"他一定是在搞啥阴谋！"

周诚脾气变好，老方反而不敢再惹他。手下的人见周阎王偶尔会笑，更是怕得不得了。事出反常必有妖啊，谁知道周阎王是不是憋着火要收拾他们。

领导倒是挺满意，觉得周诚自我检讨得不错，人变得更沉稳了。

其实呢？他只是恋爱了啊！

20岁的周诚没谈过对象，谁不知道在他眼里男人和女人全都一个样儿？哪能想到周诚能自己找到对象，都猜他要和那些娶老婆困难户一样拖到快30岁被逼着相亲结婚，结果周诚"休假"途中和夏晓兰遇见了。

销假前两人又刚刚确定了恋爱关系，恋爱中的男人心情大好，旁人就觉得周诚性格变柔和了。

想到夏晓兰，周诚就有种捂着胸口傻笑的冲动，他媳妇儿就是样样都好，哪个地方他都爱。可惜两人年龄还不够，还要等两年才能结婚。

再过几个月，晓兰就能来京城上学了。周诚对着操场上一棵掉光了叶子的柳树笑着，老无蹑手蹑脚经过，周诚这个阎王到底在憋啥坏招啊，明刀明枪的干一场不行吗？

当然，明刀明枪他也干不赢周诚。

刘家杀猪夏晓兰没回去。帮刘勇把租房的事情落实，夏晓兰就带着钱动身去了羊城。

这次加起来总共有5000元的本钱，操作好了她和李凤梅可以有更多的钱开店。因为要拿的货不少，她就把刘芬给带上了。刘芬从来没出过远门，迄今为止走得最远的地方就是商都市。

和陈旺达关系好，开介绍信很方便，填上刘芬的名字，夏晓兰就能买到火车票。

人挤人的火车站让刘芬胆怯，不过见有人要挤着夏晓兰，她护女心切，紧紧贴在夏晓兰身边，生怕夏晓兰被挤坏。

两张车票就要50多元，两人跑一趟羊城光车费就要超过100元。还不算在羊城住招待所和两人一路上的吃喝，换夏晓兰刚"醒来"那会儿，她就算想带刘芬远远离开，两人没钱没势的也跑不远。

现在不同了，刘芬想去哪儿，夏晓兰都有那个路费。兜里有钱，她们俩在任何地方都能生存。

不过人离乡贱，能在家乡痛痛快快赚钱，刘芬不是愿意折腾的性格，她对现在的生活满意得要命。

"这次我要去看望一个姐姐，第一次去羊城时她帮了挺大忙。"

白珍珠是摆水果摊的，商都的枣子不贵，夏晓兰琢磨着对方吃不了还能卖掉，就给带了两袋子红枣去。反正母女俩去的时候空着手，两袋子红枣也不碍事。

新鲜的红枣0.15元一斤，夏晓兰装了两袋子上车，一共是100斤。花了15元钱，刘芬也没反对。

没钱的时候谁不抠门，刘芬现在自己一天就不止赚15元，夏晓兰口里的"白姐"既然帮过忙，感谢一下也是应该。坐了30多个小时火车到羊城，刘芬也算长了见识。不过她少言寡语惯了，背着一袋枣，夏晓兰说走哪儿就走哪儿，半点异议都没有。

"晓兰，你背得动不？把你那袋也给妈放背上。"

夏晓兰不听："背得动，我们坐车去。"

本来是有小拖车的，夏晓兰这次进货多，拖车都没办法解决，或许得办理托运。

羊城这种大地方有公交车，这又是刘芬没有体验过的。

夏晓兰找了路人问明白咋坐车，母女俩转了两趟车才到了白珍珠的水果摊子。羊城的温度比商都高，初冬也不太冷，夏晓兰和刘芬背着枣子跑来跑去，找到白家时热出一身汗。

白珍珠的水果摊就支在路口。

羊城的太阳暖烘烘地晒得人想睡觉，羊城附近虽然适合种水果，但受季节限制，这时候没有那么多反季节大棚种植技术，11月份能卖的水果也不多。

苹果、橘子和柚子这三样占据了水果摊的主要位置，还有几个干巴巴的梨。

"买水果呀？"白珍珠的声音有些颤抖，睁开眼睛一看，发现是夏晓兰。

"白姐，我来看看你。"

白珍珠有点手足无措。她从小是和男孩儿一起玩的，家传的功夫让她在同龄男孩子中也是无敌的，与娇滴滴的女孩子要怎么相处，白珍珠毫无经验。

夏晓兰就是娇滴滴的女孩子。

白珍珠之前也是随意说的地址，没想到夏晓兰真的会来看她。

"晓兰同志！"她干巴巴地不知道说啥，夏晓兰咋会让她尴尬，赶紧介绍了刘芬。

白珍珠更紧张了，这可是长辈呀。这姑娘真是缺根弦，居然问夏晓兰这次是不是来倒卖水果的："你这红枣够新鲜，可惜我的摊位生意不太好……不过你放心，我肯定帮你把货卖出去。"

第98章　羊城的合伙人

"是给你带来吃的，我还在做服装生意。"

啊？吃不完这么多的。白珍珠犯了难。

不过这事儿可以稍后再考虑，夏晓兰和刘芬上门是客，白珍珠要收摊带两人回家。她这水果摊生意很一般，卖果蔬的就是这样，一旦你生意不好了，果蔬放两天就会不新鲜，自然恶性循环，越来越不好。

夏晓兰犯嘀咕，第一次来羊城，听白珍珠讲生意还挺不错的，这还没有一个月呢，一落千丈变成了这样？

白珍珠好像觉得无所谓："之前在别的地方卖，后来有个师弟娶了老婆，生活也没着落，我就把那摊位让给他们两口子了，自己换了个地方。"

她轻描淡写，夏晓兰愕然，这也太仗义疏财了吧？

其实当中还有很多事，比如白珍珠原本摆摊的地方算是黄金地段，自然有很多摊贩争抢，都是靠白珍珠一拳一脚打得其他人不敢再争抢。白珍珠对外人狠，对自己人却挺夯的，师弟想要那摊位，老婆装装可怜掉两滴眼泪就骗过去了……她一个女同志要把生意做起来多不容易，别人两口子却坐享其成。

这些事白珍珠也没觉得有啥好说的，带着夏晓兰母女回家，白家房子不小，却家徒四壁。还有个奶奶和白珍珠一起住，看见有除了师兄弟以外的人上门，并且是年轻的女同志，白奶奶可高兴了。

刘芬不会说普通话，说话带着重重的豫南省口音，可她要放慢了语速好歹也能听明白。白奶奶只会说羊城话。夏晓兰勉强能听懂，刘芬是一个字都听不懂，和白奶奶比画着交流。

白珍珠说话很直接，问夏晓兰是不是还需要帮忙。

204

夏晓兰跑了两次，对羊城不说有多熟悉吧，批发服装这块儿肯定比白珍珠熟了。她原本没啥需要帮忙的，看见白珍珠水果摊生意萧条，夏晓兰倒有了新想法。

"白姐，你这生意要是一直没起色也不行，没想过转行吗？"

白珍珠也在考虑这问题，她都干个体户了，也不觉得丢脸。但卖水果她是有经验的，从哪里进货，货该怎么卖她都知道，如果转行她又能干啥？

卖水果当然是赚钱的。后世人们腰包瓷实后，在口腹之欲和营养均衡两端徘徊，水果越吃越贵，有人甚至习惯性用水果来代替正餐。在1983年做水果生意就马马虎虎了，哪怕羊城经济比内地城市富裕。

大环境就是如此，卖吃的能发的是小财。夏晓兰卖两件衣服出去的利润，白珍珠的水果摊卖一天也不一定能赚到。倒卖女装的利润，又不如倒卖电器。

夏晓兰问白珍珠是否想过改行，白珍珠老实点头："想过开个猪肉铺。"

猪肉铺？猪肉摊子倒不愁赚不到钱，不吃水果行，长期不见油荤却不行。

白珍珠显然早有打算，夏晓兰人聪明，她就说出来请夏晓兰参考下："我去乡下收生猪，自己宰杀自己卖，一头猪也能赚点钱，一天能卖两头，赚的也不少。"

生猪的收购价才几毛，一头猪出肉率在65%左右，售价却比收购价贵一半，赚的就是中间的差价。以现在的肉价，白珍珠一天宰杀一头猪，全部卖光的话能赚大概20元，两头就能赚40元。

不是人人都有夏晓兰的野心，对1983年的白珍珠来说，一个月赚近千元，已经能在羊城带着她奶奶过很好的生活。这个收入的前提是她每天都能保证收购到两头猪，并且宰杀完毕，将它们全部卖出去！想想也不可能，收生猪要耽搁时间，屠宰也要花时间，每天40元的收入不说砍掉一半吧，少三分之一没问题。

一个月能赚600～800元，夏晓兰飞快地计算出了这行的利润。

她之前没接触过这些，不过知识的储备向来有备无患，从夏晓兰开始倒卖油渣，就把整条产业链都打听了一下。大规模养猪是不是有可行性，搞肉联厂有没有发展前景，夏晓兰能搞个计划书出来……然而并没啥用，投资大见效慢，有这时间她都不知道倒腾多少手货物了。

白珍珠好厉害，会自己杀猪！夏晓兰咂舌，哪个年轻女人敢搞猪肉摊子，也就白珍珠这样的猛人了。

敢杀猪能杀猪的白珍珠，能不能干点别的呢？

"白姐，你有没有想过去特区找点门路……"

"你说鹏城特区？"

夏晓兰轻轻嗯了一声。

1979年才建市，1980年国家批准建立鹏城经济特区，那地方发展有多快呢？曾经夏晓兰供职的那家跨国公司，其跨国总部就在鹏城。

鹏城她也算熟了，要说发财致富，商都哪能和鹏城比！就算现在的京城和沪市论经济发展速度也是不如鹏城的，有国家政策的支持，鹏城各种厂子落户开花，生产出来的啥都能赚钱，夏晓兰想到那些出厂价便宜的电子产品和电器就心痒痒。

白奶奶和刘芬在厨房里继续比画，白珍珠想了半响，很直白地问夏晓兰："你想让我干什么？"

白珍珠果然不傻，谁把她当傻子骗，谁才是笨蛋。那个叫白珍珠让出水果摊的师弟早晚会后悔，一个水果摊，白珍珠让了就让了，两人的情分也因此消耗光！

"白姐，你首先要搞到一张边防证。"

白珍珠是羊城城市户口，她要办去鹏城的"边防证"虽然不容易，但也不至于没门路。夏晓兰一个豫南省人，没有正式单位的农村户口，想办一张去鹏城的边防证就太难了，要经过村、乡、县的层层审批，比后世办港澳通行证要难得多！

山穷水尽想要成功的时候，夏晓兰也能想办法去鹏城，但现在她还能指望白珍珠。她现在还不能真正天南地北到处跑，想要赚钱，夏晓兰需要在羊城这边有个代理合伙人。

白珍珠会是合格的代理人吗？夏晓兰并不知道，这只是她和白珍珠第二次见面，她希望自己的眼光不要太差，也希望白珍珠是个聪明人。

第99章 想批发棉衣

在白家蹭了顿饭，夏晓兰和刘芬就告辞了。

刘芬还以为只是来看朋友的，却不知道夏晓兰已经初步说服了白珍珠。鹏城的发展惊人，早在1983年，夏晓兰就涉足其中，如果能在鹏城站稳脚跟，夏晓兰以后还犯啥愁呢？

两人到底要干啥，还需要白珍珠去看看鹏城此时的具体情况。

夏晓兰对鹏城最早的印象都得是千禧年之后，1983年的鹏城她也没亲眼见过，但她很想亲眼见证！

服装批发市场还是那么热闹。秋装和冬装还好，夏天的短袖论"斤"称，裤子以"打"来论。

夏晓兰哪怕第一次本钱不足，也没进过便宜货，有的牛仔裤一打12条才80元，批发价不过几元。夏晓兰进的货是不是外贸产品真不好说，但质量上起码甩一打80元的牛仔裤一大截。

这样一看，她赚的钱似乎不够多，可新颖的款式和过硬的质量让她每一次进回去的货都被人抢购。

夏晓兰想进点棉衣。商都的冬天最冷时会到零下好几度，11月就能感受到凛冽的冷风。轻薄保暖的棉衣应该能卖出去，夏晓兰想进一批回去试试水。毛呢大衣洋气，可它不抗冻，但夏晓兰也没打算放弃这个市场。

可走了一圈，摊位上都没有棉衣。

跑了两趟，她也知道这些人是啥钱都能赚，只要有顾客要，他们肯定能捣鼓到棉衣。干脆就直接问，夏晓兰拿过两次货，拿货的时间间隔短，可见货卖得很好，再加上她这张脸，批发摊位的老板对她印象很深刻。

"棉衣，你能要多少？"还是之前批发毛衣的老板，他的货比别的摊位贵，质量和款式都经得起考验。

他的摊位上也没有棉衣，但夏晓兰一听这话，就知道有戏。

"要看价位和款式、质量……都满意的话，先带10件吧。"

听说夏晓兰只要10件，老板懒洋洋的。

10件也赚不到多少钱，夏晓兰也不催促，照旧挑选着摊位上的货。好些人的摊位上买来买去都是那些款，这人的摊位上却时常有新款，以夏晓兰的眼光都看得上，摊主拿货的源头绝对是1983年国内服装厂的佼佼者了……起码是潮流设计上的领头羊。

夏晓兰第一次才带了900元的本钱，进的货并不多。第二次她的本钱翻了一倍，这次刘勇出了2000元的本钱，夏晓兰的本钱扩大到5000元。

她拿的货数量一次比一次多，之前进单价贵的衣服时会迟疑，现在挑款式特别时髦的衣服时眼睛都不眨一下。本钱多就有底气，夏晓兰现在能承担起一时卖不出的成本积压了。

老板看她气定神闲的一点不着急，想了会儿跺跺脚："明天你还来不来，带几个款式给你看看。"

最多他再跑一趟厂子里，一次拿10件是小生意，他指望着夏晓兰后期会大量进货呢。

夏晓兰抬起头来："先把我今天选的算算价。"

她一口气挑了有1500元左右的衣服，刘芬也说不出那些衣服到底哪里好看，有些款式在她看来太大胆，可夏晓兰每次批发回去的衣服都能卖掉，刘芬肯定不敢瞎提意见。

夏晓兰和老板约定了时间，又去别的地方挑了些裤子。

她上次招揽顾客的一套穿搭很受欢迎，除了毛呢短外套，询问特别多的还有脚上的白皮鞋。方头粗跟的皮鞋有种特别的味道，好几个女客人追着要买，夏晓兰总不能从脚上把鞋脱了吧？

她这次准备进几双鞋。能使商都女人从兜里掏出钱来购买的商品，夏晓兰都不打算放过。

皮鞋还是沪市的货更受欢迎，不过夏晓兰从羊城拿货回去，那些买主也分辨不出来。猪皮做的皮鞋硬邦邦的，一双鞋子批发价很便宜，不过不透气，皮质的毛孔粗大，一看就挺廉价。牛皮上脚很舒服，更好的是小羊皮……后者不用想，这时候国内还不怎么流行用它来做鞋。

不过鞋子的利润很薄，就拿今年最流行的男款"83鞋"来说，卖价才19元，出厂价就是13元左右，据说厂家的成本都超过12元……这里的批发市场，"83鞋"的批发价是15元，由奢入俭难，一件女装她赚多少？鞋子一双才赚几元！

皮鞋不如女装有那么多花样，不论男女鞋，款式就那么固定的几种。

百货商场定价销售，人家不一定要来夏晓兰这里买。商店卖19元，夏晓兰敢卖20元都要被人骂死。算了，她脚上这款式还没流行到商都去，批发价也是十几元，拿回商都加个10元左右应该能卖出去。

夏晓兰只拿了36、37、38这三个尺码，大部分女性的脚都是穿这三个尺码的鞋。

刘芬一直看着包，生怕被谁顺手拿走。

夏晓兰以强硬的态度，给刘芬从头到尾挑了一套衣物。里面的毛衣、毛呢外套、裤子和皮鞋批发价都要花上百元。刘芬啥时候把上百元的衣物穿在身上过？她离开夏家时，就带着几件破衣服！还是夏晓兰倒卖黄鳝赚了钱，在安庆县买了布请李凤梅帮忙给刘芬做了衣服。

刘芬都有七八年没穿过新衣服了，更何况是如此频繁地穿新衣，她连连摆手："妈有衣服穿，不是刚做过吗？"

"那是秋天的，这是冬天的！"夏晓兰直接付钱了，她妈哪有啥像样的衣服啊，从夏家带出来的两件棉袄都补了又补，里面的棉花都发黑了。除了呢大衣，夏晓兰还得给刘芬买了两件棉衣替换着穿。

刘芬拗不过夏晓兰。买就买吧,这都是夏晓兰对她孝顺。

夏晓兰撞了一次墙醒来变得孝顺又懂事,刘芬觉得自己这日子过得也像做梦。她扯着身上还没脱下来的新衣服想,要是做梦,老天爷千万别叫醒她。

夏晓兰带刘芬来干吗?难道真指望她妈帮着搬货啊?就是特意带刘芬来见见世面,长长见识的,给她买几件新衣服,再带她吃点羊城美食。在1983年末,这是夏晓兰能给她妈的最高规格的旅游待遇,啥头等舱飞机、豪华游轮,她现在还没有那条件,国内也没开始流行。

飞机票买得起,县级单位的证明去哪里开?真要带刘芬坐飞机,能把这个老实的农村妇女吓趴,还是一步步来吧。

因为棉衣的进货还没确定,夏晓兰在羊城多滞留了一天,第二天上午,她带着刘芬去吃了早茶。

第100章　吃早茶

羊城人爱吃早茶。早年是上了年纪的人提着鸟笼子,喝茶吃点心炫耀自己带来的爱鸟,现在养鸟的人不多了,吃早茶的习惯却还保留着。不过工作日吃早茶的年轻人不多,夏晓兰比较惹眼,她点了几个有名的茶点给刘芬尝鲜。

刘芬活了这么多年,还没到饭店里吃过饭。哪怕她当年嫁给夏大军,也没摆过酒。她记得那是1963年,家里日子实在过不下去了,她哥刘勇犯愁家里两个妹妹怎样养,于是就托媒人给刘芬找对象。媒人说夏家有三个儿子,个个都是壮劳力,刘芬嫁过去肯定能吃饱肚子。

那时候田是集体的,每天都要上工挣工分,夏家老大已经结婚,家里壮劳力多,可不是比别人家日子要好过?不过刘芬记得清楚,所谓吃饱肚子,不过也是结婚前两天吃的是面条,第三天就换成了面片汤和红薯稀饭。

结婚就是从七井村搬到了大河村。

夏晓兰生下来是个丫头片子,夏奶奶不满意,夏大军也失望,更没人给办满月。

月子里刘勇不知道哪里搞来一只鸡,刘芬分到两只鸡翅膀,其他部分到了谁肚子里了,刘芬到现在都还不知道。在夏家她就没吃过啥像样的饭菜,夏老太当家,有点好东西也不会给她这个不会生儿子的儿媳妇吃。

说来讽刺,刘芬吃的最丰盛的一餐是在她和夏大军离婚后,刘勇大喜,请了几桌村民吃饭……李凤梅做了哪几个菜,刘芬依然记得很清楚。但那是农村人自己搞的酒席,像今天这样吃早茶的酒楼,让刘芬坐立难安。

在安庆县吃的汤面、在商都吃过的驴肉汤,都是小摊小店。夏晓兰带她来的酒楼太气派了,刘芬怕被人笑话……她又庆幸自己早上出门前穿的是夏晓兰昨晚给买的新衣服,不然今天就给晓兰丢人了。

精致的茶点很快摆满了一桌。

"妈,尝尝这个蟹黄包子。"

"豉汁排骨。"

夏晓兰慢慢给她介绍，生滚牛肉粥、水晶虾饺、炸春卷、叉烧包、酥皮蛋挞、金钱肚……再配一壶铁观音，在1983年两个人能点上这么多，真是豪客。

旁边两个老头儿就在嘀咕说有钱，他们用羊城话说，刘芬听不懂，夏晓兰很坦然地回答："带我母亲来尝尝鲜。"

羊城人不爱说普通话，说普通话的都是外地人，外地人都穷。

夏晓兰这外地人堂堂正正地摆阔，让两个老头儿也无话可说。人家不是炫富，是有孝心。他们家里的儿孙不见得能为了长辈花这么多钱。

"太多了，太多了……"刘芬说得最多的就是这三个字，翻来覆去地说。

夏晓兰对付她十分有经验，只说已经送来了，不吃也不会退钱。满满一桌呢，刘芬不说话了，现在大家食量都大，其实哪有吃不完的，只是经济承受不起，大多数人都是一壶茶配两个点心，能闲聊两三个小时。夏晓兰就是带她妈来吃东西的，哪有那么多闲聊。

好吃吗？自然是好吃的。

用料多么实在，她选的又是老字号，每一样茶点都在平均水准之上。后世一些老字号搞成了连锁店，每天的客流量太大，茶点吃着就感觉挺一般。

现在嘛，味道还没被时代的浪潮改变，能多享受几次，自然要抓紧时间。

刘芬听不懂羊城话，不知道左右的茶客们在嘀咕些啥，但那些人的羡慕她能感受到。羡慕啥呢，羡慕她有个好女儿，刘芬意识到这一点，嘴里的东西好像更好吃了。

她把排骨往夏晓兰面前推："晓兰，你也吃。"

她不知道蟹黄包子、酥皮蛋挞做起来有多费事，认为肉才是好东西，所以就把排骨留给夏晓兰吃。

夏晓兰也不解释，欣然接受了刘芬的好意。

母女俩这边吃得正欢，酒楼还有一些用雕花门窗隔起来的雅座。

两个中年男人坐在那里，桌上摆了茶点两三盘，却能坐上等的雅座。见同伴多看了两眼大堂里吃早茶的母女，另一人就感叹："这两年羊城的外地人在增加。"

戴眼镜的中年男人点头："羊城的富庶是内地城市不能比的，再有鹏城特区引导，羊城和内陆城市的差距会越来越大，不出几年，内地的居民会蜂拥而至。"

"你很看好鹏城特区？"

现在的鹏城特区还在建设中，和底蕴深厚的羊城差得远呢。那里本来是个自发形成的集市，就算转化成特区，会超过羊城吗？

羊城遍布高楼，和京城、沪市比也不差啥。鹏城特区能超过羊城？

眼镜男也不与同伴争辩，外面吃茶点那丫头他上次在火车上遇到过，豫南省下面哪个村的他倒是忘了。那时候她可没有如此阔气，短短一个月，看起来她已经在羊城淘到了第一桶金。

像她那样来淘金的内地人只会越来越多。

特区要建设，也需要大量的劳力参与，外来人口怎么管理？去年4月份，高2.8米的铁丝网就开始动工兴建了，至今仍在修建中。

中年男人没有和夏晓兰叙旧的心思。

忙里偷闲能喝一回早茶，他和夏晓兰那样的乡下姑娘的人生基本上不可能再有交集，尽管两人十分有缘坐过同一列火车，待过同一个卧铺车厢，此时又能在羊城的酒楼里重逢，但并不代表他就要和夏晓兰有啥来往。

哦，他记得夏晓兰挺机灵。不仅是机灵，看起来还挺孝顺。

对于刘芬他倒是一眼扫过，她就是眼下最普通不过的农村妇女。

夏晓兰不知道自己和火车上偶遇的中年人擦肩而过。

她带着刘芬在羊城玩了一天，不仅限于火车站附近。羊城比商都经济发达，包括今年刚刚建成的羊城白天鹅宾馆，它又叫"32层"，坐落在沙面岛，毗邻三江汇聚的白鹅潭……刘芬从来没有见过32层高的楼房。

夏晓兰说过两年再来羊城，争取有条件带刘芬去住白天鹅宾馆，俯瞰三江的旖旎风光。

刘芬在心里念阿弥陀佛，她咋能享受这种东西？不敢想，不敢想。

下午时，夏晓兰依言来到批发摊位，那老板真的拿到了棉衣——和他从蛇皮袋里拽其他衣服的动作相比，他拿棉衣的动作可谓轻柔。

这些棉衣出乎夏晓兰的意料："防寒服？！"

第101章 防寒服和鸭绒服

老板比夏晓兰还吃惊："你连防寒服都知道？"

后世的人谁不知道防寒服。但它真正流行起来是在80年代末期，厚尼龙面料当衣服的外层，能防止水珠和风渗透，先谈防寒再说保暖，隔热和薄膜材料以及保暖的涤纶……它和棉衣根本不一样，轻便保暖，尼龙面料还能染出各种鲜亮的颜色。

夏晓兰摸着轻便蓬松的防寒服，有点迟疑。

刘芬偷偷捏了一下，觉得里面装的不太像棉花，外面的料子滑溜溜的，也不是棉布。这是啥袄子啊，人家会不会骗晓兰？

"晓兰——"刘芬提高了声音，她虽然胆小，但害怕夏晓兰被骗的担忧战胜了胆小懦弱，这就是为母则强。

"妈，我再看看。"

防寒服都有了，羽绒服会不会也出现了？

"羽绒服呢，你能搞到不？"

老板想了一会儿："你说的是鸭绒服吧，你要的话也有。"

鸭绒服是刚兴起的，原本也有这衣服，不过是给登山运动员穿的，都管它叫"登山服"，普通老百姓既买不起，也不晓得哪里有卖的。还是这两年经济稍微宽裕点，有老百姓能承受高价了，自然就有制衣厂生产——名字叫鸭绒服，其实技术不成熟，并不能把鸭绒部分单独提出来当填充物，衣服里填充的是鸭毛。

这人根本不怕夏晓兰嫌贵，鸭绒服是个新鲜事物，但它的批发价还不如毛呢大衣！

毛呢大衣夏晓兰都能卖出去，一次就敢拿10件以上。

毛呢大衣才是最贵的，夏晓兰拿的货，质量和百货商店一样，却又卖得比商店里稍微便宜，再加上她挑出来的款式新颖，连商都市的裁缝都要偷偷扒版。

老板守着摊位走不开，叫了个朋友帮忙，过了一小时就给夏晓兰拿来了鸭绒服的样品。

这和防寒服又是不同的手感，夏晓兰摸到了衣服里面一根根的毛梗子，放在鼻子下能闻到淡淡的鸭毛味儿，的确是1983年的羽绒服。

再一问批发价，防寒服批发价男款是22元，女款20元，颜色不限，款式不限。鸭绒服要贵6元钱，男款28元，女款26元。

一件鸭绒服的批发价仅仅是毛呢大衣的一半……夏晓兰有种把剩下的钱全投进防寒服和鸭绒服的冲动。不行，这些衣服都是短款，远不如棉衣或者军大衣便宜。

拿回商都，真的有人买吗？

比起保暖效果好的鸭绒服，商都女人们或许更愿意穿毛呢大衣。贵的气派，贵的人尽皆知，穿上身也不如防寒服和鸭绒服臃肿。

小姑娘里面穿一件薄薄的打底衫，外面穿过膝盖甚至到脚踝的羽绒服，这种穿衣风格还不流行。

夏晓兰猛然抬头："你拿货的服装厂，生产过膝的鸭绒服和棉衣吗？"

老板很警惕地看着她，这是要越过自己直接从厂子里拿货吗？转而那股气又散了，没有几百件的订单，厂子连机器都不会给你开。

"你是零售，能拿多少货？只能挑这些款式。"

拿几十件货，的确不可能定制款式，服装厂要出稿，要打版，要进布料……这一通折腾下来，别说几十件，一个款1000件产量以下，厂里对这样的订单连看都不会看一眼。

算了，她这本钱折腾不起来。

尽管夏晓兰有信心谈个先付定金再支付余款的订货方式，哪怕跳过批发商环节，直接以出厂价拿货，500件要上万元，1000件就要2万元。把她和刘勇的家底搜刮干净，估计也凑不出1万元。

她舅舅这次生意没亏本还差不多……不要急不要急，夏晓兰叫自己冷静。急就容易犯错，赚钱的机会有很多，动不动就把全部身家压进去，完全不值当。她是要长远发展的，又不是在玩梭哈！

"防寒服和鸭绒服还要不要？"

"要，防寒服拿20件，鸭绒服拿20件……"

夏晓兰这次不仅拿了女款，还拿了男款。这摊主瞬间又卖出去上千元的货，心情不错，他从装鸭绒服的袋子里拿出压箱底的货："还有羊剪绒的背心——你拿不拿几件？"

这人搞批发整得像讲相声，包袱还得一个个抖出来。

夏晓兰连批发价都懒得问："拿5件！"

卖不掉就留着自己穿，她家里不正好是5个大人……咦，好像哪里不对，5个人得加上周诚。

夏晓兰已经在同一个摊位上拿过3次货，她把这老板家的地址和电话都问到了，老板叫陈锡良。这名字好像在哪里听过。

夏晓兰没多想，陈锡良搞服装批发应该是赚到钱了，家里有座机电话。夏晓兰琢磨着有时仅仅是补货，就不需要她特意跑一趟羊城，1983年没有快递，但能办火车托运。

夏晓兰这次拿了近4000元的货，剩下的本钱1000多元，这钱不知道能不能顺利盘下店铺和简单装修。希望这批衣服回去后也能快点卖出去，尽快回款。

她和刘芬风尘仆仆重回到商都，刘勇办事没让夏晓兰失望。刘勇在商都溜达了两天，已经初步选好了两处铺子。

刘芬和李凤梅抓紧时间把这次拿的货熨烫整理，李凤梅也没见过这样新式的棉衣，不过她对夏晓兰挺信任："晓兰说能卖掉，你就是瞎担心。对了，我从村里带来的肉和排骨用盐腌过，还有两个猪脚，那玩意儿不晓得有啥好吃的，晓兰那丫头喜欢，都给她留着呢！"

猪脚收拾起来挺麻烦，要用火把表皮的毛烧干净，拿水泡着，用小刀把黑乎乎的焦皮一点点刮干净，斩大块和泡过的豆子一起小火慢炖……冬天吃上一碗，整个人都好幸福。

夏晓兰厨艺平平，这道菜她倒是挺拿手，之前工作后条件稍微好点有单人间住，开火炒菜吧没厨房，有个小炉子可以烧烧热水，夏晓兰买了个砂锅炖菜吃，黄豆猪脚炖得最多，自然练出了手艺。

刘芬是女儿奴，夏晓兰说啥是啥，尽管她也觉得猪脚没有大肘子好吃。

李凤梅和刘芬干活儿闲聊，夏晓兰和刘勇跑去看铺子。

一个在"二七广场"上，离商都的地标性建筑二七塔只有几十米远。另一个铺子在西一街，西一、西二街是商都市最早的服装街，现在已经有服装店开业，不过卖的衣服很便宜，走的是低价路线。

现在的店铺都是公家的。不管夏晓兰想在哪里开店，她得找到店铺的所有权单位，才能把房子租下来——私人手里就不可能握着铺子，除非是临街的民房违规改建的。

刘勇看的两处铺子都不属于民房违改，都是国营大厂的。

第102章　国棉厂的资产

夏晓兰看中了二七广场那个店铺，商都市的市中心，未来很长一段时间还是最大的商圈。

那是个3间门面的小楼，属于商都国棉三厂的资产……夏晓兰觉得牙疼，国棉三厂就是朱放他妈的单位！

商都有6个国棉厂，纺织业在1983年的商都是支柱性产业，"一条棉纺路，半部商都史"，6家国棉厂有数万工人！纺织业发达，伴生的就是服装业发达，商都的大小服装厂不计其数，夏晓兰跑去羊城批发衣服，舍近求远，也是因为商都本地服装行业竞争激烈，必须靠新颖的款式取胜。

6个国棉厂效益最好的就是国棉三厂。

刘勇和夏晓兰最满意的是可以当门面的3间小楼，就是商都国棉三厂的资产。国棉三厂眼下效益好，一栋市中心的小楼就空在那里，真是财大气粗。

"这好搞定不？"

刘勇还不知道夏晓兰和丁爱珍的"恩怨"，但想要拿到这店铺本也不容易。这时候还没房改，除了像于奶奶家那种极特殊的情况，所有住房都属于公家，临街的店铺就更不用说了，全归各单位和部门管理。能钻空子从私人手里租到住房，但想开店的话，你根本别指望从私人手里租到临街的店铺。

那种住一楼的，把自家房子临街那面凿个门窗改成小铺子的也有，顶多开个早餐店……要卖服装？便宜的地摊货还差不多。

便宜的衣服，在商都遍地都是，夏晓兰要去西一街开店，才是真的没有竞争力。

二七广场的店面太好了。除了它属于国棉三厂这点不好，不管是地理位置还是一楼的店铺高度,都是最好的选择。

夏晓兰苦笑着把她和丁爱珍同志的恩怨讲给刘勇听:"这房子我要出面的话,拿到手的可能性基本为零。"

丁爱珍在国棉三厂里只是个小领导,把厂里的房子租出去这种事她不一定能做主,但搞破坏嘛肯定有能力。

刘勇很生气:"上赶着不是买卖,朱放那小伙子我也见过,说话挺客气的,他家里面咋这样?"

一边又瞧不上晓兰,一边又觉得晓兰不该和她儿子以外的人处对象,合着啥便宜都要被朱家占着。丁爱珍要不发话,难道夏晓兰就得像旧社会等待指婚的秀女一样不能擅自嫁人吗?

夏晓兰赶紧说自己当场就报复回去了,也没给朱放他妈留脸:"哪知道还能看上国棉三厂的房子……"

"知道就不抽她了?"那咋能呢,照抽不误。

不过现在有点麻烦,夏晓兰相信是能解决的。就算不和丁爱珍翻脸,她也不可能走丁主任的门路去拿店面。为了防止丁爱珍搞破坏,夏晓兰觉得自己不能出面,剩下的还有谁能去?刘芬根本不可能搞定这种事,李凤梅嘴皮子比刘芬利索,但让她和大单位打交道也不行。

"我去。"刘勇个子小小的,之前受伤让他看起来更瘦,刘家杀的两头猪,李凤梅留下不少肉,见天炖着吃给刘勇补身体。刘家最近吃得太好,炖肉和炒猪肝轮着来,刚搬到租的房子里,家里天天飘出肉香,伙食水平就把左邻右舍震住了,倒没人欺负他们是农村人——单位的宿舍,私人拿出去租是不对,住一块儿的同事肯定要举报,对外不能说租,只有咬死了和房主是亲戚,一家人暂时借住。

至于房主住哪儿?房主是年轻人,搬回家和自己父母挤着住呗。为亲戚腾屋子是应该的嘛,这年头人情味儿还是很浓的。

刘勇不会去找朱放,看起来挺好的小伙子,谁知在家里瞎说了啥。夏晓兰又匀了20条"彩蝶"给刘勇,大领导肯定不稀罕"彩蝶",人家抽的是同属商都卷烟厂生产的"散花"。但刘勇又不认识大领导,得弯弯绕绕地才能和领导拉上关系,"彩蝶"就要在这弯弯绕绕的过程中被消耗掉。

在商都市,六大国棉厂有几万工人,俗话说"棉纺厂的闺女,铁路局的女婿",棉纺厂女工多,铁路局男的福利待遇好,这两个职业的男女青年在婚嫁市场上最有竞争力……刘勇家现在就住在铁路局的宿舍啊!刘勇多年游手好闲,积累了丰富的人际交往经验,你让他干活儿他会觉得苦,让他和人聊天,那就太简单了。搬过去才两天,一层楼的邻居刘勇都能叫得出名字,整栋家属楼的住户他都脸熟。

他接受了夏晓兰拜托的任务,就往这个方向奔,"彩蝶"送出去十几条,真的让他辗转找到了国棉三厂的一个副厂长——好吧,副厂长不好见,刘勇是见到了副厂长家的老太太。

老太太和儿媳妇不太对付,就和老伴儿两个人单独住。

副厂长是个孝子,偏偏工作忙得要命,没有太多照顾老人家的时间。比如最近老爷子腿摔了,副厂长只能找了个乡下亲戚来照顾他。这时候刘勇出场了,他主动上门帮忙,一起照顾老爷子不嫌累,把老两口家里那些不太灵光的家具修修补补。

老爷子想吃百花路的"梅记咖喱烩面",这家店所在的百花路是国棉五厂上万名职工上班的必经之路。棉纺厂职工家里面是没有热水器的,要洗澡都要去工厂的澡堂,去的时候端个锅或者盆儿,把东西放在梅记,洗完澡回来可能都还没排到……生意就好到这程度。国棉厂的工人要上班,刘勇又没工作,梅记每天刚开门,他就守在人家门口了。

咖喱烩面买回去时还热腾腾的,副厂长家的二位老人能不喜欢他?

副厂长家来帮忙的亲戚都快哭了,刘勇再这么搞下去,非得把她的活儿给抢了不可!

刘勇在忙着献殷勤,夏晓兰在积极推销自己的防寒服和鸭绒服。

这次没那么顺利,她把衣服拿出去卖的时候,刚好遇见天气回暖,天天都是大太阳,没冷到要穿棉衣的程度。毛呢大衣能卖出去,喇叭裤也卖得掉,甚至连她取回来搭摊子的皮鞋都卖光了,防寒服和鸭绒服却还没人问津。

"颜色是挺漂亮的,就是贵!"一个女客人这样评价,100元的毛呢大衣你们不嫌贵,几十元的防寒服和鸭绒服嫌贵?

瞧着天上明晃晃的太阳公公,夏晓兰也很愁。

京城那边冷不冷?不管了,她把羊剪绒的背心和另买的一件男款鸭绒服,一块儿打包给周诚寄了去。

第103章 销售遇挫

商都的天气在和夏晓兰开玩笑,明明之前已经开始降温,要不毛呢大衣咋能热销。转眼又是几天大晴天,防寒服和鸭绒服这两种衣服不到大降温根本显示不出特别。颜色倒是挺鲜亮,一问价,防寒服要45元,鸭绒服55元,纷纷又丢开手。

"这袄太贵!"

袄?夏晓兰不得不给客人们仔细解释,可她们看热闹居多,真正下手的一个都没有。

幸好夏晓兰还进了其他衣服,也陆续出手,连本带利地翻成5300多元,加上之前拿货剩的,整个还有6500元出头。她跑了一趟羊城,拿了快4000元的货,居然连一倍的利润都没有……防寒服和鸭绒服压了1000多元的货款呢,如果能顺利出手,应该能再凑2500元左右。

加起来还不够1万元,能不能顺利支撑起一个店面?

要填满3间门面,一举在商都打响名气,起码得两三百件衣服。

她拿的货都不便宜,不管是均价50元以上的毛呢大衣,还是25元左右的防寒服和鸭绒服,200件货估计要七八千元。再加上毛衣和裤子,让3间门面的墙不至于空着,毛衣几十件,裤子几十条,又是2000元左右!

总共要近万元,像她这样的外省个体户,不是大的国营单位,要拿多少货就得给多少钱——防寒服和鸭绒服如果能顺利卖出去,并且获得预期利润,手里的钱凑一凑倒是够拿货的。但3间门面不可能是装修好的,这时候也没啥装修风格可言,国棉三厂的这栋小楼闲置着,开张前肯定要重新装修。

简单刷刷墙,平整地面,挂个大灯泡就完事?那她还不如仍旧摆地摊呢。

得在尽可能节约成本的前提下,装修出高档感,要让商都人以在店里买衣服为荣,要把20元批发价的衣服翻到50元以上……夏晓兰不是心黑,在商言商,她卖的不是粮油等生存必需品，能买这么贵的衣服肯定能承受这价钱。

定位就是中高档，难道20元拿货，卖25元？除掉来回的车票和运费，她这简直就是搞慈善！

她心里已经有了大概的装修雏形，只是不知店铺的具体情况，基本装修要钱，重新购买衣架、打货架也要钱。店铺能搞到手，年前能顺利开张就算烧高香了。更有可能的是，年前这铺子也搞不到手，夏晓兰知道他舅舅正冲着国棉三厂的领导使水磨功夫。

那位副厂长管着国棉三厂的职工分房，国棉厂家大业大，为啥有一栋小楼会闲置夏晓兰也搞不懂。按理说早该住满了职工才对，国棉三厂虽然有家属楼，但谁又会嫌弃房子太宽敞呢？

夏晓兰只能地摊照摆着，等着刘勇那边传来好消息。

幸好朱家那边也没找她麻烦，她摆摊就如游击队打一枪换一炮，第三次拿的货过了几天，除了防寒服和鸭绒服都一售而空。

刘芬晚上把那些衣服翻来覆去地看，总担心卖不出去。

夏晓兰知道急也没用，她现在只能等降温。

李凤梅把从乡下带来的猪脚炖着吃完了，夏晓兰还挺怀念那滋味儿。刘芬照旧卖油渣，夏晓兰自己剁了点排骨焖在锅里，刘芬瘦是瘦，营养上有保证，也过了紫外线强的季节，好像变白了一些。

骑着自行车，风刮在脸上很不舒服，夏晓兰心疼她妈，给她买了暖和的围巾、手套、帽子三件套，骑车时把脸包着，只露出眼睛部分。她还给刘芬和李凤梅买了雪花膏，小小一盒，涂在脸上和手上，香香的让两人都挺不适应。

"蛤蜊油多便宜啊。"

蛤蜊油装在小小的贝壳形盒子里，小盒只要几分钱，大盒不超过1毛，就算经济压力比较大的城镇职工也能买来搽手涂脸，李凤梅在乡下也用，只是刘芬以前见都没见过。在夏家时，她手里没有一分能自己支配的钱，蛤蜊油搽手，那大概是张翠和王金桂才有的待遇。

夏晓兰刚"醒来"时，对刘芬的印象除了黑瘦干瘪，还有那双满是裂口的手。离开七井村不用干农活儿了，夏晓兰开始好好给刘芬保养。反复用热水和肥皂洗手，指甲都剪短，给一双手涂上厚厚一层蛤蜊油，再用热毛巾包裹起来。

热气能打开毛孔，蛤蜊油锁住水分，每次洗完手都要涂蛤蜊油，晚上睡觉前也得涂上，再戴着干净的棉线手套睡觉……半个月不到，刘芬的一双手已经恢复了很多。

她还不让刘芬碰冷水，洗衣做饭尽量掺着热水用。

蜂窝煤又要不了几个钱，放个铝水壶在上面从早到晚都有热水用。当然更多时候夏晓兰也会自己抢着把活儿做了，尽管做饭的手艺不咋样，手擀面不会，她还不会煮挂面？

买一点上好的猪板油，切小块儿熬成猪油，连油带油渣一块儿放在搪瓷缸里，吃面时用筷子挑一小块在碗里，放点酱油和小葱，热汤一兑香气就满屋子飘，这样煮出来的挂面并不难吃。还有用半肥半瘦的肉切丁，熬成肉臊子，那就是猪油挂面的进阶版了。

厨艺不够食材来凑，反正刘芬对猪肉是咋都吃不够，根本不需要夏晓兰有多好的手艺。

夏晓兰的防寒服和鸭绒服卖不出去，她今天干脆没出摊，在家里安心复习。等把排骨焖好了，刘芬骑着自行车也到家了，笋筐里带着浓重的油渣味儿。

"你做饭了？"刘芬闻到了排骨的味道，把自行车架在院子里，随口问夏晓兰，"你于奶奶回来了不？"

于奶奶对母女俩不亲近，刘芬想到她一个孤老太太，平时总要看顾两下。别管做啥好吃的都问问于奶奶，虽然于奶奶一次都没领情。

于奶奶去扫大街了，这时候应该回来了才对，但今天确实没见到。再仔细一看，于奶奶的扫帚就放在墙角。房间门是从里面关上而非外面上锁，人是啥时候回来的？夏晓兰除了中午去买过菜，整个下午都在看书，并没有听到动静……于奶奶也上了年纪，这时候不能计较是不是热脸贴冷屁股了，夏晓兰喊了两声"于奶奶"，房子里没有动静。她使劲敲门，房间里还是没动静。

刘芬从窗户缝里往里看："床上有人！"

房间门被从里面反锁了，于奶奶的警惕心很强，大白天睡个午觉都要锁门，夏晓兰又喊了几声还是不答应，直接上脚把门给踹开。

就这动静都没把人惊醒，夏晓兰就估计着情况不太好。把手放在鼻子下，还有呼吸，夏晓兰松了口气："妈，我们赶紧把人送医院去！"

第104章 酮症酸中毒

红焖排骨自然来不及吃了。

自行车后面坐不住无意识的人，还是夏晓兰让刘芬骑车，自己找了根绳子把于奶奶和刘芬拴在一起，夏晓兰又用手在后面撑着，刘芬骑车，她则跟在后面小跑了快20分钟才到商都市人民医院……也幸好是在商都市里，要住在偏远乡下，这种情况下送到医院可能连命都没了！

母女俩上次陪刘勇来过，对商都市人民医院的情况挺熟悉，这边把于奶奶放下来就大喊救命，有穿白大褂的值班医生带着护士跑出来了。

"病人啥情况？"

夏晓兰和刘芬一问三不知，她俩对于奶奶的身体状况不了解。夏晓兰只能把自己知道的情况说了，医生骂两人糊涂，赶紧开始抢救。

过了半小时，一个护士跑出来骂了夏晓兰母女一通："你们是咋当家属的，大娘是酮症酸中毒导致的休克，她有糖尿病你们平时也不注意点？"

酮症酸中毒？刘芬一点都不懂，还以为于奶奶吃坏了肚子。

夏晓兰是真的吃惊，于奶奶居然有糖尿病？她平时也没见于奶奶吃药打针，好像邻居们也没谁说过。于奶奶除了人特别瘦，也看不出来有啥异样。这年代上了年纪的人，白白胖胖的本来就少，瘦才是正常的。

"对不起对不起，我们以后一定多注意，千万要尽力抢救，不管花多少钱都行。"

夏晓兰态度诚恳，护士的表情才稍微缓解："我们肯定会尽力抢救的。"

夏晓兰问在哪里缴费，护士却好像根本不急，这就是80年代的常态，先治病再缴费。

夏晓兰还是预存了200元的医药费。

虽然于奶奶不是个性格热情的人，但这年头租房本来就困难，到哪儿去找这么合适的房子？对于孤老太太，夏晓兰也挺宽容，她希望奶奶能快点好起来，大家继续当互不干涉的房东和租客也行啊！

刘芬吓得够呛，几次在门口张望，坐立难安。

于奶奶没有家属，邻居也基本上得罪完了，夏晓兰完全不知道该通知谁。只能由她们母女俩守着，晚上就在医院的走廊上打了个盹儿，早上醒了就觉得鼻塞。

7点过后，终于有医生通知她们："情况好点了，她体内炎症很厉害，要住几天院，你们去办理手续吧。"

于奶奶真正清醒是中午11点的时候，夏晓兰守在病床前，刘芬回去做饭了。于奶奶动了动，夏晓兰就警醒了："您醒了？我去叫医生！"

于奶奶还没回过神来，夏晓兰像一阵风般跑出病房。

隔壁床的病人和于奶奶搭话："大娘，你孙女吧？小姑娘漂亮又孝顺，守了你一晚上。"

于奶奶精神虚弱，仍然木着脸硬邦邦摇头："不是。"

不是啥？于奶奶再不肯多说一个字。

隔壁床的自讨没趣，和于奶奶这样的人就是没办法聊天，容易把天聊死！

于奶奶住院的第三天，别人才知道。

扫大街的工作归街道办管，于奶奶负责的路段都三天没人打扫了，街道办的人当然要找上门。这才知道于奶奶住院了……于家的房子很多人打主意，就算于奶奶把房子租给夏晓兰母女，对外的说法也是远亲借住。

街道办的人一脸感慨："幸好还有你们这些远亲啊，不然谁来照顾这老太太？"自然是要街道办安排人照顾。

不过现在好了，名义上这就是夏晓兰母女的活儿。

胡永才家知道这事后，胡永才老婆觉得夏晓兰是碰上了好运气：房子才住多久啊，于奶奶就生病，要不是夏晓兰把人送医院及时，于奶奶这次绝对是凶多吉少。

老太太和谁都没来往，干着扫大街的工作，街道办的人只负责每月给她发工资，哪能及时发现她有没有上班？孤老太太独居的话是挺危险的。

于奶奶这人有多硬气呢？她知道自己有糖尿病，每次到医院看病都是偷偷去的，在家里吃药也是背着夏晓兰母女。其他人和她来往不深，竟也一无所知。

胡永才老婆想，这下子于奶奶总要改变态度了吧？

得，人家该板着脸还板着脸，好像夏晓兰和刘芬那晚上救的不是她，这几天母女俩在医院跑前跑后照顾，也没得她半点感激——胡家知道实情，夏晓兰她们不是借住的远亲，一个月20元的房租没少给，并不欠于奶奶人情。

可这老太太就这态度，你能拿她咋办？幸好夏晓兰不是施恩图报别有所求，不然真是要怄死。

于奶奶出院那天，自己把医药费掏了。

医生以为夏晓兰和刘芬是家属，出院前逮着刘芬叮嘱，糖尿病人的饮食有禁忌，平时也要按时按量地吃药控制血糖。刘芬让医生反复说了好几遍才记牢，等于奶奶出院后，刘芬不管老太太脸色难不难看，每天像看贼一样盯着于奶奶的饮食，见面打招呼都是"您今天吃药了吗？"像于奶奶这样旧社会大小姐出身的讲究人，对着刘芬完全无语。

您今天吃药了吗？有这样打招呼的吗？

· 217 ·

夏晓兰才不去贴于奶奶的冷屁股,大概是好人有好报,于奶奶出院的第二天,商都市大降温。雨夹雪的天气,让路上的行人都缩着脖子。

天气越是冷,夏晓兰越是开心。

她买了一大块防水的油布,绑了四根木棒,扎了个小棚。

冷风呼啦啦地吹,即使三面围着油布,风也会从临街的那一面灌进来。李凤梅跟着夏晓兰学卖货,两人都穿了件鸭绒服,蓬松又暖和,要是能把膝盖也遮住,李凤梅发誓她整个冬天都舍不得脱下这件衣服。

"太暖和了!"是啊,太暖和了。

商都的冬天真的来了,忽然的降温搞得大家措手不及。和土气棉衣以及军大衣比起来,夏晓兰摊子上的防寒服和鸭绒服颜色鲜亮,在一片军大衣和深色棉袄中,亮眼的红、黄色牢牢吸引着行人的眼球。

雨夹雪的天气一直没停,夏晓兰她们上午摆好摊位,中午就开张了。48元钱一件,卖出了一件红蓝相间的男款防寒服。

卖衣服的男人两小时内跑了三趟才最终付款,他可能跑去百货大楼问过价,夏晓兰也问过价,差不多的衣服要58元,显然她的售价更有竞争力。

这一开张,就像打开了某个宝盒。

不管谁来问价,夏晓兰就让对方试穿一下衣服,在夹着雨点和雪粒的寒风里,穿上这样的衣服真是舍不得脱啊……是挺贵的,不过比起商店要便宜10元,谁家钱也不是大风刮来的,能省10元,都够一个月生活费了。

第105章 夏同学品德高尚

夏晓兰的防寒服和鸭绒服在急剧降温的商都艰难地打开了市场。

她和李凤梅把剩下的衣服销售一空,口碑都是一传十、十传百的,等着要买鸭绒服的人要动手抢夏晓兰两人身上穿着的样衣。开玩笑,这天气把身上的衣服卖了能冻死人。夏晓兰这钱串子都不肯卖,李凤梅够狠,干脆从家里面把棉袄抱来,让买衣服的人等着,真的把穿在身上热乎乎的鸭绒服卖了出去。

得,舅妈都卖了,当外甥女的敢不卖?

连打版的样衣都卖掉了,再来的人拿着钱都买不到货。

"最快也要3天,你说先给订金?"这些人啥胆子啊,敢给路边摊的个体户交订金?虽然只给5元、10元的,夏晓兰连个固定店面都没有,这些人真是心大。

她居然陆陆续续收了有十几个人的订金,夏晓兰只能每个人写个订金收据,又把于奶奶家地址告诉了他们。她的摊位本来就不固定,怕货进回来这些人满城找,干脆让他们上门取货。

男款的防寒服卖得好,女款的鸭绒服卖得好……女顾客不是很喜欢防寒服的厚尼龙外层面料。男人们觉得防寒服的款式更大气,它本来就是登山服,穿上身方便活动,很契合男顾客的要求。

夏晓兰匆匆到安庆县一中露了一面就再次南下。她这次去学校是领卷子回家做的,老师为啥喜欢她呢,除了成绩好,夏晓兰还特别会办事儿。她无事时就跑去商都一中门口蹲守,这是省城升学率最高的高中。蹲守啥呢?花钱向省重点的应届生买试卷集,可能是她长得漂亮,再者给钱也大方,帮忙多印两份试卷集的要求得到了满足。

商都一中整理出来的理科密卷都被她拿到了,夏晓兰自己做了一套,还有一套送给了年级组的汪老师。

老汪几乎感动得眼泪汪汪:"你自己花钱印的?"

商都一中才不会资源共享。豫南省的每个学校在高考中都是竞争关系,省重点的特级教师,安庆一中也比不了。同样是押题,同样是对高考的分析,商都一中起码甩小小的安庆一中好几个等级。

商都一中的这些密卷就真的是"密卷",其他学校的老师就是搞不到。

学生把卷子印给夏晓兰,还是对她警惕心太低,也没想到她自己花钱买的试卷,居然会大公无私地交给学校。再大方的学生,在高考上绝对会藏私。高考录取线每年是同样的分数吗?不,是看每年全国所有大学会在豫南省招多少人,根据这个来划线。一套省重点的习题密卷,对县重点的学生来说只要认真做了,高考中能提高的分数,平均10分是跑不掉的!

安庆县一中的应届考生和复读生有几百个,如果每个都提高10分,不就是自己给自己找竞争对手吗?

在改变命运的机会面前,人都会展现出自私的一面。夏晓兰不是大公无私,她就是觉得安庆县一中的考生能否提高成绩,并不影响她的高考结果。她现在已经进年级前10了,安庆县一中能和她竞争的考生就那么几个……她的计划是考到550分以上,这样能更从容地挑选心仪的学府。

550分可能不会上华清和京大,但录取的学校肯定比"京城师范学院"好。

她哪怕念不成华清和京大,念个京师大,夏子毓估计都要怄死——夏晓兰的人生当然不仅仅是要和夏子毓死磕斗气,她还发誓要替原主讨回公道,起码不能让夏家的金凤凰日子过得太惬意吧!

夏晓兰既要抓住这重来一次的机会,过得比之前好,又要把原主的仇报了,一举两得的事她为啥不干?

目标是550分,县一中的这些人基本上都不是她的竞争对手,他们提高一二十分并不影响大局。

看汪老师感动成那样,夏晓兰觉得自己把商都一中的密卷拿出来真是太对了。获得学校的好感,她能少很多麻烦,安安生生参加明年的高考才是夏晓兰的目的!

老汪坚决要让学校把夏晓兰买密卷的钱报销了,钱没多少,经费还是需要申请的。结果夏晓兰就见到了学校的大领导,孙校长表扬了她一通,让她只管放心学习,学校会尽量替她解决生活困难。

孙校长并不是说着玩玩,他让财务处把夏晓兰之前交的学费退给了她:"有困难就要说出来,好好学习,你是个品德高尚的好学生,你堂姐夏子毓也很优秀,你们要相互学习,共同进步……"

好吧,前面的话听着挺舒服,但学夏子毓这点她并不感兴趣。

老汪和孙校长都认为她很贫穷,殊不知年仅18岁的农村女学生已经快成万元户了,尽管她赚的钱里有40%属于舅舅家,但她个人总资产突破1万元用不了多久就能实现。

夏晓兰是真不好意思要退回来的学费，她为了不在学校里惹麻烦，时髦的格子毛呢短外套她没穿，嫩黄色的鸭绒服更是穿在身上都被人给买走了，她现在身上穿着的棉袄虽然没有补丁，但手肘、领口的地方洗得都褪色了。就这样还自掏腰包买来省重点的密卷，难怪老汪要感动，孙校长也觉得她家庭条件不好品德却上佳。

"这学费我不能要，您把它给更需要的学生吧。"夏晓兰丢下这句话，几乎是落荒而逃。

半晌后，孙校长重重叹了一口气："和她堂姐一样，自尊心很强啊！"

县一中把密卷油印好了。

虽然是理科生的习题集，但语、数、英这三科是文理科通考的，文科生也能用到。老师们把卷子发下去时就说这是商都一中的内部卷，学生们自然会珍惜。夏晓兰所在的班级，老汪直接就提了夏晓兰的名字，把她的大公无私狠狠表扬了一番。

这个班知道了，等于全年级都知道了。

夏晓兰来过学校没几次，平时也不跟着一起上课，却很有名气。

学生们都传她和陈庆是一对，陈庆解释他们也不听，谁叫夏晓兰只和陈庆来往？也就是夏晓兰在学校出现得少，每次都是惊鸿一瞥，加上考生们都被高考大山死死压着，才没有闹出啥表白追求事件。听说卷子是夏晓兰拿到的，班上的人都对着陈庆笑。

陈庆一再解释他和夏晓兰只是同村老乡，奈何别人都不信。此时此刻，他是又着急又有种说不出的窃喜。晓兰愿意把密卷拿给大家用，可见她的品格高尚，而她又单独传授给自己英语学习方法，是不是说明自己在她心目中地位不一样？

陈庆拿着发下来的密卷，浓浓的油墨味儿，仿佛也沾着夏晓兰的气息。

第 106 章 开司米大衣？

县一中的考生苦哈哈做着夏晓兰买的密卷，她自己又踏上了南下的火车。

天气恶劣，在她的强烈要求下刘芬暂时停止了倒卖油渣的生意。

于奶奶的工作却不能停，生病住院已经让其他人代班了好几天，她出院了又拿起扫帚搞卫生。医生说糖尿病不能太累，大冷天的一个老太太还要去扫街，刘芬怪不落忍。她提前出门把于奶奶负责的街道给打扫了，于奶奶就无活儿可干了。

拿着扫帚出去了一圈儿，于奶奶正好撞上还没来得及离开"作案"现场的刘芬。于奶奶没理她，这人好像从来不懂得感谢别人。第二天，天气仍然没有变好，刘芬照旧帮于奶奶扫街。也就她这样忍辱负重的老黄牛性格才能和于奶奶相处，于奶奶虽然性格不好，到底和撒泼骂人的夏老太有差距。夏老太要不是把夏晓兰欺负狠了，刘芬连那样刁毒的老婆子都能继续忍。

于奶奶只是拒人于千里之外，刘芬有啥不能接受的？

邻居们看在眼里，难免会私下里议论。于奶奶这一住院，她的糖尿病就瞒不住了，她是把左邻右舍都得罪光了的，都等着看老太婆啥时候倒霉。一个人守着5间大房，其他人家却住房紧张，谁能喜欢于奶奶？

哪知道忽然又冒出一门远亲！

夏晓兰母女搬进于家，不知道惹来多少议论。

刘芬和夏晓兰的性格都不讨人厌，和于奶奶完全不同，甚至有人觉得于奶奶运气也太好了，把人都得罪光了还有远亲来照顾。

"想要她家的房子吧？"

"于家又没人，等于老太太一走，房子肯定要收回的。"

"啥都分不到，白忙一场！"

"不过那母女俩脾气也够好的，还能和于老太住一起。"

"听说人不行了，是被母女俩给送去医院的……"

这些议论并不背着于奶奶。她听到之后沉默了，又费力挺直了瘦瘦的脊背。她不能垮啊，也不能死，死了之后于家其他人就找不到家了。夏晓兰是聪明人，于奶奶和她能保持恰当的距离，偏偏对刘芬这个只干事儿不说话讨巧的傻瓜，于奶奶觉得麻烦。

刘芬做这些，是不是和那些人一样，想要她这个房产？可她们其实并没有一点亲戚关系，哪怕她死了，房产咋也不可能落到刘芬和夏晓兰头上。

于奶奶审视不透刘芬，她只能疏远刘芬。

夏晓兰再到羊城，先去了一趟白珍珠家。不巧的是白珍珠搞到了边防证，昨天刚去了鹏城特区，夏晓兰扑了个空。商都的天气正是要卖防寒服和鸭绒服的时候，夏晓兰也不可能在羊城等白珍珠。

她这次手里有9000元的本钱，却依旧只带了5000元到羊城。

陈锡良见到她就远远招呼着："有新货，有新货！"

夏晓兰挤到他摊位上，和其他批发价很便宜的地摊相比，陈锡良的生意似乎没那么好，在80年代初就选择做中高档服装批发挺不容易的。陈锡良批发的总量没别人多，赚的钱不一定少，别人卖一件可能就只有一两元的利润，陈锡良摊位上的一件毛衣批发价都超过10元，卖一件相当于别人卖三件。更别提他那些死贵的高档毛呢大衣，批发价贵自然也赚得更多！

"你这次耽搁得有点久。"

陈锡良想，该不会拿回去的防寒服和鸭绒服都砸手里了吧？就算这样他也不可能给夏晓兰退货退款。夏晓兰是长得挺漂亮，可世上的男人又不是个个都喜爱美色，陈老板就觉得"大团结"更好看。

夏晓兰也发现他一门心思只知道赚钱，"新货呢？"没告诉他防寒服和鸭绒服的销售情况。

陈锡良指着自己身后挂的一件大衣："你敢卖不？！"

陈锡良身后，挂着一件黑色的双排扣制服风大衣，是个男款！

怪不得陈锡良要用激将法，夏晓兰一般是进女装的，只有上次拿过几件男款的防寒服和鸭绒服。男士双排扣制服风大衣？这时候男人们的正装都是松松垮垮尺码偏大的西装，裤脚大，肩膀宽，袖子长……夏晓兰都能想象到，这样的大衣穿在高个子男人身上，比如周诚那样的，精神得肯定让人移不开眼。商都男人也不矮，夏晓兰相信自己能把这种男款毛呢大衣卖出去。

"怎么，你这衣服不好卖？"

陈锡良眼神闪烁："不知道有多紧俏，我看你是熟客才给你留着。"

夏晓兰一个字都不信，她算啥熟客啊，也就拿过三次货。

"说说你的批发价，如果便宜的话，我可以帮你销几件。"

陈锡良泄气，这么不好骗？

他一咬牙："最少要 80 元一件，这是开司米面料的！"

夏晓兰下意识反驳他："是 Cashmere。"

山羊绒，稀有的特种动物纤维、珍贵的纺织原料，国际上称为"纤维的钻石""软黄金"，因为亚洲的克什米尔地区曾经是山羊绒向欧洲输出的集散地，国际上习惯称山羊绒是"克什米尔"。

国内采用的是音译，陈锡良说开司米也没错。但如果真的是羊绒大衣，批发价才 80 元一件吗？

夏晓兰都不用上手摸，灯光昏暗，她也不用凑上前细看，就知道陈锡良在说瞎话。1983 年，羊绒面料根本不会在国内销售，就算有极少的羊绒制品，也只会出现在类似京城友谊商店、沪市锦江饭店这样的高档涉外场所……基本上是为在华停留的外国人准备的商品，捧着一叠"大团结"也买不到，要用外汇券。

80 年代，羊绒是要创汇的商品，能生产羊绒的企业都是奔着出口去的，把羊绒卖出国换取外汇。"大团结"不是国际市场认可的结算货币，想要进口各种设备，国家需要外汇，企业也需要外汇！

就拿 1983 年来说，一件羊绒衫的出口价是 25 美元左右，羊绒大衣又需要多少面料？

人的一根头发直径是 75 微米左右，羊绒的直径一般是 15～17 微米，要想把这么细的羊绒纺织成面料，对"分梳"的工艺要求很高。国内在 1965 年才造出自己的羊绒分梳机器，更早之前都是直接出口羊绒原料，没那技术进行深加工。80 年代初，引进了日本更先进的分梳设备，羊绒制品出口进入高速增长期，可以说 1983 年是国内羊绒企业忙着创外汇的时间点，哪有多的羊绒大衣在羊城的批发市场上卖？

夏晓兰为啥知道得这么清楚？她之前大学毕业当推销员，可不是推销什么电器之类的，她推销的是大型设备。有一阵她就推销过分梳机，还是国产的。干一行爱一行，她为了推销出机器，得从头到尾了解相关行业的历史！

她的记忆力居然变得这么好，很多年前背过的资料还记得，也难怪她能想起来 1984 年的高考数学卷。夏晓兰仗着记忆力好，带着十分的笃定，对着奸商陈锡良说："这大衣绝对不可能是开司米，批发价你也敢报 80 元！"

第 107 章　齐头并进

夏晓兰语气笃定，陈锡良像被踩中尾巴的猫："搞咩……你摸摸，你来摸摸面料啦！"

陈锡良一着急，连羊城话都冒出来了。他的普通话在羊城人中已经很不错了，不过依然有口音。夏晓兰咋看他的样子也像心虚，陈锡良带着几分急切将大衣取下来塞到她手里，夏晓兰用手搓了搓。

"还真是好料子。"陈锡良说的也不全是假话，以夏晓兰的经验来看，应该是羊绒和羊毛混织的面料——也不晓得是哪个小厂的技术不过关，居然这样浪费羊绒！

还没等陈锡良开口，夏晓兰就皱眉："好料子也不是开司米，一件 80 元太贵了，我拿回去根本卖不动,你说个实在价。"

陈锡良只觉得见了鬼。夏晓兰第一次来拿货时穿得多土啊,一看就是个乡下丫头,摸过真正的羊绒制品吗?居然就一口咬定这大衣不是开司米面料。

一个想把衣服推销出去,一个其实也想买,讨价还价,最终把批发价砍到了70元。

陈锡良肉痛的表情像死了老娘,论演技夏晓兰觉得自己还不如这个年轻的奸商有天赋,全靠经验一点点和陈锡良磨价,少于70元他再也不肯让步,夏晓兰才同意。

这大衣有两个色:黑色和藏青色,藏青色是后世的叫法,现在人们习惯叫它"海军蓝"。

夏晓兰每个色都拿了10件,配齐了尺码。陈锡良这个款式很不好卖,巴不得把货都甩脱手,夏晓兰是大胆中带着谨慎,不肯多进货。反正她已经有了压货的心理准备,拿回去可能一时没那么快卖掉,不仅是款式挑人,也是她批发过的单价最贵的商品,零售价怎么也要在140元左右,是普通人三个月的工资。

陈锡良还以为夏晓兰的防寒服积货了,没想到夏晓兰又要了30件防寒服和30件鸭绒服。防寒服男款的要得多,鸭绒服则相反。

就这三样货,已经将近2900元。除去货物托运费和她自己的回程车票,她可以支配的货款只剩下1800元。夏晓兰直接舍弃了毛衣,再别致的款式都不要了。她只要女款毛呢大衣和裤子,围巾、手套之类的零碎配件也不进,皮鞋赚的钱不多,她懒得进货。

货品种类从少变多,又从多精简到少,本来就是试探市场反应的结果。做生意哪能一成不变,随时调整才能不被市场淘汰。在商都做服装生意本来也是种挑战。

一眨眼,12月就到了。夏晓兰坐在火车上,迟疑着自己要不要中途下车……正如她之前想的,应该去曾经的老家看一看。第一次是周诚说要在羊城会合,第二次有周诚陪着南下,第三次则是和刘芬一起,好像哪次都不方便中途下车。

那这次呢,自己一个人。

不,她还带着许多货,将近5000元的货啊,要是不能一起到商都站,这些日子以来的辛苦万一打了水漂呢?夏晓兰用这个理由把自己说服了。

近乡情怯,她既怕在这个时空里看不见"夏晓兰",看见了又觉得不知该如何面对"自己"。还是她现在实力不够强,否则也不会有这样的纠结。

哐当……哐当……火车开过了中途的那个站。

夏晓兰第四次带着货坐了30多小时的硬座回到商都。

刘芬和李凤梅早估摸着时间等在火车站,商都这几天的天气还是很糟糕,站台上寒风肆虐,李凤梅和刘芬都穿着笨重的旧袄子,她们倒腾着服装生意,却连一件轻巧蓬松的鸭绒服都舍不得自己穿。想穿也没有,上次拿的货都卖掉了。

火车慢慢在站台停稳,李凤梅心中火热:"就是这辆车吧?赶紧的,找找晓兰!"

越是冷,生意越是好,李凤梅陪夏晓兰摆过一次摊才知道,原来商都有这么多的"有钱人"。农村人除了买盐买种子、化肥,还有家里孩子交学费才舍得花钱,有个头痛脑热都情愿硬扛。做新衣服要花钱,从前买布还要布票,攒点布票不容易,一年也攒不够从头到脚做一身衣裳的布票……刘勇哪怕把合伙本钱退出来的5000元都交给李凤梅保管,她也舍不得花100元给自己买件毛呢大衣!

城里人就舍得啊,他们每个月都有工资拿,就算烧锅炉这样的工作也没土里刨食的农民辛苦。不过各种单位效益不一样。有的工资一月才30多元，平时用钱也精打细算；有的工资能有六七十元；效益特别好的单位，工资加上七七八八的奖金，一个月拿一两百元的也有。

两口子都是双职工的、家里负担还不重的那种，想买件上百元的呢大衣，攒两个月钱也就买了。好的衣服是撑面子的重要行头，就像新自行车、手腕上的梅花表……大家都有的东西，那自己也要尽量有。

李凤梅就算现在干起了个体户，在花钱方面还是保守派。

刘芬更不用说了，女儿都长到18岁了，她一共摸到过多少次钱？就算现在她自己能赚钱了，从前泡在苦水里那么多年，钱这东西要到用的时候才恨少，哪能嫌钱攒得多？她要有钱，当初夏晓兰撞墙自杀，也不必跪在地上求夏老太送夏晓兰去医院了。

刘芬比李凤梅更抠，她攒下的钱不是自己用，要全部给夏晓兰。晓兰当然和她不一样，钱在晓兰手里能赚到更多的钱……刘芬反正舍不得花一毛钱在自己身上，几分钱一盒的蛤蜊油抹在手上都让她心疼，但夏晓兰要吃肉吃细粮，刘芬一句重话都没说过。

两个农村土包子一边感叹商都人有钱，一边努力观望，终于在涌动的人群中瞧见了夏晓兰的身影。

"晓兰！"

"那是晓兰！"

夏晓兰进了大批的货回商都，家里面却是两个女人来接站。

刘勇今天被副厂长家的事儿给耽误了，老爷子摔坏了腿要去医院复查看看骨头的愈合情况，刘勇帮忙把人给背下楼，把毛褥子围在老人腿上，请来帮忙的亲戚负责推老爷子去医院，刘勇则又跑上楼去帮忙揉面。

今天老两口那当副厂长的儿子要回父母家吃饭，老太太早上就去买肉剁馅儿一通忙，刘勇没做饭的手艺，但他有力气，就负责揉面呗。

其实他背上的伤还没好全，不过愣是没被这家人看出来半点，搬米扛煤球，刘勇也是任劳任怨。

天下的老太太哪能个个都是于奶奶，人心都是肉长的，这家老太太也觉得该替刘勇干点事儿。两人包好了饺子，老太太就给刘勇打包票："待会儿你别说话，都看我的。"

刘勇心中一喜，脸上的表情挺不安："您瞧这多不好意思。"

老太太数着圆滚滚的饺子："有啥不好意思，一定让你心想事成。"

谁心里没数啊，刘勇不沾亲带故，又不拿家里的工资，整天往家里跑前跑后。干的事儿反正比她那副厂长儿子贴心可靠，就算是有所求，人也没瞒着。农村进城讨生活的老实人，能帮上的忙就给帮了。老太太还想不到利益啥的，人与人嘛讲究的是互相帮助。她就是看刘勇顺眼！

第108章 租房进展

国棉三厂正处于最辉煌的时期，工人上万，年利润有两三千万，还是商都市国企中出口创汇的大户。

这样一个厂，副厂长有多忙可想而知。袁洪刚每天都忙得脚不沾地，厂里的工人一直是三班倒，他这个当副厂长的也不可能太闲。前些日子他亲爹把脚摔了，袁洪刚除了去过医院一次，后来只上门来看过一次，这是第二次。

上次他就瞧见刘勇了，对刘勇的行为吧他谈不上喜欢，可人家真心实意来帮忙，袁洪刚当儿子的不能伺候受伤的老父亲，也不可能说把刘勇给赶走吧？

刘勇可是帮着做了他这个当儿子都没做到的事，袁洪刚怕他将来会提一些让人为难的要求，看见刘勇就有点心虚。

现在的单位领导，大多数都很清廉，一心为厂子考虑，没那么多乱七八糟的思想。要换了后世，像国棉三厂这样大的国企，袁副厂长亲爹摔断了腿，还怕请不到人照顾吗？只怕不被看重的下属，还抢不到这个活儿呢。现在是真没人能想到这一层。袁副厂长还管着厂里职工分房的事，因为很难做到人人满意，他经常被厂里的工人骂得狗血淋头。

他这人身上瘦脸却圆圆的，工人们私下里叫他"袁大头"。

袁洪刚不知道吗？他心知肚明！

可有啥办法，有些工人从国棉三厂50年代建厂就来了，资格比他还老，他遇到胡搅蛮缠的也只能绕道走。那些工人也够厉害的，根本不怕厂子里开除他们，国棉三厂的效益好，工人们能挺直腰杆从袁洪刚面前走过去，为了生产大事，袁洪刚还得反过来哄着他们。

既要忙工作，又要受老婆和老娘的夹板气，亲爹受伤了都不能伺候尽孝……处在如此境地中的袁副厂长，面对刘勇这自来熟地、无微不至地献殷勤，他能咋办？

他一点都没有"老子就这么牛，你拍马屁是应该的"的怡然自得，袁副厂长他惶恐啊！

好不容易抽空回家一趟，得，老爷子去医院复查了他又没赶上。

老太太倒是给他包了猪肉饺子，袁洪刚吃得满嘴流油，筷子还没搁下，老太太就发话了："饺子好吃吧？今天这面还是小刘揉的，他手上的劲儿比你用的老娘大。人家又替你尽孝照顾你爹，你咋就这么心安理得没个说法？！"

老太太嘴里的小刘在旁边连连摆手，嘴里念叨着应该的。

老太太对袁洪刚没好气："你不能欺负人家小刘老实人啊！"

不知道内情的人见了这一幕，只怕会以为袁洪刚是捡来的，小刘才是老太太的亲儿子。

"刘勇同志，你坐下说，咱俩好好谈谈。"袁洪刚也觉得人情越欠越多，他要用啥还？刘勇有啥事赶紧说，不损害厂子利益的话，他能帮就帮呗。

袁洪刚听说刘勇是农村来的，还以为是安排子侄辈进厂之类的事，国棉三厂效益好，建厂之初的第一批工人也上了年纪，家里的孩子长大了想进厂工作都要排队，国棉三厂根本不缺工人。厂里有些人才40多岁，为了给接班的后代腾出进厂名额，还得提前办理退休呢。

一个萝卜一个坑，刘勇要是想求他帮忙进厂，袁洪刚觉得难办，但也要硬着头皮试着解决。厂里新招的人都是工厂子弟，要不也是城镇户口，农村户口的确不好办……特别是他的一言一行，都被厂子那些闹着要分房的工人盯得死紧死紧的。

"袁厂长，事情是这样的，您看我不是进城讨生活嘛，没技术也没户口，找工作不好找，就寻思着想干个体户。天冷了，在街上摆摊越来越不方便，也想把规模扩大点，好让家里的亲戚也有个事做，就想开个店……听说二七路45号那3间空着的门面是国棉厂的房子，就想让您帮帮忙，看看厂里是不是能同意租给我开个店。"

二七路那栋小楼？袁洪刚印象可深了。

这房子扯来扯去的，都空着一年多了。原本国棉三厂在那里搞了个展售门店，是把厂子里生产的纺织品摆在那里卖，其实是上一个厂长搞的门面功夫，三厂生产的东西有多少？市场又能吞多少？还要出口，哪有闲情搞那点零售业务。

后来又说那房子是私人的，国家打算还给原主人，那个小楼孤零零耸立在那里，想分房吧个个都打破头要争，人人都觉得那是个独栋小楼，不肯退让一步，厂里面被搞烦了，干脆把那房子暂时闲置。这都一年多了，刘勇不提，袁洪刚自己都快忘了。

私人从单位手里租房子做生意袁洪刚听说过，那些动作快的个体户都开业了。

袁洪刚琢磨着这件事能不能办成，随口问道："你准备做啥生意？"

"卖服装。"刘勇也没隐瞒，袁洪刚心想，在商都市卖衣服？

大小服装厂遍地开花，这里最不缺的就是衣服，不过想要把生意做好竞争也大。他本来想提点刘勇两句，又怕刘勇误会，不由得沉默起来。

老太太催他："这事儿不能办？反正也白空着，厂里又不让工人去住，你正好管着这摊子事，做主租给小刘不就行了！"

袁洪刚摇头："妈，事情不像你说的那么简单，我是可以代替厂子里拍板，但这房子的产权存在争议……这房子到底归谁，现在还没掰扯清楚。"

袁洪刚为难，刘勇也看出来事情不好办，不过他知道袁洪刚是同意要帮忙。房子产权纠纷的事刘勇不懂，他就知道城里面的房子都是国家的，是像国棉厂这种单位的。国棉厂说给谁开店，那就给谁开店，直接来找袁副厂长的路子是对的。

袁副厂长松口了，其他事儿都好办。刘勇这边算是在三厂领导面前挂了个号。

店面是挨着的3间，只租1间这种事从一开始夏晓兰就没考虑过，要是别人看服装店生意好在她旁边再开一家店，那才叫怄火。要租就把三间都租下来。

等袁洪刚老父亲从医院复查回来，刘勇又把人给背上楼。袁洪刚真是忙，来吃盘饺子和刘勇聊了半小时就离开了。

刘勇再见到夏晓兰时，就告诉她租房子的事有了五成把握。

"袁厂长挺好说话的，不是那种难相处的干部，二七路45号那3间铺子，我们多半能租下来。"

刘勇说这话时，李凤梅去学校接孩子去了，夏晓兰和刘芬在屋檐下理货，雨雪停了，于奶奶又拿着她的大扫帚出门去，刘芬整理着衣服，不时张望着门口方向。

于奶奶慢吞吞地提着扫帚回来，刘芬又帮她把街给扫了，于奶奶这几天的活儿都轻松得很。

听到刘勇说二七路45号，于奶奶脚步一顿。世上没有无缘无故的好，原来在这儿等着呢。

第109章　媳妇寄的，甜！

从商都到京城，坐火车只要10来个小时。

夏晓兰寄到京城的包裹，通过邮局寄送，足足9天才送到周诚的手里。这要是后世的快递，超过3天催件的电话就能打爆，还多亏了商都和京城都是铁路交通发达的城市，要往偏远的穷乡僻壤寄个包裹，可能要一两个月才收到。

"报告！"对方给周诚喊声报告，"有您的包裹。"

训练休息时间，众多眼睛齐刷刷看来。

真的是很大很重的一个包裹，周诚拿到手上就感觉到了那重量。因为周阎王休假回来后脾气明显变好，就有人夯着胆子起哄："周队，家里面又给寄好东西了啊？"

周诚是个很大方的人，下面的人都猜他家条件不错，而且家人是很惦记他的，周诚经常收到各种包裹。他也不吝啬，别管吃的用的，都会拿出来分一分。单位的伙食标准要看具体情况，周诚所在的单位吃得不好不坏，菜里能见到几片大肥肉，他们平时要高强度训练，饿得非常快。

周诚母亲心疼他，每隔十天半月就往单位寄吃的，周父说过许多次不许搞特殊化，周母坚持不改。周诚收到包裹，通常都拿出来分给下面的人了。

他是有不少私房钱，但也不可能把奢侈的作风带到单位里。其他人怎么过，周诚就怎么过，吃穿用度上尽量不引人注目。

这次的包裹不是周母寄的，一看是豫南省的地址，周诚就知道是夏晓兰。

要不咋说有了媳妇儿忘了娘呢，他妈给他寄那么多东西，周诚随手就给人了也不心疼，夏晓兰第一次给他寄东西，周诚都舍不得拆开给别人看！

他抱着包裹就走："我媳妇儿寄来的，可不能分你们。"

哈哈，周队又开玩笑，他那么大方的人……等等，周队有媳妇儿了？

周诚有对象了。这消息在单位传得老快了，一向嫉妒周诚的老方差点把拳头捏碎。

"他才 20 岁，找啥对象啊？"他这个 30 岁的，不还单身吗？

找了老婆，就会分心，在女人身上浪费的时间多了，干事业的激情会不会减少？

老方暗暗握紧拳头，20 岁的周诚都找到了对象，他或许不该拒绝那些相亲的。上次领导不还说要给介绍个女同志，老方当时给拒绝了，现在只想抽自己大嘴巴子。老方忽然意识到，他要是再不找老婆，以后自己儿子也要落后周诚的崽。

"领导，您上次说的女同志……"

"滚，人家已经结婚一年了，孩子马上都要生了！"

领导把老方赶出去，老方不服。还是得怪周诚，才 20 岁就找啥对象？

周诚提着重重的包裹回到宿舍。

下面的人挤集体宿舍，当干部的有单人房间，周诚的级别也到了，不可能还叫他和其他人合住。

他拆开包裹，发现夏晓兰寄的东西还挺多。

羊剪毛的背心可以穿在正装里面，把前胸和后背护住，身体也就暖和了。这话是夏晓兰信里写的，周诚对有啥东西并不是最关心，他第一要事就是找夏晓兰的信。

夏晓兰在信里说自己寄了哪些东西，又说她由母亲陪着去羊城拿货，发现有轻巧保暖的鸭绒服，不知道周诚休息时能不能穿，暂且先寄来一件。

鸭绒服是深蓝色的，夏晓兰不知道周诚有没有机会穿，也没敢拿花里胡哨的亮色。

除了两件衣服，包裹里还放了好多晒干的新郑大枣，几个铁皮罐子装着的是信阳毛尖。夏晓兰还特别惋惜，说邮政寄东西的时间太长，她本来想寄点卤制的黄牛肉，又怕寄过来之后变质，只能再想想别的办法解决这个问题。

"早晚有一天，上千公里的距离，只要短短几个小时就能到，两地之间寄熟食，甚至生鲜也没关系。"夏晓兰在信里很坚信这一点。

周诚想那得多少年以后啊，用飞机寄东西？就算最发达的美国，也没有这么败家的。

她想让周诚吃饱穿暖，不能因为年轻身体好就不爱惜自己，又说自己想要和白珍珠合伙干点啥生意，问周诚这姑娘是不是可靠。

白珍珠？是白志勇的妹妹。

白志勇都来单位好几年了才提干，如今级别还在周诚下面。这人的个人素质比较突出，但性格很冲动，明明之前就有提干的机会，却被他的性格毁了……这样的人不一定能当多大的干部，周诚也不想和他并肩作战，就怕他那个人英雄主义冒头，在关键时刻毁了计划。但当朋友的话，周诚还是挺信任对方的，白志勇是恩怨分明的人，周诚恰好就对他有恩。

他的妹妹，应该值得信任吧？

周诚反复把信看了两遍，依依不舍地放下信纸，把外套脱下试穿了羊剪毛背心。再穿鸭绒服，不一会儿就热得满头大汗。

在周诚单位里确实没啥穿鸭绒服的机会，周诚爱惜地将衣服脱下来挂好。这是他媳妇儿的心意，可不能弄皱弄脏。羊剪毛背心倒是可以穿在正装里面，又薄又贴身，周诚动了动也不影响活动。

夏晓兰寄来的红枣有好大一包，信阳毛尖也有几大罐，周诚拿出一颗红枣塞在嘴里，又甜又糯，枣核还特别小。他吃完一颗，忍不住又吃几颗才停下——周诚有个不好对别人说的秘密，他喜欢吃甜食！

他的口味重到啥程度呢？刚出锅的白面馒头，刷上一层厚厚的芝麻酱，再撒上一层绵白糖就是他的最爱。他小时候就喜欢拿手指蘸白糖吃，还被家人收拾过，他爸说他又屁又娘气，周诚慢慢就把嗜甜的毛病改了。哦，或者说藏得更深。

晓兰咋看出来他喜欢吃甜食的？难道是上次在火车站，自己给晓兰买枣时盯着看的时间太久？

周诚又摸出一颗红枣放嘴里。别管咋知道，哪怕是巧合呢，说明晓兰注定该是他媳妇儿呗。

茶周诚不太喜欢，这几罐信阳毛尖他得喝到啥时候？放坏了也是浪费晓兰的心意，周诚想了想，趁着天黑时给自己领导送了一罐去。

领导打趣他："听说你谈对象了？"

"嗯，豫南的人，这茶叶就是我对象寄的，给您尝尝。"

一共有5罐茶叶，和红枣一样，夏晓兰多准备就是为了让周诚能送送人。吃独食是挺不好的行为，哪里都需要人际交往……当然，你处在啥样的级别，也就顶多和顶头上司分享下土特产，不能直接越级送礼。周诚也没给夏晓兰提过自己的级别，夏晓兰以为他就是个新人，20岁的年纪，就算被提干了，顶天就是个小干部吧。

周诚可不是小干部！在单位里他无须讨好太多人，就是领导，也是因为有本事，对周诚也不错，周诚才尊重对方。

除了领导，周诚和隔壁老方不太对付，不过和其他人关系处得还行，也分了一罐茶叶给关系好的干部。

剩下的3罐茶叶咋办？周诚不可能给下属，也不会给讨厌的老方。

他想了想，把两罐茶叶打包，忍痛分出一半红枣，转寄回了家里——男人有了媳妇儿忘了娘，但有个好媳妇儿却能叫人成长。周诚直接给钱的时候多，买东西往家里带的时候少，红枣和茶叶分给其他人心疼，自己亲爹亲妈还是能尝一尝的。

像他这样的儿子哪里找去？要不是下手快，他爸妈哪能提前享受到儿媳妇的孝敬？瞧瞧隔壁老方，连个对象都没有，家里父母恐怕连头发都愁白了。

第110章　天价房租？

从豫南省寄东西到京城慢，从周诚单位把东西寄回家就快了，他都不用找邮局，托人把东西往市里一送，就放到他妈的单位门口，他妈自然就去取了。

周诚打电话也没说啥，就说是朋友送的特产，他让父母也尝尝。

关慧娥挂了电话，嘴上的笑一直忍不住。

关慧娥没啥大本事，可她就是命好。会投胎、会嫁人，生个儿子也优秀得不得了。说起她家周诚，其他同龄人真是十个捆起来也不如他长脸。小时候调皮捣蛋，十几岁就工作，按关慧娥的意思找个轻松安全待遇好的单位，周诚偏偏没听家人的话。刚进去就表现得特别优秀，结束新人训练后被领导放在身边，就周诚那综合素质，按部就班等几年也会提干……后来有了任务，周诚主动到了危险的第一线。火线提干，外人羡慕，关慧娥却担心得整夜睡不着觉。

每一次提拔，都意味着周诚立功了。立功是咋立的？没有谁的功绩是轻轻松松获得的，立功都是拿命换的！

关慧娥担心也没用，她只能天天自我安慰，自己调整心态，努力告诉自己周诚会逢凶化吉。周家人都觉得周诚优秀，天生是干大事的，周家也需要周诚去当一面让其他人仰望的旗帜……关慧娥无力左右整个家庭的意志，她只能更疼爱周诚。

丈夫说她整天往单位寄东西不像话，关慧娥就当耳边风。

关慧娥连给周诚寄东西都觉得幸福快乐，何况收到周诚寄来的东西呢？

傍晚时分，难得周诚父亲也回家吃饭，关慧娥把两罐茶叶摆在桌上："你儿子给的，茶叶是你的，大枣是我的，咱俩谁也别占谁的便宜。"

周父爱喝茶，这习惯不少人都知道，他也没掩饰过。

每年都会有人给周父送茶，夏晓兰能买到的信阳毛尖能有多好？虽说是一等品，不过也是给普通人喝的大众货。周父是能喝到特供品的，他和关慧娥关注的重点不同："周诚在单位里，怎么忽然往家里送东西了？"

关慧娥一怔，周诚在电话里也没说清楚，只说是人送的。

"可能是同事送的吧。"

周父轻哼一声："才往上提多久，就有人送东西讨好了？谨言慎行，我看他还差得远！"

关慧娥恼了，伸手就把两罐信阳毛尖拿走了。

"那你就别喝！"

哎，怎么脾气这样大！他也没说不喝啊！

周父脸上露出一丝尴尬，面子为尊，让他拉不下脸让关慧娥把茶叶拿出来。

夏晓兰还不知道自己给周诚的东西又被他转送给了父母。知道也不会说啥，给了周诚的东西，他当然有权自己处理。夏晓兰的地摊生意如火如荼，大降温让商都人青睐起她摊子上的防寒服和鸭绒服，把之前收了订金的货一交付，她这批拿的防寒服和大衣恰好遇到了好天气，卖得特别快。

至于那件进价70元一件的男款大衣，夏晓兰要卖140元，这价格好多人都承受不起。

太贵了！男人穿衣服没那么讲究，防寒服和鸭绒服吧也才几十元，可能就是有的人一个月的工资。140元是啥概念？在效益最好的单位，一个月工资加奖金也就这数。而且这衣服贼挑人，光瘦不行，还得个子高。

个子高，有钱，舍得花钱。

夏晓兰的目标客户是1983年的高富帅……哦，顶天把"帅"这个标准去掉，高和富是一定要的。刘勇也不缺钱啊，可他人瘦小，穿上这款大衣就挺滑稽。

高富帅肯定很少在路边摊买衣服。就算是高富帅家掌管着经济大权的老妈和老婆给高富帅本人买一件140元的地摊货，也会迟疑和肉痛。有这钱，她们完全可以带着儿子或丈夫到百货商店慢慢挑。

夏晓兰这路边摊的档次，还是限制了她所卖衣服的档次。这是为啥她迫切需要一个店面，一个装修一新、显得有档次的店面。

刘勇依然在往袁洪刚父母家里使力，袁副厂长在这种人情压力下办事很快，两天后就给了刘勇答复："你说的事成了。"

袁洪刚表情有点古怪："你这事儿也是运气。"

刘勇感激得不知道该说啥，他问袁洪刚要多少租金。

"一年2000元，厂子里面只要了1000元，剩下的1000元是给另一个产权人的，你知道这房子是国棉厂和别人共有的。"

"一年2000元？"

"是3间门面2000元？"

刘勇拿不准这价格是贵还是便宜，现在市场上对店铺的房租没啥标准，私人从公家手里拿铺子都凭各自的本事，相互间谁也不知道私下里付了啥代价。

2000元太多了，袁洪刚一年工资都没有这么多，算上绩效奖金才行。他挺不好意思的："对，只有3间铺子，楼上的房间你们不能用，厂里面要安排工人住进去。"

刘勇还想，哪怕能一起租下两个房间，他和外甥女两家也省了租房住的租金。楼上住人，楼下开店，也算挺方便。

"袁厂长，这店我是和亲戚合伙的，这个价钱还要和她商量下，明天再给您答复行不？"

袁洪刚自然不会拒绝。

刘勇跑回家和夏晓兰一说，夏晓兰正愁她的高价衣服销路。

2000元一年？这钱哪里贵了，一个星期就赚回来的钱，用来租二七广场上的3间店铺，夏晓兰觉得太划算了。

"租！不仅要租，至少还要签5年租约，最好能签8年、10年！"

再过几年就是第一次房改，夏晓兰琢磨着先长租，到时候顺理成章将房子直接买下来。那可是在商都后来的商圈中心二七广场旁的黄金位置，在商都给刘芬置办这样一份不动产，才是真正的保障。别管以后夏晓兰自己做生意是亏还是赚，刘芬的生活肯定是不用愁的。

夏晓兰话锋一转："不过这房子产权有纠葛，说是国棉三厂和其他人共有的，签租赁合同的时候要三方都到场，免得我们生意好起来，有人跳出来扯皮。"

事情是袁副厂长负责的，都到了要交租金的地步，证明国棉三厂那边没有反对意见。

这时候夏晓兰也不怕朱放妈捣乱，小心驶得万年船，房子的归属权可以扯皮，但在她租房子做生意这段时间，她必须拥有铺面的使用权。不然等她投入本钱装修好店铺，另一个产权人说房子不租了，夏晓兰找谁说理去？

这个要求很合理。袁副厂子就把时间和地点定了，约在他的办公室。

夏晓兰和刘勇准时到场，刘勇只介绍说夏晓兰是自己外甥女，袁洪刚也不介意。等另一个产权人慢吞吞地走进办公室，夏晓兰和刘勇都睁大了眼睛——竟是于奶奶！

第111章　也是于奶奶的房子

这是什么情况？于奶奶怎么会是另一个产权人？

夏晓兰蒙了，她记得这时候的房子全部是公家的，谁家住哪里、房子多大，都由公家说了算，于奶奶一个人住5间房已经很有迷幻色彩，她怎么还有二七广场上一栋小楼的一半产权呢？

她不太清楚这时候的政策，动乱结束后，国家是开始退还一些人的"祖产"，这里面或许就包含了房产吧。

"于奶奶。"夏晓兰哭笑不得，早知道二七广场的小楼产权有于奶奶的一半，她直接和于奶奶商量租房的事不是更好吗？

"你们认识？"袁洪刚不掩惊讶。

怪不得于奶奶松口同意租房。这房子为啥搁置在那里呢，就是因为国棉三厂和于奶奶有产权纠纷。于奶奶性格刚烈，国棉三厂也不好欺负人家一个孤老太太，国家一日没说清楚房子究竟属于谁，于奶奶即使用不上，也有权让国棉厂的员工去住不得。

这一次，于奶奶让步了。

2000元一年在这种时候肯定算多，也不是一般人能承受的。一台进口的14英寸彩电也就在千元左右。电器已经是时下最昂贵的消费品，因为房屋不参与买卖，国人还没有买房的概念，交通工具以自行车为主，偶然在街上见到摩托车已经很拉风。

汽车更不用想，进口豪车售价是普通人难以想象的天文数字，能在马路上看见的四轮车哪个不是几万元？周诚和康伟跑运输的东风大卡连车价带税金得4万元以上，军绿色的吉普212要稍微便宜点，售价也将近4万元。

比汽车贵的还有啥，没人能想象出来。后世有句话咋说的，贫穷限制了大家的想象力啊！

"认不认识，也不妨碍我收租金。"于奶奶说话还是那样不近人情，夏晓兰知道她是啥样的性格，根本不在意。只要能租到房子，她也不愿意占一个老太太便宜，该多少钱就多少钱。

三方坐下来一起商谈，夏晓兰想租 10 年。

袁洪刚看了一眼于奶奶，迟疑道："房租一直不变？"

连猪肉都涨了，各种物价抬头，改革开放搞活了经济，物价自然也不可能再由国家来全盘制定。袁洪刚这人其实挺正派，虽然刘勇帮了他家忙，他却是替于奶奶考虑——2000 元一年的房租都是于奶奶拿了，国棉三厂分配的利益就是小楼其他房间的使用权。1983 年的国棉三厂一年能为国家创造两三千万元的利益，2000 元还不被厂子的领导放在眼里呢。要这钱，不如多给职工分配点住房，厂子里上万的工人，职工的住房问题亟待改善。

现在的 2000 元还是很值钱的，1985 年过后物价就要飞涨了，夏晓兰不是标准的黑心鬼，却也不是真正的冤大头，看于奶奶一个孤老婆子可怜？别逗了，说起来人家才富得很，只不过是房子现在不能卖。

"那就每年上浮 10% 的租金吧，第一年是 2000 元，第二年 2200 元，第三年是 2420 元……租约到期最后一年，我要出 4700 多元。"

每年涨 10%，10 年翻了一倍多。袁洪刚认为可以了。

个体户的生意能不能做 10 年都说不好，今年拿得出房租，明年是啥光景更不好说。不过袁洪刚希望夏晓兰能长长久久租下去，厂里分到那里去住的职工也不用搬来搬去。

"可以，就这样。"

10 年一共能拿差不多 3.2 万元。从 1983 年到 1993 年，3.2 万元还是很值钱的。不说别的，于奶奶只靠这笔钱用于日常生活，晚年至少衣食无忧。

10 年之后，老太太的生活该怎么办？

夏晓兰一笑："我有个附加条件。"

她要有小楼的优先购买权。再过几年，这房子的产权究竟属于谁也该掰扯清楚了，她可以买下这栋楼，推翻了盖新楼。对于夏晓兰的这个意见，于奶奶和袁洪刚都没反对。

成了！

三方都在合同上签字，夏晓兰当场支付了第一年 2000 元的租金。一手交钱，她就一手拿到了钥匙。

袁洪刚也挺高兴，小楼是三层的，除去一楼的铺面，楼上还有两层都是房间，楼后面带着院子，起码可以分派给 10 户职工居住。

他亲自把夏晓兰等人送出去，恰好厂里的丁爱珍来找袁洪刚，就瞧见了三人的背影。有个背影怪眼熟的，丁爱珍没太放在心上。

"袁厂长，您看厂子这次说分房，怎么也该有我们科两个指标吧？"

袁洪刚觉得头疼。没房时犯难，有房时也不轻松。

他这个管分房的副厂长手里的权力不敢滥用，全是压在肩头沉甸甸的责任。

"于奶奶，谢谢您！"

夏晓兰心情大好，于奶奶还是那张臭脸："你应该看出来了，房租都是我的，你谢我啥？"

她就知道，这世上没有无缘无故的好，夏晓兰她们指不定在哪里打听到了二七路 45 号的产权归属，才跑来租她的房，一步步来套近乎，不就是为了二七路 45 号那 3 间小楼吗？

于奶奶觉得被人蒙骗感情，要房租时一点都没心慈手软。

夏晓兰觉得是巧合，但于奶奶根本不信有这样的巧合。

两人说不到一个频道上，只有不欢而散。于奶奶揣着房租回家，夏晓兰则兴冲冲拿着钥匙和刘勇去看房。

国棉三厂离二七路并不远，舅甥俩心里都挺热乎，这房子能租下来可不容易呢。但它是值得的！

国棉三厂之前的领导用这门面搞过纺织品展销，也就两三年前的事，房子装修得不说多好，地上起码是平整的，从墙根往上刷了1米高的绿油漆。时下临街的门面楼高都很低，这3间门面层高却在4米以上。这是啥概念？后世的商铺要求是3.9米——超过4米的层高，可以装饰得很大气高端，层高不会给人压抑感。

还有之前展销的木柜台都留着，夏晓兰用手敲了敲，是啥木头的她认不出来，不过改一改，应该也能派上用场。袁副厂长可答应过，门店里所有的东西都任由夏晓兰处理。

"晓兰，你瞅啥呢？"

"舅舅，您来帮我拿一下卷尺，我量量尺寸，看看这3间店要怎么装修好。"

刘勇看看这地方，不是还挺新的吗？让人来打扫打扫，就可以开业了。当然，还得办一个营业执照。

夏晓兰在本子上写写画画，把所有的尺寸都记了下来。

然后又和刘勇一起逛建材市场……1983年还没有装修建材的概念，跑遍商都，也就只有零星的几个商店卖着一些基础的建材，瓷砖都是小方砖，木地板倒是有，这东西让夏晓兰很惊喜，家具以漆过颜色的为贵，红通通的，夏晓兰觉得辣眼睛，木地板却多是原木色。还有种新出来的地板革，直接铺在水泥地上。也有特别便宜的红地毯，好一点的招待所才用，夏晓兰不能接受自己的店里一片红，人们踩着一脚泥进来，地毯也不好收拾。

要么就水泥地，要么就贴瓷砖，或者铺木地板。

夏晓兰想了一晚上，按照店面的尺寸和格局画了几张草图，第二天给刘勇看："舅，您看能照着装出来吗？"

第112章　装修店面

装修房子现在也没啥专业人才，刘勇之前用干泥瓦匠当幌子，干的却是走私的活儿，不过泥瓦匠所需的技术他真学过。抹墙、贴砖，甚至吊个顶，都难不住刘勇。

夏晓兰放着自家亲舅舅不信任，另找工人来沟通更麻烦。反正这年头都没啥装修经验，与其费力和那些工人解释，不如和她舅舅说。

刘勇看得糊里糊涂，夏晓兰在旁边和他慢慢讲，他大概明白要咋办了。

包括墙上的挂钩，上墙的杆子，衣架和挂衣杆怎么摆放，夏晓兰的"设计图"已经把整个店的格局都表现明白了。因为受限于成本，好些想法都不能实现，比如在夏晓兰印象里，卖时装的店哪有什么木头门，不全装上透明玻璃，又如何能让路过的人被店里的新款吸引？

高档时装店，一年四季室内温度都是恒定的，夏天试衣服不会出汗，冬天也不怕脱掉外套后被冻着。穿衣镜前的镜子和灯光也是专门设计的，让你穿上衣服时不管是气色还是身材看起来都特别好，忍不住想要掏钱把衣服买下。

这样的灯光夏晓兰搞不到，也没有如此专业的设计师。她只能尽自己所能，在有限的装修资金里，争取装出最好的效果。

"我估算了下，就算暂时不换店门，装完了咋说也要几千元。"

"你现在手里还有多少钱？刚给了2000元的房租。"

之前是9000元，夏晓兰拿了5000元的货，流动资金只剩下4000元，除去昨天给的房租，本该只剩2000元，不过她衣服拿回来三四天了，也卖了一半出去。压货的是要价140元的男款羊毛大衣，其他货连本带利，又收拢了4000多元的资金。也就是说夏晓兰手里如今还有6000多元。

她和刘勇估计，要装修出想要的效果，这6000多元或许刚刚够用。

刘勇在心里盘算半天："国棉厂不要的柜台也能改一下，木料是不错的，现在请木匠打一个三开门的大衣柜都要150元以上……这方面倒是能节省点钱。"

如今结婚都流行三开门的大衣柜，又刷漆又凿花的，还要镶嵌几片玻璃在上面拼个菱形花样。

夏晓兰觉得土，但却是眼下的风潮。她不会在店里放这样的柜子，国棉厂留下的几个展柜还能拆掉了旧物利用。

有手里这点钱也够装修啦，铺子装好至少得一个月，这段时间夏晓兰依旧会摆摊，不断用钱生钱，才能积累更多的财富。等门店装修好，进货的钱差不多也够了。就说这铺子，也不能只赚不花，更何况两家合伙的生意，夏晓兰不能随意动用这本钱，平时花的钱都是刘芬赚的——每天卖一趟油渣，赚的钱供母女俩日常花销绰绰有余。

夏晓兰想，她现在的短期目标是过年前进行一次分红。

别的店过年休息，她这新开的店只怕过年正是忙碌的时候呢。

刘勇和夏晓兰谈论了半天，先拿2000元买材料，又找了以前认识的泥瓦匠帮忙，开始动手装修店铺。

夏晓兰收到了周诚的电报："……晓兰，衣服、大枣和茶叶都已收到，寒风中穿着你买的鸭绒服，温暖的不仅是身体还有心。大枣很甜，想到是你的心意，我不愿意和其他人分享。不过茶叶太多，恐怕受潮变质，我赠予了一些给他人……羊城白珍珠是我同事白志勇之妹，我曾经帮助过白志勇，对他人品比较信任，家风使然，他妹妹白珍珠你也能信任，但防人之心不可无，你得继续考察白珍珠同志……无时无刻不在思念你，期待与你再次见面。"

电报是要给人看的，不像私人信件能封口。可能是因为这样，周诚才刻意在电报中用正经的口吻叙事。尽管如此，谁都能看出这是发给恋人的电报，他那炙热的情感，已经浓郁到快从字里行间溢出来了。

这样的炙热感染了夏晓兰，爱情让人心态年轻，夏晓兰觉得自己现在特别有活力。

装修由刘勇负责，夏晓兰也不能一点都不上心，装出来效果如何还得中途盯紧。装修要花大几千甚至上万元，这钱是一点点花的，幸好不用立刻全部拿出来，这给了夏晓兰腾挪的时间。

得想点办法把那批男款羊毛大衣卖出去。质量好，款式也好，没理由会压货，夏晓兰觉得自己是没找对地方。商都市的有钱人都在哪里呢？女工里有钱的就是国棉厂的，所以她的店要开在二七路，这里离几个国棉厂很近，是消费力聚集的地方。

有钱的男职工，肯定是铁路局的。夏晓兰决定换个地方摆摊，刘勇家租住的那个地方就是铁路局的宿舍。商都是中原地区铁路枢纽，铁路局家大业大，单位职工宿舍也气派，和国棉厂上万名职工住房紧张相比，铁路局的住房条件稍显宽裕……起码有房子能腾出来租出去。

夏晓兰说换个地方摆摊，李凤梅有点迟疑。她现在就住在家属楼里，对外只说是原房主的亲戚，左邻右舍也知道她家是个体户。那些人嘴上不说，其实都瞧不起个体户。个体户风里来雨里去，铁路局的职工却是端铁饭碗的，李凤梅和刘勇不嫌丢人，她害怕院子里其他小孩儿会瞧不起刘子涛。

刘子涛刚转学到城里，正是重塑三观的时候，小孩子也特别敏感，李凤梅自己舍不得穿贵的鸭绒服，但儿子的吃穿却从没亏待过。这小子说话还带着安庆口音，不说话的时候从外表看和商都本地的孩子没啥差别。

夏晓兰却没想到这一茬，她村姑身份下装着大企业高管的灵魂，哪里能体会到农村人初进城的敏感和谨小慎微？还是晚上夏晓兰对她妈说起这事时，刘芬迟疑着说了心里的想法，夏晓兰才意识到这一点。

她都知道带着刘芬见世面，却没想到舅妈李凤梅其实也是同样的境况，不能因为李凤梅比刘芬外向，就不在意人家心里面的顾虑。

夏晓兰第二天立马就换了个说法："舅妈，我看这次的货走得有点慢，要不我们把摊子拆成两个，我负责去推销男款大衣，您卖剩下的货？"

夏晓兰说完这话，李凤梅就松了口气："我不晓得自己会不会，别嫌舅妈笨，我慢慢学。"

第113章　把摊子摆到铁路宿舍去

是该拆开摊子让李凤梅自己试着卖货了。

将来店开张，看店的人主要也是李凤梅，夏晓兰只管进货，在高考前几个月她还得突击复习。她给自己制订的计划是从1月起开始收心复习，到时候门店装修好，也不用每天风里来雨里去地摆摊了。每个月去羊城进两三趟货，服装店也能撑起来。

最晚到明年高考后，她就得靠舅妈李凤梅给带出山，起码服装店这块儿得李凤梅做主。既然答应了周诚要考京城的大学，夏晓兰预计自己明年八九月份就要进京，商都的生意自然没法兼顾，可不是得让李凤梅独当一面吗？

至于她自己，手里有了本钱，能做的生意自然多了去了，也不一定在商都，可以去京城创业嘛。

自觉日子会越过越好，夏晓兰干劲十足。

她拖着货跑到铁路局的家属区，把熨烫好的大衣一件件挂起来。

贵的衣服板型挺括，海军蓝和黑色都不扎眼，这年头有点钱的男人也不喜欢太扎眼，又不是街面上混的。女人的衣服追求款式和颜色，男人们的要求是质量好，各种场合都能穿。夏晓兰进的这款大衣就能完全满足，看上去显高档，款式时髦大方，两个颜色都经得起挑剔。除了价钱贵，挑不出其他缺点。

说来也怪，夏晓兰在商都大街小巷摆过多少次摊，遇到过朱放他妈，却没遇到过朱放。

这刚把摊子移到铁路局家属楼前面，就遇到朱放了。

朱放今天单位放假，他来这边找个朋友。骑着自行车转过街角，远远看见家属楼门口有个摊位，夏晓兰今天穿了件黄色的棉衣更显得脸白，头发扎成了高高的马尾，下半身穿的是牛仔裤，今天换了双回力运动鞋，看上去青春貌美。她头略动一下，马尾就轻轻一晃，每一下都扫到了朱放的心坎上。

这样的夏晓兰是他没见过的。原本不用打扮就漂亮得很，换掉了在农村穿的破衣裳，那就更叫人移不开眼了。

夏晓兰摆摊为啥卖得那样快，她自己就是模特，往那里一站，路过的人就忍不住要多看两眼。

朱放岂止多看了两眼，他骑着自行车手脚都僵硬了。

还是夏晓兰先招呼他的："朱放大哥，你咋到这里来了？"

啊，晓兰还肯和他说话。原本心里还七上八下脚步发虚，转眼就有了力气。

"我来看朋友……"

朱放烧红了脸，天下万物真是一物降一物，丁爱珍拿宝贝儿子没办法，朱放却拿夏晓兰没办法。就算夏晓兰做了坏事，他看见这张脸就啥气都消了。何况夏晓兰也没做啥坏事，跑去黄河饭店的人是周诚，朱放又羞又恼，却迁怒不到夏晓兰身上。

他脚步发虚是觉得夏晓兰被他妈当街羞辱了，以为夏晓兰会厌恶他，心中没底。

没想到夏晓兰大大方方和他打招呼，朱放的一颗心都快跳出来了。

"晓兰，真是对不起，我妈她不讲理，不过她再也不会去找你麻烦了，我——"

他想说我瞧见你对象了，临到嘴边又换了说法："你在这里摆摊？"

朱放到底还没大方到能祝福夏晓兰和周诚，他不想和夏晓兰讨论别的男人，就把话题转移到夏晓兰的摊位上。

是朱放把他妈给治住了？

夏晓兰这些日子还怕朱家会报复，结果朱家那里并没有啥动静，她的摊位也不见有人来捣乱。

朱放在家里说话究竟管不管用还要等时间来检验，夏晓兰和丁爱珍不对付，她也不迁怒到朱放头上，随口答道："我进了一批男款的羊毛大衣，价钱贵挺挑顾客的，就来这边家属区试试。"

朱放看着夏晓兰挂在杆子上的大衣，不用上手都知道料子不错，再问一件要140元，难怪衣服不好卖。这种衣服就得挂在百货大楼里卖，路边摊谁舍得花140元买件衣服？

朱放心里有了主意："你给我拿一件我能穿的，我身上没带够钱，一会儿出来了给你钱。"

朱放兜里只揣着几十元出门，买大件都是提前有准备的，他也没想到自己会临时买件大衣穿。夏晓兰也不怕朱放赊账，两人打过好几次交道，朱放还是有正式工作的，一件衣服算啥，还能赖账跑掉呀？

"你喜欢海军蓝还是黑色？"

"海军蓝吧！"

朱放就是大高个儿，夏晓兰给找了尺码，朱放把自己身上穿着的外套脱下来夹在自行车后座上，穿着新大衣就走进了家属楼。

衣服卖出去了，却没收到现钱。

做生意的人不能和钱过不去，朱放要买衣服，夏晓兰总不可能不卖吧？别说朱放，就算丁爱珍要买，真金白银拿来，夏晓兰肯定也要卖……对丁爱珍那种人，她只管开个高价，爱买就买，不买就滚蛋呗！

夏晓兰站在原地跺脚。穿了两双棉袜子都冷，运动鞋防滑轻便却不保暖，再去羊城她要买两双棉靴回来穿。

朱放是来看朋友的，他把自行车停在楼下，一口气爬上5楼。

新婚的小两口，男方在铁路局上班，女方是国棉三厂的，还是丁爱珍保的媒。两个人分了个一室一厅的套间，朱放进门的时候，朋友的新婚老婆把饺子都包好了。

"朱放来了？你坐着休息，老程你陪着说说话呀。"

朱放心思不在饺子上，和老程媳妇儿打过招呼，就问老程手里有没有钱。

"门口碰见个朋友，还欠着人家钱，回家取也挺远的，你手里先挪点给我，我明天还你。"

老程调笑几句："你欠谁钱了这么急？"

朱放想想自己身上这件新大衣也没付钱，干脆给老程借了个整数。

"1000元？"

老程哑巴下嘴，这年头谁还会在家里放这么多现金，他这不刚新婚嘛，两口子发的工资奖金，加上结婚别人送的份子钱还没拿去银行存，1000元还是有的。

"小芹，你把咱家钱放哪儿了，今天可了不得，朱放同志难得开了次金口。"

这小两口都是手里有钱的，朱放家底殷实，又不是借钱还不起的那种人，都没多问两句，就拿了1000元给朱放。新媳妇小芹多看了朱放两眼："我说今天哪里不一样，原来是这件衣服把人显得很气派，哪里买的，我给老程也弄一件！"

朱放揣着钱就走："就你们家家属区门口买的，我先下去还人钱，饺子等我回来再煮。"

家属区门口买的衣服？小芹失笑："咋不说在大街上捡的。"

第114章 朱放还钱

朱放把新大衣穿走不到20分钟，就带着钱出来了。

"晓兰，我把衣服钱给你。"

夏晓兰猜他多半是从朋友那里借的，心想他也太急了。

"我之前不知道你要买，咱们是朋友，不好意思赚你钱，就收你100元吧。"

胡永才还收了夏晓兰的烟呢，而朱放之前给夏晓兰介绍生意则是义务帮忙，除去和丁爱珍有不愉快，实际上她还欠朱放人情。

完全不赚钱不可能，夏晓兰也不会叫外人知道她大衣的进货价是70元，就给朱放报了100元的卖价。

"晓兰，你这价卖衣服给我，不会亏本？"

得到确切的答复，朱放就有底了。他把从朋友那里借的1000元拿出来，从中抽出50元，剩下的就一股脑儿塞给夏晓兰："这里有950元你数数，有100元是衣服钱，剩下的

850元是你对象上次掉在饭店里的，今天看见你了，我就一块儿给你。"

夏晓兰感到莫名其妙。周诚落饭店的？朱放怎么认识周诚的？

她大脑当即转了几秒，猛然意识到，是周诚去找朱放了！

朱放也不解释，把钱硬塞给夏晓兰后就跑回家属区大院。夏晓兰独自风中凌乱，她嘴角抽搐，想也能猜到大体的情况——周诚啥时候去找的朱放，应该是丁爱珍来闹过，周诚离开商都前的事。周诚到底干了啥夏晓兰没亲眼看到，大体猜一猜，不过是财大气粗，拿钱砸了砸朱放呗。

落在黄河饭店850元？多半是给人家朱放打赏的"小费"。

但凡有点骨气的男人都不会要这个钱，难怪朱放看见她就把钱给还来。夏晓兰此时心里说不上啥感觉，她皱着眉头，周诚好像和她想象的有点不一样。

刘勇死活不同意她和周诚在一起。

周诚一边干着倒腾香烟的大买卖，一边说自己是保密单位的。一般人能有这么大的本事吗？

只怕周诚家里还挺不一般……夏晓兰没想她和周诚家世配不配，她想的是周诚这人太霸道，眼下对她还热乎着，所以在她面前千依百顺的，可他擅自去找朱放，这种行事风格，夏晓兰不太喜欢。

她又不是无知少女，周诚转变成霸道总裁她也不会犯花痴。

两个人在一起除了激情还得看脾性，周诚这脾性，夏晓兰寻思着还真的要考察。

"你这衣服咋卖？"

家属大院里走出来一个年轻女人，夏晓兰压下心里的不舒服，赶紧给人介绍起来："140元一件，姐你摸摸，面料多好。"

面料好不好，能骗过其他人，还能骗过国棉厂的女工吗？

小芹已经把朱放那件大衣给摸过了，此时也忍不住再次上手。

"羊绒和羊毛混织的，真是好料子。"

样式也好看，朱放买了件海军蓝，她家老程可以穿黑色。黑色更稳重大方，免得老程单位的领导有看法，小芹打定主意要买的，140元贵是贵，像她这样手脚麻利工龄不短的女工，一个月工资就是好几十元，再加点奖金，给自家男人买件大衣还是买得起的。

但谁的钱是大风刮来的，该讲价还得讲，和夏晓兰磨了半天嘴皮子，只少了2元钱，138元一件，小芹好像占了大便宜。

夏晓兰的生意有朱放带头，可算开张了。

她中午也没回家吃饭，就在街上买了两个饼吃，挨到下午4点多，总共卖出去3件大衣。

李凤梅也拖着货回来了，没有夏晓兰和她一块儿摆摊，她那边生意也不咋样。不过每卖一件衣服，李凤梅都要给人不厌其烦地强调一遍，过年前服装店就要开张了，欢迎大家去二七路买衣服。

人家问店名，李凤梅就蒙了，两家人还没商量过啊！

衣服不用往夏晓兰的住处搬，直接往李凤梅家里扛就行。李凤梅家租的房子在3楼，朱放朋友家是对面5楼，斜对面隔着十几米楼间距，小芹将对面的情形全收在眼底。

"原来和院里的人是亲戚，怪不得在门口摆摊。老程，衣服穿上咋样，我那100多没花亏吧！"

怎么不值？羊绒保暖性好，和羊毛混织，挺括的板型有了，也不太厚，冬天穿着觉得轻便。

朱放赖在程家吃了晚饭，亲眼瞧见夏晓兰离开，他才走。

一下午，他都心神不宁，和老程下几盘棋全输了。

李凤梅问服装店叫啥名，夏晓兰也不可能给取个高大上的洋名，符合时代气息，好记上口，这时候各种店都拿姓氏来取名，"某某记"和"某某氏"最常见，比如张翠那家张记小吃店。

刘记？李记？这名字适合卖吃的，服装店就挺奇怪了，夏晓兰直接说道："舅妈，就拿您的名字取呗，'凤梅服饰'……"

李凤梅不同意，那也不是她一个人的生意啊。

最后两人确定了，叫"蓝凤凰"。

等涛涛放学，夏晓兰还耐心陪了他一会儿，问他功课难不难。待到5点，李凤梅留她吃饭也不肯，趁着天没黑小跑着回家了。

刘芬已经在家做好了饭。

"回来了？快点洗手吃饭，一会儿还能看看书，明天又要去学校吧？"

于奶奶的房间关着门。高脚柜上放着一碗炖烂的羊肉，是刘芬硬放在那里的。

于奶奶想不明白，如果说为了二七路的那门面，合同都签了，一年2000元的租金她也收了，刘芬母女的目的该达到了才对。那为啥刘芬依然要帮她扫街？

于奶奶想，肯定有更大的图谋，她就静静看着，这母女俩早晚会露出真面目。羊肉的香味飘到于奶奶鼻子下，屋子外面夏晓兰和刘芬一边吃饭一边说笑，母女俩热热闹闹的，衬得整个大院都有了生气。

于奶奶下了床，端起碗就吃。她凭啥不吃，要是不吃好点，咋有精神和奸猾的母女俩斗智斗勇。

第二天一早，夏晓兰带着自己的书坐班车回安庆县了。刘芬照旧帮于奶奶扫了街，正要去榨油厂拉货，于奶奶拦住她，手里拿着钱："我一辈子不欠人，吃你一碗羊肉，把钱给你。"

啊？她还以为房东大娘终于好打交道了，咋晚居然吃了她送的羊肉。

这才是硬邦邦的于奶奶啊！

刘芬没办法，只能收了钱。

她是个老实人，脸皮通红，本来是好心送羊肉，现在变成了强行卖羊肉给于奶奶吃。心里不好意思，刘芬又提着扫帚帮于奶奶扫街去了——她是觉得自己有力气，帮点忙不算啥。面对于奶奶时也不仅是同情，人家老太太在商都有那么大的房子，哪里需要她一个农村妇女同情！

刘芬想得挺朴素，既然那门店租了好多年，她们母女俩又租了于奶奶的房子住，短时间内都分不开，同住一个屋檐下就好好相处呗。

· 239 ·

第115章 夏同学亲戚都很极品的

又到了夏晓兰回学校的时间。

她也没刻意隐瞒自己的行踪，大大方方地从学校门口那条街上走过，可不是要经过张记吗？

张翠望眼欲穿，守株待兔好多天才等到夏晓兰，这些天她精神恍惚，连做吃的时候都集中不了精神，客人说包子的馅儿不是咸了就是淡了，张翠干脆把这种活儿都交给江莲香。

张记小吃店里，手艺最好的还是张翠，她在县城摆了三年的小吃摊，最开始做得难吃，慢慢也练出来了。

为了店里的生意着想，张翠当老板了还不敢松懈，她弟弟张满福负责揉面，江莲香各种打杂，张翠才是掌握味道的，调料要放多少，菜和肉的比例，张翠经验最丰富……但现在，她的心思都跑到了夏晓兰身上。

原本以为找找孙校长，夏晓兰十拿九稳要被开除，哪知东西没少送上门，校长老婆上次还跑来对他们说教一通。

夏晓兰都成好学生了？还说夏晓兰求学各种不容易，夏家人应该摒弃成见多帮帮她。

张翠气得直跺脚！帮夏晓兰？她疯了还差不多。

心里惦记着这件事，张翠是吃不好睡不香，难道夏晓兰真的能当大学生不成？她让夏长征想办法，夏长征也是冒火，夏晓兰和刘芬连户口都迁走了，夏家根本约束不了夏晓兰。夏晓兰既不靠夏家养，更不需要夏家帮忙交学费，夏长征和张翠就没了拿捏的手段。

"让大军出面？"

夏长征摇头，他二弟是不聪明，但也没傻成这样。夏晓兰读书又不让夏家供，考上大学亲爹说不定也能沾沾光，夏大军虽是个棒槌，但又不是弱智，为啥不让夏晓兰上学——而且大军也管不住夏晓兰，死丫头野着呢。

"石坡子村的张二赖判了无期……"

夏长征很是遗憾，张二赖垂涎夏晓兰很久了，要是让他去学校闹一闹，讲一讲他和夏晓兰的风流韵事，只怕夏晓兰自己都不好意思再待在县一中！

除了张二赖，又去哪里找合适的人？

严打的风声还没过去，街上的小商贩都老老实实的，生怕被人举报，更别说那些敢调戏妇女的臭流氓，一个个都躲起来，生怕被警察抓去。

"要不，问问子毓的意见？"

夏长征两口子原先想自己解决这件事，他们自认为不是蠢货，两口子加起来都多少岁了，难道连夏晓兰一个丫头片子都斗不过吗？可事情就真的如此发展，从夏子毓离开老家去京城念书，没有了女儿的出谋划策，他们干啥事儿都不顺畅。

同样是借用孙校长的力，夏子毓当初可没送礼，是孙校长主动开口要帮忙的。夏长征送了多少东西到孙家，反被孙校长的老婆给批评教育了一顿。张翠从女儿夏子毓身上学了点本事，到底是画虎不成反类犬，在夏家装模作样没问题，离开大河村她的手段就不够用了。

"再等等，你先问问子毓放寒假回不回来。"

一封电报说不清楚的事情，夏子毓不亲自回来看一看，哪知道夏晓兰的变化。

张翠一面稳住自己，一面也不忘撩拨夏红霞。夏红霞现在整天将县一中门口盯得死紧，终于瞧见夏晓兰的影子，夏红霞赶紧打小报告："大娘，她来学校了！"

那抱着书的，就是夏晓兰。

穿得半新不旧，人却不一样了，没有过去那种和夏红霞不相上下的蠢劲儿，变得沉稳很多。轻浮和急躁消失不见，展现出了不凡的气质。

这丫头长得太好看了。张翠的眼底闪过阴郁，别管长辈们喜不喜欢，男人们喜欢狐狸精是不争的事实。

夏子毓在警惕着夏晓兰把王建华的心勾过去，这种态度也感染了张翠，要是夏晓兰再考上大学，王建华会不会就回心转意了？

张翠把身上的围裙扯下来："红霞你待在店里好好帮忙，我去和晓兰说几句话。"

小贱人到底是啥想法，张翠要亲自会一会。

"晓兰来了？"县一中的门卫老赵拿人手短，再加上夏晓兰对他一直客客气气的，投桃报李，他对夏晓兰也挺热情。

老赵很关心地告诉夏晓兰，她那个堂妹常常在校门口转悠，看上去还想堵她。

夏晓兰心领神会，把自己顺手揣兜里的"彩蝶"塞了一包给门卫，老赵压低了声音："我上次看见孙校长的老婆都到张记吃饭了。"

夏晓兰眼神闪了闪，心想："这附近只有一家张记。"

老赵说这话不是无的放矢，小看谁也别小看一个单位的门卫。每天有谁进进出出，门卫全看在眼里，侦查和八卦的能力并列一流，他说孙校长老婆到张记吃饭，暗示夏晓兰张记和孙校长有关系。

原来是走孙校长的门路。夏晓兰心中有数了，难怪孙校长上次亲自见她……不过看在她考试成绩的分上，当校长的不说喜欢她，至少不会把厌恶摆在脸上。夏晓兰抱紧怀里的书，成绩才是护身符，自己的实力过硬，一点点八婆嘴里的流言岂能中伤她？

"晓兰，真的是你？"夏晓兰一只脚还没迈进学校，身后就传来惊喜的声音。

她都不用转头，夏家极品多，张翠不是棒槌，她是戏精——全世界都欠张翠一个小金人，夏晓兰却不想惯着她。她直接当没听见，几步就跑进了学校。

张翠准备了好多话，全部都落了空，夏晓兰咋不按照套路来呢？

"那是我侄女……怪可怜的。"在门卫老赵的注视下，张翠不肯让人设崩塌，满脸都是对夏晓兰的担心。

老赵盯了她半响，想到兜里的彩蝶烟，赞同着点头："是挺可怜的，想安静念个书都不行，之前有人说是她堂妹，却跑来说她的坏话，你又是夏同学的哪个亲戚呀？"

张翠的脸色又红又紫。

县一中在哪里请的门卫，真是太讨厌了！如果子毓在，一定能把这臭门卫赶跑。张翠咬咬牙，跑得了和尚跑不了庙，她就守着，夏晓兰总要从学校出来的。

第116章 夏子毓的靠山

夏晓兰每次来学校都行色匆匆。和各科老师讨论下难题，领领卷子，参加一下学校的

· 241

测试，这就是每次到县一中的流程。但这次好像有点不同，老师们面对她时更和颜悦色了，在讲题的间隙，恰好是课间，不知道是谁先看到了夏晓兰，竟有好几个学生特意经过办公室的窗口，和夏晓兰打招呼：

"夏同学，你又来学校了？"

"夏同学，我这里有一些笔记，你要不要？"

"夏同学……"

夏晓兰一头雾水，这些人，她一个都不认识啊。

老汪哈哈笑，点醒她："都是3班的学生，你和他们不熟吧？不过大家都感谢你找卷子来。"

夏晓兰这次又搞来了一批试卷。

县一中的应考生又有试卷要做了，但却没有人抱怨。这年头有卷子做就要谢天谢地，没有人会抱怨试卷太多，没有人要给学生减负。没有这些试卷，没有一次次的刷题，他们咋和全国的考生竞争？

夏晓兰觉得出乎意料："就为点卷子？"

"那可不仅仅是点卷子。"

老汪脸色严肃，每一分都是考生的前途，像夏晓兰这样无私分享的人并不多，将心比心，才有学生要主动借笔记给夏晓兰。她觉得自己就是随心所欲把收集到的习题卷交给了学校，却不知自己是往平静的湖面投下了一颗石子，荡起的涟漪抚平了考生之间的躁动。

每个人擅长的科目不一样，学习方法各有不同，要是能相互交流一下，整个县一中的成绩都会提高吧？

夏晓兰没意识到自己干了件影响力多大的事，等她走出办公室，遇见了等在那里的陈庆。

"晓兰，我有件事想和你商量一下。"

夏晓兰家搬去了商都，陈庆回七井村也没啥意思了，只有等她来学校才能和她见面，这倒让陈庆把少年慕艾的心思控制住了，暂时专心在学业上。

不过和夏晓兰近距离相处，陈庆还是会偷偷脸红。他尽量让自己的声音听上去正常："我可不可以，把你给的学习方法告诉班里的同学？"

夏晓兰的方法太有效了，短短时间内，陈庆的英语词汇量大涨。

他的英语成绩在几次小测试里都有提高，就像夏晓兰说的，积累的词汇够多才行。试卷上的题他能看懂了，选择题总算不是全靠蒙。

陈庆已经能考40分左右，离英语的及格线60分还有点距离，但英语能及格的考生在全国占的比例本来也少。

夏晓兰的表情变得柔和，她这张脸就算生气都带着嗔意，更何况一温柔，更叫陈庆不敢直视。

"当然可以，大家的成绩都能进步，挺好的。"

她没有看错，陈庆真的是个挺好的人。她给陈庆的学习方法是为了还陈家的人情，至于陈庆要怎么用，已经不归夏晓兰管了。

夏晓兰不是圣母，可她也不是个坏人。

3班那些同学的自来熟和陈庆的做法，让夏晓兰觉得自己被世界的真善美包围着，心情挺放松。要是离开学校的时候，没有张翠在校门口等着，她愉悦的心情会持续更久。

张翠手里提着几个包子："晓兰，你吃饭没有，来尝尝这包子。"

不知道的人看了，绝对以为是亲妈。

夏晓兰懒得陪张翠演戏："不吃，我怕你下毒。"

张翠恨不得把夏晓兰掐死："晓兰，别和伯娘开玩笑，我心疼你还来不及，为啥要下毒……"

夏晓兰懒洋洋地说："嫉妒我长得好看呗，谁知道你咋想的。"

看张翠脸色变来变去还挺好玩儿，憋着火不能发，都是人设没选对。要是三婶王金桂在，非得和夏晓兰对骂。

夏晓兰忽然上前一步："你们家和孙校长有关系？咋的，想让孙校长把我踢出县一中？"

张翠脸上的惊愕难掩，夏晓兰咋会知道这种事？

张翠看不透夏晓兰，她觉得不能再拖下去，必须告诉夏子毓这边的情况。

"我不晓得你在说啥，看来你还怪着家里，唉！"张翠看上去特别失落。

夏晓兰原本有七分猜测，现在都能肯定了。孙校长果然是夏子毓一家的靠山，可能夏子毓人走茶凉，这靠山不太稳当，她才能在县一中继续待着。

张翠在夏家人面前演得再好，夏晓兰是当过高管的人，一路从底层爬上去，职场上见过多少兴风作浪的人？那些人好歹都是有文化的白领、金领，张翠一个农村妇女放在夏晓兰面前还不够看。

随便诈一诈，就证实了门卫老赵的提醒。

看着张翠跑回张记小吃店，夏晓兰冷笑。就像她和老赵说的，这附近只有"张记小吃"一家店还是不行，总得要让人多个选择嘛。

夏晓兰又跑去黄婶的面摊上吃面，说了几句话，就把黄婶一颗心给撩拨得火热。

黄婶本来就想开店，夏晓兰拼命添柴，黄婶心中的那把火烧得更旺。自打夏晓兰上次和她说过，黄婶自己就上心了，这段时间她也在打听开店的门道。

和张翠村妇身份不同，黄婶是安庆县的人，没啥特别有本事的亲戚，但好歹在县城扎根那么多年，总有些用得上的关系。搞个店面不容易，但真舍得投入，哪有拿不到的店面？

黄婶给夏晓兰的骨头汤面上盖了两个荷包蛋："婶子请你吃的，你这丫头怪聪明的，你说我要是开店，该开在哪里，又要卖啥？"

夏晓兰哭笑不得。婶子你才是最精明的，一碗面加两个蛋就把我的建议买走了？

夏晓兰不计较吃不吃亏，她就是想给张翠找点事做，让对方不要把注意力一直放在她身上。搞个竞争对手出来挺好的，张翠先操心自己的生意吧！

"开在张记小吃对面呀，他们的店有了一定的人气，去吃东西的顾客看见对面开了家新店，好奇就想尝尝味道。婶子您也别卖其他东西，就您这汤面的手艺，多准备几个浇头，两个人就能把店给支起来。"

夏晓兰慢慢和黄婶掰扯，听得黄婶心花怒放。什么三鲜面、排骨面、牛肉面……早上只卖面，中午就搭上炒饭和盖浇饭一起卖。

品种单一吗？面的浇头、炒饭和盖浇饭的种类本来就千变万化，后世好多快餐店都这

· 243 ·

样搞,能和张记小吃区分开来,夏晓兰觉得比较有竞争力。

炒饭黄婶知道,盖浇饭她不太懂。

"我也不太会做饭,要不明天您来商都找我,我让人做给您尝尝?"

第117章 给敌人培养竞争对手

盖浇饭还没流行起来。

夏晓兰后知后觉意识到这点,不仅黄婶觉得陌生,商都也没有专门卖盖浇饭的店。

为了收拾张翠一家,夏晓兰也是拼了。她自己厨艺一般,却见多识广,全国哪个地方的快餐她没吃过?她上午也没去摆摊,早早跑去菜市场买了一堆原材料,还顺道让李凤梅中午来吃饭。

回家洗洗切切,又焖了一大锅米饭。

刀工一般,不赶时间还能把胡萝卜切匀称,她用洋葱和胡萝卜烧羊肉,土豆炖牛肉,还有夏晓兰自己喜欢的黄豆焖猪脚。香料的味儿和肉味混合到一起,香味都飘过墙头,引得左邻右舍的人馋虫大动。

于奶奶家的伙食也太好了!扫大街和干个体户的人,能吃这么好?

李凤梅走到门口就觉得香。黄婶一路打听着地址找到于家,闻到香味就精神一振。

"大姐,你就是晓兰的客人吧?"李凤梅正和黄婶说话,丁零零一阵响,刘芬上午也收工了。

黄婶见过刘芬,那这里就是夏晓兰家。三个人一起进门,夏晓兰早就准备好了。她把米饭盛在小碗里压瓷实,再倒扣在盘子里,随手在米饭团上撒点黑芝麻,卖相顿时提升了档次。

"快坐快坐,都来尝尝味儿。"

一个盘,一团饭,一个勺,再舀着烧好的菜"盖浇"在饭上,三个人都食指大动。

这不就是把菜浇在米饭上吗?

谁家里不剩菜?大家都这样吃过,菜汤拌着米饭就能糊弄一顿。但有好好的菜不吃要浇米饭上,这种吃法黄婶不理解。

这样能赚钱?她将信将疑,学夏晓兰那样拿起勺子把浸泡着汤汁的米饭往嘴里送。香料和羊肉味儿,吃了一口又忍不住吃了第二口,很快就将一盘子饭吃完了。盘子干干净净的,最后的汤汁都被拌入米饭中,一点也没浪费。

夏晓兰又叫黄婶尝别的口味。

大家食量都不小,不管是洋葱胡萝卜烧羊肉、土豆牛肉,还是黄豆猪脚都轮番尝了一遍。

黄婶好像明白了啥,但心里的话却组织不成句,夏晓兰也没卖关子。

"这一盘盖浇饭连饭带菜卖5毛钱有没有人吃?"

黄婶先是点头又摇头:"吃当然有人吃,可羊肉、牛肉多少钱一斤啊,卖5毛还不亏……"

一个"死"字含在嘴里打转,黄婶猛然想到,刚才就着汤汁就把饭吃完了,其实根本没几块肉,那种自己吃了很多肉的饱腹感是哪里来的?

只有几块肉，卖几毛钱一盘也不会亏。

见黄婶有点明白了，夏晓兰直接说道："除了这些炖烧类的菜，炒菜也能拿来做盖浇饭，盖浇饭可以，盖浇面也行，一个做法，却有千变万化的口味。"

夏晓兰负责说，黄婶负责点头。就连李凤梅和刘芬都听得入神。听起来开小吃店也不难啊，这样的生意为啥要交给外人，留给自家人不好吗？

夏晓兰一开始也是这打算。现在却嫌小吃店太累，她瞧不上这门生意了，纯粹就是给张翠的店找事儿。给黄婶培训了两个小时，黄婶离开时信心满满。

"婶子这店开起来，一定要好好谢你！"黄婶满口夸夏晓兰，也不晓得别人家这闺女咋养的，聪明又招人喜欢。

黄婶走了，看着刘芬和李凤梅都不解，夏晓兰才把情况解释一番。她不愿意刘芬再想起夏家那些讨厌鬼，在县一中门口遇到夏红霞的事并没有提。现在夏晓兰把张记小吃店的事儿一起讲明白，刘芬听着都害怕——夏家那些人咋就那么阴魂不散啊，安庆县那么大，他们却把店开在县一中门口。

会不会影响晓兰上学？夏红霞喜欢和晓兰比较，晓兰有的她没有就会眼红，说不定就会跑到学校乱说话。

刘芬额头上都急出了汗珠。

都搬到商都市里来住了，原来的坏名声还会影响到晓兰吗？还有周诚，小伙子远在京城还不晓得，要是听到风声，介意晓兰以前的名声该咋办呢？

刘芬是个没主见的性格，遇到事只会自己愁，现在已经手脚发麻了。李凤梅要比她强，吃惊归吃惊，却知道夏晓兰不会无端说这些。

她慢慢回过神来："所以你才教黄嫂子做盖浇饭，还鼓励她在张记小吃对面开家新店？"李凤梅又惊又喜，只觉得痛快极了。

要是"蓝凤凰"生意正好时，有人在旁边也开了家服装店，她会愁得睡不着觉，整天都担心被别人抢走生意，哪有心思去管其他事——夏家那些不要脸的，就该用这样的手段收拾！

李凤梅把夏家人都拎出来骂个遍，从夏老太到夏子毅，男女老少都没放过。

"黄嫂子这店一定要生意兴隆，让张翠那娘们儿没工夫冲着晓兰使坏。你怕啥，谁敢欺负我家涛涛，我非得把脸给她抓花，难道你不敢收拾张翠？"

刘芬重重点头。从夏大军被压着离婚的事，刘芬也看出了门道。这世上大多数人都是欺软怕硬，她受点气没啥，晓兰的学业和未来不能耽误，张翠要是使坏，她岂止是揍人，拿刀捅人的心都有！

"妈，舅妈，你们也别太紧张，夏家那边不算啥事，咱的日子该咋过还咋过。"

夏晓兰把剩下的饭菜收拾了，带着去了二七路那边，刘勇带着几个工人正在忙活。门店已经收拾得干干净净，原本的吊顶也拆掉了，展示柜也抬了出来。木匠和泥瓦工一起开工，等吊顶、墙和地上的砖贴好了，各种木架子也差不多就做好了，会大大缩短装修的工期。

刘勇见夏晓兰来送饭，咧嘴笑，转而又皱眉。

"晓兰，你说的小射灯还能买到，水晶吊灯可不好找。"

夏晓兰一开始想装原木风，后来一想，她喜欢极简主义的装修风格，1983年的顾客们不见得会喜欢。80年代的国人，已经见惯了简朴风，欧式装修风格才能镇住人。木地板换成了现在饭店大堂才会用的瓷砖，吊顶用实木的，落地展示架都用欧式的铁艺，这几种装修建材差点没难为死刘勇，在商都跑断腿才凑齐。吊顶和墙面还要做浮雕纹，刘勇找来的工人都不会这活儿，他自己在拼命琢磨。

这些问题都能慢慢解决，水晶吊灯刘勇是真没买到，要没有这盏灯，欧式风格也不突出呀。

装修风格一改，预算肯定是要超的，木匠的活儿变多，地上贴的瓷砖是仿微晶石的瓷砖，那光泽不是一般小白瓷能比的，价钱也贵，贴在地上的每一块都是钱。

原本预计6000元能搞定装修，现在能超出一倍去。

"舅舅您别急，先让工人们吃饭，水晶吊灯我想想办法，下次进货看看能不能从羊城买回来。"

装修超预算这事儿很正常，一次性投入大，却能保证几年都不会过时。

夏晓兰把买水晶吊灯的事记在心里，依旧去铁路局家属区外面摆摊。

她有刘勇家的钥匙，还没把货搬出来，就见前天买过大衣的年轻女人在外张望："我还以为你今天不出摊了呢，妹子，比我前天买的小一个码，要海军蓝的有货没？"

第118章　两种恋爱方式

一共就卖过3件衣服，夏晓兰对大衣的尺码了然于心。

"有货的，姐你还要一件？"

年轻女人就是小芹。

老程穿着大衣上班显摆一圈，局里好几个年轻人都想买，结果夏晓兰昨天没摆摊，今天上午也没来，想直接问问住在这里的人吧，刘勇监督装修，李凤梅早上出去卖货连午饭都没回来吃，房门紧锁找不到人，小芹心里就有点慌。

她不是帮丈夫的同事买，而是想给自己弟弟买一件。她弟弟也是20出头的大小伙子，最近在找对象，这大衣显得人特别精神，朱放穿着好看，她家男人穿着不错，她弟弟也不矮，小芹琢磨着上身效果也会不错。

"有海军蓝的小码，就再给我拿一件。"

有生意自己找上门来，夏晓兰顿时有了精神："您都是回头客了，我还是按昨天那价给您。"

小芹迟疑："不能再少点？"

天下的奸商哪个不是生了一双毒辣的眼睛，特别是卖衣服这种事，你早早表现出来喜欢，奸商咋会让步？夏晓兰万分诚恳："真不能再少，别的人我都卖140元的。"

小芹也问过朱放，朱放怕影响夏晓兰生意，咬死了说自己140元买的。

小芹花138元买，看上去只少了2元，到底觉得是自己占了便宜。

小芹付了钱，直接提着大衣回娘家去了。国棉厂的女工是三班倒，上班时间并不固定，正常的单位这时候还没下班呢。

夏晓兰的生意就是下班时候好起来的。

铁路局的职工有钱，列车员们个子高还帅气，夏晓兰的想法没错，这样款式的大衣，

· 246 ·

简直就是替这些人量身定制的。比他们的制服更时髦，高档货，任何场合都不掉档次。

20～30岁的人比较喜欢，年纪小一些的嫌它太正经，年纪大一些的又觉得不太稳重。

树挪死，人挪活，换了一个有潜在消费群体的地方，夏晓兰积压的男款大衣陆续出手。在这过程中，她感受到了改革开放的影响，虽然商都不比沿海城市，改革开放的步子要慢点，但到底还是在发生着变化……人们在学着穿衣打扮，在接受新潮流。

再去羊城前，夏晓兰给周诚回了一封信。

这次她提前有准备，商都这边黄牛肉比较有名，卤牛肉放不久，夏晓兰买来牛肉后就在小炉子上烘干，加工成卤香味儿的牛肉干，才给周诚寄过去。

牛皮纸一层层把肉干裹紧，把朱放给的850元塞在信封里，一块儿放在了包裹中。

猜来猜去，两个人反而生了嫌隙，夏晓兰干脆直接在信里问周诚事情的始末。她在信里强调了喜欢平等、尊重的关系，也不晓得周诚会做啥反应？

夏晓兰往京城寄的包裹还没离开商都，在京城师范学院，夏子毓又收到了家里的电报，问她寒假回不回去？

夏子毓捏着电报发笑，大河村穷，安庆县穷，就算豫南省的省会商都，能和京城比吗？好不容易离开了贫穷的乡下，夏子毓对家乡没有留恋，她打从心底认为自己该留在大城市。

师范学院的宿舍环境并不算多好，几个人挤上下铺。但这样的宿舍，却能把大河村夏家甩出老远，哪怕她在夏家足够受宠，有自己单独的房间，可那昏暗的环境、永远都扫不干净灰尘的泥巴地……在院子里走一走都要小心踩鸡屎，那种穷乡下回去干吗。

可她还真的要回去一趟。

一个学期，除了最初带来学校的钱，中途家里面就给她打过一次钱。

夏子毓也没把钱花自己身上，王建华的家人在农场条件艰苦，她把钱都贴过去，王建华父母的日子也能过得舒坦些。据王建华说，他父母都极为满意她，夏子毓有点自得。

别管再厉害的人，都会被雪中送炭的小恩小惠收买。她在王建华家人身上花了1000多元，起到的效果绝对不止这点。

王建华也没啥钱，寒假还想去农场一趟，也透露出要带夏子毓一起去的意思。这相当于见家长，夏子毓岂能不重视？她总不好空手上门，再说和王建华两人从京城这边过去，两个人也要花钱。

张记小吃店一个月至少能赚好几百元，本该源源不断支付自己大学期间的花费，哪知她一离开安庆，父母的态度好像有了点变化。

夏子毓把电报扔掉，她以为只要自己足够优秀，就能让父母彻底扭转观念，看来人终究是有私心的，有个亲弟弟在，父母咋说都要给弟弟留点钱，张记小吃店赚到的钱不可能全部给她用。夏子毓想，自己也不傻，以后再有赚钱的生意，她肯定会留一手。

夏子毓不太担心生计，改革开放继续推进，她将来赚钱的门路也不少。

她现在的心思被王建华占据了大半，剩下的用在了学业和校内的交际上。大学也不轻松，不至于像高中那样熬灯点蜡，但要想在期末考个优秀的成绩，夏子毓也需要付出很大的努力……她是想学业、爱情和人际关系面面兼顾，从安庆县小地方来到京城，夏子毓才发现聪明的人那么多。

她在安庆县一中是前几名，可在现在的班上，她学习上不敢松懈，取得的成绩却不过是中游。

人和人的智商真的有差距？夏子毓不想承认这点，她觉得是自己花在学习上的时间不够。那也没办法，她总要花时间来维护身边的关系，她是新生中最先加入学生会的一小撮人，"夏子毓"的名字不仅新生熟悉，在老师那里也挂了号。

夏子毓一路往回走，不时和脸熟的同学打招呼。

她回到寝室，把从王建华那里拿来的脏衣服和她自己的混在一起，大冬天的洗衣服手太冷，夏子毓的小指上长了个冻疮，白天被冻得麻木了还好，晚上就又疼又痒。

"子毓待她对象也太好了吧？"

"贤惠过头！"

"都不心疼子毓？手上长冻疮了还给他洗衣服！"

这是室友的议论，她们都替夏子毓不值。

夏子毓也不辩解，值不值当只有她自己才清楚。都说吃得苦中苦方为人上人，大冬天冷水洗衣服就算苦了？她要不是考上大学，还窝在大河村那种地方，说不定冷水洗的还是全家人的脏衣服。

"我就是心疼建华，他专业课多，熬夜都熬出黑眼圈了，反正也要洗自己的衣服，顺手也帮他分担点杂务……没啥大不了的，在老家都干惯的活儿。"

夏子毓的室友们顿时不说话了。

王建华的确争气，成绩在他们学院是拔尖的，系里的教授也很看重他。

另一个也是从农村考过来的室友替夏子毓说话："在老家可不是经常做活儿吗？寒冬腊月河里都结冰了，还要凿开洗衣服，十个手指头冻得像胡萝卜，子毓和她家那位是相互支持，上次我还听人说有女生向她对象表白，王同学可是坚决拒绝表明立场了的！"

第119章 把心给他焐热

王建华是被同系的学姐瞧上了。学姐还不是一般人，而是本校一个教授的女儿，高知家庭，论家庭条件能甩大河村的夏家几百里。何况学姐本人长得也不丑，性格风风火火的，外向热情。这样的一个人瞧中了王建华，自然不会很低调，哪怕已经知道王建华有个女朋友就在同校。

夏子毓当时也有点担心，不过她性格沉稳，硬生生忍住了没有质问王建华。

风言风语传了两天，还是王建华主动提起："柳学姐那边我都给她说清楚了，我已经有了对象，只能谢谢柳学姐的好意。"

"学姐不会那么轻易放弃吧？"

夏子毓到底是追问了一句，王建华却牵起她的手，有点心疼她手指生了冻疮："放不放弃那是她的事，我说了准备要带你回去见家长了……子毓，我们家现在处于特别困难的时期，我也不能保证要花多长时间脱离这种困境，但我会努力让你过上好日子。"

就是这句话给夏子毓吃了定心丸。王建华是个什么样的人夏子毓最清楚不过了，他已经打算带夏子毓去见父母，两人的婚事都板上钉钉了。

这样的结果给了夏子毓莫大的鼓励，她所坚持的理念是对的，只要舍得付出一定会有回报。一点点钱算什么？冬天冷水洗两件衣服能冻死人不？更别提学校食堂帮忙打饭，省钱给王建华买红烧肉那样的小事。一件件小事累积在一起，改变了王建华对她的态度。

夏子毓把衣服洗好晒干，拿给王建华时，试着说了自己的打算："建华，我打算放假先回家一趟，然后再和你去农场看望伯父、伯母。"

王建华点点头："好，你都出来念书几个月了，也该回去看一看家人。你那边没剩多少钱了吧，我这几个月的补助都攒着，给你买车票。"

夏子毓的钱都贴在了他身上，王建华心中有数。他的衣食住行都被夏子毓包了，所以学校发放给他的补助才能攒下来，这钱又花在夏子毓身上也是应该的。

夏子毓没有拒绝，她脸上浮现出几分为难，在王建华的追问下才吞吞吐吐地说道："家里面给我寄信了，说是咱俩离开后，晓兰在家闹了一场……不知道咋回事，二叔和二婶就离婚了，二婶带着晓兰回了娘家，我担心晓兰还是想不开。"

这是夏子毓第一次大大方方提起"夏晓兰"。

突然听到这名字，王建华有点恍惚，脑子里又浮现出一张娇嗔艳丽的脸。

夏晓兰长得真漂亮，是王建华活了20多年都没见过的漂亮，简直能照亮灰蒙蒙的农村生活，让王建华在最落魄的时候觉得日子还有盼头。但"漂亮"其实没啥用，它解决不了穿衣吃饭，也无法带给他额外的帮助。

爱情不爱情的，在生存面前没那么重要。夏晓兰不如子毓贤惠，和子毓在一起完全解决了他的后顾之忧。

男人就是需要一个贤内助，特别是同样优秀的女人愿意当你的贤内助，那种满足感难以言喻。王建华压住心中的几分悸动："话我也和她说明白了，想不开也没办法，她实在是任性。"

当时他看见夏晓兰和二流子有牵扯是比较生气，也说了些难听的话，后来冷静一想，夏晓兰还不至于看上张二赖……不过难听的话已经说出去，王建华干脆想着将错就错，断了夏晓兰的念想。

夏晓兰喜欢他也是没办法，决定要和子毓在一起，他就只能是"姐夫"。

听说夏晓兰父母离婚，王建华也有点担心，却不好在夏子毓面前表露出来："这些事你看着办吧，你们家的事，我不太好参与，不过我可以陪你回豫南，然后我们再一起去农场。"

夏子毓垂下眼睑，原来还没有完全忘掉？

她付出了这么多，难道还不能完全抓住眼前这个男人的心吗？夏晓兰除了有一张漂亮的脸，分明就是个没用的草包，偏偏世界上大部分男人都是看脸的。

夏子毓脑子里闪过许多念头，嘴里却带着愧疚："我俩的事儿，到底是……对不起晓兰，我怕她想法偏激，会走错路。"

"子毓，那是我的错，你何错之有？"王建华握紧那只长了冻疮的手，"时至今日，我也不觉得那是个错误，我们的缘分开启的时机不太对，但你不能说它是个错误！"

夏子毓脸上涌起淡淡的红晕。王建华提起"缘分"，让她想起了那晚的事。

两个之前交集很少的考生，在考完试后相互对答案，越对越觉得自己考得不错。借复习资料是两人的前缘，想报考京城的大学是两人的志同道合，月色和一瓶白干是两人的媒人……王建华说得对，这是上天注定的姻缘。王建华只能是她的！

20件男款大衣，还不够商都铁路系统消化呢。

这年头的人又不怕撞衫，款式好看的衣服是潮流，谁能穿在身上就说明谁有本事。

李凤梅单独摆了两天摊子，生意也有了点起色。总共还剩几件货，夏晓兰都让李凤梅去卖了，她自己则揣着货款再次踏上了去羊城的火车。

惦记着要买水晶吊灯，夏晓兰这次揣的钱可不少。眼下并没有异地存储的银行业务，大笔的钱要不就走"电汇"，要不就随身携带。

夏晓兰第一次去羊城，身上的钱还不到1000元，现在是1万元都有了……最大面值的纸币是10元，1万元就相当于后世的10万元那么有分量。冬天穿得厚，钱还能藏在衣服里，要是夏天又该怎么带？夏晓兰觉得这是个问题。

她本身就够引人注目的，出门儿更不敢高调，独自出行时每次都穿旧衣服，就怕人贩子打财色兼收的主意。她摸了摸周诚给的电击器，这东西能带给她安全感。

在火车上也不能睡踏实了，夏晓兰迷迷糊糊地出站了，马上有人围上来，问她要不要坐车。

人力三轮车和摩托车在1983年的羊城火车站都有了。在这边更能感受到改革开放带来的变化，整座城市的人仿佛都有了赚钱的意识。夏晓兰皱眉，她明明拒绝了要搭车，好几个人围在她身边七嘴八舌的，让她不由得握紧了手里的电击器。

"晓兰！"白珍珠扯开一个男的，把夏晓兰拉到自己身边。

夏晓兰精神一振："白姐，你回来啦？"

上火车前，抱着试一试的态度，她给白珍珠拍了一封电报，没想到对方真的从鹏城特区回来了，今天还来接站了。白珍珠的羊城口音让那几个人忌惮，有人低声骂娘，让白珍珠不要多管闲事。

白珍珠二话不说就赏了对方一个过肩摔。

那男人摔倒在地，哎哟了半天爬不起来。他的同伴就嚷嚷，说白珍珠把人给打坏了，要赔钱。

白珍珠撇嘴："赔一副棺材板给你要不要？"

夏晓兰都觉得这嘴损，不过白珍珠不硬气，这几个人就要欺负她们俩是女人了。夏晓兰很佩服白珍珠的身手，家传的功夫就是厉害，刚才那个过肩摔太漂亮了。

她还在想今天这事儿要咋办，看热闹的围观群众被分开，总算有个人路见不平："曹六子，你们几个又讹人？"

第120章 靓女，交个朋友呗

曹六子倒在地上装死，夏晓兰瞧不出这人是啥来路。

白珍珠也皱眉："我这朋友都说了不坐车，你们围着她不放，是不是欺负她一个年轻姑娘？不起来是吧，我们去派出所讲道理！"

说曹六子讹人的那人脸色不变，踢了躺在地上的曹六子一脚："去派出所多麻烦，我给你俩搞个裁断，你这个女人真够凶的……你能打，你身后的朋友能不能打？她是外地人吧，这俩月可没少跑羊城，你还能一直护着她呀，总有个落单的时候，到时候发生点意外，你也赶不上对不对？"

这人看似公道，其实是拉偏架的，都没太掩饰自己的意图，分明就是和曹六几个人是一伙的。一波扮红脸，另一波唱白脸，假装劝架，其实是让人拿钱出来"和解"。

白珍珠气得握紧了拳头，那口气差点就忍不住！

不过她听人说，车站这些人都是有团伙的，他们要真找夏晓兰麻烦咋办？

夏晓兰把包拿给白珍珠，厚厚的衣袖正好藏住她手里的电击器，她对着白珍珠摇摇头，自己站到了前面。看也不看地上装死的曹六，也不看那些凑人数的马仔，目光落在劝架的人脸上。

20多岁的年轻男人，个子不是特别高，脸有点圆，长得还挺和善。

这种人能当做主的，肯定很聪明。

"你是做主的吧，怎么称呼？"

夏晓兰这张脸多漂亮呀，能被她这样注视而不脸红的男人，大概就只有心怀不轨的流氓了。原来不是她顺风顺水仿佛开挂，而是早有人在打她主意，只怕是之前没探到底才没动手。好不容易见她又孤身来羊城，可不就要抓住机会吗？

圆脸男人笑呵呵地说："做什么主，我听不懂你的意思，不过你问我名字，是不是对我有意思？"

曹六从地上爬起来，把围观的人轰走。

夏晓兰沉下脸："那就是好好说话没得谈咯？我是不能打，但我敢孤身来羊城，不可能一点仰仗都没有。"

女人讨生活不容易，漂亮的女人想赚点正经钱尤其艰难。这样不怀好意的刁难，夏晓兰早有心理准备。没有一上来就喊打喊杀，想来对方还是能沟通的——不能沟通，自有不能沟通的办法。可以破财免灾，更多就不能退让了。

圆脸男人看了她半响："上次陪你来的那男人好像挺厉害……我也不想对你做啥，就是想和靓女交个朋友，我叫柯一雄。"

用碰瓷来交朋友？夏晓兰还没说话，白珍珠脸色却变了："你就是柯一雄？"

他是个很凶残的人，怎么会亲自出面跑来火车站讹人，都说柯一雄没啥弱点，除了好色……想到夏晓兰的脸蛋，白珍珠提高了警惕。

柯一雄看了白珍珠一眼："你听说过我名字？"

"我哥哥是白志勇！"

柯一雄想了半响，对夏晓兰仿佛十分不舍："那今天只能放你们走了，我不是怕白志勇，只是欠他一个小人情。"

曹六急眼："老大……"

不是挺喜欢那漂亮女人吗？他们在车站都布置了好久，还打点了关系，就是要人财两得，怎么能轻易放走？

"谢谢！"白珍珠拉着夏晓兰赶紧离开。

柯一雄站在原地看着夏晓兰的背影，真是个好看的女人，从夏晓兰第一次来羊城他就瞧上了，自然也查到了是白志勇的妹妹在接待对方。

白志勇很能打，加上白家从前开武馆，许多道上的人都和他家有点关系，所以柯一雄才按捺住心里的骚动。他倒是不怕白志勇，人走茶凉，不混道上跑去当兵，就靠一个妹妹

· 251 ·

在羊城根本撑不起白家武馆的名声。从前跟着白志勇混的师兄弟散落四方，柯一雄根本就不怕白家。

他的眼光没错，漂亮还胆子大，一般小姑娘遇到这种情况怕是吓死了，她还能说出话来。

柯一雄脸上带了笑，圆圆的脸看上去更喜庆，曹六几个人吓得大气都不敢喘。

离开车站，白珍珠脸上的表情还没放松。

"白姐，这个柯一雄是个混混头子？"

夏晓兰刚才连电击器都准备好了，柯一雄要是不听劝，就豁出去先把他这个当老大的电翻。事后的打击报复不在她考虑范围内，先从刚才的旋涡中全身而退再说。夏晓兰不想和人干架，但她也不怕事。

大白天的，柯一雄他们在火车站只能碰碰瓷，只要不把她当众掳走，夏晓兰就有办法周旋。

当然，也是白珍珠身手出众，夏晓兰才有周旋的底气。

矛盾还没爆发，白珍珠就把哥哥白志勇的名字报出来了，柯一雄还真放她们走了。夏晓兰看得分明，柯一雄眼里其实没多少敬畏，他并不怕"白志勇"。

那严打呢，总是要怕的吧？

白珍珠不知道该如何介绍柯一雄，都说这人厉害，阴险狡诈，她之前却没有打过交道。

"反正不好惹。今天我还能帮一下你，以后你一个人在羊城火车站咋办？"

白珍珠在考虑这件事怎么办，但她没纠结太久，很快有了主意："这样吧，以后你每次来之前都给我拍电报，我要是不在家，也会请两个师兄来接你，你在羊城待多久他们就陪多久，直到把你送上回商都的火车。"

夏晓兰觉得这是个笨法子，但她没有一口拒绝："耽误了他们的工作，我给他们补上酬金。"

就当请了两个临时保镖，夏晓兰很想得开，赚钱就是为了花出去的。其实有两个人帮忙也行，很多地方她一个年轻女同志不方便去，有了人陪同却能去了。

暂时将混混头子的事放在一边，没等夏晓兰问起鹏城特区的事，白珍珠就主动讲了自己之前的见闻："大部分房子都还在盖，街道上到处都在拆迁，还有一些厂子在招人，说是香港人开的，特区附近的人削尖了脑袋想挤进去……你说找找赚钱的门路，我觉得还不如羊城热闹。"

特区有的，羊城也有。都是做生意，为啥费力往特区挤呢，边防证不好办，出入特区特别不方便。

为啥往特区挤？当然是抢占先机。

夏晓兰的一颗心滚滚烫烫的，恨不得插上翅膀飞进特区大展拳脚。到处都在盖房子，这里面有多少钱可以赚啊！别说能包下建筑工程，就算做建材生意都能发财……她的本钱还是太少，这些赚钱的门道都掺和不进去。

白珍珠觉得鹏城特区还在建设中，看不出有啥商机，夏晓兰就笑："鹏城特区人多呀，有人的地方就有钱赚。"

第121章　给白珍珠同志指路

还在建设怕什么？特区成立，浩浩荡荡南下的基建工人有几万，最快的时候一天能盖一层楼，被称为"鹏城速度"！

还有落户在鹏城的外资工厂，各种各样的人聚集在特区，这些人对吃穿住行的要求会越来越高，鹏城的原住民多是些渔民，他们还没跟上鹏城的发展速度，外地人在鹏城"淘金"很容易。

"白姐，你也做服装生意吧！"

白珍珠看着夏晓兰，不是说要在鹏城发展吗？

"我们也可以赚鹏城人的钱，物美价廉的服装，薄利多销，特区人民总会喜欢的。"

夏晓兰从羊城拿货到商都，走的是中高档路线，因为商都本来就生产服装，肯定要和本地商品区分开。鹏城忙着发展，去那里的淘金客又不像商都的工人阶级，单位月月发工资，从住房到小孩儿上学到医疗都给解决，他们不会花一两个月的工资买件高档衣服。鹏城淘金客和原住民需要的是物美价廉的商品。

其实原住民也有钱，从香港涌入的大量"水货"，就是通过他们流入市场的。

不过这些赚了钱的原住民还没学会花钱呢，鹏城以前也没有多少能把钱花出去的地方，大部分原住民还不是特别富裕。

"从羊城批发便宜的服装进去，再从特区把便宜的电子产品倒腾出来……我们就赚这份钱。"

白珍珠恍然大悟："你胆子真大，想参与走私？"

长得漂漂亮亮，看上去娇娇弱弱的，居然想做这样的生意。白珍珠都不知道说啥好，像她这样能打的，却一心想着卖水果，难怪赚钱比不上夏晓兰，这年头真是饿死胆小撑死胆大的！

夏晓兰一头雾水。她舅刘勇被人一刀砍在背上还没好呢，她参与走私干吗。

这一行利润高风险大，夏晓兰明明有其他赚钱的路子，没必要铤而走险。人都是越有钱越惜命，如今好歹是个万元户，和全部身家只有20斤红薯时不一样，她搞野路子的心思淡了很多。

好好的生活不享受，干吗要去作死？别人都发家致富洗手上岸，万一就她倒霉呢？

"违法乱纪的事不做，我们就是正常倒卖商品，从别人手里进点电子产品拿出特区卖，可以吧？"

白珍珠能说啥？反正她没有夏晓兰聪明，就只能听夏晓兰的主意。

"那我要跟着你去地摊上进货？"

夏晓兰点头："当然，挑最便宜的，我觉得那些西装裤就不错。"

仗义疏财的白珍珠翻遍全身家当，也才几百元，这点钱想要批发点便宜的西装裤够用，倒腾电子产品就差远了。夏晓兰决定出资500元，给白珍珠凑齐1000元，开始两人的合作。

"电子产品不急，你得多跑几趟鹏城那边的市场才能摸到门道。"

夏晓兰身揣巨款，其实都是属于她和舅舅家还没分红的生意资金，她来羊城的车票和吃住能算在生意成本里，给白珍珠的钱就不能这样搞。夏晓兰羞愧啊，来到1983年竟当了一个啃老族，这钱还是刘芬卖油渣赚的。

刘芬前前后后，也塞了小 1000 元给夏晓兰了。亲妈给的钱夏晓兰没分得那么清楚，反正她将来赚多少都随刘芬用。

夏晓兰指望着过年前服装店能分红，她就是想再找条赚钱的路子，卖电子产品就很不错，只要白珍珠这边能供货。羊城其实也能拿到电子表之类的货，但鹏城特区转了几手，进价肯定要贵一些。夏晓兰情愿等一等，从白珍珠手里拿货，安全可靠……起码能避免和柯一雄那样的人打交道。

废话，批发电子产品的人，能和批发服装的人一样吗？

夏晓兰都肯出一半的钱，白珍珠也愿意尝试。她直接就跟着夏晓兰去批发服装，那些便宜的西裤，最低的只要 70 元钱一打。

不到 6 元钱一条的裤子，质量和夏晓兰拿的货肯定不能比，不过两个人卖的地方也不同。

夏晓兰情愿把货压在手里几天，也不会便宜地把那批男款羊毛大衣卖出去，因为商都是她的大本营，她还要从地摊转向实体店，走的就是中高端路线。

白珍珠就不会有这顾虑，她是去鹏城倾销低端品的，卖衣服是顺带，折腾出来电子产品才是目的。

"我需要办一张暂住证……"白珍珠小声嘀咕。

偶尔进出鹏城，有"边防证"就行了。要长期待在那边，就必须有暂住证。这种事白珍珠就比夏晓兰有优势，羊城和特区不远，白珍珠家在特区是有亲戚的。

"那就去办！"夏晓兰把一打西裤费力拖出来，"蓝、黑、灰是主打色，不管什么时候都有人买。"

考虑到顾客主要是渔民或者搞基建的工人，像夏晓兰进回去那种娇气的毛呢大衣不用想，耐脏耐穿还便宜才是白珍珠的主要卖点。

白珍珠拿了 8 打西裤，她怕自己记忆力不好，特别认真地拿笔记下了有哪些货，一共花了多少钱，还余多少钱。夏晓兰觉得这是个好开端，和人合伙做生意，不怕报账报销，就怕连"账本"都没有，全靠一张嘴说多少算多少。

夏晓兰和李凤梅合伙，两个人每天卖了多少钱，每一笔都要记账的。

等夏晓兰再见到陈锡良时，对方笑得特别热情："咋样，大衣再进点？"

夏晓兰不是拿货最多的，但她舍得拿进价贵的货，陈锡良老板就喜欢这点。

夏晓兰摇头："太贵了，这种货很难卖……我这次再拿 15 件吧，主要还是其他货。"

赚钱是赚钱，如果"蓝凤凰"已经开业，夏晓兰敢一口气拿 50 件男款大衣，这不是没开业嘛！流动性的地摊想卖贵的衣服，货会长时间压在手里。

上次进的 20 件男款羊毛大衣，除了朱放那件只卖了 100 元，最便宜的也卖了 138 元。20 件大衣的利润有 1300 多元，要靠卖毛衣，夏晓兰得卖 60 件以上。裤子的利润最低，一条只赚 10 来元，她得卖 100 多条喇叭裤才能抵上男款羊毛大衣的利润。

防寒服和鸭绒服，包括女款呢大衣的利润都比不上它。但这些货都比男款羊毛大衣卖得快！

夏晓兰现在是想在最短的时间内追求最大的利润，她不顾陈锡良失望的眼神，坚持只拿了 15 件男款大衣。陈锡良很发愁，也不知是他自己压了太多货，还是工厂那边给他压力，夏晓兰也没多嘴问……又不能帮忙解决问题，她干吗要惹人烦。

这一次夏晓兰不仅是拿贵的货，只要款式新颖，没在商都那边瞧见过的，她都敢拿。

不仅从陈锡良的摊位上拿货，其他地摊的货她也照扫不误。陈锡良看着她大包小包的，还说怪话："你生意发展得够快啊！"

夏晓兰足足拿了7000元的货，比前几次都多，简直是越级跳。

她打算这次多卖几天再来羊城，期末考试是必须参加的，或许等她再来羊城时，已经是年前为服装店开张来进货了。

还剩不到3000元，夏晓兰准备去买一盏好看的灯带回商都。

晚上夏晓兰没住招待所，而是睡在了白家，因为柯一雄那大混混，招待所都变得不安全了。

"买灯？明天我带你去！"

第122章 找俩保镖

第二天白珍珠先给夏晓兰介绍了两个师兄。

她有敢开口要走谋生水果摊的师弟，也有比较忠厚老实的师兄，两个师兄都是30多岁，一个矮胖，一个高瘦。白珍珠说夏晓兰是哥哥介绍的朋友，两个师兄显然误会了，都说夏晓兰的安全包在他们身上。

"柯一雄最近的势头很猛，把火车站附近的地盘都拿下了，越秀区都快变成他柯一雄说了算了！"

夏晓兰有点惊讶，这时候的羊城和后世的行政区域划分还有点不同。越秀、东山、海珠、荔湾是主城区，其他还算郊区……柯一雄看上去也就20多岁，居然占了羊城主城区四分之一的地盘。

更叫夏晓兰脸色不好的是，服装批发这一块儿属于越秀区。她还在对方的地盘里做生意呢！

"能抓到柯一雄的把柄吗？"

矮胖的师兄摇摇头："他从来不自己出面，有事都是手下去办，谁也抓不到他的把柄。"

柯一雄的名声很大，见过他真人的却很少，他要不是自我介绍，白珍珠也认不出圆脸的年轻人就是柯一雄。有人会在羊城火车站假冒"柯一雄"吗？那里是柯一雄的地盘，不想活了还差不多。

夏晓兰又有点庆幸昨天没用电击器给对方来一下狠的。她要是在曹六等人面前让柯一雄丢了面子，柯一雄绝对不会放过她。把柯一雄搞死都没办法，先不说法律上要一命偿一命，就是柯一雄的那些手下想上位，道上的规矩也是要先替老大报仇——夏晓兰可能连火车站都走不出来。

难道必须和流氓头子周旋？

上天果然最公平，之前长得安全，天南地北地跑从来没有遇上过这种事。顶着她现在这张脸，既然能引得周诚追求，招惹来好色的流氓也不奇怪。

周诚也挺邪气的，但人家毕竟是保密单位的，柯一雄可是真流氓。

"两位师兄，你们为了确保我安全，不会惹上麻烦吧？"

夏晓兰对什么道上、道下的知识都是从影视作品里学的，再讲义气的混混头子，那也是对内部人圈子而言的。白珍珠的两个师兄要因为她惹上这人，夏晓兰会过意不去的。

"柯一雄也就是这两年蹿起来的，志勇要还在羊城，这人哪里敢这么嚣张，连小师妹面子都不给！"瘦高的师兄没那么忌惮柯一雄，比画了一下自己的拳头。

谁能打谁就被尊敬，白家武馆练过功夫的和街面上那些混混不一样。眼下风声紧，谁也不敢提着刀动手，都是小打小闹，在火车站骗骗外地人，偷偷钱包还行，绑架这种恶性案件柯一雄也不敢沾上。

白珍珠想，这情况得问问自己的哥哥白志勇。

要不说夏晓兰心里没有小女人的软弱呢，缺心眼如白珍珠还知道征询一下哥哥白志勇的意见，周诚也把联系方式给了夏晓兰，她愣是没有给周诚打电话的打算。潜意识里，她以为自己的麻烦就得自己解决，周诚远在京城，并且单位纪律森严，万一周诚一时冲动做出错事，太影响前程了。

矮胖的师兄姓万，高瘦的姓李，人家也有家要养，以后要是跟着夏晓兰东跑西跑，她肯定要给点报酬——都说情义无价，那也不能使劲践踏情义吧？

夏晓兰留了万、李二人的联系地址，然后和白珍珠去挑灯。

羊城的灯饰市场比商都繁华，这边餐饮住宿业比较发达，华丽的欧式水晶灯是有的，一般都是饭店之类的地方才会用到。有钱的单位也买，私人装修很少用到……1983年的羊城，家装的概念也很落后，买一盏欧式吊灯已经很潮了，在家里装水晶吊灯？房子的层高就不合适！

白珍珠带着夏晓兰一路找到店里，一问价夏晓兰就龇牙咧嘴。她看中的那盏灯真漂亮，造型华丽，但很贵啊，居然要1500元，真的是有钱的单位才会买。

再过30年，灯具的竞争很大，高端品牌不说，寻常的小品牌价格很便宜，消费者可以选择的范围很广，除了实体店还有网店，一盏水晶灯也就几千元。可那时候普通白领的工资是几千元，现在要1500元，高工资的人要攒一年。

夏晓兰问白珍珠好不好看，她就吐出一个字："贵！"

"过两年你就不会觉得它贵了，不是东西贵，是我们赚钱太少。"

羊城的工资会比商都高，鹏城特区的工资又比羊城高。特区的外资工厂在当地招工，一个名额都能让当地人挤破脑袋，月工资开到400元，是商都一些城镇职工月收入的10倍。

月入40元，买1500元的水晶吊灯叫奢侈。月入400元，再看同价位的东西，就和商都人花两三个月工资买件撑场面的衣服，也没啥了不起的。

除了这盏大灯，夏晓兰还额外选了两盏小的，死命讲价，一共花了2000元。打包这种事卖灯的人干习惯了，外面打着木头架子里面一层层裹好，方便弄上火车。

三盏灯和几大包衣服，夏晓兰直接在火车站办了托运，还得给家里拍电报让他们估算着时间接货。夏晓兰在火车站又看见曹六几个人晃荡，那几个人脸上都挂着不怀好意的笑，但没有走上来。倒没看见柯一雄。

夏晓兰买了火车票，白珍珠把她送上车。

"有生意上的问题，及时和我联系。"

白珍珠点点头："柯一雄的事你别担心，我会想办法解决的。"

夏晓兰冲着她挥挥手："回去吧，我会自己注意安全的！"

羊城到商都的火车哐哐哐开动，有两个人偷偷跟着跑上车。夏晓兰一路上都觉得有人在盯着她，第二天早上，火车途经岳阳站，夏晓兰听到站点播报，就起身下了车。

和她同一车厢的两个人开始还没反应过来，毕竟夏晓兰买的是羊城到商都的票，还以为她是到站台上买吃的。可火车再启动时，夏晓兰依旧没上车——两个人面面相觑，回去咋和曹六交代啊，他们是要跟着去商都查一查夏晓兰的底。

她不是商都人吗？好几次都是买的羊城到商都的票，这次中途怎么在岳阳就下车了？

"回去怎么说啊？"

"照实说！臭娘儿们，在我们面前耍花招！"

第123章　庄周梦蝶？

夏晓兰不知道有没有人跟着自己。她的手段很简单，不过就连白珍珠都不知道她中途会在岳阳下车，就算有人跟着她也来不及反应。

出了站，冷风吹在脸上，夏晓兰心中的燥热消退了一些，神志渐渐恢复。是一时冲动，或者干脆说是顺水推舟。

她早想来看一次的地方，一次次找借口回避，被柯一雄的事一激，倒是让她中途下了车，终于踏上了这个地方。沿着曾经的痕迹，夏晓兰穿行在岳阳的大街小巷。有些地方和她记忆里相同，有些却又不同。

从火车上下来本来很饿，夏晓兰却一点都没有吃东西的想法，她一路走到了岳阳酒厂的家属区。之前，她就是跟着在酒厂上班的表姨妈一家生活的。

父母去世后，别的亲戚不愿意养她，表姨妈家条件要稍微好点，就把她领回了家。但表姨自家也有两个孩子，虽然没虐待过她，但对她的看顾也实在算不上精心。夏晓兰只能尽量不麻烦别人，在表姨家里不敢多吃，将自己的存在感降到最低，整个童年时期，她都是很自卑的。

在表姨家里住了10年，后来酒厂效益不好，表姨的两个孩子也要上学，再养夏晓兰压力就很大。表姨没说什么，表姨父整天在家摔锅摔碗，夏晓兰那时候念高一，干脆搬回了自己家。

表姨有时会偷偷塞点生活费给她，夏晓兰也在努力赚钱，90年代的岳阳真是改革开放势头最猛的几年，她到处打小工攒钱生活，为此耽误了学习，后来考的大学挺普通，又学了个坑爹的专业，大学毕业后国家还取消了包分配工作政策——夏晓兰觉得曾经错过的机会不少，但要弥补的遗憾也不是很多，不知道老天爷为何挑中了她。

小时候的经历、年轻时的奋斗，苦是苦，但她都已经奋斗成功了啊。大房子住着，好车开着，职场上也有地位，除了没结婚生子她有啥好遗憾的？

唯一亲近的就是表姨，后来发达了也报答过。酒厂被收购后表姨和表姨父双双下岗，家里的日子越来越不好过，夏晓兰却已经是拿年薪的了，她那时是中高层管理，工资加年终奖一年几十万。2010年左右，全国的房价还没腾飞，岳阳的楼盘均价为3000元一平方米。夏晓兰一口气在岳阳给表姨买了两套房，刚好是她一年的收入。是，她那时候已经大学毕业14年，已经算初步在大城市站稳了脚跟。两年后，厚积薄发的事业更是迎来了火箭般的跃升，年收入不仅包括工资和年终奖，还有公司分红，彻底步入了高管行列。

她掏钱买房的时候，表姨父又惊喜又别扭，表情很是复杂，夏晓兰现在都还记得很清楚。

没想到被他家养过 10 年的孤女,后来倒比自家的两个孩子优秀太多!

养育之恩也算报答过了,之前实现了逆袭,难道现在重来一次就为了拯救"夏晓兰"糟糕的人生?

夏晓兰脑子里乱糟糟的,等沿着记忆找到岳阳酒厂的家属楼,夏晓兰理了理身上的衣服。她已经给自己编造了身份,就是夏家远亲。

"大姐,请问一下,冯大民家是不是住 7 号楼?"冯大民是表姨父的名字。

被问的人露出疑惑的表情:"冯大民?"

"对,您认识吗?他老婆叫曾丽,也在岳阳酒厂上班,我是他家亲戚。"

冯大民和曾丽?被夏晓兰拦住的中年妇女表情迷惘:"不认识这两人啊,你是不是找错了?"

"那您能带我进去找找吗?"

可能是夏晓兰脸上焦急的表情让人动容,加上这时候的人本来就比较热情,夏晓兰又换回了岳阳口音,大姐也没多少警惕心,真的带她到了 7 号楼。

就是这栋楼!

夏晓兰敲开记忆中的房门,一个满头银丝的老太太打开门:"你找谁?"

这人夏晓兰不认识,她心中咯噔一下:"大娘,我找冯大民……"

老太太和中年妇女对视,两人都不认识冯大民。

没有人认识冯大民,也没有人认识曾丽。表姨一家子都凭空消失了,更别说寄居在他们家的 6 岁孤女"夏晓兰"了。

夏晓兰从岳阳酒厂出来,失魂落魄。

为了查证"冯大民"和"曾丽",她甚至惊动了派出所,费了很大力气,才让酒厂帮忙查资料。岳阳酒厂倒是有个叫曾丽的,人家才 20 出头,比夏晓兰大不了两岁,咋可能是她记忆中的表姨妈?

岳阳酒厂职工里没有表姨两口子。她要查的"夏晓兰",更不可能找到了。

"同志,你没事儿吧?"跟着一路来的警察都挺不忍心,夏晓兰多漂亮呀,看见一个这么漂亮的人难受,寻常人都忍不住要安慰两句。

没有表姨妈一家,也没有她早逝的亲生父母生活的痕迹,夏晓兰知道她和曾经彻底告别了——虽然心里早有了准备,但那种失落和茫然依旧让她难以承受。

"我没事……"

警察瞧着她,你嘴里说着没事,脸上的泪是咋回事呀?

说是来寻亲,结果也没找到人,警察还得把人给领到招待所去。

夏晓兰浑浑噩噩地躺在床上,还以为会睡不着,结果竟然睡着了,做了许多梦,记忆一幕幕浮现,她在梦里分不清自己到底是哪个"夏晓兰"。

大河村的夏晓兰?岳阳的夏晓兰?

庄周梦蝶,大梦初醒,她找不到曾经的过往,似乎只能握紧眼下的人生。

早上醒来时,仿佛是为了证明眼下的自己是真实存在的,她特别想和人说说话。因为她是警察领来住宿的,招待所的人才肯借电话给她,长途电话就是不断地转接再转接,等了一个多小时，她才听见周诚的声音从听筒里传来："晓兰？！"

周诚真是又急又气，昨天白志勇的妹妹就打电话来单位，说了羊城混混柯一雄的事。周诚也担心夏晓兰的安全，知道夏晓兰已经坐上了回商都的火车，猜测夏晓兰到家了会和他联系。按时间，昨天就该到商都了，却一直没有消息。

人是不是安全到家了？

还是上次帮忙的小光他亲戚派人去于奶奶家看了看。夏晓兰根本就没回商都！

周诚当时大脑是一片空白。

第124章　周诚，我想你了

他不知道自己该立刻赶去羊城还是其他地方。

单位有纪律，他刚刚休完长假，根本不可能再批给他假期。何况走得这么急，工作上的事也安排不过来。

这个时候，夏晓兰的电话打了过来。

周诚生气夏晓兰冒失，又担心她的安全。这声"晓兰"声音格外大，却听见另一端，夏晓兰的声音有点嘶哑。

"是我。周诚，我有点想你了。"

那火气就被一盆凉水给浇灭了，周诚的心揪着，夏晓兰的声音不太对劲。

"晓兰，你现在在哪里？"

"我在岳阳……我在羊城遇到点麻烦，就把货发回商都，自己在岳阳站下车了，今天准备买票回商都。"

周诚松了口气，人没事就好。他哪里会真正生夏晓兰的气："羊城的情况我从白志勇那里知道了，你最近别去羊城，让我看看这件事该怎么解决。"

"嗯，我要过年前才会去。"

周诚听出来了，夏晓兰可能没寄希望他能解决柯一雄。

他也没拍着胸脯保证，男人办事儿又不靠嘴，把结果摆在夏晓兰面前就行。周诚的脑子里转过许多念头："你再去羊城的时候，我让康子陪你跑一趟。"

周诚以为夏晓兰声音的异样是被混混头子惊吓的缘故，却不知道夏晓兰大梦初醒，想来想去，只有周诚能陪她说说话。这件事是夏晓兰最大的秘密，以她的心智不可能将秘密说给任何人听，亲密的伴侣说不定也会反目成仇，更何况周诚和她才刚刚开始。

人生不到老，你不会知道一个人究竟值不值得信任。夏晓兰也不准备考验人性。

她听到周诚的声音，觉得飘在半空的心慢慢落地。她当然是真实存在的呀，在1983年的时空，她甚至拥有了曾经没有的珍贵东西。有刘芬疼她，有舅舅他们的喜爱，她还听从感觉的驱使，交了一个男朋友。

和周诚完全就是男女之间相互喜欢，没有啥学区房，没有啥资产职位的利益牵连，夏晓兰觉得这样的相处让人舒坦。

她活得不能再好了。

想到这点，她的声音变得柔和："嗯，我等康伟一起，周诚，我要挂电话了。"

"回商都后记得报平安……我也想你！"

在岳阳没有找到人，夏晓兰有些失落，但也算放下了心里的大包袱。

除了没有"夏晓兰"生活的痕迹，这个世界和她记忆中一模一样。她的先知先觉和积累的人生经验与素养会是她今生的仰仗，作为一个提前参与了"内测"，偏偏还不删除她游戏经验的玩家，夏晓兰很快重新打起了精神。

她从招待所退房，去买了点水果和糖，提到派出所去。昨天那警察帮忙，跟着她跑前跑后找"亲戚"，夏晓兰是去感谢人家的。

南橘才5毛钱一斤，几元钱就能买一大兜，这东西不算送礼，再加上两包糖也才10多元，昨天帮忙的警察都不知道说啥好。

"同志，我们不能收礼。"

"警察同志，这只是我的一点心意，昨天您还给我垫钱了呢。"

夏晓兰当时失魂落魄的，还是这个姓伍的警察把她给领到招待所，又帮她垫付了房费。夏晓兰一是送水果，二是来还钱。

伍警察不肯要她的钱，夏晓兰把水果硬塞给了他。

人来人往的派出所，和年轻漂亮的女同志拉拉扯扯也不像话，伍警察只能把水果放在桌上。他挺同情这个寻亲不获的姑娘。夏晓兰长了一张很有欺骗性的脸，稍微皱皱眉头，都能让人心生怜惜之情。

"你还要继续找吗？"

"不找了，我今天就要买票离开岳阳。"

伍警察沉默了片刻，把自己放在桌上的帽子戴上："走，我送你去车站。"

夏晓兰推辞两句，就没再拒绝警察同志的好意。她不矫情，这种时候的确很需要人民警察的保护。

好不容易买到一张到商都的火车票，伍警察在车站上买了两个烤馒头塞给夏晓兰："年轻女同志出门在外要注意安全，路上小心！"

夏晓兰点点头："谢谢您的提醒。"

她不知道自己还会不会来岳阳，和伍警察是萍水相逢，别人的好意她永远都很感激。

送走了夏晓兰，伍警察回到派出所。剥开一个南橘，真是甜到心里。伍警察把水果和糖都分给了派出所的同事，夏晓兰和其他老百姓有啥差别？就是漂亮，有礼貌，找不到亲人就显得特别可怜了。

命运偶然让伍警察和夏晓兰产生了交集，惊鸿一瞥，让人印象深刻。

羊城。

柯一雄听了曹六的话，依旧是笑眯眯的。

"老大，你不生气？"

柯一雄奇道："我为什么要生气？我就是想认识一下她，你看她不仅胆子大，还挺聪明，当你们大嫂不是很合适吗？"

曹六派出去跟梢的两个人把夏晓兰给跟丢了，坐车到了岳阳下一站，又掉转头回了羊城。时间和精力都花在了坐车上，对于夏晓兰的情况却一无所知。

柯一雄也不生气。

夏晓兰还会再来羊城的，只要守好了火车站，他早晚还能看见她。白志勇认识的老家伙来传话，让他行事低调点，柯一雄想，白志勇为什么要维护她呢？是白志勇的女人？

跟着白志勇，家业守不住，道上混不下去，一个穷当兵的有何出息！

虽然白珍珠在保护着她，白志勇也请人传话，但柯一雄觉得夏晓兰并不是白志勇的女人。像她这样的尤物，一般的男人哪里守得住？

柯一雄很快找到了夏晓兰拿货的摊位。

陈锡良差点连摊子都不要了。

"陈老板，恭喜发财呀！"

"雄哥，有事您吩咐，您抽一根？"

批发市场鱼龙混杂，离火车站也挺近，正好是柯一雄的地盘。陈锡良态度放得很低，做生意和气生财，他不愿意惹麻烦，平时的摊位费和"孝敬钱"他都足量在给，真不知道柯一雄叫他做什么。

等曹六说明了来意，陈锡良在心里狂骂，他妈的也太倒霉了！不管夏晓兰还是他都倒霉，做点生意多不容易，交了"孝敬钱"，还能摊上这种事！

"雄哥，我不知道啊，她就是在我这里拿过几次货，我哪知道人家地址和其他情况……"

柯一雄拍拍陈锡良的肩膀："陈老板，我不喜欢有人骗我。"

第125章　给媳妇儿派救兵

周诚挂了电话。

他不能离开京城，幸好还有几个靠得住的发小。

因为康伟认识夏晓兰，这事儿肯定先和康伟说。康伟一听到夏晓兰在羊城被当地地痞盯上，情绪比周诚还激动："王八犊子，就凭他们也配？"

夏晓兰是诚子哥的媳妇儿，自从康伟确认这点后，连他自己先前对夏晓兰的一点点心思都克制住了。可现在地痞都敢打夏晓兰的主意，真当他们这些人是泥捏的啊！

康伟特别生气，换了他媳妇儿被人觊觎都不会如此暴怒。

"配不配，也要看他有没有自知之明，不过这世上的明白人本来也不多。你嫂子想自己做生意，她辛不辛苦你也看在眼里，现在对方吓得她都不敢去羊城了，这件麻烦事不解决，我也不放心。"周诚一边说，康伟一边使劲点头。

康伟最初是因为夏晓兰的长相惊艳而喜欢她，听到夏晓兰的名声后他怀疑过，甚至厌恶过对方。接触几次后，他也有点了解夏晓兰的性格了，特别是夏晓兰坚持靠自己奋斗，这点让康伟特别佩服。康伟觉得自己办不到，谁不想走捷径，他也是靠周诚带着赚钱的。

夏晓兰就能拒绝这诱惑，就倒腾香烟这生意，诚子哥愿意把自己的那股让给夏晓兰，人家愣是没要。羊城和商都两头跑，单程就要坐30多个小时的火车，多累呀！听说一趟也能赚一两千元……对于普通人来说说挺多的了，可和倒腾香烟比起来又不算啥了。就算夏晓兰一周跑一趟羊城，一个月赚几千元，一年加起来的钱，也就和他们跑一趟赚的钱差不多。

夏晓兰推出去的不是几万元，而是很多个几万元！

"诚子哥，您说咋办我就咋办，都听您的。"

"下次你嫂子再去羊城，你陪着去，亲眼见一见那个地痞头子。"

周诚没有喊打喊杀，这种事不能交给康伟办。但康伟肯定有别的办法，他嘿嘿一笑："好啊，上次就说把生意做到羊城去，正好去探探风！"

周诚不参与跑车，康伟自己上路也不安全。

两人已经商量好了新的方式。人脉和渠道还是不变，直接用火车倒腾。只要周诚的关系还在，香烟同样可以在京城到沪市的沿路城市流通销售。比较麻烦的就是每一趟列车带多少货都要康伟操心，他现在对各地的火车时刻表熟得不行，这门生意就算不做了，靠这点技能把他换到铁路系统上班都行。

"不过诚子哥，咱们这生意，把嫂子带上真不行。"

解决了这次，也还有下次。人长得太漂亮，出门在外就容易招惹麻烦，可能不是次次都有那么好的运气。

要让康伟说，把商都那条线分给夏晓兰，让她就在商都火车站管着接货，最多再安排下商都那边的货上车，一年赚的钱咋说也比倒腾服装多。

分一条线给夏晓兰？周诚不说话了。

他收到了夏晓兰寄来的信，里面夹着的850元让周诚想掐死那个叫朱放的小采购。大男人居然跑到夏晓兰那里告状，真是有能耐！

夏晓兰又没骂他，就在信里提了提"相互尊重"，周诚已经够郁闷了。

他不知道自己哪里不够尊重晓兰，但他知道晓兰不是一般的女孩儿，她有自己的想法，有规划还能自己去实现……周诚都怕夏晓兰问他有没有收到信，羊城这个地痞出现的时机刚好，把"相互尊重"这个质疑给挤到了一边。

"你嫂子有自己的想法，你自己问她去。"

这就算相互尊重了吗？

周诚第一个找的康伟，第二个是小光。小光全名邵光荣，也是一个圈子里的。从上次借邵光荣伯父的人手捞刘勇脱离走私团伙，到这次周诚找邵光荣在商都帮忙找人，邵光荣心里像有七八只猫在一起挠他！

邵光荣见面就把康伟脖子给勾住了："康子，你给哥说句实话，诚哥在商都是不是有情况，我看他太关心那地方，人回京城了，还有人勾着他的心呢？"

周家在商都，真是八竿子都打不着关系。周诚又没刻意掩饰，邵光荣觉得不对劲。

康伟开始不想说，邵光荣就一直缠着他，走到哪儿跟到哪儿，康伟差点没给邵光荣跪了："我不能说！"

谁知道周诚处对象的事和家里面讲了没有，现在圈子里就只有康伟知道，邵光荣是个大嘴巴，他要到处乱说，风声传到周家耳朵里咋办？

邵光荣眼睛一抬："我都知道名字了，还找不到人？行呀，你不说我就自己去商都！"

邵光荣准确无误地说出"夏晓兰"这个名字，康伟顿时急了："你不能去！"

"凭啥不能去？我去看我大伯！"

康伟没办法，让邵光荣指天发誓不许对别人说，才简单说了几句。

邵光荣一脸震惊，周诚居然晓得处对象了！

他们这一群人中，有的从十几岁起就谈恋爱。邵光荣从开荤到现在，名正言顺的女朋友都换了七八个了，还有些是露水姻缘。

只有周诚不这样，邵光荣他们私底下都说周诚要把青春奉献给祖国，将来也是等着国家发老婆的……好家伙，原来偷偷在商都找了个对象！

邵光荣对夏晓兰好奇得要命，康伟却没透露太多情况，逼急了只说长得漂亮。邵光荣想，长得漂亮是有多漂亮呀？能把周诚给迷住，怕不是个妖精样儿？

他不愧是大嘴巴，自己发的誓就像放屁一样不值钱，喝醉酒就把这件事说了，现在和周诚要好的人想看看未来嫂子，讨厌周诚的人在暗暗笑话——被一个长得漂亮的外地妞给迷住了，哈哈哈，长得漂亮能值几个钱？

"都说周诚厉害，不也就那样？"

"我还以为他把我妹拒了，能找个多好的！"

"说不定就是玩一玩，你们幸灾乐祸也太早了，等把人领进周家，咱再看热闹。"

能把人领进周家吗？尽管不愿意承认，周家的门槛就是比他们自己家高。

"阿嚏！"夏晓兰揉了揉鼻子，她一回商都就病了。

夏晓兰在岳阳埋下的病根，或者说这几个月的忙碌，积下了病根，直到被岳阳的事一激发，整个都发作出来了。刘芬让她在家好好休息，1984年的元旦夏晓兰是在床上度过的。

夏晓兰在刘芬的强烈要求下，过了几天衣来伸手饭来张口的生活，然后就是县一中的期末考试。

卖货的事暂时全丢给了李凤梅，期末考试夏晓兰不能再被特殊对待，别人怎么考她就要怎么考。她在学校没有宿舍，不得不在安庆县招待所开房间住了一晚。

当她在教室里出现时，引来了阵阵惊叹。

第126章　原来人缘这么好！

"夏晓兰"这名字想忽略都不行。

看过她的人很难忘记，没亲眼见过她的人，每次测试她成绩就在那里摆着呢，不是眼瞎都能看见。插班生、漂亮、成绩好、神秘……这些都是贴在夏晓兰身上的标签，后来还得加上一个"无私"。

她不怕成绩被其他人超过吗？拿到的卷子，居然贡献出来给全年级刷题。更有陈庆公布的学习方法，不仅能用来背英语单词，用在其他背诵的科目上也有效果。

别说夏晓兰在县一中本来就没啥恶名，就算她作恶多端，因为这两点，不知道会有多少人感激她！更何况夏晓兰出现的时候特别少，就连女生都很难嫉妒她，她穿着简朴，为人低调，简直能让所有高三的考生心生好感。

她怕别人超过她吗？

尖子生每次提高几分很不容易，夏晓兰每次考试分数都提高不少。同样在进步，别人就是追不上她的脚步。

当然，也有少数人在背后说酸话："为啥她进步最快？她肯定还有更好的学习方法没拿出来！"

——呸，又不欠你的。

——白给的还不想要啊，那别做夏晓兰拿来的卷子啊！

——白眼狼。

大部分学生三观都很正，说酸话的被喷得要死。高考是和全国的考生竞争，干吗要盯着夏晓兰不放？同样的学习方法，不允许人家夏晓兰脑子聪明特别有效吗？

从陈庆的嘴里，班上同学知道夏晓兰是初中毕业在家自学了三年。他们都脑补的是她中考失利，当年没能考上中专，可学霸就是学霸，在家自学三年还能插班考上县一中！

又有传言说，夏晓兰是夏子毓的堂妹……夏子毓离开县一中也才半年，学校光荣榜上的名字还没褪色，不少人都记得夏子毓。

不过夏学霸和夏子毓长得不太像。

夏子毓长得当然不丑，在县一中也是有不少人关注的，可和夏晓兰一比就要逊色许多。

以男生的眼光来看更是如此，夏子毓同一届的复读生和她说过话，温温柔柔的，让人如沐春风……换了夏晓兰出现，都不敢光明正大地看。

偷偷打量，自己还脸红，她漂亮得好像电影里的人。

"晓兰同学，我这里有笔。"

"夏同学，用我的，这支笔写字流畅。"

夏晓兰是咋知道自己受欢迎的呢？考政治的时候她把钢笔摔了，笔尖摔坏了肯定不能继续用，她问监考老师能不能借一支笔，结果一个考室超过半数的人都想借笔给她！

"保持纪律！"监考老师在讲台上大喊，考室里要乱起来，趁机作弊咋办？

虽然期末考试的成绩和高考无关，但有的学生就喜欢自欺欺人一下，监考老师当然要保证考试的公平公正。夏晓兰都吓了一跳，她只能接过离她最近的一支笔，不停地说谢谢。

简直受宠若惊！

之前她成绩也不错，不过上学的时候又穷又土，性格挺自卑，人缘极差。明明整天都在学校，高中三年结束后居然还有人叫不出她的名字……现在倒好，人没来过县一中几次，却是大家关注的焦点。

第一天考完试，听说夏晓兰在招待所住，3班好几个女同学都邀她去家里住。也有人说能和同学挤一挤，在学校宿舍让一张床给她睡。

夏晓兰知道现在谁家住宿条件都不宽裕，哪会真的跑女同学家里住，让别人把床铺腾出来给她更不可能接受。

"考试需要好好休息，你们对我太好了，但为了明天更好地发挥，大家的心意我都领了。"

几个女生干脆说要送她去招待所，盛情难却，夏晓兰觉得平时和同班同学接触太少，就欣然同意了。

"晓兰，要不要吃点东西？"

"是呀，我们请你吃饭吧，晓兰同学！"

"这一顿是必须请，你平时都不来上课，大家对你多好奇啊！"

以夏晓兰的情商，去哄一群还没进入社会的小姑娘，真是手到擒来。她们都觉得夏晓兰人漂亮又好说话，和夏晓兰聊天是发自内心的愉快，争着请夏晓兰吃饭。

这几个女生家庭条件都还不错，几毛钱对她们不算负担。

一群人簇拥着夏晓兰说要去张记吃东西,夏晓兰指着张记对面新开的店:"不如尝尝这家?"

"听晓兰的!"

"走,尝尝鲜。"

张记小吃店对面,就是"黄婶快餐"。

黄婶的动作真够快的。

不过张记小吃店在一中附近存在三年,味道和口碑都深入人心,一时之间黄婶那边对张记的生意影响不大。夏晓兰领着一群女生进店,冲黄婶眨眨眼,黄婶心领神会假装不认识夏晓兰。

"盖浇饭是啥?"

"闻着挺香的,是牛肉味儿……才6毛钱一份儿?"

"晓兰,你想吃啥味道的?"

大家七嘴八舌地点东西,黄婶让她们见识到了什么叫快餐。也就煮碗面的时间,盖浇饭就上桌了。

倒扣在盘子里的米饭团,浓浓的汤汁,肉块和配菜一起,闻着那味道感觉更饿了。开始还有人和夏晓兰说话,过一会儿都埋头吃东西了。

"盖浇饭"挺好吃的啊!

张记小吃一直是县一中门口的独门生意。

直到元旦的时候,"黄婶快餐"在街对面开业。几挂鞭炮放过,张翠发现自家的店多了个竞争对手,一开始黄嫂带人打扫店面,刮墙抹地的,张翠就有种不祥的预感。也就两三天工夫,"黄婶快餐"就开张营业了,速度之快让张翠和夏长征措手不及。

两口子晚上睡觉都在商量对策,夏红霞察觉到两人的低落,白天干活儿时都老老实实的不敢瞎跑了。

黄婶快餐开业两天,张翠脸上的表情就比较轻松了。卖啥"盖浇饭",食客们不太买账,一中的学生和路过的工人还是愿意来张记吃饭,黄嫂那边生意实在很一般。

早上就卖面,中午是炒饭和盖浇饭,品种太单一了。不像张记,早点的品种就有很多样,包子、馒头、蒸饺、烧卖这些都是基础的,胡辣汤也有,羊肉烩面也有,所以店里才需要请几个人,多品种的工作量很大,东西都需要人工做出来。

辛苦是有成效的。张记的东西不算特别好吃,但每一种味道都比较均衡。

不过早上的面条还好说,一到中午饭点,黄嫂就会把店里的锅盖子揭开,牛羊肉的味道很浓郁,吸引了一些人跑到她店里尝鲜,算是抢走了张记的一些客人。

张翠就让夏红霞留意对面的动静,这天夏红霞却看见她最讨厌的夏晓兰被一中一群女学生围在中间,簇拥着走进了对面的"黄婶快餐"。

"伯娘,您看!"夏红霞努努嘴,一条街就10米宽,轻易就能看见黄嫂店里的情况。

夏晓兰的脸就对着街面坐着,张翠可不就是看见了吗?

张翠现在拿夏晓兰没办法,孙校长的门路走不通,夏晓兰又像一条滑不溜秋的泥鳅,总也抓不住她的把柄。张翠也想不明白从前百试百灵的手段咋忽然都没用了,反正她和夏长征两人也没商量出个结果来,耐着性子等夏子毓放假回来支招——想是这样想,但瞧见夏晓兰那张脸时，张翠咋就那么讨厌呢？

第127章 她如众星拱月

"今天是县一中的期末考试，你晓兰姐出现也很正常。"张翠尽量保持冷静，一击不中，她有点不敢再出昏招。

夏红霞咬着嘴巴，见夏晓兰被一群女学生簇拥着，享受着众星拱月的待遇，穿着打扮虽然很普通，却神采奕奕，显得那么意气风发！

夏红霞看人过得好不好不从别人事业、学业上取得的成绩来判定，她就看人外表……而夏晓兰明明也没描眉画眼、没涂脂抹粉，偏偏变得更漂亮了。从前的夏晓兰漂亮归漂亮，肚里无货，那种漂亮是虚张声势的。现在的夏晓兰凭自己的能力、自信，漂亮的外表有了底气支撑，不再是个空壳子，小家子气的漂亮变成了盛气凌人的美。

夏红霞当然想不出那些文绉绉的形容词，她就是觉得夏晓兰每个动作都有说不出来的好看。这让夏红霞妒忌。

夏家人长得其实都不错，夏家三姐妹中也就夏红霞长得最普通。但这是内部比较，真要放在外面横向比较，她也算个中等姿色。

但她贪心却无脑，有野心没能力还不愿意脚踏实地地努力，既无出众的长相又不像夏子毓那样凭会念书改变人生，总想着不劳而获被天降的馅饼砸中，求而不得，可不就时时都处在愤慨不平和妒恨的情绪中吗！

"伯娘，她是故意的吧！"

黄婶快餐是来抢张记生意的，夏晓兰偏偏要领着一群人到那里吃饭，想说她不是故意的也没人信。但夏晓兰都和夏家翻脸了，张翠和夏红霞不想让人家好过，她还来照顾张记生意不成？

张翠强迫自己收回目光："晓兰对咱们都有意见，来不来张记吃东西不重要，只是不晓得一家人要啥时候才能重新和和睦睦的。等你子毓姐回来，看看她有没有啥好主意。"

夏红霞眼神一亮："子毓姐要回来了？"

张翠点头："放寒假肯定要回来，还会带你姐夫一起。"

张翠难掩自得，夏子毓最让她感到骄傲，虽然说儿子才是传宗接代的，但要没有夏子毓这个女儿，她哪有如今的好日子过？

要不是夏子毓争气，张翠肯定也和王金桂一样被拘在大河村当村妇，夏老太才不会同意她跟着进城。

"可夏晓兰不是对姐夫……"夏红霞欲言又止，看着就心怀不轨。

是啊，夏晓兰对王建华多喜欢啊，要不然也不会气得撞了墙。张翠还记得夏老太当时骂夏晓兰癞蛤蟆想吃天鹅肉，也不撒泡尿照照自己是啥样，王建华放着子毓一个女大学生不喜欢，难道会喜欢上一个不正经的女人？就是这几句话把夏晓兰给刺激了，当时就撞了墙奄奄一息。

张翠坚定地认为，夏晓兰想考大学是对王建华贼心不死。寒假子毓把王建华带回来，会不会刺激到夏晓兰？

张翠既怕夏晓兰会不要脸干出啥丑事勾引王建华，又怕夏晓兰能忍住，憋着一股劲儿等考上大学再使坏……她在衡量，要如何利用这一点。

　　夏晓兰当然是故意的。她是顺势而为，不过瞧起来效果还不错，盖浇饭好不好吃只要看几个女学生表情就知道。冻僵的手脚，在一盘热气腾腾的盖浇饭下肚后，整个人都变得暖和了。80年代的人食量普遍都不小，吃三两口饭就说饱了的猫饮食女生根本没有，黄婶家装盖浇饭的盘子很大，饭团也压得很紧实……一盘子盖浇饭加起来，不说一斤多吧，八九两总是有的，米饭起码就占了半斤多。
　　夏晓兰给黄婶提的意见是米饭可以免费添第二碗，菜不行。
　　一斤米才2毛多，能煮两斤饭，让人敞开肚子吃两斤饭，其实成本才2毛钱。遇到这样的食客肯定是赚得少了，但一份盖浇饭卖6毛，黄婶也不至于亏本。
　　像这样的食客毕竟也是少数，可听在人的耳朵里感觉却不同，起码夏晓兰班上的女同学听说能免费加米饭，都挺高兴。
　　"还真实惠！"
　　"不过我吃不下第二碗了。"
　　"这才是做生意的实在人……"
　　女学生们七嘴八舌地说着，哪会真的加第二碗饭。穷学生都啃馒头喝冷水，能花6毛钱下馆子的女同学，其实也不缺那一碗米饭吃。
　　起码叫她们不就着菜再吃一碗白米饭比较难，一大勺菜早就吃光了呀。
　　夏晓兰说自己要去洗手，其实已经把几个同学的饭钱都给了，黄婶不肯要，夏晓兰非得塞在她手里："开张大吉，这是我在婶子店里吃的第一顿饭，咋能不给钱？"
　　她给黄婶出主意，不是要占一点小便宜。
　　黄婶推脱不过，把夏晓兰几个同学的钱收下，到底还是没收夏晓兰的那一份。
　　结账的时候她们才知道夏晓兰把钱给了，都让黄婶退钱，黄婶笑呵呵的，肯定以夏晓兰的意见为主。
　　"一顿饭算啥，谁请谁不都一样吗？同学的情谊才是无价的！"
　　连带着夏晓兰在内9个人，一份盖浇饭6毛，9个人才5.4元。何况黄婶少收一份钱，连5元钱都不到就成功请客，夏晓兰现在是真没把这钱放在眼里。
　　但其他人不这样看啊。她们都知道夏晓兰家庭条件不好，学校才同意她半工半读平时可以不来上课，5元钱对夏晓兰来说肯定不是小钱。夏晓兰把钱付了，是不想大家看轻她吧。
　　唉，她们咋会看轻夏学霸，长得好看成绩好，还特别好相处。
　　有人带头先笑："行，给就给呗，下次一定要我回请，谁也别和我抢这个机会！"
　　几个人都附和："轮流请，轮流请！"
　　夏晓兰都被她们逗笑了。
　　黄婶也高兴呀，多来吃几次，她的口碑就打开了。把店开在这里，也是瞄准县一中的学生会来消费。
　　夏晓兰被人簇拥着走出"黄婶快餐"，吃完盖浇饭，相互之间的关系好像拉近了很多，一群人又说说笑笑离开，都是生机勃勃的青春面孔，人说十八无丑女，精气神充足，那更是带着青春的活力美。

她们的声势，让路人频频注目。有几个食客本来走到了张记小吃，却被夏晓兰几人吸引了注意力，脚步一顿，"要不尝尝那啥快餐？招牌下面写着炒饭和盖浇饭，闻着还怪香的。"说着，还真的转身跑到了黄婶快餐店。

眼看着要进门的生意都跑脱，张翠手里的抹布都被她扯变形。有啥好生气的，也就几个客人想尝新鲜！

恰好夏晓兰忽然转头，与她眼神对上，夏晓兰冲着张翠一笑，那笑容真是刺眼极了。

第128章 营业执照没办到

在安庆考了两天试，夏晓兰的一日三餐都是在黄嫂店里解决的。

有了她的带动，或者说是几个女生的口碑宣传，黄嫂一间门面摆的长条桌一到饭点竟全部坐满。店里都是快餐，按说客人都吃得挺快，可生意一好起来，仍然需要等翻台。黄嫂笑得嘴都合不拢，店里坐不下就在店门口加了几张桌子，顺着街沿摆，现在的街上罕见四个轮子的车，交通全靠两条腿和两个轮子的自行车。

在门口摆几张桌子也不妨碍交通，大街有10米宽。更不会有城管整天来撵人，现在"城管"都还没组建。

不过黄嫂做的是餐饮，管理部门不少，夏晓兰还是善意提醒她注意各方关系，谨防竞争对手恶意举报捣乱。

黄嫂深以为然："你说得对。"她能抢张记的生意，张记那边肯定不高兴，黄嫂得小心提防。

夏晓兰把水搅浑，又结束了期末考试，心满意足地离开，过几天还要回安庆一趟领成绩单。给张翠找点事操心，免得这个戏精总来烦她。

夏晓兰回商都也没休息时间，家人体谅她是考生，她不能只把自己当成考生，除了考试就什么也不干。

店面开始装修也有20天了，刘勇盯得很紧，现在装修已经初见成效。

"再有10天肯定能装完！"

现在是1月14号，1984年的春节是2月2号，再有10天能装修完，就是1月24号。那"蓝凤凰"还能赶上春节前开业。最近都是李凤梅摆摊，这批货要卖得慢一些，但夏晓兰现在能帮忙，怎么着到20号也能卖出去绝大部分。

那她就在20号以后再去羊城进货。

周诚说让康伟一起去，夏晓兰就琢磨着过两天和康伟联系一下确定好时间，看两人是在羊城会合，还是她在商都等康伟一起出发。

想到要开业，夏晓兰挺高兴："我得催催营业执照的事了。"

营业执照的事夏晓兰没有亲自跑，她托付给了胡永才。反正她和胡永才打交道惯了，她出钱胡永才出力，手里还剩着不少"彩蝶"，还算是硬通货。

哪知提到营业执照，刘勇的脸色很不好。

夏晓兰马上明白有问题："舅舅，有啥事儿您得告诉我呀。"

刘勇搓了搓手："你从羊城回来不是病了嘛，紧跟着又要期末考试，我就没和你说。胡永才那边说咱们的营业执照被卡住了，可能是朱家人干的……"

朱家？夏晓兰皱眉。申请营业执照她都没出面，朱家又怎么知道"蓝凤凰"是她的店？

丁爱珍开始也不知道。她虽然在国棉厂里瞧见夏晓兰的背影挺熟，一时真没联系起来，袁洪刚也随口一说是租二七路45号门面的个体户，丁爱珍的关注点都在45号门面楼上能住人的房间。

为了争这些住房，厂子里各方人马也是大打出手，袁洪刚这个有资格做主的人整天被人围堵。

丁爱珍也算虎口夺食，硬生生拿到两个指标。她要是不能给别人好处，别人凭啥要和"丁主任"站在一起？

丁爱珍手里的两个指标，自然能换来不少好处，能让她在单位开展工作时更顺畅。不，丁主任一向都是顺畅的，除了在夏晓兰身上受过气，她简直是人生赢家。

朱放回家时穿了一件新大衣，丁爱珍摸摸料子，听说只花了100元，还夸朱放会买东西："我儿子穿着就是好看！"

母子间吵归吵，丁爱珍哪会一直和宝贝儿子生气？海军蓝的羊毛大衣穿在朱放身上的确效果好，他皮肤白个子高，能衬这颜色呢。

听说还有黑色，丁爱珍就琢磨着给朱放他爸也买一件。

朱放说随便买的，丁爱珍还挺遗憾。可朱放朋友的新媳妇儿小芹就在国棉三厂上班，丁爱珍还是小芹结婚的媒人，偶然在厂子里说起来，小芹说自己买了两件大衣："一件海军蓝，一件黑色，我还是看您家朱放穿着好看才去买的，卖衣服那女孩儿可漂亮了，眼光也挺好！"

小芹不过是闲聊，丁爱珍听到卖衣服的漂亮女孩子，全身雷达都打开了。

小芹说她买的大衣价格是138元，朱放穿回家的那件只要100元，谁能给朱放便宜30多元？

夏晓兰！这名字一下就跳到了丁爱珍脑子里。

她上次瞧见夏晓兰，可不就是在大街上摆摊卖衣服嘛。好啊，说对她儿子不感兴趣，上次还和别的男人出双入对，那又给朱放下饵干吗？

丁爱珍的脑子里，男女间就不会有纯洁的友谊……这样想其实也没错，在国家单位干了一辈子，丁主任可没有生意人的圆滑。

夏晓兰做事喜欢留一线，只要不涉及底线，夏晓兰都不会撕破脸，而且特别记恩情，别人帮过她一分，有机会她会成倍地回报，这种行事方法既有职场的圆滑，也带着几分江湖气。夏晓兰不靠脸走捷径，最后能把许多客户发展成朋友，成为她独有的人脉，她"快意恩仇"的江湖气发挥了重要作用。

反正丁爱珍仔细一问小芹，基本上能确定朱放的大衣是在夏晓兰那里买的。

小芹说夏晓兰卖的大衣供不应求，听说还要开实体店面，丁爱珍突然明白了——那天从袁洪刚办公室里出来三个人，是来签二七路45号租房合同的，那个让她熟悉的背影，现在想来不就是夏晓兰吗？！除了那狐狸精，还有谁走路是那样妖里妖气！

丁爱珍在小芹面前没有露出端倪，她跑去套袁洪刚的话。

二七路45号那3间门店，的确是有人租来开服装店的。

丁爱珍冷笑，回去就把事情对朱放他爸讲了："想一只脚踩两只船，还是被别人甩了回来缠着你儿子？我要不收拾她，我不姓丁！"

朱父不以为意："最近也没啥动静，她找的对象看来也就那样，你要不喜欢她，随便卡一卡她就行。"

个体户本来就没什么地位，朱父说随便卡一卡，"蓝凤凰"的营业执照就愣是没办下来。人家一看申办营业执照的地址是"二七路45号"，直接就说办不了。

"不合格。"

哪里不合格？卫生还是别的不合格？

胡永才托人情去问，搞了好久才隐约明白，这是得罪人了，针对的就是"二七路45号"！

第129章　有人欺负嫂子！

朱家没啥了不起的大干部，丁爱珍在国棉三厂里当主任，朱放父亲只是政府办公室的一个科长。

可厉害的是朱家亲戚们也差不多是同样的配置。七大姑八大姨的，多少都有点小权，像张蛛网一样平时不起眼，却渗透了商都的一些部门和单位。安排工作这种事花的人情挺大，卡一卡个体户的营业执照，这种事可以操作的空间就大了！人家也没说不给办，就说你不合格，再问就没有别的话。

对夏晓兰这样急着开张的店，拖几个月黄花菜都凉了……难道把租金给了，花了大价钱装修，有现成的店面不用，还去摆地摊？夏晓兰只怕是个大傻子！

不当大傻子能咋办？还敢无证经营，强行开张吗？

只要"蓝凤凰"在没有营业执照的情况下开张，朱家能收拾人的手段还多着呢，说不定还能给夏晓兰安个"投机倒把"的罪名，有可能还要坐牢。

夏晓兰不是没见识的年轻人，这些套路她实在太了解了。正因为了解才恶心，手里有点小权的人滥用职权时称不上可怕，但真的是"恶心"。

"朱家！"夏晓兰气得牙痒痒。

她在想自己能用什么办法解决这件事。

强权镇压，上策是找更厉害的人反过来镇压他们。中策是挑拨朱放回去和家里面闹。下策是把自己变成硌脚的石头，让朱家踩到她就脚痛，从此离她远远的！

上、中、下三策要按执行的难度来看，顺序也能颠倒一下。除去挑拨朱放回家闹事这一条，其实下策要比上策容易，夏晓兰更容易掌控自己的行为，上策是找到更厉害的人镇压朱家……没有等价交换的资本，更厉害的人凭啥要帮她？

朱家在商都根基深厚，而她甚至不是商都人。

时间还太短，夏晓兰只来得及让生活往小康上奔，把家从乡下搬到了省城发展，结识各种人脉本该是下一步的规划。

她认识哪些能人？

一个是陈旺达，是七井村的村长，老革命资历，在七井村说一不二，在安庆县也有点关系，但在豫南省的省会商都，陈旺达就算不了什么大人物了。

一个是胡永才,市委招待所的老采购。借着职务便利,在商都也有点人脉,是商都当地的"老油条",但同样又受限于采购的职务,根本没机会攀上更高层的交际圈子——退一步讲,哪怕胡永才和某个领导有关系,藏着掖着都来不及,凭啥贡献出来帮夏晓兰和朱家掰腕子?

再远的关系,就是县一中那边,她这次期末考试应该发挥得很不错,能不能找孙校长帮忙?还是算了,孙校长可能弯弯绕绕认识商都教育系统的,但人家是夏子毓的"靠山"。

这事儿不能让孙校长掺和进来。

不能和解,不能强权镇压朱家,那就只能和朱家硬碰硬,抓到朱家的把柄!

夏晓兰有点出神,刘勇欲言又止。

"晓兰,上次我去朋友那里退股,康伟找了人帮忙说话,那个人说自己是侯秘书派来的,原本人家很迟疑,听说是侯秘书,马上就同意了。"

刘勇也急得上火。"蓝凤凰"要是开不了张,他和外甥女的家底虽不至于全折本,却也全打乱了计划。

装修的成本很高,建材都买好的,工人的工资还没结。再加上租金,这3间门店已经花了上万元的资金……开不了张,上万元都打了水漂?

去羊城批发衣服是挺赚,刘勇却知道有多辛苦。

夏晓兰才18岁呢,跑一趟羊城就要在火车上待30多个小时,来回是70多个小时硬座,也就能趴在桌子上打个盹儿,实在坐累了在车厢里走一走!

为了把衣服推销出去,寒冬腊月的还在外面受着冻,穿得再厚,冬天在外面一站就是一整天,冷风不往脖子里灌?袖口扎得再紧,脖子上系着围巾也没用,做生意要吆喝,戴个大口罩像话吗!

刘勇是没去摆摊,可李凤梅才摆了两天摊,脚都站到水肿了,晚上那鞋得费老大力气才能脱下来,又烧了滚烫的水,龇牙咧嘴忍受着高温都要坚持泡半小时,不然脚上的血气不通,晚上凉得睡不着,第二天还走不了路。

李凤梅当时一边咬牙泡脚,一边说夏晓兰不容易,做个体户不比干农活儿轻松。

李凤梅遇到生意不好的时候,急得上火,嘴里长口疮。干农活儿是身体上累,个体户是身体和精神都累,东西都是用钱买回来的,卖不出去精神压力得有多大?

赚钱这样辛苦,刘勇虽反对周诚和夏晓兰处对象,但却心疼夏晓兰的不容易。

有关系为啥不用啊!朱家不也是仗着有点小权就欺负人吗?

周诚嘴上说得挺有诚意,刘勇倒想看看他到底能拿出多少诚意来。

"您的意思是,周诚在商都市认识有权的?"

"要不就是周诚,要不就是康伟,他俩其中一个肯定在商都有关系。"

夏晓兰想了想,周诚单位管得挺严的,她就试着问了问康伟。

康伟接到电报,嗷一声就跳脚。

"小光,光哥,你把诚子哥的事到处说,现在将功赎罪的机会来了……你听我说,有人欺负诚子哥媳妇儿,不给她办营业执照。"

和他们倒腾香烟不同,服装店是正经生意,凭啥不给办营业执照?不就欺负夏晓兰是乡下人,在商都人生地不熟的,没人给出头吗?也真是出息啊,一家子欺负一个外地姑娘!

康伟把邵光荣给逮住了。

邵光荣喝酒误事,发誓说不大嘴巴,却在短短两天里把事情搞得人尽皆知,都不晓得事情啥时候就传到长辈耳朵里了。邵光荣无颜面对康伟,最近都躲着康伟走,猛然听到康伟说啥"将功赎罪",邵光荣眼睛里简直在冒贼光。

"要去商都啊?好好好,我亲自给大嫂请安……啊不,我去给我大伯请安。"

第130章　我为国家作贡献

一张火车票,10来个小时就能从京城到商都。

京城到商都的火车票挺好买。康伟在单位的工作本来就是闲职,清闲得要命,是康伟二叔特意给安排的。说是怕康伟累着,工资不少拿,事情少,说出去是体面,其实并没有多少上升空间。

康伟要继续干那工作,一辈子的前途基本上就望到头了。年纪轻轻的就要干个养老的工作,康伟如何会满意?可他奶奶挺满意的。

康爷爷倒是能给他换个工作,但康爷爷原则性强,就是不开这个口。

清闲的工作也有好处,康伟就挂个名头,人想去哪儿就去哪儿。说要去给夏晓兰撑腰,拽着邵光荣就坐上了到商都的火车。两个人在火车上嘀嘀咕咕,想着到了商都要怎么装一装威风。

夏晓兰虽然联系了康伟,却没把希望完全寄托在他身上。既然朱家都知道"蓝凤凰"是她的店,夏晓兰也不藏头露尾的,她开始尝试用自己的办法解决问题。

她不吵不闹,去找了负责办营业执照的人:"同志,我们要办执照,到底是哪里不合格呢?"

你说她是没见过世面的乡下人,她轻言细语的,却不见害怕的神色。来办事的个体户,哪个不是点头哈腰的,就怕办证的人不舒坦,夏晓兰倒好,温温柔柔的,非要人家把道理说清楚说明白。

"不合格就是不合格,你们自己的事,也要来麻烦国家?你这个小同志有没有一点自觉性……"

夏晓兰的一双眸子水光蒙蒙,她端端正正坐在那里,任谁都忍不住多看两眼。被夏晓兰看久了,对方有点心虚,刚才的爆发就是恼羞成怒。

夏晓兰特别正经地问:"我响应国家政策,愿意在改革开放的探索过程中当一个小螺丝钉,冒着风险当个体户,因为国家需要我们这样的人去积累经验!我不给国家增加负担,自己养活自己,还能给国家缴税……这叫麻烦国家?倒是你,应该好好读一读'人民公仆'的事迹,理解一下这四个字的含义!为群众办事就是麻烦,还麻烦国家,你一个人能代表国家不?"

夏晓兰的声音不大不小,恰好整个屋子的人都能听到。

"你……你胡说!"原本懒洋洋的、趾高气扬的办事员,被夏晓兰几句话说得跳脚。这话要是在单位传开来,领导该怎么看待他?同事又咋想?

夏晓兰从位置上站起来:"我也不希望把话说得太难听,人民的公仆真正为人民群众办事,群众谁想当刁民?同志你可以再审核一下我的资料,希望我下次来的时候,你能告诉我哪里不合格，我一定积极配合改正。"

啊？把人骂成这样，下次还敢来？看见这一幕的人都知道，夏晓兰的营业执照估计是办不下来了。

夏晓兰一笑，漂亮得让人眼花。

胡永才恨不得把头埋到裤裆里，他真是中了邪才同意帮这个忙，夏晓兰居然还跑到工商局"闹事"。不是办事员为难夏晓兰，是朱家打了招呼，夏晓兰这样一搞，不是要把朱家往死里得罪？本来是点小矛盾，胡永才觉得应忍了那口气，给朱家赔个礼道个歉，让朱放他妈把心头那口气消了，事情才算了了啊。

夏晓兰别说赔礼道歉，她是偏偏要顶着来。就像今天来工商局几句话把人说得跳脚，胡永才想不明白夏晓兰要这样加深矛盾的原因。

胡永才也算看着夏晓兰"发家"的，从最开始骑着自行车到市委招待所，冒充他亲戚，向招待所推销黄鳝，到黄鳝供货生意做大，后来连黄鳝生意都不做了，干脆带着家人搬到了商都，倒腾起了服装。两人第一次见面到今天，短短四个多月，夏晓兰已经能租下二七路的3间门店，打算开商都市第一家个体经营服装店。

厉害、能干，是胡永才给夏晓兰的评价。今天又在优点上加了"冲动"的标签，胡永才叹气，到底是年轻小姑娘，沉不住气啊。

两人也是老交情了，起码夏晓兰时不时送点东西，硬生生和胡家成了"通家之好"，胡永才本着良心摇头晃脑提点她："你和朱家的疙瘩不解，就算这次把事情闹大，营业执照办了，以后你还要在商都做生意，朱家有的是办法恶心你。"

年轻人，低个头算啥。年轻时候弯一下腰，到老了能挺直腰杆享福，那才是成功。年轻时不弯腰，横冲直撞处处受挫搞得一事无成，老了反而要低声下气讨口饭吃，很辛酸。

"胡哥，我得罪的不是朱家，是朱放的妈妈。"胡永才说了挺多话，夏晓兰才回了这么一句。

他一时间没有反应过来，夏晓兰却笑笑，陷入了自己的沉思中。得罪朱家和丁爱珍是两回事，朱家其他人和她没有利益冲突，只是丁爱珍个人讨厌她，所以上蹿下跳找麻烦。夏晓兰之前陷入思维误区了，她为啥要对付整个朱家呢，她的敌人只有丁爱珍一个！或许要加上丁爱珍的丈夫，夫妻一体，朱放爸爸自然会站在丁爱珍那边。

虽然这两口子能让朱家亲戚们帮忙，但却不能代表整个朱家。就像刚才那个办事员，把自己拔高到和"国家"一个高度，真是太看得起自己了。把惹事的源头解决了，就没有人会追着她找麻烦了。在收拾丁爱珍的过程中，还能让朱家其他人掂量一下她夏晓兰的分量。知道她不好惹，其他人又不是丁爱珍的亲儿子，凭啥要帮丁爱珍找场子。

朱放才是丁爱珍的亲儿子，夏晓兰觉得对方人不错也没办法，她和丁爱珍势如水火，与朱晓放形同陌路也是早晚的事儿。

丁爱珍有没有把柄，夏晓兰不用自己去找。一个人当着小领导，手里有权力，如果自己享受到了好处，就有可能会侵犯别人的利益。夏晓兰觉得丁爱珍一定有同盟，她的性格挺讨人厌的，难道国棉三厂里人人都喜欢她？

夏晓兰觉得自己特别像个阴谋家，自觉身娇肉贵不愿意和丁爱珍撕逼，就要推别人去。对付张翠也是那样，给张翠找个竞争对手，让张翠没工夫来烦她。

丁爱珍这事儿升级了，找点麻烦还不行，她手里的权力比张翠一个农村妇女大，张翠不能实质性影响到夏晓兰，丁爱珍却能卡住夏晓兰的命脉。

这是等级不同的"怪"，夏晓兰要一边吸引火力，一边暗暗戳戳地出招。

第131章 会哭的孩子有糖吃

有些事能忍，有些事则不能忍。这个标准不好说，夏晓兰就是特别烦丁爱珍，气场不合，幸好这不是她未来婆婆。

她在工商局搞这么一出，果然引得丁爱珍大怒："她想干啥？"

朱放爸爸琢磨了半天："她是想把事情闹大，让单位的领导知道？"

朱家亲戚又不是局长，而是某个科长，给办事员打个招呼，这种刁难心照不宣，办事员也熟能生巧。一张薄薄的营业执照，愣是拖了许多天，胡永才说尽了好话，赔尽了小心，四处搭人情，都没能把证给磨下来，卡住就是卡住了。

啥时候给办理，得看朱家啥时候满意。丁爱珍等着夏晓兰低声下气去上门认错呢，哪知夏晓兰不仅不求饶，反而在局里闹了一场。

朱父沉吟道："她倒是有点小聪明。"

说好了是心照不宣的刁难，夏晓兰非得揭露到台面上，朱家不能一手遮天，那几句诛心之话传到局里领导耳朵里，领导肯定要过问这件事。领导又不是朱家亲戚，谁管你朱家的心情，眼看着要年关，真的要闹得群众一片骂声吗？

夏晓兰的手续是合格的。租房的手续、门店的装修改造并没有违规的地方。事情闹开了，还得把营业执照给她。

就像夏晓兰说的，改革开放是国策，大家可以瞧不起个体户，但个体户要按照国家政策合法经营，愿意给国家缴税，难道国家要把这样的积极分子拒之门外？夏晓兰要是再跑去税务局闹一场，表达清楚自己的意思，税务局说不定还要把她当典型给好好表扬宣传一番。

夏晓兰不按套路出牌，把事情捅到台面上，朱放他爸知道大势已去。营业执照肯定要给办的。

为啥又说夏晓兰是小聪明呢？你把这件事闹开，逼得朱家不得不暂时低头，你以后还要不要在商都做生意了？时间一长，哪个领导总耐烦管你一个个体户的事，第一次闹是有人不公正对待你，难道每次都是政府部门不公正？

夏晓兰一日在商都，她就无法避免这种情况！只有和朱家和解，让自己家出了一口气，事情才算完。

朱放他爸就觉得吧，本来是个小事儿，夏晓兰一副要鱼死网破的烈性子，反而让事情没办法收场了——朱家要是因此而收手，别人该怎么看？还以为怕了夏晓兰一个没有根基的乡下人。

"这下好了，你儿子迟早都要知道……说也奇怪，她竟然没有去找朱放？"

不给办营业执照的事拖了好些天，夏晓兰那边也是想尽了各种办法，但一直没有去找朱放。朱放要知道了，非得把家里闹翻天。

这可能是夏晓兰唯一聪明的地方。她要是再影响朱放和他妈的母子关系，丁爱珍肯定要恨死她，连朱父都会讨厌她。

那夏晓兰就不能在商都待了，想尽一切办法都要赶走她，而不是仅仅像现在这样，只让她低头。

朱父也是在试探，一个营业执照说难也不难，如果有人出来打招呼，那就证明夏晓兰背后是有人的。可能是她那个对象，也可能是别人。但一概没有动静，拖了这么多天，夏晓兰选择了硬碰硬。

硬碰硬，就是没有靠山。就这，还敢去黄河饭店把朱放羞辱一番？朱父挺不高兴。

妈宝男不是一个人能惯出来的，朱父不如丁爱珍表现得那么溺爱，自己的儿子咋不疼？周诚在黄河饭店叫朱放没面子，朱父找不到周诚，就非要让夏晓兰低头！

"朱放那里千万要瞒好了。"

丁爱珍就笑："朱放单位不是办了个学习班吗？我给他报名了，封闭学习班谁也打搅不到，等他学完了正好让他转岗，难道真要一直干采购吗！"

夏晓兰闹的那一出果然有用。她那几句话让办事员受到了严重的批评，哪里都有这种小人，也有真正办实事的领导。局里面一发话，夏晓兰那营业执照特批办理，速度特别快。

胡永才愁眉苦脸的，这张纸是个允许经营的证件，可也是个烫手山芋！

夏晓兰才不管呢，只要能按时开业就行。

刘勇暂时从装修中脱身，又跑去袁洪刚父母家鞍前马后，袁大娘瞧着他就高兴："那死老头子还说小刘不来了，我就晓得小刘不是那种人，小刘你门店啥时候开张？"

刘勇呼哧呼哧卖力气把袁大娘家里家外打扫干净："这个月24号开张，我外甥女说要搞个啥剪彩仪式，我想请袁厂长到场指导指导，多亏了袁厂长我们才能把店面拿到！"

袁大娘拍着胸脯保证，绑也要把袁洪刚绑去参加啥"剪彩"……这年头啥店开业，放一挂鞭炮就挺热闹的，小刘也真是花样多，还搞啥剪彩，见都没见过。

袁洪刚接到老娘指示，但他并不想去，他和一个干个体经营的走那么近干啥？国棉三厂又不是服装厂，和服装店不会有什么业务往来，再说一个是年利润两三千万元、职工上万的大单位，另一个所有资产加起来不晓得有没有2万元的小店，他也不可能将业务延伸到搞服装店的刘勇身上。

袁大娘就说他不孝，逼着他必须答应。

袁洪刚拗不过亲妈，勉强同意要参加剪彩。他估计这个啥开业剪彩活动，自己就是最大的"领导"，作为国营大厂的副厂长，在国棉厂能被老油条工人刁难，但袁洪刚代表国棉厂在外参加活动时，其实不缺地位。效益好的国棉三厂，当个副厂长比当政府干部还强！

刘勇才不会找袁洪刚出面对付丁爱珍，他和夏晓兰的想法类似，双方关系没到那份儿上。刘勇找人打探消息，就是当初给他牵线的人，对方也是国棉系统的，不过是六厂。

听说他打听丁爱珍，人家都笑："瞧丁爱珍不顺眼的人多了去了，你能把她弄倒？"

能弄倒也行啊，丁爱珍那人挺讨厌，当初仗着婆家的关系被提拔成干部，最初不也是车间的女工嘛。从前性格挺讨喜的，一当了干部就喜欢踩人。拉帮结派，那些拍她马屁捧着她的，哪怕业务能力不行也有各种好处沾。而讨厌"丁主任"的，都被她赶去坐冷板凳。

就说这次国棉三厂有10个分房的指标，丁爱珍拿到2个，多少人眼巴巴等着分房改善

· 275 ·

居住环境，丁爱珍不按照实际需求给人分，却把这房子名额当成了拉拢人的工具。"三厂恨丁爱珍的人不少，郑忠福现在杀了丁爱珍的心都有。"

第132章 老实人挖你家祖坟了？

1954年，商都国棉三厂开建，时年20岁的郑忠福响应国家号召，花掉积蓄买了一张从南方到商都的火车票，加入商都的纺织工大军，在国棉三厂一干就是30年。

30年，小郑变成了老郑。老郑在商都娶了老婆生了孩子，算是在商都安家落户了。

年轻时的意气风发都变成了鬓边的白发，老郑和其他国棉厂职工比起来负担很重。他和老婆一口气生了4个孩子，只有老大是女儿，剩下3个都是儿子。除了女儿已经嫁人，剩下3个儿子和老郑两口子挤在小房子里谁也不肯搬走。

没地方搬，尽管他大儿子前两年招工进厂，也成了国棉厂的一名工人，厂里却没给他分房。单身男青年分啥房？房子紧张，都是先解决拖家带口有家庭的。

这是个死循环，没有房子老郑大儿子根本结不了婚，听说他家3个儿子，几次别人给介绍对象都没成。老郑就看着儿子从开朗变得沉默，人也不爱笑了，也不说话了。

更雪上加霜的是，老郑丈母娘前段时间中风，其他儿女都不愿意伺候，老郑媳妇给抬回家了……家里已经够挤的了，现在是6个人挤一个屋！

6个都是大人，还有个整天要躺床上的病人。老郑家的住房压力不是一般大。

老郑把自己家的困难向厂里反映，他的要求也不过分，把他家那只有一个房间和半个客厅的小房子换一个稍微大点的。哪怕是2个房间一个厅，一家6口人也能住下。

"我不给厂子添麻烦，早年家里也是挤着2个大人带4个孩子，我说过啥没有？但孩子们长大了，老丈母娘中风了不能往外扔，一间屋里能住下6个大人？要不换个两室的，要不再给分一套小的，我让老大搬出去把婚结了！"

是，老郑这要求真不过分。人家生4个孩子也不算错，那时候国家又没要求计划生育。

老郑大儿子也在厂子里上班，不分房，就老郑家那条件一辈子都别想找到愿意嫁的女同志。嫁过来住哪里呀，老郑家人能挤一间屋，那是有血缘关系的亲人，儿媳妇和公公能挤一屋吗？

要求不过分，厂里面也挺同情，开会说要解决老职工的生活困难。这次分房的10个名额，袁洪刚认为可以给郑忠福家解决一套。开会的时候提出来，其他人没意见，偏偏丁爱珍跳出来说不符合厂里的规矩。

"人人都有困难，遇到困难就要丢给厂里解决？单身工人不分房，厂里有多人宿舍住，别人能住，郑忠福家的大儿子就不能住了？等结了婚，再按照资格等分房，这样才不破坏规矩。年轻人就不要太娇气，想着一步登天！"

听起来很有道理，却根本没解决老郑家的难题。

让老郑儿子住多人宿舍是没问题，错过这次分房，厂子里不知道多久才会有新指标。丁主任说得有道理，做事却未免太不近人情。

她给争取的2个指标，倒是能按照规矩说通，事实上那两户人家对房子的需求远远没有郑忠福家迫切。不少人心里明白，丁爱珍就是故意坏郑忠福的事，谁让郑忠福年轻时候得罪过丁爱珍呢？

丁爱珍就是记仇，一记就是20多年！袁洪刚倒是要想替老郑做主，他是副厂长，但厂长支持着丁爱珍呢！

郑忠福就是本本分分的工人，现在都恨不得拿刀捅死丁爱珍……分房希望再次落空，他儿子精神恍惚，在操作机器时失误，把一只手卷到了机器里。

人是抢救回来了，手却没了。剩下一只手，将来还得过几十年呢！郑忠福一夜之间头发几乎全白了。

这件事闹得也不小，不仅是国棉三厂的人知道，连其他厂子都听到了风声。

夏晓兰都不知道该说啥好。她挺同情郑忠福家的遭遇，更惊叹于丁爱珍的大胆狂妄——郑家的事刚刚发生吧，丁爱珍竟一点心理负担都没有？这种时候，咋说也要低调做人，丁爱珍还上蹿下跳想叫她低头认错。

也是，丁爱珍觉得她是乡下来的，在商都没啥根基，随便欺负了也就欺负了。就像郑忠福那样的老实人，随便欺负了，不也没啥报复行动吗？

"舅舅，你问问郑忠福，愿不愿意写一封实名检举信。"

"有用吗？这事儿都说是丁爱珍打击报复搞掉了郑忠福家的分房指标，但毕竟没有证据。"

讨厌丁爱珍的人又不是没写过举报信，都石沉大海了。

"有没有用，要看怎么用。郑忠福现在是大家同情的对象，由他带头站出来，或许会引发和以往不一样的举报效果。"

打压欺负别人可以忍，落下残疾的是郑忠福还能忍，但却是还没成家的儿子，郑家还要怎么忍！专门欺负老实人，老实人挖丁家祖坟了吗，活该要被丁爱珍欺负？

夏晓兰在用自己的方法对付丁爱珍，康伟和邵光荣坐了火车到商都。邵光荣大伯让人来接站，康伟没能及时去看夏晓兰。

邵大伯的秘书跟了他好几年，和邵光荣挺熟悉。康伟说要帮忙，邵光荣根本没有惊动他大伯，都是直接和侯秘书联系。

不过这次邵光荣来商都，肯定要看看他大伯……侯秘书为啥愿意帮忙呢？邵光荣是邵家的男丁独苗苗，全家人都疼得厉害，侯秘书肯定要讨好这位"邵大少"。

康伟跟着侯秘书的称呼，阴阳怪气叫"邵大少"，邵光荣挺不好意思："侯哥，您别开玩笑了，这次来商都除了看大伯，还有点事要请您帮忙。"

在外人面前高冷的侯秘书笑眯眯的："你都叫我一声哥了，你的事我还不办好？行，你们快进来见领导吧。"

邵大伯百忙之中还是抽出时间招待了侄子。对康伟也挺热情，陪两人吃了饭，听说邵光荣要在商都玩几天，邵大伯挺高兴。

"不许惹事，出去时让小侯给安排辆车。"

康伟十分羡慕。邵大伯对侄子的亲近毫不掩饰，都是一家人，他二叔对他的热情却浮于表面。他不指望从亲叔叔那里得到多少好处，打小没有父亲，康伟更渴望的是长辈的关怀。

"走吧兄弟，不是要带我看诚哥媳妇儿嘛。"邵光荣打断了康伟的惆怅，邵大嘴……哦不，邵大少对周诚的对象有强烈的好奇心，多少大姑娘往周诚身上扑啊，也没见周诚搭理过哪个啊!

第133章 夏晓兰,跟我们走一趟!

营业执照办下来了,为了店能准时开张,夏晓兰得把上次进来的货在这两天全卖光,好把本钱腾挪出来继续进货。要让3间门面不那么空荡荡,怎么着也要有1万多元的货。

那会是最后一批冬装,天气虽然还有两三个月才会暖和,但服装行业是提前备货,拿冬装来说,春节就是分水岭。过了春节别管天气如何,再没人敢大量进货。相反还要尽量调存货,一些剩下的款也不讲究赚不赚钱,只要卖出去,就算是赚的。因为本钱在一开始就赚回来了,压货少,钱才不仅仅是账面上的利润。

春节前的这批货一定要准备得充足,平时舍不得买衣服的,过年咬咬牙也要穿一身新的,特别是童装。

夏晓兰一直在迟疑要不要进点童装回来,搞个一锤子买卖。春节大人舍不得穿新衣服,但舍得给孩子买。

可童装和成人服装不同,夏晓兰敢进男装,男装的经典款就那几样,拿全尺码也没有多少件,特别是现在的人普遍偏瘦,小码到加大,足以适应绝大多数顾客的身材……小孩子穿的衣服就不同了,3岁小孩穿的,4岁勉强能穿,给五六岁的孩子穿肯定特别小,裤子短,袖子短,整个尺码都不合适! 一岁就是一个码。

元旦前进回来的衣服还剩2000元左右的货,李凤梅挺不好意思,她不如夏晓兰会卖东西。她不知道什么样的顾客适合什么样的衣服,推荐给别人,别人就不那么满意。

夏晓兰的眼光就很毒,腰粗的她不会给人推荐紧身衣服,腿短的人也给推荐呢大衣,长度却要在膝盖上面10厘米。个子矮有个子矮的穿法,毛衣扎进裤子里,配着高腰喇叭裤穿,很有视觉欺骗性。

夏晓兰说穿衣和个子高矮无关,和身材比例有关。颜色也分冷暖,和人的肤色有关。有的女人皮肤并不黑,穿上绿色却脸色发青,冷暖色不对!

李凤梅如听天书。对夏晓兰来说,这是比较基本的知识,后世买化妆品就要试色,哪些颜色适合自己,慢慢就摸索出来了。再笨的人,多去专柜试几次口红,也该心里有数了。但80年代的女人们完全没有这个概念。别说李凤梅,就是商都市那些能花上百元买一件外套的女顾客们也不懂。

李凤梅的审美还有待培养,夏晓兰让她不要着急:"这也不是啥了不起的,都可以学。"

李凤梅也不分开摆摊,仍旧和夏晓兰待在一起,夏晓兰送走一个客人,就要给李凤梅解释,刚才为什么会推荐那一款衣服。

还有一些小的推销技巧。讨顾客的喜欢当然要拍马屁,但你要说得让人相信,让人心中欢喜掏钱买东西……眼下的钱特别值钱,真以为随便说两句好话,就能让人花大钱吗? 要说到顾客的心坎上,拍马屁要拍对地方。

"刚才那女同志脸黑个子矮,亏晓兰你能找到地方夸。"

夏晓兰眨眨眼:"那我也没说假话啊,她眼睛是挺好看。"

李凤梅不得不服!

两人今天的生意还不错,眼看着快中午了,李凤梅准备买点吃的过来,就见几个戴红袖章的过来："这里不准摆摊，你们咋回事？"

那也没有哪里的路边是准摆摊的，流动摊贩和巡逻的人本来就在打游击战。

夏晓兰之前也被抓到过，说说好话，表示愿意把摊位挪开，巡逻的也就放她一马。有两次交了市容罚款，夏晓兰乖乖掏钱，她以为这次还是老规矩。而且，她不是在别的地方摆摊，是在正装修的铺子前面。

今天铺子里没人干活儿，要等墙面干透，地上的瓷砖牢靠了，才能把水晶灯那些东西安装好。

夏晓兰没有占用别的地方，也没妨碍交通。但她也不打算和人顶牛。正好中午了，夏晓兰准备收摊吃饭。

一个人忽然沉下脸拦住她："我们是接到群众举报，说你卖的衣服价钱贵，质量不好，我们怀疑你以次充好，欺骗群众，是投机倒把！"

质量不好？现在要找到质量不好的衣服还真的挺难的。哪怕那些批发价几十元一打的西裤，也并不是质量有问题，而是用了特别便宜的布料。更何况夏晓兰卖的衣服进货价就贵，不管是面料还是做工，根本挑不出一点毛病。就算这次为了更快地把本钱收回来，进了不少便宜的衣服，那也是相对陈锡良那里的批发价便宜。

衣服的质量没毛病，每一件夏晓兰在熨烫时都检查过，她敢在没开张的门店前面摆摊，以次充好，不是砸自己将来的招牌吗？

"投机倒把"的罪名就更不能认，在改革开放初期，这是能叫个体户跳河的罪名！夏晓兰觉得不对劲，怀疑这几个戴红袖章的就是冲她而来的。

"同志，我们的货咋可能有问题！"李凤梅急了，站到夏晓兰前面，拿起一条裤子使劲扯。裤子连线都没被扯开，别说扯坏布料。

"你也是摊主？那一起跟我们走一趟！"

周围几个摆摊的吓得大气都不敢喘，夏晓兰让李凤梅别怕，她问戴红袖章的："各位同志，你们要查商品质量，我能问问你们是哪个部门的吗？"

"派出所的。"

派出所戴啥红袖章，穿着警服来，就都明白了。

戴红袖章的以为这下能吓到夏晓兰，哪知夏晓兰点点头："警察同志，我想看看您的工作证。"戴红袖章的一愣，执法的时候，还是第一次被要求出示工作证。

一般的老百姓听说是警察查人就腿软，哪里还敢问警察要证件。他们还真没有证件。

"你要配合我们的调查，我们不会冤枉一个好人，也不会放过一个坏人！到了派出所好好交代你的问题……你一个小摊贩，谁还冒充警察来查你？"

夏晓兰抓着货架："那可说不好，万一你们是坏人，假装警察来骗我呢……"她欲言又止，在场的人都能听懂话中未尽之意。

别的小摊贩当然没啥好骗的，可她长得多漂亮，几个男人跑出来说是警察，夏晓兰不可能跟着走。

"没有证件，不说清楚要把我带去哪个派出所，就算当场把我枪毙，我也不能走！"

几个戴红袖章的面面相觑。他们还真不是警察，但把夏晓兰弄到派出所去吓一吓她，的确是他们的目的。他们嘴上说是派出所的，夏晓兰现在是摆摊，等服装店正式开业，更会隔一段时间就有人来找麻烦。

· 279 ·

办到营业执照就了不起了？现在这么好的位置开3间门店，赚着大把的票子，背后没人能行吗？"

不少人远远看着窃窃私语。

一个戴红袖章的急了，动手将李凤梅推倒，又要去扯夏晓兰。

夏晓兰连电击器都打开了，没想到出门在外没用上的自保工具，居然在商都派上了用场："你们这是要耍流氓啊，救命，有人冒充警察耍流氓欺负人了！"

人群里终于有几个男同志看不下去，跃跃欲试。忽然有人挤到了前面，一脚把要和夏晓兰动手的"警察"踹翻："你们欺负人之前也不探探底，我嫂子也是你们能动的！妈的，康伟你跑得太慢了！"

第134章 去派出所了

夏晓兰把电击器松开。她听到了"康伟"的名字，一抬头，就看见康伟正往这边跑。这个年轻男人夏晓兰不认识，和康伟一路的，自然是帮她的。

"康伟，你来啦。"

康伟都服气，遇到这种事还不慌？

几个"警察"大怒，就要打邵光荣，康伟抡起一个大衣架："来啊，我倒要看看，哪个不开眼的混蛋敢动手！"康伟很生气，邵光荣更多的是看热闹的激动。

夏晓兰在旁边赶紧说明情况："他们几个说自己是警察！"

万一真是警察，康伟把人给打了会有麻烦的。夏晓兰和对方扯皮，性质不同，她还是占了性别的便宜，舆论上能获得同情。

康伟抡起木头棍子就砸，邵光荣跟着起哄，说到打群架这两人可有经验了。

一个矮小却敦实的男人拉开人群："别打架，别打架……"他是侯秘书安排的司机。

"警察"打他也不还手，但看见有人要拿棍子砸邵光荣，司机一下把棍子抓住扔掉了。

"我说了不能打架！"邵光荣和康伟两个，哪个受伤司机都承受不起后果。

矮墩墩的司机貌不惊人，一出手就见真章，几个"警察"全部倒地不起。他出手快准狠，全不是普通人那种没章法的花拳绣腿。

这下好了，事情闹得挺大，惊动了真正的警察。包括夏晓兰在内，全部被以聚众滋事的罪名带回了最近的派出所。

"姓名、年龄、户口所在地和家庭住址。"

警察把一群人都关在了一块儿，这又不是啥大案，不怕几个人串供。

邵光荣就跟吃了兴奋剂一样，不时冲着康伟挤眼睛，康伟觉得丢人，把脑袋转到了一边去。邵光荣又偷偷去看夏晓兰。

这就是周诚的对象？周诚找了这样一个漂亮的对象？

邵光荣第一眼就觉得惊艳，心里甚至觉得理应如此，周诚那么挑剔，除了这样好看的人，谁也不可能让他动心吧？

也怪不得周诚这么在乎呢，就连交过七八个女朋友，自认花丛老手的邵光荣初见夏晓兰，都不禁心神动荡。他激动还有另一个原因，大嘴巴把周诚有对象的事传得到处都是，邵光荣有点怕周诚事后算账，没想到跟着康伟来商都，正好救下未来大嫂。

刚才打架时他也很卖力，未来大嫂一定要看在眼里，记住他邵光荣出的力气啊！

"问你姓名！好好坐直了回答！"警察不耐烦地推了一下邵光荣。

"邵光荣。"

"年龄和家庭住址，就你这样还光荣呢，看把人打成啥样了！"

矮墩墩的司机进了派出所就说要打电话，派出所的警察叫他们都老实点。邵光荣特别不配合，李凤梅第一次进这种地方，吓得词不达意。

夏晓兰思路还清晰，就把几个戴红袖章的如何出现，她自己如何应对的经过讲了，坚持称康伟、邵光荣、司机三人是见义勇为，是救她才动手的。

夏晓兰特别无辜地问审讯的警察："警察同志，他们是不是骗子？"

警察的脸色很不好。被打的人一个都不是警察，而是"联防队"的成员。今年严打来临，各地的警力严重不足，成立了不少警民联防队，联防队的成员都是从各单位和部门临时抽调来的，或者干脆就是在社会上招聘的闲散人员。平时需要配合警察工作，参与巡逻、执勤、堵卡、守候等预防和制止违法犯罪活动——和后世的协警差不多。

他们肯定不是警察，却常常比警察还牛气。

没办法，各单位也不可能把优秀的职工都送来，借着联防队抽调人手，送来的都是平时不服管教偷奸耍滑的刺儿头。

联防队的人跑去砸人家摊子，知道他们的臭德行，警察也有点偏向夏晓兰。

事情究竟咋样，其实好多人都瞧见了，派出所把人都抓起来，是因为几个联防队员被打得很惨。联防队的也有话说，有人举报说夏晓兰的摊子高价卖假货，他们是去查证的，哪知夏晓兰不配合调查，还让人把他们给打了！

"你不认识联防队的人？"

夏晓兰一脸无辜："不认识呀，我是乡下人刚进城。他们说带我回派出所，我就问是不是警察，有没有证件，那几个同志就急眼要动手。"

警察同志的心智比一般人坚毅，可被夏晓兰一双水眸看着，他都觉得自己在逼供。

美色误人！

"小萍，你来问她！"干脆让刚进门的女同志来审问夏晓兰。

夏晓兰一看，眼前的女警察有点眼熟。

女警察也傻眼了："安庆人？你叫夏晓兰对不对？"

这个小萍，就是安庆县派出所里曾经给夏晓兰录过口供的女警察卓卫萍。

夏晓兰被三个流氓拦路围堵，意图不轨，卓卫萍知道得清楚。后来周诚和康伟报警说张二赖偷盗公款，张二赖口口声声说周、康两人是公报私仇，说"夏晓兰"如何如何不堪，卓卫萍还有过疑惑。

安庆县派出所的梁所长给案子定了基调，卓卫萍才没有深究。

哪知上个月刚调回商都公安系统，眼下又在派出所瞧见了夏晓兰。卓卫萍下意识扭头看四周，没瞧见周诚，瞧见了康伟。

卓卫萍心想，这才是古人说的红颜祸水啊！

夏晓兰"战绩赫赫"，在安庆县就帮派出所完成了4个严打指标，卓卫萍先入为主猜测，那几个联防队的说不定真是看夏晓兰长得好看，想占人家便宜。哪承想夏晓兰刚烈，

· 281 ·

又有人帮忙，联防队的反而被揍了一顿。

夏晓兰也认出卓卫萍了，当时这女警察还好好安慰了她，是个好脾气的。

果然，卓卫萍放缓了声音："你也够倒霉的了，不要担心，好好把事情说清楚，派出所不会冤枉好人。"

邵光荣想，还以为要受到逼供，哪知派出所的警察一个比一个客气。真是邪了门儿了，夏晓兰不仅迷得周诚神魂颠倒，简直是男女通杀……听着那女警察温柔的语气，好像大声说话要吓到夏晓兰一般。

司机见一时注意不到这边，压低声音说道："您别担心，我刚才就让人通知侯秘书了。"

第135章　我会秉公办案！

跨过元旦，就从1983年到了1984年，几个月的时间国内的通信手段并没有多大进步，没有随处可见的公用电话亭，更别说手机了。消息的传递基本还靠人力跑动，从打架发生到几个人被带回派出所，大约两个小时，侯秘书才得到消息——天塌了也不过如此，领导把人交给他，第一天在商都就出了事。

侯秘书了解邵光荣，说他是五讲四美的好青年算不上，但也真不是嚣张跋扈的纨绔大少。这时候的干部子弟普遍比较朴素，不会在打架前高喊"我爸是××"，邵光荣换女朋友快，却不是主动惹是生非的人。就算是邵光荣惹事，侯秘书也不能秉理不帮亲。

司机是退伍兵，也是跟着领导好几年的亲信，侯秘书不怕邵光荣打架吃亏，他怕几个人被带回派出所，邵光荣和康伟会吃苦头。领导在开会，侯秘书一边告诉自己要稳住，一边跟着送信的人往派出所跑。

派出所不让司机打电话联系人，司机就在门口找人送信。他说去某某地方找姓侯的秘书，又把身上的钱都塞给了送信的人。派出所的态度一直还算客气，就是因为司机开着一辆沪牌车。

这年头普通人能开上小车吗？汽车都是配给各单位的，不是领导都开不上。商都这边还不流行个体户买小车，沿海城市荷包充实的老板都有了私家车。

侯秘书在去派出所之前，先联系了派出所的领导。废话，你跑到派出所去说自己是某某的秘书，基层警察能认识你吗？事情办不成反被打脸，侯秘书才不会犯这种低端错误。

与此同时，朱家也收到消息了。夏晓兰那边的人，把联防队的打进了医院。

丁爱珍难以置信，继而觉得荒谬可笑："果然是上不了台面的乡下人。"

这下她都不用再管了，那几个联防队的不会乱说话，夏晓兰这下搞不好要判刑。原本是给她找点苦头吃，让她在商都待不下去，如果能坐几年牢，倒是一劳永逸的办法。

朱放就算和家里闹也没办法，国法难容，关朱家啥事儿？

丁爱珍忍不住给丈夫打电话："真是太蠢，幸好没同意让她进门。"

除了长得漂亮，还有啥优点？听说挺会做买卖，不就是仗着那张脸，让那些男人花钱吗？

丁爱珍觉得心情畅快，就是夏晓兰没事找事，要不是夏晓兰租走二七路45号的门面，厂里也不会莫名多出10个分房指标。就是这指标闹得不开心，才搞出了郑忠福家的破事儿。丁爱珍听到些风言风语，都说郑忠福儿子残疾是她的错……关她啥事儿？明明是郑忠福儿子不按照操作要求来，才把手搅进机器。反正，夏晓兰就是个扫把星。

朱放他爸沉吟了半响："记得让朱放多学习几天。你做事也别太过，关上一两年就算给了教训。"

两口子说得轻巧。夏晓兰真的被关进监狱一两年，有了案底，考大学就是做梦！

联防队员咬死了是去检查夏晓兰的摊位，他们还有证据，一件米黄色的毛衣，整个袖子都掉下来了。还有苦主呢，一个眼神很漂浮的女人。

夏晓兰记得她，是大早上就来买毛衣的女顾客，米黄色特别不适合她的皮肤，夏晓兰建议她选另一个颜色，结果她特别豪气，连价钱都没讲就把衣服买了。

李凤梅早上还说是个好兆头，预示着今天的生意好。可真是个"好兆头"，怪不得不讲究，原来是别人请来的托儿！

卓卫萍仔细看那毛衣，也认为不是自然损坏的，倒像是谁把腋下的毛线剪了一刀，断开的线头齐齐整整的。

"老实交代，咋回事儿！"

女人看着卓卫萍年纪小，就嬉皮笑脸的："警察同志，我买的衣服是坏的，这个女人骗老百姓的钱，一定不要放过她。"

卓卫萍不为所动，就问女人的个人信息，从姓名到地址，还有家庭关系。问完了卓卫萍就把本子摔在了桌上："你是郭浩亲戚！"

郭浩就是这次找夏晓兰麻烦的联防队员之一，女人有点心虚："反正我花钱买的东西是坏的，我外甥正好在联防队上班，我就给他提一提，也不想让其他人上当。哪晓得这女人好凶，还把联防队员给打了！警察同志，你要把她抓起来！"

卓卫萍觉得这是一场闹剧。都不用啥刑侦技术，用脑子想一想，也知道是栽赃陷害，是地痞流氓碰瓷找麻烦的手段，没想到居然被联防队用在了夏晓兰一个乡下女同志身上。

简直太欺负人了！卓卫萍心中有数，知道要咋汇报。

她要把这个女人抓起来，却见派出所一名老同事在窗子那里招手："小卓，你过来一下。"

卓卫萍狠狠拍了一下桌子："你给我老实坐着，想好要咋交代自己的问题！"

女人一缩脖子，待看见窗外的另一个人，又挺起了胸脯。

卓卫萍跑出去了。

夏晓兰冷不防开口："你认识丁爱珍，还是朱成春？或者是朱家其他人……你晓不晓得，诬陷别人是要坐牢的。"

女人不以为意。不过她也没蠢到说自己是某某派来的，她就是盯着夏晓兰笑："你先管好自己吧。有人为你打架，肯为你坐牢不？"

康伟那暴脾气站起来就骂，派出所的人把康伟拦住了。

女人使劲呸了一声："乱搞男女关系的狗男女，把你们都关起来蹲大牢！"

"小卓，来认识一下联防队的郭队长。"

卓卫萍刚调来商都，资历浅，所里有啥跑腿的活儿都是她干。她谦虚好学，对老同志比较尊重，人人都喊她小卓，有些人仗着资格老，就觉得能当她的领导。其实大家都是平

· 283 ·

级，比如眼前这个要当中间人的同事。

"郭队长？"和这次滋事的郭浩长得有几分像，多半是直系亲属。

卓卫萍恶心得够呛，郭队长要和她握手也不肯，同事将卓卫萍扯到一边："小卓，你业务能力很强，前程大好，将来肯定不能待在基层干一辈子，公安系统也不意味着要当孤家寡人，多个朋友多条路，这件事应该咋办，你心中要有数。看我又话多了，本来就是证据确凿的案子，你只要秉公办理就行。"

卓卫萍狐疑，一个联防队的队长，吓唬吓唬普通群众可以，不至于让老同事如此热情吧？但不管是谁站在后面，同为女性，夏晓兰的事让卓卫萍深为同情。

"我一定会秉公办理！"卓卫萍不给面子转身就走。郭队长脸色难看："年轻同志没啥经验，我看可以换一个人办案嘛。"

第136章　那你认识我不？

你一个联防队的，还能指挥派出所警察办案？还真能。卓卫萍不负责这件事了，其他人顶替了她！

卓卫萍不服，被上级叫走批评教育。她像只愤怒的小鸟，对夏晓兰保证道："一定会有讲理的地方，这件事我管定了！"

换走卓卫萍，再次审讯夏晓兰几人时，形势就很严峻了。夏晓兰的罪名是"投机倒把"，康伟和邵光荣、司机三人是"聚众滋事"。

两个都是同样要命的指控，前者且不用说，聚众滋事属于"流氓罪"的一种，时间虽然到了1984年，但从1983年8月开始的严打要到今年7月才会结束……之前想对夏晓兰不轨的三个流氓，以及张二赖就是严打期间被抓的！

三个流氓被判了20年，张二赖偷盗公款5000元，判的是无期。

对方要把她定罪成"投机倒把"，把康伟、邵光荣、司机三人判定成"流氓罪"，简直太毒了！夏晓兰也不再淡定，投机倒把还好说，流氓罪动辄是几年刑期——康伟、邵光荣、司机三人要咋办？

她的双眼里有担忧，舅舅刘勇说周诚和康伟在商都有关系，到底有啥关系啊，能不能扛过这次危机？早知道她就不联系康伟了，这样也不会连累他们。

"嫂子，不用担心！"康伟还有心思安慰人呢。他履历清白，刚才是"见义勇为"，还是烈士遗孤，和公安干架肯定不行，联防队的打了也就打了。

邵光荣更不用说，这里几个人谁有事都行，邵大伯怎么会允许邵光荣被判流氓罪！

"你老实交代自己的问题，还有心思嬉皮笑脸！"这次的审讯人就是刚才叫卓卫萍出去见郭队长的老油条。他沉着脸看人时很有几分阴狠。

康伟和邵光荣都拒不交代问题，司机一声不吭，夏晓兰也知道不能认罪，他就把视线落在李凤梅身上。李凤梅哪里见过这样的阵仗，平民老百姓被抓到派出所，听人说得那么严重，吓也吓死了。

"把她单独关一间屋！"这不是欺负农村妇女没见识，准备吓唬她，或者在话里设置陷阱，让她认罪吗？

康伟一下子站起来："你有招冲我来！我看看几个联防队员、一个城区派出所的个别老鼠屎能不能只手遮天！"

派出所对康伟、邵光荣、司机三人还算客气，不仅因为有卓卫萍那样公正的警察在，也因为康伟和邵光荣都是地道的京城口音，还配有小车。小车还停在大街上，当时情况混乱，警察也不会让康伟他们开着车到派出所呀……车子虽然很低调，懂行的人看牌照就能猜出点东西。可惜联防队的几个人不懂，派出所的警察也没有细看。

司机的嘴巴特别紧，邵光荣和康伟也没有把家世挂在嘴边的习惯，卓卫萍被换走，她的老油条同事可没有那么好性子，康伟挑衅了人家权威，马上就被揍了。两棍抽在康伟背上，康伟痛得弯腰蜷缩。

"够了！"邵光荣愣了片刻才从座位上跳起。

司机一开始没反应过来，康伟被揍，让司机也很紧张。

"康伟，你没事吧！"夏晓兰也急了。

老油条大怒："你们想干啥，都不配合调查，这里是派出所！把李凤梅带走审讯，谁敢拦，谁就是抵抗执法！"

康伟觉得背上火辣辣的，好像连背骨都在疼。

卓卫萍还在上级那里接受教育，这时候谁来救这几个人？眼看着李凤梅要被带走，夏晓兰也觉得有点发昏。她有智力，可这时候人家不和你讲脑子……夏晓兰顿时被当头棒喝！这里不是后世，她也不是跨国公司的高管，没有各种人脉。这里是80年代，她还没积蓄起足够的力量，她只是一个没有根基的乡下女孩儿，她不该如此高调行事。

口舌上占上风有啥用，特意了解法律法规又有啥用？她就是最不被人看重的个体户。没有身份，你说出来的话别人根本不会重视。你了解再多的法规，也要看执法的人是咋想的。

是她连累了舅妈李凤梅。李凤梅被人"请"走，腿都站不直。

"我说，都是我的主意，她就是帮忙的，什么都不知道！"夏晓兰双手握拳，第一次觉得无力。

"早点老实交代不就省事了？"老油条不管李凤梅了，他拿着笔记录着，让夏晓兰交代自己的问题。

唉，多漂亮的一个女孩儿，也不晓得得罪了哪个，非要把她置于死地，去坐几年牢，再漂亮的人也毁了。夏晓兰的眼睛里泛着幽光，郑忠福的那条线一定要起作用，丁爱珍别想跑掉……朱家，从一点点小矛盾开始，搞到了不死不休的局面，也超出了夏晓兰的预料。

也不怪夏晓兰大意。她之前奋斗出了一点成绩，手下管着那么多人，凭的是她的本事。

她擅长的是商业竞争，虽有手段，但更多是光明正大的"阳谋"。可现在她的对手却是各种老油条，是商都的地头蛇，根本不和她正面比拼。古话说民不与官斗，她要是成大企业家，朱家当然拿她没办法，可她是个小个体户，在朱家眼里，简直浑身都是破绽。

邵光荣脑子也嗡嗡作响。打架一时爽，到头来几个人全部在小派出所受罪。

这次遭遇也给邵光荣和康伟上了一堂课，虎落平阳被犬欺，两人平时觉得自己挺牛，可不就是仗着家世，其实啥都不是。

如果换了周诚在此，他会怎么做？康伟想到脑子痛。

司机想，侯秘书说不能打着领导的名声在外面惹事，这时候再不报上来历，岂不是要被搞成是铁案？难道他托人送信，对方拿了他的钱跑了，并没有去通知侯秘书？司机后知后觉，也觉得一脑门儿冷汗。

"我要打电话。"

老油条抬头看了他一眼，司机十分认真，一字一句地说道："我要打电话，找市委侯秘书。"

"市委侯秘书？我还认识商都市领导呢，可领导不认识我！侯秘书是谁，没听说过！"老油条讽刺地笑。

侯秘书就站在门外呢。他姗姗来迟，就是要搞清楚事情的来龙去脉。判断出邵光荣和康伟基本上没啥大错，不是杀人放火，而是和联防队的几个人起了冲突，侯秘书眉头就舒展了。

"杨局，您看这事儿？"杨局陪着侯秘书在外面站了好一会儿，此刻真是脸色铁青。

侯秘书不厚道啊，挨揍的不是邵光荣，他硬是能忍，就让杨局看清楚里面的局势。杨局能说啥，面色铁青，狠狠瞪了跟在身后的所长一眼，忍无可忍，推开房门呵斥道："那你认识我不？"

第137章 这是帮我们主持公道的

老油条唰唰唰在本子上写了一堆，就要叫夏晓兰按手印。夏晓兰说的他都不写，全按自己的想法来，这样的手段被杨局看见，还有侯秘书在场，杨局真是气得七窍生烟。

老油条下意识去摸警棍，听见杨局那声质问，他心想我咋知道你是谁？抬头一看清楚，老油条觉得自己眼花了："杨……杨局？"

他虽然是个基层派出所的，却在市局学习时见过杨局。杨局后面还跟着他们所长，那就更是确认无误了。

司机松了一口气，杨局啥的不认识，反正侯秘书人到了就行。邵光荣更是像见到了亲人："侯哥，您再来晚点，就见不到我了！"

侯秘书差点摔跤，再来晚点依照邵光荣那性格也就挨几下揍，哪里有那么严重？

侯秘书也挺欣慰，邵光荣其实聪明着呢，打架的时候虽然浑，但被抓了却没有把他大伯的名字说出来。事情搞大就没意思了，最后领导能把人捞出去，可一些脏水仍不免会泼到他头上，说他的侄子在派出所如何嚣张，这可不是啥好名声。

侯秘书心中感慨邵家的家教好，面色却不表现出来，对邵光荣几人也不热情，一副公事公办的样子。

这件事本来就该由杨局做主。

夏晓兰紧绷的精神陡然放松，刚才剑拔弩张，她已经做好了最坏的打算。现在看起来是雨过天晴了！

从司机喊出市委侯秘书，夏晓兰就知道了康伟他们的大概关系，不管她咋样，康伟、邵光荣、司机三人应该是无事的。现在侯秘书来了，还带来了"杨局"，能被派出所的人认出来，还战战兢兢两腿发抖，那就不会是商都下属县公安局的领导吧？起码是市局了。

夏晓兰就是因此而放松。

康伟他们没事，她也不用背"投机倒把"的罪名了吧！

· 286 ·

"晓兰……"李凤梅艰难吐声，看不懂眼下的形势。

夏晓兰低声道："您不用怕，这是来帮我们主持公道的。"

杨局不仅为几人主持公道，他还是个感情充沛的领导，一个个挨着和几人握手，满脸都是愧疚："让无辜的群众受委屈了！我们的同志工作还不够严谨，这件事一定会有公正的解决答复！"

夏晓兰长得多漂亮？当着侯秘书的面，杨局根本不会多看她一眼，对美色目不斜视，哪个领导的城府都不能小觑。

杨局的热情是表现给侯秘书看的，或者说是侯秘书背后的领导。

连李凤梅都捞着了一次和杨局握手的机会。

夏晓兰一点都没嘚瑟，她反而很沉默。康伟凑上前，张张嘴，觉得自己这事儿办得特别没水平："嫂子，是我们太冲动了。"

夏晓兰摇头："是冲着我来的，你们是被连累的。要不是你及时赶到，我今天恐怕会有大麻烦。"

侯秘书认真看了夏晓兰一眼，果然很好看，古人说红颜祸水诚不我欺，邵光荣都为她开了三次口子吧？眼下是把周诚给迷住了，可修成正果的机会实在不大。

侯秘书心里咋想，不影响他说话漂亮："夏小姐，你不用担心，你规规矩矩做生意，投机倒把的罪名没有谁能硬给你扣在头上。"

人人都叫"同志"，家人叫她"丫头"，朋友叫"晓兰"，夏晓兰还真是第一次被叫"夏小姐"，这个侯秘书真是人精。

"那我就不打搅您了。"侯秘书显然和康伟他们有话说，夏晓兰知情识趣，和舅妈李凤梅一起离开派出所。侯秘书要让司机送她，也被她婉言谢绝。

等夏晓兰两人离开，侯秘书才收回视线。行事落落大方，心理素质也好，根本就不像是一个乡下女孩儿。刚才要不是威胁她亲人，只怕在派出所里她能气定神闲坚持更久。

夏晓兰一走，侯秘书马上换了一副表情，有点痛心疾首："领导还不知道这件事呢，老肖，你说你居然随便找了个人报信，我要是没及时赶到，那光荣他们不是吃大亏了？"

夏晓兰和李凤梅刚走到转角，就看见地上蹲着一个人抱着头数蚂蚁。

"舅舅？！"

那人抬起头来，眼睛里都是红血丝，可不就是刘勇吗？

刘勇知道夏晓兰和李凤梅进了派出所，都快被吓死了。听说事情闹得挺大，他还不敢告诉刘芬，第一个就跑去找胡永才。胡永才也吓了一跳，直觉是朱家在搞事。

这时候咋办？胡永才让他去求朱放帮忙。

"朱放还是挺讲理的。"朱放何止是讲理，他和刘勇接触过两次，对刘勇态度比较殷勤。

刘勇也顾不上太多，面子是年轻人才讲究的，他老婆和外甥女都关在派出所，别说让他求朱放，让他求丁爱珍都行！

可刘勇跑去黄河饭店，后勤的人说朱放上学习班去了。

学习班在哪里？人家不会轻易告诉刘勇，就算知道学习班在哪里，刘勇也见不到朱放。

他想到自己还和袁厂长父母熟……今天真是不巧，伤筋动骨一百天，袁大爷去医院拆石膏，家里大门紧闭，刘勇求救无门。

他担心夏晓兰和李凤梅在派出所吃亏，只能自己跑来打听消息。

派出所的人不让进，门卫收了刘勇一条烟，偷偷告诉他，今天这件事好像涉及聚众打架和投机倒把，受伤的人是联防队的，也不晓得会如何处理。

不过夏晓兰她们在商都没有根基，肯定斗不过联防队的。

刘勇一个大男人，在偌大个商都像只没头苍蝇，无力解救老婆和外甥女，不由得蹲在街上抱头痛哭。听见有人叫"舅舅"，刘勇抬头一看，可不是夏晓兰和李凤梅吗？

李凤梅脸色苍白，而夏晓兰看起来没大碍。

"你们没事？！"

刘勇担心两个女的在派出所吃亏，见她们居然被放了出来，激动得不知道说啥好。

李凤梅也不晓得是不是就没事了，夏晓兰很肯定地点头："事情解决了，是康伟他们帮的忙，幸好康伟及时赶到。"

其实侯秘书陪着杨局到派出所时，刘勇就蹲在大马路牙子上，不过侯秘书坐在车上，上次帮忙也没亲自出面过，刘勇就算见面了也认不出来。

夏晓兰说事情已解决，刘勇还是不放心："康伟来了？我现在都还糊里糊涂的，到底是咋回事？"

冷风吹得李凤梅口齿哆嗦："先回家去……"

第138章 你们踢到铁板了！

摊子都被派出所收缴，现在也顾不上还给夏晓兰她们，三人空着手回到于奶奶家。在路上夏晓兰就把事情给讲明白了。

谁也没料到，和丁爱珍的一点点疙瘩，竟会演化成如此大的矛盾。

如果康伟他们没有及时赶到，那几个联防队员是恫吓夏晓兰一番，还是真的要把她搞成"投机倒把"的坏分子？夏晓兰偏向后者，起码他们提早安排了"证人"，故意来买衣服，又把衣服扯坏。

到时候要怎么收拾夏晓兰，就看夏晓兰舍不舍得"出血"，或者说她能不能低头弯腰到让朱家满意！

哪知康伟他们打乱了朱家的计划。

康伟他们搅进是非中，把那几个联防队员狠狠打了一顿，这下子对方就咬死不放，完全对夏晓兰发动攻击，如果不是康伟他们有人保护，这次大家都要狠狠掉一层皮。

刘勇听完事情经过，心情很复杂。

他之前不赞成夏晓兰和周诚处对象，其实周诚三番五次帮助他们一家，这次康伟出面，也是看在周诚的面子上吧？刘勇今天处处碰壁，对某些事的看法也发生了变化。

夏晓兰聪明能干，却因为太漂亮，总有一些莫名其妙的麻烦找上门。

明明和朱放没啥关系，朱放家里面却做出这些可笑却狠毒的报复，单靠他一个乡下家庭，能在以后保护好夏晓兰吗？除非把她藏起来，早早把她嫁出去，让她在面朝黄土背朝天的辛苦劳作中损了颜色，可能就不会有男人觊觎。可是凭啥啊，不偷不抢的，他外甥女凭啥不能活得堂堂正正的啊？

要想别人不敢轻易招惹，就得自己厉害。现在能靠周诚的关系，万一外甥女又不想和他好了呢？

刘勇嘴里说"多亏了康伟"，到底是憋了一口气在心头，想出人头地的想法从来没这么强烈过。

刘芬胆子只有老鼠大，三个人都约好了把这件事瞒下来，刘勇走之前悄悄告诉夏晓兰："郑忠福的举报信写好了……"

夏晓兰点头："明天再说。"她估计顶多到晚上，康伟肯定要来找她的。

刘芬还奇怪："康伟都找到家里来了，我说你们在二七路摆摊，他没找到你？"她还包了很多饺子，要给康伟吃呢。

夏晓兰撒谎也是不眨眼："他有点事，忙完了才会来。妈，您还包了饺子？我们两个人也吃不完，分点给舅舅吧！"

舅妈李凤梅吓得够呛，今晚哪有心思做饭，带点饺子回去随便吃两口吧。

侯秘书也在给邵光荣压惊。

康伟心里急得要死，还得乖乖谢谢邵大伯的关心。邵大伯开完会，才听侯秘书说邵光荣和康伟是刚从派出所领回来的，侯秘书三言两语把事情讲了，邵大伯一点也没觉得荒谬。

他在基层工作过，流氓地痞和市刁民哪个没见过？这样张狂的联防队员不在少数，邵大伯倒不全是因为对方差点定一个"流氓罪"给亲侄子才生气。要是今天被抓的是普通群众，岂不是几个联防队员想怎么整治就怎么整治？

夏晓兰和周诚的关系邵大伯不知道。但如果要把康伟他们的行为定为"见义勇为"，那这个个体户就要保下来。只有夏晓兰无罪，康伟、邵光荣、司机的行为才是"见义勇为"而不是"滋事斗殴"，这点事邵大伯根本不会多花心思，他都交给侯秘书处理。

康伟还不晓得有朱家在背后搞事，他和夏晓兰来不及交流情况，只当是遇到了和那次在安庆县相同的情况，不过安庆县那三个流氓是直接拦人，商都市这几个联防队员还得顾忌点，使了点手段遮掩丑陋的面目。

康伟很生气，欺负诚子哥在单位请不到假，一个个都觊觎诚子哥媳妇儿呢！

羊城那边还有个啥地痞头子。

康伟和邵光荣晚上就准备住在市委招待所，侯秘书忙着处理这件事，康伟和邵光荣就摸到了于奶奶家。司机老肖被侯秘书批评了，领导倒是没说他，依旧让他跟着两人。

夏晓兰再三向康伟和邵光荣道谢，对康伟感慨道："你这是救了我两次！"

康伟没有意识到事情的严重性，夏晓兰把朱家的事一讲，康伟就要变成喷火龙了。

邵光荣也低声骂了句"不像话"。真是会玩啊，想他也是传说中的高干子弟，也没说瞧上哪个姑娘，女方不同意，家里就用权势打击报复的！

别说家里面动手，就连他自己有这种想法，只怕也要被家里人打断腿。

邵家的独苗苗和宝贝疙瘩算啥，要让邵家丢人，邵光荣就会变成垃圾堆里捡来的小可怜。

"老女人，哪里来的自信啊，我诚哥不比她儿子好一百倍？"

康伟也庆幸自己赶得巧，扣着不办营业执照都是小事，幸好夏晓兰本人没出事。又听夏晓兰说有啥举报信，康伟嘿嘿笑："那可就有好戏看了。"

派出所真的要审，连凶悍的恶性罪犯的心理防线都能突破，别说一个讹人的市井小民。

卓卫萍被重新派来负责这件案子，在她一环扣一环的审问下，那个说夏晓兰卖的衣服质量有问题的女人先招了。她是联防队郭浩的大姨，也不是郭浩指使的，事情都是郭浩的爸爸策划的。

郭浩大姨也不懂为啥要碰瓷一个小个体户。反正她就是听妹夫的话，谁叫妹夫有本事呢。

一个联防队的队长，干吗和夏晓兰过不去？郭队长是朱成春的表兄弟，郭队长这联防队的职务也多亏了朱成春帮忙。

郭队长不太仗义，察觉到这次踢到铁板，毫不犹豫就把表哥、表嫂给卖得干干净净。

他也没蠢到家，只说是表嫂请他教训下夏晓兰："闹着玩儿的，都是闹着玩，哪晓得他们把联防队的人全打伤了，警察同志，这事双方都有错，我不要他们赔医药费了……"

卓卫萍觉得郭队长太天真。所里那个替郭队长办事的老同志被扣起来了，事情才不会如此简单就结束呢。

第139章　派出所有请

莫名其妙地，丁爱珍眼皮直跳。她早早就离开办公室回家，从厂子里走过时，不少人都暗中嘀咕，丁爱珍作孽哟，偏偏还能活得很滋润。丁爱珍才不管那些流言蜚语，厂里的人怎么说，都不会影响她丁主任一星半点。夏晓兰那个讨厌的小狐狸精终于倒霉了，丁爱珍恨不得哼起歌来。

回家洗洗切切，做了一桌子菜权当庆祝，朱成春下班回家，两口子开了一瓶酒。

"我当多厉害呢！一个联防队长，不就收拾得小狐狸精服服帖帖的吗？"之前她就是太心软，扣啥营业执照，早这样做就好了！

"你别太高兴，等朱放学习回来，小心他闹。"

丁爱珍轻哼一声："那要让你表弟闭紧嘴巴，只要他不在朱放面前瞎嚷嚷，他咋会知道？"

朱放其实很妈宝，黄河饭店采购的工作也没啥难度，人虽然二十几岁了却没多少城府。等他学习回来，夏晓兰那边案子都成定局了，丁爱珍连对策都想好了，朱放要是让家里帮忙，她就假惺惺出面跑跑关系。然后告诉朱放，家里面已经尽力，真的销不了夏晓兰的案子。再请郭浩的妈妈来哭一场，问问朱放，夏晓兰让人把郭浩打成这样，真的要为了一个女人连亲戚们都不认了？

丁爱珍喜滋滋地把打算说给丈夫听，朱成春往嘴里夹了一粒花生米："你呀，就是小聪明多。"

他话音刚落，门被使劲拍响。那力度一点都不温柔，丁爱珍不太高兴："谁呀？"

谁挑饭点上门，真是没有眼色。

丁爱珍把门打开，却见门口站着两个穿公安制服的同志："你是丁爱珍？"

"是……"

"有件案子需要你配合调查，跟我们走一趟吧。"

两个警察晃了晃证件，朱成春跑出来："你们是哪个派出所的？"

"西城派出所的。"

那不就是把夏晓兰抓走的派出所嘛，朱成春并不担心。不会是夏晓兰情急之下开始乱咬人，派出所才来找丁爱珍了解情况的吧？

朱成春神色轻松："你们副所我也认识……"

公安冷冷打断朱成春："我们要把丁爱珍带回所里。"

嗯？朱成春觉得有点不对劲。

他们住的房子就是国棉三厂的家属楼，已经有邻居在探头探脑和窃窃私语。丁爱珍被派出所的人带走，肯定有很多难听的流言，朱成春觉得影响太不好了！

可这两个警察不近人情，丁爱珍又不傻，请她去了解情况的话干吗是这种态度呀。

"老朱！"她神色惊慌，朱成春安慰她："没事，我跟你一起去。"

可惜了丁爱珍做的一桌子好菜，两口子也没吃上几口。

家属楼的八卦速度传得多快啊，不到半小时，国棉三厂的好多人都知道警察把丁爱珍带走了！

"丁主任犯啥事儿了？"

"老郑的事……"

"分不分房是厂里的事，咋会来警察？"

到了派出所朱成春就感觉情况不妙，他表弟郭队长也在。

一个女警察上来就直奔主题，让丁爱珍交代自己指使联防队诬陷夏晓兰，并且聚众斗殴的犯罪事实。

诬陷人的法律后果好像不太严重，但聚众斗殴这事儿丁爱珍要是摊上了……朱成春的手有点凉。

"受伤的明明是联防队的！"

朱成春忍不住提醒，女警察冷冷看了他一眼："那别人就站在那里被联防队打死不还手？你是郭浩表哥吧，你爱人让郭浩他们做的坏事你知不知情？"

他表弟郭队长眼巴巴地看着。他侄子郭浩和另外几个联防队的，被警察从医院带回了派出所，涂着紫药水裹着纱布，脸肿得像猪头。

这情况，咋说颠倒就颠倒？丁爱珍当然知道不能认，派出所的人就把她单独放一间屋子审问。

朱成春急匆匆跑去副所家，那位也真够朋友，不过现在自身难保，话里也埋怨朱成春："你说是个乡下丫头，把人搞到我们派出所吓唬一下，我也睁只眼闭只眼了，结果市委侯秘书来保的人，随行的还有杨局，我们所长跟在后面赔小心……老朱，你可把我害惨了！"

市委侯秘书？市局的杨局？

朱成春头都要炸开了，怎么可能？侯秘书可是领导的亲信啊，出面管这样的破事？

朱成春走路都站不稳了，精神恍惚。你夏晓兰有这样的背景，早点摆出来不就行了，只要侯秘书打声招呼，营业执照也不敢拖那么久！春风化雨你好我好的方法不用，偏偏要去工商所闹，这也麻痹了他的判断力……夏晓兰会认识侯秘书吗？

朱成春脑子里乱糟糟的。如果胡永才在，或许就要给朱成春上上课，早说过了嘛，任何一个漂亮的女同志都不能轻视，你看她投胎不好是乡下户口，等到第二次投胎机会时，说不定就要飞上枝头变凤凰！

丁爱珍被带走，朱成春跑了一夜，他家亲戚多嘛，到处托人情。

跑到天快亮时，有个亲戚给回话了："郭浩他们踢到铁板了，侯秘书肯定是给领导跑腿的。"

这事儿惹到侯秘书还有转圜的余地，如果侯秘书是按领导的意思来呢？

朱成春一个科长，老婆是国棉三厂的办公室主任，两口子平时把眼睛放在头顶看人。他们挑剔夏晓兰的出身，认为轻轻抬抬手，就能让夏晓兰滚出商都。可手里的一点小权不过是让日子过得滋润点，上面领导随随便便一句话，朱成春也就和普通群众一样没啥好蹦跶的了。

朱成春第二天向单位请假，忙着搭救老婆的他还不知道，国棉三厂的郑忠福一大早就去市里，扯着横幅，实名举报国棉三厂的丁爱珍利用职务之便违法乱纪——郑忠福告的不是分不分房的事，而是丁爱珍和厂长有不正当关系，两人把厂里生产的一等品评定为不合格产品，低价对外销售，从中收取好处！

这个消息，把国棉三厂乃至商都的好几个国棉厂都炸得天翻地覆。

侯秘书听说后也觉得好笑，真是巧了，这几个国棉厂家大业大，平时不太听市里的指挥，如此一来，这件事就不仅仅是简单的小事了，可能是个开启商都纺织大厂管理改革的契机。

丁爱珍是夹缝中的小人物，注定要成为首先被牺牲掉的炮灰！

第140章 期末考试成绩

丁爱珍完了。她男人朱成春受不受牵连不说，估计再没有胆子，也没有精力和夏晓兰计较了。

这件事夏晓兰推波助澜，起关键作用的是郑忠福，被丁爱珍欺负到谷底的老实人绝地反弹，在政府面前扯横幅就是抱着不成功便成仁的决心。搞不掉丁爱珍和厂长，郑忠福肯定没好果子吃。只能说夏晓兰运气不错，郑忠福运气也不错，两件事刚好碰到一起，1+1的效果远远大于2！

对夏晓兰来说，痛打落水狗不再是她要做的，她领到了自己的期末考试成绩单。和3个月前的入学成绩相比，她的进步让人刮目相看。

语文79分，数学102分，英语100分，政治53分，物理66分，化学80分，生物34分。总分514分。

整个学校只有3个人总分在500分以上，夏晓兰是年级第二。第一名526分，第三名508分。在3班，她就是考得最好的！

入学时才考了446分，期末就已经是514分。总成绩已经提高了近70分，这种惊人的提升速度让3班的老师都高兴坏了。

还有6个月才高考，半年的时间，夏晓兰能考到550分以上吗？那就不只是重本，而是冲击那些在全国都比较有名的大学了！

现在年级第一当然觉得位置不稳当，谁又体会到她的感受了，要想不被夏晓兰超过，那就只能头悬梁锥刺股拼了老命学。

教语文的齐老师还是不太满意："你的语文成绩还有提升空间，多背诵，多做阅读理解题，再提高10分没问题！"

语文提高10分，政治提高10分，这就是20分了啊。

齐老师的殷切期望是为了夏晓兰好，夏晓兰想到自己做过的那张1984年的数学高考卷子，如果是真的，她数学说不定也能提高10分呢。

数学总分是120分，她考了102分，已经是全校单科成绩最高的了。

数学老师年纪不大，看夏晓兰的眼神简直再慈爱不过了。他就给夏晓兰讲过几次题，现在已经张口闭口都是晓兰同学如何如何，酸得人掉牙。

孙校长也看了期末考试的成绩，他对自己老婆感叹道："夏家的女孩儿还真会念书，我看夏晓兰高考成绩说不定比她堂姐夏子毓还好。农村家庭能一口气考上两个大学生，了不得！"

有两个大学生带着，下面的其他弟弟妹妹对待学习的态度可能会更认真。如果再有一两个考上大学，别管念本科还是大专，或者是中专，就铁定能在城市里落户生根。从农村户口变成了吃皇粮的，连带家人也过上不同的日子，知识改变命运，从古至今，读书一直是光耀门楣的重要手段之一！

孙校长的老婆只笑不语。

夏晓兰考上了，多半也和夏家没啥关系，不都说父母离婚，夏晓兰跟着母亲搬出去了吗？

上次的事校长老婆也慢慢琢磨出了别的味道，夏家人哪里是担心夏晓兰在学校过得咋样，分明是要给夏晓兰添堵。一家人咋斗没关系，她也不会多管闲事替夏晓兰出头。可夏家人不该拿她和老孙当枪使，回过神来后她就恶心得够呛。

孙校长挺喜欢夏子毓的，他老婆不至于在他面前说夏子毓家长的坏话，但她再也不去张记小吃店吃东西了。

"孙甜今天要来，你要去教育局开会，我就带着孙甜去外面吃饭吧。"

孙甜就是孙校长的侄女。一开始瞒得挺好，孙甜总不至于不进叔叔家门吧，孙校长家住的也是老师宿舍楼，孙甜上门两次，一中的教职工就把她和孙校长的关系摸清楚了。原来新来的小孙老师是孙校长的侄女，给孙甜做媒的同事陡然变多，之前的赵老师更是整天都追在孙甜后面献殷勤。

"你看小赵咋样？连我都听说他追你很热情。"

孙甜圆脸涨红："婶，您咋也这样？"赵老师是对她很热情，可孙甜总觉得哪里怪怪的。

孙夫人不在家开火，带着孙甜出去吃饭，孙甜不让婶婶破费，孙夫人就指着黄婶快餐说："走，我们到这家尝尝新鲜。"

和张记小吃店抢生意咋啦，她又不欠张记的，还不能去别家吃东西了？

"她家的盖浇饭挺好吃的，我喜欢吃萝卜烧羊肉。"

学生们在黄婶快餐店吃，学校的老师们自然也会受影响。孙甜的工资只有她自己花，偶尔也会在外面的饭馆打打牙祭，几毛钱的盖浇饭孙甜每天来吃都承担得起。

黄嫂的店里可热闹了，今天拿成绩单，领了成绩单，各科老师还要发寒假的作业，再组织学生们进行大扫除，一来二去地就折腾到中午，快餐店此时人满为患，小小的店面基本上被3班的学生给承包了。

"孙老师？"夏晓兰也在，看见小孙老师来吃饭，赶紧给让了个位置。

"夏晓兰同学，不用不用！"

孙甜也才20出头，圆脸可爱，看上去和这些学生一样脸嫩。她虽然不教高三，却帮齐老师代过几堂课，3班的学生都很喜欢小孙老师。

孙甜和校长老婆一起来的，夏晓兰不让座也会有别人让，一时间快餐店更热闹了。

黄嫂给搬出两个凳子，把孙甜和孙夫人的位置安排好，又手脚麻利地去准备煮面。店里生意好，黄嫂让家里人也来帮忙，就是不晓得一中放寒假了生意会受多大的影响。

黄嫂也没太担心，高一、高二就不说了，高三放的根本是假寒假，大年初三就返校，他们哪敢真的敞开玩一个月。

孙夫人坐下，她还是第一次瞧见夏晓兰本人。真是好漂亮的女孩儿，要是再考个好大学，那才叫前途似锦呢。

夏家人是脑子有毛病，这么优秀的闺女不好好笼络，却要拼命往外推，孙夫人是不懂夏家人的想法，她听夏晓兰谈吐有礼，长得虽然好看，但一点都不轻浮，大大方方的，还挺讨人喜欢。

也幸好没听张翠她们鬼扯，把好好的学生给开除掉，那不就是毁了夏晓兰的前途吗？

盖浇饭还没上来，孙甜和3班的学生们打着招呼。

今天不只有女生在，好几个男生也在，包括陈庆。陈庆期末考试也不错，英语考了51分，让他的期末考试总分达到了460分，老汪让他加把劲，今年高考被本科录取的希望很大。

能考上本科陈庆就满足了。不过他本来成绩就不算差，复读是要考得更好。能上本科，谁愿意念专科？

孙甜给3班代过课，也挺关心3班的考试结果，好几个人的考试成绩她都记住了，此时说起来，自然惹来学生们的欢笑。

"孙老师，咱们班最厉害的就坐在你旁边呢，你应该表扬的是晓兰！"

孙甜赞同："那当然！夏晓兰同学，你一定要更努力学习，和所有同学一起进步，老师祝你们明年都能考上大学！"

第141章　成绩好得像作弊

黄婶快餐店生意好，张翠很上火。

今天是发成绩单的日子，张翠对夏晓兰的成绩很关心，那种关心和当亲妈的刘芬不同，张翠是怕夏晓兰真的会超过夏子毓。她已经习惯了夏子毓才是夏家最优秀女孩儿的设定，让她接受夏晓兰比夏子毓厉害的事实，张翠会比死了更难受！更何况她和夏长征干过亏心事，总怕夏晓兰发达了会报复。

她还想着怎么打听夏晓兰的成绩，又看着夏晓兰被一群学生围在中间，钻进了对面的"黄婶快餐"。没过一会儿，张翠还瞧见了孙校长的老婆也进了店，还和夏晓兰坐在同一桌。

"红霞,你眼神好,瞧瞧那个是不是吴阿姨?"

夏红霞伸长脖子,把黄嫂店里的情况看得一清二楚。

"是吴阿姨,她和夏晓兰坐在一起!"夏红霞咬着牙,"有啥了不起啊,我看那些学生都捧着夏晓兰。"

她话音刚落,店里一个吃羊肉烩面的男生就笑:"是挺了不起的,这学期才插班进来的,这次考了500多分,总成绩是全年级第二。"

张翠差点没把碗给摔了:"你说的真是夏晓兰?"

男生奇怪地看了她一眼:"那还能是谁,514分,还能作假啊!"

张翠仿佛抓住了关键的地方,喃喃道:"说不定真是作弊,对,肯定是作弊。"

吃烩面的男生听得清清楚楚,他本来习惯了吃张记,现在觉得真没意思。有个看见男学生就两眼放光的花痴,还说别人辛苦考出来的成绩是作弊,吃东西的胃口都没了大半。

算了,钱也花了,不能和羊肉烩面过不去。顶多下次不来张记吃,也去对面吃吃盖浇饭。

夏红霞也觉得是考试作弊,就夏晓兰那猪脑子,能考500分以上,在县一中当年级第二?多少分她不太懂,年级第二肯定能考上大学。

夏红霞很认同张翠的观点,夏晓兰肯定是作弊才有的成绩,高考时作不了弊,她就会被打回原形!一边这样想,却忍不住口舌发干:"伯娘,子毓姐啥时候回来啊?"

张翠稳了稳心神,脸上有了笑意:"不晓得现在上火车没有,就这一两天了。"

夏子毓是张翠见过最聪明的人,这么聪明的人是她女儿,想到夏子毓就快回来了,张翠就有了主心骨。

孙校长老婆为啥要和夏晓兰一桌吃饭?孙校长为啥没有开除夏晓兰?这些疑问,夏子毓回来后一定会弄清楚的。

夏晓兰期末考试514分的成绩,让张翠仿佛背上了一块大石头,坐立不安。

夏晓兰把成绩单拿回家,刘芬欢喜得手足无措。

她把成绩单翻来覆去地看,反复向夏晓兰确认:"咋考得这样好?"

李凤梅听说丁爱珍被派出所抓了,又有人实名检举丁爱珍,在派出所受到的惊吓慢慢缓过来,加上夏晓兰这期末成绩的确给脸,李凤梅也能说笑:"还有嫌自己闺女考试成绩太好的?要换了我早买鞭炮门口放去了!"

刘芬有点当真:"那我马上去买。"

夏晓兰赶紧拦住:"还是等高考成绩出来再放鞭炮吧,还早呢。"

夏晓兰这成绩,家里人欢喜,胡永才老婆也啧啧称奇,你说人家脑子咋长的,每天跑来跑去摆摊赚钱,看样子还真能考上大学。就连于奶奶知道夏晓兰考了年级第二后,也打消了长久以来的猜疑。

当个体户不少赚钱,像于奶奶这样的人会高看夏晓兰一眼吗?于家以前才是真正有钱的大商家,夏晓兰赚的钱于奶奶根本不放在眼里。别看于奶奶干着扫大街的活儿,每个月拿着微薄的工资,她的骄傲还没丢呢。

但夏晓兰会念书就不同了。读书人在于奶奶这样观念老旧的人眼里地位不一样,于奶奶在旧社会念过洋人办的教会学堂,她喜欢会读书的小姑娘……夏晓兰就觉得古怪的于奶奶看她的眼神不对劲，让她心里有点发毛。不过她也顾不上太多。

她和李凤梅一起摆摊，手里的货基本上都卖出去了，剩了1000来元的货也不急，可以放在店里卖。

康伟和邵光荣这两天在商都到处逛，而夏晓兰要出发去羊城。邵光荣还想跟着跑，康伟脑子清楚，知道这事儿不能把邵光荣扯进来："你得在商都待着，看看朱家的事咋处理，不然我那两棍子不就白挨了？"

姓侯的真不是东西，敢情挨打的不是邵光荣啊！康伟事后反应过来，差点没把鼻子给气歪。不过一想诚子哥媳妇儿还得靠侯秘书平时看顾，康伟就把这口气忍下了。邵光荣却讪讪的，侯秘书这区别对待太明显，让他在康伟面前好没面子。

康伟和周诚关系更亲密，陪夏晓兰去羊城肯定是经周诚同意的，邵光荣也不可能真的死皮赖脸跟过去。

夏晓兰问康伟羊城那边的事儿要咋解决，康伟神神秘秘地不肯说，夏晓兰就照旧给白珍珠拍了电报。夏晓兰揣着所有能动用的货款，和康伟一起登上了火车。

康伟没吃过苦，坚持搞来两张卧铺票，夏晓兰也不是非硬座不坐，也爽爽快快上了车。

"蓝凤凰"店里，刘勇指挥着工人在安装吊灯："别把灯罩磕坏了！""扯紧，千万别松手。"

工人也被他搞得挺紧张。这玩意儿超过千元，摔坏了他们这么多天的工资都不够赔的。

24号前，"蓝凤凰"就能开业，这铺子是刘勇一手一脚监督着装修好的。安装了水晶吊灯，又把墙上的各种玻璃啥的粘牢，关上门打开灯一看效果，李凤梅有点呆住："这真是你能装修出来的店？"

京城。

火车站台上寒风凛冽，王建华看夏子毓脸冻得发红，把她往怀里带了一点。王建华家里曾经也很不错，做人基本的礼节他懂，攒下的生活补助除了买车票，他还给夏子毓家带了点礼物。

不过王建华有点发愁的是攒下的钱太少，他陪着夏子毓跑一趟老家，单是来回的车费两个人都得花近百元，再买点礼物，他那些生活补助也花得差不多了。

还要怎么去农场看父母呢？不可能单留出点车费，农场那边条件特别艰苦，王建华肯定要给父母添置点生活用品。起码要买点东西，让父母过个好年……王建华有点后悔陪夏子毓回老家。

夏子毓仿佛知道他在担忧什么，嘴里哈着白气，靠在他怀里低声道："我这是第一次见你父母，我妈他们肯定给我准备好礼物，伯父伯母他们在农场最缺的就是生活用品吧，你说我们带两件厚棉袄，再准备点年货去咋样？"

王建华揽着夏子毓的手加重了力："谁也比不上你考虑得仔细，就按你说的办。"

谁也比不上吗？夏子毓把脸埋在王建华胸前，这样的评价叫她心安。

说起来，她和王建华也朝夕相处半年了，王建华和夏晓兰当时也不过是刚刚开始，在王建华的心里，肯定是她夏子毓的分量占了上风！想到这个事实，夏子毓就忍不住嘴角上扬。

第142章　夏家金凤凰回老家了

夏晓兰还在去羊城的途中，夏子毓和王建华已经提着大包小包到了商都火车站。

商都的经济肯定比京城落后，可它身为中原地区火车枢纽，就火车站规模来说在全国都算大的，在商都中转的人特别多。王建华一个人提着大部分行李，幸好夏子毓不娇气，两个人好不容易挤出火车站，都有点狼狈。

王建华更是想起了一些不好的记忆，他以为自己考上大学就会离开豫南省，没想到和这里的牵扯就是斩不断。被下放当然不是啥美好回忆，不过他之前待的地方比大河村还糟糕，还是想尽办法才改了下放的地方。

"走吧，别让你爸妈他们等急了。"两人要一起到张记小吃店，在县城落脚，过几天才回大河村。

县城的环境比较干净整洁，夏子毓对贫穷的大河村也很嫌弃。她也想带王建华看看小吃店的辛苦，她虽然在王家人身上搭钱，但总不能钱花了，王家人还觉得她从夏家拿钱特别轻松！

夏子毓特意不让家里人来火车站接，和王建华坐班车到安庆县。县一中已经放假了，加上黄婶快餐店抢走了一部分生意，根本不用演，张记小吃店的生意就显得有点萧条。

夏红霞东张西望，率先发现了夏子毓两人："伯娘，大伯，子毓姐回来了！"

夏红霞一脸激动，跑过去从夏子毓手里接过大包小包的东西，夏子毓脸上含笑："红霞，半年没见，漂亮了好多！"

夏红霞带着喜意，又叫王建华"姐夫"。

王建华点点头。他对夏红霞实在不熟，在大河村时两人没啥来往。当然，他和夏子毓另一个妹妹又太熟悉了。

张翠和夏长征出来了，王建华叫叔叔阿姨，张翠脸上的笑根本藏不住。

"子毓，你咋让建华买这么多东西？你这丫头太不懂事了！"

王建华抢在夏子毓前面开口："阿姨，都是应该的。"

张翠很满意。

两人刚好上时，王建华还有点不情不愿，别说对她的态度，就算对夏子毓也很生疏和冷淡。一起出去上了半年学，就是石头做的心也该被夏子毓焐热了。

王建华处处给足夏子毓面子，夏子毓心里也高兴。

王建华长得高大端正，江莲香羡慕得不得了，偷偷对男人张满福说："外甥女的命真够好的。"

张满福很认同，那是他的外甥女，命当然好！

王建华打量着这两间店面，收拾得挺整洁，桌椅板凳都擦得干干净净。墙上还贴着各种小吃的种类和价目表，那毛笔字一看就是夏子毓写的。

夏子毓脸红："没你的字写得好。"

她虽然从初中开始努力学习，但在某些方面欠缺的底子一时也补不回来。别看王建华最惨时下放到大河村干农活儿，到底曾经家世显赫，从小就接受过精心的教育，不仅能写一手漂亮的毛笔字，还会画画。

夏子毓在这些方面没底子，大学里很多同学都多才多艺，她比较敏感，有点自卑。

王建华笑笑，两句话就把这话题带过："那我重新帮店里写一份，叔叔和阿姨别嫌弃我浪费纸和笔就行。"

哪里会嫌弃？未来女婿写的。

夏子毓说王建华将来有大出息，现在已经能看出点端倪，他和夏子毓考上同一所大学，在学校里的表现比夏子毓好。

丈母娘看着这样的女婿，是咋看都看不够。还是夏子毓提醒她，她才后知后觉："瞧我这记性，你们坐火车累了吧，快到后面歇歇，我给你俩做点吃的。"

原来门店后面就是院子，店里的5个人平时都住在后面。不过房间只有4间，夏子毓只能和夏红霞挤一张床，另一个房间给王建华睡。张翠两口子很看重这个女婿，不仅屋里打扫得干净，床上的被子也是今年新棉花做的。豫南省的冬天经常下雪，但这边却不像东北那样流行在家里盘炕，别管城里还是农村都睡床，张翠提前就用炉子把屋里熏暖和了，被窝里还放了两个热水袋。

王建华本来只想在床上躺一躺，被子暖和松软，他不知不觉睡了过去。

夏红霞拉着夏子毓叽叽喳喳问东问西，张翠端着两碗面条进来："先垫垫肚子，建华呢？"

夏子毓望了望房间："他睡着了，我先出去吃吧。"

张翠看着另一碗搁着荷包蛋的手擀面，面坨掉就不好吃了，夏子毓把面端给了夏红霞："红霞你先吃。"

"还是姐你心疼我！"夏红霞喜滋滋的。

张翠忍住翻白眼的冲动，在店里干活儿虽然不给夏红霞开工资，但一天三顿饭可没亏待过她。好吃懒做好像饿死鬼投胎，活儿没见干多少，来安庆县后人倒是胖了一圈。

一碗面就转移了夏红霞的注意力，夏子毓被她追问得挺累。

她吃了面，见王建华还没醒，就对张翠说想出去转转。

"好多东西从京城带回来太远，我在县城再添置点。"

夏红霞也想一起去，被张翠留在店里。

夏子毓和张翠走出十几米远，夏子毓第一个问的就是夏晓兰："电报里说得也不太清楚，妈您给我仔细讲讲。"

从哪里开始讲？张翠其实也不知道刘芬哪里来的底气离婚，不过到底是和夏家脱离了关系，让张翠再想干点啥都不趁手。

"刘芬娘家那个村长，说话很硬气，不仅支持她离婚，还说要分田地、划宅基地给刘芬她们。"

张翠都进城几年了，小吃店生意也不错，但她的观念却没变。农民还得有房有土地，城里是很好挣钱，但城里的楼房没有一间是属于她的，大河村的土地和房子张翠嫌弃归嫌弃，但却是她的底气。

夏子毓想，运气可真够好的。

不过在农村分到点土地和宅基地也不算啥，夏晓兰搬得越远越好，免得和王建华遇上。

她又问张二赖是咋回事，张翠自己都不太清楚，只知道是盗窃公款碰上严打，一口气给判了个无期。夏子毓一面点头，一面说起张记小吃对面的黄姊快餐店："我看店里的生意没有从前好了？这种竞争是难免的，那些人眼红我们家赚到了钱，说不定以后县一中门口的饭馆会越来越多……不过，靠张记一年赚几千元，还是没问题的。"

夏子毓看了她妈一眼："我和您说过吧，我那边不知道啥时候就要用一笔大钱，或许是几千元，或许是上万元。张记我可以不和弟弟争，但这笔钱在我要用的时候，一定要准备好！"

张翠有些讪讪："妈晓得呢。"

几千上万元，她得卖多少碗面？张翠不知道夏子毓拿这么多钱干啥，她觉得肉痛。两口子为了专心赚钱，连10岁的小儿子都丢在乡下，女儿有出息，夫妻俩还指望着儿子更有出息，商量着明年要把儿子夏俊宝接到安庆县来上学。那肯定又是一笔不小的开支。

张翠把话题转移开，就提起夏晓兰如今在县一中念高三的事："不晓得她咋作弊考上了县一中……"

夏子毓觉得耳鸣心慌，这么重要的事，她妈居然放到最后才说——扯啥刘芬离婚，啥分田分地，有个啥用！

第143章 你们，不分轻重！

夏子毓都不知道自己该如何描述这种感受。她有这样一对父母，再教也不会变聪明，永远分不清轻重。

她的脸色太难看，张翠也有点怕，赶紧解释道："我和你爸也晓得她跑到县一中上学不怀好意，肯定对建华还没死心，才想考大学。我也让你爸送礼到孙校长家，想让孙校长把她踢出学校，可……"

"可是失败了。"夏子毓面无表情地接了一句。

"她到县一中上学多久了？"

"两三个月。"

夏子毓沉默很久，她觉得自己和父母完全没办法交流。

夏晓兰到县一中上学的事，他们没有第一时间通知她。

孙校长不过是帮了她几次忙，她又不是孙校长的亲女儿，人家为啥要帮忙把夏晓兰开除？孙校长不是夏家花钱养的狗，现在的夏家也养不起孙校长！夏子毓自己就是县一中毕业的，县一中的插班要求有多严格，入学测验必须高过上一年高考的"大中专"分数线。

去年的大中专分数线是多少？夏子毓记得是350分。夏晓兰是自己考进县一中的话，意味着入学测试至少考了350分。

夏晓兰初中毕业就闲在家，三年不碰书本，还能考出这样的成绩？夏子毓有点不服气，她也疑心夏晓兰要么是用其他途径插班，要么有人给她私下开过小灶。

还能有谁会给夏晓兰开小灶？夏子毓第一个想到的是王建华。

王建华的底子不错，这么多年也没真的彻底丢开书本，毕竟王家那种情况，王建华的其他路都被堵死了，唯有上大学还有翻身的希望。正因为王建华底子好，去年突击复习了几个月，才能顺利考上京城师范学院。

王建华高考的分数比她还高，他看的还是夏子毓的复习笔记。而复习笔记是夏晓兰出面找夏子毓借的，难道王建华当时不仅是自己复习，还在教夏晓兰？夏子毓和王建华都对这些细节避而不谈，她眼下无法确定。

夏子毓倒更希望夏晓兰是靠其他关系才插班入学县一中的……如果是夏晓兰自己考的成绩，那情况就太糟糕了。

夏子毓脸色不悦，张翠也就小心翼翼闭紧嘴巴，不敢把夏晓兰前几天期末考试考了514分，是年级第二名的消息说出口。子毓才回家，这事儿得缓一缓再告诉她。

夏子毓心事重重，根本没有逛街的兴致，去过京城后，小小的安庆县几条街就走到底了，夏子毓胡乱买了点东西，然后就和张翠往回走。

王建华睡醒了，正在店里坐着吃羊肉烩面。他那盘面羊肉多面条少，让店里还有个吃羊肉烩面的嫉妒死。嫉妒也没办法，这是张记的女婿。

"子毓，你怎么不等等我？"

夏子毓压下满腹的心事，笑得很温柔："我看你睡得太香，就想让你多休息一下。"

王建华又问她吃过没，把自己的那盘烩面吃完后他要帮着收拾，张翠她们全都不肯。

夏红霞想，这么好的姐夫也只有子毓姐才配得上了。

张翠也满意得很，王建华还是下放到大河村的穷知青时，哪怕长得一表人才，张翠都不会想把女儿嫁给对方。长得好看不能当饭吃，一个穷鬼哪里配得上子毓。

可现在的王建华是香饽饽，夏子毓从来不会看错人，张翠也对王建华充满信心。唯一不好的是人太优秀，总有往上扑的花蝴蝶。夏子毓刚才路上可说了，王建华在学校很受欢迎，学校教授的女儿也要追求他。

张翠担惊受怕。夏子毓是样样优秀，可夏家拿啥和大学教授比？更有夏晓兰那丫头一直没放弃，指不定啥时候就要出手抢王建华。

女婿太优秀，张翠也太操心！

夏晓兰和康伟一起坐火车南下，一路上就比较轻松了。

康伟这人看着不如周诚稳重，甚至还带着大男孩儿的娇气，但他对人的态度很诚恳。因为信服周诚，对于周诚选中的媳妇儿，康伟是真当大嫂在对待。

听说开业时服装店还要搞"剪彩"，康伟挺新奇："我听说香港才有这剪彩活动，嫂子你可真潮！"

"就是意思一下，也算个宣传手段吧。"

夏晓兰还想请个舞狮队，不过挺难联系到。在开业的时候热热闹闹地舞一场，这时候的人本来就没啥娱乐活动，有热闹不看才怪，一定会对"蓝凤凰"印象深刻。

康伟听说夏晓兰请了国棉三厂的副厂长袁洪刚参加剪彩，直言夏晓兰捡到了大便宜："说不定这位副厂长就要转正咯。"

转不转正的，夏晓兰并不关心。康伟越发来了兴致："一个副厂长没啥震慑力，我让小光和他大伯说说，请他大伯来？"

"他大伯也姓邵……该不会是邵立民吧？"夏晓兰是随口说的，康伟却点头："就是他。"

"别胡闹，我这个小店请个大领导来干啥。"

夏晓兰的心有点乱。邵光荣有这样的叔叔，他们能玩到一起去，可见康伟的家世也不会差。

康伟还挺服周诚的管，那周诚家又是啥情况？虽然是谈个恋爱，夏晓兰觉得自己对男朋友家里一点都不了解，心真的很大！但她也没纠结太久，这次被人捣乱，让夏晓兰更加认识到自己的弱小……她总觉得自己是独立自主的新时代女性，不愿意占周诚的便宜，其实这次要不是周诚，康伟和邵光荣不会来商都，没有邵光荣的大伯那边的关系，她这次肯定要脱层皮。就连现在，康伟千里迢迢跟着她去羊城，不也是为了解决她的麻烦吗？

这样的认知，让夏晓兰有点难接受。毕竟她上一封信才告诉周诚，想要平等尊重的健康关系，如果她一直享受着周诚的帮助，再谈平等，不就是欺负人家周诚吗？

她之前光忙着奋斗了，在男女感情问题上真的没啥经验，理智和情感的平衡把握不好，职场积累的经验告诉夏晓兰，想要得到就要先付出。所有从天而降、不经努力就得到的馅饼多半都有毒，周诚毫不吝惜用自己的人脉一次次帮助她，她又能为周诚带来什么呢？

事业上肯定不能帮助周诚，她又没好命成为军中大佬的闺女。经济上，她如今和周诚的家底也差得远呢。

夏晓兰犯愁了……她这些心思要被周诚知道，他非得郁闷到吐血。喜欢一个人，就是情不自禁要对她（他）好，唯一惦记的回报大概是对方能回应这份感情。

康伟见夏晓兰忽然沉默，他更猜不到未来大嫂的想法，只能自己揣度："请邵叔叔参加剪彩不合适，那他秘书咋样？姓侯的看我白挨了两棍子，还我个人情也是应该的……"

第144章 潘三哥是见过血的人

快要下车了，康伟说应该有人接站。

夏晓兰看见黑乎乎的白珍珠等在站台上，头发削得极短，穿了一身运动服，不知道还以为她是个男的呢。年轻女同志，咋能活得这么糙？

康伟就没认出这样的"真汉子"是夏晓兰口中的"白姐"，还在那里张望："嫂子，你说的那人呢？"

白珍珠冲着他咧嘴笑："晓兰，这是你兄弟啊？"

兄弟啥啊，康伟比夏晓兰还大两岁。夏晓兰给双方介绍："康伟，这就是我说的白姐。"

康伟愣是没看出来白姐哪里白。羊城这边日照强，女同志普遍不如北方女孩儿白皙，白珍珠还站在夏晓兰身边，更被衬得像块黑炭。

然而"黑炭"自己并不在意，知道说话不用避讳着康伟后，白珍珠一脸兴奋。她以前真是太笨了，卖啥水果，不小心磕着碰着了就是损失，还要担心卖不出去放坏了，哪有倒卖服装好？一打打的裤子装在蛇皮口袋里，白珍珠拎着随便往哪儿一扔都行！她又不缺力气，更不把自己看成是女人，武力值爆表，在鹏城特区简直是如鱼得水。

"买的人太多了，我每天收钱都忙不过来！"

岂止是收钱忙，她连吃饭睡觉都在赶时间，关内关外的两边跑，嫌长头发洗起来耽搁时间，干脆剪了个男士头。穿衣服也偏向男士化，这也没办法，鹏城那边的风气是办事见面先递第一支烟，白珍珠一个女的这样干人家看她很奇怪，剪了头发又换了衣服后，就再没人用异样的眼神看她了。

康伟瞅了瞅她，这个白姐挺厉害的，像她这样敢打敢拼的女人还真不多。一个人敢跑去鹏城特区！

· 301 ·

夏晓兰听着白珍珠一路兴奋地说，也很高兴。

白珍珠的生意她还入了股呢。就算不靠往鹏城倒卖西裤赚钱，白珍珠越快在那边站稳脚跟，夏晓兰的下一步计划就能越快实施。

白珍珠一出现在火车站，曹六他们就估计着夏晓兰会来。盯紧白珍珠就能等到夏晓兰，夏晓兰还真来了，结果身边还带着个小白脸！

"和上次那个不太像？"

"真的啊……"

曹六忽然觉得，老大头上有点绿。等他们的人跟上去，发现夏晓兰三人出了站，钻进一辆汽车，车子一踩油门就开走了。

汇报给柯一雄听，柯一雄不以为意："盯紧服装市场那边就行了，我看她没这么容易放弃这门生意。"

柯一雄弯着眼睛笑，他就是想交个朋友，不是啥过分的要求吧？

康伟说来接站的是潘三哥，夏晓兰就跟着叫，也不多问。白珍珠一上车就有点坐立不安，潘三给她的感觉很危险，这是武者的直觉吧。

夏晓兰长得漂亮，潘三却没有多看，倒是对白珍珠很感兴趣："练过的？"

白珍珠"嗯"了一声，潘三就专心开车，再也不说一句话。

夏晓兰不知道这个潘三是啥来历，康伟好像对他很信任，潘三脸上有条刀疤，把他右边的眉毛竖着分成两半，这疤从额头一直到眼皮，再往下一点他右眼估计都保不住了。

柯一雄好歹是个地痞头子，靠一个潘三就能解决吗？夏晓兰姑且信之。

潘三开一辆八成新的波罗乃兹，精悍的身形挤在驾驶室里各种不配，看起来真像是个悍匪偷了一辆小车开。

他听说夏晓兰要下午时候才去拿货，就把三人载去吃饭。这人吃东西特别快，一碗饭三两口就扒完，菜汤也是呼噜往嘴里倒。对潘三而言，这是长久形成的习惯，吃东西是为了填饱肚子，而不是品尝食物的滋味。

这点和周诚不同。周诚说起美食头头是道，能说出18斤的大青鱼吃起来恰到好处。

从一个人对待衣食住行的态度就能猜出他的出身和成长教育经历，周诚家世是真好，这年头还有心思琢磨美食的家庭……真没有饿过肚子。

要说康伟和潘三熟吧，他和对方也没啥话说，不过他似乎挺相信潘三。

单枪匹马，能搞定柯一雄吗？难道人家是个低调独行的道上大哥？

等潘三跑到饭店门口抽烟，夏晓兰问白珍珠："听说过这号人物吗？"

白珍珠摇摇头："没有，不过他是见过血的人。"

"见过血"就是杀人了。周诚不可能找一个罪犯来帮忙。

白珍珠没说的是，她对潘三的忌惮更胜柯一雄，这人满身的煞气，她这样练武的人比较敏感。

她怕吓着夏晓兰，就转移了话题："这大半个月，我赚了5000多元，一会儿我就把钱分给你。"

夏晓兰有点吃惊："我记得你卖的是便宜跑量的西裤，一条裤子顶多赚两三元钱，哪能赚这么多？"

白珍珠眼睛眉毛都在笑："一条裤子赚得不多，我每天都要跑一趟鹏城人民桥小商品市场，生意差的时候几十条，好的时候能卖100多条，晓兰你说得很对，鹏城现在还不如羊城繁华，但那里的钱是真的好赚！"

这年头选对行业，不怕吃苦，真没有赚不到钱的。

白珍珠说得轻松，小商品市场那里聚集了各种小贩，夏晓兰摆地摊还要被人举报"投机倒把"，白珍珠卖西裤哪能一帆风顺？市场上争抢生意有时还要动武，白珍珠打倒了几个人，才没人再来动她的摊子。不过打架嘛，对白珍珠来说又不是啥稀罕事，她也没有类似夏晓兰那样招惹烂桃花的烦恼，故而她都懒得提。

"人民桥？"夏晓兰觉得挺熟悉。

鹏城的人民桥小商品市场是很有名的，后世好些鹏城淘金发家的大老板，都是在人民桥小商品市场摆摊赚到了第一桶金。夏晓兰没记错的话，人民桥的小商品市场能一直火到90年代中期，在很长一段时间里不仅是到鹏城的内地游客必逛的地方，也是珠三角和粤东地区不少企业产品流通的主要渠道。

当然，现在还是1984年年初，小商品市场可能才兴起没多久。

"白姐，你最好搞一个固定的摊位。"

白珍珠很赞同："每次去晚了就没地方摆摊子，有个固定的摊位要方便很多。"

白珍珠说的是固定的地摊，夏晓兰说的是店铺，两人鸡同鸭讲还各自开心，达成了奇妙的和谐。

康伟和潘三在门口说了半天话，进来刚好听见啥摊位不摊位，他也挺有兴趣："嫂子，你说我手里的钱能干点啥啊？"

第145章 拆伙分钱

康伟跟着周诚不少赚钱。

他和夏晓兰差不多同一时期"创业"，夏晓兰在安庆县倒卖鸡蛋时，康伟正跟着周诚跑第一趟南边儿。现在夏晓兰也就赚了1万多，康伟已经钱多到不知道咋花。

他挺羡慕潘三开着波罗乃兹，哪怕是个八成新，那也是自己的车，不是吗？可周诚说他不适合买车，康家的人都看着呢，康伟要是高调炫富，让他家里人怎么想。别人说不定以为是康家二老补贴的，心里又要不高兴。说真话吧，这生意还能不能继续做都是未知数。

所以康伟荷包充实，只是提高了自己的吃穿标准。

那他赚那么多钱干啥呀？康伟看夏晓兰和白珍珠干劲十足，羡慕得要命。南边儿就是比京城开放，潘三开个小车也不打眼，康伟的心有点野，在京城待着处处受限，他赚到的那些钱该咋用出去？倒腾香烟这生意有点敏感，康伟琢磨着可以跟着夏晓兰她们干点啥——起码让他能有个花钱的地方吧！

夏晓兰盯着他。康伟和她这样的无产阶级不同，他哪里需要做啥生意，只要把手里的钱换成京城的四合院，别管院子是不是又破又小，等30年后再出手，赚的钱躺着都花不完。

好吧，同样的招她已经支给周诚，买房等升值那是有闲钱才干的事儿。康伟不可能把钱都买了房子，在房价彻底腾飞之前，他总归是要用钱的。钱得流动，得能为人带来幸福和满足感，只有这样，钱才不是无意义的数字。

夏晓兰想了想，没有胡乱开口："等回商都的路上，咱俩再好好聊聊这问题。"

倒腾香烟就足够赚钱了，康伟还有精力干别的吗？如果只投资不亲自管理，康伟能不能找到值得信任且还有能力的人？

康伟也不急。

除去开支，白珍珠赚了5400多元，她问夏晓兰这钱是不是要分红。

两人当初都投资了500元进货，但这期间全是白珍珠一个人在跑来跑去。夏晓兰就说自己只拿30%的利润："白姐，你的本钱也赚够了，我这就算退股了！"

5400元的30%也有1600元，再加上夏晓兰投入在其中的500元本金，她就给白珍珠出了个主意，不到一个月投入的500元连本带利变成2100元，还有啥不满意的呢？

白珍珠有点茫然："你为什么要退股？"觉得账目有问题，还是认为她在这段时间内赚到的钱太少了？对了，夏晓兰只要了三成的利润，那哪能行，两人投入的本钱是一样的。"就算分红也是一人一半，你能分2700元！"

夏晓兰摇摇头："白姐，你得把自己的人力成本算进去，虽然我们出了一样的本钱，但这桩生意全是你一个人在辛苦，我没有帮上忙，那就不能对半分钱。我知道白姐你性格不计较，赚钱的水果摊都能让给别人，但我想和你当长久的朋友，那就不能一直占你便宜。我说退股也是这原因，往鹏城倒腾服装的生意我不能提供有价值的帮助，那就不能再占你便宜……我们这一次是短期合作，以后赚钱的门路只多不少，大家不要搞坏了交情。"

夏晓兰不是圣母，她当然可以欺负白珍珠实诚，在其被社会教"聪明"前使劲占便宜，白珍珠一个月在鹏城赚的钱和夏晓兰"商都—羊城"两地跑的钱相近，一年也能从白珍珠这边分几万元。

然后呢？几个月或者更长的时间，白珍珠如果心生芥蒂，夏晓兰上哪里再去找一个实诚的合伙人！

白珍珠不太懂夏晓兰的想法，但夏晓兰无疑比她更聪明，她师弟张口就要水果摊，夏晓兰却给她指点赚钱的门路，两相一比较，白珍珠没受触动才怪。

去鹏城倒腾服装赚钱，夏晓兰却不愿多分她的利益，白珍珠暗暗下决心要尽快帮夏晓兰把从鹏城拿到电子商品的渠道打通。

"好，我们可以合伙干别的，不过这次你要拿一半。"

夏晓兰想了想也同意了，不拿一半白珍珠估计过不了心里的那道坎。她想起周诚说白珍珠的哥哥值得信任，从这次利益分配来看，白珍珠也值得信任。起码现在是如此，未来白珍珠会不会改变，那谁说得准？永远不要肆意地考验人性。

算上本金，夏晓兰的荷包多了3200元。这不是她和舅舅家合伙的，而是她的私房钱。兜里没钱的日子，让她平时花钱都缩手缩脚，有了这3200元，不管服装店这边年前是否分红，夏晓兰和她妈也能过一个肥年了！

"一定要拿到人民桥小商品市场的摊位，现在不拿，以后会更困难。"夏晓兰又叮嘱了一句。

康伟耳朵竖起来，鹏城特区人民桥小商品市场的摊位？听这意思能赚钱，康伟想自己要不要也掺和一脚。

等到快日落时，服装批发市场开始热闹起来，依旧是潘三开车，将三人送到了批发市场。

夏晓兰照旧走到陈锡良的摊位上，陈老板看起来一点都不高兴。他眼角有点抽搐，眼神往后飘，见夏晓兰看不懂他的暗示，陈锡良眼角抖动得更厉害。

"陈老板，我这次拿的货会有点多，你有没有优惠？"

陈锡良翻了个白眼，心想我把摊子送给你都行，只要你能走出羊城！真是白长了一张漂亮脸蛋，蠢得要死。看看跟在她身边的一个短头发的不男不女，一个看样子就没吃过苦的公子哥，还有个一身匪气有啥用？单枪匹马，能干得过柯一雄那群人吗？

"已经是最低价了，你要嫌贵，就去别家买！"陈锡良没好气道。

康伟有点手痒，这小子会不会说话啊，给他送钱就这态度？

"哈哈哈，陈老板，你把客人吓跑怎么办？"陈锡良的摊位后面慢慢走出一个人，正是圆脸和气的柯一雄。

人挤人的服装批发市场，夏晓兰几人不知何时已经被柯一雄的人包围了，陈锡良气呼呼瞪了夏晓兰一眼。

"柯老大，你这样实在不像要交朋友的态度。你知不知道，你的行为带给我很大的困扰，我差点就不想来羊城做生意了。"

夏晓兰不是没看懂陈锡良的暗示，可那时候她要怎么走？这件事没有解决，她来羊城都会提心吊胆。

柯一雄一脸赞叹地看着她："不，我觉得你胆子很大，你根本就不怕我对不对？看到我出现在陈老板的摊位上，一点也不吃惊。"

陈锡良的脸色很难看，柯一雄扫了他一眼："陈老板很讲义气，我问了好几次，他都说不知道你是哪里人，我不喜欢说谎的人。"

夏晓兰心想，我还不喜欢装的人呢，你是不是港片看多了？！

第146章　你这混蛋

康伟是不能忍了。潘三抬手按住他："柯老大是吧，我想和你谈谈。"

柯一雄懒洋洋的眼神落在潘三身上："朋友，你有啥资格和我谈？"

潘三没说废话，直接伸手抓住了站在柯一雄旁边的手下，一把拖过来单手掐住对方的脖子。他的速度非常快，力气也很大，仿佛再用力一点，对方的脖子就要断了！

曹六他们扑上来把柯一雄团团围住，柯一雄觉得那只手就像掐在自己脖子处。他和被掐脖子的手下不过是半步之遥，对方不是抓不住他，是没想要抓他。

"你不敢！"现在是什么形势，暗地里干点坏事行，当众杀人，再大的关系都捞不出来。

这边像是在搞事，在各摊位前拿货的人早就吓跑了，那些摆摊的小商贩不认识柯一雄，却认识"曹哥"，这一片就是曹哥管的，他们各自守着摊位，当起不吱声的鹌鹑。

潘三才不会声嘶力竭地喊，不叫的狗才会咬人，他一句狠话都没说，加重了手底的力量。被他抓住的人，已经出气多进气少，眼瞧着就要不行了。

"叼你老母啊！"曹六几个要冲上去打潘三，康伟还没站出来，白珍珠反而把他和夏晓兰一块儿护在身后。这啥操作啊，一个大老爷们儿被女人保护？

"乖，别闹！"白珍珠的胳膊像铁一样硬，康伟根本挣不脱，口气像是哄不听话的小孩儿。虽然场合不对，但夏晓兰忽然很想笑。

"住手！"柯一雄把手下叫住，"有话当众说，姓柯的站在这里听你说。"

潘三随手把手里的人扔出去，曹六他们手忙脚乱地把人拖到一边，曹六的表情像见了鬼："老大，他喉骨碎了！"

曹六的眼神充满仇视，柯一雄眼皮抖动："先把人送医院去。"

"柯老大，你觉得我敢不敢？"潘三回答的是刚才柯一雄判断他不敢杀人。

也不等柯一雄回答，潘三指了指夏晓兰："人长得漂亮吧？所以你柯老大看上了，作为男人老子能理解，老子还很欣赏你的眼光！但作为男人老子又瞧不上你，瞧你那装神弄鬼的傻样儿，以为现在还流行把人抢回去当压寨夫人那一套？人家女同志不想和你交朋友，你觍着脸搞这么多事儿给谁看？给她对象看？好得很！她对象看见了，不想搭理你这种小角色，让我来处理你！你一个混混的命能值多少钱，1万元没人敢捅死你，那加到10万元有没有人接这个活儿？……你瞪我没用，老子高兴来就来高兴走就走，你的人困不住我，就算把我搞死了还有其他人顶上！你害我还专门跑一趟羊城，给你脸不要脸，真是事多！"

偌大一个服装批发地，安静如鸡。

潘三没有拿一把枪出来扫射，他那张嘴说出来的话，对柯一雄来说比眼镜王蛇的毒液还恶毒。

康伟一脸早知如此的表情，夏晓兰完全不知道说啥好。

潘三少言寡语，是因为他说话的风格真的太不受待见，他和柯一雄私底下谈是在保留柯一雄的脸面。这下好了，柯一雄自己不要脸面，潘三踩起来根本毫无顾忌。

曹六等人都快气爆炸了，有几个人提着棍子就发疯地砸。潘三骂人厉害，手上功夫也厉害，没有啥花拳绣腿，几下就把人给放倒了。他嘴巴毒，下手也狠。

柯一雄脸色很瘆人，他全靠脑子在一群混混中间吃得开，让他和潘三打架，潘三估计一拳就能把他打到内出血。所以柯一雄站在原地，脚都没动一下。

潘三干倒了几个人，还狠狠吐了口唾沫："没用的东西！"

潘三从头到脚都写满一个"悍"字，吓得所有人都说不出话来。光看这样子，他比柯一雄更像黑道大哥。

柯一雄是从港片里学到了装的调调，潘三根本不屑于学，他只会用拳头说话。

趁着白珍珠走神，康伟赶紧拨开她手臂。

"柯老大，其实大家不用闹得这么僵，不过我哥对嫂子真的挺看重，你呢别生气，潘三哥性格爽直，说话也直。你要是觉得心里不舒服，下次换个其他性格的来和你讲讲道理。"

柯一雄咬着后槽牙，看着面前这个细皮嫩肉的白斩鸡小子："你在威胁我？"

康伟点头："是啊，被你听出来了？我没有开玩笑，这世道多好，羊城遍地是黄金，想不通才混黑道。现在又没什么青帮洪门的，流氓不如个体户，政府会鼓励混混流氓收保护费吗……对不起，我一时扯远了，我就是把我哥的意思带给柯老大，以后我嫂子要在羊城出点事，我们只管找柯老大，大家老熟人了嘛。"

陈锡良蹲在铺子后面，听得吐舌头。

太猛了！柯一雄想抢个压寨夫人，结果人家不仅要他把歪心思打掉，还要负责夏晓兰以后在羊城的安全，给夏晓兰当免费的保镖。如此大反转的事，陈锡良别说亲眼见过，这远远超出了他的想象力。

这么牛,还跑来做啥小生意?陈老板想了想,自己卖给夏晓兰的衣服也不算特别贵,他那颗心就落回了肚子里。

柯一雄看了看满地的手下,又看了看潘三和康伟:"好,今天的事我记着了!"

他今天真是托大,以为夏晓兰不过认识白珍珠,最多和白志勇有点关系。白家那点老根基他并不会放在眼里,哪知道今天来的是一条过江猛龙——潘三几乎把人掐死,眼睛里却半点情绪都没有,真正凶悍见过血的人才会这样。

柯一雄带着人像潮水一样退去。

那些个摊位的老板,看待夏晓兰的眼神犹如洪水猛兽。

夏晓兰猛然意识到潘三和康伟如此高调的目的,今天这一场过后,批发市场这边肯定会流传着她的传说,连柯一雄都能被吓走,那些不如柯一雄的小偷小摸就更不敢打她的主意了。以后来羊城应该非常安全。

周诚,他这一手哪里像才20岁的年轻人?除了在她面前才会像个毛头小子,周诚好像比夏晓兰想象中更成熟。

夏晓兰不知道事情算不算解决了,她和周诚处事的风格完全不同,周诚更铁血强势,夏晓兰受惠于此,还不至于矫情到当面拆台。周诚帮她扯起了一层虎皮,她就姑且借用着。

看看周围的摊主,个个吓得像鹌鹑,夏晓兰都不知道今天还能去哪家拿货。

陈锡良从摊子后面探头:"夏姐,我可没出卖您啊……您今天要拿多少货?"

陈锡良绷着一张老脸叫夏姐,夏晓兰其实心里也有点感动,为了将来发货方便,她其实把于奶奶家的地址告诉过陈锡良,陈锡良扛着压力没告诉柯一雄,他还挺讲道义。

夏晓兰看着陈锡良,模模糊糊的记忆在复苏,她一直觉得这名字挺熟的。陈锡良,80年代发家,羊城人,服装业大佬……难道就是眼前这个人?

夏晓兰一脸同情地看着他,陈锡良不由得有点心虚。他的衣服批发价是贵了点,但质量好啊!要不再给夏姐让点利?

第147章 柯一雄认怂

"陈锡良"这名字夏晓兰的确是听过,不过是在电视里。80年代发家的服装业大老板,到了千禧年时,资产就已上亿。那时候陈锡良才四十几岁,能上新闻不是靠生意做得好,因为他上的是法制纪实栏目,而不是财经频道。

陈老板被绑匪绑架,绑匪张口就要5000万元赎金,陈家肯定没那么多现金,陈老板和前妻生的儿子只凑出1000多万元现金,钱还没送去,绑匪就撕票了。陈家只赎回了陈老板的尸体,这么大的案子警方肯定要查,毕竟在社会上造成了恶劣的影响——结果真相比故事会还狗血,绑匪是陈老板后娶的年轻老婆和司机,后老婆不忿陈老板要把企业交给前妻生的儿子管,一不做二不休,要不就拿5000万元远走高飞,要不就把陈老板做掉,陈老板名下一半多的财产都是她的!

夏晓兰越看越觉得眼前的陈锡良就是那倒霉的陈老板,她叹了口气:"陈老板,你会好人有好报的。"

顶住柯一雄的压力没有出卖她,夏晓兰决定将来一定要让陈锡良远离后来的小毒妻。

陈老板的服装厂发展得挺好，一度还是国内较为知名的本土服装品牌，在南方各城市占有不错的市场份额。结果陈老板摊上这种大案，不幸去世。等把家里的事处理好，从悲伤中振作起来的陈公子也没挺多久，千禧年后服装业变化很大，陈家的公司渐渐就没落了。

陈锡良被夏晓兰看得发毛，让她赶紧挑货。整个服装批发市场都像被夏晓兰包场似的，摊主们巴不得她快点走。

夏晓兰把手里 1 万多元的货款几乎全花出去了，进童装的生意也被她放弃，一个店里再兼顾卖童装也太杂乱。搞服装其实挺有前途，陈锡良现在也是一个小批发摊主，到千禧年都资产上亿了！

夏晓兰拿完货回到招待所，十分郑重地谢过潘三。

"你是周诚的女人，也是我们的弟妹，谁也不能动你，你放心吧。"

潘三习惯了粗鲁，和夏晓兰这样娇滴滴的年轻女同志说话实在不习惯，让他放轻声音说几句话，就像被人掐住了脖子一样。

康伟和潘三待着其实压力也比较大，但他又不得不来，让潘三忽然出现在夏晓兰面前，不把夏晓兰吓着啊？

等两个男人都去睡觉了，白珍珠才开口："柯一雄今天丢了大脸，我怕他报复，今晚我守在门口，你放心睡。"

这个招待所环境挺一般，房门就是薄薄的木板，能防君子却不能防小人。白珍珠要守夜，夏晓兰劝不住，只能叫她小心。

白珍珠拉开门，就看见潘三在楼道口站着抽烟呢。原来潘三自己也不放心。

"小姑娘，你抽不抽？"白珍珠这样的女汉子，在真正凶悍的潘三哥面前也就是小姑娘。

白珍珠摇摇头，过了半晌忽然自言自语说道："我哥刚去北方的那年，写信告诉我，说他们单位有个体能超级好的人，姓潘……"

潘三把烟熄灭："你想说啥？我就是潘三，只是潘三，啥都不是！"

白珍珠觉得潘三就是白志勇说的那个人，潘三的身手、潘三的凶悍甚至连潘三眉毛上那疤痕，都写满了故事。

柯一雄并没有趁夜前来报复，康伟还有点失望："这人还挺能忍。"

潘三羞辱他，就是要让他失去理智，柯一雄要是敢动手，潘三自然有别的办法。现在嘛，柯一雄硬生生忍了下来，潘三觉得这人是个厌货："一鼓作气，再而衰，三而竭，他昨晚不敢来，在没搞清你背景前都不敢有非分之想了。"

夏晓兰不知道潘三是基于什么来判断的，她只能选择相信专业人士。

这次根本没用到白珍珠两个师兄保护，潘三把夏晓兰和康城连人带货送上车站，又开着他那辆波罗乃兹在柯一雄的地盘上很嚣张地转了一圈。到底没把当缩头乌龟的柯一雄逼出来，潘三颇为遗憾地离开了羊城。

柯一雄真能忍啊！他从前也是敢打敢拼的，不过有了点"家业"，就有了拖累。不像潘三单枪匹马，一个人敢把柯一雄的地盘都踩一遍。柯一雄知道自己的退缩行为很影响威信，特别是昨晚受伤的手下，心里对他或许已经有了想法。

但柯一雄在那一刻真的感受到了性命危机。潘三没有开玩笑，他真的想弄死柯一雄，并且有这个胆子。

对夏晓兰来说，她最近几天的日子过得比曾经当高管还刺激。刚开始时以为凭着先知先觉可以大杀四方，80年代当然处处是机遇，可机遇是和风险并存的，那些个白手起家的大老板不会对外讲这种细节，夏晓兰觉得朱家的事和柯一雄的事，可能不会是个例。

夏晓兰依旧在火车上抓紧时间看书。虽然刚刚期末考试没几天，但夏晓兰那股紧迫感一点也没减少。

她要跳出眼下这个出身带来的局限，一边当然要积累经济本钱，另一边也不能放弃走上层路线。上大学是个好出路，那会把她和柯一雄那样的人区分成两个层次。

一个混混瞧上她，不是啥奇怪事，混混也有自己的审美，可能刚好就喜欢夏晓兰这一款。但夏晓兰仔细想想，如果第一次到羊城就是小车开路，有潘三这样的猛人当着"保镖"，就算被柯一雄偶然看见，借他几个胆子，也不敢用这样随意的态度上来强行撩她。

夏晓兰一点都不觉得那叫霸道有魅力，她恶心得想吐。就像潘三说的，柯一雄就是仗着地头蛇的威风，欺负她一个外乡女同志没人出头罢了。这样的男人就是欠揍。

康伟打着哈欠："嫂子你学习也太认真了，就你那成绩，考个京城的大学还不跟玩儿一样？"

夏晓兰笑笑。同样是京城的大学，京城师范学院和京师大能一样吗？

第148章 蓝凤凰开业

1月23日，所有准备工作完成。

1月24日，二七路45号，"蓝凤凰"服装店正式营业。

夏晓兰托胡永才从市委招待所借了几个女服务员过来，穿着套裙，踩着高跟鞋，脚上只穿着一层薄薄丝袜的女孩子们化着妆，充当礼仪小姐。

说是借，夏晓兰也大方地给她们每个人封了红包。

穿成这样她们有点羞涩，但剪彩仪式还没开始，有个女孩儿就私下里问夏晓兰，能不能把丝袜送给她："我不要报酬，我就要这双袜子。"

这种尼龙腿袜，她们只在电视里看到过。听说国外的女人都这样穿，特别是夏天的时候，一双尼龙丝袜透气又光滑，还把两条腿的瑕疵都遮住了，这种增添女人味的丝袜，别说是商都没人穿，就连羊城也颇为罕见。

夏晓兰给每个人封的红包是20元，丝袜的成本多少钱夏晓兰不知道，是白珍珠从鹏城渔民手里收来的"水货"，塞了一包给夏晓兰，她直接给临时礼仪小姐们装备上。没想到这几个从市委招待所借来的女服务员喜欢得要命。

其实套裙她们也喜欢，蓝黑相间，特别像电影里的国外空姐。衣服太贵了，她们不能开口，丝袜却很想要。好像穿一双丝袜，就意味着过上外国女人那样精致的生活了……夏晓兰没嘲笑，反而很认真地答应："报酬必须给，袜子就送你们吧。"

胡永才和他老婆都来了。

胡永才不知道夏晓兰攀上了啥大树，反正进了派出所啥事儿没有，反而把丁爱珍给拖下水了。丁爱珍现在仍在拘留中，国棉三厂的厂长也被停职察看，胡永才都被自己的先见之明给惊着了，所幸夏晓兰没有改变态度，对两口子依旧是那样。

"这店，可真好看气派！"胡永才的老婆啧啧称奇。

在商都都找不出前例来，商都的百货商店反正装修得不如"蓝凤凰"，不是说百货大楼规模小，而是它卖的东西比较杂，不像"蓝凤凰"这样风格鲜明突出，大量运用灯光和玻璃镜，就是路人偶然瞥见，也会被这金碧辉煌的效果所震撼。

胡永才也惊叹，夏晓兰跑来市委招待所推销黄鳝依稀像是前几天的事，转眼人家就在二七路上开了这么大的店面。

胡永才看见夏晓兰和家人都穿着得体的新衣服，穿丝袜的"礼仪小姐"将红绸绳牵着，刘勇把鞭炮放响，受邀来"剪彩"的领导拿起了剪刀，咔嚓咔嚓——夏晓兰还请了照相馆的人来拍照！

侯秘书也没想到阵仗能搞这么大。

杨局笑呵呵地把手里的剪刀放在礼仪小姐手捧的托盘上："这倒是新鲜。"

袁洪刚同样没回过神来，他也不知道所谓剪彩活动是这种形式。

领导肯定不会出现在这种个体户的门店，但领导最亲近倚重的侯秘书来了，还有市公安的杨局长。虽然都在传袁洪刚可能当上国棉三厂的厂长，到底还没宣布任命，他就一个副厂长，和侯秘书、杨局一同出席剪彩，也不丢人啊！

袁洪刚是被家里老娘逼着来的。

侯秘书嘛，又是看在邵光荣的面子上来的。

杨局纯粹就是误会，看侯秘书如此殷勤，还以为夏晓兰和邵光荣是一对呢。那就是领导的侄媳妇嘛，都是一家人，领导不方便出面，杨局认为自己要表一表忠心，走动勤快点总没错。

"蓝凤凰"的开业剪彩搞得格外热闹，当然，剪彩完了侯秘书和杨局就走了，袁洪刚是棉纺织厂的，还算半个相关行业，进店看了看。

那盏花了1000多元买的水晶吊顶灯很打眼，墙面并没有多复杂的元素，就是墙角搞了石膏罗马柱子，和地面仿微晶石的地砖一搭配，在眼下已经是很奢华的欧式风了。没有密密麻麻挂满衣服，一面墙才挂三件衣服，还给配了裤子，有的衣领上扎着丝巾。几个落地架把衣服分门别类挂着，毛呢大衣不会和棉衣挂在一起，红色也不会和绿色相窜。墙面上贴了不少落地镜子……这种店吧，袁洪刚还真没见过。他觉得从灯到地砖，从罗马柱到镜子，从墙上那些搭配成套的服装，再到落地架的服装颜色分类，这间店处处都是心机和学问。于袁洪刚而言，一切都很陌生。

袁副厂长又不是女人，不过是惊讶了一下。他也没弄懂啥装修风格，更无借鉴学习的想法，国棉三厂是卖纺织品的，厂里的产品根本不愁销路，他还犯不着向一家小小的服装店学习。

但那些涌入"蓝凤凰"的女人，就有点疯狂了。地砖光亮得让人不敢下脚，在这样的店里买衣服是她们从来没有过的体验。就是在百货大楼里买衣服，也没感受到这样的贵气，贵气的同时，价钱还没提高太多。

像女款呢大衣，之前卖100元出头，现在卖128元并不过分吧？百货大楼里也卖这价，还没有"蓝凤凰"的款式新，衣服要搭配，问店里那个长得漂亮的女同志，总能得到让人满意的回答。

"妈呀！"胡永才的老婆紧紧抓住自家男人的胳膊，她都害怕这光亮的地砖会让人滑倒。

"走进这门，不把钱花了，能走出去吗？"不是谁要强制顾客花钱，绚烂的灯光打在精心挑选和搭配的衣服上，女人很难抵抗对美的向往。

还有专门的试衣间，灯光和玻璃镜在这里得到了更强的应用。从开始营业，两个试衣间就被占着，有人出来，就有人赶紧进去。

夏晓兰也没想到今天生意这么好。她和李凤梅招呼客人，只有她俩对各种衣服的价钱最熟悉，刘芬被安排到收银台，夏晓兰只能临时请胡永才的老婆帮忙盯着，把客人们试过但没买的衣服再挂起来。

见夏晓兰忙得脚不沾地，康伟和邵光荣都自觉没去打搅。

邵光荣说这铺子装修得好看，康伟也嘿嘿笑："刘叔，听说都是您给装修的？"

店里女客人多，他们这几个男的都蹲在店外面吹冷风，刘勇哈着气："我就是照着晓兰的要求来的，会读书就是懂得多，我是个大老粗哪会这些！"

读书还懂装修屋子呢？康伟和邵光荣都是没读大学的，他们从刘勇的话里感受到了深深的恶意。

康伟想到自己赚的钱不知道咋花，寻思着能不能把自己的房子装修一下。那房子还是他父母结婚时，母亲单位分配的宿舍，他爸死得早，房子的内部装饰一直没啥大变化，房子的装修就像他家的气氛一样，暮气沉沉。

"刘叔，我还真有个事儿要求您帮忙，等过完年您帮我装修一下家里的房子吧？"

第149章 卖疯了！

卖疯了！晚上忙到10点以后，才把最后一个客人送出门。

灯火通明的服装店，在晚上也吸引了不少客人。夏晓兰看着空荡荡的墙壁和稀稀疏疏的衣架，她还以为这批货能撑到过完年呢。明天才1月25号，还有8天才过年，夏晓兰和李凤梅商量过起码到腊月二十八再歇业。

年前得回乡下老家打扫屋子，准备过年的食物，给夏晓兰的外公、外婆扫墓，在城里做生意，也不能把根丢掉。城里住的到底是别人的房子，这些事全部都要在乡下完成。

"我明天就给羊城拍电报，年前必须再补一批货，错过这波高峰期太可惜了。"

3间门面的店，李凤梅一个人肯定管不过来，刘芬不用再去送油渣，一家人商量过，她就在店里负责收银。店里的衣服也不讲价，直接定价销售，以方便做账。收银的工作不算复杂，配个计算器，简单按几下就能准确无误。

这一整天，夏晓兰她们连吃饭喝水都是糊弄过去的，忙得真是脚不沾地。

晚上才把今天卖的钱清点完毕，营业额共计6448元。按照夏晓兰给服装的定价，除去进货的花销，除掉电费和房租，至少也保证了一半的净利润。也就是说，有3224元都是"蓝凤凰"开业第一天赚的！

"这生意像这样，年前就能把房租和装修给赚回来？"抢钱也没有这么快啊，三天一个万元户，李凤梅简直难以置信。

"铺子都空了一小半，店里的衣服卖掉那么多，6000多元也不算多。再说也是图个新鲜，过年前这几天生意好，热度一降，生意就稳定了。"

铺子装修加房租，花了有1.2万元。和康伟到羊城进货，夏晓兰把全部家当都带上，也不过才1万元出头的货。开业第一天就有6000多元的营业额。夏晓兰倒是想拿更多的货，无奈装修超支，她就只有那么一点紧巴巴的进货钱。

一开始她出了3000元，舅舅刘勇出了2000元，两人就是6∶4的入股比例。要是夏晓兰再把从白珍珠那里连本带利分的3200元投进生意，为了维护原本的出资比例，刘勇家就得再投入2000元，要不就要被稀释分红。

都是一家人，夏晓兰不可能这样搞，她还不清楚嘛，舅舅手里就当时和朋友拆伙退回来的5000元，这段时间搬进城里处处都要花钱，再拿2000元出来追加投资，真是家里老底都要掏空。

要知道两人最开始本金不过5000元，11月合伙，这才不到3个月，算上在门店装修的投资，连本带利翻涨到了2万多元。从摆地摊被管市容的人到处撵，到拥有了固定的门店，这门生意总算开始稳定发展。

三个女人都睡得特别沉。

第二天一早，夏晓兰去火车站送康伟和邵光荣。

"你们俩这次都帮了大忙，我不知道该如何感谢你们，好歹来商都一趟，带点土特产回去吃吧。康伟，我还要麻烦你帮我顺道带点东西给周诚。"夏晓兰递给两人三个大袋子，周诚的袋子上写着名字，轻易不会弄混淆。

康伟一边说嫂子太客气，一边也挺高兴。他倒是不介意帮什么忙，因为他和周诚的关系更亲近，邵光荣也和周诚好，但毕竟是差了那么点意思。不愧是未来大嫂，办事就是明白大方。

"诚哥这媳妇儿，是这个！"邵光荣竖起大拇指。

他大嘴巴把周诚处对象的事说到了圈子里，不少人都等着看周诚笑话，说找了个外地妹如何如何。但邵光荣和夏晓兰接触了几天，不得不服周诚的眼光。除了漂亮，夏晓兰身上还有好多其他优点，能干大方，待人接物没啥毛病，再上个大学，除了是农村家庭出身的……圈子里谁媳妇儿或女朋友拎出来能比得上夏晓兰呀？

就他处过的那些女朋友，长得漂亮的个个都作，刚好上就想着要嫁进他家，可除了漂亮再没有其他优点，邵光荣一个都不想娶。

还是周诚的眼光厉害，邵光荣顺手打开袋子，发现塞着一些豫南的特产，还有一个单独放的，拿出来一看，是一件大衣。海军蓝的颜色，柔软的面料，正是那款陈锡良连批发价都要70元的羊毛大衣。

"哟，这大衣够好看的！"

邵光荣和康伟买的是卧铺票，车厢里挺暖和，邵光荣马上就把大衣给换上了。康伟自然也有一件，也是海军蓝，领口和袖子包括纽扣的细节不同，板型是相同的。

这衣服就适合个儿高的人穿，康伟要比周诚矮，邵光荣和他差不多高，两人都是175厘米以上。

康伟现在又不缺钱，一件衣服难道买不起吗？夏晓兰送的衣服，和买的衣服感觉不一样！晓兰年纪比他和邵光荣小，倒真的挺有未来大嫂的风范嘛。

"蓝凤凰"一炮而红。

这年头娱乐项目少，有个新鲜事大家都喜欢看热闹，好像不去店里逛一逛，在单位说起八卦都低人一等。衣服挺好看的，店里的装修实在气派，把西一街那些卖便宜服装的个体户搞得心痒痒的。那些老顾客真奇怪，有便宜的衣服不买，非得要去"蓝凤凰"挨宰。

这些服装店老板肯定不服，假装顾客来探虚实，还没进门就嫉妒得要死。别说啥装修效果和店里的客流量，就说这地段，是西一街那些低矮的门店能比的吗？

二七路已经是商都的繁华地带，商都百货大楼就在二七路47号，"蓝凤凰"则是二七路45号，中间不是隔着一个46号，而是隔着半个广场，空荡荡的就"蓝凤凰"那栋小楼耸立在那里。这是凡是到二七广场的人，一眼就能望到的位置！

他们是租不到这样的地方的，没夏晓兰敢想敢干，以及刘勇厚着脸皮讨好副厂长老父母的做派，没点关系，这样的门店就算租下来能开得长久吗？

夏晓兰却不惧这一点，剪彩那天袁洪刚不说，侯秘书也罢，就说杨局亲自来出席开业剪彩，附近派出所都要对夏晓兰的店上心。不是来找事儿，是平日里要多照看照看。城南派出所的人咋想？夏晓兰把丁爱珍和联防队的人都干翻了，这就是一尊惹不起的女菩萨！

羊城那边的货28号才发到，电汇的钱不知道陈锡良收到没有，能及时把货发回来也说明他和夏晓兰的信任度能值个几千元。当然，也有可能是潘三哥的面子值几千元，动不动就要把柯一雄弄死的猛人，小小的陈老板惹不起。明明才电汇了6000元的货款，陈老板却发来了1万元左右的衣服。

陈锡良的这批货算是及时雨，"蓝凤凰"连续热卖几天，店里的衣服都快被疯狂的商都女人们买空。有的人不仅是买一件，只要是夏晓兰搭配好的，她们直接就买一套。

羊城的货再不运来，她们无货可卖，年前就要提前关门了。幸好陈锡良以最快的速度把货弄上火车，紧赶慢赶在28号接到货，一番手忙脚乱，总算卖到了1月29号晚。

夏晓兰带着一家人盘点完货款，仔细把门锁上，又拿出提前写好的红纸贴在门上："本店1月30号—2月5号歇业，2月6号（正月初五）恢复营业。"

"钱是赚不完的，春节还是要休息一下。"